Stephen King

DOCTOR SUEÑO

Stephen King es el maestro indiscutible de la narrativa de terror contemporánea, con más de treinta libros publicados. En 2003 fue galardonado con la Medalla de la National Book Foundation por su contribución a las letras estadounidenses, y en 2007 recibió el Grand Master Award, que otorga la asociación Mystery Writers of America. Entre sus títulos más célebres cabe destacar *El misterio de Salem's Lot*, *El resplandor*, *Carrie*, *La zona muerta*, *Ojos de fuego*, *It (Eso)*, *Maleficio*, *La milla verde* y las siete novelas que componen la serie *La Torre Oscura*. Vive en Maine, con su esposa Tabitha King, también novelista.

Elogios para

DOCTOR SUEÑO

"Una lectura apasionante e inquietante que ofrece una conclusión satisfactoria a la historia de Danny Torrance". —*Publishers Weekly*

"La creatividad y habilidad de King no aflojan: *Doctor Sueño* tiene todas las virtudes de su mejor obra". —*The New York Times Book Review*

"*Doctor Sueño* te dará escalofríos".
—*The Washington Post Book World*

"Una aventura magníficamente diseñada".
—*The Guardian*

TAMBIÉN DE STEPHEN KING EN VINTAGE ESPAÑOL

Cementerio de animales
IT (Eso)

PRÓXIMAMENTE EN VINTAGE ESPAÑOL

Misery
Mr. Mercedes
Cujo
La milla verde

DOCTOR SUEÑO

STEPHEN KING

Traducción de
José Óscar Hernández Sendín

VINTAGE ESPAÑOL
Una división de Penguin Random House LLC
Nueva York

PRIMERA EDICIÓN VINTAGE ESPAÑOL, OCTUBRE 2019

Información de catalogación de publicaciones disponible en la Biblioteca del Congreso de los Estados Unidos.

Vintage Español ISBN en tapa blanda: 978-1-9848-9870-8
eBook ISBN: 978-1-9848-9871-5

Para venta exclusiva en EE.UU., Canadá, Puerto Rico y Filipinas.

www.vintageespanol.com

Impreso en los Estados Unidos de América
10 9 8 7 6 5 4 3 2 1

Cuando tocaba con mi estilo primitivo la guitarra acústica en un grupo llamado Rock Bottom Remainders, Warren Zevon solía acompañarnos en nuestras actuaciones. Le encantaban las camisetas de color gris y las películas tipo *Tarántula*. Insistía en que yo cantara su tema «Werewolves of London» en los bises. Yo le aseguraba que no era digno, pero él insistía en que sí. «Clave de sol —me decía Warren— y aúlla como un descosido. Lo más importante: *Toca como Keith*.»

Nunca podré tocar como Keith Richards, aunque siempre lo hice lo mejor que pude. Con Warren a mi lado, acompañándome nota a nota y partiéndose de risa como un tonto, siempre lo pasé genial.

Warren, este aullido va por ti, dondequiera que estés. Te echo de menos, amigo.

Hemos alcanzado el punto de inflexión. Las medidas parciales de nada sirven.

El Libro Grande de Alcohólicos Anónimos

Si queríamos vivir, debíamos librarnos de la ira. [Se trata] del dudoso lujo de los hombres y las mujeres corrientes.

El Libro Grande de Alcohólicos Anónimos

ASUNTOS PRELIMINARES

TEMER son las siglas de Todo Es una Mierda, Escapa Rápido.

Antiguo proverbio de
Alcohólicos Anónimos

CAJA DE SEGURIDAD

1

El segundo día de diciembre de un año en el que un hombre que se dedicaba al cultivo de cacahuates en Georgia hacía negocios en la Casa Blanca, uno de los mejores complejos hoteleros de Colorado ardió hasta los cimientos. El Overlook fue declarado siniestro total. Tras una investigación, el jefe de bomberos del condado de Jicarilla dictaminó que la causa había sido una caldera defectuosa. En el hotel, que permanecía cerrado en invierno, solo había cuatro personas cuando ocurrió el accidente. Sobrevivieron tres. El vigilante de invierno, John Torrance, murió en el infructuoso (y heroico) intento de reducir la presión de vapor en la caldera, que había alcanzado niveles desastrosamente altos debido al fallo de una válvula de seguridad.

Dos de los supervivientes fueron la mujer del vigilante y su hijo. El tercero fue el chef del Overlook, Richard Hallorann, que había dejado su trabajo temporal en Florida para ir a ver a los Torrance porque, según sus propias palabras, había sentido «una fuerte corazonada» de que la familia tenía problemas. Los dos supervivientes adultos resultaron gravemente heridos en la explosión. Solo el niño salió ileso.

Físicamente, al menos.

2

Wendy Torrance y su hijo recibieron una compensación económica de la empresa propietaria del Overlook. No fue astronómica, pero les alcanzó para ir tirando durante los tres años que ella estuvo incapacitada para trabajar por culpa de las lesiones en la espalda. Un abogado al que la mujer consultó le informó de que, si estaba dispuesta a resistir y jugar duro, podría conseguir una suma mucho mayor, ya que la empresa quería evitar a toda costa un juicio. Pero Wendy, al igual que la empresa, solo quería olvidar ese desastroso invierno en Colorado. Se recuperaría, dijo ella, y así fue, aunque los dolores en la espalda la atormentaron hasta el final de su vida. Las vértebras destrozadas y las costillas rotas sanaron, pero nunca dejaron de lamentarse.

Winifred y Daniel Torrance vivieron en el centro-sur durante una temporada y luego bajaron a Tampa. A veces Dick Halloran (el de las fuertes corazonadas) subía desde Cayo Hueso a visitarlos. Sobre todo al joven Danny. Los unía un estrecho vínculo.

Una madrugada, en marzo de 1981, Wendy telefoneó a Dick y le preguntó si podía ir. Danny, dijo ella, la había despertado en mitad de la noche y la había prevenido de que no entrara en el baño.

Tras ello, el chico se había negado rotundamente a hablar.

3

Danny se despertó con ganas de hacer pis. Fuera el viento soplaba con fuerza. Era cálido —en Florida casi siempre lo era—, pero a él no le gustaba su sonido, y suponía que jamás le gustaría. Le recordaba al Overlook, donde la caldera defectuosa había sido el menor de los peligros.

Él y su madre vivían en un departamentito rentado en un segundo piso. Danny salió de la pequeña habitación, junto a la de su madre, y cruzó el pasillo. Sopló una ráfaga de viento y una palmera moribunda, al lado del edificio, batió sus ramas con estruendo. El ruido propio de un esqueleto. Cuando nadie estaba usando la regadera o el escusado siempre dejaban la puerta del baño abierta, porque el pestillo estaba roto; sin embargo, esa noche la encontró cerrada. Pero no porque su madre estuviera dentro. Como consecuencia de las heridas faciales sufridas en el Overlook, ahora ella roncaba —unos débiles *quip-quip*—, y en ese momento la oía roncar en el dormitorio.

Bueno, simplemente debió de cerrarla por error.

Ya entonces sospechaba (él mismo era un muchacho de fuertes corazonadas e intuiciones), pero a veces uno tenía que saber. A veces uno tenía que *ver*. Era algo que había descubierto en el Overlook, en una habitación del segundo piso.

Estirando un brazo que parecía demasiado largo, demasiado elástico, demasiado *deshuesado*, giró la perilla y abrió la puerta.

La mujer de la habitación 217 estaba allí, como él ya sabía. Estaba sentada en la taza del escusado, con las piernas abiertas y unos enormes muslos pálidos. Sus pechos, de un tono verdoso, pendían como globos desinflados. La mata de vello bajo el estómago era gris y también sus ojos, que parecían espejos de acero. La mujer vio al muchacho y sus labios se estiraron en una mueca burlona.

Cierra los ojos, le había aconsejado Dick Hallorann mucho tiempo atrás. *Si ves algo malo, cierra los ojos, repítete que no está ahí, y cuando vuelvas a abrirlos, habrá desaparecido.*

Sin embargo, en la habitación 217, cuando tenía cinco años, no había funcionado, y tampoco funcionaría ahora. Lo sabía. Percibía el *olor* de ella. Se estaba descomponiendo.

La mujer —sabía su nombre: era la señora Massey— se levantó pesadamente sobre sus pies de color púrpura, con las manos extendidas hacia él. La carne le colgaba de los brazos, casi goteando. Sonreía como cuando lo hacemos al encontrar a un viejo amigo. O como ante una comida apetitosa.

Con una expresión que podría haberse confundido con la calma, Danny cerró la puerta con suavidad y retrocedió. Observó cómo la perilla giraba a la derecha... a la izquierda... otra vez a la derecha... y por fin dejaba de girar.

A pesar de que tenía ocho años y estaba atemorizado, era capaz de tener algún pensamiento racional. En parte porque, en algún rincón de su cabeza, llevaba tiempo esperándolo. Aunque siempre había pensado que sería Horace Derwent quien se presentaría tarde o temprano. O tal vez el camarero, aquel a quien su padre había llamado Lloyd. No obstante, debería haberse imaginado que sería la señora Massey incluso antes de que sucediera. Porque de todas las cosas no-muertas en el Overlook, ella había sido la peor.

La parte racional de su pensamiento le decía que la mujer no era más que un fragmento de pesadilla, no recordada que le había perseguido más allá del sueño y a través del pasillo hasta el baño. Esa parte insistía en que si volvía a abrir la puerta, no habría nada ahí dentro. Seguro que no habría nada, ahora que estaba despierto. Sin embargo, otra parte de él, una parte que *resplandecía*, sabía más. El Overlook no había acabado con él. Al menos uno de sus espíritus vengativos le había seguido la pista hasta Florida. Una vez se había encontrado a esa mujer despatarrada en una bañera. Había salido e intentado estrangularlo con sus (terriblemente fuertes) dedos apestosos. Si ahora abría la puerta del baño, ella concluiría el trabajo.

Se arriesgó a arrimar una oreja a la puerta. Al principio no oyó nada. Pero entonces oyó un ruido muy débil.

Uñas de dedos muertos arañando la madera.

Danny caminó hasta la cocina con piernas ausentes, se subió a una silla y orinó en el fregadero. A continuación despertó a su madre y le dijo que no utilizara el baño porque dentro había una cosa mala. A continuación, regresó a la cama y se hundió bajo las sábanas. Quería quedarse ahí para siempre, levantarse únicamente para hacer pis en el fregadero. Ahora que había avisado a su madre, no tenía ningún interés en hablar con ella.

Para su madre, lo de no hablar no era nuevo. Ya había sucedido antes, después de que Danny se aventurase en la habitación 217 del Overlook.

—¿Hablarás con Dick?

Tendido en la cama, alzando la vista hacia ella, asintió con un movimiento de cabeza. Su madre llamó por teléfono, pese a que eran las cuatro de la madrugada.

Al día siguiente, tarde, llegó Dick. Llevaba algo. Un regalo.

4

Después de que Wendy telefoneara a Dick —se aseguró de que su hijo la oyera—, Danny volvió a dormirse. Aunque ya tenía ocho años e iba a tercer curso, se estaba chupando el pulgar. A ella le dolió ver que hacía eso. Fue al baño y se quedó inmóvil mirando la puerta. Tenía miedo —Danny la había asustado—, pero necesitaba entrar y no pensaba orinar en el fregadero como su hijo. Imaginarse a sí misma haciendo equilibrios en el borde de la encimera con el trasero suspendido sobre la porcelana (aunque no hubiera nadie allí para verla) le hizo arrugar la nariz.

En una mano empuñaba el martillo de su pequeña caja de herramientas de viuda. Lo alzó al tiempo que giraba la perilla y abría la puerta del baño. No había nadie, por supuesto, pero la tapa del escusado estaba bajada. Nunca la dejaba así antes de irse a la cama porque sabía que si Danny entraba, solo un diez por ciento despierto, era muy fácil que se olvidara de levantarla y que lo llenara todo de pis. Además, se notaba cierto olor. Un olor malo. Como si una rata se hubiera muerto entre las paredes.

Dio un paso, luego otro. Vislumbró un movimiento y giró sobre sus talones, el martillo en alto, para golpear a quien fuera

(*o lo que fuese*)

que se escondiera detrás de la puerta. Pero era solo su sombra. Asustada de su propia sombra, a veces la gente se burlaba, pero ¿quién tenía más razones para asustarse que Wendy Torrance? Después de todas las cosas que había visto y por las que había pasado, sabía que las sombras podían ser peligrosas. Podían tener dientes.

No había nadie en el baño, pero detectó una mancha descolorida en la taza del escusado y otra en la cortina de la ducha. Excrementos, fue lo primero que pensó, pero la mierda no tenía ese color púrpura amarillento. Miró más de cerca y distinguió trozos de carne y piel putrefactos. Había más en el tapete de baño, con forma de pisadas. Pensó que eran demasiado pequeñas —demasiado *delicadas*— para ser de un hombre.

—Oh, Dios mío —musitó.

Al final terminó usando el fregadero.

5

Wendy logró sacar a su hijo de la cama a mediodía. Consiguió que comiera un poco de sopa y medio sándwich de mantequilla de cacahuate, pero después volvió a acostarse. Seguía sin querer hablar. Hallorann apareció poco después de las cinco, al volante de su ahora antiguo (aunque bien conservado y cegadoramente reluciente) Cadillac rojo. Wendy se había apostado tras la ventana, a la espera y expectante, como en otro tiempo esperara expectante la llegada de su marido, con la esperanza de que Jack volviera a casa de buen humor. Y sobrio.

Corrió escaleras abajo y abrió la puerta justo cuando Dick estaba a punto de tocar el timbre donde decía TORRANCE 2A. El hombre extendió los brazos y ella se lanzó a ellos de inmediato, deseando permanecer envuelta allí por lo menos una hora. Quizá dos.

Él la soltó y la sujetó por los hombros con los brazos estirados del todo.

—Te ves estupenda, Wendy. ¿Cómo está el hombrecito? ¿Ha vuelto a hablar?

—No, pero contigo hablará. Aunque al principio no lo haga en voz alta, tú podrás… —En lugar de concluir la frase, amartilló una pistola imaginaria con los dedos y apuntó a su frente.

—No necesariamente —repuso Dick. Su sonrisa mostró una nueva y brillante dentadura postiza. El Overlook se había cobrado la mayoría de sus dientes la noche en que explotó la caldera. Jack Torrance blandía el mazo que se llevó la prótesis dental de Dick y la capacidad de Wendy para andar sin una ligera cojera, pero ambos comprendían que en realidad el culpable había sido el hotel—. Es muy poderoso, Wendy, me bloqueará si quiere. Lo sé por propia experiencia. Además, será mejor que hablemos con la boca. Mejor para él. Ahora cuéntame todo lo que ha pasado.

Después de hacerlo, Wendy le enseñó el baño. Había dejado las manchas para que él las viera, como un agente de policía preservaría la escena de un crimen hasta que apareciera el equipo forense. Y allí se *había* cometido un crimen, sí. Un crimen contra su chico.

Dick examinó los restos durante un buen rato, sin tocarlos, y luego asintió con la cabeza.

—Vamos a ver si Danny ya se ha despertado.

Seguía acostado, pero el corazón de Wendy se iluminó ante la expresión de alegría de su hijo al ver quién estaba sentado a su lado en la cama sacudiéndole el hombro.

(*eh Danny te he traído un regalo*)

(*no es mi cumpleaños*)

Wendy los observó, consciente de que estaban hablando pero ignorando de qué.

—Levántate, cariño —dijo Dick—. Vamos a dar un paseo por la playa.

(*Dick ella ha vuelto la señora Massey de la habitación 217 ha vuelto*)

Dick volvió a sacudirle el hombro.

—Dilo en voz alta, Dan. Estás asustando a tu madre.

—¿Cuál es mi regalo? —preguntó Danny.

—Eso está mejor —Dick sonrió—. Me gusta oírte, y a Wendy también.

—Sí. —Fue todo lo que ella se atrevió a decir. De lo contrario, habrían oído el temblor de su voz y se habrían preocupado. No quería eso.

—Mientras estemos fuera, a lo mejor quieres limpiar un poco el baño —le dijo Dick—. ¿Tienes guantes de cocina?

Ella asintió con la cabeza.

—Bien. Póntelos.

6

La playa estaba a tres kilómetros. Sórdidos puestos playeros —franquicias de pasteles, puestos de hot dogs, tiendas de regalos— rodeaban el estacionamiento, pero era fin de temporada y ninguno hacía mucho negocio. Tenían la playa casi para ellos solos. En el trayecto desde el departamento, Danny había llevado su regalo —un paquete rectangular, bastante pesado, envuelto en papel plateado— en el regazo.

—Podrás abrirlo después de que charlemos un rato —dijo Dick.

Caminaron al borde de las olas, donde la arena estaba dura y brillante. Danny andaba despacio, pues Dick era bastante viejo. Algún día moriría. Tal vez incluso pronto.

—Tengo intención de aguantar unos cuantos años más —aseguró Dick—. No te preocupes por eso. Ahora cuéntame lo que pasó anoche. No te calles nada.

No le llevó demasiado. Lo difícil habría sido hallar las palabras para describir el terror que sentía en ese preciso momento, y cómo se enmarañaba en una sofocante sensación de certidumbre: ahora que la mujer lo había encontrado, nunca se iría. Sin embargo, tratándose de Dick, no necesitó palabras, aunque encontró algunas.

—Ella volverá. Sé que volverá. Volverá y volverá hasta que me atrape.

—¿Te acuerdas de cuando nos conocimos?

Aunque sorprendido por el cambio de rumbo en la conversación, Danny asintió. Hallorann había sido quien les había hecho, a él y a sus padres, la visita guiada en su primer día en el Overlook. Hacía muchísimo de aquello, o eso parecía.

—¿Y te acuerdas de la primera vez que hablé dentro de tu cabeza?

—Claro que sí.

—¿Qué te dije?

—Me preguntaste si quería irme a Florida contigo.

—Exacto. ¿Y cómo te sentiste al saber que ya no estabas solo, que no eras el único?

—Genial —dijo Danny—. Fue genial.

—Sí —asintió Hallorann—. Sí, por supuesto.

Caminaron en silencio durante un rato. Algunos pajarillos —piolines, los llamaba la madre de Danny— revoloteaban entrando y saliendo del oleaje.

—¿Nunca te extrañó que me presentara justo cuando me necesitabas? —Dick miró a Danny y sonrió—. No. Claro que no. ¿Por qué iba a extrañarte? Eras un niño, pero ahora eres un poco mayor. En algunos aspectos, *mucho* mayor. Escúchame, Danny. El mundo tiene sus mecanismos para mantener las cosas en equilibrio. Eso es lo que creo. Hay un dicho: *Cuando el alumno esté preparado, aparecerá el maestro.* Yo fui tu maestro.

—Eras mucho más que eso —dijo Danny. Tomó a Dick de la mano—. Eras mi amigo. Nos salvaste.

Dick pasó por alto ese comentario… o eso pareció.

—Mi abuela también tenía el resplandor. ¿Te acuerdas de que te lo conté?

—Sí. Dijiste que tú y ella mantenían largas charlas sin siquiera abrir la boca.

—Exacto. Ella me enseñó. Y su abuela le enseñó a ella, allá en la época de los esclavos. Algún día, Danny, te tocará a ti ser el maestro. El alumno vendrá.

—Si la señora Massey no me atrapa antes —puntualizó Danny con aire taciturno.

Llegaron a un banco y Dick se sentó.

—No me atrevo a ir más lejos; no sea que no pueda volver. Siéntate a mi lado. Quiero contarte una historia.

—No quiero historias —dijo Danny—. Ella volverá, ¿no lo entiendes? *Volverá* y *volverá* y *volverá.*

—Cierra la boca y abre las orejas. Es hora de instruirte. —Entonces Dick le ofreció una amplia sonrisa y exhibió su flamante dentadura nueva—. Creo que captarás la idea. Eres cualquier cosa menos estúpido, pequeño.

7

La madre de la madre de Dick —la que tenía el resplandor— vivía en Clearwater. Era Abuela Blanca. No porque fuese caucásica, claro que no, sino porque era *buena*. El padre de su padre vivía en Dunbrie, Mississippi, una comunidad rural no muy lejos de Oxford. Su esposa había muerto mucho antes de que Dick naciera. En aquel lugar y en aquella época, ser propietario de una funeraria equivalía a ser rico para un hombre de color. Dick y sus padres iban a verlo cuatro veces al año, pero el jovencito Hallorann odiaba aquellas visitas. Le aterrorizaba Andy Hallorann, al que llamaba —solo en su propia mente, expresarlo en voz alta le habría valido una fuerte bofetada— Abuelo Negro.

—¿Sabes qué es un pederasta? —le preguntó Dick a Danny—. ¿Tipos que quieren niños para practicar sexo?

—Más o menos —respondió Danny con cautela. Desde luego sabía que no debía hablar con desconocidos ni subirse jamás a un vehículo con nadie que se lo pidiera. Porque podrían hacerte cosas.

—Bueno, el viejo Andy era más que un pederasta. Era, además, un maldito sádico.

—¿Qué es eso?

—Alguien que disfruta haciendo daño.

Danny asintió comprendiendo de inmediato.

—Como Frankie Listrone en el colegio. Les retuerce el brazo a los niños o les frota los nudillos en la coronilla. Si no puede hacer que llores, se detiene. Pero si se te ocurre ponerte a llorar, *nunca* te deja en paz.

—Eso está mal, pero esto era peor.

Dick se sumió en lo que cualquiera que pasara por allí habría tomado por silencio, pero la historia avanzó en una serie de imágenes y frases conectoras. Danny vio a Abuelo Negro, un hombre alto con un traje tan oscuro como su piel, que llevaba una clase especial de

(*fedora*)

sombrero en la cabeza. Vio los brotecillos de saliva que siempre tenía en la comisura de los labios, y sus ojos ribeteados de rojo, como si estuviera cansado o acabara de llorar. Vio cómo sentaba a Dick —más pequeño de lo que era Danny ahora, probablemente de la misma edad que Danny en aquel invierno en el Overlook— en su regazo. Si había gente delante, a lo sumo le hacía cosquillas. Si estaban solos, ponía la mano entre las piernas de Dick y le apretaba las bolas hasta tal punto que él pensaba que iba a desmayarse de dolor.

«¿Te gusta? —jadeaba Abuelo Negro Andy en su oído. Olía a tabaco y a whisky White Horse—. Claro que sí, a todos los niños les gusta. Pero te guste o no, no vas a decir ni pío. Si lo cuentas, te haré daño. Te quemaré.»

—¡Mierda! —exclamó Danny—. Qué asqueroso.

—Había más cosas —prosiguió Dick—, pero solo te contaré una. Después de que su mujer muriera, el abuelo contrató a una mujer para que le ayudara con las tareas de la casa. Ella limpiaba y cocinaba. A la hora de la cena, servía todos los platos a la vez, desde la ensalada hasta el postre, porque así era como le gustaba al viejo. De postre siempre había pastel o pudín. Lo ponían en una bandejita o en un platito cerca del plato principal, para que lo vieras y te entraran ganas de comerlo cuando todavía estabas escarbando en la otra bazofia. Una regla inflexible del abuelo era que el postre se *miraba* pero no se *tocaba* hasta que te hubieras terminado el último bocado de carne frita con verduras cocidas y puré de papa. Incluso tenías que acabarte toda la salsa, que estaba llena de grumos y era bastante insípida. Si dejaba un poco de salsa, Abuelo Negro me tiraba un trozo de pan y me decía: «Úntala con eso, Dickie-Bird, hasta que el plato brille como si el perro lo hubiera limpiado a lengüetazos». Así me llamaba, Dickie-Bird.

»De todas formas, a veces no podía con todo, por mucho que lo intentara, y me quedaba sin pastel o pudín. Entonces él cogía el postre y se lo comía. Y otras veces, cuando sí me *terminaba* toda la cena, me encontraba con que había aplastado una colilla en mi porción de pastel o en mi pudín de vainilla. Él siempre se sentaba a mi lado, por eso podía hacerlo. Luego fingía que había sido una broma. "Ups, no he acertado en el cenicero", decía. Mis padres nunca le pararon los pies, pero bien debían de saber que, aunque fuera una broma, no era justo que se la gastara a un niño. Ellos también fingían.

—Qué mal —dijo Danny—. Tus padres tendrían que haberte defendido. Mamá lo hace, y antes también papá.

—Le tenían miedo. Y hacían bien. Andy Hallorann era mala persona, de lo peor. Decía: «Vamos, Dickie, cómete lo de alrededor, que no te vas a envenenar». Si le daba un bocado, mandaba a Nonnie, que así se llamaba el ama de llaves, a que me trajera un postre nuevo. Si no, ahí se quedaba. La situación llegaba al extremo de que nunca podía acabarme la comida porque se me revolvía el estómago.

—Tendrías que haber cambiado el pastel o el pudín al otro lado del plato —comentó Danny.

—Lo intenté, por supuesto, no nací tonto. Pero él lo volvía a poner ahí diciendo que el postre iba a la derecha. —Dick hizo una pausa, contemplaba el agua, donde una embarcación blanca de gran eslora surcaba despacio la línea divisoria entre el cielo y el golfo de México—. A veces, cuando me agarraba solo, me mordía. Y una vez que lo amenacé con contárselo a mi padre si no me dejaba en paz, me apagó un cigarro en el pie descalzo. Dijo: «Cuéntale también esto, y ya verás de qué te sirve. Tu papá ya conoce mis costumbres y jamás dirá una palabra, porque es un cobarde y porque quiere el dinero que hay en el banco cuando me muera, aunque no tengo planeado hacerlo pronto».

Danny escuchaba con estupefacta fascinación. Siempre había pensado que la historia de Barba Azul era la más aterradora de todos los tiempos, la más aterradora que jamás haya habido, pero esta la superaba. Porque era verdad.

—A veces decía que conocía a un hombre malvado que se llamaba Charlie Manx, y que si no lo obedecía, llamaría a ese individuo, que vendría con su lujoso coche y me llevaría a un sitio para niños malos. Después el Abuelo me ponía la mano entre las piernas y comenzaba a apretar. «Así que no vas a decir ni pío, Dickie-Bird. Si hablas, vendrá el viejo Charlie y te meterá con los otros niños que ha robado hasta que te mueras. Y luego irás al infierno y tu cuerpo arderá para siempre. Por haberme acusado. Dará igual que te crean o no, un delator es un delator.»

»Durante mucho tiempo creí al viejo cabrón. Ni siquiera se lo conté a Abuela Blanca, la del resplandor, porque tenía miedo de que creyera que yo tenía la culpa. De haber sido mayor, habría sabido que eso no pasaría, pero era un niño. —Hizo una pausa, y luego añadió—: Además, tenía otro motivo. ¿Sabes cuál era, Danny?

Danny estudió el rostro de Dick durante un rato largo, sondeando los pensamientos e imágenes tras su frente. Por fin, respondió:

—Querías que tu padre recibiera el dinero. Pero nunca lo consiguió.

—No. Abuelo Negro lo dejó todo a un orfanato para negros en Alabama, y creo saber por qué. Pero eso ahora no viene al caso.

—¿Y tu abuela buena nunca se enteró? ¿Nunca lo adivinó?

—Sabía que *algo* ocurría, pero yo lo bloqueaba, y ella no me presionó con el tema. Lo único que me dijo fue que cuando yo estuviera preparado para hablar, ella estaría preparada para escuchar. Danny, cuando Andy Hallorann murió a causa de un derrame cerebral, fui el chico más feliz de la tierra. Mi madre dijo que no hacía falta que asistiera al funeral, que podía quedarme con la abuela Rose, Abuela Blanca, si quería, pero no pensaba perdérmelo. Por nada del mundo. Quería estar seguro de que el Viejo Abuelo Negro había muerto de verdad.

»Aquel día llovía. Todo el mundo se hallaba alrededor de la tumba, bajo paraguas negros. Observé cómo su ataúd, el más grande y el mejor de su funeraria, no me cabe duda, desaparecía bajo la tierra, y me acordé de todas las veces que me había retorcido las bolas y de todas las colillas en mi pastel y del cigarro que me apagó en el pie y de cómo mandaba en la mesa igual que el viejo rey loco de aquella obra de Shakespeare. Pero, sobre todo, me acordé de Charlie Manx, que sin duda era pura invención del abuelo, y pensé que el Viejo Abuelo Negro ya nunca le llamaría para que viniera en mitad de la noche y me llevara en su lujoso coche a vivir con los demás niños y niñas raptados.

»Me asomé al borde de la tumba ("Deja al niño que mire", dijo mi padre cuando mi madre intentó impedírmelo), escruté el ataúd en ese agujero mojado y pensé: "Ahí abajo estás dos metros más cerca del infierno, Abuelo Negro, y muy pronto llegarás, y espero que el diablo te dé mil veces con una mano ardiendo".

Dick rebuscó en el bolsillo de sus pantalones y sacó un paquete de Marlboro con una cajetilla de cerillos encajada en el celofán. Se llevó un cigarro a la boca, aunque luego tuvo que perseguirlo con el fósforo porque le temblaba la mano, y también los labios. Danny se quedó atónito al advertir lágrimas en los ojos de Dick.

Sabiendo ahora hacia dónde se encaminaba esa historia, Danny preguntó:

—¿Cuándo volvió?

Dick dio una profunda fumada a su cigarro y exhaló el humo a través de una sonrisa.

—No has necesitado atisbar el interior de mi cabeza para captarlo, ¿verdad?

—No.

—Seis meses más tarde. Un día llegué a casa de la escuela y lo encontré tumbado en mi cama, desnudo y con el pito medio podrido erecto. Dijo: «Ven y siéntate aquí encima, Dickie-Bird. Tú dame mil y yo te daré *dos* mil». Grité, pero no había nadie que pudiera oírme. Mis padres..., los dos estaban trabajando, mi madre en un restaurante y mi padre en una imprenta. Salí corriendo y cerré la puerta de golpe. Y oí que Abuelo Negro se levantaba... *pum*... y cruzaba la habitación... *pum-pum-pum*... y lo que oí después...

—Uñas —concluyó Danny con voz apenas audible—. Arañando la puerta.

—Exacto. No volví a entrar hasta la noche, cuando mis padres ya estaban en casa. Se había ido, pero quedaban... restos.

—Entendido. Como en nuestro baño. Porque se estaba pudriendo.

—Exacto. Cambié las sábanas yo solo, sabía hacerlo porque mi madre me había enseñado dos años antes; decía que ya era demasiado mayor para necesitar una niñera, que las niñeras eran para niños y niñas pequeños y blancos como los que cuidaba ella antes de conseguir el trabajo de camarera en Berkin's Steak House. Una semana más tarde, vi al Viejo Abuelo Negro en el parque, sentado en un columpio. Llevaba puesto su traje, pero estaba todo cubierto de una sustancia gris, el moho que crecía en su ataúd, creo.

—Sí —dijo Danny. Su voz convertida en un vítreo susurro. Fue lo máximo que logró decir.

—Pero tenía la bragueta abierta, con el aparato asomando. Siento contarte todo esto, Danny, eres demasiado joven para oír estas cosas, pero es necesario que lo sepas.

—¿Acudiste entonces a Abuela Blanca?

—Tenía que hacerlo. Porque sabía lo que tú sabes: seguiría volviendo. No como... Danny, ¿has visto gente muerta alguna vez? Me refiero a gente muerta *normal*. —Se echó a reír porque aquello le pareció gracioso. A Danny también—. Fantasmas.

—Algunas veces. Una vez había tres cerca de un cruce de ferrocarril: dos chicos y una chica. Adolescentes. Creo... es posible que murieran allí.

Dick asintió con la cabeza.

—La mayoría se quedan cerca de donde fallecieron hasta que por fin se acostumbran a estar muertos y siguen adelante. Algunas de las personas que viste en el Overlook eran de ese tipo.

—Lo sé. —El alivio por poder hablar de esas cosas (con alguien que realmente las *entendiera*) resultaba indescriptible—. Y una vez había una mujer en un restaurante. ¿Sabes esos sitios que tienen las mesas fuera?

Dick volvió a asentir.

—Esta no se transparentaba, pero nadie más la veía, y cuando una camarera empujó para dentro la silla donde estaba sentada, la mujer fantasma desapareció. ¿Tú también los ves a veces?

—Hace años que no, pero tu resplandor es más intenso que el que yo tenía. Se retrae un poco a medida que creces...

—Bien —dijo Danny con fervor.

—... pero a ti te quedará mucho incluso cuando seas adulto, eso creo, porque empezaste con una cantidad enorme. Los fantasmas no son como la mujer que viste en la habitación 217 y en tu baño, ¿verdad?

—Sí. La señora Massey es *real* —afirmó Danny—. Va dejando trozos de sí misma. Tú los viste. Mamá también... y ella no resplandece.

—Vámonos ya —propuso Dick—. Es hora de que veas lo que te traje.

8

El regreso al estacionamiento fue aún más lento, porque Dick se quedaba sin aire.

—El tabaco —explicó—. No empieces nunca, Danny.

—Mamá fuma. Ella cree que no lo sé, pero sí. Dick, ¿qué hizo Abuela Blanca? Algo tuvo que hacer, porque Abuelo Negro no te atrapó.

—Me dio un regalo, el mismo que yo voy a darte a ti. Esa es la misión de un maestro cuando el alumno está preparado. La enseñanza es un regalo en sí misma, ¿sabes? El mejor regalo que cualquiera puede dar o recibir.

»Ella no llamaba al abuelo Andy por su nombre, sino que le decía... —Dick sonrió burlonamente— el *previrtido*. Le dije lo mismo que tú, que él no era un fantasma, que era real. Y dijo que sí, que era cierto, porque yo lo *hacía* real. Con el resplandor. Me contó que algunos espíritus, principalmente los espíritus que están enfadados, no abandonan este mundo porque saben que lo que les espera es todavía peor. Con el tiempo, la mayoría se consumen hasta desaparecer, pero algunos encuentran comida. "Eso es el resplandor para ellos, Dick", me dijo. "Comida. Estás alimentando a ese *previrtido*. No lo haces adrede, pero es así. Tu abuelo es como un mosquito que no deja de revolotear y picarte en busca de sangre. Yo no puedo hacer nada, pero tú *puedes* volver en su contra aquello que viene a buscar."

Habían llegado al Cadillac. Dick abrió el coche y luego se sentó al volante con un suspiro de alivio.

—En otro tiempo habría sido capaz de andar quince kilómetros y correr otros siete u ocho. Ahora, un paseíto por la playa y mi espalda protesta como si un caballo le hubiera pegado una coz. Vamos, Danny. Abre tu regalo.

Danny rompió el papel plateado y descubrió una caja de metal pintado de color verde. En la parte delantera, bajo la cerradura, había un pequeño teclado.

—¡Eh, qué chula!

—¿Sí? ¿Te gusta? Bien. La compré en Western Auto. Acero cien por cien americano. La que me dio Abuela Blanca Rose tenía un candado, con una llavecita que yo llevaba colgada alrededor del cuello, pero hace mucho tiempo de eso. Estamos en los ochenta, la edad moderna. ¿Ves el teclado numérico? Lo que tienes que hacer es marcar cinco números que estés seguro de que no olvidarás y apretar el botoncito en el que dice SET. Luego, cada vez que quieras abrir la caja, teclearás tu código.

Danny parecía encantado.

—¡Gracias, Dick! ¡Guardaré aquí mis cosas especiales!

Eso incluiría sus mejores estampas de beisbol, su rosa de los vientos de los Lobatos, su piedra verde de la suerte y una foto de su padre y él tomada en el jardín delantero del edificio de departamentos donde habían vivido en Boulder, antes del Overlook. Antes de que las cosas se volvieran malas.

—Eso es estupendo, Danny, me gusta la idea, pero además quiero que hagas otra cosa.

—¿Qué?

—Quiero que te familiarices bien con esta caja, por dentro y por fuera. No te limites a mirarla; tócala. Pálpala. Luego mete la nariz y averigua a qué huele. Es necesario que sea tu amiga íntima, al menos durante un tiempo.

—¿Por qué?

—Porque vas a crear una igual en tu mente. Una caja todavía más especial. Y la próxima vez que esa maldita Massey aparezca, estarás preparado. Te explicaré cómo, igual que la vieja Abuela Blanca me lo explicó a mí.

Danny apenas habló en el trayecto de vuelta. Tenía mucho en que pensar. Sujetaba su regalo —una caja de seguridad hecha de resistente metal— en el regazo.

9

La señora Massey regresó una semana después. Volvió a aparecerse en el baño, en esta ocasión en la tina. A Danny no le sorprendió. Al fin y al cabo, había muerto en una tina. Esta vez él no huyó. Esta vez entró y cerró la puerta. La mujer, sonriendo, le indicó por señas que se acercara. Danny, también sonriendo, avanzó. Desde la habitación contigua le llegaba el sonido de la televisión. Su madre estaba viendo *Tres son multitud.*

—Hola, señora Massey —dijo Danny—. Le he traído algo.

En el último momento ella lo entendió y empezó a gritar.

10

Instantes después, su madre llamaba a la puerta del baño.

—¿Danny? ¿Estás bien?

—Perfectamente, mamá. —En la tina no había nadie. Quedaban restos de alguna sustancia viscosa, pero Danny creyó que podría limpiarlos. Un poco de agua se los llevaría por el desagüe—. ¿Necesitas entrar? Saldré enseguida.

—No, solo es que… me ha parecido que me llamabas.

Danny agarró su cepillo de dientes y abrió la puerta.

—Estoy bien al cien por cien. ¿Ves? —Le brindó una amplia sonrisa. No le resultó difícil ahora que la señora Massey se había esfumado.

La expresión de preocupación abandonó el rostro de Wendy.

—Bien. No olvides cepillarte los de atrás. Ahí es donde la comida va a esconderse.

—Lo haré, mamá.

Dentro de su cabeza, muy dentro, en el estante reservado a guardar la copia gemela de su caja de seguridad especial, Danny oía gritos amortiguados. No les prestó atención. Pensó que cesarían pronto, y no se equivocaba.

11

Dos años más tarde, el día antes de las vacaciones de Acción de Gracias, en mitad de una escalera desierta en la Escuela Primaria de Alafia, Horace Derwent se le apareció a Danny Torrance. Había confeti en los hombros de su traje. Una pequeña máscara negra le colgaba de una mano en descomposición. Hedía a tumba.

—Magnífica fiesta, ¿verdad? —preguntó.

Danny dio media vuelta y se alejó, muy rápido.

Al acabar las clases, telefoneó al restaurante de Cayo Hueso donde trabajaba Dick.

—Otro de la Gente del Overlook me ha encontrado. ¿Cuántas cajas puedo tener, Dick? En mi cabeza, quiero decir.

Dick soltó una risita.

—Tantas como necesites, pequeño. Esa es la belleza del resplandor. ¿Crees que Abuelo Negro es el único al que *yo* he tenido que encerrar?

—¿Se mueren ahí dentro?

Esta vez no hubo risitas. Esta vez en la voz de Dick había una frialdad que el chico nunca antes le había oído.

—¿Te importa?

A Danny le traía sin cuidado.

Cuando el otrora propietario del Overlook volvió a presentarse poco después de Año Nuevo —esta vez en el armario del dormitorio de Danny—, el chico estaba preparado. Se metió dentro con su visitante y cerró la puerta. Instantes después, una segunda caja de seguridad apareció en la balda superior de su estantería mental, junto a la que confinaba a la señora Massey. Se oyeron más golpes y varias maldiciones ingeniosas que Danny se guardó para poder usarlas más adelante. Cesaron enseguida. De la caja Derwent solo salía silencio, igual que de la caja Massey. Que estuvieran o no vivos (a su manera no-muerta) ya no importaba.

Lo que importaba era que jamás saldrían. Estaba a salvo.

Eso pensó entonces. Por supuesto, también pensaba que jamás probaría la bebida, no después de ver lo que le había hecho a su padre.

A veces sencillamente erramos el tiro.

LA SERPIENTE DE CASCABEL

1

Se llamaba Andrea Steiner y le gustaba el cine, no así los hombres. No había nada de sorprendente en eso, pues su padre abusó de ella por primera vez cuando solo tenía ocho años. Había continuado violándola por igual espacio de tiempo, hasta que ella le puso fin pinchándole las pelotas, primero una, luego la otra, con una de las agujas de tejer de su madre, y acto seguido introduciendo esa misma aguja, roja y goteante, en la cuenca del ojo izquierdo de su progenitor-violador. Lo de las pelotas había sido fácil porque él estaba dormido, pero el dolor había bastado para despertarlo a pesar del talento especial de ella. Era, sin embargo, una chica grande, y él estaba borracho. Había logrado inmovilizarlo con su cuerpo el tiempo justo para administrarle el *coup de grâce*.

Ahora tenía cuatro veces ocho años, era una vagabunda arando el rostro de América, y un exactor había relevado al cultivador de cacahuates en la Casa Blanca. El nuevo inquilino lucía un cabello negro de actor poco creíble y una sonrisa de actor encantadora y falsa. Andi había visto una de sus películas en televisión. En ella, el hombre que llegaría a presidente interpretaba a un tipo que perdía las piernas cuando un tren le pasaba por encima. Le gustaba la idea de un hombre sin piernas; un hombre sin piernas no podía perseguirte y violarte.

El cine, no existía nada igual. Las películas te transportaban lejos. Podías contar con las palomitas y los finales felices. Podías conseguir que un hombre te acompañara, de ese modo se convertía en una cita y así pagaba él. La película que estaba viendo era de las buenas, con peleas y besos y música alta. Se titulaba *Indiana Jones y los cazadores del arca perdida*. Su cita de ese día estaba metiéndole mano bajo la falda, sobándole el muslo desnudo muy arriba, pero no importaba; una mano no era un pene. Lo había conocido en un bar. A la mayoría de los hombres con los que salía los conocía en bares. El tipo la invitó a tomar una copa, pero una bebida gratis no equivalía a una cita; tan solo era un ligue.

¿Y esto?, le había preguntado él, deslizando la punta del dedo índice por su brazo izquierdo. Ella llevaba una blusa sin mangas, para poder así exhibir el tatuaje. Le gustaba lucirlo cuando salía en busca de una cita. Quería que los hombres lo vieran; les parecía estrafalario. Se lo había hecho en San Diego el año después de matar a su padre.

Es una serpiente, contestó ella. *De cascabel. ¿No ves los colmillos?*

Claro que los veía. Eran colmillos *grandes*, desproporcionados en relación con la cabeza. De uno de ellos pendía una gota de veneno.

Él era un hombre tipo ejecutivo, con traje caro, cabello abundante, presidencial, peinado hacia atrás, y era su tarde libre en cualquiera que fuese el trabajo de oficinista al que se dedicara. Su pelo era más blanco que negro y aparentaba alrededor de sesenta años. Casi le doblaba la edad. Pero eso a los hombres les daba igual. No le habría importado si en lugar de treinta y dos años hubiera tenido dieciséis. U ocho. Recordaba algo que su padre había dicho una vez: *Si tienen edad suficiente para hacer pis, tienen edad suficiente para mí.*

Claro que los veo, había dicho el hombre que ahora estaba sentado a su lado, *pero ¿qué significa?*

Puede que lo averigües, replicó Andi. Se pasó la lengua por el labio superior. *Tengo otro tatuaje. En otro sitio.*

¿Puedo verlo?

A lo mejor. ¿Te gusta el cine?

El hombre había fruncido el ceño. *¿Qué quieres decir?*

¿No te gustaría tener una cita conmigo?

El tipo sabía lo que eso significaba, o lo que se suponía que significaba. Había más chicas en el local, y cuando hablaban de citas, se referían a una sola cosa. Pero no era eso a lo que Andi se refería.

Claro. Eres muy guapa.

Entonces invítame a una cita. Una cita de verdad. *En el Rialto están pasando* Indiana Jones.

Yo estaba pensando más bien en ese hotelito que está dos manzanas más abajo, cielo. Una habitación con mueble bar y terraza, ¿qué te parece?

Andi había arrimado los labios a su oreja y presionaba los senos contra el brazo del hombre.

A lo mejor después. Llévame primero al cine. Págame la entrada y cómprame palomitas. La oscuridad me pone muy cariñosa.

Y ahí estaban, con Harrison Ford en la pantalla, grande como un rascacielos y restallando un látigo en el polvo del desierto. El viejo del cabello presidencial tenía la mano debajo de la falda, pero ella había plantado con firmeza un cubo de palomitas en su regazo, asegurándose de que pudiera recorrer casi por completo la línea de tercera base pero sin posibilidad de alcanzar nada más. El hombre estaba intentando llegar más arriba, lo cual resultaba irritante porque ella quería ver el final de la película y saber qué había en el arca perdida. Así que…

2

A las dos de la tarde de un día entre semana la sala de cine se hallaba casi desierta, pero había tres personas sentadas dos filas más atrás de Andi Steiner y su cita. Dos hombres, uno bastante viejo y otro que aparentaba rozar la mediana edad (aunque las apariencias engañan), flanqueaban a una mujer de extraordinaria belleza. Tenía los pómulos altos, los ojos grises, la tez cremosa. Se recogía su mata de pelo con una cinta ancha de terciopelo. Normalmente llevaba sombrero —una vieja y maltratada chistera—, pero ese día lo había dejado en su cámper. Nadie se ponía sombrero de copa para ir al cine. Su nombre era Rose O'Hara, pero la familia nómada con la que viajaba la llamaba Rose la Chistera.

El hombre que rozaba la mediana edad era Barry Smith. Aunque era cien por cien caucásico, se le conocía en la mentada familia como Barry el Chino a causa de sus ojos ligeramente rasgados.

—Eh, miren eso —indicó—. Se pone interesante.

—La *película* sí es interesante —gruñó el anciano, Abuelo Flick. Pero no era más que su terquedad habitual. También él observaba a la pareja de dos filas más adelante.

—Mejor que lo sea —dijo Rose—, porque la mujer no es que sea muy vaporera. Un poco, pero...

—Allá va, allá va —anunció Barry cuando Andi se inclinó y pegó los labios a la oreja de su acompañante. El Chino sonreía, olvidada la caja de ositos de goma en su mano—. La he visto hacerlo tres veces y siempre me excita.

3

La oreja de Don Ejecutivo estaba cubierta por una mata de pelo blanco encostrada con cera del color de la mierda, pero Andi no permitió que eso la detuviera; deseaba largarse de esa ciudad lo antes posible y sus finanzas estaban peligrosamente mermadas.

—¿No estás cansado? —susurró al repugnante oído—. ¿No querrías echarte a dormir?

La cabeza del hombre se desplomó de inmediato sobre el pecho y empezó a roncar. Andi forcejeó bajo la falda, sacó la mano relajada del viejo y la apoyó en el reposabrazos. A continuación rebuscó en la chaqueta de aspecto caro de Don Ejecutivo. Encontró la cartera en el bolsillo interior izquierdo. Menos mal. No tendría que levantarlo de su culo gordo. Una vez que se dormían, moverlos podía resultar complicado.

Abrió la cartera, tiró al suelo las tarjetas de crédito y miró durante unos instantes las fotografías: Don Ejecutivo con un grupito de señores Ejecutivos con sobrepeso en el campo de golf; Don Ejecutivo con su esposa; un Don Ejecutivo mucho más joven posando delante de un árbol de Navidad con su hijo y dos hijas. Estas llevaban gorros de Santa Claus y vestidos a juego. Probablemente no las había violado, pero no era algo impensable. Los hombres violaban cuando sabían que podrían salir impunes, eso era algo que ella había aprendido. En las rodillas de su padre, por así decirlo.

En el compartimento para billetes había doscientos dólares. Ella había abrigado la esperanza de encontrar todavía más —el bar donde lo había conocido atendía a una clase de putas mejor que los de las cercanías del aeropuerto—, pero no estaba mal para la matiné de un martes, y siempre había hombres dispuestos a llevar a una chica guapa al cine, donde un poco de manoseo sería solo el aperitivo. O eso pensaban ellos.

4

—Está bien —murmuró Rose, y empezó a levantarse—. Me ha convencido. Vamos a darle una oportunidad.

Pero Barry le puso una mano en el brazo, refrenándola.

—No, espera. Mira. Ahora viene la mejor parte.

5

Andi volvió a inclinarse sobre la repugnante oreja y susurró:

—Duérmete más profundo. Todo lo que puedas. El dolor que sientas solo será un sueño. —Abrió su bolso y sacó un cuchillo con el mango nacarado. Era pequeño, pero la hoja estaba afilada como la de una navaja de afeitar—. ¿Qué es el dolor?

—Solo un sueño —musitó Don Ejecutivo al nudo de su corbata.

—Muy bien, cielito.

Le pasó un brazo alrededor y le asestó cuatro tajos en rápida sucesión que abrieron dos VV en la mejilla derecha (una mejilla tan gorda que pronto se convertiría en papada). Se tomó un momento para admirar su obra bajo la luz del ensoñador haz de colores del proyector, y de pronto manó una cortina de sangre. Se despertaría con el rostro ardiendo, el hombro derecho de su caro traje empapado, y necesitando una sala de urgencias.

¿Y cómo se lo explicarás a tu mujer? Ya se te ocurrirá algo, estoy segura. Pero a no ser que te hagas cirugía plástica, verás mis marcas cada vez que te mires en el espejo. Y cada vez que salgas en busca de una desconocida en algún bar te acordarás de cuando te mordió una serpiente de cascabel. Una serpiente de falda azul y blusa blanca sin mangas.

Metió los dos billetes de cincuenta y los cinco de veinte en su bolsa, la cerró con un chasquido, y se disponía a levantarse cuando una mano se posó en su hombro y una mujer le susurró al oído:

—Hola, querida. Podrás ver el resto de la película en otra ocasión. Ahora mismo vas a acompañarnos.

Andi trató de revolverse, pero unas manos le atenazaban la cabeza. Lo terrible del asunto era que estaban *dentro* de ella.

Después de eso —hasta que se descubrió en el EarthCruiser de Rose, en un campamento lleno de malas hierbas a las afueras de esa ciudad del Medio Oeste— todo fue oscuridad.

6

Cuando despertó, Rose le dio una taza de té y habló con ella largo y tendido. Andi la escuchó, pero casi toda su atención estaba puesta en la mujer que la había raptado. Era impresionante, aunque eso era quedarse corto. Rose la Chistera medía un metro ochenta, llevaba sus largas piernas enfundadas en medias blancas y pudo apreciar sus pechos erguidos bajo una camiseta con el logo de UNICEF y el lema: «Lo que haga falta para salvar a un niño». Su rostro era el de una reina tranquila, serena y carente de preocupaciones. El cabello, ahora suelto, le caía hasta la mitad de la espalda. La gastada chistera que llevaba ladeada en la cabeza desentonaba, pero por lo demás era la mujer más hermosa que Andi Steiner había visto nunca.

—¿Comprendes lo que te he explicado? Te estoy brindando una oportunidad, Andi, y no deberías tomártela a la ligera. Hace veinte años o más que no le ofrecemos a nadie lo que te estoy ofreciendo a ti.

—¿Y si digo que no? ¿Qué pasará entonces? ¿Me matarán, y se llevarán este...? —¿Cómo lo había llamado?—. ¿Este vapor?

Rose sonrió. Sus labios eran voluptuosos, rosa coral. Andi, que se consideraba a sí misma asexual, se preguntó, no obstante, qué sabor tendría su lápiz de labios.

—No tienes tanto vapor como para que nos molestemos por él, querida, y lo que *tienes* no es que sea para chuparse los dedos. Sabría como le sabría a un palurdo la carne de una vaca vieja y dura.

—¿A un qué?

—Da igual. Escucha. No vamos a matarte. Si dices que no, lo que haremos es borrarte de la memoria esta conversación. Aparecerás en una cuneta en las afueras de alguna ciudad insignificante... Topeka, tal vez, o Fargo..., sin dinero, sin documentos de identidad y sin recordar cómo llegaste allí. Lo último que recordarás es que entraste en ese cine con el hombre al que robaste y desfiguraste.

—¡Se lo merecía! —espetó Andi.

Rose se irguió sobre las puntas de los pies y se estiró, sus dedos tocaban el techo del cámper.

—Eso es problema tuyo, muñeca, yo no soy tu psiquiatra. —No llevaba brasier; Andi vio los movedizos signos de puntuación de sus pezones contra la camiseta—. Pero he aquí algo que deberías considerar: nos llevaremos tu talento además de tu dinero y tus documentos de identidad, que sin duda son falsos. La próxima vez que le sugieras a un hombre que se duerma en un cine oscuro, te mirará y te preguntará de qué carajos estás hablando.

Andi experimentó un gélido goteo de miedo.

—No puedes hacer eso.

Sin embargo, recordó las manos terriblemente fuertes que habían penetrado en su cerebro y supo que esa mujer podía. Tal vez necesitara un poco de ayuda de sus amigos, los de cámpers y otros vehículos agrupados en torno a esta como lechones en la teta de una marrana, pero, oh, sí, podía.

—¿Cuántos años tienes, querida? —preguntó Rose, pasando por alto su comentario.

—Veintiocho. —Había ocultado su edad desde que cumplió los temidos treinta.

Rose la miró sonriendo, en silencio. Andi aguantó el escrutinio de sus hermosos ojos grises durante cinco segundos, después tuvo que bajar la mirada. Al hacerlo, sus ojos se posaron en aquellos suaves pechos, desguarnecidos pero sin señal de flacidez. Y cuando volvió a alzar la vista, sus ojos no llegaron más allá de los labios de la mujer. Esos labios rosa coral.

—Tienes treinta y dos años —dijo Rose—. Oh, los aparentas porque has llevado una vida difícil. Una vida a la carrera. Pero todavía eres bonita. Quédate con nosotros, vive con nosotros, y dentro de diez años tendrás realmente veintiocho.

—Eso es imposible.

Rose sonrió.

—Dentro de cien años, parecerás y te sentirás como si tuvieras treinta y cinco. Es decir, hasta que tomes vapor. Entonces volverás a tener veintiocho, con la diferencia de que te sentirás diez años más joven. Y tomarás vapor a menudo. Vivir mucho, permanecer joven, comer bien: esas son las cosas que te ofrezco. ¿Qué tal suena?

—Demasiado bien para ser cierto —dijo Andi—. Como esos anuncios que te ofrecen un seguro de vida por diez dólares.

No se equivocaba del todo. Rose no había dicho ninguna mentira (al menos todavía), pero omitía algunos detalles. Como que a veces el vapor escaseaba. Como que no todo el mundo sobrevivía a la Conversión. Rose juzgaba que esa mujer sobreviviría, y el Nueces, el médico amateur del Nudo, había asentido con cautela, pero nada era seguro.

—¿Y tú y tus amigos se hacen llamar…?

—No son mis amigos, son mi familia. Somos el Nudo Verdadero. —Rose entrelazó los dedos y los levantó frente al rostro de Andi—. Y lo que se ata jamás podrá ser desatado. Tienes que entenderlo.

Andi, que sabía que una chica violada jamás podrá ser desviolada, lo entendía perfectamente.

—¿Tengo alternativa?

Rose se encogió de hombros.

—Solo malas, querida. Pero es mejor si lo deseas de verdad. Facilitará la Conversión.

—Esa Conversión… ¿duele?

Rose sonrió y pronunció la primera mentira.

—En absoluto.

7

Una noche de verano cualquiera en las afueras de una ciudad del Medio Oeste.

En algún lugar, la gente veía a Harrison Ford restallar su látigo; en algún lugar, el Presidente Actor sin duda esbozaba su sonrisa falsa; aquí, en ese campamento, Andi Steiner estaba tendida en una tumbona de jardín barata, bañada por la luz de los faros del EarthCruiser de Rose y la Winnebago de alguna otra persona. Rose le había explicado que, aunque el Nudo Verdadero poseía varios terrenos, ese no era suyo. Sin embargo, su hombre de avanzada era capaz de arrendar lugares como aquel, negocios tambaleándose al borde de la insolvencia. Estados Unidos sufría una recesión, pero para el Nudo el dinero no era un problema.

—¿Quién es el hombre de avanzada? —había preguntado Andi.

—Ah, es todo un triunfador —había respondido Rose sonriendo—. Es capaz de cautivar a cualquiera. Pronto lo conocerás.

—¿Es tu hombre especial?

Rose se había reído y había acariciado la mejilla de Andi. El contacto de sus dedos le provocó un gusanillo ardiente de excitación en el estómago. Una locura, pero ahí estaba.

—Has tenido un destello, ¿no? Todo saldrá bien.

Quizá, pero ahí tendida, Andi ya no sentía excitación sino miedo. Una sucesión de artículos de periódico cruzó por su mente, noticias sobre cadáveres hallados en una zanja, cadáveres hallados en el claro de un bosque, cadáveres hallados en el fondo de un pozo seco. Mujeres y niñas. Casi siempre mujeres y niñas. No era Rose quien la asustaba —no exactamente— y allí había otras mujeres, pero también hombres.

Rose se arrodilló a su lado. La luz deslumbrante de los faros debería haber convertido su rostro en un crudo y feo paisaje de blancos y negros, pero se demostró lo contrario: solo la hacía más hermosa. Acarició una vez más la mejilla de Andi.

—No temas —la tranquilizó—. No temas.

Volteó hacia una de las otras mujeres, una criatura de belleza pálida a la que Rose llamaba Sarey la Callada, y asintió con la cabeza. Sarey le devolvió el gesto y entró en el monstruoso vehículo de Rose. Los demás, entretanto, empezaron a formar un círculo en torno a la tumbona. A Andi no le gustó aquello. Poseía cierta cualidad *sacrificial.*

—No temas. Pronto serás una de nosotros, Andi. Una *con* nosotros.

A menos que no salgas del ciclo, pensó Rose. *En ese caso, quemaremos tus ropas en la incineradora que hay detrás de los baños y mañana nos iremos. Pero quien nada arriesga, nada gana.*

Sin embargo, esperaba que eso no sucediera. Ella le gustaba, y una persona con el talento de dormir a otros les vendría muy bien.

Sarey regresó con un recipiente de acero que parecía un termo. Se lo entregó a Rose, que le quitó la tapa roja. Debajo había un pulverizador y una válvula. A Andi le pareció un bote de insecticida sin etiqueta. Le pasó por la cabeza saltar de la tumbona y escapar de allí, pero entonces se acordó de lo ocurrido en el cine, de las manos que la habían apresado dentro de su cabeza, impidiendo que se moviera.

—Abuelo Flick, ¿nos guiarás? —preguntó Rose.

—Encantado.

Era el viejo del cine. Esa noche llevaba unas holgadas bermudas de color rosa, sandalias y calcetines blancos que trepaban desde sus huesudos tobillos hasta las rodillas. Andi pensó que se parecía al abuelo de *Los Walton* tras haber pasado dos años en un campo de concentración. El viejo levantó las manos y los demás lo imitaron. Enlazados de esa manera, y recortadas sus siluetas bajo los rayos cruzados de los faros, ofrecían el aspecto de una cadena de extraños monigotes de papel.

—Somos el Nudo Verdadero —dijo. La voz que surgía de aquel pecho hundido ya no temblaba; era la voz profunda y resonante de un hombre mucho más joven y fuerte.

—*Somos el Nudo Verdadero* —respondieron ellos—. *Lo que se ata jamás podrá ser desatado.*

—He aquí una mujer —dijo Abuelo Flick—. ¿Se unirá a nosotros? ¿Unirá su vida a nuestra existencia y será una con nosotros?

—Di «sí» —apuntó Rose.

—S-sí —farfulló Andi. Su corazón ya no latía; vibraba como un cable.

Rose giró la válvula del bote. Se oyó un suspiro, corto y compungido, y escapó una bocanada de niebla plateada. En lugar de disiparse en la ligera brisa nocturna, quedó suspendida sobre el recipiente hasta que Rose se inclinó hacia delante, frunció sus fascinantes labios de coral y sopló suavemente. La bocanada de niebla —como un globo de diálogo de un cómic sin ninguna palabra en su interior— se desplazó hasta cernirse sobre el rostro de Andi, que miraba hacia arriba con los ojos muy abiertos.

—Somos el Nudo Verdadero, nosotros perduramos —proclamó Abuelo Flick.

—*Sabbatha hanti* —respondieron los demás.

La niebla empezó a descender, muy despacio.

—Somos los elegidos.

—*Lodsam hanti* —respondieron.

—Respira hondo —dijo Rose, y besó a Andi suavemente en la mejilla—. Te veré en el otro lado.

Quizá.

—Somos los afortunados.

—*Cahanna risone hanti.*

Después, todos juntos:

—Somos el Nudo Verdadero, nosotros...

Pero en ese punto Andi perdió el hilo. La sustancia plateada se asentó sobre su rostro y era fría, muy fría. Al inhalarla, cobró una especie de vida tenebrosa y empezó a gritar dentro de ella. Una criatura hecha de niebla —niño o niña, no lo sabía— forcejeaba para escapar, pero alguien le cortaba el paso. *Rose* le cortaba el paso, mientras los demás estrechaban el círculo a su alrededor (un nudo), enfocándola con una docena de linternas, iluminando un asesinato a cámara lenta.

Andi trató de saltar de la tumbona, pero no tenía con qué saltar. Su cuerpo había desaparecido. En su lugar solo quedaba dolor en forma de ser humano. El dolor de la agonía del niño y de la suya propia.

Abrázalo. El pensamiento fue como una gasa fría presionando la herida ardiente en que se había convertido su cuerpo. *Es la única manera de pasar.*

No puedo, llevo toda mi vida huyendo de este dolor.

Tal vez, pero has agotado los sitios adonde huir. Abrázalo. Trágalo. Toma el vapor o muere.

8

Los Verdaderos continuaban con las manos alzadas entonando palabras ancestrales: *sabbatha hanti, lodsam hanti, cahanna risone hanti.* Observaban cómo la blusa de Andi Steiner se alisaba en el lugar que ocupaban sus senos, cómo su falda se desinflaba igual que una boca que se cierra. Observaban cómo su rostro se convertía en cristal lechoso. Sus ojos perduraban, sin embargo, flotando cual globos diminutos en vaporosas cuerdas de nervios.

Pero van a desaparecer también, pensó el Nueces. *No es lo bastante fuerte. Creí que quizá lo lograría, pero me equivoqué. Puede que vuelva un par de veces, pero no saldrá del ciclo. No quedará nada, solo su ropa.* Intentó recordar su propia Conversión, pero solo se acordaba de que había luna llena y de que en vez de faros lo alumbraba una hoguera encendida. Una hoguera, el relincho de caballos... y el dolor. ¿Era posible recordar realmente el dolor? No lo creía. Sabías que existía tal cosa, y que lo habías sufrido, pero no era lo mismo.

La cara de Andi emergió a la existencia flotando como el rostro de un fantasma sobre la mesa de un médium. La pechera de la blusa se infló, dibujó curvas; la falda se hinchó cuando sus caderas y sus muslos retornaron al mundo. Aulló de agonía.

—*Somos el Nudo Verdadero, nosotros perduramos* —cantaron a la luz de los haces cruzados de los cámpers—. Sabbatha hanti. *Somos los elegidos*, lodsam hanti. *Somos los afortunados*, cahanna risone hanti. —Continuarían así hasta que terminara. De un modo u otro, ya no tardaría mucho.

Andi empezó a desaparecer de nuevo. Su carne se transformó en un cristal nebuloso a través del cual los Verdaderos pudieron ver el esqueleto y la sonrisa ósea de su calavera. Varios empastes plateados brillaban en aquella mueca. Sus ojos incorpóreos giraban salvajemente en cuencas que ya no estaban allí. Seguía gritando, pero ahora solo se oía un eco débil, como proveniente del fondo de un pasillo lejano.

9

Rose pensó que se había rendido, era lo que hacían cuando el dolor se volvía insoportable, pero esta era fuerte. Retornó a la existencia en un remolino, sin cesar de gritar. Sus manos recién llegadas agarraron a Rose con una fuerza desbocada y la arrastraron. Rose se inclinó hacia delante, apenas notaba el dolor.

—Sé lo que quieres, muñeca. Vuelve y podrás tenerlo. —Pegó su boca a la de Andi y le acarició el labio superior con la lengua hasta que el labio se convirtió en niebla. Sin embargo los ojos seguían ahí, fijos en los de Rose.

—*Sabbatha hanti* —cantaban—. *Losan hanti. Cahanna risone hanti.*

Andi regresó, su rostro tomaba forma en torno a la mirada fija de sus ojos, anegados de dolor. Le siguió el cuerpo. Por un instante Rose vio los huesos de los brazos, los huesos de los dedos que aferraban los suyos, y entonces, una vez más, se revistieron de carne.

Rose volvió a besarla. Incluso inmersa en su dolor, Andi respondió, y Rose insufló su propia esencia por la garganta de aquella mujer más joven.

Quiero a ésta. Y aquello que quiero lo consigo.

Andi empezó a desvanecerse de nuevo, pero Rose pudo sentir que luchaba contra ello. Que se sobreponía. Que, en vez de rechazarla, se alimentaba con la aullante fuerza vital que ella le había insuflado por su garganta y en sus pulmones.

Que tomaba vapor por primera vez.

10

El miembro más reciente del Nudo Verdadero pasó aquella noche en la cama de Rose O'Hara y por primera vez en su vida halló en el sexo algo distinto al miedo y el dolor. Tenía la garganta irritada por los gritos que había proferido en la tumbona, pero volvió a gritar cuando aquella nueva sensación —placer para contrarrestar el dolor de su Conversión— se apoderó de su cuerpo y una vez más pareció volverlo transparente.

—Grita cuanto quieras —dijo Rose, alzando la vista de entre los muslos de Andi—. Han oído muchos gritos. Tanto de los buenos como de los malos.

—¿El sexo es así para todo el mundo? —En tal caso, ¡lo que se había perdido! ¡Cuánto le había robado el cabrón de su padre! ¿Y la gente creía que la ladrona era *ella*?

—Es así para nosotros, cuando hemos tomado vapor —dijo Rose—. Eso es todo lo que necesitas saber.

Bajó la cabeza y volvió a empezar.

11

No mucho antes de medianoche, Charlie el Fichas y Baba la Rusa, sentados en el escalón inferior del cámper del primero, compartían un porro y contemplaban la luna. Del EarthCruiser de Rose llegaron más gritos.

Charlie y Baba se miraron y sonrieron.

—A alguien le gusta —observó Baba.

—¿Cómo no iba a gustarle? —dijo Charlie.

12

Andi despertó con la primera luz del alba, con la cabeza descansando sobre los senos de Rose a modo de almohada. Se sentía completamente diferente pero, al mismo tiempo, nada parecía haber cambiado. Alzó la cabeza y vio a Rose mirándola con aquellos extraordinarios ojos grises.

—Me has salvado —dijo Andi—. Me trajiste de vuelta.

—No podría haberlo hecho sola. Tú querías volver. —*En más de un sentido, cariño.*

—Lo que hicimos después... no podremos repetirlo, ¿verdad?

Rose negó con la cabeza, sonriendo.

—No. Y está bien así. Algunas experiencias son absolutamente insuperables. Además, mi hombre volverá hoy.

—¿Cómo se llama?

—Responde a Henry Rothman, pero eso es solo para los palurdos. Para los Verdaderos su nombre es Papá Cuervo.

—¿Lo quieres? Sí, ¿verdad?

Rose sonrió, se acercó a Andi y la besó. Pero no respondió.

—¿Rose?

—¿Sí?

—¿Soy…? ¿Sigo siendo humana?

A esta pregunta Rose le dio la misma respuesta que Dick Hallorann había dado una vez al joven Danny Torrance, y con el mismo tono frío de voz.

—¿Te importa?

Andi decidió que no. Decidió que estaba en casa.

MAMÁ

1

Tuvo un enredo de pesadillas —alguien blandiendo un mazo y persiguiéndolo por pasillos interminables, un elevador que funcionaba solo, arbustos con forma de animales que cobraban vida y lo cercaban— y finalmente un pensamiento nítido: *Ojalá estuviera muerto.*

Dan Torrance abrió los ojos. La luz del sol penetró a través de ellos en su cabeza dolorida y amenazó con prender fuego a su cerebro. La madre de todas las crudas. Su rostro palpitaba. Sus fosas nasales estaban taponadas excepto por un diminuto agujero de alfiler en la izquierda que permitía la entrada de un hilo de aire. ¿La izquierda? No, era la derecha. Podía respirar por la boca, pero resultaba asqueroso porque le sabía a whisky y cigarros. Su estómago era una bola de plomo, lleno de toda clase de porquerías. «La barriga basura de la mañana después», así había llamado algún antiguo compañero de borracheras esa lamentable sensación.

Ronquidos fuertes a su lado. Dan giró la cabeza en esa dirección, aunque su cuello lanzó un grito de protesta y otro rayo de agonía le atravesó la sien. Volvió a abrir los ojos, pero solo un poco; no más de aquel sol cegador, por favor. Todavía no. Estaba tendido en un colchón desnudo en un suelo desnudo. Una mujer desnuda yacía despatarrada a su lado, boca arriba. Dan bajó la vista y vio que él mismo también estaba *al fresco*.

Esta es... ¿Dolores? No. ¿Debbie? Casi, pero no...

Deenie. Se llamaba Deenie. La había conocido en un bar llamado The Milky Way, y todo había sido bastante divertido hasta que...

No se acordaba, aunque tras echar un vistazo a sus manos —ambas hinchadas, los nudillos de la derecha raspados y con costras— decidió que no quería recordarlo. ¿Y qué importaba? El escenario básico nunca cambiaba. Se emborrachaba, alguien decía lo que no debía, y a continuación el caos y la carnicería se apoderaban del bar. Un perro peligroso habitaba en su cabeza. Sobrio, podía mantenerlo atado. Cuando bebía, la correa desaparecía. *Tarde o temprano mataré a alguien.* Por cuanto sabía, tal vez lo había hecho la noche anterior.

Eh, Deenie, cógeme el weenie.

¿De verdad había dicho eso? Mucho se temía que sí. Empezaba a recordar un poco, e incluso un poco era demasiado. Jugando al billar. Tratando de darle un poco más de efecto a la bola, y el taco raspaba la mesa, y la hijaputa manchada de tiza se iba botando y rodando hasta la rockola, donde sonaba —¿qué si no?— música country. Joe Diffie, creía recordar. ¿Por qué había fallado tan escandalosamente? Porque estaba borracho, y porque Deenie estaba detrás de él, Deenie había estado cogiéndole el *weenie* justo por debajo del borde de la mesa y él estaba alardeando para impresionarla. Todo en sana diversión. Pero entonces el tipo de la gorra Case y la extravagante camisa de *cowboy* de seda se había reído, y ese fue su error.

Caos y carnicería en el bar.

Dan se tocó la boca y palpó rollizas salchichas donde había unos labios normales la tarde anterior, cuando salió de aquel sitio de cobro de cheques con algo más de quinientos dólares en el bolsillo del pantalón.

Por lo menos parece que todos los dientes están...

Su estómago dio una sacudida líquida. Un borbotón de agria porquería con un regusto a whisky le subió por la garganta y volvió a tragárselo. Quemaba. Rodó fuera del colchón y cayó de rodillas, se puso en pie de manera vacilante y se tambaleó en cuanto la habitación empezó a bailar un lento tango. Tenía cruda, la cabeza a punto de estallar, sus tripas estaban llenas de cualquier comida barata que hubiera engullido la noche anterior para aplastar el alcohol…, pero es que además seguía borracho.

Recogió los calzones del suelo y salió del dormitorio con ellos colgando de su mano, sin cojear pero favoreciendo claramente a su pierna izquierda. Tenía un vago recuerdo —que esperaba que nunca se definiera del todo— del vaquero Case arrojándole una silla. Ahí fue cuando él y Deenie «cógeme el *weenie*» se marcharon si no exactamente corriendo sí riendo como lunáticos.

Otra sacudida de su nada contento vientre. Esta vez acompañada de un apretón que parecía el de una mano enfundada en un guante de goma. Eso disparó todos los detonadores del vómito: el olor a vinagre de huevos cocidos en un tarro de cristal, el sabor de las cortezas de cerdo a la barbacoa, la visión de papas fritas ahogadas en una hemorragia nasal de cátsup. Toda la mierda que se había llevado a la boca la noche anterior entre copa y copa. Iba a vomitar, pero las imágenes continuaban destilando, girando en la ruleta de algún concurso de pesadilla.

¿Qué tenemos para nuestro próximo concursante, Johnny? Bueno, Bob, ¡es un plato enorme de SARDINAS GRASIENTAS!

El baño quedaba al final de un corto pasillo. La puerta estaba abierta, la tapa del escusado levantada. Dan se abalanzó sobre la taza, cayó de rodillas y expulsó un copioso torrente de porquería amarillo pardusca encima de un excremento flotante. Apartó la vista, buscó a tientas la palanca del tanque y la accionó. Fluyó una cascada, pero no le siguió el ruido del desagüe. Volvió a mirar y vio algo alarmante: el excremento, probablemente suyo, subiendo hacia el borde salpicado de orina de la taza en un océano de aperitivos a medio digerir. Justo antes de que el escusado se desbordara, completando así el horror banal de esa mañana, la tubería se aclaró la garganta y toda la mierda desapareció arrastrada por el agua. Dan volvió a vomitar, luego se sentó sobre los talones, con la espalda apoyada en la pared del baño, y agachó la cabeza palpitante, esperando a que se llenara el tanque para poder vaciarlo por segunda vez.

Se acabó. Lo juro. Se acabó el alcohol, se acabaron los bares, se acabaron las peleas. Una promesa repetida cien veces. O mil.

Una cosa era cierta: o se largaba de esa ciudad o se vería en problemas. *Serios* problemas, quizá; no podía descartarlos.

Johnny, ¿qué tenemos para el ganador de hoy? Bob, ¡son DOS AÑOS EN LA PENITENCIARÍA DEL ESTADO POR ASALTO Y AGRESIÓN!

Y... el público del estudio enloquece.

El tanque del escusado había acallado su ruidoso llenado. Echó mano a la palanca para evacuar La Mañana Siguiente Parte Dos, pero entonces se detuvo y contempló el agujero negro de su memoria a corto plazo. ¿Sabía cómo se llamaba? ¡Sí! Daniel Anthony Torrance. ¿Sabía cómo se llamaba la chica que roncaba en el colchón de la otra habitación? ¡Sí! Deenie. No recordaba su apellido, pero seguramente ella no se lo había dicho. ¿Sabía cómo se llamaba el actual presidente?

Para horror de Dan, no lo recordaba, no en un primer momento al menos. El tipo lucía un moderno corte de pelo a lo Elvis y tocaba el saxofón... bastante mal, por cierto. Pero ¿el nombre...?

¿Sabes acaso dónde estás?

¿Cleveland? ¿Charleston? Era una u otra.

Al vaciar el tanque, el nombre del presidente le vino a la cabeza con espléndida claridad. Y Dan no estaba *ni* en Cleveland *ni* en Charleston. Estaba en Wilmington, Carolina del Norte. Trabajaba como celador en el hospital Grace of Mary. O había trabajado. Era hora de seguir adelante. Si conseguía llegar a algún otro sitio, algún sitio *bueno*, a lo mejor era capaz de dejar la bebida y volver a empezar de cero.

Se levantó y se miró en el espejo. El daño no era tan grave como se había temido. La nariz hinchada, pero no rota (al menos creía que no). Costras de sangre seca sobre el inflamado labio superior. Tenía un moretón en el pómulo derecho (el vaquero Case debía de ser zurdo), con la huella ensangrentada de un anillo en el centro. Otro moretón, grande, se estaba extendiendo en su hombro izquierdo. Eso, creía recordar, se lo había hecho un taco de billar.

Examinó el botiquín. Entre tubos de maquillaje y frascos desordenados de productos de higiene encontró tres medicamentos para los que se necesitaba receta. El primero era Diflucan, comúnmente prescrito para la candidiasis. Se alegró de estar circuncidado. El segundo era Darvon Comp 65. Lo abrió, vio media docena de cápsulas y se guardó tres para usarlas más tarde. El último era Fioricet, y el frasco —afortunadamente— estaba casi lleno. Se tragó tres comprimidos con agua fría. Inclinarse sobre el lavabo empeoró su dolor de cabeza, pero pensó que pronto sentiría alivio. El Fioricet, indicado para las migrañas y las cefaleas nerviosas, era un matacrudas garantizado. Bueno… casi garantizado.

Se disponía a cerrar el botiquín cuando decidió echar otro vistazo. Removió la porquería. Ningún anticonceptivo. Quizá ella los llevara en su bolso. Eso esperaba, porque no había utilizado condón. Si se la había cogido —y aunque no lo recordaba con certeza, era lo más probable—, lo había hecho sin preservativo.

Se puso los calzones, volvió al dormitorio arrastrando los pies y se detuvo en la puerta un momento a observar a la mujer que lo había llevado a su casa la noche pasada. Brazos y piernas abiertas, exhibiéndolo todo. La noche anterior parecía la diosa del mundo occidental, con su minifalda de cuero y sus sandalias de corcho, su top corto y sus aretes de aro. Esta mañana advirtió la masa blanca y fofa de una creciente barriga cervecera y la segunda barbilla que empezaba a asomar bajo la primera.

Vio algo peor: no era lo que se dice una mujer. Tal vez no fuese menor de edad (por favor, Dios, que no sea menor de edad), pero seguro que no había cumplido los veinte años, quizá todavía tuviera dieciocho o diecinueve. En una pared, escalofriantemente infantil, había un póster de KISS con Gene Simmons escupiendo fuego. Otro mostraba a una linda gatita de ojos asustados colgando de la rama de un árbol. AGUANTA AHÍ, NENA, aconsejaba el cartel.

Tenía que largarse de allí.

Sus ropas estaban enmarañadas a los pies del colchón. Separó su camiseta de la pantaleta de la chica, se la pasó por la cabeza y luego se puso los jeans. Se quedó petrificado, con el cierre a medio subir, al darse cuenta de que su bolsillo izquierdo estaba mucho menos abultado de lo que estuviera cuando salió del sitio de cobro de cheques la tarde anterior.

No. No puede ser.

Su cabeza, que ya estaba algo mejor, empezó a palpitar de nuevo a medida que los latidos de su corazón aceleraban, y cuando hundió la mano en el bolsillo sacó únicamente un billete de diez dólares y dos palillos de dientes, uno de los cuales se le introdujo bajo la uña del dedo índice y se clavó en la sensible carne. Apenas lo notó.

No nos bebimos quinientos dólares. Ni de broma. Estaríamos muertos si hubiéramos bebido tanto.

Su cartera continuaba alojada en el bolsillo de atrás. La sacó, esperando contra toda esperanza, pero no había nada. En algún momento debió de transferir el billete de diez que normalmente guardaba allí al bolsillo delantero. Aquel gesto se lo ponía más difícil a los carteristas, algo que ahora le parecía un chiste.

Miró a la mujer-muchacha que roncaba despatarrada en el colchón y se encaminó hacia ella con intención de despertarla de una sacudida y preguntarle qué había hecho con su puto dinero. *Estrangularla*, eso se merecía. Pero si ella se lo había robado, ¿por qué lo había llevado a su casa? ¿Y no había ocurrido nada más, ninguna otra aventura después de marcharse del Milky Way? Ahora que su cabeza se aclaraba, creía recordar —de forma borrosa, pero probablemente válida— que tomaron un taxi a la estación de tren.

Conozco a un tipo que anda por allí, cariño.

¿Había dicho ella eso de verdad o era cosa de su imaginación?

De acuerdo, lo dijo. Estoy en Wilmington, el presidente es Bill Clinton, y fuimos a la estación de tren. Y sí, allí había un tipo, de esos que prefieren hacer los negocios en el baño de caballeros, sobre todo si al cliente le han arreglado la cara. Cuando preguntó quién me había hecho enojar, le contesté...

—Le contesté que se metiera en sus asuntos —murmuró Dan.

Cuando entraron en el baño, Dan tenía la intención de comprar un gramo para contentar a la chica, nada más que eso, y solo si no era medio Manitol. A Deenie tal vez le gustara la coca, pero no a él. La «aspirina del rico», había oído que la llamaban, y él estaba lejos de ser rico. Pero entonces alguien había salido de uno de los retretes. Un ejecutivo con un maletín rebotando en su rodilla. Y cuando el señor Ejecutivo se dirigía a un lavabo para lavarse las manos, Dan había visto moscas reptándole por el rostro.

Moscas de muerte. El señor Ejecutivo era un muerto andante y no lo sabía.

Por tanto, en lugar de achicarse, estaba prácticamente seguro de que se había crecido. Aunque quizá hubiera cambiado de opinión en el último momento. Era posible; recordaba tan poco...

Pero me acuerdo de las moscas.

Sí. Las recordaba. El alcohol aplastaba el resplandor, lo noqueaba, pero no podía asegurar que los bichos fuesen una manifestación del resplandor. Borracho o sobrio, aparecían cuando querían.

Volvió a pensar: *Tengo que largarme de aquí.*

Volvió a pensar: *Ojalá estuviera muerto.*

2

Deenie emitió un débil resoplido y se apartó de la implacable luz matinal. Salvo por el colchón en el suelo, la habitación estaba desprovista de muebles; ni siquiera había una cómoda de segunda mano. El armario estaba abierto, y Dan vio gran parte del exiguo vestuario de Deenie amontonado en dos cestos de plástico para lavar. Las pocas prendas colgadas en ganchos parecía ser su ropa de gala para salir de parranda. Vio una camiseta roja con las palabras SEXY GIRL impresas con lentejuelas, y una falda de mezclilla con el dobladillo deshilachado a la moda. Había dos pares de tenis, dos pares de zapatos planos y un par de zapatos provocativos, con tiras y tacones altos. Sin embargo, no vio ningunas sandalias de corcho. Para el caso, tampoco había rastro de sus propios Reebok, hechos polvo.

Dan no recordaba que se hubieran despojado del calzado al entrar, pero si lo hicieron, sus tenis estarían en la sala de estar, la cual *sí* recordaba... vagamente. A lo mejor también estaba allí la bolsa de la chica. Quizá él le había dado el dinero que le quedaba para que se lo guardara. Era improbable, pero no imposible.

Recorrió, con la cabeza palpitando, el corto pasillo hasta lo que suponía que era la única otra habitación del departamento. En el lado más alejado encontró una cocina pequeña equipada con una placa para cocinar y un frigobar empotrado bajo la encimera. En el cuarto de estar había un sofá desangrándose con el relleno por fuera y con uno de los extremos apoyado en un par de ladrillos. Estaba frente a una televisión grande con una raja que surcaba el centro de la pantalla. La raja había sido remendada con una tira de cinta canela que ahora colgaba de una esquina. Había un par de moscas pegadas a la cinta, una de ellas aún luchaba lánguidamente por liberarse. Dan la contempló con morbosa fascinación, reflexionando (no por primera vez) acerca de que el ojo de la cruda posee una extraña capacidad para hallar los detalles más feos en cualquier paisaje.

Había una mesita de centro delante del sofá. En ella, un cenicero lleno de colillas, una bolsita de plástico con cierre hermético que contenía polvo blanco y un ejemplar de la revista *People* con un poco de hierba esparcida sobre la portada. A su lado, completando el cuadro, un billete de dólar aún enrollado parcialmente. Ignoraba cuánto habrían inhalado, pero a juzgar por la cantidad que aún quedaba, podía despedirse de sus quinientos dólares.

Joder. Ni siquiera me gusta *la coca. ¿Y cómo la inhalé? Si apenas puedo respirar.*

No lo había hecho. *Ella* había inhalado. Él se la había frotado en las encías. Todo empezaba a volver. Habría preferido que se quedara lejos, pero ya era demasiado tarde.

Las moscas de muerte en el baño, agolpándose dentro y fuera de la boca del señor Ejecutivo y sobre la superficie húmeda de sus ojos. El señor Traficante preguntándole a Dan qué miraba. Dan diciéndole que nada, no importaba, veamos qué tienes. Resultó que el señor Traficante tenía mucho. Normal por otra parte. Después recordó el trayecto en otro taxi hasta la casa de la chica, Deenie ya inhalando en el dorso de la mano, demasiado golosa —o demasiado necesitada— para esperar. Los dos intentando cantar «Mr. Roboto».

Divisó las sandalias y sus Reebok justo en la puerta, y ahí llegaron más recuerdos dorados. Ella no se había quitado las sandalias de un puntapié, se limitó a dejarlas caer de sus pies, porque para entonces Dan tenía las manos firmemente plantadas en su trasero y ella le rodeaba la cintura con las piernas. Su cuello olía a perfume, su aliento a frituras con aroma a barbacoa. Habían engullido frituras a puñados antes de pasar a la mesa de billar.

Dan se puso los tenis y fue hasta la cocina pensando que quizá habría café instantáneo en el único armario. No encontró café, pero vio la bolsa de ella tirada en el suelo. Creyó recordarla lanzándolo al sofá y riéndose cuando falló. La mitad de las porquerías que llevaba se habían desparramado, incluida una cartera roja imitación de cuero. Lo recogió todo y se llevó el bolso a la cocina. Sabía de sobra que su dinero residía ahora en el bolsillo de los pantalones de diseño del señor Traficante, pero una parte de él insistía en que tenía que quedar *algo*, aunque solo fuese porque necesitaba que quedara algo. Diez dólares llegarían para tres tragos o dos packs de seis cervezas, pero hoy iba a necesitar más que eso.

Encontró la cartera y la abrió. Contenía varias fotos: un par de Deenie con un individuo que se le parecía demasiado como para no ser un familiar, un par de Deenie con un bebé en brazos, una de Deenie con el vestido del baile de graduación junto a un chico dientón con un esmoquin azul espantoso. El compartimento para billetes abultaba. Eso le dio esperanza, hasta que lo abrió y vio un muestrario de cupones de comida. También había algunos billetes: dos de veinte y tres de diez.

Es mi dinero. Bueno, lo que queda de él.

Pero no se engañaba. Jamás le habría dado su paga semanal a un ligue drogado para que se la guardara. El dinero era de ella.

Sí, pero ¿la idea de la coca no había sido de Deenie? ¿No tenía ella la culpa de que esta mañana él estuviera arruinado y crudo?

No. Tienes resaca porque eres un borracho. Estás arruinado porque viste las moscas de muerte.

Quizá fuese cierto, pero si ella no hubiera insistido en ir a la estación de tren a buscar droga, nunca habría *visto* las moscas.

Quizá ella necesite esos setenta dólares para comprarse comida.

Claro. Un frasco de mantequilla de cacahuate y otro de mermelada de fresa. Y también una barra de pan para untar. Para el resto tenía los cupones.

O para la renta. Tal vez lo necesite para pagarla.

Si necesitaba dinero para la renta, podía vender la televisión. Quizá su dealer se lo comprara, con raja y todo. De todas formas, setenta dólares no cubrirían ni de lejos la renta de un mes, razonó, ni siquiera la de un agujero como ese.

No es tuyo, Doc. Era la voz de su madre, la última que necesitaba oír cuando padecía una cruda brutal y la desesperada urgencia de beber un trago.

—Que te den, mamá —masculló con voz queda pero sincera. Tomó el dinero, se lo metió en el bolsillo, devolvió la cartera a la bolsa y se dio media vuelta.

Allí de pie había un niño.

Aparentaba unos dieciocho meses de edad. Llevaba una camiseta de los Braves de Atlanta. Le llegaba hasta las rodillas, pero aun así el pañal quedaba a la vista, porque estaba cargado y le colgaba hasta los tobillos. El corazón le pegó un vuelco tremendo en el pecho y en su cabeza estalló un repentino y terrible ¡pum!, como si Thor lo hubiera golpeado con su martillo. Por un instante estuvo completamente seguro de que sufriría un derrame cerebral, un ataque al corazón, o ambas cosas a la vez.

Entonces respiró hondo y espiró.

—¿De dónde sales *tú*, héroe?

—Mamá —dijo el niño.

Cosa que en cierto modo era perfectamente lógica —Dan también había salido de su madre— pero que no ayudaba. Una terrible deducción intentaba formarse en su palpitante cabeza, pero no quería nada que tuviera que ver con ella.

Te vio tomar el dinero.

Quizá sí, pero esa no era la deducción. Si el niño lo había visto, ¿qué? No tenía ni dos años. Los chiquitos de esa edad aceptaban todo cuanto los adultos hacían. Si viera a su madre caminando por el techo y disparando fuego por los dedos, lo aceptaría.

—¿Cómo te llamas, chico? —Su voz palpitaba en sintonía con su corazón, que aún no se había calmado.

—Mamá.

¿En serio? Los demás niños se van a reír de lo lindo cuando vayas a la escuela.

—¿Vives en el departamento de al lado, o enfrente?

Por favor, di que sí. Porque he aquí la deducción: si es hijo de Deenie, entonces ella se fue de copas y lo dejó encerrado en este departamento de mierda. Solo.

—¡Mamá!

Entonces el niño divisó la coca en la mesita de café y trotó hacia ella, con el pañal empapado balanceándose entre las piernas.

—¡Suca!

—No, no es azúcar —dijo Danny, aunque, por supuesto, lo pronunció como «noeg asúgar».

Sin hacer caso, el niño echó mano al polvo blanco. Al hacerlo, Dan advirtió moretones en su brazo, la clase de marca que deja una mano al apretar.

Agarró al niño por la cintura y entre las piernas. Mientras lo levantaba y lo apartaba de la mesita (el pis rezumaba del pañal empapado y se escurría entre sus dedos), la cabeza de Dan se llenó con una imagen breve pero terriblemente nítida: el doble de Deenie en la foto de la cartera, levantando y zarandeando al niño. Dejando las marcas de sus dedos.

(*Eh, Tommy, ¿qué parte de «lárgate de una puta vez» no has entendido?*)

(*Randy, no, es solo un bebé*)

Entonces desapareció. Pero aquella segunda voz, débil y desaprobatoria, pertenecía a Deenie, y comprendió que Randy era su hermano mayor. Tenía sentido. El maltratador no siempre era el novio. A veces era el hermano, otras veces el tío. A veces

(*sal aquí mocoso de mierda sal aquí a tomar tu medicina*)

era incluso el bueno de papá.

Llevó al bebé —Tommy, se llamaba Tommy— al dormitorio. El niño vio a su madre y de inmediato empezó a revolverse.

—¡Mamá! ¡Mamá! ¡*Ma*má!

Después de que Dan lo dejara en el suelo, Tommy trotó hasta el colchón y gateó al lado de su madre. Aún dormida, Deenie lo rodeó con el brazo y lo atrajo hacia sí. La camiseta de los Braves se levantó y Dan vio más moretones en las piernas del niño.

El hermano se llama Randy. Podría dar con él.

El pensamiento fue tan frío y claro como un lago helado en enero. Si tocaba la foto de la cartera y se concentraba, ignorando el martilleo de su cabeza, probablemente *podría* localizar al hermano mayor. Ya había hecho cosas así antes.

Podría dejarle unos cuantos moretones de mi parte. Decirle que la próxima vez lo mataría.

Solo que no iba a haber una próxima vez. Wilmington era historia. Nunca más volvería a ver a Deenie ni ese patético departamento. Nunca más volvería a pensar en la noche anterior ni en esa mañana.

Ahora fue la voz de Dick Hallorann la que oyó. *No, pequeño. Quizá puedas guardar las cosas del Overlook en cajas de seguridad, pero no los recuerdos. Esos nunca. Son los* verdaderos *fantasmas.*

Se detuvo en la puerta, mirando a Deenie y a su hijo amoratado. El niño había vuelto a dormirse, y a la luz del sol matinal, los dos parecían casi angelicales.

Ella no es ningún ángel. Puede que ella no le hiciera esos moretones, pero se fue de fiesta y lo dejó solo. Si tú no hubieras estado aquí cuando se despertó y entró en el cuarto de estar...

Suca, había dicho el niño, echando mano a la droga. No estaba bien. Era preciso hacer algo.

Quizá, pero no seré yo. Tendría gracia que me presentara con esta cara en el Departamento de Servicios Sociales para denunciar una negligencia infantil, ¿verdad? Y apestando a alcohol y a vómitos. Un ciudadano honrado que cumple con su deber cívico.

Devuélvele el dinero, sugirió Wendy. *Es lo menos que puedes hacer.*

Estuvo a punto. De veras. Lo sacó del bolsillo y lo tuvo ahí mismo en la mano. Incluso se acercó a donde estaba el bolso, y el paseo debió de sentarle bien, porque se le ocurrió una idea.

Si tienes que llevarte algo, llévate la coca. Puedes sacar cien dólares por lo que queda. A lo mejor hasta doscientos, si no está demasiado manipulada.

Solo que si su comprador potencial resultaba ser de narcóticos —sería su suerte—, acabaría en la cárcel, porque lo condenarían por cualquier estupidez que hubiera cometido en el Milky Way. El dinero era mucho más seguro. Setenta dólares en total.

Lo dividiré, decidió. *Cuarenta para ella y treinta para mí.*

Solo que treinta le servirían de poco. Además, estaban los cupones de comida, un fajo lo bastante grande como para atragantar a un caballo. Le bastarían para dar de comer a la criatura, ¿verdad?

Cogió la coca y la revista *People* cubierta de polvo y lo dejó todo en la encimera de la cocina, fuera del alcance del niño. Había un estropajo en el fregadero y lo usó para limpiar los restos de la mesita de café. Se decía a sí mismo que si entretanto aparecía la chica, le devolvería su maldito dinero. Se decía que si continuaba durmiendo, se merecía lo que le pasara.

Deenie no apareció. Siguió roncando.

Dan terminó de limpiar, arrojó el estropajo de vuelta al fregadero y pensó brevemente en dejarle una nota. Pero ¿qué le diría? *¿Cuida mejor de tu hijo y, por cierto, me he llevado tu dinero?*

De acuerdo, nada de notas.

Se marchó con el dinero en el bolsillo izquierdo y tuvo cuidado en no dar un portazo al salir. Se dijo a sí mismo que estaba siendo considerado.

3

Alrededor de mediodía —el dolor de cabeza era una cosa del pasado gracias al Fioricet de Deenie seguido de un Darvon— se acercó a un establecimiento llamado Golden's, Licores & Cervezas de Importación. Se encontraba en la zona vieja de la ciudad, donde las tiendas eran de ladrillo, las aceras estaban en gran medida desiertas y las casas de empeño (todas exhibiendo una admirable selección de navajas de afeitar) abundaban. Su intención era comprar una botella muy grande de un whisky muy barato, pero vio algo delante del escaparate que le hizo cambiar de opinión. Era un carrito de supermercado cargado con la disparatada mezcla de posesiones de un vagabundo. El tipo en cuestión estaba dentro de la tienda arengando al dependiente. Una cobija, enrollada y atada con un cordel, coronaba el carrito. Dan advirtió un par de manchas, pero en conjunto no tenía mala pinta. La tomó y se alejó rápidamente con ella bajo el brazo. Después de haberle robado setenta dólares a una madre soltera con un problema de abuso de estupefacientes, quitarle la alfombra mágica a un mendigo se le antojaba una minucia. Tal vez por eso se sintió más pequeño que nunca.

Soy el Increíble Hombre Menguante, pensó, doblando la esquina con su nuevo trofeo. *Si robo un par de cosas más, me volveré completamente invisible.*

Se preparó para oír los graznidos indignados del vagabundo —cuanto más locos estaban, más fuerte graznaban—, pero no los hubo. Una esquina más y podría felicitarse por una huida limpia.

Dan giró en la siguiente.

4

La noche lo agarró sentado en la boca de una enorme alcantarilla, en la pendiente que había bajo el puente Memorial del río Cape Fear. Tenía una habitación, pero estaba la pequeña cuestión de la renta atrasada, que había prometido firmemente pagar a las cinco de la tarde del día anterior. Y eso no era todo. Si regresaba a su habitación, cabía la posibilidad de que lo invitaran a visitar cierto edificio municipal con aspecto de fortaleza en Bess Street para ser interrogado sobre cierto altercado en un bar. En conjunto, parecía más seguro mantenerse alejado.

Había un refugio en el centro llamado Casa de la Esperanza (que los borrachos llamaban Casa de los Desesperados), pero Dan no tenía intención de acudir allí. Podías dormir gratis, pero si te encontraban una botella, te la quitaban. Wilmington estaba lleno de albergues de una noche y moteles baratos donde a nadie le importaba una mierda lo que bebieras, inhalaras o te inyectaras, pero ¿por qué malgastar el dinero en una cama y un techo con un tiempo tan cálido y seco? Ya se preocuparía por tener una cama y un techo cuando se dirigiera al norte, sin olvidar recuperar sus pocas pertenencias de la habitación de Burney Street sin que su casera lo advirtiera.

La luna se elevaba sobre el río. La cobija estaba extendida a su espalda. Pronto se tumbaría en ella, se envolvería como una crisálida y dormiría. Había alcanzado un nivel de embriaguez lo bastante alto como para sentirse feliz. El despegue y el ascenso habían sido duros, pero ahora todas las turbulencias de baja altitud quedaban detrás. Suponía que no llevaba lo que un estadounidense de moral recta denominaría una vida ejemplar, pero por el momento todo iba bien. Tenía una botella de Old Sun (comprada en una licorería a una distancia prudencial del Golden's Discount) y medio sándwich para el desayuno del día siguiente. El futuro se presentaba nublado, pero esa noche brillaba la luna. Todo era como debía ser.

(*Suca*)

De repente el niño estaba con él. Tommy. Ahí mismo. Echando mano a la droga. Moretones en su brazo. Ojos azules.

(*Suca*)

Vio todo eso con una espantosa claridad que nada tenía que ver con el resplandor. Y más. Deenie tumbada de espaldas, roncando. La cartera roja imitación de cuero. El fajo de cupones de comida con el sello del MINISTERIO DE AGRICULTURA DE EE.UU. impreso. El dinero. Los setenta dólares. Que él se había llevado.

Piensa en la luna. Piensa en lo tranquila que parece elevándose sobre el agua.

Aquello le sirvió durante un rato, pero luego volvió a ver a Deenie tumbada de espaldas, la cartera roja imitación de cuero, el fajo de cupones de comida, el irrisorio dinero arrugado (gran parte del cual ya había desaparecido). Lo que vio con mayor claridad fue al niño buscando la droga con una mano que parecía una estrella de mar. Ojos azules. Brazo amoratado.

Suca, dijo.

Mamá, dijo.

Dan había aprendido el truco de racionar los tragos; de ese modo el alcohol duraba más, el colocón era más relajado y al día siguiente la jaqueca era más leve y llevadera. A veces, sin embargo, el cálculo fallaba. Cosas que pasaban. Como en el Milky Way. Aquello había sido más o menos un accidente, pero lo de esta noche, acabarse la botella de cuatro tragos, había sido a propósito. La mente era un pizarrón. La bebida, el borrador.

Se tumbó y se envolvió con la cobija robada. Esperó a que llegara la inconsciencia, y así ocurrió, pero Tommy llegó primero. Camiseta de los Braves de Atlanta. Pañal colgando. Ojos azules, brazo amoratado, mano cual estrella de mar.

Suca. Mamá.

Jamás hablaré de esto, se dijo. *Con nadie.*

Mientras la luna se elevaba sobre Wilmington, Carolina del Norte, Dan Torrance sucumbió a la inconsciencia. Tuvo sueños del Overlook, pero no los recordaría al despertar. Lo que recordó al despertar fueron los ojos azules, el brazo amoratado, la mano extendida.

Consiguió recuperar sus pertenencias y se dirigió al norte, primero al estado de Nueva York, luego a Massachusetts. Transcurrieron dos años. A veces ayudaba a la gente, principalmente a ancianos. Tenía una manera de hacerlo. En demasiadas noches de borrachera, el niño era su último pensamiento y el primero que acudía a su cruda mente a la mañana siguiente. Era en el niño en quien siempre pensaba cuando se decía a sí mismo que iba a dejar la bebida. Quizá la semana siguiente; el mes que viene seguro. El niño. Los ojos. El brazo. La mano extendida cual estrella de mar.

Suca.

Mamá.

PRIMERA PARTE

ABRA

CAPÍTULO UNO

BIENVENIDO A TEENYTOWN

1

Después de Wilmington, dejó de beber a diario.

Pasaba una semana, a veces dos, sin tomar nada más fuerte que refrescos bajos en calorías. Despertaba sin cruda, y eso era bueno. Despertaba sediento y abatido —*anhelante*—, y eso no lo era. Entonces llegaba una noche o un fin de semana. A veces el detonante era un anuncio de Budweiser en la televisión: jóvenes sanos sin rastro de barriga bebiéndose una cerveza bien fría después de un enérgico partido de voleibol. A veces era ver a un par de mujeres atractivas tomando una copa después del trabajo en la terraza de alguna agradable cafetería, un sitio con nombre francés y un montón de plantas colgantes. Las bebidas eran siempre de las que venían con sombrillitas. A veces era una canción en la radio. Una vez fue Styx cantando «Mr. Roboto». Cuando estaba en abstinencia, permanecía completamente sobrio. Cuando bebía, lo hacía hasta emborracharse. Si despertaba junto a una mujer, pensaba en Deenie y en el niño de la camiseta de los Braves. Pensaba en los setenta dólares. Pensaba incluso en la manta robada que dejó abandonada en la alcantarilla. Quizá siguiera allí. En tal caso, ya estaría cubierta de moho.

A veces se emborrachaba y faltaba al trabajo. Lo mantenían una temporada —era bueno en lo que hacía—, pero al final llegaba el día. Cuando lo despedían, decía muchas gracias y se subía a un autobús. Wilmington se convirtió en Albany y Albany dio paso a Utica. Utica se convirtió en New Paltz. New Paltz dio paso a Sturbridge, donde se emborrachó en un concierto de folk al aire libre y al día siguiente despertó en la cárcel con una muñeca rota. A continuación fue Weston y después una residencia en Martha's Vineyard y, bueno, *ese* trabajo no duró nada. El tercer día la enfermera jefe detectó el alcohol en su aliento y el resultado fue «Adiós, muy buenas, no me gustaría ser tú». En una ocasión se cruzó en el camino del Nudo Verdadero sin percatarse, al menos en la parte superficial de su mente, aunque en las profundidades —en la parte que *resplandecía*— notó algo. Un hedor, marchito y desagradable, como el olor a goma quemada en un tramo de autopista donde se hubiera producido un accidente momentos antes.

De Martha's Vineyard tomó un autobús a Newburyport. Allí encontró trabajo en un hogar de veteranos que apenas importaba una mierda a casi nadie, la clase de lugar donde viejos soldados eran a veces abandonados en una silla de ruedas a la puerta de consultorios vacíos hasta que sus bolsas de orina se desbordaban. Un sitio asqueroso para los pacientes, algo mejor para aquellos que la cagaban con frecuencia, como él mismo, aunque Dan y unos pocos más hacían cuanto podían por los viejos soldados. Incluso ayudó a partir a un par de ellos cuando les llegó su hora. Ese empleo le duró una temporada, el tiempo suficiente para que el Presidente del Saxofón cediera las llaves de la Casa Blanca al Presidente Cowboy.

Dan se emborrachó varias noches durante su estancia en Newburyport, pero siempre cuando al día siguiente no trabajaba, así que no había problema. Después de una de esas minijuergas se despertó pensando: *Por lo menos le dejé los cupones de comida*. Esto le hizo recordar aquellos presentadores del concurso de la tele.

Lo siento, Deenie, perdiste, pero nadie se va con las manos vacías. ¿Qué tenemos para ella, Johnny?

Bueno, Bob, Deenie no ha ganado dinero, pero se lleva nuestro nuevo juego de mesa, varios gramos de cocaína, ¡y un gran fajo de CUPONES DE COMIDA!

Lo que ganó Dan fue un mes entero sin alcohol. Lo hizo, supuso, como una extraña forma de penitencia. En más de una ocasión se le ocurrió que, si hubiera sabido la dirección de Deenie, hacía tiempo que le habría enviado aquellos setenta dólares de mierda. Le habría enviado el doble si con ello hubiera podido poner fin a los recuerdos del niño de la camiseta de los Braves y la mano extendida como una estrella de mar. Pero no sabía su dirección, así que se mantenía sobrio para compensar. Fustigándose. En *abstinencia*.

Entonces una noche pasó por delante de un establecimiento donde servían bebidas llamado Fisherman's Rest y por la ventana divisó a una atractiva y solitaria rubia sentada en la barra. Llevaba una falda de cuadros escoceses que le tapaba medio muslo y parecía muy sola, y él entró y resultó que estaba recién divorciada, vaya, qué lástima, y quizá querría algo de compañía, y tres días más tarde despertó con el viejo agujero negro de siempre en su memoria. Acudió al centro de veteranos donde había estado fregando suelos y cambiando focos, esperando una oportunidad, pero nada de nada. Apenas importar una mierda a casi nadie no era exactamente lo mismo que no importar una mierda a *nadie*; se parecía pero no. Al marcharse con las pocas cosas que guardaba en su casillero, recordó una vieja frase de Bobcat Goldthwait: «Mi trabajo seguía allí, pero lo estaba haciendo otro». Así pues, subió a otro autobús, este con destino a New Hampshire, pero antes de montar compró un envase de cristal que contenía un líquido tóxico.

Se sentó atrás del todo, en el Asiento del Borracho, el situado junto al baño. La experiencia le había enseñado que si pretendías agarrarte una borrachera durante un viaje en autobús, ese asiento era el indicado. Echó mano a la bolsa de papel de estraza, desenroscó la tapa del envase de cristal que contenía el líquido tóxico y aspiró su olor pardusco. Ese olor podía hablar, aunque solo tenía una cosa que decir: *Hola, viejo amigo.*

Pensó: *Suca.*

Pensó: *Mamá.*

Pensó que Tommy ya iría al colegio. Eso suponiendo que el bueno de tío Randy no lo hubiera matado.

Pensó: *El único que puede ponerle freno eres tú.*

La idea se le había ocurrido muchas veces antes, pero ahora le siguió una nueva: *No tienes que vivir así si no quieres.* Puedes, *claro... pero no tienes por qué.*

Esa voz era tan extraña, tan distinta de las que intervenían en sus acostumbrados diálogos mentales, que al principio creyó que había interceptado la voz de otra persona: podía hacerlo, aunque ya raramente captaba transmisiones sin invitación. Había aprendido a acallarlas. No obstante, recorrió el pasillo con la mirada, estaba casi seguro de que vería a alguien observándolo. Nadie lo miraba. La gente dormía, hablaba con su compañero de viaje o contemplaba el día gris de Nueva Inglaterra.

No tienes que vivir así si no quieres.

Ojalá fuera cierto. Sin embargo, enroscó la tapa de la botella y la dejó en el asiento de al lado. La tomó otras dos veces. La primera volvió a dejarla donde estaba. La segunda vez metió la mano dentro de la bolsa y desenroscó la tapa, pero en ese momento el autobús paró en el área de bienvenida a New Hampshire nada más cruzar la frontera del estado. Dan desfiló hacia el Burger King con el resto de los pasajeros y solo se detuvo el tiempo necesario para tirar la bolsa de papel en un contenedor de basura. Estampadas en un lado del cubo verde se leían las palabras SI YA NO LO NECESITA, DÉJELO AQUÍ.

Estaría bien, ¿no?, pensó Dan, oyendo el sonido que hizo al caer. *Dios, sí que estaría bien.*

2

Una hora y media más tarde, el autobús pasó junto a un cartel que decía ¡BIENVENIDOS A FRAZIER, DONDE HAY UNA RAZÓN PARA CADA ESTACIÓN! Y, debajo, ¡HOGAR DE LA VILLA TEENYTOWN!

El autobús se detuvo en el Centro Comunitario de Frazier para recoger a más pasajeros, y desde el asiento vacío al lado de Dan, donde la botella había descansado durante la primera parte del viaje, Tony le habló. Era esta una voz que Dan reconoció, aunque Tony no se había manifestado con tanta claridad desde hacía años.

(*este es el sitio*)

Es tan bueno como cualquier otro, pensó Dan.

Agarró su mochila de lona de la rejilla superior y se bajó. Parado en la acera, observó cómo el autobús se alejaba. Hacia el oeste, las Montañas Blancas serraban el horizonte. En todos sus vagabundeos había evitado las montañas, especialmente los monstruos dentados que dividían el país en dos. Pensó: *Al final he vuelto a una región alta. Supongo que siempre lo supe*. Sin embargo, esas montañas eran más suaves que las que en ocasiones todavía rondaban sus sueños, y creyó que podría vivir con ellas, al menos por una temporada. Eso si conseguía dejar de pensar en el niño de la camiseta de los Braves, claro. Si conseguía dejar de beber. Llegaba un momento en que uno se daba cuenta de que seguir moviéndose de un sitio a otro era inútil. Que uno carga consigo mismo allá adonde vaya.

Una ráfaga de nieve, fina como el encaje de un vestido de novia, danzó en el aire. Vio que las tiendas alineadas a lo largo de la amplia calle principal estaban pensadas para los esquiadores que llegaban en diciembre y los vacacionistas que llegaban en junio. Probablemente habría también turistas que iban allí a contemplar la caída de las hojas en septiembre y octubre, pero ahora el asunto era qué pasaba en primavera en la Nueva Inglaterra septentrional, ocho crispadas semanas cromadas de frío y humedad. Por lo visto, Frazier aún no había determinado una razón para esta estación, porque la avenida principal —Cranmore Avenue— se hallaba más bien desierta.

Dan se echó la mochila al hombro y se encaminó sin prisa hacia el norte. Se detuvo delante de una verja de hierro forjado a contemplar una casa victoriana flanqueada a ambos lados por dos edificios más recientes de ladrillo. Estaban conectados a la construcción principal por corredores cubiertos. En el lado izquierdo de la mansión se erguía un torreón, pero no así en el derecho, lo que le daba un aspecto curiosamente desequilibrado que en cierto modo le gustó. Era como si esa gran anciana estuviera diciendo: *Sí, una parte de mí se derrumbó, pero qué diablos. Algún día también te pasará a ti.* Empezó a sonreír. De pronto se le congeló la sonrisa.

Tony se encontraba en la ventana de la habitación del torreón, observándolo. Vio que Dan alzaba la mirada y lo saludó con la mano. El mismo saludo solemne que Dan recordaba de su infancia, cuando Tony se presentaba a menudo. Dan cerró los ojos y al poco los abrió. Tony se había ido. Quizá nunca estuvo ahí, ¿cómo podría estar ahí? La ventana estaba tapiada.

El letrero en el jardín, letras doradas sobre un fondo verde del mismo tono que la casa, decía: RESIDENCIA HELEN RIVINGTON.

Tienen un gato, pensó. *Una gata gris llamada Audrey.*

Resultó ser en parte correcto y en parte erróneo. *Había* un felino, sí, y de color gris, pero era un macho castrado y no se llamaba Audrey.

Dan se quedó mirando el letrero un buen rato —el suficiente para que las nubes se abrieran y enviaran un haz bíblico de luz— y después continuó caminando. Aunque el sol brillaba ahora lo bastante como para arrancar destellos cromados de los pocos vehículos estacionados en batería delante del Olympia Sports y del Fresh Day Spa, la nieve seguía arremolinándose, lo que le llevó a recordar algo que su madre le había dicho en una primavera con condiciones semejantes, tiempo atrás, cuando vivían en Vermont: *El diablo está azotando a su mujer.*

3

A un par de manzanas de la residencia de cuidados paliativos, Dan volvió a pararse. Frente al edificio del Ayuntamiento se hallaba el parque público de Frazier. En menos de una hectárea de extensión medio cubierta de césped que apenas empezaba a verdecer, había un quiosco de música, un campo de softball, media pista pavimentada de baloncesto, mesas de picnic, incluso un minigolf. Todo muy bonito, pero lo que le interesaba era un cartel en el que se leía:

VISITEN TEENYTOWN
LA «PEQUEÑA MARAVILLA» DE FRAZIER
¡NO SE PIERDAN SU FERROCARRIL!

No hacía falta ser un genio para ver que Teenytown era una reproducción en miniatura de Cranmore Avenue. Estaba la iglesia metodista por la que había pasado, con su campanario alzándose a más de dos metros de altura; estaba el Music Box Theater; la heladería Spondulicks; la librería Mountain Books; la tienda de ropa Shirts & Stuff; la Galería Frazier, Especialistas en Bellas Artes. Incluía también una miniatura perfecta, a la altura de la cintura, de la Residencia Helen Rivington y su único torreón, aunque los dos edificios de ladrillo que la flanqueaban se habían omitido. Tal vez, especuló Dan, porque eran feos como el demonio, más incluso si los comparabas con la pieza central.

Más allá de Teenytown había un tren en miniatura con la leyenda FERROCARRIL TEENYTOWN pintada en unos vagones que seguramente serían demasiado pequeños para acoger a nadie mayor que un niño de uno o dos años. Un penacho de humo salía de la chimenea de una locomotora rojo brillante del tamaño de una motocicleta Honda Gold Wing. Pudo oír el rumor de un motor diésel. Estampado en el costado de la máquina, con anticuadas letras doradas despintadas, el nombre HELEN RIVINGTON. La mecenas de la ciudad, supuso Dan. En algún lugar de Frazier probablemente habría también una calle en su honor.

Permaneció donde estaba durante unos instantes, aunque el sol se había ocultado de nuevo y el día se había vuelto más frío, hasta el punto de que podía ver su aliento. De niño siempre había querido un tren eléctrico y nunca llegó a tenerlo. En

Teenytown había una versión jumbo que haría las delicias de niños de todas las edades.

Se cambió la mochila al otro hombro y cruzó la calle. Volver a oír a Tony —y verlo— resultaba perturbador, pero en ese instante se alegraba de haberse detenido allí. Quizá ese fuera el lugar que había estado buscando, el lugar donde hallaría por fin una manera de enderezar una vida peligrosamente torcida.

Uno carga consigo mismo allá adonde vaya.

Empujó el pensamiento al interior de un armario mental, una habilidad que dominaba. Había toda clase de cosas en ese armario.

4

Un carenado rodeaba la locomotora por ambos lados, pero Dan divisó una banqueta bajo un alero de la estación de Teenytown, la arrimó y se subió en ella. La cabina del maquinista contaba con dos asientos ergonómicos tapizados en piel de oveja. Dan pensó que tenían pinta de proceder del desguace de un viejo *muscle car* de Detroit. Los paneles y controles también parecían piezas modificadas de automóviles, con la excepción de una anticuada palanca de cambios con forma de Z que sobresalía del suelo. No había ningún patrón de marchas; el puño original se había reemplazado por una calavera sonriente con un pañuelo rojo que años de manoseo habían descolorido hasta adquirir un pálido color rosa. La mitad superior del volante estaba recortada, de manera que lo que quedaba parecía el timón de un aeroplano ligero. Pintado de negro en el tablero de mandos, desvaído pero legible, había un aviso: VELOCIDAD MÁXIMA 65 NO REBASAR.

—¿Te gusta? —La voz provenía justo de detrás de él.

Dan giró en redondo, y casi se cae de la banqueta al hacerlo. Una mano grande y curtida lo impidió asiéndolo por el antebrazo. Era un individuo que aparentaba cincuenta y muchos o sesenta y pocos, llevaba una chaqueta vaquera forrada de borrego y una gorra de caza roja de cuadros con las orejeras bajadas. En la mano libre sostenía una caja de herramientas con una etiqueta de Dymo en la tapa en la que decía PROPIEDAD DEL AYUNTAMIENTO DE FRAZIER.

—Eh, lo siento —dijo Dan, bajando de la banqueta—. No quería…

—No pasa nada. La gente se para a mirar a todas horas. La mayoría son aficionados a las maquetas de trenes. Para ellos es como un sueño hecho realidad. No dejamos que se acerquen en verano, cuando esto está abarrotado y el *Riv* circula cada hora o así, pero en esta época del año solo estoy yo. Y no me importa. —Le tendió la mano—. Billy Freeman. Servicio municipal de mantenimiento. El *Riv* es mi niña.

Dan estrechó la mano que el tipo le ofrecía.

—Dan Torrance.

Billy Freeman se fijó en la mochila.

—Imagino que acabas de bajar del autobús. ¿O viajas de aventón?

—En autobús —aclaró Dan—. ¿Qué motor tiene ese trasto?

—Bueno, eso es interesante. Seguramente nunca has oído hablar del Chevrolet Veraneio.

No, pero de todos modos lo conocía. Porque *Freeman* lo conocía. Dan no creía haber experimentado un destello tan nítido en años. Trajo consigo un fantasma de gozo que se remontaba a su primera infancia, antes de descubrir lo peligroso que el resplandor podía ser.

—Un modelo brasileño del Suburban, ¿no? Turbodiésel.

Las pobladas cejas de Freeman se arquearon de súbito y el hombre sonrió.

—¡Sí, señor! Casey Kingsley, el jefe, lo compró en una subasta el año pasado. Es una máquina. Jala como un toro. El panel de instrumentos también es de un Suburban. Los asientos los puse yo mismo.

El resplandor se estaba apagando, pero Dan captó un último detalle.

—De un GTO Judge.

Freeman sonrió satisfecho.

—Correcto. Los encontré en un deshuesadero que hay en la carretera de Sunapee. La palanca de cambios es de un Mack de 1961. Nueve velocidades. Está bien, ¿eh? ¿Buscas trabajo o solo mirabas?

Dan parpadeó ante el repentino cambio de rumbo en la conversación. ¿Buscaba trabajo? Suponía que sí. La residencia que había dejado atrás en su deambular por Cranmore Avenue sería el lugar más lógico por donde empezar, y pensó —ignoraba si era el resplandor o una intuición normal y corriente— que necesitarían personal, pero no estaba seguro de querer ir allí en ese momento. Ver a Tony en la ventana del torreón lo había perturbado.

Además, Danny, querrás distanciarte un poco más de la última vez que bebiste antes de presentarte allí para solicitar empleo. Aunque lo único que te ofrezcan sea trapear en el turno de noche.

La voz de Dick Hallorann. Dios santo. Dan llevaba mucho tiempo sin pensar en Dick. Quizá desde Wilmington.

Con la llegada del verano —una estación para la que sin duda Frazier tenía una razón— en la ciudad habría trabajo para toda clase de tareas. Pero si tenía que elegir entre un Chili's en el centro comercial y Teenytown, desde luego optaría por el pueblo en miniatura. Abrió la boca para contestar a la pregunta de Freeman, pero Hallorann se le adelantó antes de que pudiera hablar. *Estás acercándote a los treinta, pequeño. Puede que se te estén agotando las oportunidades.*

Entretanto, Billy Freeman lo observaba con descarada y genuina curiosidad.

—Sí —dijo Dan—. Busco trabajo.

—El trabajo en Teenytown no sería por mucho tiempo, ¿sabes? En cuanto llega el verano y termina el colegio, el señor Kingsley contrata a gente de aquí, la mayoría de entre dieciocho y veintidós años. Es lo que quieren los concejales. Además, los jovencitos salen baratos. —Sonrió, revelando la ausencia de un par de dientes—. De todas formas, hay lugares peores para ganarse unos dólares. Trabajar al aire libre no parece tan bueno hoy, pero este frío ya no durará mucho.

No, no duraría. Lonas impermeabilizadas cubrían gran cantidad de elementos del parque, pero pronto se retirarían y quedaría a la vista la infraestructura propia del veraneo de pueblo: puestos de hot dogs, carritos de helados, algo circular que a Dan le pareció un carrusel. Y estaba el tren, por supuesto, el de los vagones diminutos y el potente motor turbodiésel. Si se mantenía alejado de la bebida y demostraba ser digno de confianza, Freeman o el jefe —Kingsley— tal vez le dejaran conducir la locomotora un par de veces. Eso le gustaría. Más adelante, cuando el ayuntamiento contratara a los chicos del pueblo, siempre le quedaría la residencia de cuidados paliativos.

Si decidía quedarse, claro.

Más vale que te quedes en algún sitio, dijo Hallorann; por lo visto, era el día de Dan para oír voces y ver visiones. *Más vale que te quedes en algún sitio pronto, o no podrás quedarte en ninguna parte.*

Se sorprendió a sí mismo riéndose.

—Suena muy bien, señor Freeman. Suena realmente bien.

5

—¿Tienes experiencia en mantenimiento de parques? —preguntó Billy Freeman.

Caminaban despacio junto al tren. Los techos de los vagones le llegaban a Dan a la altura del pecho, lo que hacía que se sintiera como un gigante.

—Sé sembrar, plantar y pintar. Soy capaz de manejar un soplador de hojas y una motosierra. Puedo arreglar motores pequeños si el problema no es demasiado complicado. Y podría conducir una podadora sin atropellar a ningún niño. El tren, bueno... no sé.

—Para eso necesitarías una autorización de Kingsley. Por el seguro y toda esa mierda. Escucha, ¿tienes referencias? El señor Kingsley no te contratará en el caso de que no las tengas.

—Algunas. He trabajado sobre todo de conserje y de celador de hospital. Señor Freeman…

—Llámame Billy.

—Este tren no parece que pueda llevar pasajeros, Billy. ¿Dónde se sientan?

Billy sonrió.

—Espera aquí. A ver si esto te parece tan divertido como a mí. Yo nunca me canso.

Freeman regresó a la locomotora y se metió dentro. El motor, que había estado funcionando perezosamente al ralentí, empezó a revolucionar y a expulsar rítmicos chorros de humo oscuro. Un silbido hidráulico recorrió el *Helen Rivington*. De pronto los techos de los vagones de pasajeros y del furgón de cola amarillo —nueve coches en total— empezaron a levantarse. Dan pensó en los toldos de nueve convertibles idénticos subiendo al mismo tiempo. Se agachó para mirar por las ventanas y vio asientos de plástico duro a lo largo del centro de cada coche: seis en los vagones de pasajeros y dos en el furgón de cola. Cincuenta en total.

Cuando Billy regresó, Dan lucía una amplia sonrisa.

—Tu tren debe de tener una pinta muy rara cuando está lleno de pasajeros.

—Oh, sí. La gente se carcajea y no para de tomar fotos. Fíjate, te lo enseñaré.

Había un escalón de acero al final de cada vagón. Billy se subió a uno, avanzó por el pasillo y se sentó. Una peculiar ilusión óptica lo dotó de proporciones míticas. Saludó pomposamente a Dan, y este pudo imaginarse a cincuenta gigantes de Brobdingnag, convirtiendo en liliputiense el tren en que viajaban, abandonando majestuosos la estación de Teenytown.

Cuando Billy Freeman se levantó y se apeó del vagón, Dan aplaudió.

—Supongo que venderás algo así como un millón de postales entre el Homenaje a los Caídos y el día del Trabajo.

—Puedes apostar lo que quieras. —Billy rebuscó en el bolsillo de su chaqueta, sacó un maltratado paquete de cigarros

Duke (una marca barata que Dan conocía bien y que se vendía en estaciones de autobuses y pequeños supermercados de todo Estados Unidos) y se lo tendió. Dan tomó uno y Billy le dio fuego.

—Más vale que lo disfrute mientras pueda —comentó Billy mirando su cigarro—. Dentro de no muchos años prohibirán fumar aquí. La Asociación de Mujeres de Frazier ya habla de ello. Si te interesa mi opinión, no son más que un puñado de viejas, pero ya sabes lo que dicen: la mano que mece la jodida cuna es la mano que domina el jodido mundo. —Expulsó el humo por la nariz—. Aunque, bueno, la mayoría de *ellas* no ha mecido una cuna desde que Nixon era presidente. Ni ha necesitado un Tampax, ya puestos.

—Es posible que no sea tan malo —dijo Dan—. Los niños copian lo que ven en sus mayores.

Pensó en su padre. Lo único que a Jack Torrance le gustaba más que una copa, había dicho su madre no mucho antes de morir, era una docena de copas. Claro que a Wendy lo que le gustaba era fumar, y fumar la había matado. En otro tiempo Dan se prometió que jamás caería en ese vicio. Había llegado a creer que la vida era una sucesión de irónicas emboscadas.

Billy Freeman lo observaba con un ojo entornado, prácticamente cerrado.

—A veces tengo intuiciones acerca de la gente, y contigo me ha pasado. —Hablaba con el característico acento de Nueva Inglaterra—. La tuve antes de que te dieras la vuelta y te viera la cara. Creo que podrías ser la persona indicada para la limpieza de primavera que tengo prevista de aquí a finales de mayo. Esa es mi impresión, y confío en mi instinto. Seguramente será una locura.

A Dan no le pareció en absoluto una locura, y ahora entendía por qué había captado los pensamientos de Billy Freeman con tanta claridad, y sin intentarlo siquiera. Se acordó de algo que Dick Hallorann le había dicho en una ocasión; Dick, que había sido su primer amigo adulto. *Mucha gente tiene un poco de lo que yo llamo «el resplandor», pero en la mayoría de los casos solo es una chispa, la clase de intuición que les permite saber qué canción van a poner en el radio o que el teléfono está a punto de sonar.*

Billy Freeman poseía esa pequeña chispa. Ese destello.

—Supongo que es con ese Cary Kingsley con quien hay que hablar, ¿no?

—Casey, no Cary. Pero sí, él es tu hombre. Dirige los servicios municipales de este pueblo desde hace veinticinco años.

—¿Cuándo sería un buen momento?

—Pues yo diría que ahora mismo. —Billy señaló con la mano—. Ese montón de ladrillos al otro lado de la calle es el Ayuntamiento de Frazier. El señor Kingsley estará en el sótano, al final del pasillo. Sabrás que has llegado cuando oigas música disco saliendo del techo. En el gimnasio, los martes y los jueves hay clase de aerobics para mujeres.

—De acuerdo —dijo Dan—, pues eso voy a hacer.

—¿Llevas encima tus referencias?

—Sí. —Dan dio una palmada a su mochila, que había apoyado en la estación de Teenytown.

—Y no las has escrito tú mismo ni nada, ¿no?

Danny sonrió.

—No, son auténticas.

—Entonces ve a hablar con él. Ánimo.

—De acuerdo.

—Una cosa más —dijo Billy cuando Dan empezaba a alejarse—. Odia a muerte el alcohol. Si eres bebedor y te pregunta, te aconsejo que… mientas.

Dan asintió con la cabeza y levantó la mano para indicar que entendía. Esa era una mentira que ya había contado antes.

6

A juzgar por su nariz surcada de venas, Casey Kingsley no siempre había odiado a muerte el alcohol. Era un hombre grande que más que ocupar su pequeño y atestado despacho lo llevaba puesto. En ese momento, recostado en la butaca tras su escritorio, hojeaba las referencias de Dan, guardadas pulcramente en una carpeta azul. La cabeza de Kingsley casi tocaba el travesaño inferior de un sencillo crucifijo de madera colgado en la pared junto a una fotografía enmarcada de su familia. En la imagen, un Kingsley más joven y delgado posaba con su esposa y sus tres hijos en traje de baño en una playa anónima. A través del techo, solo ligeramente amortiguado, llegaba el sonido de los Village People cantando «YMCA» acompañado del entusiasta taconeo de numerosos pies. Dan pensó en un gigantesco ciempiés que hubiera ido recientemente a la peluquería local y se hubiera enfundado unos leotardos rojos de unos nueve metros de largo.

—Ajá —dijo Kingsley—. Ajá… sí… bien, bien, bien…

Había un tarro de cristal lleno de caramelos en una esquina de la mesa. Sin alzar la vista del delgado legajo de referencias de Dan, quitó la tapa, pescó uno y se lo echó a la boca.

—Sírvase —dijo.

—No, gracias —respondió Dan.

Un insólito pensamiento le vino a la mente. En otro tiempo su padre habría estado sentado en una estancia similar a esa, mientras lo entrevistaban para el puesto de vigilante en el Hotel Overlook. ¿En qué habría pensado? ¿En que necesitaba realmente un empleo? ¿En que era su última oportunidad? Quizá. Seguramente. Aunque, claro, Jack Torrance había sido rehén del destino. Dan no. Podía continuar vagando durante una temporada si esto no salía bien. O probar suerte en la residencia de cuidados paliativos. Pero… le gustaba el parque. Le gustaba el tren, que confería a los adultos el aspecto de Goliat. Le gustaba Teenytown, que era ridículo y alegre, y de algún modo valiente dentro de la prepotencia propia de los pueblos de Estados Unidos. Y le gustaba Billy Freeman, que poseía una pizca de resplandor y probablemente no lo sabía.

En el piso de arriba, «I Will Survive» de Gloria Gaynor sustituyó a «YMCA». Como si hubiera estado esperando a una nueva canción, Kingsley devolvió las referencias de Dan al interior de la carpeta y las deslizó al otro lado de la mesa.

Me va a rechazar.

Sin embargo, tras un día de intuiciones certeras, esta erró por completo.

—Son excelentes, pero me parece que usted se sentiría más a gusto trabajando en el Hospital Central de New Hampshire o en el centro de cuidados paliativos aquí en el pueblo. Hasta es posible que esté cualificado para trabajar en Home Helpers…, veo que tiene experiencia en medicina y primeros auxilios. Sabe cómo arreglárselas con un desfibrilador, según sus papeles. ¿Ha oído hablar de Home Helpers?

—Sí, y también pensé en la residencia de cuidados paliativos. Pero entonces vi el parque, y Teenytown, y el tren.

Kingsley gruñó.

—Y seguro que no le importaría que un día le tocara operarlo, ¿verdad?

Dan mintió sin titubeos.

—No, señor, creo que eso no me atrae mucho. —Admitir que le gustaría sentarse en el asiento del GTO desvalijado y posar sus manos en el volante recortado habría derivado casi con toda certeza en una charla sobre su licencia de conducir, después en una discusión acerca de cómo la había perdido, y al cabo en una invitación para abandonar el despacho del señor Casey Kingsley en el acto—. Soy más de rastrillar y cortar el césped.

—También es más de empleos de corta duración, por lo que he visto en sus referencias.

—Pronto me estableceré en algún sitio. Ya he satisfecho en gran medida mi espíritu viajero, creo. —Se preguntó si a Kingsley aquello le parecería una tontería tan grande como se lo parecía a él.

—Un empleo temporal es lo único que puedo ofrecerle —dijo Kingsley—. Una vez que llegue el verano y cierren los colegios…

—Billy me lo ha comentado. Si decido quedarme cuando llegue el verano, probaré en la residencia. De hecho, es posible que solicite un puesto antes, a menos que usted me indique lo contrario.

—Me da igual una cosa que otra. —Kingsley le dirigió una mirada curiosa—. ¿Las personas moribundas no le incomodan?

Tu madre murió allí, pensó Danny. Al parecer, el resplandor no se había ido, después de todo; ni siquiera estaba oculto. *Le estabas cogiendo la mano cuando partió. Se llamaba Ellen.*

—No —respondió. A continuación, sin motivo alguno, añadió—: Todos somos moribundos. El mundo no es más que una residencia de cuidados paliativos con aire fresco.

—Encima, filósofo. Bueno, señor Torrance, creo que lo voy a contratar. Confío en el buen juicio de Billy, que muy rara vez se equivoca con la gente. Tan solo le advertiré que no llegue tarde, no llegue borracho, y no llegue con los ojos rojos y oliendo a marihuana. Si pasa cualquiera de estas cosas, le pongo de patitas en la calle y se larga usted de aquí, porque la Residencia Rivington no querrá saber nada de usted, yo me encargaría de ello. ¿Está claro?

Dan sintió una punzada de resentimiento

(*vaya empleaducho engreído*)

pero la suprimió. Era el terreno de juego de Kingsley y su pelota.

—Como el agua.

—Puede empezar mañana, si le viene bien. Hay muchas casas de huéspedes en la ciudad. Haré un par de llamadas, si quiere. ¿Puede permitirse pagar noventa dólares a la semana hasta que cobre el primer cheque?

—Sí. Gracias, señor Kingsley.

Este agitó una mano.

—Mientras tanto, le recomiendo el Red Roof Inn. Lo regenta mi ex cuñado, y le hará un buen precio. ¿Le parece?

—Claro.

Todo había sucedido con notable celeridad, como cuando se está terminando un complicado rompecabezas de mil piezas. Dan se dijo que no confiara en aquella sensación.

Kingsley se levantó. Era un hombre grande y fue un proceso lento. Dan también se puso en pie, y cuando Kingsley le tendió el jamón que tenía por mano sobre la atestada mesa, Dan se la estrechó. Desde el piso de arriba llegaba ahora el sonido de KC and The Sunshine Band diciéndole al mundo que así era como les gustaba, oh-ho, ah-ha.

—Odio esa mierda de bailes —dijo Kingsley.

No, no es eso, pensó Danny. *Lo que pasa es que te recuerdan a tu hija, la que ya no viene mucho por aquí porque todavía no te ha perdonado.*

—¿Se encuentra bien? —preguntó Kingsley—. Está un poco pálido.

—Solo cansado. Ha sido un viaje largo en autobús.

El resplandor había regresado, y con intensidad. La pregunta era: ¿por qué ahora?

7

A los tres días de empezar a trabajar en el parque, días que Dan dedicó a pintar el quiosco de música y a barrer las últimas hojas muertas, Kingsley cruzó tranquilamente Cranmore Avenue y le informó que tenía una habitación en Eliot Street, si le interesaba. Incluía baño privado, con tina y regadera. Ochenta y cinco a la semana. A Dan le interesaba.

—Date una vuelta por allí a la hora de la comida —dijo Kingsley—. Pregunta por la señora Robertson. —Lo apuntó con un dedo que mostraba las primeras nudosidades de la artritis—. Y no la cagues, muchacho, porque es una vieja amiga mía. Recuerda que respondo por ti basándome en unos documentos bastante escasos y la intuición de Billy Freeman.

Dan le aseguró que no la cagaría, pero la sinceridad adicional que procuró inyectar a su voz sonó fingida hasta a sus propios oídos. Volvió a pensar en su padre, obligado a suplicar trabajos a un viejo amigo rico después de perder su puesto de profesor en Vermont. A Dan le resultaba extraño compadecerse de aquel hombre que casi lo había matado, pero la compasión estaba allí. ¿Consideró alguien la necesidad de decirle a su padre que no la cagara? Probablemente. Aunque, por supuesto, Jack Torrance la había cagado de todas formas. De manera espectacular. Como un campeón. La bebida había contribuido, sin duda, pero cuando estás por los suelos, algunos individuos parecen sentir el impulso de pisotearte la espalda y plantarte un pie en la nuca en lugar de ayudarte a sostenerte. Es una mierda, pero constituye una parte sustancial de la naturaleza humana. Claro que, cuando te codeas con los perros de los bajos fondos, principalmente encuentras dientes, garras y pendejos.

—Y a ver si Billy te consigue unas botas de tu talla. Tiene al menos una docena de pares almacenados en el cobertizo de herramientas, aunque la última vez que eché un vistazo solo la mitad tenían pareja.

El día era soleado; el aire, cálido. Dan, que trabajaba en jeans y una camiseta de los Blue Sox de Utica, observó el cielo prácticamente despejado y luego retornó la mirada a Casey Kingsley.

—Sí, ya sé lo que parece, pero esta es una región montañosa, muchacho. La NOAA pronostica que va a entrar una tormenta por el norte y que caerán treinta centímetros. No durará mucho... «Fertilizante del pobre», así llama la gente de New Hampshire a la nieve de primavera... pero además vendrá acompañada de un vendaval. Eso dicen. Espero que sepas usar un soplador de nieve igual de bien que uno de hojas. —Hizo una pausa—. Además, espero que andes bien de la espalda, porque mañana tú y Billy tendrán que recoger un montón de ramas rotas. Y es posible que también algunos árboles caídos. ¿Sabes manejar una motosierra?

—Sí, señor —dijo Dan.

—Bien.

8

Dan y la señora Robertson alcanzaron un acuerdo amigable; ella incluso le ofreció un sándwich vegetal y una taza de café en la cocina común. Él lo aceptó, esperando las habituales preguntas sobre qué asuntos le habían traído a Frazier y dónde había estado antes. Resultó estimulante que no hubiera ninguna. Le preguntó en cambio si disponía de tiempo para ayudarla a cerrar los postigos de las ventanas de la planta baja por si de verdad los sacudía lo que ella denominó «una tromba de viento». Dan accedió. Su vida no se guiaba por muchos lemas, pero uno de ellos era llevarse bien con la casera; nunca sabías cuándo tendrías que solicitar una prórroga en el pago de la renta.

De regreso en el parque, Billy lo esperaba con una lista de tareas. El día anterior los dos habían retirado las lonas de los columpios infantiles. Esa tarde volvieron a ponerlas y amarraron bien los diversos puestos y concesiones. El último trabajo del día consistió en estacionar el *Riv* en su hangar. Después se sentaron a fumar en un par de sillas plegables junto a la estación de Teenytown.

—Te diré algo, Danno —comentó Billy—. Aquí tienes a un trabajador que está para el arrastre.

—No eres el único.

Sin embargo, se sentía bien. Notaba un hormigueo por sus músculos y se encontraba ágil. Había olvidado lo bueno que podía ser el trabajo al aire libre cuando no tenías que lidiar con una cruda.

El cielo se había cubierto de nubes. Billy alzó la vista y lanzó un suspiro.

—Por Dios, espero que ni nieve ni el viento sople tan fuerte como dice la radio, pero lo dudo mucho. Te conseguí unas botas. No parecen gran cosa, pero por lo menos hacen juego.

Dan se llevó las botas consigo cuando cruzó el pueblo hasta su nuevo alojamiento. Para entonces, el viento arreciaba y el día era cada vez más oscuro. Por la mañana parecía que se encontraran a las puertas del verano. Esa noche el aire estaba impregnado de una humedad heladora que presagiaba nieve. Las calles laterales se hallaban desiertas, y las casas, cerradas a cal y canto.

Dan dobló la esquina de Morehead Street con Eliot y se detuvo. Volando por la acera, acompañado por el esquelético retozar de las hojas otoñales del año anterior, el viento impulsaba un maltrecho sombrero de copa, como el que llevaría un mago. *O quizá un actor en una antigua comedia musical*, pensó. Mirarlo le provocó frío en los huesos, porque no estaba allí. En realidad no.

Cerró los ojos, contó despacio hasta cinco, con el viento azotando las piernas de los jeans contra sus espinillas, y volvió a abrirlos. Las hojas seguían allí, pero el sombrero no. Había sido el resplandor, que había producido una de sus vívidas, inquietantes y generalmente absurdas visiones. Siempre era más fuerte cuando había pasado algún tiempo sobrio, pero nunca tanto como desde que llegó a Frazier. Era como si el aire ahí fuese diferente. Más conductivo a esas extrañas transmisiones desde el Planeta Dondequiera. Especial.

Especial del mismo modo que el Overlook.

—No —dijo en voz alta—. No, no me lo creo.

Unas copas y todo desaparecerá, Danny. ¿Eso te lo crees?

Por desgracia, sí.

9

La pensión de la señora Robertson era una laberíntica casa de estilo colonial, y la habitación de Dan en el tercer piso ofrecía una vista de las montañas al oeste. Un paisaje del que bien habría podido prescindir. Sus recuerdos del Overlook se habían degradado a un nebuloso gris en el transcurso de los años, pero mientras desempaquetaba sus escasas pertenencias, un recuerdo afloró… *emergió*, en cierta manera, como un nauseabundo elemento orgánico (el cuerpo en descomposición de un animal pequeño, digamos) subiendo a la superficie de un profundo lago.

Al atardecer tuvo lugar la primera nevada de verdad. Nos quedamos mirando en el porche de aquel viejo hotel vacío, papá en el centro, mamá a un lado, yo al otro. Papá nos rodeaba con los brazos. Entonces todo iba bien. Entonces no bebía. Al principio, la nieve caía en líneas perfectamente rectas, pero luego se levantó viento y empezó a hacerlo de lado, acumulándose en los laterales del porche y cubriendo esos…

Intentó bloquearlo, pero surgió.

... esos arbustos con forma de animales. Esos que a veces se movían cuando no los mirabas.

Se apartó de la ventana, tenía la piel de gallina. Se había comprado un sándwich en la tienda Red Apple y planeaba comérselo mientras comenzaba a leer el libro de bolsillo de John Sandford que también había conseguido en Red Apple, pero tras unos bocados envolvió de nuevo el sándwich y lo dejó en el alféizar de la ventana, donde se mantendría frío. Quizá comiera el resto más tarde, aunque dudaba que esa noche siguiera despierto mucho después de las nueve; si conseguía avanzar cien páginas en la lectura, sería todo un logro.

Fuera, el viento continuaba arreciando. De vez en cuando lanzaba espeluznantes aullidos bajo los aleros que le hacían levantar la vista del libro. Hacia las ocho y media empezó a nevar. La nieve, húmeda y gruesa, cubrió rápidamente la ventana y tapó la vista de las montañas. En cierto sentido, eso solo lo empeoró. La nieve también había bloqueado las ventanas del Overlook. Primero solo las de la planta baja... luego las del segundo piso... y finalmente las del tercero.

Entonces habían quedado sepultados con los muertos vivientes.

Mi padre pensaba que lo harían director. Lo único que debía hacer era mostrar su lealtad... entregándoles a su hijo.

—Su unigénito —murmuró Dan, y seguidamente miró alrededor como si alguien más hubiera hablado... y, en efecto, no se sentía solo. No del todo. El viento volvió a aullar contra el costado del edificio y se estremeció.

No es demasiado tarde para bajar otra vez a la Red Apple. Agarra una botella de algo y manda a dormir a todos esos desagradables pensamientos.

No. Iba a leer el libro. Lucas Davenport llevaba el caso, y él iba a leer el libro.

Lo cerró a las nueve y cuarto y se tumbó en la cama. *No podré dormir*, pensó. *Con el viento gritando así, imposible.*

Pero se durmió.

10

Sentado en la boca de la alcantarilla, miraba una pendiente cubierta de maleza a la orilla del río Cape Fear y el puente que lo cruzaba. Era una noche clara de luna llena. No había viento, ni nieve. Y el Overlook no estaba. Aunque el hotel no hubiera ardido hasta los cimientos durante el mandato del Presidente Cultivador de Cacahuates, se hallaría a más de mil quinientos kilómetros de allí. Entonces, ¿por qué se sentía tan aterrado?

Porque no estaba solo, esa era la razón. Había alguien detrás de él.

—¿Quieres un consejo, Osito?

La voz sonaba líquida, temblorosa. Dan sintió que un escalofrío le recorría la espalda. Tenía las piernas aún más frías y la piel de gallina. Veía aquellos bultitos porque llevaba pantalones cortos. Claro que llevaba pantalones cortos. Quizá su cerebro fuera el de un hombre adulto, pero en el momento actual descansaba sobre los hombros de un niño de cinco años.

Osito. ¿Quién...?

Pero lo sabía. Le había dicho a Deenie cómo se llamaba, pero ella en vez de por su nombre le había llamado Osito.

Eso no lo recuerdas y, además, esto es solo un sueño.

Por supuesto que lo era. Estaba en Frazier, New Hampshire, durmiendo mientras una ventisca de primavera aullaba en el exterior de la casa de huéspedes de la señora Robertson. Aun así, parecía más prudente no voltear. Y más seguro, eso también.

—Nada de consejos —dijo, mirando el río y la luna llena—. Ya he recibido consejos de expertos. Los bares y las barberías están repletos de ellos.

—Mantente alejado de la mujer del sombrero, Osito.

¿Qué sombrero?, podría haber preguntado, pero, a decir verdad, ¿por qué molestarse? Sabía a qué sombrero se refería porque lo había visto volando por la acera. Negro como el pecado por fuera, forrado de seda blanca por dentro.

—Es la Reina Arpía del Castillo del Infierno. Si te enfrentas a ella, te comerá vivo.

Dan volteó la cabeza. No pudo evitarlo. Deenie estaba sentada a su espalda en la alcantarilla, con la cobija del vagabundo alrededor de sus hombros desnudos. Tenía el cabello aplastado contra las mejillas. Su rostro, abotargado, goteaba. Sus ojos miraban empañados. Estaba muerta, probablemente llevara años en su tumba.

No eres real, intentó decir Dan, pero no brotó palabra alguna. Volvía a tener cinco años, Danny tenía cinco años, el Overlook estaba reducido a cenizas, pero ahí había una mujer muerta, una mujer a la que le había robado.

—No pasa nada —dijo ella. Una voz burbujeante surgiendo de una garganta hinchada—. Vendí la coca. La mezclé antes con un poco de azúcar y saqué doscientos. —Sonrió y brotó agua entre sus dientes—. Me gustabas, Osito. Por eso he venido a avisarte. *Mantente alejado de la mujer del sombrero.*

—Cara falsa —dijo Dan... pero era la voz de Danny, la aguda, frágil, cantarina voz de un niño—. Cara falsa, no estás ahí, no eres real.

Cerró los ojos como los había cerrado tantas otras veces cuando veía cosas horribles en el Overlook. La mujer empezó a gritar, pero él no pensaba abrir los ojos. Los gritos continuaron, elevándose y cayendo, y se dio cuenta de que era el aullido del viento. Ni estaba en Colorado ni estaba en Carolina del Norte. Estaba en New Hampshire. Había tenido una pesadilla, pero el sueño había terminado.

11

Según su Timex, eran las dos de la madrugada. La habitación estaba fría, pero sus brazos y su pecho rezumaban sudor.

¿Quieres un consejo, Osito?

—No —dijo—. De ti, no.

Está muerta.

No tenía manera de saber algo así, pero lo sabía. Deenie —que parecía la diosa del mundo occidental con su minifalda de cuero y sus sandalias de corcho— estaba muerta. Sabía incluso cómo había ocurrido. Tomó píldoras, se recogió el cabello con horquillas, se metió en una bañera llena de agua caliente, se quedó dormida, se hundió, se ahogó.

El rugido del viento era horriblemente familiar, cargado de una hueca amenaza. En todas partes soplaban vientos, pero solo sonaban así en los terrenos montañosos. Era como si un dios furioso apaleara el mundo con un mazo de aire.

Yo solía llamar al alcohol de papá la Cosa Mala, pensó Dan. *Solo que a veces es la Cosa Buena. Cuando te despiertas de una pesadilla que sabes que es un resplandor como mínimo en un cincuenta por ciento, es la Cosa Buenísima.*

Un trago le ayudaría a dormir de nuevo. Tres garantizarían no solo que dormiría sino que además lo haría sin sueños. El sueño era el doctor de la naturaleza, y en esos instantes Dan se sentía enfermo y necesitado de medicina potente.

No hay nada abierto. Has tenido suerte.

Bueno. Quizá.

Se puso de lado, y al hacerlo algo rodó contra su espalda. No, algo no. *Alguien*. Alguien se había metido en la cama con él. *Deenie* se había metido en la cama con él. Pero abultaba muy poco para ser Deenie. Más bien parecía…

Salió a duras penas de la cama, aterrizó torpemente en el suelo y miró por encima del hombro. Era Tommy, el niño pequeño de Deenie. Tenía hundido el lado derecho del cráneo. Astillas de hueso sobresalían a través del cabello rubio manchado de sangre. Una sustancia escamosa y gris —sesos— se secaba en una mejilla. Era imposible que estuviera vivo con una herida tan infernal, pero lo estaba. Extendió hacia Dan una mano que parecía una estrella de mar.

—*Suca* —dijo.

Los gritos se reanudaron, solo que esta vez ni los profería Deenie ni tampoco el viento.

Esta vez gritaba él.

12

Cuando despertó por segunda vez —un despertar real, ahora sí—, no gritaba, tan solo producía una especie de gruñido quedo que salía del fondo de su pecho. Se incorporó jadeando, con la ropa de cama arrugada en torno a su cintura. No había nadie más en la cama, pero el sueño no se había disuelto todavía, y con mirar no bastaba. Quitó las cobijas, y aun así no fue suficiente. Recorrió la sábana de cajón con las manos, palpando en busca de una fugitiva calidez o una hendidura dejada por unas caderas y unas nalgas pequeñas. Nada. Por supuesto que no. Miró entonces debajo de la cama y solo vio sus botas prestadas.

El viento soplaba ahora con menos fuerza. La tormenta no había pasado pero amainaba.

Fue al baño, y de improviso se giró para mirar a su espalda, como para sorprender a alguien. Solo había la cama, con las cobijas ahora tiradas en el suelo, a los pies. Encendió la luz del lavabo, se mojó la cara con agua fría y se sentó en la tapa del escusado; tomó largas bocanadas de aire, una tras otra. Pensó en levantarse a tomar un cigarro del paquete que tenía junto al libro en la única mesita de la habitación, pero sentía las piernas de goma y no estaba seguro de que lo sostuvieran. Todavía no. Así que permaneció sentado. Veía la cama, y la cama estaba vacía. La habitación entera estaba vacía. Ningún problema por esa parte.

Solo que... no daba la *sensación* de estar vacía. Todavía no. Cuando así lo sintiera, suponía que volvería a la cama, pero no a dormir. Por esa noche, el dormir se había acabado.

13

Siete años antes, mientras trabajaba de celador en un centro de cuidados paliativos de Tulsa, Dan había entablado amistad con un anciano psiquiatra que padecía un cáncer de hígado terminal. Un día, cuando Emil Kemmer rememoraba (sin demasiada discreción) varios de sus casos más interesantes, Dan confesó que él sufría desde la infancia lo que él llamaba «sueños dobles». ¿Estaba Kemmer familiarizado con el fenómeno? ¿Existía un nombre específico para ello?

Kemmer había sido un hombre robusto —la vieja foto en blanco y negro de su boda que tenía encima de su mesilla de noche así lo atestiguaba—, pero el cáncer es la dieta definitiva, y el día de esa conversación pesaba aproximadamente lo mismo que su edad, que era de noventa y un años. Conservaba una mente despierta, sin embargo, y ahora, sentado en la tapa del escusado, escuchando la tormenta agonizante en el exterior, Dan recordó la astuta sonrisa del anciano.

—Normalmente —había dicho con su marcado acento alemán— me pagan por mis diagnósticos, Daniel.

Dan había sonreído.

—Imagino que no estoy de suerte, entonces.

—Tal vez no. —Kemmer estudió a Dan. Los ojos del psiquiatra eran de un azul brillante. Aunque sabía que era terriblemente injusto, Dan no podía evitar imaginarse aquellos ojos bajo un casco de color carbón como el de las Waffen-SS—. Corre el rumor en este pabellón de condenados a muerte de que eres un muchacho con cierto talento para ayudar a morir a la gente. ¿Es cierto?

—A veces —respondió Dan con cautela—. No siempre. —La verdad era *casi* siempre.

—Cuando llegue la hora, ¿me ayudarás?

—Si puedo, claro que sí.

—Bien. —Kemmer se sentó, un proceso laboriosamente doloroso, pero cuando Dan se disponía a ayudarle, el anciano le rechazó con un gesto de la mano—. Lo que tú llamas «sueño doble» es bien conocido por los psiquiatras y de particular interés para los jungianos, que lo denominan «falso despertar». El primer sueño es normalmente un sueño lúcido, lo que significa que el sujeto que sueña sabe que está soñando…

—¡Sí! —exclamó Dan—. Pero en el segundo…

—El sujeto cree que está despierto —concluyó Kemmer—. Jung los analizó ampliamente, llegó incluso a atribuir poderes precognitivos a estos sueños…, pero, por supuesto, nosotros sabemos más, ¿verdad, Dan?

—Desde luego —afirmó Dan.

—El poeta Edgar Allan Poe describió el fenómeno del falso despertar mucho antes de que Carl Jung naciera. Escribió: «Todo cuanto vemos o creemos ver no es sino un sueño dentro de un sueño». ¿He contestado a tu pregunta?

—Creo que sí. Gracias.

—De nada. Ahora, creo que bebería un poco de jugo. De manzana, por favor.

14

Poderes precognitivos…, pero, por supuesto, nosotros sabemos más.

Aunque no se hubiera guardado el resplandor casi enteramente para sí a lo largo de los años, Dan no se habría atrevido a contradecir a un hombre moribundo…, menos aún a uno con unos ojos azules tan fríos e inquisitivos. La verdad era, sin embargo, que uno o ambos de sus sueños dobles eran a menudo predictivos, casi siempre de una manera que o bien solo entendía en parte o bien no entendía en absoluto. Pero ahora, sentado en la taza del escusado en calzones, tiritando (y no solo porque la habitación estuviera fría), entendía mucho más de lo que quisiera entender.

Tommy estaba muerto. Asesinado, muy posiblemente, por el maltratador de su tío. La madre se había suicidado no mucho después. Y en cuanto al resto del sueño… o al fantasma que había visto antes revoloteando en la acera…

Mantente alejado de la mujer del sombrero. Es la Reina Arpía del Castillo del Infierno.

—No me importa —dijo Dan.

Si te enfrentas a ella, te comerá vivo.

No tenía intención de conocerla, mucho menos de molestarla. En cuanto a Deenie, él no era responsable ni de su hermano con los fusibles fundidos ni de su negligencia como madre. Ni siquiera tendría que seguir cargando con la culpa por aquellos setenta dólares de mierda; ella había vendido la cocaína —estaba seguro de que esa parte del sueño era totalmente cierta—, así que estaban en paz. Más que en paz, la verdad.

Lo que sí le importaba era conseguir un trago. Emborracharse, hablando en plata. Levantarse, caerse, estar completamente ebrio. El cálido sol matinal estaba bien, y la agradable sensación de los músculos que han trabajado duro, y también despertarse por la mañana sin cruda, pero el precio —todos esos disparatados sueños y visiones, sin olvidar los pensamientos aleatorios de extraños transeúntes, que a veces encontraban la manera de rebasar sus defensas— era demasiado alto.

Demasiado alto para soportarlo.

15

Se sentó en la única silla de la habitación, a la luz de la única lámpara, y leyó su novela de John Sandford hasta que las dos iglesias de la ciudad con campanas anunciaron las siete de la mañana. Entonces se puso sus botas nuevas (nuevas para él, en cualquier caso) y el abrigo. Salió a un mundo que se había transformado y suavizado. No había ningún borde afilado por ninguna parte. La nieve seguía cayendo, pero débilmente.

Debería largarme de aquí. Volver a Florida. Al carajo New Hampshire, donde seguro que hasta nieva el Cuatro de Julio en años impares.

Le contestó la voz de Hallorann, en un tono tan amable como recordaba de su infancia, cuando Dan era Danny, pero debajo encerraba acero puro.

Más vale que te quedes en algún sitio, pequeño, o no podrás quedarte en ninguna parte.

—Vete al demonio, viejo —murmuró él.

Volvió a la Red Apple, pues las tiendas que vendían licor fuerte tardarían al menos una hora en abrir. Se paseó despacio entre los refrigeradores de vino y de cerveza, debatiéndose, y finalmente decidió que si iba a emborracharse, bien podía hacerlo con el peor brebaje posible. Agarró dos botellas de Thunderbird (dieciocho grados de alcohol, un buen número cuando no había whisky al alcance) y echó a andar por el pasillo hacia la caja registradora, pero de pronto se detuvo.

Dale un día más. Date una oportunidad más.

Suponía que podía hacer eso, pero ¿por qué? ¿Para despertar otra vez con Tommy en su cama? ¿Tommy, con la mitad del cráneo hundido? O quizá la próxima vez fuese Deenie, que había yacido en aquella bañera durante dos días, hasta que el casero se hartó por fin de llamar a la puerta, usó su llave maestra y la encontró. No podía saberlo; si Emil Kemmer hubiera estado allí habría mostrado su absoluta conformidad. Sin embargo lo sabía. Sí, lo sabía. Entonces, ¿por qué molestarse?

Puede que esta hiperconciencia pase. Quizá solo sea una fase, el equivalente psíquico del délirium trémens. Quizá si le dieras un poquito de tiempo...

Pero el tiempo cambiaba. Solo los borrachos y los yonquis comprendían eso. Cuando uno no podía dormir, cuando uno tenía miedo de mirar alrededor por lo que pudiera ver, el tiempo se alargaba y le crecían afilados dientes.

—¿Te ayudo? —preguntó el dependiente, y Dan supo

(*puto resplandor puta mierda*)

que lo estaba poniendo nervioso. ¿Por qué no? Con el pelo de recién levantado, ojeras y movimientos bruscos e inseguros, debía de parecer un adicto a las anfetaminas decidiendo si sacaba su fiel pistola y le pedía todo lo que hubiera en la caja.

—No —respondió Dan—. Acabo de darme cuenta de que olvidé la cartera en casa.

Volvió a poner las botellas verdes en el refrigerador. Mientras lo cerraba, estas le hablaron con amabilidad, como un amigo habla a otro: *Hasta pronto, Danny.*

16

Billy Freeman estaba esperándolo, abrigado hasta las cejas. Le tendió un anticuado gorro de esquí con las palabras CICLONES DE ANNISTON bordadas en la parte de delante.

—¿Qué carajo son los Ciclones de Anniston? —preguntó Dan.

—Anniston está a treinta kilómetros al norte de aquí. En futbol, baloncesto y beisbol son nuestros archienemigos. Como alguien te vea con eso, casi seguro que recibirás un bolazo de nieve en la cabeza, pero es lo único que tengo.

Dan se ajustó el gorro.

—Vamos, Ciclones.

—Eso, jódanse tú y el caballo en que viniste. —Billy se fijó en él—. ¿Estás bien, Danno?

—Anoche no dormí muy bien que digamos.

—Ya somos dos. El maldito viento chillaba una barbaridad, ¿verdad? Parecía mi ex cuando le sugerí que nos vendría bien un poquito de amor los lunes por la noche. ¿Preparado para ponerte a trabajar?

—Preparado como nunca.

—Bien. Toca cavar. Va a ser un día ajetreado.

17

Efectivamente, fue un día ajetreado, pero hacia mediodía salió el sol y la temperatura remontó hasta los doce o trece grados. Teenytown se llenó del sonido de un centenar de pequeñas cascadas a medida que la nieve se derretía. El ánimo de Dan subió a la par que la temperatura, e incluso se sorprendió cantando a los Village People («¡Jovencito, yo una vez estuve en tus zapatos!») mientras dirigía a su soplador de nieve de un lado a otro por la plaza del pequeño centro comercial adyacente al parque. Aleteando bajo una suave brisa que nada tenía que ver con el viento aullante de la noche anterior, una pancarta anunciaba

¡GRANDES GANGAS DE PRIMAVERA A PRECIOS DE TEENYTOWN!

No hubo visiones.

Tras checar tarjeta al terminar la jornada, llevó a Billy al Chuck Wagon y pidió bistecs para cenar. Billy se ofreció a pagar la cerveza. Dan negó con la cabeza.

—Evito el alcohol. La razón es que, una vez que empiezo, puede resultarme difícil parar.

—Cuéntaselo a Kingsley —dijo Billy—. Se divorció por culpa del alcohol hará unos quince años. Ahora está bien, pero su hija sigue sin hablarle.

Bebieron café con la cena. En cantidad.

Dan regresó a su cubil en el tercer piso de Eliot Street cansado, con el estómago caliente y contento de estar sobrio. No había tele en su habitación, pero aún le quedaba la mitad de la novela de Sandford, y se perdió en su lectura durante un par de horas. Mantenía un oído alerta al viento, pero este no se levantó. Tenía la impresión de que el invierno había quemado su último cartucho con la tormenta de la noche anterior. Y eso le parecía bien. Se metió en la cama a las diez y se quedó dormido casi de inmediato. Su visita de primera hora de la mañana a la Red Apple ahora parecía nebulosa, como si hubiera ido allí en un febril delirio y la fiebre ya hubiera remitido.

18

Despertó de madrugada, no porque soplara el viento sino porque necesitaba hacer pis con urgencia. Se levantó, arrastró los pies hasta el baño y encendió la luz.

El sombrero de copa estaba en la bañera, y lleno de sangre.

—No —dijo—. Es un sueño.

Quizá un sueño doble. O triple. Cuádruple, incluso. Había algo que no contó a Emil Kemmer: temía que tarde o temprano acabara perdido en un laberinto fantasma de vida nocturna y no consiguiese volver a hallar la salida.

Todo cuanto vemos o creemos ver no son sino sueños dentro de un sueño.

Salvo que esto era real. También el sombrero. Nadie más lo vería, pero eso no cambiaba nada. El sombrero era real. Estaba en algún lugar del mundo. Lo sabía.

Con el rabillo del ojo vio algo escrito en el espejo sobre el lavabo. Algo escrito con labial.

No debería mirar.

Demasiado tarde. Su cabeza estaba girando; pudo oír los tendones del cuello chirriar como goznes oxidados. ¿Y qué importaba? Ya sabía lo que decía. La señora Massey había desaparecido, Horace Derwent había desaparecido, ambos sólidamente encerrados en las cajas que guardaba en el fondo de su mente, pero el Overlook aún no había terminado con él. En el espejo, escrita no con labial sino con sangre, había una única palabra:

REDRUM

Debajo, tirada en el lavabo, había una camiseta ensangrentada de los Braves de Atlanta.

Nunca acabará, pensó Danny. *El Overlook se quemó y sus espectros más horribles fueron a las cajas de seguridad, pero no puedo encerrar el resplandor, porque no es que esté dentro de mí,* soy *yo. Sin alcohol para al menos atontarlo, estas visiones continuarán hasta volverme loco.*

Veía su rostro en el espejo, con la palabra REDRUM flotando delante, estampada en su frente como una marca. No era un sueño. En su lavabo había una camiseta de un niño asesinado, y en la bañera, un sombrero lleno de sangre. La locura estaba llegando. Divisaba su avance en sus propios ojos desorbitados.

Entonces, como un relámpago en la oscuridad, la voz de Hallorann:

Hijo, puede que veas cosas, pero son como los dibujos de un libro. No estabas indefenso en el Overlook cuando eras niño, y tampoco estás indefenso ahora. Ni mucho menos. Cierra los ojos y cuando vuelvas a abrirlos, toda esta mierda habrá desaparecido.

Cerró los ojos y esperó. Intentó contar los segundos, pero solo llegó a catorce porque los números se perdieron en el rugido confuso de sus pensamientos. Medio esperaba que unas manos —tal vez de quienquiera que fuese el dueño del sombrero— se ciñeran en torno a su cuello. Pero permaneció inmóvil. En realidad, no había ningún lugar al que huir.

Haciendo acopio de todo su coraje, Dan abrió los ojos. La tina estaba vacía. El lavabo estaba vacío. No había nada escrito en el espejo.

Pero volverá. La próxima vez puede que sean sus zapatos…, aquellas sandalias de corcho. O la veré en la bañera. ¿Por qué no? Ahí es donde vi a la señora Massey, y las dos murieron de la misma forma. Salvo que a la señora Massey no le robé el dinero ni la dejé tirada.

—Le he dado un día —dijo a la habitación vacía—. No se me puede negar.

Sí, y aunque había sido un día ajetreado, también había sido un buen día, él sería el primero en admitirlo. Sin embargo, los *días* no eran el problema. En cuanto a las noches…

La mente era un pizarrón. El alcohol era el borrador.

19

Dan permaneció despierto hasta las seis. Entonces se vistió y una vez más hizo el trayecto hasta la Red Apple. Esta vez no vaciló, solo que en lugar de extraer del refrigerador dos botellas de Bird, tomó tres. ¿Cómo era eso que decían? Al mal paso darle prisa. El dependiente las metió en una bolsa sin hacer comentarios; estaba acostumbrado a los compradores tempraneros de vino. Dan paseó hasta el parque del pueblo, se sentó en un banco en Teenytown y sacó una botella de la bolsa; la miró como Hamlet mira la calavera de Yorick. A través del vidrio verde, su contenido parecía veneno para ratas más que vino.

—Lo dices como si fuese algo malo —comentó Dan, y desenroscó el tapón.

Esta vez fue su madre quien habló. Wendy Torrance, que había fumado hasta el amargo final. Porque si el suicidio era la única opción, uno al menos debía poder escoger el arma.

¿Es así como acaba, Danny? ¿Todo ha sido para esto?

Giró el tapón en sentido contrario a las agujas del reloj. Luego lo apretó. Luego en sentido opuesto. Esta vez lo desenroscó por completo. El olor del vino era agrio, olía a música de rockola y bares de mala muerte y discusiones absurdas seguidas de peleas a puñetazos en estacionamientos. Al final, la vida era tan estúpida como una de esas trifulcas. El mundo no era una residencia de cuidados paliativos con aire fresco, el mundo era el Hotel Overlook, donde la fiesta jamás terminaba. Donde los muertos vivían para siempre. Se llevó la botella a los labios.

¿Esto es por lo que luchamos tan duro para salir de ese maldito hotel, Danny? ¿Por lo que luchamos para empezar una nueva vida? No había reproches en la voz de su madre, solo tristeza.

Danny volvió a enroscar el tapón. Después lo aflojó. Lo apretó. Lo aflojó.

Pensó: *Si bebo, el Overlook gana. Aunque ardiera hasta los cimientos cuando la caldera explotó, el hotel gana. Si no bebo, me vuelvo loco.*

Pensó: *Todo cuanto vemos o creemos ver no es sino un sueño dentro de un sueño.*

Seguía apretando y aflojando el tapón cuando Billy Freeman, que se había despertado temprano con la vaga y alarmada sensación de que algo iba mal, lo encontró.

—¿Te vas a beber eso, Dan, o solo estás haciéndole una paja?

—Voy a bebérmelo, supongo. No sé qué otra cosa hacer.

Así que Billy se lo dijo.

20

A Casey Kingsley no le sorprendió del todo ver a su nuevo empleado sentado a la puerta de su despacho cuando llegó a las ocho y cuarto de esa mañana. Tampoco le sorprendió ver la botella que Torrance tenía en las manos, girando el tapón, primero quitándolo, luego poniéndolo y enroscándolo con fuerza; le había visto esa expresión especial desde el principio, esa mirada ida de la Licorería Kappy's.

Billy Freeman no resplandecía tanto como el propio Dan, ni de lejos, pero poseía algo más que una mera chispa. Aquel primer día había telefoneado a Kingsley desde el cobertizo de las herramientas tan pronto como Dan se encaminó hacia el Ayuntamiento al otro lado de la calle. Hay un muchacho que busca trabajo, le informó Billy. Era posible que no tuviera muchas referencias, pero Billy lo consideraba el hombre adecuado para ayudar hasta el Homenaje a los Caídos. Kingsley, que anteriormente había tenido experiencias —buenas— con las intuiciones de Billy, había accedido. *Sé que necesitamos a alguien*, dijo.

La respuesta de Billy había sido peculiar, pero es que *Billy* era peculiar. Una vez, hacía dos años, había avisado a una ambulancia cinco minutos *antes* de que un chiquillo se cayera de un columpio y se fracturara el cráneo.

Él nos necesita más que nosotros a él, había dicho Billy.

Y ahí estaba, encorvado hacia delante como si ya se hubiera subido al siguiente autobús o a un taburete en la barra de algún bar, y Kingsley percibió el olor a vino desde el pasillo, a doce metros de distancia. Tenía una nariz de gourmet para tales aromas, y era capaz de identificar cada uno de ellos. Este en particular era Thunderbird. Sin embargo, cuando el joven alzó la vista hacia él, Kingsley vio que sus ojos estaban limpios de todo menos de desesperación.

—Me envía Billy.

Kingsley no dijo nada. Notó que el chico hacía acopio de sí, forcejeando consigo mismo. Lo vio en sus ojos; en la forma en que torcía hacia abajo las comisuras de los labios; sobre todo lo vio en cómo aferraba la botella, odiándola y amándola y necesitándola, todo al mismo tiempo.

Al cabo Dan expelió las palabras de las que había estado huyendo toda su vida.

—Necesito ayuda.

Se pasó un brazo por los ojos. Al hacerlo, Kingsley se agachó y tomó la botella de vino. Por un momento el muchacho se resistió... luego la soltó.

—Estás enfermo y cansado —dijo Kingsley—. Eso lo veo. Pero ¿estás enfermo y cansado de estar enfermo y cansado?

Dan alzó la mirada, carraspeó. Luchó un poco más y por fin dijo:

—No sabe usted cuánto.

—Puede que sí.

Kingsley sacó un llavero enorme de sus enormes pantalones. Insertó una llave en la cerradura de la puerta con las palabras SERVICIOS MUNICIPALES DE FRAZIER pintadas en el cristal esmerilado.

—Entra. Hablemos de ello.

CAPÍTULO DOS

NÚMEROS MALOS

1

La anciana poetisa de nombre italiano y apellido muy estadounidense se sentó con su bisnieta dormida en el regazo a mirar el video que el marido de su nieta había filmado en la sala de partos tres semanas atrás. Empezaba con el título: ¡ABRA LLEGA AL MUNDO! La grabación era errática, y David había evitado filmar cualquier cosa excesivamente clínica (gracias a Dios), pero Concetta Reynolds vio el cabello sudoroso pegado a la frente de Lucy, la oyó gritar «*¡Ya empujo!*» cuando una de las enfermeras la exhortó a ello, y vio las gotas de sangre en la sábana azul, no muchas, pero sí las suficientes para montar lo que la propia abuela de Chetta habría llamado «un gran espectáculo». Pero en italiano, por supuesto.

La imagen osciló cuando el bebé finalmente entró en el plano y Chetta sintió que se le ponía la piel de gallina en brazos y espalda cuando Lucy gritó «*¡No tiene cara!*».

Sentado ahora al lado de Lucy, David rio entre dientes. Por supuesto que Abra *tenía* cara, una carita muy dulce. Chetta bajó la mirada como para asegurarse de ello. Cuando volvió a mirar la pantalla, la recién nacida estaba siendo acomodada en brazos de su madre. Treinta o cuarenta erráticos segundos más tarde apareció otro rótulo: ¡FELIZ CUMPLEAÑOS, ABRA RAFAELLA STONE!

David apretó el botón de STOP del control remoto.

—Eres una de las poquísimas personas que verán esto —anunció Lucy en un firme tono de voz que no dejaba lugar a dudas—. Qué vergüenza.

—Es maravilloso —repuso David—. Y hay una persona que lo verá seguro, y esa es Abra. —Miró a su esposa, sentada a su lado en el sofá—. Cuando sea mayor. Si quiere, claro. —Le dio unas palmaditas a Lucy en el muslo y luego sonrió a su abuela política, una mujer por la que sentía respeto pero no un gran afecto—. Hasta entonces, la guardaré en la caja fuerte junto con los papeles del seguro, los papeles de la casa y los millones de la droga.

Concetta esbozó una sonrisa para indicar que había captado la broma, pero fue una sonrisa fría, pues no le parecía especialmente graciosa. En su regazo, Abra dormía y dormía. En cierto sentido, todos los bebés nacían con un manto, un velo de misterio y posibilidades que envuelve sus rostros diminutos, pensó. Tal vez fuese algo sobre lo que escribir. Tal vez no.

Concetta había llegado a Estados Unidos con doce años y hablaba inglés perfectamente —no era de extrañar, pues se había licenciado en Vassar y era profesora (ahora emérita) de filología inglesa—, pero en su cabeza aún mantenía vivas todas las supersticiones y los cuentos de viejas. A veces recibía órdenes y, cuando eso ocurría, siempre eran en italiano. Chetta creía que la mayoría de las personas que trabajaban en el mundillo de las artes eran esquizofrénicos altamente funcionales, y ella no era distinta. Sabía que las supersticiones eran una estupidez, pero escupía entre los dedos si un cuervo o un gato negro se cruzaba en su camino.

Gran parte de su propia esquizofrenia debía agradecérsela a las Hermanas de la Misericordia. Ellas creían en Dios; creían en la divinidad de Jesús; creían que los espejos eran calderos de bruja y que a la niña que se mirara en uno de ellos demasiado tiempo le crecerían verrugas. Estas eran las mujeres que habían ejercido la mayor influencia en su vida entre los siete y los doce años. Llevaban una regla en el cinturón —para golpear, no para medir— y nunca vieron una oreja de niño que no desearan retorcer al pasar.

Lucy alargó los brazos hacia el bebé. Chetta se la entregó, no sin renuencia. La criatura era una dulce carga.

2

A unos treinta kilómetros al sudeste de donde Abra dormía en brazos de Concetta Reynolds, Dan Torrance asistía a una reunión de Alcohólicos Anónimos en la que una chica hablaba y hablaba monótonamente sobre el sexo con su ex. Casey Kingsley le había ordenado que acudiera a noventa sesiones en noventa días, y esta, celebrada a mediodía en el sótano de la Iglesia Metodista de Frazier, era la número ocho. Estaba sentado en la primera fila, porque Casey —conocido en las asambleas como el Gran Casey— también se lo había ordenado.

—La gente enferma que quiere rehabilitarse se sienta adelante, Danny. En las reuniones de Alcohólicos Anónimos llamamos a la última fila el Pasillo de la Negación.

Casey le había entregado un bloc de notas que tenía en la cubierta una foto de olas estrellándose contra un promontorio de rocas en el océano. Impreso sobre la imagen había un lema que Dan entendía pero no compartía: NADA GRANDE SE CREA DE REPENTE.

—Quiero que apuntes en esa libreta todas las reuniones a las que vayas. Y cuando te diga que quiero verla, más te vale que seas capaz de sacarla del bolsillo de atrás y enseñarme una asistencia completa.

—¿Y si un día me enfermo?

Casey se echó a reír.

—Estás enfermo *todos* los días, amigo; eres un borracho alcohólico. ¿Quieres saber algo que me contó mi padrino?

—Creo que ya me lo has dicho. No se puede volver a meter la pasta de dientes dentro del tubo, ¿verdad?

—No te hagas el listillo y escucha.

Dan lanzó un suspiro.

—Escucho.

—«Mueve el culo a una reunión», decía él. «Si se te cae el culo, mételo en una bolsa y llévala a una reunión.»

—Precioso. ¿Y si simplemente se me olvida?

Casey se encogió de hombros.

—Entonces búscate a otro padrino que crea en los despistes, porque yo no.

Dan, que se sentía como un objeto frágil que se hubiera deslizado hasta el borde de un estante alto pero sin llegar a caer, no quería ni otro padrino ni cambios de ninguna clase. Estaba bien, pero sensible. Muy sensible. Casi en carne viva. Las visiones que lo habían atormentado tras su llegada a Frazier habían cesado, y aunque a menudo pensaba en Deenie y su hijo, los pensamientos no dolían tanto. Al final de casi todas las reuniones de AA, alguien leía las Promesas. Una de ellas rezaba: *No nos arrepentiremos del pasado ni desearemos cerrarle la puerta.* Dan suponía que él *siempre* se arrepentiría del pasado, pero ya había dejado de intentar cerrar la puerta. ¿Por qué molestarse, si en cualquier momento volvería a abrirse? La cabrona no tenía pestillo, mucho menos cerradura.

Empezó a escribir una palabra en la página correspondiente a ese día de la libreta que Casey le había dado. Trazó letras grandes y meticulosas. No tenía ni idea de por qué lo hacía ni qué significaba. La palabra era ABRA.

Entretanto, la oradora alcanzó el final de su exposición y rompió a llorar, declarando a través de las lágrimas que aunque su ex era una mierda y ella todavía lo quería, daba gracias por haber dejado las drogas y estar sobria. Dan aplaudió junto al resto del Grupo del Almuerzo y luego se puso a sombrear las letras con el bolígrafo. Agrandándolas. Dándoles relieve.

¿Conozco este nombre? Creo que sí.

Cuando el siguiente orador empezó a hablar, él se acercó a la cafetera a buscar otra taza de café y entonces le vino. Abra era el nombre de una niña de una novela de John Steinbeck. *Al este del Edén*. La había leído… no se acordaba dónde. En alguna parada a lo largo del camino. En algún lugar. No importaba.

Otro pensamiento

(*¿lo has conservado?*)

afloró a la superficie de su mente como una burbuja y explotó.

¿Conservar qué?

Frankie P., el veterano del Grupo del Almuerzo que presidía la sesión, preguntó si alguien quería hacer el Club de las Fichas. Al no levantar nadie la mano, Frankie lo señaló.

—¿Qué tal tú, el que anda ahí atrás donde el café?

Cohibido, Dan caminó hasta la parte de adelante de la sala esperando recordar el orden de las fichas. La primera —blanca para los principiantes— ya la tenía. Cuando tomó la abollada caja de galletas con fichas y medallones desperdigados en su interior, el pensamiento volvió a emerger.

¿Lo has conservado?

3

Aquel fue el día en que el Nudo Verdadero, que había pasado el invierno en un campamento KOA de Arizona, levantó sus cosas y emprendió viaje hacia al este. Tomaron la carretera 77 hacia Show Low en la formación habitual: catorce cámpers, varios coches con remolque, algunos con sillas de jardín o bicicletas amarradas en la parte de atrás. Había Southwinds y Winnebagos, Monacos y Bounders. El EarthCruiser de Rose —setecientos mil dólares de acero rodante importado, el mejor vehículo de recreo que el dinero podía comprar— encabezaba el desfile. Pero despacio, apenas a noventa kilómetros por hora.

No tenían prisa. Disponían de tiempo de sobra. El festín aún se hallaba a meses de distancia.

4

—¿Lo has conservado? —preguntó Concetta al tiempo que Lucy se abría la blusa y ofrecía el pecho al bebé.

Abby parpadeó adormilada, mamó un poco y perdió interés.

Cuando se te agrieten los pezones, no se lo ofrecerás hasta que te lo pida, pensó Chetta. *Y a pleno pulmón.*

—¿Conservar qué? —preguntó David.

Lucy sabía a qué se refería.

—Me desmayé justo después de que me la pusieron en brazos. Dave dice que casi la dejé caer. No hubo tiempo, Momo.

—Ah, esa mugre que tenía en la cara —dijo David con desdén—. Se la quitaron y lo tiraron. Y qué bueno, si quieres saber mi opinión. —Sonreía, pero sus ojos la desafiaban. *Será mejor que no sigas con esto*, decían. *Será mejor que no, déjalo.*

Sabía que él en parte tenía razón... y en parte no. ¿Había tenido esta dualidad de pensamiento de joven? No podía recordarlo, aunque al parecer se acordaba de todas las lecturas de los Sagrados Misterios y del interminable infierno de dolor administrado por las Hermanas de la Misericordia, aquellas *banditti* de negro. La historia de la chica que se había quedado ciega por espiar a su hermano cuando estaba desnudo en la tina y la del hombre que había caído muerto en el acto por blasfemar contra el Papa.

Entréguennoslas cuando sean jóvenes y no importará cuántas clases de honor hayan impartido, ni cuántos libros de poesía hayan escrito, ni siquiera que uno de ellos ganara todos los premios importantes. Entréguennoslas cuando sean jóvenes... y serán nuestras para siempre.

—Deberías haber conservado *il amnio*. Da buena suerte.

Hablaba con su nieta, David había quedado excluido de la conversación. Era un buen hombre, un buen marido para su Lucia, pero maldito fuera su tono desdeñoso. Y doblemente malditos fueran sus ojos desafiantes.

—Lo habría hecho, pero no tuve oportunidad, Momo. Y Dave no lo sabía. —Se abotonó de nuevo la blusa.

Chetta se inclinó hacia delante y acarició la fina piel de la mejilla de Abra con la punta del dedo, carne vieja deslizándose sobre carne nueva.

—Se dice que aquellos nacidos con *il amnio* poseen doble visión.

—No te tomarás esas cosas en serio, ¿verdad? —preguntó David—. El velo no es nada más que un trozo de membrana fetal. Se…

Dijo algo más, pero Concetta no prestó atención. Abra había abierto los ojos. En ellos había un universo de poesía, versos demasiado grandes para ser escritos jamás. Ni tan siquiera recordados.

—No importa —dijo Concetta. Levantó a Abra y le dio un beso en el suave cráneo, donde la fontanela latía, la magia de la mente tan cerca ahí debajo—. Lo hecho, hecho está.

5

Una noche, aproximadamente cinco meses después de la cuasidiscusión sobre el velo de Abra, Lucy soñó que su hija lloraba; lloraba como si tuviera el corazón roto. En el sueño, Abby ya no estaba en el dormitorio principal de la casa de Richland Court, sino en algún lugar con un largo pasillo. Lucy corría en la dirección de los sollozos. Al principio se alzaban puertas a ambos lados, pero luego había asientos. Azules, con el respaldo alto. Se encontraba en un avión, o quizá en un tren Amtrak. Tras recorrer lo que parecían kilómetros, llegó a la puerta de un baño. Su bebé lloraba al otro lado. No era un llanto de hambre, sino de miedo. Quizá

(*ay Dios, ay Virgen santa*)

un llanto de dolor.

Lucy sintió un miedo atroz a que la puerta estuviera cerrada con pestillo y tuviera que derribarla —¿no era esa la clase de cosas que siempre ocurrían en las pesadillas?—, pero la perilla giró y la abrió. En ese momento la asaltó un nuevo temor: ¿y si Abra estaba en el escusado? Se leían sucesos así: bebés en escusados, bebés en contenedores de basura. ¿Y si se estaba ahogando en una de esas feas tazas de acero que había en los transportes públicos, con la boca y la nariz sumergidas en agua azul desinfectada?

Pero Abra yacía en el suelo. Estaba desnuda. Sus ojos, anegados en lágrimas, miraban fijamente a su madre. Tenía escrito en el pecho, con lo que parecía sangre, el número 11.

6

David Stone soñaba que perseguía el llanto de su hija por una interminable escalera mecánica que corría —lenta pero inexorablemente— en la dirección opuesta. Peor, la escalera estaba en un centro comercial, y este ardía. Debería haber sentido que se asfixiaba y que estaba sin aliento mucho antes de llegar arriba, pero el fuego no producía humo, solo un infierno de llamas. Y el único sonido que se oía era el llanto de Abra, aunque vio a gente quemándose como antorchas empapadas de queroseno. Cuando por fin consiguió alcanzar el escalón superior, encontró a Abby tirada en el suelo y nadie le hacía caso. Hombres y mujeres corrían a su alrededor sin prestar atención, y a pesar de las llamas nadie trató de utilizar la escalera mecánica, aunque esta bajaba. Huían en desbandada, en todas direcciones, como hormigas cuyo hormiguero hubiera sido destruido por el escarificador de un agricultor. Una mujer con tacones de aguja estuvo a punto de pisar a su hija, lo cual casi seguro que la habría matado.

Abra estaba desnuda. Tenía escrito en su pecho el número 175.

7

Los Stone despertaron a la par, ambos inicialmente convencidos de que el llanto que oían era un remanente del sueño que habían tenido. Pero no, procedía de su misma habitación. Abby estaba tumbada en la cuna bajo su móvil de Shrek; tenía los ojos muy abiertos, las mejillas encendidas; abría y cerraba sus diminutos puños; aullaba a pleno pulmón.

Cambiarle los pañales no la apaciguó, tampoco lo hizo el pecho, ni lo que parecieron kilómetros de andar pasillo arriba y abajo y al menos mil versos de «The Wheels on the Bus». Al cabo, muy asustada —Abby era su primera hija y Lucy estaba desesperada— telefoneó a Concetta a Boston. Aunque eran las dos de la madrugada, su abuela contestó al segundo tono. Tenía ochenta y cinco años y su sueño era tan liviano como su piel. Escuchó con más atención el llanto de su bisnieta que el confuso recital de Lucy de todos los remedios caseros que había probado, y luego formuló las preguntas pertinentes:

—¿Tiene fiebre? ¿Se tira de una oreja? ¿Mueve las piernas como si tuviera que hacer *merda*?

—No —dijo Lucy—, nada de eso. Está un poco caliente de tanto llorar, pero no creo que sea fiebre. Momo, ¿qué hago?

Chetta, ahora sentada en la butaca de su escritorio, no vaciló.

—Espera otros quince minutos. Si no se calma y empieza a comer, llévala al hospital.

—¿Qué? ¿Al Brigham and Women's? —Confusa y alterada, fue cuanto se le ocurrió a Lucy. Era allí donde había dado a luz—. ¡Eso está a más de doscientos kilómetros!

—No, no. A Bridgton. Cruzando la frontera de Maine. Está un poco más cerca que el CNH.

—¿Estás segura?

—¿Acaso no lo estoy viendo en mi computadora ahora mismo?

Abra no se calmó. El llanto era monótono, desesperante, aterrador. Cuando llegaron al hospital de Bridgton, eran cuarto para las cuatro y Abra seguía llorando a todo volumen. Los viajes en el Acura eran normalmente más eficaces que un somnífero, pero esa madrugada no. David pensó en aneurismas cerebrales y se dijo que había perdido el juicio. Los bebés no sufrían derrames... ¿o sí?

—Davey... —dijo Lucy con voz queda mientras paraban junto a la señal que rezaba SOLO PARA EMERGENCIAS—. Los bebés no sufren derrames ni ataques al corazón... ¿verdad?

—No, estoy seguro de que no.

Pero de pronto se le ocurrió otra cosa. ¿Y si la criatura se había tragado un alfiler y le había perforado el estómago? *Qué estupidez, usamos Huggies con velcro, nunca ha estado ni siquiera cerca de un alfiler.*

Otra cosa, entonces. Un pasador de pelo de Lucy. Una tachuela errante que hubiera caído en la cuna. Quizá incluso, Dios los amparara, un trozo de plástico roto de Shrek, Burro o la princesa Fiona.

—¿Davey? ¿En qué piensas?

—En nada.

El móvil estaba bien. Estaba seguro.

Casi seguro.

Abra continuaba llorando.

8

David esperaba que el médico de guardia diera un sedante a su hija, pero iba en contra del protocolo medicar a niños sin un diagnóstico, y parecía que a Abra Rafaella Stone no le pasaba nada grave. No tenía fiebre, no mostraba ningún sarpullido y una prueba de ultrasonidos había descartado una estenosis pilórica. Una radiografía reveló que no había objetos extraños en su garganta ni en su estómago, ni una obstrucción intestinal. En resumen, no quería callarse. Los Stone eran los únicos pacientes en Urgencias a esa hora de la madrugada de un martes, y cada una de las tres enfermeras de guardia había intentado calmarla. Nada funcionó.

—¿No debería darle algo de comer? —preguntó Lucy al médico cuando este volvió a examinarla. Se le ocurrió el término «lactato de Ringer», lo había oído en alguna serie de médicos de las que veía desde su enamoramiento adolescente de George Clooney. Sin embargo, por lo que sabía, el lactato de Ringer era una loción de pies, o un anticoagulante, o algo para la úlcera de estómago—. No quiere el pecho *ni* el biberón.

—Comerá cuando tenga hambre —dijo el médico, pero eso no tranquilizó ni a Lucy ni a David. Por un lado, el médico parecía más joven que ellos. Por otro (y eso era mucho peor), no sonaba del todo seguro—. ¿Han llamado a su pediatra? —Revisó el historial—. ¿Al doctor Dalton?

—Hemos dejado un mensaje en su consultorio —dijo David—. Probablemente no sabremos de él hasta media mañana, y para entonces esto ya habrá acabado.

De un modo u otro, pensó, y su mente —ingobernable debido a la falta de sueño y el exceso de ansiedad— le mostró una imagen tan nítida que resultaba horrorosa: gente de luto alrededor de una pequeña tumba. Y un ataúd aún más pequeño.

9

A las siete y media, Chetta Reynolds irrumpió en la sala de reconocimiento donde habían escondido a los Stone y a su bebé, que no había cesado de berrear. La poetisa, que según los rumores formaba parte de una lista de preseleccionados para la Medalla Presidencial de la Libertad, iba vestida con jeans rectos y una sudadera de la BU con un agujero en el codo. El atuendo dejaba ver cuánto había adelgazado en los últimos tres o cuatro años. *No tengo cáncer, si eso es lo que estás pensando*, decía si alguien comentaba su delgadez de modelo de pasarela, la cual solía disimular con vestidos ondulados o caftanes. *Me estoy entrenando para la vuelta final al circuito.*

Su cabello, por regla general trenzado o recogido en complicados vuelos para exhibir su colección de pasadores vintage, se encrespaba alrededor de la cabeza en una desgreñada nube a lo Einstein. No llevaba maquillaje, y a pesar de su angustia a Lucy le impresionó lo mayor que parecía Concetta. Bueno, claro que era mayor, ochenta y cinco años eran *muchos*, pero hasta esa mañana tenía la apariencia de una mujer que a lo sumo rayara los setenta.

—Habría tardado una hora menos si hubiera encontrado a alguien para que cuidara a Betty. —Betty era su anciana y achacosa bóxer.

Chetta captó la mirada de reproche de David.

—Bets se *está muriendo*, David. Y basándome en lo que me contaste por teléfono, no estaba tan preocupada por Abra.

—¿Y ahora estás preocupada? —preguntó David.

Lucy lanzó a su marido una mirada de advertencia, pero Chetta parecía dispuesta a aceptar la reprimenda implícita.

—Sí. —Extendió las manos—. Dámela, Lucy. Veamos si se tranquiliza con Momo.

Pero Abra tampoco se tranquilizó con Momo, daba igual cómo la meciera. Tampoco una dulce y sorprendentemente melodiosa canción de cuna (por cuanto David sabía, era «The Wheels on the Bus» en italiano) consiguió obrar el milagro. Todos volvieron a probar la cura del paseo, primero arrullándola en la pequeña sala de reconocimiento, luego por el pasillo, luego otra vez en el consultorio. El llanto seguía y seguía. En algún momento se produjo una conmoción fuera —alguien con heridas visibles era transportado en silla de ruedas, supuso David—, pero aquellos que se encontraban en la Sala de Reconocimiento 4 apenas prestaron atención.

A las nueve para las cinco, la puerta del consultorio se abrió y entró el pediatra de los Stone. El doctor John Dalton era un individuo al que Dan Torrance habría reconocido, aunque no por su apellido. Para Dan simplemente era el doctor John, que preparaba el café en las reuniones del *Libro Grande* de los jueves por la noche en North Conway.

—¡Gracias a Dios! —exclamó Lucy poniendo a su aullante hija en los brazos del pediatra—. ¡Nos han dejado aquí solos durante *horas*!

—Estaba de camino cuando recibí el mensaje. —Dalton se puso a Abra en el hombro—. Tengo rondas aquí y luego en Castle Rock. Supongo que se han enterado de lo ocurrido, ¿no?

—¿Enterarnos de qué? —preguntó David.

Con la puerta abierta, por primera vez fue plenamente consciente del moderado alboroto que reinaba en el exterior. Personas hablando en voz baja. Varias llorando. Entró la enfermera que los había atendido a su llegada, con el rostro rojo y manchado, las mejillas mojadas. Ni siquiera echó una mirada al bebé que lloraba.

—Un avión de pasajeros se ha estrellado contra el World Trade Center —dijo Dalton—. Y nadie cree que se trate de un accidente.

Había sido el vuelo 11 de American Airlines. Diecisiete minutos después, a las 9.03, el vuelo 175 de United Airlines impactaba contra la Torre Sur. A las 9.03, Abra Stone dejó abruptamente de llorar. A las 9.04, dormía como un ángel.

En el trayecto de vuelta a Anniston, David y Lucy escuchaban el radio mientras Abra dormía plácidamente detrás, en su asiento para coche. La noticia resultaba insoportable, pero apagar el radio quedaba fuera de toda consideración... al menos hasta que un locutor anunció los nombres de las aerolíneas y los números de vuelo de los aviones que se habían estrellado: dos en Nueva York, uno cerca de Washington, uno en la Pensilvania rural. Entonces David alargó por fin la mano y silenció la avalancha de desastres.

—Lucy, tengo que contarte algo. Anoche soñé...

—Lo sé. —Habló con el tono apagado de alguien que acaba de sufrir una conmoción—. Yo también.

Para cuando cruzaron la frontera del estado de New Hampshire, David había empezado a creer que, después de todo, quizá hubiera algo de real en ese asunto del velo.

10

En una ciudad de Nueva Jersey, en la orilla oeste del río Hudson, hay un parque que lleva el nombre del residente más famoso de la localidad. En un día claro ofrece una vista perfecta del bajo Manhattan. El Nudo Verdadero llegó a Hoboken el 8 de septiembre y se instaló en un solar privado que habían alquilado por diez días. Papá Cuervo cerró el trato. Guapo y sociable, aparentaba unos cuarenta años y su camiseta favorita decía ¡TENGO DON DE GENTES! No es que se la pusiera cuando negociaba para el Nudo Verdadero; para tales ocasiones vestía de riguroso traje y corbata. Era lo que los palurdos esperaban. Su nombre real era Henry Rothman, estudió derecho en Harvard (curso del 38), y siempre llevaba dinero en efectivo. Los Verdaderos poseían más de mil millones de dólares repartidos en diversas cuentas por todo el mundo —varios en oro, varios en diamantes, varios en libros raros, sellos y pinturas—, pero nunca pagaban con cheque o tarjeta de crédito. Cada uno de ellos, incluidos Guisante y Vaina, que parecían niños, llevaban un fajo de billetes de diez y de veinte.

Como Jimmy el Números había dicho en una ocasión, «Somos una unidad de autoservicio. Pagamos en efectivo y los palurdos nos transportan». Jimmy era el contador del Nudo. En sus días de palurdo había cabalgado una vez con una banda que se dio a conocer (mucho después de que su guerra terminara) como los Guerrilleros de Quantrill. Por aquel entonces era un muchacho alocado que llevaba un abrigo de búfalo y cargaba con un rifle Sharps, pero en el transcurso de los años se había moderado. Ahora tenía en su cámper una foto enmarcada con el autógrafo de Ronald Reagan.

En la mañana del 11 de septiembre, los Verdaderos observaron los ataques contra las Torres Gemelas desde el estacionamiento, haciendo circular entre ellos cuatro pares de binoculares. Desde el parque Sinatra lo habrían visto mejor, pero no hacía falta que Rose les dijera que reunirse demasiado temprano podría levantar sospechas... y en los meses y años venideros Estados Unidos iba a ser una nación muy recelosa: si ves algo, di algo.

Hacia las diez de la mañana —cuando ya había una multitud congregada a lo largo de la orilla del río y era seguro—, se abrieron paso hasta el parque. Los gemelos, Guisante y Vaina, empujaban la silla de ruedas de Abuelo Flick. Este llevaba su gorra que declaraba SOY VETERANO. Su cabello, largo, blanco y fino como el de un bebé, flotaba alrededor de la gorra como algodoncillo. Hubo una época en la que contaba a la gente que era veterano de la guerra de Cuba. Después fue la Primera Guerra Mundial. En la actualidad, era la Segunda Guerra Mundial. Dentro de otros veinte años o así, esperaba cambiar su historia a Vietnam. La credibilidad nunca había sido un problema; Abuelo era un entusiasta de la historia militar.

El parque Sinatra estaba abarrotado. La mayoría de la gente permanecía en silencio, pero algunos lloraban. Annie la Mandiles y Susie Ojo Negro ayudaron al respecto; ambas eran capaces de llorar a voluntad. Los demás adoptaron apropiadas expresiones de pesar, solemnidad y asombro.

En conjunto, el Nudo Verdadero se integraba bien. Así era como operaban.

Los espectadores iban y venían, pero los Verdaderos se quedaron allí la mayor parte del día, que era claro y hermoso (excepto por las espesas nubes de polvo elevándose en el bajo Manhattan, claro). Permanecieron en las vías de hierro, sin hablar, solo mirando. Y respirando hondo y despacio, como turistas del Medio Oeste por primera vez en Pemaquid Point o Quoddy Head en Maine, aspirando profundas bocanadas del fresco aire marino. Como señal de respeto, Rose se quitó la chistera y la sostuvo a un lado.

A las cuatro volvieron en tropel a su base en el estacionamiento, revigorizados. Regresarían al día siguiente, y al otro, y al otro. Regresarían hasta que el vapor bueno se hubiera agotado, y entonces emprenderían de nuevo la marcha.

Para entonces, el cabello cano de Abuelo Flick habría adquirido una tonalidad gris hierro y ya no necesitaría la silla de ruedas.

CAPÍTULO TRES

CUCHARAS

1

De Frazier a North Conway había treinta kilómetros, pero Dan Torrance hacía ese trayecto en coche todos los jueves por la noche, en parte porque podía. Trabajaba en la Residencia Helen Rivington, ganaba un salario decente y había recuperado su licencia de conducir. El coche que había comprado para desplazarse no era gran cosa, tan solo un Caprice de tres años de antigüedad con llantas de banda negra y un radio indeciso, pero el motor estaba en buenas condiciones y cada vez que lo arrancaba se sentía el hombre más afortunado de New Hampshire. Pensaba que si no tenía que abordar nunca más un autobús, podría morir feliz. Era enero de 2004. Salvo por unos cuantos pensamientos e imágenes aleatorios —aparte del trabajo adicional que a veces desempeñaba en la residencia, por supuesto—, el resplandor había permanecido en calma. Habría realizado ese trabajo de voluntariado de todos modos, pero tras su etapa en Alcohólicos Anónimos se lo planteaba también como una compensación, y eso a los adictos en rehabilitación les parecía casi tan importante como alejarse de la primera copa. Si lograba mantener tapada la botella otros tres meses, sería capaz de celebrar tres años sobrio.

Volver a manejar ocupaba un lugar importante en las meditaciones diarias de gratitud sobre las que Casey K. insistía (porque decía —con toda la arisca certeza de los veteranos del Programa— que un alcohólico agradecido no se emborrachaba), pero Dan continuaba asistiendo a las sesiones del Libro Grande los jueves por la noche porque eran relajantes. Íntimas, en realidad. Algunas reuniones de discusión abierta en la zona resultaban incómodamente largas, pero eso nunca ocurría las noches de los jueves en North Conway. Un viejo dicho de AA proclamaba: *Si quieres esconder algo de un alcohólico, mételo en el Libro Grande*; la asistencia a la reunión del jueves por la noche en North Conway sugería que dicho proverbio encerraba cierta verdad. Incluso en las semanas comprendidas entre el Cuatro de Julio y el día del Trabajo —la temporada alta de la estación turística— era raro tener más de una docena de personas en el salón Amvets cuando caía el martillo. Como resultado, Dan había oído cosas que sospechaba que nunca se habrían dicho en voz alta en las reuniones que atraían a cincuenta o incluso setenta borrachines y drogadictos en rehabilitación. En estas, los oradores tendían a buscar refugio en los lugares comunes (los había a cientos) y evitaban lo personal. Uno podía oír *La serenidad reporta beneficios* y *Puedes escribir mi inventario si también estás dispuesto a hacer mis enmiendas*, pero jamás *Me follé a la mujer de mi hermano una noche en que los dos estábamos borrachos*.

En las reuniones de Estudio de la Sobriedad de los jueves por la noche, el reducido grupo leía de cabo a rabo el gran manual azul de Bill Wilson, retomándolo en cada sesión en el punto donde se hubieran quedado la anterior. Cuando llegaban al final del libro, retornaban a «La declaración del doctor» y volvían a empezar desde el principio. En la mayoría de las reuniones leían unas diez páginas. Eso les llevaba aproximadamente media hora. Durante los treinta minutos restantes, el grupo debía hablar acerca del material que acababan de leer. A veces lo hacían. Pero lo normal era que la discusión se desviara por otros derroteros, como una rebelde *planchette* deslizándose por un tablero de ouija bajo los dedos de adolescentes neuróticos.

Dan recordó una reunión a la que asistió cuando llevaba ocho meses sobrio. El capítulo a discutir, «A las esposas», rebosaba de anticuadas suposiciones que casi siempre provocaban una airada respuesta entre las mujeres más jóvenes del Programa. Querían saber por qué en los más de sesenta y cinco años que habían pasado desde la publicación original del Libro Grande nadie había agregado un capítulo titulado «A los maridos».

Cuando Gemma T. —una treintañera cuyos dos únicos estados emocionales parecían ser Enfadada y Muy Encabronada— alzó la mano aquella noche en concreto, Dan había esperado una diatriba liberal-feminista. En cambio, mucho más tranquila de lo habitual, dijo:

—Quiero compartir algo. Llevo guardándomelo desde los diecisiete años, y a menos que lo suelte, jamás seré capaz de apartarme de la coca y el vino.

El grupo aguardó.

—Atropellé a un hombre con el coche cuando volvía a casa borracha de una fiesta —dijo Gemma—. Fue en Somerville. Lo dejé tirado en la zanja. No sabía si estaba vivo o muerto, y sigo sin saberlo. Estuve esperando a que la poli viniera a detenerme, pero nunca lo hizo. Me libré.

Se rio como se ríe la gente cuando un chiste es particularmente bueno, luego apoyó la cabeza en la mesa y rompió a llorar. Sus sollozos eran tan profundos que sacudieron su raquítico cuerpo. Esa fue la primera experiencia de Dan con lo aterradora que podía ser la «sinceridad en todos nuestros asuntos» cuando se ponía realmente en práctica. Pensó —seguía haciéndolo muy a menudo— en cómo había vaciado de dinero la cartera de Deenie y en cómo el niño había extendido las manos hacia la cocaína en la mesita de café. Sintió un respeto reverencial por Gemma, pero tanta sinceridad descarnada no era para él. Si se veía obligado a escoger entre contar esa historia o tomar una copa…

Me tomaría una copa. Sin duda.

2

Esa noche, la lectura era «Gutter Bravado», una de las historias de la sección del Libro Grande alegremente titulada «Lo perdieron prácticamente todo». El relato seguía un patrón con el que Dan se había familiarizado: buena familia, misa los domingos, primera copa, primera borrachera, éxito profesional arruinado por el alcohol, escalada de mentiras, primer arresto, promesas de reforma rotas, institucionalización y final feliz. Todas las historias del Libro Grande tenían finales felices. Eso formaba parte de su encanto.

Era una noche fría, pero dentro hacía calor, y Dan bordeaba el sueño cuando el doctor John levantó la mano y dijo:

—He estado mintiendo a mi mujer sobre algo y no sé cómo parar.

Aquello despertó a Dan. Le caía muy bien DJ.

Resultó que la mujer de John le había regalado un reloj por Navidad, un reloj bastante caro, y cuando un par de noches atrás ella le preguntó por qué no lo llevaba puesto, John respondió que lo había dejado en el despacho.

—Pero no está allí. He mirado por todas partes, y nada. Hago muchas rondas en el hospital, y si tengo que ponerme ropa de quirófano utilizo una de los casilleros del vestidor de los médicos. Hay candados con combinación, pero casi nunca los uso porque no llevo mucho dinero encima y no tengo nada que merezca la pena robar. Salvo el reloj, supongo. No recuerdo habérmelo quitado para guardarlo en un casillero, ni en el CNH ni en Bridgton, pero supongo que eso fue lo que hice. No es por su valor. Es que hace que me acuerde un montón de los días en que me emborrachaba como un imbécil todas las noches y a la mañana siguiente me metía *speed* para poder arrancar.

Hubo asentimientos de cabeza en respuesta, seguidos de historias similares de engaños inducidos por la culpa. Nadie daba consejos; eso se llamaba «cruce de palabras», y se desaprobaba. Se limitaban a contar sus experiencias. John escuchaba con la cabeza gacha y las manos apretadas entre las rodillas. Tras haber pasado la canasta («Somos económicamente independientes, nos mantenemos con nuestras propias contribuciones»), agradeció las aportaciones de todos. Por su expresión, Dan no creía que dichas aportaciones le hubieran ayudado demasiado.

Tras la Oración del Señor, Dan guardó las galletas sobrantes y apiló los maltratados ejemplares del Libro Grande del grupo en el armario señalado PARA USO DE AA. Fuera, varias personas aún remoloneaban, en torno al cenicero —la denominada reunión tras la reunión—, pero John y él disponían de la cocina para ellos solos. Dan no había intervenido durante la charla; estaba demasiado ocupado manteniendo un debate interior consigo mismo.

El resplandor se había acallado, pero eso no significaba que no existiera. Sabía por su trabajo de voluntario que en realidad era más fuerte que nunca desde que era niño, con la diferencia de que Dan ahora parecía ejercer un mayor grado de control sobre él. Eso lo hacía mucho menos aterrador y mucho más útil. Sus compañeros en la Residencia Rivington sabían que él tenía *algo*, pero la mayoría lo llamaban «empatía» y lo dejaban ahí. Lo último que deseaba, ahora que su vida había empezado a asentarse, era ganarse una reputación de vidente de salón. Mejor guardarse esas rarezas de mierda para él solo.

Sin embargo, el doctor John era un buen tipo. Y estaba sufriendo.

DJ colocó la cafetera boca abajo en el escurridor, se secó las manos con un trapo que colgaba del asa del horno, y luego se volvió hacia Dan con una sonrisa que parecía tan real como el bote de Coffee-mate que Dan había guardado junto a las galletas y la azucarera.

—Bueno, me voy. Te veo la semana que viene, supongo.

Al final, la decisión llegó por sí sola; Dan no podía dejarlo irse de esa manera. Extendió las manos.

—No te resistas.

El legendario abrazo de Alcohólicos Anónimos. Dan había visto muchos, pero nunca había dado ninguno. John dudó por un instante, luego se acercó. Dan lo atrajo hacia sí, pensando: *Seguramente no pasará nada*.

Pero pasó. Acudió tan rápido como cuando, de niño, a veces ayudaba a sus padres a encontrar cosas perdidas.

—Escúchame, Doc —dijo, soltando a John—. Estabas preocupado por el niño con la enfermedad de Goocher.

John dio un paso atrás.

—¿De qué hablas?

—No lo pronuncio bien, lo sé. ¿Goocher? ¿Glutcher? Es algo de los huesos.

John se quedó boquiabierto.

—¿Te refieres a Norman Lloyd?

—Dímelo tú.

—Normie tiene la enfermedad de Gaucher. Es un desorden en el metabolismo de los lípidos, hereditario y muy raro. Causa hipertrofia de bazo, trastornos neurológicos y, por lo general, una muerte prematura y desagradable. El pobre chiquillo tiene un esqueleto de cristal y seguramente morirá antes de cumplir los diez años. Pero ¿cómo lo sabías? ¿Por sus padres? Los Lloyd viven en Nashua, muy lejos de aquí.

—Te preocupaba hablar con él…, los enfermos terminales te afectan mucho. Por eso te detuviste en el baño del Tigger a lavarte las manos aunque las tenías limpias. Te quitaste el reloj y lo pusiste en el estante donde dejan ese desinfectante de color rojo oscuro que viene en botes de plástico. No sé cómo se llama.

John D. lo miraba como si se hubiera vuelto loco.

—¿En qué hospital está ingresado ese niño? —preguntó Dan.

—En el Elliot. El marco temporal es correcto, y entré en los baños que hay cerca de la sala de enfermeras de pediatría para lavarme las manos. —Hizo una pausa; fruncía el ceño—. Y sí, me parece que hay personajes de Milne en las paredes de ese baño. Pero si me hubiera quitado el reloj, me acorda… —Su voz se apagó gradualmente.

—Y te *acuerdas* —dijo Dan, y sonrió—. *Ahora* sí. ¿O no?

—Pregunté en la oficina de objetos perdidos del Elliot. Y también en la del Bridgton y el CNH, con el mismo resultado. Nada.

—Muy bien, entonces tal vez llegó alguien, lo vio y se lo quedó. En ese caso, mala suerte…, pero por lo menos podrás contarle a tu mujer lo que pasó. Y *por qué* pasó. Estabas pensando en el chiquillo, estabas *preocupado*, y te olvidaste de volver a ponerte el reloj antes de salir del baño. Tan simple como eso. Y oye, a lo mejor sigue allí. Ese estante es alto, y casi nadie usa lo que hay en esos botes de plástico porque hay un dispensador de jabón justo al lado del lavabo.

—Lo que hay en ese estante es Betadine —dijo John—, y está alto para que los niños no puedan alcanzarlo. Nunca me había fijado. Pero... Dan, ¿has *estado* alguna vez en el Elliot?

Esa era una pregunta a la que no deseaba responder.

—Mira en el estante, Doc. A lo mejor tienes suerte.

3

Dan llegó temprano a la reunión de Estudio de la Sobriedad del jueves siguiente. Si el doctor John había decidido tirar a la basura su matrimonio, y posiblemente su carrera, por un reloj de setecientos dólares extraviado (los alcohólicos solían destrozar sus matrimonios y sus carreras por mucho menos), alguien tendría que preparar el café. Sin embargo, John estaba allí. Y el reloj también.

Esta vez fue John quien inició el abrazo. Uno sumamente efusivo. Dan casi esperaba recibir un par de besos en las mejillas antes de que DJ lo soltara.

—Estaba justo donde dijiste que estaría. Diez días, y seguía allí. Es como un milagro.

—Bah —dijo Dan—. La mayoría de la gente casi nunca mira por encima de la altura de sus ojos. Es un hecho comprobado.

—¿Cómo lo *sabías*?

Dan sacudió la cabeza.

—No puedo explicarlo. Es algo que me pasa a veces.

—¿Cómo podría agradecértelo?

Esa era la pregunta que Dan había estado esperando y deseando.

—Practicando el Paso Doce, tonto.

John D. enarcó las cejas.

—Anonimato. En pocas palabras: cierra la puta boca.

La comprensión despuntó en el rostro de John. Sonrió.

—Puedo hacerlo.

—Bien. Vamos, prepara el café. Yo repartiré los libros.

4

En Nueva Inglaterra, la mayoría de los grupos de AA llaman cumpleaños a los aniversarios y los celebran con un pastel y una fiesta tras la reunión. Poco antes de la fecha prevista para conmemorar de esta manera el tercer año de sobriedad de Dan, David Stone y la bisabuela de Abra visitaron a John Dalton —conocido en ciertos círculos como Doctor John o DJ— y lo invitaron a otra fiesta de tercer cumpleaños, la que los Stone organizaban para Abra.

—Son muy amables —dijo John—, y estaré más que encantado de darme la vuelta si puedo. Pero… ¿por qué tengo la sensación de que hay algo más?

—Porque así es —confirmó Chetta—. Y aquí el señor Cabezota ha decidido que por fin ha llegado la hora de hablar de ello.

—¿Le pasa algo a Abra? Si ha surgido algún problema, pónganme al corriente. Según la última revisión, la niña está bien. Es tremendamente brillante. Magníficas aptitudes sociales. Habilidad verbal altísima. En lectura, otro tanto. La última vez que estuvo aquí me leyó *Alligators All Around*. Es probable que lo recitara de memoria, pero aun así es extraordinario para una niña que todavía no ha cumplido los tres años. ¿Sabe Lucy que están aquí?

—Lucy y Chetta se han aliado en mi contra —dijo David—. Lucy está en casa con Abra haciendo pastelitos para la fiesta. Cuando me fui, la cocina parecía el infierno bajo un vendaval.

—Entonces, ¿de qué estamos hablando? ¿Quieren que vaya a la fiesta como observador?

—Exacto —dijo Concetta—. Ninguno de nosotros puede asegurar que vaya a suceder algo, pero hay más posibilidades de que ocurra cuando se emociona, y ahora está *muy* emocionada por la fiesta. Vendrán todos sus amiguitos de la guardería y actuará un payaso que hace trucos de magia.

John abrió un cajón de su escritorio y sacó una libreta de papel amarillo.

—¿Qué clase de suceso están esperando?

David titubeó.

—Es… difícil de decir.

Chetta se volvió a mirarlo.

—Adelante, *caro*. Ya es demasiado tarde para retroceder. —Su tono de voz era suave, casi alegre, pero a John Dalton le pareció que estaba preocupada. Le pareció que ambos estaban preocupados—. Empieza por la noche que se puso a llorar y no se callaba.

5

David Stone había pasado diez años impartiendo clases de historia americana e historia europea del siglo XX, y sabía cómo organizar un relato de modo que fuera difícil perder la lógica interior. Empezó señalando que el maratón de llanto de su hija había terminado casi inmediatamente después de que el segundo avión colisionara contra el World Trade Center. Después retrocedió a los sueños en los que su mujer había visto en el pecho de Abra el número del vuelo de American Airlines y él el número de United Airlines.

—En el sueño de Lucy, ella encontraba a Abra en el baño de un avión. En el mío, la encontraba en un centro comercial en llamas. Extraiga sus propias conclusiones de esa parte. O no. Para mí, esos números de vuelo parecen bastante concluyentes. Pero de qué, no lo sé. —Rio sin demasiadas ganas, levantó las manos y enseguida las dejó caer de nuevo—. Quizá tenga miedo de saberlo.

John Dalton recordaba muy bien la mañana del 11-S, así como el incesante berrinche de Abra.

—A ver si lo entiendo. ¿Cree que su hija, que por entonces solo tenía cinco meses, tuvo una premonición de los ataques y que de algún modo les envió un mensaje telepático?

—Sí —dijo Chetta—. Lo ha expresado muy concisamente. Bravo.

—Sé cómo suena —dijo David—. Por eso Lucy y yo no se lo habíamos contado a nadie. Excepto a Chetta, claro. Lucy se lo contó esa misma noche. Lucy se lo cuenta todo a su abuela. —Lanzó un suspiro. Concetta le correspondió con una fría mirada.

—¿Usted no soñó nada? —le preguntó John.

La poetisa negó con la cabeza.

—Yo estaba en Boston. Fuera de su... no sé... ¿radio de alcance?

—Han pasado casi tres años desde el 11-S —observó John—. Deduzco que habrán sucedido más cosas desde entonces.

Habían sucedido un montón de cosas, y ahora que había conseguido hablar de la primera (y más increíble), Dave se sintió capaz de hablar del resto con bastante facilidad.

—El piano. Eso fue lo siguiente. ¿Sabe usted que Lucy toca?

John sacudió la cabeza.

—Bueno, pues así es. Toca desde que estaba en primaria. No es una virtuosa, pero sí bastante buena. Mis padres le compraron un Vogel como regalo de boda. Lo tenemos en la sala, que es también donde solemos poner el corral de Abra. Bueno, uno de los regalos que le hice a Lucy por Navidad en 2001 fue un libro de canciones de los Beatles arregladas para piano. Abra se tumbaba en el corral, tonteaba con sus juguetes y escuchaba. Se veía que le gustaba la música por la forma en que sonreía y movía los pies.

John no lo puso en duda. La mayoría de los bebés adoraban la música, y tenían sus medios para hacerlo saber.

—El libro incluía todos los éxitos: «Hey Jude», «Lady Madonna», «Let It Be»..., pero el que más le gustaba a Abra era uno de sus temas menores, una cara B con el título «Not a Second Time». ¿La conoce?

—Así de entrada no —dijo John—. A lo mejor si la escucho...

—Es una canción con ritmo, pero a diferencia de la mayoría de los temas rápidos de los Beatles, está construida alrededor de un riff de piano en vez del sonido normal de guitarra. No es un boogie-woogie, pero se acerca. A Abra le encantaba. No solo movía los pies cuando Lucy la tocaba, sino que era como si pedaleara. —David sonrió ante el recuerdo de Abra, tumbada de espaldas con su mameluco morado, aún incapaz de caminar pero bailando en su cuna como una reina de discoteca—. El solo instrumental es casi todo de piano. Es pan comido. Son veintinueve notas, las conté. Se puede tocar de oído con la mano izquierda. Un niño podría tocarlo. Y nuestra hija lo hacía.

John arqueó las cejas hasta casi rozar el nacimiento del pelo.

—Empezó en la primavera de 2002. Lucy y yo estábamos en la cama, leyendo. En la tele daban la predicción del tiempo, que sale hacia la mitad del noticiero de las once. Abra estaba en su cuarto durmiendo profundamente, al menos eso creíamos. Entonces Lucy me pidió que apagara la televisión porque quería dormir. Apreté el botón del control remoto y fue cuando lo oímos. El solo instrumental de «Not a Second Time», esas veintinueve notas. Perfecto. Sin fallar ni una, y venía del piso de abajo.

»Doc, nos cagamos de miedo. Pensamos que había un intruso en la casa, salvo que... ¿qué clase de ladrón se para a tocar una canción de los Beatles antes de robar los cubiertos de plata? No tengo pistola y mis palos de golf estaban en el garaje, así que agarré el libro más gordo que encontré y bajé a enfrentarme a quienquiera que anduviera por allí. Una estupidez, lo sé. Le dije a Lucy que cogiera el teléfono y que llamara a emergencias si me oía gritar. Pero no había nadie, y todas las puertas estaban cerradas. Además, la tapa del teclado estaba bajada.

»Volví arriba y le conté a Lucy que no había encontrado nada ni a nadie. Después fuimos a ver cómo estaba la bebé. No lo comentamos, tan solo lo hicimos. Creo que los dos sabíamos que había sido Abra, pero ninguno quiso decirlo en voz alta. Ella estaba despierta, echada en su cuna, y nos miraba. ¿Sabe esos ojitos tan espabilados que tienen los bebés?

John lo sabía. Como si fueran capaces de revelarte todos los secretos del universo si supieran hablar. Había veces en que lo creía verdaderamente posible, salvo que Dios había dispuesto las cosas de tal forma que, para cuando *consiguieran* superar la fase del «gu-gu-ga-ga», lo habrían olvidado todo, igual que olvidamos incluso nuestros sueños más vívidos a las pocas horas de despertar.

—Sonrió cuando nos vio, cerró los ojos y se durmió. La noche siguiente volvió a pasar. A la misma hora. Esas veintinueve notas desde el salón... luego silencio... luego vamos al cuarto de Abra y la encontramos despierta. No está inquieta, ni siquiera chupa el chupete, solo nos mira a través de los barrotes de la cuna. Y después se duerme.

—Esto es verdad —dijo John. En realidad no estaba cuestionándolo, solo deseaba entenderlo bien—. No me toma el pelo.

David no sonrió.

—Ni aunque fuese peluquero.

John se volvió hacia Chetta.

—¿Usted también ha sido testigo?

—No. Deje que David termine.

—Tuvimos un par de noches de descanso, y... ¿sabe eso que dicen de que el secreto de una paternidad exitosa es tener siempre un plan?

—Claro.

De eso trataba el sermón principal que John Dalton daba a los padres primerizos. ¿Cómo van a afrontar las noches? Elaboren un horario para que haya siempre uno de guardia y nadie acabe demasiado extenuado. ¿Cómo van a organizar los baños y las comidas y los cambios de ropa y las horas de juego para que el bebé adquiera una rutina regular y, por tanto, reconfortante? Elaboren un horario. Tracen un plan. ¿Saben cómo afrontar una emergencia? ¿Desde una cuna volcada hasta un incidente de asfixia? Sabrán hacerlo si trazan un plan, y diecinueve de cada veinte veces las cosas saldrán bien.

—Pues eso fue lo que hicimos. Las tres noches siguientes yo dormí en el sofá, frente al piano. A la tercera, la música empezó justo cuando estaba poniéndome cómodo. La tapa del Vogel estaba cerrada, así que me acerqué a toda prisa y la levanté. Las teclas no se movían. No me sorprendió mucho, porque era evidente que la música no provenía del piano.

—¿Perdón?

—Provenía de *encima* del piano. De la nada. En esos momentos, Lucy se hallaba en el cuarto de Abra. Las otras veces no habíamos dicho nada, estábamos demasiado pasmados, pero esta vez ella estaba preparada. Le pidió a Abra que la volviera a tocar. Hubo una breve pausa... y lo hizo. Yo me encontraba tan cerca que casi habría podido arrancar esas notas del aire.

Silencio en el despacho de John Dalton. Había dejado de escribir en la libreta. Chetta lo observaba muy seria. Al cabo el médico preguntó:

—¿Esto sigue pasando?

—No. Lucy tomó a Abra en su regazo y le pidió que no tocara más por la noche, porque no podíamos dormir. Y así se terminó. —Hizo una pausa y reflexionó—. O *Casi*. Una vez, más o menos tres semanas después, volvimos a oír la música, pero muy suave y esta vez procedente del piso de arriba. De su habitación.

—Tocaba para ella misma —dijo Concetta—. Se despertó..., no conseguía volver a dormirse... así que tocó una nana para ella misma.

6

Una tarde de lunes, aproximadamente un año después del derribo de las Torres Gemelas, Abra —que ya sabía andar y de cuyo galimatías casi constante empezaban a eclosionar palabras reconocibles— acudió con paso tambaleante a la puerta principal y se dejó caer allí con su muñeca favorita en el regazo.

—¿Qué haces, cielo? —preguntó Lucy. Estaba sentada al piano tocando un ragtime de Scott Joplin.

—¡Apa! —anunció Abra.

—Cariño, papá no llegará hasta la hora de cenar —dijo Lucy, pero quince minutos después el Acura aparcó en la entrada y

Dave se bajó de él cargado con su maletín. Se había roto una tubería en el edificio donde impartía clases los lunes, miércoles y viernes, y se habían cancelado todas las actividades.

—Lucy me lo contó —explicó Concetta—. Por supuesto, yo ya sabía lo de su llorera del 11-S y lo del piano fantasma. Un par de semanas después decidí hacer una escapada hasta allí. Le pedí a Lucy que no dijera ni una sola palabra a Abra acerca de mi visita. Pero Abra lo supo. Se plantó delante de la puerta diez minutos antes de que yo apareciera. Cuando Lucy le preguntó quién venía, Abra dijo «Momo».

—Eso lo hace mucho —dijo David—. No siempre que viene alguien, pero si es una persona que conoce y le gusta... casi siempre.

A finales de la primavera de 2003, Lucy encontró a su hija en el dormitorio principal, tirando del segundo cajón de su tocador.

—¡Dero! —le dijo a su madre—. ¡Dero, dero!

—No te entiendo, corazón —dijo Lucy—, pero puedes mirar en el cajón si quieres. Solo hay algo de ropa vieja y restos de maquillaje.

Sin embargo, Abra no parecía interesada en el cajón; ni siquiera le echó un vistazo cuando Lucy lo abrió para enseñarle lo que había dentro.

—¡Edás! ¡Dero! —Luego, respirando hondo—: ¡Dero edás, mama!

Los padres nunca logran hablar bebé con total fluidez —no hay suficiente tiempo—, pero la mayoría lo aprenden hasta cierto grado, y Lucy finalmente comprendió que el interés de su hija no se centraba en el contenido del tocador sino en algo que había detrás de él.

Movida por la curiosidad, lo retiró. De inmediato, Abra se lanzó como una flecha al espacio entre el mueble y la pared. Lucy, pensando que, aun si no había bichos o ratones, estaría lleno de polvo, intentó agarrarla de la camiseta por la espalda pero falló. Para cuando separó el tocador lo suficiente para poder deslizarse también ella en el hueco, Abra alzaba un billete de veinte dólares que se habría colado por la ranura entre el tocador y el borde inferior del espejo.

—¡Mira! —exclamó con júbilo—. ¡Dero! ¡*Mi* dero!

—No —dijo Lucy, arrebatándoselo del puñito—, los bebés no tienen dero porque no lo necesitan. Pero te has ganado un helado.

—¡I-lado! —exclamó Abra—. ¡*Mi* i-lado!

—Ahora cuéntale al doctor John lo de la señora Judkins —dijo David—. Cuando pasó, tú estabas allí.

—En efecto —dijo Concetta—. Fue un fin de semana del Cuatro de Julio.

En el verano de 2003, Abra había empezado a articular —más o menos— frases completas. Concetta había ido a pasar el fin de semana festivo con los Stone. El domingo, que era 6 de julio, David había ido al 7-Eleven a comprar una botella de Blue Rhino para el asador del jardín de atrás. Abra jugaba con cubos en la sala. Lucy y Chetta estaban en la cocina, aunque una de ellas echaba un ojo periódicamente a Abra para asegurarse de que no decidía desenchufar el cable de la televisión y morderlo o escalar el Monte Sofá. Pero Abra no mostró interés por nada de eso; estaba ocupada construyendo lo que parecía un Stonehenge con sus cubos de plástico.

Lucy y Chetta estaban vaciando el lavaplatos cuando Abra empezó a gritar.

—Parecía que se estuviera muriendo —dijo Chetta—. Ya sabe usted el miedo que da eso, ¿verdad?

John asintió con la cabeza. Lo sabía.

—A mi edad, una no echa a correr de buenas a primeras, pero aquel día corrí como Wilma Rudolph. Llegué al salón antes que Lucy. Estaba tan convencida de que la niña se había hecho daño que durante un par de segundos hasta *vi* sangre de verdad. Pero se encontraba bien. Físicamente, al menos. Vino corriendo hacia mí y se abrazó a mis piernas. La levanté. Lucy ya estaba conmigo, y entre las dos conseguimos calmarla un poco. «¡Wannie!», gritó Abra. «¡Ayuda a Wannie, Momo!

¡Wannie se caío!» Yo no sabía quién era Wannie, pero Lucy sí: Wanda Judkins, la señora del otro lado de la calle.

—Es la vecina favorita de Abra —dijo David—, porque hace galletas y a menudo le lleva una a Abra con su nombre escrito. A veces con pasas, otras con glaseado. Es viuda y vive sola.

—Así que cruzamos la calle —prosiguió Chetta—, yo en primer lugar y Lucy con Abra en brazos. Llamé a la puerta. Nadie respondió. «¡Wannie en el comedor!», dijo Abra. «¡Ayuda a Wannie, Momo! ¡Ayuda a Wannie, mamá! Tiene daño y le sale sangre!»

»La puerta no estaba cerrada con llave. Entramos. Lo primero que percibí fue el olor a galletas quemadas. Encontramos a la señora Judkins tirada en el suelo del comedor al lado de una escalera de mano. Aún sostenía el trapo que había usado para quitar el polvo a las molduras, y había sangre, sí, un charco alrededor de la cabeza formando una especie de halo. Pensé que estaba muerta..., no la veía respirar..., pero Lucy le halló el pulso. La caída le fracturó el cráneo y sufrió una pequeña hemorragia cerebral, pero despertó al día siguiente. Vendrá a la fiesta de cumpleaños de Abra. Podrá usted saludarla, si decide asistir. —Miraba al pediatra de Abra Stone impávida—. El médico de urgencias dijo que si hubiera permanecido allí tendida mucho más tiempo, podría haber muerto o terminado en un estado vegetativo persistente..., algo mucho peor que la muerte, en mi humilde opinión. En cualquier caso, la niña le salvó la vida.

John arrojó su bolígrafo encima de la libreta.

—No sé qué decir.

—Hay más —dijo Dave—, pero el resto es difícil de cuantificar. Quizá porque Lucy y yo ya nos hemos acostumbrado. Como uno se acostumbraría a vivir con un niño que nació ciego, supongo. Claro que esto es prácticamente lo opuesto. Creo que lo sabíamos antes incluso del 11-S. Creo que sabíamos que había *algo* casi desde el día en que la trajimos a casa del hospital. Es como...

Soltó un resoplido y miró al techo, como si buscara inspiración. Concetta le apretó el brazo.

—Continúa. Al menos todavía no ha llamado al manicomio.

—De acuerdo, es como si siempre soplara un viento dentro de casa, solo que no puedes sentirlo ni ver las cosas que hace. Siempre pienso que las cortinas empezarán a ondear y los cuadros saldrán volando de las paredes, pero nunca ocurre nada de eso. Pasan otras cosas. Dos o tres veces por semana..., en ocasiones hasta dos o tres veces *al día*..., saltan los fusibles. Han venido dos electricistas distintos en cuatro ocasiones. Comprueban la instalación y nos dicen que todo funciona a la perfección. Algunas mañanas, al bajar, nos encontramos tirados en el suelo los cojines de las sillas y del sofá. Le decimos a Abra que recoja sus juguetes antes de irse a la cama y, a no ser que esté agotada y de mal humor, es muy obediente en ese aspecto. Pero algunas mañanas la caja de los juguetes aparece abierta y algunos trastos vuelven a estar en el suelo. Normalmente los cubos. Son sus favoritos.

Dave calló un momento; miraba la gráfica optométrica que había en la pared opuesta. John pensó que Concetta le instaría a proseguir, pero la mujer guardó silencio.

—Está bien, esto es rarísimo, pero le juro que sucedió de verdad. Una noche, al encender la tele, estaban *Los Simpson* en todos los canales. Abra se rio como si fuera el chiste más gracioso del mundo, y Lucy perdió el control. Dijo: «Abra Rafaella Stone, si esto lo estás haciendo tú, ¡para ahora mismo!». Lucy casi nunca le habla con dureza, y cuando lo hace, Abra cede. Eso es lo que pasó aquella noche. Apagué la tele, y cuando volví a encenderla todo había vuelto a la normalidad. Podría relatarle otra media docena de situaciones... incidentes... fenómenos... pero la mayoría son tan insignificantes que pasan casi desapercibidos. —Se encogió de hombros—. Como dije, uno se acostumbra.

—Iré a la fiesta —dijo John—. Después de todo esto, ¿cómo iba a resistirme?

—Probablemente no ocurrirá nada —dijo David—. ¿Conoce ese chiste sobre cómo solucionar una llave con gotera? Llamando al plomero.

Concetta soltó un bufido.

—Si de verdad te crees eso, hijo, me parece que a lo mejor te llevas una sorpresa. —Y dirigiéndose a Dalton—: Traerlo hasta aquí ha sido como extraer una muela.

—Dame un respiro, Momo. —El color había empezado a asomar a las mejillas de Dave.

John suspiró. Había percibido el antagonismo entre ellos dos antes. Desconocía el motivo —alguna especie de competición por Lucy, quizá—, pero no quería que se desatara abiertamente justo entonces. Su singular misión los había convertido en aliados por el momento, y así era como él quería que continuaran.

—Ahórrense el sarcasmo. —Habló con la suficiente aspereza como para que apartaran la vista el uno del otro y lo miraran sorprendidos—. Les creo. Jamás había oído nada ni remotamente parecido a...

¿O sí? Su voz se fue apagando; pensaba en el reloj extraviado.

—¿Doc? —dijo David.

—Disculpen. Me he quedado en blanco.

Ante el comentario, ambos sonrieron. De nuevo aliados. Bien.

—De todas formas, nadie va a llamar a los de las batas blancas. Doy fe de que ustedes dos son personas equilibradas, personas cultas, sin propensión a sufrir episodios de histeria o alucinaciones. Si solo fuese una persona la que reivindicara estos... estos estallidos psíquicos, tal vez habría pensado en alguna extraña manifestación del síndrome de Munchausen..., pero no es así. Son tres. Lo cual plantea la siguiente cuestión: ¿qué quieren ustedes que haga yo?

Dave pareció quedarse sin palabras, pero no así su abuela política.

—Observarla, igual que haría con cualquier niño que tuviera una enfermedad...

El color había empezado a abandonar las mejillas de David Stone, pero entonces retornó con celeridad. *De golpe.*

—¡Abra no está enferma! —espetó.

La mujer se volvió hacia él.

—¡Ya lo sé! *¡Cristo!* ¿Me dejas terminar?

Dave adoptó una sufrida expresión y levantó las manos.

—Perdón, perdón, perdón.

—Deja de saltarme a la yugular, David.

—Si insisten en reñir como niños, tendré que enviarlos al cuarto de aislamiento —dijo John.

Concetta suspiró.

—Esto es muy estresante. Para todos nosotros. Lo siento, Davey, he empleado la palabra equivocada.

—No hay problema, *cara*. Estamos juntos en esto.

Ella esbozó una breve sonrisa.

—Sí. Sí, es verdad. Obsérvela como observaría a cualquier niño con una afección sin diagnosticar, doctor Dalton. Es todo cuanto podemos pedirle, y creo que será suficiente por ahora. Puede que se le ocurra alguna idea. Eso espero. Verá…

Se volvió hacia David Stone con una expresión de impotencia que John pensó que debía de ser poco habitual en aquel rostro firme y seguro.

—Estamos asustados —dijo Dave—. Lucy, Chetta, yo… estamos muertos de miedo. No de ella, sino por ella. Porque es tan *pequeña*… ¿entiende? ¿Y si este poder suyo… no sé de qué otra manera llamarlo… y si todavía no ha alcanzado su punto álgido? ¿Y si sigue creciendo? ¿Qué hacemos entonces? Podría… no sé…

—Sí *sabe* —dijo Chetta—. Podría perder los estribos y hacerse daño a ella misma o a otras personas. No sé hasta qué punto es probable eso, pero solo con pensar en esa *posibilidad*… —Tocó la mano de John—. Es horrible.

7

Dan Torrance supo que viviría en la habitación del torreón de la Residencia Helen Rivington desde el momento en que vio a su viejo amigo Tony saludándolo asomado a una ventana que un segundo vistazo reveló tapiada. Preguntó a la señora Clausen, la supervisora jefe de la Residencia Rivington, sobre la posibilidad de instalarse allí, unos seis meses después de entrar a trabajar en el centro como conserje/celador… y médico residente no oficial. Acompañado, por supuesto, del fiel secuaz Azzie.

—Ese cuarto está lleno de cachivaches —había dicho la señora Clausen.

Era una mujer de sesenta y tantos que tenía el pelo de un rojo inverosímil. Poseía una lengua sarcástica, a menudo obscena, pero era una directora inteligente y compasiva. Y algo aún mejor desde el punto de vista del consejo de administración del centro: recaudaba fondos con una efectividad tremenda. Dan no estaba seguro de si le gustaba, pero había llegado a respetarla.

—Yo me encargaré de limpiarlo, en mi tiempo libre. Sería mejor que residiera aquí mismo, ¿no te parece? Siempre disponible.

—Danny, dime una cosa. ¿Cómo es que eres tan bueno en lo que haces?

—No lo sé, en serio. —En parte era verdad. Quizá hasta en un setenta por ciento. Había vivido con el resplandor toda su vida y aún no lo entendía.

—Aparte de los cachivaches, el torreón es muy caluroso en verano, y en invierno hace un frío como para helarle las bolas a un mono de latón.

—Eso puede rectificarse —había dicho Dan.

—No *me* hables de tu recto. —La señora Clausen le escudriñó con severidad por encima de sus gafas de lectura—. Si el consejo supiera lo que te permito hacer, probablemente me tendrían tejiendo canastas en ese asilo de Nashua. El de las paredes rosa y la música de Mantovani. —Soltó un bufido—. Doctor Sueño, vaya.

—Yo no soy el doctor —dijo Dan con suavidad. Sabía que iba a conseguir lo que quería—. El doctor es Azzie. Yo no soy más que su ayudante.

—Azreel es un puto *gato* —repuso ella—. Un gato callejero desaliñado que merodeaba por aquí y que adoptaron unos residentes que ya se murieron. Lo único que le preocupa son sus dos platos diarios de Friskies.

Dan no replicó. No era necesario, porque ambos sabían que eso no era verdad.

—Creía que vivías en un sitio estupendo en Eliot Street. Pauline Robertson piensa que eres un tipo con suerte. Lo sé porque canto con ella en el coro de la iglesia.

—¿Cuál es tu himno favorito? —preguntó Dan—. ¿«Qué puto amigo tenemos en Jesús»?

La mujer mostró la versión de Rebecca Clauson de una sonrisa.

—Oh, muy bien. Limpia el cuarto. Múdate. Que te instalen la tele por cable, monta un equipo de sonido cuadrafónico, pon una barra de bar. Qué demonios me importa, solo soy la jefa.

—Gracias, señora C.

—Ah, y no te olvides del calefactor, ¿está bien? A ver si puedes encontrar algo en un rastrillo con un buen cable pelado. Incendia el puto edificio alguna noche fría de febrero. Así podrán construir una monstruosidad de ladrillo a juego con los abortos que tenemos a los lados.

Dan se levantó y se llevó el dorso de la mano a la frente en un torpe saludo militar.

—Lo que usted mande, jefa.

Ella agitó la mano.

—Lárgate de aquí antes de que cambie de idea, Doc.

8

Al final sí *puso* un calefactor, pero el cable no estaba pelado y era de los que se apagaban inmediatamente si se volcaba. La habitación en el tercer piso del torreón jamás dispondría de aire acondicionado, pero un par de ventiladores de Walmart colocados en las ventanas abiertas proporcionaban una corriente agradable. Aun así, hacía bastante calor en los días de verano, pero Dan casi nunca estaba allí durante las horas diurnas. Y las noches estivales en New Hampshire solían ser frescas.

La mayoría de los cachivaches acumulados allí arriba estaban para tirar, pero conservó un pizarrón grande de los que se usaban en la escuela primaria que encontró apoyado en una pared. Había permanecido oculto durante cincuenta años o más detrás de un amasijo de sillas de ruedas antiguas y hechas polvo. Aquel pizarrón le era muy útil. En él apuntaba los pacientes del centro y sus números de habitación, borraba los nombres de las personas que fallecían y añadía los de quienes ingresaban. En la primavera de 2004, la lista constaba de treinta y dos nombres. Diez se alojaban en Rivington Uno y doce en Rivington Dos, los feos edificios de ladrillo que flanqueaban la casa victoriana donde la famosa Helen Rivington había vivido y escrito emocionantes novelas románticas bajo el excitante pseudónimo de Jeannette Montparsse. El resto de los pacientes ocupaban las dos plantas debajo del apretado pero funcional departamento de Dan en el torreón.

¿Era la señora Rivington famosa por alguna otra cosa aparte de por escribir novelas malas?, le había preguntado Dan a Claudette Albertson no mucho después de empezar a trabajar en el centro. Se encontraban a la sazón en la zona de fumadores practicando su horrible hábito. Claudette, una jovial enfermera de origen africano con los hombros de un jugador de rugby de la NFL, echó la cabeza atrás y lanzó una risotada.

—¡Ya te digo! ¡Por dejar a este pueblo una burrada de dinero, cariño! Y por donar esta casa, por supuesto. Pensaba que los viejos debían tener un lugar donde morir con dignidad.

Y en la Residencia Rivington la mayoría lo hacían. Dan —con la ayuda de Azzie— formaba ahora parte de ello. Creía haber hallado su vocación. Para él ahora la residencia era su hogar.

9

La mañana de la fiesta de cumpleaños de Abra, Dan salió de la cama y descubrió que todos los nombres del pizarrón habían sido borrados. En su lugar, escrita con letras grandes e inclinadas, había una única palabra:

h☺lA

Dan se quedó sentado en calzoncillos en el borde de la cama durante un buen rato, simplemente mirando. Después se levantó y posó una mano sobre las letras, emborronándolas un poco, esperando un resplandor. Aunque solo fuera una chispa. Al cabo retiró la mano y se frotó el polvo de la tiza en el muslo desnudo.

—Hola a ti —dijo…, y luego—: ¿Te llamas Abra, por casualidad?

Nada. Se puso la bata, agarró el jabón y la toalla, y bajó a ducharse en las instalaciones para el personal, en la segunda planta. Cuando regresó, tomó el borrador que había encontrado con el pizarrón y empezó a borrar la palabra. Hacia la mitad del proceso, un pensamiento

(*papi dice que tendremos globos*)

lo asaltó, y se detuvo, a la espera de más. Pero no hubo más, así que terminó de borrar el pizarrón y escribió de nuevo los nombres y los números de habitación, copiándolos del memorando de asistencia del lunes. A mediodía, cuando volvió a su cuarto, medio esperaba encontrarse el pizarrón otra vez borrado, reemplazados los nombres y los números por ese *h☺lA*, pero todo continuaba como lo había dejado.

10

La fiesta de cumpleaños de Abra se celebró en el jardín trasero de los Stone, una agradable extensión de césped con manzanos y cerezos silvestres que comenzaban a florecer. En el límite del terreno había una valla de tela metálica y una verja asegurada con un candado de combinación. Esta barrera no era precisamente hermosa, pero ello no preocupaba a David ni a Lucy, porque al otro lado discurría el río Saco, que serpenteaba en dirección sudeste, atravesando Frazier, atravesando North Conway, hasta cruzar la frontera del estado y adentrarse en Maine. Los ríos y los niños pequeños eran una mala combinación, en opinión de los Stone, especialmente en primavera, cuando este en concreto bajaba crecido y turbulento por el deshielo. Todos los años el semanario local informaba de al menos un ahogado.

Hoy los niños tenían suficientes distracciones en el césped. El único juego organizado que lograron llevar a cabo fue el del monito mayor, pero no eran demasiado pequeños para correr de un lado a otro (y a veces rodar) por la hierba, trepar como monos en los columpios de Abra, arrastrarse por los túneles que David y otros dos padres habían instalado, y batear los globos dispersos por doquier. Todos los globos eran amarillos (el proclamado como color favorito de Abra), y había por lo menos seis docenas; John Dalton daba fe de ello. Había ayudado a Lucy y a su abuela a inflarlos. Para ser una octogenaria, Chetta poseía unos pulmones impresionantes.

Eran nueve niños, contando a Abra, y puesto que al menos un progenitor de cada uno estaba presente, había supervisión adulta de sobra. Se habían colocado sillas de jardín en la terraza trasera, y cuando la fiesta alcanzó la velocidad de crucero, John se sentó en una de ellas junto a Concetta, emperifollada con unos vaqueros de marca y su sudadera con el lema MEJOR BISABUELA DEL MUNDO. Se estaba zampando una porción gigante del pastel de cumpleaños. John, que había subido unos cuantos kilos durante el invierno, se conformó con una cucharada de helado de fresa.

—No sé dónde lo mete —comentó señalando con la cabeza el pastel que desaparecía rápidamente del plato de plástico—. No tiene suficiente espacio dentro. Es usted como un fideo relleno.

—Puede ser, *caro*, pero soy un barril sin fondo. —Contempló el jolgorio de los niños y lanzó un profundo suspiro—. Ojalá mi hija hubiera vivido para ver esto. No tengo muchos pesares, pero ese es uno de ellos.

John decidió no aventurarse por esa senda. La madre de Lucy había muerto en un accidente de coche cuando Lucy era más pequeña que Abra ahora. Lo sabía por el historial familiar que los Stone habían rellenado conjuntamente.

En cualquier caso, la misma Chetta desvió el tema.

—¿Sabe lo que me gusta de ellos a esta edad?

—No.

A John le gustaban a todas las edades... al menos hasta que cumplían los catorce. Cuando alcanzaban la adolescencia, sus glándulas se volvían hiperactivas, y la mayoría se sentían obligados a pasar los cinco años siguientes comportándose como mocosos insolentes.

—Mírelos, Johnny. Es la versión infantil de una pintura de Edward Hicks, *El reino apacible*. Hay seis blancos..., normal, esto es New Hampshire, pero también hay dos negros y una preciosa bebé coreana que podría ser modelo de ropa infantil en el catálogo de Hanna Andersson. ¿Conoce la canción de la Escuela Dominical que dice «Negros y blancos, amarillos y rojos, son un tesoro a Sus ojos»? Es lo que tenemos aquí. Dos horas y ninguno ha levantado un puño ni dado un empujón con enfado.

John, que había visto a montones de niños dar patadas, empujar, pellizcar y morder, esbozó una sonrisa en la que el cinismo y la melancolía convivían en perfecto equilibrio.

—No esperaba nada diferente. Todos van a L'il Chums, que es la guardería de la alta sociedad en esta región. También las cuotas son altas. Eso significa que sus padres son de clase media-alta, por lo menos; todos son licenciados y todos practican el evangelio de seguir la corriente para llevarse bien. Estos niños son animales sociales domesticados.

John se detuvo en ese punto porque ella lo miraba con el ceño fruncido, pero podría haber ido más lejos. Podría haber añadido que, hasta los siete años o así —la denominada edad de la razón—, la mayoría de los niños eran cámaras de eco emocionales. Si crecían rodeados de gente que se llevaba bien y no alzaba la voz, hacían lo mismo. Si los educaban personas que mordían y gritaban... bueno...

Veinte años tratando a niños pequeños (por no mencionar el haber criado a sus dos hijos, que ahora estaban lejos en buenas escuelas preparatorias de seguir la corriente para llevarse bien) no habían destruido por completo las ideas románticas que profesaba cuando decidió especializarse en pediatría, pero sí las habían atenuado. Tal vez los niños llegaban realmente al mundo siguiendo nubes de gloria, como Wordsworth proclamaba con tanta confianza, pero también se cagaban en los pantalones hasta que aprendían a pedirlo.

11

Un plateado repiqueteo de campanas —como las de un camión de helados— sonó en el aire de la tarde. Los niños se volvieron a ver qué ocurría.

Un hombre joven sobre un triciclo rojo de un tamaño fuera de lo común se acercaba por el césped desde la entrada de los Stone. Llevaba guantes blancos y un traje estilo años cuarenta de hombros cómicamente anchos. En el ojal de la solapa lucía una flor del tamaño de una orquídea de invernadero. Los pantalones (también extragrandes) se le subían hasta las rodillas debido al pedaleo. Del manubrio colgaban campanillas, que él tocaba con un dedo. El triciclo oscilaba de lado a lado pero sin llegar a caerse. En la cabeza, bajo un enorme bombín café, el recién llegado llevaba una divertida peluca de color azul. David Stone caminaba detrás de él, llevaba una maleta grande en una mano y una mesa plegada en la otra. Parecía aturdido.

—¡Hola, niños! ¡Hola, niños! —gritó el hombre del triciclo—. ¡Acérquense, acérquense! ¡La *función* está a punto de *empezar*! —No necesitó repetirlo dos veces; los niños corrían en tropel hacia el triciclo, riendo y chillando.

Lucy se acercó a John y Chetta, se sentó y se apartó el pelo de los ojos con un cómico soplido estirando el labio inferior. Tenía una mancha de glaseado de chocolate en la barbilla.

—Atentos al mago. Es un artista callejero que actúa en Frazier y North Conway durante la temporada de verano. Dave vio un anuncio en uno de esos periódicos gratuitos, le hizo una prueba y lo contrató. Su verdadero nombre es Reggie Pelletier, pero se hace llamar El Gran Mysterio. A ver cuánto tiempo logra mantener la atención de los niños después de que todos hayan echado un vistazo a ese triciclo. Yo digo que como mucho tres minutos.

John pensó que tal vez se equivocara. El tipo había hecho una entrada perfectamente calculada para capturar la imaginación de los pequeños, y su peluca, más que dar miedo, era graciosa. En su alegre rostro no había ni rastro de maquillaje, y eso era un punto a su favor. Los payasos, en opinión de John, estaban sobrevalorados en exceso. Los niños de menos de seis años se cagaban de miedo, y a partir de esa edad simplemente les parecían aburridos.

Dios, hoy estás de un humor bilioso.

Quizá se debiera a que había ido preparado para observar alguna clase de fenómeno extraño y no había ocurrido nada. Abra le parecía una niñita de lo más normal. Más animada que el resto, quizá, pero el buen ánimo parecía reinar en la familia. Menos cuando Chetta y Dave se atacaban el uno al otro, claro.

—No subestime la capacidad de atención de la gente menuda. —Se inclinó por encima de Chetta y usó su servilleta para limpiar la mancha de glaseado de la barbilla de Lucy—. Si tiene un número preparado, los entretendrá como mínimo durante quince minutos. Puede que veinte.

—*Si* lo tiene —replicó Lucy con escepticismo.

Resultó que Reggie Pelletier, también conocido como El Gran Mysterio, efectivamente *tenía* un número preparado, y era bueno. Mientras su fiel ayudante, El Cuasi-Gran Dave, instalaba la mesa y abría la maleta, Mysterio pidió a la cumpleañera y a sus invitados que admiraran su flor. Cuando se aproximaron, disparó agua a sus rostros: primero roja, luego verde, luego azul. Los pequeños gritaron con risas cargadas de azúcar.

—Ahora, niños y niñas… ¡oh! ¡Ah! ¡Huy! ¡Me hace cosquillas!

Se quitó el bombín y sacó un conejo blanco. Los niños exclamaron con asombro. Mysterio le tendió el conejo a Abra, que lo acarició y después lo pasó sin necesidad de que se lo pidieran. El conejo parecía indiferente a las atenciones. Quizá, pensó

John, hubiera comido pienso aderezado con Valium antes de la función. El último niño se lo devolvió a Mysterio, que lo metió en su sombrero, pasó una mano por encima, y luego les enseñó el interior del bombín. Salvo por el forro con la bandera estadounidense, estaba vacío.

—¿Adónde se ha ido el conejito? —preguntó la pequeña Susie Soong-Bartlett.

—A tus sueños, cariño —dijo Mysterio—. Estará allí esta noche dando brincos. Y ahora, ¿quién quiere un pañuelo mágico?

Respondieron con gritos de «Yo, yo», niños y niñas por igual. Mysterio los sacó de los puños y los repartió. Siguieron más trucos en trepidante sucesión. Según el reloj de Dalton, los niños permanecieron alrededor del mago, en un semicírculo de ojos saltones, durante al menos veinticinco minutos. Y justo cuando los primeros signos de nerviosismo empezaron a aparecer en el público, Mysterio concluyó su espectáculo. Sacó cinco platos de su maleta (que, cuando la enseñó, parecía tan vacía como su sombrero) e hizo juegos malabares con ellos mientras cantaba «Cumpleaños feliz». Todos los niños se le unieron, y Abra casi levitó de alegría.

Los platos retornaron a la maleta. Volvió a enseñarla para que pudieran ver que estaba vacía, y luego sacó media docena de cucharas. Procedió a colgárselas en la cara, terminando con una en la punta de la nariz. A la cumpleañera le gustó eso; se sentó en la hierba, riendo y abrazándose a sí misma con regocijo.

—Abba también puede hacerlo —dijo (se había aficionado a referirse a sí misma en tercera persona; atravesaba lo que David llamaba su «fase Rickey Henderson»)—. Abba sabe hacer cusaras.

—Estupendo, cariño —dijo Mysterio.

No le había prestado verdadera atención, y John no podía culparlo; acababa de representar una matiné infantil bárbara, tenía el rostro enrojecido y húmedo de sudor a pesar de la brisa fresca que soplaba desde el río, y aún le quedaba por efectuar su gran salida, esta vez pedaleando cuesta arriba en su colosal triciclo.

Se agachó y le dio una palmadita a Abra en la cabeza con una mano enguantada de blanco.

—Feliz cumpleaños, y gracias a todos, niños, por ser un público tan…

Desde el interior de la casa llegó un prolongado y musical tintineo, no muy distinto al sonido de las campanas que colgaban del manubrio del triciclo Godzilla. Los niños apenas echaron un vistazo en esa dirección y se volvieron a mirar cómo Mysterio se alejaba pedaleando, pero Lucy se levantó para ver qué se había caído en la cocina.

Dos minutos después volvió a salir.

—John —dijo—. Debería ver esto. Creo que es a lo que ha venido.

12

John, Lucy y Concetta estaban plantados en la cocina, mirando al techo y sin decir palabra. Ninguno de ellos se giró cuando se les unió Dave; estaban hipnotizados.

—¿Qué…? —empezó a preguntar, y entonces lo vio—. Joder.

Nadie replicó. David se quedó mirando un poco más, intentando encontrarle el sentido a lo que veía, luego se marchó. Regresó uno o dos minutos después, y llevaba a su hija de la mano. Abra sujetaba un globo. En torno a la cintura, como una faja, lucía el pañuelo que había recibido de El Gran Mysterio.

John Dalton se agachó junto a la niña.

—¿Has hecho tú esto, cariño? —Era una pregunta para la que estaba seguro de conocer la respuesta, pero quería oír lo que ella tuviera que decir. Quería saber de cuánto era consciente.

Abra miró primero al suelo, donde estaba el cajón de los cubiertos. Varios cuchillos y tenedores habían saltado fuera cuando el cajón había salido disparado, pero estaban todos. No así las cucharas, sin embargo. Estas colgaban del techo, como atraídas hacia arriba y mantenidas por alguna exótica atracción magnética. Un par oscilaban perezosamente de las luces del techo. La de mayor tamaño, un cucharón de servir, pendía de la campana extractora.

Todos los niños poseían sus propios mecanismos de autoconsuelo. John sabía por larga experiencia que para la mayoría consistía en un pulgar metido firmemente en la boca. El de Abra era un poco diferente. Ahuecó la mano derecha sobre la mitad inferior de su rostro y se frotó los labios con la palma. Como resultado, sus palabras sonaron ahogadas. John le retiró la mano... con suavidad.

—¿Qué, cariño?

Con una vocecita, dijo:

—¿Me he portado mal? Yo... —Su diminuto pecho empezó a sacudirse. Intentó volver a utilizar la mano consoladora, pero John la retuvo—. Yo quería ser como Minstrosio. —Se puso a llorar.

John le soltó la mano y esta acudió a su boca, frotando furiosamente.

David la levantó y la besó en la mejilla. Lucy los rodeó a ambos con los brazos y besó a su hija en la coronilla.

—No, cariño, no. No te has portado mal. No pasa nada.

Abra enterró el rostro en el cuello de su madre. Al hacerlo, las cucharas cayeron. El estrépito los sobresaltó a todos.

13

Dos meses después, con el verano apenas despuntando en las Montañas Blancas de New Hampshire, David y Lucy Stone se encontraban en el despacho de John Dalton, donde las paredes estaban empapeladas con fotografías risueñas de los niños que había tratado a lo largo de los años, muchos ya con edad suficiente para tener hijos.

—Contraté a un sobrino mío con conocimientos de computación (por mi cuenta, y no se preocupen, cobra poco) para ver si existían otros casos documentados como el de su hija y para investigarlos si los hubiere. Restringió la búsqueda a los últimos treinta años y encontró más de novecientos.

David silbó.

—¿Tantos?

John meneó la cabeza.

—*No* son tantos. Si se *tratara* de una enfermedad, y no hace falta que revivamos esa discusión porque no lo es, sería tan rara como la elefantiasis. O las líneas de Blaschko, que básicamente transforma a los que la padecen en cebras humanas. Este trastorno afecta a uno de cada siete millones. Lo de Abra estaría en el mismo orden.

—¿Qué *es* exactamente lo de Abra? —Lucy había tomado la mano de su marido y la apretaba con fuerza—. ¿Telepatía? ¿Telequinesia? ¿Alguna otra *tele*?

—Esas cosas desde luego tienen algo que ver. ¿Es telépata? Puesto que sabe cuándo va a llegar una visita, y supo que la señora Judkins estaba herida, la respuesta parece ser que sí. ¿Es telequinética? Basándonos en lo que vimos en la cocina el día de la fiesta de cumpleaños, la respuesta es definitivamente sí. ¿Es vidente? ¿Precognitiva, si quieren emplear un término más elegante? No podemos estar seguros, aunque la historia del billete de veinte dólares que estaba detrás del tocador así lo sugiere. Pero ¿qué pasa con la noche en que su televisión daba *Los Simpson* en todos los canales? ¿Cómo llamarían a eso? ¿Y la canción fantasma de los Beatles? Sería telequinesis si las notas surgieran del piano... pero ustedes me dijeron que no era así.

—¿Y ahora qué? —preguntó Lucy—. ¿A qué debemos estar atentos?

—No lo sé. No hay una ruta de predicción a seguir. El problema con el campo de los fenómenos psíquicos es que no es un campo en absoluto. Hay demasiada charlatanería y demasiados chalados.

—En resumidas cuentas —concluyó Lucy—, que no sabe qué debemos hacer.

John esbozó una sonrisa.

—Sé exactamente qué deben hacer: no dejen de quererla. Si mi sobrino tiene razón, y hay que recordar que: a) solo tiene diecisiete años, y b) basa sus conclusiones en unos datos inestables, es fácil que sigan viendo cosas extrañas hasta que sea una adolescente. Puede que algunas de esas cosas sean muy *llamativas*. Cuando tenga trece o catorce años se estabilizará, y cuando llegue a la veintena, los distintos fenómenos que genere seguramente serán insignificantes. —Sonrió—. Pero será una tremenda jugadora de póquer toda su vida.

—¿Y si empieza a ver muertos, como el niño de esa película? —preguntó Lucy—. ¿Qué hacemos entonces?

—Pues imagino que tendrían una prueba de que hay vida después de la muerte. Entretanto, no lo compliquen. Y mantengan la boca cerrada, ¿de acuerdo?

—Oh, puede estar seguro —dijo Lucy. Consiguió sonreír, pero dado que se había mordisqueado la mayor parte del labial, el gesto no pareció demasiado convincente—. Lo último que queremos es ver a nuestra hija en la portada del *Inside View*.

—Gracias a Dios que ninguno de los otros padres vio lo de las cucharas —añadió David.

—Una pregunta —dijo John—. ¿Creen que ella sabe lo especial que es?

Los Stone intercambiaron una mirada.

—No... no lo creo —respondió finalmente Lucy—. Aunque lo de las cucharas... nuestra reacción fue tan exagerada...

—Exagerada para *ustedes* —dijo John—, pero quizá no tanto para ella. Lloró un poco y luego volvió a salir al jardín con una sonrisa en la cara. No hubo gritos, ni regaños. Mi consejo es que de momento lo dejen pasar. Cuando crezca, podrán advertirle que no haga ninguno de sus trucos especiales en el colegio. Trátenla de manera normal, porque es prácticamente normal. ¿De acuerdo?

—De acuerdo —convino David—. No es como si tuviera llagas, o estigmas, o un tercer ojo.

—Oh, sí que lo tiene —dijo Lucy. Estaba pensando en el velo—. Sí que tiene un tercer ojo. No puedes verlo... pero está ahí.

John se levantó.

—Si quieren, imprimiré todos los documentos de mi sobrino y se los enviaré.

—Me gustaría mucho —dijo David—. Y creo que a nuestra querida Momo también. —Arrugó la nariz un poco.

Lucy se percató y frunció el ceño.

—Mientras tanto, disfruten de su hija —les aconsejó John—. Por lo que he visto, es una niña adorable. Lo superarán.

Durante una temporada pareció que tenía razón.

CAPÍTULO CUATRO

LLAMANDO AL DOCTOR SUEÑO

1

Era enero de 2007. En el torreón de la Residencia Rivington, el calefactor de Dan funcionaba a toda potencia, pero el cuarto seguía frío. Una tempestad del nordeste, impulsada por vientos de ochenta kilómetros por hora, había descendido de las montañas, amontonando diez centímetros de nieve por hora en el dormido pueblo de Frazier. Cuando la tempestad finalmente remitiera a la tarde siguiente, algunos de los ventisqueros en la cara norte y este de los edificios de Cranmore Avenue tendrían más de tres metros y medio de nieve.

Para Dan el frío no era una molestia; acurrucado bajo dos edredones de plumas, estaba bien calientito. Sin embargo, el viento había hallado la manera de colarse en su cabeza, al igual que hallaba la manera de colarse bajo los bastidores y alféizares de la vieja casa victoriana que ahora llamaba «hogar». En su sueño lo oía gemir alrededor del hotel donde de niño había pasado un invierno. En su sueño, él era ese niño.

Está en la segunda planta del Overlook. Mamá duerme y papá está en el sótano, mirando papeles viejos. Lleva a cabo su INVESTIGACIÓN. La INVESTIGACIÓN es para el libro que va a escribir. Danny no debería subir allí, y tampoco debería tener la llave maestra que agarra con fuerza en la mano, pero no ha sido capaz de mantenerse alejado. Ahora mismo está mirando fijamente una manguera de incendios sujeta a la pared. Está ple-

gada sobre sí misma una y otra vez, y parece una serpiente con cabeza de latón. Una serpiente dormida. Aunque no lo es, por supuesto —es lona lo que está mirando, no escamas—, pero vaya si no parece *una serpiente.*

A veces sí es una serpiente.

—Anda —le susurra en el sueño. Tiembla de terror, pero algo lo empuja a seguir. ¿Y por qué? Porque está llevando a cabo su propia INVESTIGACIÓN, *por eso—. Anda, muérdeme. No puedes, ¿a que no? ¡Porque solo eres una estúpida* MANGUERA*!*

La boquilla de la estúpida manguera se agita y, de pronto, en vez de mirarla de lado, Danny está mirando de frente su orificio. O quizá sea su boca. Una única gota, cristalina, aparece bajo el negro agujero, alargándose. En ella puede ver el reflejo de sus propios ojos muy abiertos devolviéndole la mirada.

¿Una gota de agua o una gota de veneno?

¿Es una serpiente o una manguera?

¿Quién sabe, querido Redrum, Redrum querido? ¿Quién sabe?

La cosa sisea hacia él, y el terror le salta a la garganta desde su corazón desbocado. Las serpientes de cascabel sisean así.

La boquilla de la serpiente-manguera se separa de la pila de lona en la que reposa y cae en la alfombra con un golpe sordo. Vuelve a sisear, y sabe que debería retroceder antes de que se abalance sobre él y lo muerda, pero está petrificado, no puede moverse y la cosa está siseando…

—¡Despierta, Danny! —grita Tony desde alguna parte—. ¡Despierta, despierta!

Sin embargo, no puede despertar, no más de lo que puede moverse, esto es el Overlook, están sitiados por la nieve, y las cosas son diferentes ahora. Las mangueras se convierten en serpientes, las mujeres muertas abren los ojos, y su padre… ay, Dios santo, TENEMOS QUE SALIR DE AQUÍ PORQUE MI PADRE SE ESTÁ VOLVIENDO LOCO.

La serpiente de cascabel sisea. La cosa sisea. La.

2

Dan oyó el aullido del viento, pero no fuera del Overlook. No, fuera del torreón de la Residencia Rivington. Oyó el repiqueteo de la nieve contra la ventana orientada al norte. Sonaba como arena. Y oyó el interfón emitiendo su grave siseo.

Apartó los edredones y sacó las piernas, hizo una mueca cuando sus dedos calientes tocaron el suelo frío. Cruzó la habitación, casi dando saltitos de puntillas. Encendió la lámpara del escritorio y sopló. No se vio vaho, pero incluso con las resistencias del calefactor brillando al rojo vivo la temperatura en la habitación esa noche no debía de superar los siete u ocho grados.

Zzzz.

Pulsó el botón del intercomunicador y dijo:

—Estoy aquí. ¿Quién es?

—Claudette. Creo que tienes uno, Doc.

—¿La señora Winnick?

Estaba casi seguro de que sería ella, lo cual implicaba que tendría que ponerse el abrigo, porque Vera Winnick residía en el Rivington Dos y en el pasaje entre ambos edificios haría más frío que en un iglú con las ventanas abiertas. O como fuera que se dijese. Vera ya llevaba una semana con su vida pendiendo de un hilo, comatosa, con respiración de Cheyne-Stokes, y noches así eran precisamente las que los pacientes más delicados y frágiles elegían para marcharse. Normalmente a las cuatro de la madrugada. Miró el reloj. Solo las tres y veinte, pero se aproximaba bastante a los estándares de la casa.

Claudette Albertson lo sorprendió.

—No, es el señor Hayes; aquí, en la primera planta.

—¿Estás segura? —Dan había jugado una partida de damas con Charlie Hayes esa misma tarde y, para ser un hombre con leucemia mieloide aguda, parecía más feliz que una perdiz.

—No, pero Azzie está dentro. Y recuerda lo que sueles decir siempre.

Lo que Dan decía era que Azzie nunca se equivocaba, y poseía casi seis años de experiencia sobre los que basar esa conclusión. Azreel vagaba con libertad por los tres edificios que componían el complejo Rivington; pasaba la mayor parte de las tardes enroscado en un sofá de la sala de recreo, pero no era inusual verlo tendido en alguna mesa de juegos —con o sin un rompecabezas a medio terminar en ella—, cual una estola dejada allí despreocupadamente. Todos los residentes parecían adorarlo (si se habían producido quejas sobre el gato de la casa, estas no habían llegado a oídos de Dan), y Azzie les correspondía. A veces saltaba al regazo de algún anciano medio muerto... pero con suavidad, nunca dando la impresión de hacer daño. Algo curioso dado su tamaño. Azzie pesaba cerca de seis kilos.

Al margen de sus siestas de la tarde, Az raras veces permanecía en el mismo sitio mucho tiempo; siempre tenía lugares a los que ir, gente a la que ver, cosas que hacer. («Ese gato es un *juerguista*», le dijo una vez Claudette.) Era posible verlo en el spa, lamiéndose una pata y tomándose un respiro. Relajándose en una caminadora parada en el gimnasio. Sentado en alguna camilla abandonada y con la mirada perdida, contemplando esas cosas que solo los gatos pueden ver. A veces acechaba en el jardín trasero con las orejas pegadas al cráneo, la viva imagen de la depredación felina, pero si atrapaba un pájaro o una ardilla, se llevaba su presa a uno de los patios vecinos o al parque público y allí la desmembraba.

La sala de recreo permanecía abierta las veinticuatro horas, pero Azzie en raras ocasiones la visitaba una vez que se apagaba la tele y los residentes se iban. Cuando la tarde daba paso a la noche y el ritmo en la Residencia Rivington disminuía, Azzie, inquieto, patrullaba los pasillos como un centinela de cuatro patas en la frontera de un territorio enemigo. Cuando las luces se atenuaban, era fácil no verlo a menos que estuvieras mirándolo directamente; su apagado pelaje color ratón se fundía con las sombras.

Nunca entraba en las habitaciones de los residentes a menos que uno de ellos estuviera agonizando.

Entonces, o se deslizaba dentro (si la puerta no estaba cerrada) o se sentaba fuera con la cola enroscada en torno a sus ancas, *maullando*, suave y cortés, para que le permitieran entrar. Cuando le abrían, saltaba a la cama del huésped (en la Residencia Rivington, siempre eran huéspedes, nunca pacientes) y se acomodaba allí, ronroneando. Si la persona así elegida se encontraba casualmente despierta, era posible que acariciara al animal. Hasta donde Dan sabía, nadie había exigido jamás que Azzie fuese expulsado. Parecían saber que estaba allí como amigo.

—¿Quién es el médico de guardia? —preguntó Dan.

—Tú —respondió Claudette al instante.

—Ya sabes lo que quiero decir. El médico de verdad.

—Emerson, pero cuando llamé a su consulta, la mujer que me atendió me preguntó si estaba de broma. Todo está bloqueado, desde Berlín hasta Manchester. Y que, menos en las autopistas, hasta los quitanieves están esperando a que se haga de día.

—De acuerdo —dijo Dan—. Ya voy.

3

Tras una temporada trabajando en la residencia, Dan había comprendido que incluso para los moribundos existía un sistema de clases. Las habitaciones de la casa principal eran más grandes y más caras que las de Rivington Uno y Dos. En la mansión victoriana donde antaño Helen Rivington colgaba su sombrero y escribía sus romances, las habitaciones se llamaban suites y recibían nombres de residentes famosos de New Hampshire. Charlie Hayes ocupaba la Alan Shepard. Para llegar hasta allí, Dan tenía que pasar por la sala de los aperitivos a los pies de la escalera, donde había máquinas expendedoras y varias sillas de plástico. Fred Carling estaba repantigado en una de ellas, masticando galletas con mantequilla de cacahuate y leyendo un ejemplar atrasado de *Popular Mechanics*. Carling era uno de los tres celadores del turno de doce a ocho. Los otros dos se rotaban el turno de día dos veces al mes; Carling nunca. Se declaraba ave nocturna y era un contemporizador fornido cuyos brazos, enfundados en una maraña de tatuajes, sugerían un pasado de motociclista.

—Bueno, bueno, mira a quién tenemos aquí —dijo—. Es Danny-boy. ¿O esta noche vas con tu identidad secreta?

Dan aún seguía medio dormido y no estaba de humor para bromas.

—¿Qué sabes del señor Hayes?

—Nada, solo que el gato está dentro, y eso normalmente significa que se van a morir.

—¿Alguna hemorragia?

El hombretón se encogió de hombros.

—Bueno, sí, le sangró un poco la nariz. Metí las toallas sucias en una bolsa de peste, como se supone que debo hacer. Están en la Lavandería A, por si quieres verlas.

Dan pensó en preguntarle cómo podía decir que había sangrado poco si había necesitado más de una toalla para limpiar la hemorragia, pero decidió dejarlo. Carling era un imbécil insensible, y cómo había conseguido un trabajo allí —incluso en el turno de noche, cuando la mayoría de los huéspedes estaban dormidos o procurando estar en silencio para no molestar a nadie— era un misterio para Dan. Sospechaba que alguien había movido uno o dos contactos. Así funcionaba el mundo. ¿Acaso su propio padre no había conseguido su último trabajo, como vigilante en el Hotel Overlook, del mismo modo? Quizá eso no demostraba al cien por cien que conseguir un trabajo por influencias era despreciable, pero casi.

—Disfruta de la velada, Doctor *Sueeeño* —se mofó Carling a sus espaldas, sin molestarse en bajar la voz.

En la sala de enfermeras, Claudette estaba planificando la medicación mientras Janice Barker miraba una tele pequeña con el sonido al mínimo. El programa que emitían era un interminable anuncio de algún producto para la limpieza de colon, pero Jan lo miraba con ojos como platos y la boca abierta. Reaccionó cuando Dan tamborileó con los dedos en el mostrador y se dio cuenta de que, más que fascinada, estaba medio dormida.

—¿Pueden darme alguna información sustancial sobre Charlie? Carling no sabe nada.

Claudette miró por el pasillo para asegurarse de que Fred Carling no estaba a la vista y, de todas formas, bajó la voz.

—Ese hombre es más inútil que las tetas de un toro. No pierdo la esperanza de que lo despidan.

Dan se guardó una opinión similar para sí. La sobriedad continuada, había descubierto, hacía milagros con los poderes de discreción de uno.

—Entré a verlo hace quince minutos —dijo Jan—. Los controlamos a menudo cuando Don Gato viene de visita.

—¿Cuánto tiempo lleva Azzie ahí dentro?

—Estaba maullando en la puerta cuando entramos a medianoche —dijo Claudette—, así que le abrí. Saltó directamente a la cama, ya sabes, como suele hacer. Estuve a punto de llamarte entonces, pero Charlie estaba despierto y receptivo. Le dije hola y él me saludó y empezó a acariciar a Azzie. Así que decidí esperar. Más o menos una hora después, tuvo una hemorragia nasal. Fred la limpió, pero tuve que decirle que metiera las toallas en una bolsa hermética.

Eran las bolsas sanitarias de plástico soluble en las que el personal del centro guardaba la ropa, las sábanas y las toallas contaminadas con tejidos o fluidos corporales. Se trataba de una regulación estatal que pretendía minimizar la propagación de patógenos transmitidos a través de la sangre.

—Cuando entré a verlo hace cuarenta o cincuenta minutos —dijo Jan—, estaba dormido. Le di una ligera sacudida. Abrió los ojos y vi que los tenía inyectados en sangre.

—Fue entonces cuando llamé a Emerson —explicó Claudette—. Y después de que la chica de guardia me dijera que no, te llamé a ti. ¿Vas a ir ahora?

—Sí.

—Buena suerte —dijo Jan—. Toca el timbre si necesitas algo.

—De acuerdo. ¿Por qué estás viendo un anuncio de un limpiador de colon, Jannie? ¿O es demasiado personal?

La enfermera bostezó.

—A esta hora lo único que hay aparte de esto es el anuncio del Ahh-Bra, y ya tengo uno.

4

La puerta de la suite Alan Shepard estaba medio abierta, pero Dan llamó de todos modos. Al no recibir respuesta, la empujó hasta abrirla del todo. Alguien (tal vez una de las enfermeras; casi seguro que no había sido Fred Carling) había incorporado un poco la cama. La sábana se ceñía sobre el pecho de Charlie Hayes. Tenía noventa y un años, estaba dolorosamente delgado y tan pálido que apenas parecía encontrarse allí. Dan permaneció inmóvil durante treinta segundos, hasta que por fin estuvo seguro de que la chaqueta de la piyama del anciano se movía arriba y abajo. Azzie estaba enroscado junto al reducido bulto de una cadera. Cuando Dan entró, el gato lo inspeccionó con aquellos inescrutables ojos amarillos.

—¿Señor Hayes? ¿Charlie?

El anciano no abrió los ojos. Los párpados tenían una tonalidad azulada. La piel por debajo era más oscura, negra púrpura. Cuando Dan se acercó a la cama, percibió algo más de color: una pequeña costra de sangre bajo cada fosa nasal y en una de las comisuras de los arrugados labios.

Dan entró en el baño, tomó una toalla, la mojó con agua caliente y la escurrió. Cuando regresó junto al lecho de Charlie, Azzie se enderezó y pasó con delicadeza al otro lado del hombre dormido, dejando espacio a Dan para que se sentara. La sábana conservaba el calor del cuerpo del felino. Con suavidad, Dan limpió la sangre bajo la nariz de Charlie. Cuando repetía la operación en la boca, Charlie abrió los ojos.

—Dan. ¿Eres tú? Tengo la vista un poco borrosa.

Ensangrentada, más bien.

—¿Cómo se encuentra, Charlie? ¿Le duele algo? Si siente dolor, puedo pedirle a Claudette que le traiga una pastilla.

—No me duele nada —dijo Charlie. Desplazó su mirada a Azzie y luego volvió a centrarla en Dan—. Sé por qué está el gato aquí. Y sé por qué has venido *tú*.

—He venido porque me despertó el viento. Azzie seguro que solo busca compañía. Los gatos son animales nocturnos, ya lo sabe.

Dan levantó la manga de la piyama de Charlie para tomarle el pulso y vio cuatro moretones alineados en el escuálido palo que el anciano tenía por antebrazo. A los pacientes en el último estadio de leucemia les salían moretones con solo echarles el aliento, pero estos habían sido producidos por unos dedos, y Dan sabía perfectamente bien de quién eran. Controlaba mejor su genio ahora que se mantenía sobrio, pero seguía allí, al igual que el fuerte impulso esporádico de tomar un trago.

Carling, cabrón. ¿Se movía demasiado despacio para ti? ¿O es que te encabronaba tener que limpiarle la sangre de la nariz porque lo que tú querías era leer revistas y comer esas putas galletas amarillas?

Intentó no exteriorizar sus sentimientos, pero Azzie pareció intuirlo; emitió un breve maullido de preocupación. En otras circunstancias, Dan quizá hubiera hecho preguntas, pero ahora tenía asuntos más urgentes con los que lidiar. Azzie había vuelto a acertar. Le bastó con tocar al anciano para saberlo.

—Estoy muy asustado —dijo Charlie en apenas un susurro. El gemido quedo y continuo del viento en el exterior se oía más que su voz—. No pensé que lo estaría, pero así es.

—No hay nada de que asustarse.

En vez de tomarle el pulso —en realidad no tenía sentido—, apresó una de las manos del anciano entre las suyas. Vio a los hijos gemelos de Charlie con cuatro años, en un columpio. Vio a la mujer de Charlie proyectando una sombra en el dormitorio, llevaba puesta la combinación de encaje belga que él le había regalado por su primer aniversario; vio su coleta caer sobre un hombro cuando se giró a mirarlo, iluminado su rostro con una sonrisa que era todo *sí*. Vio un tractor Farmall con una sombrilla a rayas izada sobre el asiento. Olió a tocino y oyó a Frank

Sinatra cantando «Come Fly with Me» en una resquebrajada radio Motorola que estaba en una mesa de trabajo sembrada de herramientas. Vio un tapacubos lleno de agua de lluvia reflejando un granero rojo. Saboreó arándanos y destripó a un ciervo y pescó en algún lago distante cuya superficie estaba moteada por la constante lluvia de otoño. Vio a Charly con sesenta años bailando con su mujer en el salón de la Legión Americana; con treinta partiendo leña; con cinco, en pantalón corto, tirando de un carrito rojo. Entonces las imágenes se mezclaron, borrosas, como cartas barajadas por las manos de un tahúr experto, y el viento soplaba nieve desde las montañas, y en la habitación solo había silencio y los solemnes ojos observadores de Azzie. En momentos así, Dan sabía cuál era su propósito. En momentos así, no lamentaba el dolor ni el pesar, ni la ira, ni el horror, porque todo ello lo había traído a esta habitación mientras el viento lanzaba alaridos en el exterior. Charlie Hayes había llegado a la frontera.

—No me asusta el infierno. He vivido una vida decente, y de todas formas no creo que exista un lugar así. Me asusta que no haya *nada*. —Respiró con dificultad. Una perla de sangre crecía en la comisura de su ojo derecho—. No había nada *antes*, todos lo sabemos, así que ¿no es lógico pensar que no haya nada después?

—Pero lo hay. —Dan limpió el rostro de Charlie con la toalla húmeda—. Nunca terminamos realmente, Charlie. No sé cómo es posible, ni qué significa, solo sé que es así.

—¿Puedes ayudarme a pasar? Dicen que ayudas a la gente.

—Sí. Puedo ayudarte. —Apresó también la otra mano del anciano—. Es como dormirse. Y cuando despierte, porque *despertará*, todo será mejor.

—¿El cielo? ¿Te refieres al cielo?

—No lo sé, Charlie.

Esa noche el poder era muy fuerte. Lo sentía fluir a través de sus manos trabadas como una corriente eléctrica y se dijo que debía tener cuidado. Una parte de él habitaba el cuerpo desfalleciente que cerraba las persianas y los sentidos debilitados

(*deprisa por favor*)

que se apagaban. Habitaba una mente

(*deprisa por favor es la hora*)

que aún conservaba su agudeza de siempre y que era consciente de estar pensando sus últimos pensamientos... al menos como Charlie Hayes.

Los ojos inyectados en sangre se cerraron, luego volvieron a abrirse. Muy despacio.

—Todo va bien —le tranquilizó Dan—. Solo necesita dormir. El sueño le hará bien.

—¿Es así como lo llamas?

—Sí. Lo llamo «sueño». No hay peligro en el sueño.

—No te vayas.

—No me voy. Estoy con usted.

Sí. Era su terrible privilegio.

Charlie volvió a cerrar los ojos. Dan hizo lo propio y vio un destello azul que latía en la oscuridad. Una vez... dos veces... pausa. Una vez... dos veces... pausa. Fuera, el viento soplaba.

—Duerma, Charlie. Lo está haciendo bien, pero está cansado y necesita dormir.

—Veo a mi mujer. —El más débil de los susurros.

—¿Sí?

—Dice...

No hubo más, tan solo una última pulsación azul tras los párpados de Dan y una última exhalación del hombre en la cama. Dan abrió los ojos, escuchó el viento y esperó el final. Llegó pocos segundos después: una neblina de un apagado color rojo que surgió de la nariz, la boca y los ojos de Charlie. Era lo que una vieja enfermera en Tampa —una que poseía una chispa similar a la de Billy Freeman— llamaba «la boqueada». Afirmaba haberla visto muchas veces.

Dan la veía *todas* las veces.

Se elevó y quedó suspendida sobre el cuerpo del anciano. Entonces se disipó.

Dan bajó la manga derecha de la piyama de Charlie y le buscó el pulso. Era solo una formalidad.

5

Azzie solía marcharse antes de que todo acabara, pero no esa noche. Estaba de pie sobre la colcha, junto a la cadera de Charlie, mirando fijamente la puerta. Dan volteó, esperando ver a Claudette o Jan, pero allí no había nadie.

O sí.

—¿Hola?

Nada.

—¿Eres la niña pequeña que escribe a veces en mi pizarrón?

No hubo respuesta. Pero allí había alguien, desde luego.

—¿Te llamas Abra?

Muy débil, casi inaudible a causa del viento, llegó una cascada de notas de piano. Dan habría creído que se trataba de su imaginación (no siempre era capaz de ver las diferencias entre esta y el resplandor) de no ser por Azzie, cuyas orejas se movieron nerviosamente y cuyos ojos no abandonaron en ningún momento el vano vacío de la puerta. Allí había alguien, observando.

—¿Eres Abra?

Hubo otra cascada de notas y, a continuación, de nuevo el silencio. Salvo que esta vez era ausencia. Fuera cual fuese su nombre, se había ido. Azzie se estiró, saltó de la cama y se marchó sin mirar atrás.

Dan permaneció sentado un poco más, escuchando el viento. Después se levantó de la cama, tapó con la sábana el rostro de Charlie y regresó a la sala de enfermeras para informar de que se había producido una muerte en la planta.

6

Tras completar su parte del papeleo, Dan se dirigió a la sala de los aperitivos. Hubo una época en la que habría ido a la carrera, con los puños apretados, pero aquellos días pertenecían al pasado. Fue hasta allí caminando, respirando larga y pausadamente para calmar su corazón y su mente. Había un dicho en Alcohólicos Anónimos, *Piensa antes de beber*, pero lo que Casey K. le decía durante sus cara a cara semanales era que pensara antes de hacer cualquier cosa. *No has recuperado la sobriedad para ser un estúpido, Danny. Tenlo en cuenta la próxima vez que empieces a escuchar esa mierda de comité dentro de tu cabeza.*

Pero esas malditas marcas de dedos...

Carling se balanceaba hacia atrás en su silla, comiendo ahora Junior Mints. Había cambiado *Popular Mechanics* por una revista de fotos con la estrella de una comedia de chicos malos en la portada.

—El señor Hayes ha fallecido —informó Dan en voz baja.

—Una lástima. —Sin levantar los ojos de la revista—. Pero para *eso* vienen aquí, ¿no...?

Dan puso un pie debajo de una de las patas delanteras, en el aire, y empujó hacia arriba. La silla dio un vuelco hacia atrás y Carling aterrizó en el suelo. La caja de Junior Mints salió volando de su mano. Miró a Dan con incredulidad.

—¿He captado tu atención?

—Hijo de... —Carling empezó a levantarse.

Dan le plantó un pie en el pecho y lo empujó contra la pared.

—Ya veo que sí. Bien. Ahora mismo más vale que no te levantes. Quédate ahí sentado y escucha.

Dan se inclinó hacia delante y se apretó las rodillas con las manos. Con fuerza, porque lo único que querían hacer sus manos en ese momento era golpear. Y golpear. Y golpear. Le palpitaban las sienes.

Calma, se dijo. *No dejes que se lleve lo mejor de ti.*

Pero era difícil.

—La próxima vez que vea marcas de tus dedos en un paciente, haré fotos, se las llevaré a la señora Clausen y te pondrá de patitas en la calle, conozcas a quien conozcas. Y una vez que ya no formes parte de esta institución, te buscaré y te moleré a golpes.

Carling se puso en pie apoyando la espalda en la pared y sin quitarle el ojo de encima. Era más alto y al menos pesaba cuarenta kilos más que Dan. Cerró los puños.

—Me gustaría verte intentarlo. ¿Qué tal ahora?

—Perfecto, pero aquí no —dijo Dan—. Demasiada gente intentando dormir, y tenemos a un hombre muerto en este pasillo. Un hombre muerto que tiene las marcas de tus dedos.

—Lo único que hice fue tomarle el pulso. Ya sabes lo fácil que les salen moretones cuando tienen leucemia.

—Lo sé —concedió Dan—, pero tú le hiciste daño a propósito. No sé por qué, pero lo sé.

Hubo un destello en los ojos turbios de Carling. No era vergüenza, Dan no creía que aquel hombre fuese capaz de experimentar tal sentimiento; tan solo inquietud por que hubieran atisbado a su través. Y miedo a ser atrapado.

—El gran hombre. Doctor *Sueeeño*. ¿Te crees que tu mierda no huele?

—Venga, Fred, vamos fuera. Con mucho gusto.

Y era cierto. Existía un segundo Dan en su interior. Ya no se hallaba tan cerca de la superficie como antes, pero seguía allí y seguía siendo el mismo hijo de puta violento e irracional de siempre. Con el rabillo del ojo vio a Claudette y a Jan en medio del pasillo, con los ojos abiertos como platos y abrazadas.

Carling lo meditó. Sí, era más grande, y sí, era más fuerte. Pero no estaba en forma —demasiados burritos rellenos, demasiadas cervezas, muchos menos pulmones que cuando tenía veinte años— y había algo preocupante en el rostro del flacucho. Ya lo había visto antes, en sus días de Road Saints. Algunos tipos tenían fusibles de mierda en sus cabezas. Se calentaban con facilidad, y cuando eso ocurría, seguían quemándose hasta que se fundían. Había tomado a Torrance por un cretino tímido que no diría una mierda ni aunque tuviera la boca llena, pero vio que se había equivocado. Su identidad secreta no era Doctor Sueño, era Doctor Chiflado.

Tras reflexionarlo detenidamente, Fred dijo:

—No pienso malgastar mi tiempo.

Dan asintió con la cabeza.

—Bien. Así evitamos congelarnos. Pero acuérdate de lo que he dicho: si no quieres acabar en el hospital, guárdate las manos para ti de ahora en adelante.

—¿Quién ha muerto para que tú estés al mando?

—No lo sé —dijo Dan—. De verdad que no lo sé.

7

Dan regresó a su cuarto y se metió de nuevo en la cama, pero no pudo dormir. Había visitado unas cuatro docenas de lechos de muerte durante su estancia en la Residencia Rivington, y normalmente esas visitas lo relajaban. Pero no esa noche. Aún temblaba de rabia. Su mente consciente odiaba esa tormenta roja, pero alguna otra parte más profunda de él la adoraba. Parecía remontarse a una mera cuestión genética, el triunfo de la naturaleza sobre la educación. Cuanto más tiempo continuaba sobrio, más viejos recuerdos afloraban a la superficie. Algunos de los más nítidos eran los ataques de furia de su padre. Había esperado que Carling no se intimidara. Salir a la nieve y el viento, donde Dan Torrance, hijo de Jack, le daría a ese cachorro inútil su medicina.

Dios sabía que no quería convertirse en su padre, cuyos accesos de sobriedad eran de los que dejan los nudillos blancos. Se suponía que Alcohólicos Anónimos ayudaba con la ira, y en su mayor parte así era, pero en ocasiones, como esa noche, Dan comprendía lo delgada que era esa barrera. Ocasiones en que se sentía inútil y el alcohol parecía ser todo cuanto merecía. Ocasiones en que se sentía muy próximo a su padre.

Pensó: *Mamá.*

Pensó: *Suca.*

Pensó: *Los cachorros inútiles necesitan tomarse su medicina. ¿Y sabes dónde la venden? Casi en todas partes.*

El viento arreció con una furiosa ráfaga, haciendo gemir al torreón. Cuando se calmó, la niña del pizarrón estaba allí. Casi podía oír su respiración.

Sacó una mano de debajo del edredón. Se limitó a dejarla suspendida en el frío aire, y entonces sintió que la mano de ella —pequeña, cálida— se deslizaba en la suya.

—Abra —dijo—. Tu nombre es Abra, pero a veces la gente te llama Abby. ¿No es cierto?

No recibió respuesta, pero en realidad no la necesitaba. Todo cuanto necesitaba era la sensación de aquella mano cálida en la suya. Solo duró unos segundos, pero bastó para tranquilizarlo. Cerró los ojos y se durmió.

8

A treinta kilómetros de distancia, en el pueblecito de Anniston, Abra Stone yacía despierta. La mano que había estrechado la suya permaneció unos instantes. Después se convirtió en niebla y desapareció. Pero había estado allí. *Él* había estado allí. Lo había encontrado en un sueño, pero al despertar, descubrió que el sueño era real. Estaba en la puerta de una habitación. Lo que había visto allí era horrible y maravilloso al mismo tiempo. Había muerte, y la muerte daba miedo, pero también había habido ayuda. El hombre que ayudaba no había sido capaz de verla, pero el gato sí. El nombre del gato era parecido al suyo, pero no exactamente igual.

No me vio, pero me sintió. Y ahora estábamos juntos. Creo que lo he ayudado, igual que él ayudó al hombre que murió.

Era un pensamiento bueno. Aferrándose a él (como se había aferrado a la mano fantasma), Abra se tumbó de lado, abrazó su conejo de peluche contra el pecho y se durmió.

CAPÍTULO CINCO

EL NUDO VERDADERO

1

El Nudo Verdadero no era una sociedad anónima, pero, de haberlo sido, ciertas comunidades rurales de Maine, Florida, Colorado y Nuevo México habrían sido denominadas «poblados de la compañía». Eran lugares donde los principales negocios y las mayores parcelas de tierra podrían ser rastreadas, a través de una maraña de holdings, hasta llegar a ellos. Las ciudades de los Verdaderos, con coloridos nombres como Dry Bend, Jerusalem's Lot, Oree y Sidewinder, eran puertos seguros, pero ellos nunca permanecían demasiado tiempo en el mismo lugar; eran principalmente nómadas. Si conducías por las autopistas y las carreteras más transitadas de Estados Unidos, podías verlos. Quizá en la I-95 en Carolina del Sur, en algún punto al sur de Dillon y al norte de Santee. Quizá en la I-80 en Nevada, en la región montañosa al oeste de Draper. O en Georgia, mientras pasabas —despacio, si sabías lo que te convenía— el celebérrimo tramo controlado por radar en la autopista 41 a las afueras de Tifton.

¿Cuántas veces te has encontrado detrás de un pesado y torpe cámper, comiéndote los gases de escape y esperando impaciente una oportunidad para rebasar? ¿Arrastrándote a menos de ochenta kilómetros por hora cuando podrías circular a una velocidad legal de cien o incluso de ciento diez? Y cuando por fin hay un hueco en el carril de la izquierda y aceleras, Dios santo, ves una larga fila de esas condenadas carcachas, devoradoras de gasolina, circulando exactamente a diez kilómetros por hora por debajo del límite de velocidad legal y conducidos por viejas glorias con gafas encorvados sobre el volante, agarrándolo como si temieran que fuera a salir volando.

O quizá te los hayas encontrado en las áreas de descanso de las autopistas, al detenerte para estirar las piernas y tal vez meter unas monedas en una máquina expendedora. Las rampas de acceso en estas paradas siempre se dividen en dos, ¿verdad? Autobuses turísticos en un estacionamiento, camiones de larga distancia y cámpers en otro. Por lo general, el espacio para los grandes tráilers y los vehículos de recreo está un poco más alejado. Es posible que hayas visto las casas rodantes del Nudo estacionadas allí, apiñadas. Es posible que hayas visto a sus dueños caminando hacia el edificio principal —despacio, porque muchos de ellos parecen viejos y muchos de ellos están bastante gordos—, siempre en grupo, siempre guardando las distancias.

A veces se detienen en una salida llena de gasolineras, moteles y changarros de comida rápida. Y cuando ves todos esos cámpers estacionados en el McDonald's o el Burger King, sigues adelante porque sabes que estarán todos haciendo cola en el mostrador, los hombres con gorras de golf flexibles o gorras de pescador de visera larga, las mujeres con pantalones elásticos (normalmente de color azul pálido) y camisas que dicen cosas como ¡PREGÚNTAME POR MIS NIETOS! o JESÚS ES EL REY o VIAJERA FELIZ. Prefieres continuar un kilómetro carretera abajo, hasta el Waffle House o Shoney's, ¿verdad? Porque es sabido que tardarán una eternidad en pedir, quejándose por el menú, siempre queriendo sus Cuartos de Libra sin pepinillo o sus Whoppers sin salsa. Preguntando si hay alguna atracción turística interesante en la zona, aunque cualquiera puede ver que se trata de otro pueblucho de mala muerte del que los chicos se marchan en cuanto se gradúan en el bachillerato más cercano.

Apenas te fijas en ellos, ¿no es cierto? ¿Por qué habrías de fijarte? No son más que la Gente de los Cámpers, ancianos jubilados y unos cuantos compatriotas jóvenes viviendo sus desarraigadas vidas en autopistas y carreteras, quedándose en campamentos donde se sientan en círculo en sillas plegables de Walmart y cocinan en parrillas Hibachi mientras hablan sobre inversiones y torneos de pesca y recetas de estofado y Dios sabe qué. Son los que siempre se detienen en mercaditos, aparcando sus condenados dinosaurios con el hocico pegado al culo del anterior, la mitad en el acotamiento y la otra mitad en la carretera, de modo que tienes que avanzar a paso de tortuga para poder pasar. Son lo opuesto a los clubes de motociclistas que a veces ves en las mismas autopistas y carreteras; los ángeles del cielo en vez de los del infierno.

Son irritantes a más no poder cuando descienden en masa en un área de servicio y abarrotan los baños, pero una vez que han evacuado sus reacios vientres atontados por el viaje y logras sentarte en el trono, te los sacas de la cabeza, ¿verdad? No son más extraordinarios que una bandada de pájaros en un cable de teléfono o un rebaño de vacas pastando en un prado junto a la carretera. Oh, es posible que te preguntes cómo pueden permitirse llenar esas monstruosidades engullidoras de combustible (*deben* de tener unos ingresos desahogados, ¿cómo si no podrían pasarse todo el tiempo conduciendo de acá para allá?), y es posible que te extrañe que alguien quiera pasar sus años dorados recorriendo todos esos interminables kilómetros de Estados Unidos entre Hoot y Holler, pero, aparte de eso, probablemente no les dedicarás un solo pensamiento.

Y si por casualidad eres una de las desafortunadas personas que alguna vez ha perdido a un niño —sin más rastro que una bici en el solar vacío que hay calle abajo, o una gorrita tirada en los arbustos a la orilla de un arroyo cercano—, casi seguro que no habrás pensado en *ellos*. ¿Por qué ibas a hacerlo? No, probablemente fue algún vagabundo. O (una posibilidad aún peor pero bastante plausible) algún cabrón enfermo de tu misma ciudad, quizá de tu mismo vecindario, quizá de *tu misma calle*, algún asesino pervertido que es muy bueno actuando con normalidad y que continuará actuando con normalidad hasta que alguien descubra un montón de huesos en el sótano del fulano o enterrados en su jardín de atrás. Jamás pensarías en la Gente de los Cámpers, pensionistas de mediana edad y viejos alegres con sus gorras de golf y sus viseras decoradas con flores.

Y en la mayoría de los casos acertarías. La Gente de los Cámpers son miles, pero en 2011 quedaba un único Nudo en América: el Nudo *Verdadero*. Les gustaba ir de un lugar a otro, y eso era bueno, porque no les quedaba otro remedio. Si permanecieran en el mismo sitio, tarde o temprano atraerían la atención, porque para ellos el tiempo no transcurre como para el resto de los mortales. Podría ser que Annie la Mandiles o Phil el Sucio (nombres de palurdo, Anne Lamont y Phil Caputo) envejecieran veinte años de la noche a la mañana. Podría ser que los gemelos (Guisante y Vaina) retrocedieran en un abrir y cerrar de ojos de los veintidós a los doce (o casi), la edad que tenían cuando se convirtieron, aunque su Conversión ocurrió mucho tiempo atrás. El único miembro del Nudo realmente joven es Andrea Steiner, conocida ahora como Andi Colmillo de Serpiente... y ni siquiera ella es tan joven como aparenta.

Una anciana gruñona de ochenta años, con andar vacilante, de repente vuelve a tener sesenta. Un curtido caballero de setenta es capaz de desprenderse de su bastón; los tumores de piel en los brazos y el rostro desaparecen.

Susie Ojos Negros pierde su renqueante cojera.

Doug el Diésel pasa de estar medio ciego con cataratas a tener una vista de águila mientras su calva desaparece como por arte de magia. De golpe, *voilà*, vuelve a tener cuarenta y cinco.

La columna torcida de Steve el Vaporizado se pone derecha. Su mujer, Baba la Rusa, tira a una zanja esos incómodos pañales de continencia, se calza sus botas Ariat tachonadas con diamantes de imitación y dice que quiere ir a bailar country.

Con tiempo para observar tales cambios, la gente se haría preguntas, la gente hablaría, y finalmente aparecería algún periodista, pero el Nudo Verdadero rehúye la publicidad de la misma manera que los vampiros supuestamente rehúyen la luz del sol.

Sin embargo, dado que *no* viven en un lugar fijo (y cuando se detienen por un prolongado periodo en alguna de las ciudades de la compañía, guardan las distancias), se integran bien. ¿Por qué no? Visten la misma ropa que el resto de la Gente de los Cámpers, llevan los mismos lentes oscuros baratos, compran las mismas camisetas de recuerdo y consultan los mismos mapas de carreteras de la Triple A. Decoran sus Bounders y Bagos con las mismas calcomanías, pregonando todos los lugares peculiares que han visitado (¡AYUDÉ A DECORAR EL ÁRBOL MÁS GRANDE DEL MUNDO EN NAVILANDIA!), y te encuentras mirando las mismas calcomanías en las defensas mientras estás atascado detrás de ellos (VIEJO PERO NO MUERTO, SALVEMOS EL SEGURO MÉDICO PARA ANCIANOS, YO SOY CONSERVADOR *Y VOTO*), esperando una oportunidad para rebasar. Comen pollo frito del Colonel y compran alguna que otra tarjeta de «rascar y ganar» en esas tiendas de conveniencia EZ-on, EZ-off donde venden cerveza, cebo, munición, la revista *Motor Trend* y diez mil clases de chocolates. Si en la ciudad donde se detienen hay una sala de bingo, es fácil que un grupito de ellos acuda, ocupen una mesa y jueguen hasta que se complete el último cartón. En una de esas partidas, G la Golosa (nombre de paleta, Greta Moore) ganó quinientos dólares. Estuvo meses regodeándose, y aunque los miembros del Nudo poseen todo el dinero que necesitan, sacaba de quicio a algunas de las demás señoras. Charlie el Fichas tampoco estaba demasiado contento. Decía que llevaba esperando cinco bolas por la casilla B7 cuando la G finalmente cantó bingo.

—Eres una tipa suertuda, Golosa —dijo él.

—Y tú eres un cabrón con mala pata —replicó ella—. Un cabrón con mala pata y *negro*. —Y se marchó riéndose satisfecha.

Si por casualidad alguno de ellos es cazado por un radar o parado por alguna infracción de tráfico menor —es raro, pero a veces ocurre—, la policía no encuentra nada salvo permisos de conducir válidos, el seguro al día y todos los papeles en regla. Nadie alza la voz mientras el agente se planta ahí con su talonario de multas, ni aunque esté claro que no tiene razón. Los cargos nunca se discuten y todas las multas se pagan con prontitud. Estados Unidos es un cuerpo vivo, las autopistas son sus arterias, y el Nudo Verdadero circula por ellas como un virus silencioso.

Sin embargo, no hay perros.

Por lo común, la Gente de los Cámpers viaja con abundante compañía canina, normalmente esas pequeñas máquinas de hacer caca, de pelo blanco, con collares chillones y mal genio. Ya sabes a qué tipo me refiero; tienen un irritante ladrido que te taladra los oídos y ojillos malhumorados llenos de una perturbadora inteligencia. Los ves olisqueando la hierba en las zonas designadas para animales en las áreas de servicio de las autopistas, sus amos a la zaga, bolsitas de plástico y palas para recoger excrementos en ristre. Aparte de las calcomanías habituales en las defensas de las casas rodantes de la Gente de los Cámpers común y corriente, es fácil que veas letreros amarillos con forma de rombo que rezan POMERANIA A BORDO o YO ♥ A MI PERRO.

No el Nudo Verdadero. No les gustan los perros, y no gustan a los perros. Podría decirse que los perros ven *a través* de ellos. Ven sus atentos ojos de lince tras los lentes oscuros de saldo. Ven las piernas fuertes y musculosas de cazador bajo los pantalones de poliéster de Walmart. Ven los colmillos afilados bajo las dentaduras, esperando a salir.

No les gustan los perros, pero les gustan ciertos niños.

Oh, sí, ciertos niños les gustan muchísimo.

2

Un día de mayo de 2011, no mucho después de que Abra Stone celebrara su décimo cumpleaños y Dan Torrance su décimo año de sobriedad en Alcohólicos Anónimos, Papá Cuervo llamó a la puerta del EarthCruiser de Rose la Chistera. Los Verdaderos se encontraban entonces en el Kamping Kozy, a las afueras de Lexington, Kentucky. Iban de camino a Colorado, donde pasarían la mayor parte del verano en uno de sus poblados, un sitio que Dan a veces volvía a visitar en sueños. Normalmente no tenían prisa por alcanzar cualquiera que fuese su destino, pero ese verano existía cierta urgencia. Todos ellos lo sabían, pero nadie hablaba de ello.

Rose se encargaría. Como siempre.

—Adelante —dijo, y Papá Cuervo entró.

Cuando salía en misión de negocios, siempre vestía trajes buenos y zapatos caros con un lustre de espejo. Si se sentía particularmente de la vieja escuela, puede que incluso utilizara un bastón. Esa mañana llevaba unos pantalones holgados con tirantes, una camiseta sin mangas con el dibujo de un pez (BÉSAME LA LUBINA, decía debajo) y una gorra plana de obrero que se quitó al cerrar la puerta detrás de él. Era el amante ocasional de Rose además de su segundo al mando, pero nunca dejaba de mostrar respeto. Esa era una de las muchas cosas que le gustaban a Rose. No le cabía duda de que el Nudo continuaría bajo el liderazgo de Papá Cuervo si ella moría. Durante una temporada, al menos. Pero ¿otros cien años? Tal vez no. *Probablemente* no. Él tenía un pico de oro y hacía mucho dinero cuando trataba con los palurdos, pero sus habilidades de planificación eran rudimentarias y no poseía una verdadera visión de futuro.

Esa mañana parecía preocupado.

Rose estaba sentada en el sofá, con pantalones pirata y un sencillo sujetador blanco, fumando un cigarro y viendo la tercera hora de *Today* en una televisión enorme montado en la pared; era la hora «suave», cuando intervenían chefs famosos y actores promocionando sus nuevas películas. Llevaba la chistera ladeada hacia atrás. Papá Cuervo la conocía desde hacía más años que una vida de palurdo, y aún no sabía qué clase de magia sostenía el sombrero en ese ángulo desafiando a la gravedad.

Rose tomó el control remoto y silenció el sonido.

—Vaya, es Henry Rothman, caramba. Y con un aspecto notablemente apetitoso, aunque dudo que hayas venido a ser degustado, no a las diez y cuarto de la mañana y con esa expresión en la cara. ¿Quién ha muerto?

Lo decía en broma, pero el fruncimiento de ceño que tensó la frente de Papá Cuervo indicaba lo contrario. Apagó la televisión y se tomó su tiempo para reducir el cigarro a una colilla, no deseaba en absoluto que percibiera la consternación que sentía.

En otra época la fuerza del Nudo superaba los doscientos individuos. El día anterior, sumaban cuarenta y uno. Si acertaba en el significado de esa mueca, ese día eran uno menos.

—Tommy el Tráiler —dijo—. Se fue a dormir. Cicló una vez, y entonces boom. No sufrió nada, lo que es rarísimo, como bien sabes.

—¿Llegó a verlo el Nueces? —*Cuando aún se le podía ver*, pensó, pero no lo dijo; no había necesidad.

El Nueces, cuya licencia de conducir y varias tarjetas de crédito de palurdo lo identificaban como Peter Wallis, de Little Rock, Arkansas, era el matasanos del Nudo.

—No, fue demasiado rápido. Mary la Matona estaba con él. Tommy se movía mucho y la despertó. Ella pensó que tenía una pesadilla y le pegó un codazo… pero lo único que quedaba de él era su piyama. Probablemente fue un ataque al corazón. Tommy estaba resfriado, y el Nueces piensa que pudo ser un factor que contribuyó. Y ya sabes que el hijo de puta fumaba como una chimenea.

—Nosotros no *tenemos* infartos. —A continuación, de mala gana—: Claro que tampoco solemos resfriarnos. En los últimos días respiraba con silbidos, ¿verdad? Pobre TT.

—Sí, pobre TT. El Nueces dice que sería imposible asegurar nada a ciencia cierta sin una autopsia.

Cosa que no ocurriría. Ya no quedaba cadáver que rajar.

—¿Cómo lo está tomando Mary?

—¿Tú qué crees? Está hecha polvo, tiene el corazón roto. Estaban juntos desde que Tommy el Tráiler era Tommy el Carretas. Casi noventa años. Fue ella quien lo cuidó cuando se convirtió. Le dio su primer vapor cuando despertó al día siguiente. Ahora dice que se quiere matar.

A Rose le impresionaban pocas cosas, pero eso lo logró. Nadie en el Nudo se había suicidado jamás. La vida era —valga la expresión— su única razón para vivir.

—Seguramente no lo diga en serio —dijo Papá Cuervo—. Pero…

—¿Pero qué?

—Tienes razón en que no solemos resfriarnos, pero últimamente ha habido unos cuantos casos. La mayoría, catarros pasajeros. El Nueces dice que podrían deberse a la malnutrición. Claro que es solo una conjetura.

Rose se quedó meditando, tamborileando con los dedos en su estómago desnudo y mirando fijamente el oscuro rectángulo de la televisión.

—Bien, estoy de acuerdo contigo en que últimamente ha escaseado el alimento, pero tomamos vapor en Delaware hace apenas un mes, y entonces Tommy se encontraba bien. Se hinchó —dijo al cabo.

—Sí, Rosie, pero... el chico de Delaware no dio para mucho. Más que vapor lo que tenía eran corazonadas.

Nunca lo había pensado de esa forma, pero era cierto. Además, según su licencia de conducir, el chico tenía diecinueve años. Ya había dejado bien atrás cualquier habilidad productiva que pudiera haber poseído hacia la pubertad. En otros diez años habría sido un palurdo más. Quizá incluso en cinco. No había representado un gran alimento, lo aceptaba. Pero no siempre se podía comer bistec. A veces había que conformarse con brotes de soya y tofu. Al menos conservaban el cuerpo y el alma unidos hasta poder matar a la siguiente vaca.

Salvo que el tofu y los brotes de soya psíquicos no le habían servido a Tommy el Tráiler para mantener el cuerpo y el alma unidos, ¿verdad?

—Antes había más vapor —observó Cuervo.

—No seas bobo. Eso es como cuando los palurdos dicen que hace cincuenta años la gente era más amable. Es un mito, y no quiero que lo vayas divulgando. La gente ya está bastante nerviosa.

—Me conoces demasiado bien para pensar eso de mí. Y no creo que *sea* un mito, querida. Si lo analizas, tiene su lógica. Hace cincuenta años había más de *todo*: petróleo, fauna y flora, tierra cultivable, aire limpio. Hasta había algunos políticos honrados.

—¡Sí! —exclamó Rose—. Richard Nixon, ¿te acuerdas? El Príncipe de los Palurdos.

Sin embargo, Papá Cuervo no iba a seguir esa pista falsa. Tal vez careciera de visión de futuro, pero raramente se distraía. Por eso era su segundo al mando. Cabía la posibilidad incluso de que tuviera parte de razón. ¿Quién podía afirmar que los humanos capaces de proporcionar el sustento que el Nudo necesitaba no estaban reduciéndose como los bancos de atún en el Pacífico?

—Será mejor que abras uno de los cilindros, Rosie. —Vio que ella abría mucho los ojos y levantó una mano para impedir que hablara—. Nadie lo dice en voz alta, pero lo piensa la familia entera.

Rose no dudaba de que así fuera, y la idea de que Tommy hubiera muerto por complicaciones resultantes de una malnutrición poseía cierta verosimilitud. Cuando el suministro de vapor escaseaba, la vida se endurecía y perdía su sabor. No eran vampiros de una vieja película de terror de la Hammer, pero aun así necesitaban comer.

—¿Y cuánto hace que no percibimos una séptima ola? —preguntó Cuervo.

Ambos conocían la respuesta. El Nudo Verdadero poseía una limitada habilidad precognitiva, pero cuando se avecinaba un desastre realmente grande en el mundo de los palurdos, una séptima ola, todos lo presentían. Aunque los detalles del ataque sobre el World Trade Center solo habían empezado a definirse a finales del verano de 2001, habían sabido con meses de antelación que *algo* iba a ocurrir en Nueva York. Aún recordaba los sentimientos de alegría y expectación. Suponía que los palurdos hambrientos experimentaban lo mismo cuando percibían el olor de una comida sabrosa cocinándose en el horno.

Aquel día tuvieron en abundancia para todos, y también los días posteriores. Tal vez solo hubiera un par de auténticos vaporeros entre aquellos que murieron cuando cayeron las Torres, pero cuando el desastre es bastante grande, la agonía y las muertes violentas poseían una cualidad enriquecedora incluso en las personas ordinarias. Era la razón por la que los Verdaderos se sentían atraídos hacia esos lugares como insectos a una luz brillante. Localizar palurdos vaporeros solitarios resultaba mucho más difícil, y en la actualidad solo había tres de ellos con tan especializado sonar en la cabeza: Abuelo Flick, Barry el Chino y la propia Rose.

Se levantó, tomó un top de escote tipo barco que estaba pulcramente doblado sobre la encimera y se lo puso. Como siempre, estaba preciosa de un modo un poco sobrenatural (aquellos pómulos altos y los ojos algo rasgados) pero sumamente sexy. Volvió a ajustarse el sombrero y le dio un toquecito para invocar a la buena suerte.

—¿Cuántos cilindros llenos crees que quedan, Cuervo? —preguntó de pronto

Este se encogió de hombros.

—¿Una docena? ¿Quince?

—Algo así, sí —convino ella.

Era mejor que nadie supiera la verdad, ni siquiera su segundo. Lo último que necesitaba era que la inquietud actual se transformara en pánico absoluto. Cuando cundía el pánico, la gente salía corriendo en todas direcciones y, si tal situación se produjera, el Nudo podría desintegrarse.

Entretanto, Cuervo la miraba, y muy detenidamente. Rose se apresuró a hablar antes de que tuviera ocasión de ver demasiado.

—¿Puedes reservar este sitio para esta noche?

—¿Me tomas el pelo? Al precio que están la gasolina y el diésel, el dueño no llena la mitad de las parcelas ni siquiera los fines de semana. No dejará escapar la oportunidad.

—Entonces resérvalo. Vamos a tomar vapor de los cilindros. Corre la voz.

—Hecho. —La besó, acariciándole un pecho al mismo tiempo—. Este top es mi favorito.

Rose soltó una carcajada y lo apartó.

—Cualquier top con un par de tetas dentro es tu favorito. Vamos, márchate.

Cuervo se puso reacio, una sonrisa le torcía la comisura de los labios.

—¿Sigue la Chica Serpiente olisqueando frente a tu puerta, preciosa?

Ella bajó la mano y le apretó brevemente por debajo del cinturón.

—Ay, madre mía, ¿esto que noto aquí abajo es el hueso de los celos?

—Diría que sí.

Rose lo dudaba, pero igualmente se sintió halagada.

—Ahora está con Sarey, y las dos son la mar de felices. Pero ya que has mencionado a Andi, ella podrá ayudarnos. Ya sabes cómo. Corre la voz, pero habla primero con ella.

Cuando su segundo se marchó, Rose echó el pestillo del cámper, se dirigió a la cabina del EarthCruiser y se arrodilló. Metió los dedos bajo la alfombrilla, entre el asiento del conductor y los pedales. Levantó una tira. Debajo había un cuadrado de metal con un teclado numérico acoplado. Rose introdujo la combinación y la caja se abrió varios centímetros con un chasquido. Levantó la tapa del todo y miró dentro.

Doce o quince cilindros llenos. Esa había sido la conjetura de Cuervo, y aunque no podía leer a los miembros del Nudo igual que leía a los palurdos, Rose estaba segura de que le había dado una estimación por lo bajo para animarla.

Si él supiera, pensó.

La caja, que estaba forrada de espuma de polietileno para proteger los recipientes en caso de un accidente de tráfico, incorporaba cuarenta soportes. Esa magnífica mañana de mayo en Kentucky, treinta y siete de los cilindros en aquellos soportes se encontraban vacíos.

Rose tomó uno de los tres que quedaban llenos y lo levantó. Era ligero; por el peso, daba la sensación de que también estaba vacío. Quitó la tapa, inspeccionó la válvula para cerciorarse de que el sello continuaba intacto, luego volvió a cerrar la caja y depositó el cilindro con cuidado —casi reverencialmente— en la encimera donde había estado doblado su top.

Después de esa noche solo quedarían dos.

Tenían que encontrar un gran suministro de vapor y rellenar al menos varios de aquellos cilindros vacíos, y debían hacerlo pronto. El Nudo no estaba contra las cuerdas, todavía no, pero faltaba poco.

3

El propietario del Kamping Kozy y su mujer tenían su propio tráiler, un puesto permanente instalado sobre bloques de cemento pintados. Las lluvias de abril habían traído muchas flores de mayo, y el jardín delantero del señor y la señora Kozy rebosaba. Andrea Steiner se detuvo un momento para admirar los tulipanes y pensamientos antes de ascender los tres escalones hasta la puerta del gran tráiler Redman y golpearla con los nudillos.

Al cabo abrió el señor Kozy. Era un hombre pequeño con una gran barriga, que en ese momento llevaba embutida bajo una camiseta interior de tirantes roja. En una mano sostenía una lata de Pabst Blue Ribbon. En la otra, una salchicha bañada en mostaza y envuelta en una rodaja de esponjoso pan blanco. Como su mujer se encontraba en la otra habitación, se tomó unos instantes para hacer un inventario visual de la jovencita que se hallaba ante él, desde la coleta hasta los tenis.

—¿Sí?

Varios miembros del Nudo tenían cierto talento para provocar el sueño, pero Andi era la mejor con diferencia, y su Conversión había resultado ser de enorme provecho para el grupo. Seguía usando su habilidad cuando veía la ocasión de limpiarles la cartera a ciertos caballeros palurdos de edad atraídos por ella. Rose lo consideraba arriesgado e infantil, pero sabía por experiencia que lo que Andi llamaba sus «asuntos» se desvanecería a su debido tiempo. Para el Nudo Verdadero, el único asunto era la supervivencia.

—Solo quería hacerle una pregunta rápida —dijo Andi.

—Si es por los escusados, querida, el chupacaca no vendrá hasta el jueves.

—No es por eso.

—Entonces, ¿qué?

—¿No está cansado? ¿No quiere irse a dormir?

De inmediato, el señor Kozy cerró los ojos. La cerveza y el perrito caliente cayeron de sus manos y dejaron perdida la alfombra.

Bueno, pensó Andi, *Cuervo ha pagado a este fulano mil doscientos dólares por adelantado. El señor Kozy puede permitirse un frasco de detergente para limpiar la alfombra, e incluso dos.*

Andi lo asió por el brazo y lo condujo al cuarto de estar, donde había un par de butacas tapizadas de cretona con unas bandejas auxiliares instaladas delante de cada una de ellas.

—Siéntate —ordenó.

El señor Kozy obedeció, tenía los ojos cerrados.

—¿Te gusta jugar con muchachitas? —le preguntó Andi—. Lo harías si pudieras, ¿eh? O sea, si pudieras correr lo suficiente para alcanzarlas. —Lo observó con detenimiento, las manos en las caderas—. Eres asqueroso. ¿Puedes decirlo?

—Soy asqueroso —convino el señor Kozy.

Acto seguido, empezó a roncar.

Llegó la señora Kozy desde la cocina. Roía un sándwich de helado.

—Eh, oye, ¿quién eres tú? ¿Qué le estás diciendo? ¿Qué quieres?

—Que te duermas —contestó Andi.

La señora Kozy dejó caer el helado. Se le aflojaron las rodillas y se sentó encima del helado.

—Joder —soltó Andi—. No quería decir ahí. Levántate.

La señora Kozy se puso en pie con el sándwich de helado aplastado en el trasero de su vestido. Andi Colmillo de Serpiente rodeó con el brazo la casi inexistente cintura de la mujer y la condujo a la otra butaca, aunque se detuvo el tiempo justo para quitarle el sándwich de helado que se derretía en su trasero. Pronto los dos estuvieron sentados uno al lado del otro, con los ojos cerrados.

—Dormirán toda la noche —les ordenó Andi—. El señor puede soñar que persigue muchachitas. Señora, tú puedes soñar que tu marido ha muerto de un ataque al corazón y te ha dejado una póliza de seguros de un millón de dólares. ¿Qué te parece? ¿Suena bien?

Encendió la televisión y subió el volumen. Pat Sajak recibía el abrazo de una mujer de enormes senos que acababa de resolver el panel de la Rueda de la Fortuna, el cual rezaba NUNCA TE DUERMAS EN TUS LAURELES. Andi se tomó un instante para admirar su colosal tetamen y luego se volvió hacia los Kozy.

—Después de que terminen las noticias de las once, pueden apagar la tele e irse a la cama. Cuando despierten por la mañana, no recordarán que estuve aquí. ¿Alguna pregunta?

No tenían ninguna. Andi los dejó y regresó apresuradamente al grupo de cámpers. Estaba hambrienta, lo estaba desde hacía semanas, y esa noche habría en abundancia para todos. En cuanto al día siguiente... era trabajo de Rose preocuparse de eso, y en lo que a Andi Colmillo de Serpiente concernía, se lo podía quedar para ella sola.

4

A las ocho ya era noche cerrada. A las nueve, los Verdaderos se congregaron en el área de picnic del Kamping Kozy. Rose la Chistera llegó al último, con el cilindro. Un murmullo, leve y ansioso, se elevó ante su visión. Rose sabía cómo se sentían; ella misma estaba famélica.

Se subió a una de las mesas de picnic cubiertas de iniciales cicatrizadas y los miró uno por uno.

—Somos el Nudo Verdadero.

—*Somos el Nudo Verdadero* —respondieron al unísono. Sus rostros eran solemnes; sus ojos, ávidos y hambrientos—. *Lo que se ata jamás podrá ser desatado.*

—Somos el Nudo Verdadero, nosotros perduramos.

—*Nosotros perduramos.*

—Somos los elegidos. Somos los afortunados.

—*Somos los elegidos, los afortunados.*

—Ellos son los hacedores; nosotros, los tomadores.

—*Nosotros tomamos lo que ellos producen.*

—Tomen y aprovéchenlo bien.

—*Lo aprovecharemos muy bien.*

Una vez, al comienzo de la última década del siglo XX, hubo un chico de Enid, Oklahoma, llamado Richard Gaylesworthy. *Juro que ese niño me lee la mente*, decía a veces su madre. Sus interlocutores reaccionaban con una sonrisa, pero la mujer no bromeaba. Además, quizá no fuera solo la mente *de ella*. Richard sacaba sobresalientes en exámenes para los que ni siquiera había estudiado. Sabía cuándo su padre llegaría a casa de buen humor y cuándo llegaría a casa echando pestes por algún asunto en la empresa de suministros de plomería de la que era dueño. En cierta ocasión, el chico rogó a su madre que jugara a la lotería porque juró que conocía los números ganadores. La señora Gaylesworthy se negó —eran buenos baptistas—, pero más tarde se lamentó. No salieron los seis números que Richard escribió en el pizarrón de recordatorios de la cocina, pero sí cinco. Sus convicciones religiosas les habían costado setenta mil dólares. Le rogó al niño que no se lo contara a su padre, y Richard prometió que no lo haría. Era un buen muchacho, un muchacho maravilloso.

Unos dos meses después de no haber ganado la lotería, la señora Gaylesworthy murió de un disparo en su cocina, y el muchacho bueno y maravilloso desapareció. Su cuerpo estaba pudriéndose desde entonces bajo el campo echado a perder en la parte trasera de una granja abandonada, pero cuando Rose la Chistera abrió la válvula del cilindro plateado, su esencia —su *vapor*— escapó en una nube de centelleante niebla blanca. Se elevó a una altura de aproximadamente un metro sobre el recipiente y se extendió en un plano. Los Verdaderos lo contemplaron, inmóviles, con rostros expectantes. La mayoría temblaban. Algunos incluso lloraban.

—Nútranse y perduren —dijo Rose, y levantó las manos hasta que sus dedos extendidos quedaron justo por debajo de la superficie plana de niebla plateada. Hizo un gesto. De inmediato, la niebla empezó a hundirse, adoptando una forma de paraguas a medida que descendía sobre aquellos que esperaban debajo. La bruma envolvió sus cabezas, y empezaron a respirar profundamente. El proceso continuó cinco minutos, durante los cuales varios de ellos hiperventilaron y cayeron desmayados al suelo.

Rose sintió cómo su cuerpo se iba llenando y su mente se aguzaba. Cada fragancia de esa noche de primavera se manifestó. Sabía que las finas arrugas en torno a sus ojos y su boca se estaban alisando. Las hebras blancas en su cabello volvían a teñirse de negro. Más tarde, esa noche, Cuervo acudiría a su cámper y arderían como antorchas en su cama.

Inhalaron a Richard Gaylesworthy hasta que hubo desaparecido, verdadera e indudablemente desaparecido. La niebla blanca se aclaró y se desvaneció al fin. Aquellos que se habían desmayado se levantaron y miraron en derredor, sonriendo. Abuelo Flick agarró a Petty la China, la mujer de Barry, y se marcó un ágil bailecito con ella.

—¡Suéltame, burro! —le espetó ella, pero reía.

Andi Colmillo de Serpiente y Sarey la Callada se besaron profundamente, las manos de Andi sumergidas en el cabello color ratón de Sarey.

Rose bajó de un salto de la mesa de picnic y se volteó hacia Cuervo. Este hizo un círculo con el pulgar y el índice, sonriéndole.

Todo perfecto, expresaba esa sonrisa, y así era. Por ahora. Sin embargo, a pesar de su euforia, Rose pensaba en los cilindros de la caja de seguridad. Ahora había treinta y ocho vacíos en lugar de treinta y siete. Sus espaldas se encontraban un paso más cerca de las cuerdas.

5

Los Verdaderos se pusieron en marcha a la mañana siguiente, con la primera luz del alba. Tomaron la carretera 12 hacia la I-64, una caravana de catorce vehículos, cada uno con el hocico pegado al culo del que iba delante. Se separarían cuando alcanzaran la interestatal, para que no resultara tan obvio que viajaban juntos, y mantendrían el contacto por radio en caso de que surgiera algún problema.

O si la oportunidad se presentaba.

Ernie y Maureen Salkowicz, como nuevos tras una maravillosa noche de sueño, coincidieron en que estas gentes de los cámpers eran las mejores que jamás habían tenido. No solo pagaron en efectivo y dejaron sus parcelas relucientes de limpias, sino que además alguien dejó un pudín de manzana en el peldaño superior de su tráiler y una dulce nota de agradecimiento encima. Con suerte, se dijeron los Salkowicz mientras se comían el regalo para desayunar, volverían al año siguiente.

—¿Sabes qué? —dijo Maureen—. He soñado que la señora de los anuncios de seguros, Flo, te vendía una póliza. ¿No es de locos?

Ernie gruñó y echó más crema batida sobre su pudín.

—¿Tú que soñaste, cariño?

—Nada.

Pero sus ojos evitaron los de su mujer al decirlo.

6

La suerte del Nudo Verdadero cambió para mejor un caluroso día de julio en Iowa. Rose encabezaba la caravana, como siempre, y al oeste de Adair el sonar en su mente emitió una señal. No le había hecho estallar la cabeza, nada de eso, pero era moderadamente fuerte. Enseguida echó mano a la radio para contactar con Barry el Chino, que era casi tan asiático como Tom Cruise.

—Barry, ¿has sentido eso? Contesta.

—Ajá. —Barry no era lo que se dice un parlanchín.

—¿Con quién viaja hoy Abuelo Flick?

Antes de que Barry pudiera responder, un mensaje prioritario interrumpió la comunicación y habló Annie la Mandiles.

—Está conmigo y Paul el Largo, cielo. ¿Es… es uno de los buenos? —Su voz denotaba ansiedad, algo que Rose comprendía bien. Richard Gaylesworthy había sido uno de los muy buenos, pero seis semanas eran un lapso entre comidas demasiado largo, y su efecto empezaba a disiparse.

—¿El viejo está *compos*, Annie?

Sin darle tiempo a responder, intervino una voz rasposa.

—Estoy bien, mujer. —Y, para un tipo que a veces no se acordaba de su propio nombre, Abuelo Flick parecía encontrarse bien. Irritado, claro, pero irritado era mucho mejor que aturdido.

La golpeó una segunda señal, esta no tan fuerte. Como para subrayar un punto que no necesitaba subrayado, Abuelo dijo:

—Vamos en la dirección equivocada, joder.

Rose no se molestó en replicar, se limitó a apretar el botón de mensaje prioritario del micrófono.

—¿Cuervo? Contesta, querido.

—Estoy aquí. —Presto como siempre. Esperando a ser llamado.

—Paren en la próxima área de descanso. Barry, Abuelo Flick y yo tomaremos la próxima salida y daremos la vuelta.

—¿Necesitas un equipo?

—No lo sabré hasta que estemos más cerca, pero... creo que no.

—De acuerdo. —Una pausa y, a continuación, añadió—: Mierda.

Rose colgó el micrófono y miró los interminables acres de maíz a ambos lados de los cuatro carriles de la autopista. Cuervo estaba decepcionado, naturalmente. Todos ellos lo estaban. Los vaporeros fuertes presentaban problemas porque eran prácticamente inmunes a la sugestión, lo cual implicaba tomarlos por la fuerza. Los amigos o los familiares a menudo trataban de interferir. A veces era posible ponerlos a dormir, pero no siempre; un niño con un gran vapor podía bloquear hasta los mejores esfuerzos de Andi Colmillo de Serpiente en ese aspecto. Por tanto, a veces había que matar a gente. Era arriesgado, pero el premio siempre lo merecía: vida y fuerza almacenados en un cilindro de acero. Almacenados para un día de lluvia. En muchos casos había incluso un beneficio residual. El vapor era hereditario y, a menudo, todos los miembros de la familia del objetivo poseían al menos una pizca.

7

Mientras la mayor parte del Nudo Verdadero aguardaba en un área de descanso bajo una agradable sombra a setenta y cinco kilómetros al este de Council Bluffs, los cámpers que transportaban a los tres buscadores dieron la vuelta, salieron de la autopista en Adair y se dirigieron al norte. Una vez lejos de la I-80, en mitad de ninguna parte, se separaron y comenzaron a rastrear la malla de caminos agrícolas de grava, bien mantenidos, que parcelaba esta región de Iowa en grandes cuadrados. Cercando la señal desde direcciones diferentes. Triangulando.

Esta se intensificó… un poco más… y se estabilizó. El vapor era bueno, pero no magnífico. En fin. A buen hambre no hay pan duro.

8

Bradley Trevor había conseguido tener el día libre en sus tareas cotidianas en la granja para entrenar con el equipo local para el campeonato All-Star de la Liga Infantil. Si su padre se lo hubiera negado, el entrenador probablemente habría liderado una partida de linchamiento con el resto de los niños, porque Brad era el mejor bateador del equipo. Nadie lo pensaría al verlo —era delgaducho como el mango de un rastrillo—, pero podía cazar incluso a los mejores lanzadores del distrito para lograr sencillos y dobles. Las bolas lentas las golpeaba casi siempre largas. En parte se debía a la pura y simple fuerza de un muchacho granjero, pero esa no era ni mucho menos la única razón. Brad parecía conocer el lanzamiento que vendría a continuación. No se trataba de un caso de robo de señales (una posibilidad sobre la que varios entrenadores del distrito habían especulado de modo amenazador). Él simplemente *lo sabía.* Igual que sabía dónde había que ubicar un nuevo pozo para el ganado, o cuál era el paradero de las vacas ocasionalmente extraviadas, o dónde estaba el anillo de compromiso de mamá la vez que lo perdió. *Mira debajo de la alfombrilla del Suburban*, había dicho, y allí estaba.

El entrenamiento de ese día estuvo realmente bien, pero Brad parecía estar en las nubes durante la charla posterior, y declinó tomar un refresco de la tina llena de hielo cuando se lo ofrecieron. Dijo que tenía que irse a casa para ayudar a su madre a recoger la ropa recién lavada.

—¿Es que va a llover? —preguntó Micah Johnson, el entrenador. Todos habían aprendido a confiar en él sobre tales cosas.

—No sé —dijo Brad con apatía.

—¿Estás bien, hijo? Se te ve un poco paliducho.

De hecho, Brad *no* se sentía bien, esa mañana se había levantado con dolor de cabeza y un poco febril. Pero esa no era la razón por la que ahora quería irse a casa; tenía la sensación de que no quería seguir más tiempo en el campo de beisbol. Su mente no parecía... del todo suya. No estaba seguro de si se encontraba allí o solo lo soñaba... ¡era de locos! Se rascó distraídamente una mancha roja en el antebrazo.

—Mañana a la misma hora, ¿no?

El entrenador Johnson confirmó que ese era el plan y Brad se fue caminando, con su guante colgando de la mano. Normalmente iba corriendo —todos lo hacían—, pero en ese momento no se sentía con ánimos. Aún le dolía la cabeza, y ahora también las piernas. Desapareció en el maizal detrás de las gradas con intención de tomar un atajo hasta la granja, a tres kilómetros de distancia. Cuando emergió a la carretera comarcal D, cepillándose la seda de maíz del cabello con una mano perezosa y somnolienta, se topó con una WanderKing de tamaño medio estacionada en la grava con el motor al ralentí. De pie a su lado, sonriendo, se hallaba Barry el Chino.

—Bueno, aquí estás —dijo Barry.

—¿Quién es usted?

—Un amigo. Súbete. Te llevaré a casa.

—Claro —dijo Brad. En su estado, que alguien se ofreciera a llevarlo no le vendría mal. Se rascó la mancha roja del brazo—. Usted es Barry Smith. Un amigo. Voy a subir y me llevará a casa.

Entró en el cámper. La puerta se cerró. La WanderKing arrancó y se alejó.

Al día siguiente, el condado entero se movilizaría en busca del exterior central y mejor bateador del All-Stars de Adair. Un portavoz de la policía del estado pidió a los residentes que informaran de cualquier coche o camioneta extraño. Hubo numerosos avisos, pero todos resultaron en nada. Y aunque los tres vehículos que transportaban a los buscadores eran mucho más grandes que una van (y el EarthCruiser de Rose la Chistera era verdaderamente enorme), nadie informó sobre ellos. Al fin y al cabo, eran la Gente de los Cámpers, y viajaban juntos. Brad simplemente había… desaparecido.

Como miles de desafortunados niños, había sido engullido, al parecer de un solo bocado.

9

Lo llevaron al norte, a una planta de procesamiento de etanol abandonada que se hallaba a kilómetros de la granja más cercana. Cuervo sacó al chico del EarthCruiser de Rose y lo tendió con cuidado en el suelo. Brad estaba atado con cinta adhesiva y lloraba. Cuando el Nudo Verdadero se congregó a su alrededor (como dolientes sobre una tumba abierta), imploró:

—Por favor, llévenme a casa. No se lo contaré a nadie.

Rose apoyó una rodilla a su lado y suspiró.

—Lo haría si pudiera, hijo, pero me es imposible.

Los ojos del chico encontraron a Barry.

—¡Usted dijo que era uno de los buenos! ¡Lo oí! ¡Usted lo *dijo*!

—Lo siento, socio. —Barry no parecía que lo sintiera. Lo que parecía era hambriento—. No es nada personal.

Brad volvió a posar sus ojos en Rose.

—¿Van a hacerme daño? Por favor, no me hagan daño.

Le harían daño, naturalmente. Era de lamentar, pero el dolor purificaba el vapor, y los Verdaderos necesitaban comer. Las langostas también sufrían cuando se las arrojaba dentro de una olla de agua hirviendo, pero eso no impedía que los palurdos lo hicieran. La comida era la comida, y la supervivencia era la supervivencia.

Rose se llevó las manos a la espalda. En una de ellas, G la Golosa colocó un cuchillo. Su hoja era corta pero muy afilada. Rose sonrió al muchacho y dijo:

—Lo menos posible.

El chico duró mucho tiempo. Gritó hasta que sus cuerdas vocales se quebraron y sus aullidos se convirtieron en roncos ladridos. En un momento dado, Rose se detuvo y miró en derredor. Sus manos, largas y fuertes, vestían guantes rojos de sangre.

—¿Algo? —preguntó Cuervo.

—Luego hablamos —dijo Rose, y retornó al trabajo.

La luz de una docena de faros había transformado un trozo de terreno tras la planta de etanol en un improvisado quirófano.

—Máteme, por favor.

Rose la Chistera le dirigió una sonrisa de consuelo.

—Pronto.

Pero no lo fue.

Aquellos roncos ladridos se reanudaron y al cabo se convirtieron en vapor.

Al amanecer, enterraron el cadáver del chico. Después, prosiguieron la marcha.

CAPÍTULO SEIS

INSÓLITA RADIO

1

No había ocurrido en al menos tres años, pero algunas cosas no se olvidan. Como cuando tu niña se pone a gritar en mitad de la noche. Lucy se encontraba sola, pues David asistía a una conferencia de dos días en Boston, pero sabía que de haber estado allí habría recorrido el pasillo a la carrera hasta el cuarto de Abra. Tampoco él había olvidado.

Su hija estaba sentada en la cama, con la cara pálida, el pelo encrespado alrededor de la cabeza, los ojos abiertos como platos, mirando fijos y ausentes la nada. Había jalado la sábana —lo único que necesitaba para taparse cuando el tiempo era cálido— y se envolvía con ella como una crisálida.

Lucy se sentó a su lado y le pasó un brazo por los hombros. Era como abrazar a una piedra. Esa constituía la peor parte, antes de que saliera completamente del trance. Que los gritos de tu hija te arrancaran del sueño era horrible, pero la falta de reacción era peor. Entre los cinco y los siete años, esos terrores nocturnos habían sido bastante habituales, y Lucy siempre tuvo miedo de que tarde o temprano la mente de la niña se quebrara bajo la presión. Continuaría respirando, pero sus ojos jamás se liberarían de cualquiera que fuese el mundo que ella veía y ellos no.

Eso no pasará, le había asegurado David, y John Dalton había redoblado la afirmación. *Los niños son resistentes. Si no muestra ningún efecto secundario permanente... retraimiento, aislamiento, comportamiento obsesivo, mojar la cama... probablemente no habrá problemas.*

Pero era un problema para los niños despertarse, chillando, por una pesadilla. Era un problema que, como consecuencia, a veces sonaran desenfrenados acordes de piano en el piso de abajo, o que los grifos del baño al final del pasillo se abrieran solos, o que la luz sobre la cama de Abra a veces se fundiera cuando ella o David accionaban el interruptor.

Luego llegó su amigo invisible y los intervalos entre pesadillas se alargaron. Finalmente cesaron. Hasta esa noche. Aunque ya no *era* exactamente de noche; Lucy advirtió el primer indicio de luz en el horizonte hacia el este, y dio gracias a Dios.

—¿Abs? Soy mamá. Háblame.

No hubo reacción durante cinco o diez segundos. Entonces, por fin, la estatua que Lucy rodeaba con el brazo se relajó y volvió a ser una niña pequeña. Abra tomó aliento larga y temblorosamente.

—He tenido uno de mis sueños malos. Como en los días de antes.

—Ya me lo figuraba, cariño.

Abra casi nunca recordaba más que un poco, según parecía. A veces se trataba de gente gritándose o pegándose puñetazos. *El señor volcó la mesa de un golpe cuando la perseguía*, puede que dijera. En otra ocasión había soñado con una muñeca Raggedy Ann con un solo ojo tirada en la autopista. Una vez, cuando Abra tenía cuatro años, les contó que había visto gente fantasma viajando en el *Helen Rivington*, que era una popular atracción turística en Frazier. Hacía un recorrido circular desde Teenytown hasta Cloud Gap y volvía. *Los veo por la luz de la luna*, contó Abra a sus padres aquella vez. Lucy y David estaban sentados uno a cada lado de ella, rodeándola con los brazos. Lucy aún recordaba el tacto húmedo de la chaqueta de la piyama de Abra, empapada de sudor. *Sabía que eran fantasmas porque tenían la cara como una manzana vieja y la luna brillaba a través de ellos.*

La tarde siguiente Abra volvía a correr y jugar y reír con sus amigos, pero Lucy nunca olvidó esa imagen: personas muertas viajando en un trenecito por los bosques, sus rostros como manzanas translúcidas bajo la luz de la luna. Preguntó a Concetta si había montado a Abra en el tren durante uno de sus «días de chicas». Chetta dijo que no. Habían ido a Teenytown, pero aquel día estaban efectuando reparaciones en el ferrocarril en miniatura, así que subieron al carrusel.

Ahora Abra miró a su madre y dijo:

—¿Cuándo volverá papá?

—Pasado mañana. Dice que llegará a tiempo para comer.

—No es lo bastante pronto —dijo Abra.

Una lágrima se derramó de su ojo, se deslizó por la mejilla y estalló al caer sobre la chaqueta de la piyama.

—¿Lo bastante pronto para qué? ¿Qué recuerdas, Abba-Doo?

—Hacían daño al niño.

Lucy no deseaba proseguir con eso, pero tenía que hacerlo. Se habían dado demasiadas correlaciones entre los sueños anticipatorios de Abra y sucesos que habían ocurrido en la realidad. Fue David quien vio la foto de la Raggedy Ann con un solo ojo en el *Sun* de North Conway, bajo el titular TRES MUERTOS EN UN ACCIDENTE EN OSSIPEE. Fue Lucy quien buscó en el registro policial arrestos por violencia doméstica en los días posteriores a dos de los sueños de Abra de *gente gritándose y pegándose*. Incluso John Dalton coincidió en que Abra podría estar recibiendo transmisiones de lo que denominaba «la insólita radio en su cabeza».

Por tanto, le preguntó:

—¿Qué chico? ¿Vive por aquí? ¿Lo sabes?

Abra movió la cabeza.

—Muy lejos. No me acuerdo. —Entonces se animó. La velocidad con la que salía de estas fugas era para Lucy casi tan sobrecogedora e inquietante como las fugas mismas—. Pero me parece que se lo dije a Tony. A lo mejor se lo cuenta a *su* papá.

Tony, su amigo invisible. Hacía un par de años que no lo mencionaba, y Lucy confió en que no padeciera una especie de regresión. Con diez años empezaba a ser demasiado grande para tener un amigo invisible.

—A lo mejor el papá de Tony puede detenerlo. —Entonces se le nubló el rostro—. Pero me parece que ya es demasiado tarde.

—Hace tiempo que Tony no viene por aquí, ¿no?

Lucy se levantó e intentó poner la sábana en su sitio. Abra soltó una risita cuando, al ondear, la sábana le rozó la cara. El mejor sonido del mundo en cuanto a Lucy concernía. Un sonido *cuerdo*. Y la habitación se iluminaba por momentos. Pronto los primeros pájaros empezarían a cantar.

—¡Mamá, me hace cosquillas!

—A las mamás les gustan las cosquillas. Forma parte de su encanto. Bueno, ¿qué hay de Tony?

—Dijo que vendría cada vez que lo necesitase —dijo Abra, acomodándose de nuevo bajo la sábana. Dio una palmadita en la cama a su lado y Lucy se tumbó, compartiendo la almohada—. Tuve un sueño malo y lo necesitaba. Me parece que vino, pero no me acuerdo muy bien. Su papá trabaja en un centro de aditivos.

Aquello era nuevo.

—¿Eso es como una fábrica de comida?

—No, boba, es para las personas que se van a morir. —Abra adoptó un tono indulgente, el propio casi de una maestra, pero un escalofrío recorrió la espalda de Lucy—. Tony dice que cuando la gente se pone tan enferma que ya no pueden curarse, van al centro de aditivos y su papá intenta hacer que se sientan mejor. El papá de Tony tiene un gato con un nombre parecido al mío. Yo soy Abra y el gato es Azzie. ¿Verdad que es *rarísimo* pero en el sentido de gracioso?

—Sí. Raro pero gracioso.

John y David probablemente dirían, basándose en la similitud de los nombres, que la historia del gato era la confabulación de una niña de diez años muy inteligente. Sin embargo, solo se creerían esa explicación a medias, y Lucy no se la creía en absoluto. ¿Cuántos niños de diez años sabían qué era un centro de paliativos, aunque lo pronunciaran mal?

—Háblame del niño de tu sueño. —Ahora que Abra se había calmado, esa conversación parecía más segura—. Cuéntame quién le hacía daño, Abba-Doo.

—No me acuerdo, solo sé que él pensaba que Barney era su amigo. O a lo mejor se llamaba Barry. Mamá, ¿puedo agarrar a Brinquitos?

Su conejo de peluche, ahora sentado en un exilio de orejas caídas en el estante más alto de la habitación. Abra no dormía con el muñeco desde hacía al menos dos años. Lucy alcanzó a Brinquitos y lo colocó en los brazos de su hija. Abra lo estrechó contra su piyama rosa y se quedó dormida casi al instante. Con suerte, estaría fuera de combate durante una hora, quizá incluso dos. Lucy se sentó a su lado y bajó la mirada.

Que dentro de unos años termine de una vez por todas, como John dijo que pasaría. Mejor todavía, que se termine hoy, esta misma mañana. Basta, por favor. Basta de buscar en los periódicos si un niño pequeño ha sido asesinado por su padrastro o si un grupo de matones drogados con pegamento le han dado una paliza de muerte, o algo peor. Que se acabe ya.

—Dios —imploró en voz muy baja—, si estás ahí, ¿harías algo por mí? ¿Romperías la radio que tiene mi niñita en la cabeza?

2

Cuando los Verdaderos circulaban en dirección oeste por la I-80, hacia el pueblo en la región montañosa de Colorado donde pasarían el verano (siempre bajo la premisa de que no se presentara la oportunidad de recolectar vapor), Papá Cuervo viajaba en el asiento de copiloto del EarthCruiser de Rose. Jimmy el Números, el contador prodigio de la tribu, conducía provisionalmente el Affinity Country Coach de Cuervo. La radio vía satélite de Rose sintonizaba Outlaw Country y en ese preciso momento sonaba «Whiskey Bent and Hell Bound», de Hank Jr. Era una buena canción, y el segundo de a bordo del Nudo dejó que concluyera antes de apretar el botón de OFF.

—Dijiste que hablaríamos luego. Ahora es luego. ¿Qué pasó allí?

—Tuvimos un observador —anunció Rose.

—¿En serio? —Cuervo enarcó las cejas. Había tomado tanto vapor del chico Trevor como cualquiera de ellos, pero no parecía más joven que antes. Raras veces le ocurría después de alimentarse. Por otro lado, raras veces aparentaba mayor edad entre comidas, a no ser que el lapso se prolongara demasiado. Rose lo consideraba una buena solución de compromiso. Probablemente se debiera a algo en sus genes. Eso suponiendo que aún *tuvieran* genes. El Nueces aseguraba que sí, casi con toda certeza—. Te refieres a un vaporero.

Rose asintió con la cabeza. Por delante de ellos, la I-80 se desplegaba bajo un cielo azul vaquero desteñido moteado de cúmulos a la deriva.

—¿Mucho vapor?

—Oh, sí. Muchísimo.

—¿A qué distancia?

—En la costa Este. Creo.

—¿Estás diciendo que alguien nos estuvo mirando desde...? ¿Cuánto? ¿Casi dos mil quinientos kilómetros?

—Podría ser hasta más lejos. Podría haber sido desde el quinto infierno de Canadá.

—¿Chico o chica?

—Seguramente una chica, pero solo fue un flash. Tres segundos como mucho. ¿Importa?

No importaba.

—¿Cuántos cilindros podrías llenar de un niño con tanto vapor en la caldera?

—Es difícil decirlo. Tres, por lo menos.

Esta vez le tocó a Rose tirar por lo bajo. Calculaba que el espectador desconocido podría llenar diez cilindros, quizá hasta una docena. La presencia había sido breve pero poderosa; había visto lo que hacían, y el terror de la espectadora (si es que *era* una chica) había tenido la fuerza suficiente para congelar las manos de Rose y provocarle un momentáneo sentimiento de repugnancia. No era un sentimiento que le perteneciera, naturalmente —destripar a un palurdo no era más repugnante que destripar un ciervo—, sino una suerte de rebote psíquico.

—Quizá deberíamos dar la vuelta —apuntó Cuervo—. Tomarla mientras la ganancia sea buena.

—No. Creo que su poder sigue creciendo. La dejaremos madurar un poco.

—¿Es algo que sabes o es solo una intuición?

Rose agitó la mano en el aire.

—¿Una intuición lo bastante fuerte como para correr el riesgo de que muera en un atropello con fuga o de que la rapte algún pederasta pervertido? —preguntó Cuervo sin ironía—. ¿Y si desarrolla una leucemia o algún otro tipo de cáncer? Sabes que son propensos a ello.

—Si le preguntas a Jimmy el Números, dirá que las tablas actuariales están a nuestro favor. —Rose sonrió y le dio una afectuosa palmadita en el muslo—. Te preocupas demasiado, Papá. Iremos a Sidewinder, como tenemos planeado, y dentro de un par de meses bajaremos a Florida. Tanto Barry como Abuelo Flick piensan que este puede ser un buen año de huracanes.

Cuervo torció el gesto.

—Eso es como escarbar en contenedores de basura.

—Puede ser, pero las sobras de algunos de esos contenedores son bastante ricas, y nutritivas. Todavía me arrepiento de habernos perdido ese tornado en Joplin. Aunque, claro, recibimos menos avisos para tormentas tan repentinas.

—Esa niña. Nos vio a *nosotros*.

—Sí.

—Y lo que hacíamos.

—¿Adónde quieres llegar, Cuervo?

—¿Podría descubrirnos?

—Cariño, si tiene más de once años, me comeré mi sombrero. —Rose le dio un golpecito para añadir énfasis—. Sus padres seguramente no saben lo que es ni lo que puede hacer. Y aunque lo sepan, lo más probable es que en su cabeza hagan lo posible por minimizarlo todo para no tener que pensar demasiado en ello.

—O tal vez la lleven al psiquiatra, que le recetará pastillas —dijo Cuervo—. Las pastillas la amortiguarán y harán que sea más difícil localizarla.

Rose sonrió.

—Si lo capté bien, y estoy segurísima de que sí, darle ansiolíticos a esta cría sería como echar un plástico transparente sobre un reflector. La encontraremos cuando sea el momento. No te preocupes.

—Si tú lo dices. Eres la jefa.

—Así es, cielín. —Esta vez, en lugar de darle una palmadita en el muslo, le apretó el paquete—. ¿Omaha esta noche?

—Es un LaQuinta Inn. He reservado toda la parte trasera de la primera planta.

—Bien. Tengo intención de montarte como a un toro mecánico.

—Ya veremos quién monta a quién —replicó Cuervo.

Se sentía juguetón desde lo del chico Trevor. Igual que Rose. Igual que todos ellos. Volvió a encender la radio. Pilló a Cross Canadian Ragweed cantando sobre los muchachos de Oklahoma que no sabían enrollar un churro.

Los Verdaderos siguieron hacia el oeste.

3

Había padrinos de Alcohólicos Anónimos fáciles y padrinos difíciles, y luego estaban los que eran como Casey Kingsley, que no toleraban absolutamente ninguna cagada de sus ahijados. Al comienzo de su relación, Casey ordenó a Dan que asistiera a noventa sesiones en noventa días, y le dio instrucciones para que llamara todos los días a las siete de la mañana. Cuando Dan completó sus noventa reuniones consecutivas, recibió permiso para suprimir las llamadas matutinas. Se reunían para tomar café tres veces por semana en el Sunspot Café.

Casey lo esperaba sentado en un reservado cuando Dan entró en la cafetería una tarde de julio de 2011, y aunque Casey todavía no había llegado a la edad de jubilación, a Dan su veterano padrino (y el primero que le ofreció un empleo en New Hampshire) le pareció muy viejo. Había perdido la mayor parte del pelo y caminaba con una pronunciada cojera. Necesitaba una prótesis de cadera, pero continuaba posponiéndolo.

Dan saludó, se sentó, entrelazó las manos y esperó a lo que Casey denominaba El Catecismo.

—¿Estás sobrio hoy, Danno?

—Sí.

—¿Cómo ha sucedido semejante milagro de autodominio?

—Gracias al programa de Alcohólicos Anónimos y al Dios de mi entendimiento —recitó Dan—. Es posible que mi padrino también haya tenido algo que ver.

—Un bonito cumplido, pero no me lamas el culo y yo no te lo lameré a ti.

Patty Noyes se acercó con la cafetera y sirvió una taza a Dan sin que se lo pidiera.

—¿Cómo te va, guapo?

Dan le obsequió una amplia sonrisa.

—Bien.

Ella le revolvió el pelo y regresó a la barra añadiendo un sutil contoneo a su andar. Los hombres siguieron el dulce vaivén de sus caderas como suelen hacerlo los hombres, y luego la mirada de Casey retornó a Dan.

—¿Has hecho progresos con el tema del Dios de tu entendimiento?

—No muchos —reconoció Dan—. Tengo la impresión de que puede ser un trabajo para toda la vida.

—Pero ¿pides ayuda por la mañana para mantenerte apartado de la bebida?

—Sí.

—¿De rodillas?

—Sí.

—¿Das gracias por la noche?

—Sí, también de rodillas.

—¿Por qué?

—Porque necesito recordar que la bebida me puso en esa situación —dijo Dan. Era la verdad.

Casey asintió con la cabeza.

—Esos son los tres primeros pasos. Dame la versión abreviada.

—«Yo no puedo, Dios puede, lo dejaré en Sus manos». —Añadió—: El Dios de mi entendimiento.

—Al que tú *no* entiendes.

—Correcto.

—Ahora dime por qué bebías.

—Porque soy un borracho.

—¿No porque tu madre no te quería?

—No. —Wendy tenía sus defectos, pero su amor hacia él (y el suyo hacia ella) jamás flaqueó.

—¿No porque tu padre no te quería?

—No. —*Aunque una vez me rompió el brazo, y al final estuvo a punto de matarme.*

—¿Porque es hereditario?

—No. —Dan dio un sorbo a su café—. Pero sí se hereda. Lo sabes, ¿no?

—Claro. También sé que no importa. Bebíamos porque somos borrachos. Jamás nos curaremos. Conseguimos un indulto diario basado en nuestra condición espiritual, y eso es *todo*.

—Sí, jefe. ¿Hemos acabado con esta parte?

—Casi. ¿Has pensado hoy en tomar un trago?

—No. ¿Y tú?

—No. —Casey sonrió. Eso inundó su rostro de luz y le rejuveneció—. Es un milagro. ¿Tú dirías que es un milagro, Danny?

—Sí, lo diría.

Patty regresó con un plato grande de pudín de vainilla —coronado no solo con una cereza sino con dos— y lo plantó delante de Dan.

—Cómete eso. Invita la casa. Estás demasiado delgado.

—¿Y yo qué, preciosa? —preguntó Casey.

Patty sorbió por la nariz.

—Tú eres un caballo. Te traeré un Pine Tree Float si quieres... o sea, un vaso de agua con un palillo. —Dicha la última palabra, se largó.

—¿Te la sigues cepillando? —preguntó Casey cuando Dan empezó a comerse su pudín.

—Qué encantador —dijo Dan—. Muy sensible y New Age.

—Gracias. ¿Te la sigues cogiendo?

—Lo que tuvimos duró unos cuatro meses, y eso fue hace tres años, Case. Patty está prometida con un joven muy simpático de Grafton.

—Grafton —dijo Casey con desprecio—. Bonitas vistas, pero es un pueblo de mierda. Ella no se comporta como si estuviera prometida cuando tú apareces por aquí.

—Casey...

—No, no me malinterpretes. Jamás aconsejaría a un ahijado mío que metiera las narices... o la polla... en una relación estable. Es una trampa perfecta para caer en la bebida. Pero... ¿estás saliendo con *alguien*?

—¿Es asunto tuyo?

—Resulta que sí.

—Actualmente no. Había una enfermera en la Residencia Rivington... te hablé de ella...

—Sarah no sé qué.

—Olson. Hablamos sobre la posibilidad de vivir juntos, pero luego consiguió un trabajo estupendo en el General de Massachusetts. Nos escribimos e-mails de vez en cuando.

—Ninguna relación el primer año, esa es la regla empírica —dijo Casey—. Muy pocos alcohólicos en recuperación se la toman en serio. Tú sí. Pero Danno... ya es hora de que salgas regularmente con *alguien*.

—Ay, madre, mi padrino se ha convertido en el Doctor Phil —dijo Dan.

—¿Es tu vida mejor? ¿Mejor que cuando te presentaste aquí recién bajado del autobús, arrastrando el culo y con los ojos ensangrentados?

—Sabes que sí. Mejor de lo que jamás habría imaginado.

—Entonces piensa en compartirla con alguien. Es lo único que digo.

—Tomo nota. Ahora, ¿podemos hablar de otras cosas? ¿De los Red Sox, por ejemplo?

—Antes he de preguntarte algo más en mi calidad de padrino. Después podremos volver a ser amigos y tomar un café.

—De acuerdo... —Dan lo miró con recelo.

—Nunca hemos hablado mucho de lo que haces en la residencia. De cómo ayudas a la gente.

—No —dijo Dan—, y preferiría que siguiera así. Ya sabes lo que se dice al final de cada reunión, ¿verdad? «Lo que ves aquí, lo que oyes aquí, que se quede aquí al salir.» Eso es lo que quiero respecto a la otra parte de mi vida.

—¿Cuántas partes de tu vida se vieron afectadas por la bebida?

Dan lanzó un suspiro.

—Conoces la respuesta. Todas.

—¿Entonces? —Y, puesto que Dan no dijo nada, añadió—: El personal de Rivington te llama Doctor Sueño. Las noticias vuelan, Danno.

Dan guardó silencio. Quedaba un trozo de pudín, y Patty se enfadaría si no se lo comía, pero su apetito se había esfumado. Siempre supo que esa conversación llegaría, y también sabía que, tras diez años sin probar el alcohol (y con un par de ahijados a su cargo), Casey respetaría sus límites, pero Dan aún no deseaba hablar del tema.

—Ayudas a la gente a morir. No les pones una almohada en la cara, ni nada por el estilo, nadie piensa eso, sino que... no sé. Parece que *nadie* lo sabe.

—Me siento con ellos, eso es todo. Les hablo un poco. Si eso es lo que quieren.

—¿Sigues los Pasos, Danno?

Si hubiera creído que se trataba de un giro en la conversación, lo habría recibido con agrado, pero sabía que no lo era.

—Sabes que sí. Eres mi padrino.

—Sí, pides ayuda por las mañanas y das gracias por las noches. Lo haces de rodillas. Esos son los tres primeros. El cuarto es toda esa mierda del inventario moral. ¿Qué hay del número cinco?

Eran doce en total. Después de haberlos oído recitar en voz alta al inicio de cada reunión a la que había asistido, Dan se los sabía de memoria.

—Admitir ante Dios, nosotros mismos y otro ser humano la naturaleza exacta de nuestros errores.

—Ajá. —Casey levantó su taza de café, le dio un sorbo, y miró a Dan por encima del borde—. ¿Lo has hecho?

—En su mayor parte. —Dan se encontró a sí mismo deseando estar en otro sitio. Casi en cualquier otro sitio. Además, por primera vez en bastante tiempo se encontró a sí mismo deseando echar un trago.

—Déjame adivinar. Te has contado *a ti mismo* todos tus errores, y le has contado al Dios de tu no entendimiento todos tus errores, y le has contado a una persona, que sería yo, la *mayor* parte de tus errores. ¿He cantado bingo?

Dan no respondió.

—Esto es lo que pienso —dijo Casey—, y siéntete libre de corregirme si me equivoco. Los Pasos Ocho y Nueve tratan sobre limpiar los escombros que dejamos atrás cuando estábamos borrachos como cubas prácticamente los siete días de la semana. Creo que al menos una parte de tu trabajo en la residencia, la parte más *importante*, trata de reparar el daño que hiciste. Y me parece que hay un error que no terminas de superar porque te da una vergüenza grandísima hablar de ello. Si ese es el caso, no serías el primero, créeme.

Dan pensó: *Mamá.*

Dan pensó: *Suca.*

Vio la cartera roja y el patético fajo de cupones de comida. Vio también un poco de dinero. Setenta dólares, suficiente para una borrachera de cuatro días. Cinco si lo administraba cuidadosamente y reducía la comida al mínimo nutricional indispensable. Vio el dinero primero en su mano y luego entrando en su bolsillo. Vio al niño de la camiseta de los Braves y el pañal colgando.

Pensó: *El crío se llamaba Tommy.*

Pensó, ni por primera ni por última vez: *Jamás hablaré de esto.*

—¿Danno? ¿Hay algo que quieras contarme? Algo me dice que sí. No sé cuánto tiempo llevas cargando con el hijo de puta, pero puedes dejármelo a mí y salir de aquí con cien kilos menos a la espalda. Así es como funciona.

Se acordó de cómo había trotado el niño hacia su madre

(*Deenie se llamaba Deenie*)

y cómo ella, aún hundida en su ebrio sopor, lo había rodeado con el brazo y atraído hacia sí, tumbados cara a cara bajo el haz de sol matinal que se colaba por la sucia ventana del dormitorio.

—No hay nada —dijo.

—Suéltalo, Dan. Te lo digo no solo como tu padrino, sino también como tu amigo.

Dan miró al otro hombre fijamente, sin pestañear, y no dijo nada. Casey lanzó un suspiro.

—¿En cuántas reuniones has estado en las que alguien ha dicho que uno está tan enfermo como sus secretos? ¿Cien? Más bien mil. De todos los dichos de Alcohólicos Anónimos, ese debe de ser el más viejo.

Dan no dijo nada.

—Todos tenemos un fondo —prosiguió Casey—. Algún día tendrás que hablarle a alguien del tuyo. Si no lo haces, en algún momento más adelante te encontrarás en un bar con una copa en la mano.

—Mensaje recibido —dijo Dan—. ¿Podemos hablar ahora de los Red Sox?

Casey echó un vistazo al reloj.

—En otra ocasión. Tengo que irme a casa.

Claro, pensó Dan. *Con tu perro y tu pez de colores.*

—De acuerdo. —Cogió la cuenta antes de que pudiera hacerlo Casey—. En otra ocasión.

4

Cuando Dan regresó a su cuarto en el torreón, se quedó mirando el pizarrón durante un rato largo y luego borró lentamente lo que encontró allí escrito:

¡Están matando al niño del beisbol!

—¿Quién es el niño del beisbol? —preguntó cuando el pizarrón volvió a estar limpio.

Ninguna respuesta.

—¿Abra? ¿Sigues aquí?

No. Pero había estado; si hubiera llegado de su incómodo encuentro para tomar café con Casey diez minutos antes, tal vez hubiera visto su forma fantasma. Pero ¿había ido allí en su busca? Dan no lo creía. Era un disparate, no lo negaba, pero intuía que había ido en busca de Tony, el que fue *su* amigo invisible mucho tiempo atrás. Aquel que a veces le traía visiones. Aquel que a veces le avisaba. Aquel que había resultado ser una versión de sí mismo más sabia y profunda.

Para el niñito asustado que intentaba sobrevivir en el Hotel Overlook, Tony había sido un hermano mayor protector. La ironía residía en que ahora que había dejado el alcohol a su espalda, Daniel Anthony Torrance se había convertido en un auténtico adulto y Tony seguía siendo un pequeñín. Quizá incluso el legendario niño interior del que los gurús de la New Age no cesaban de parlotear. Dan estaba seguro de que la figura del niño interior servía para justificar gran cantidad de comportamientos egoístas y destructivos (lo que a Casey le gustaba llamar «el Síndrome del Tengo Que Tenerlo»), y tampoco le cabía duda de que los hombres y mujeres adultos almacenaban en algún rincón del cerebro todas las etapas de su desarrollo, no solo el niño interior, sino también el bebé, el adolescente y el joven adulto. Y si la misteriosa Abra acudía a él, ¿no era natural que rastreara más allá de su mente adulta buscando a alguien de su misma edad?

¿Un compañero de juegos?

¿Acaso un protector?

De ser así, se trataba de una tarea que Tony ya había llevado a cabo antes. Pero ¿necesitaba ella protección? Ciertamente había angustia

(*están matando al niño del beisbol*)

en su mensaje, pero la angustia iba asociada por naturaleza con el resplandor, como Dan había averiguado tiempo atrás. Los niños no estaban hechos para saber y ver tanto. Podría buscar a la niña, intentar quizá descubrir más, pero ¿qué les diría a sus padres? *¿Hola, ustedes no me conocen, pero yo conozco a su hija, a veces visita mi cuarto y hemos llegado a ser muy buenos amigos?*

Dan no pensaba que le echaran encima al sheriff del condado, pero si lo hicieran no los culparía, y habida cuenta de su accidentado pasado, no tenía ganas de averiguarlo. Mejor dejar que Tony fuera el amigo de Abra a distancia, si realmente se trataba de eso. Tony podía ser invisible, pero al menos tenía una edad más o menos apropiada.

Más tarde apuntaría de nuevo los nombres y los números de las habitaciones que debían ocupar el pizarrón. Por el momento, tomó el trozo de tiza del canalón y escribió: **¡Tony y yo te deseamos un feliz día de verano, Abra! Tu OTRO amigo, Dan.**

Lo estudió por unos instantes, asintió con la cabeza y se acercó a la ventana. Una hermosa tarde de verano, y seguía teniendo el día libre. Decidió ir a dar un paseo para intentar quitarse de la cabeza la molesta conversación con Casey. Sí, suponía que había tocado fondo en el departamento de Deenie en Wilmington, pero si guardarse para sí lo que sucedió allí no le había impedido acumular diez años de sobriedad, no veía por qué iba a impedirle conseguir otros diez. O veinte. Y, de todos modos,

¿por qué pensaba en años cuando el lema de Alcohólicos Anónimos era «día a día»?

Wilmington fue hace mucho tiempo. Esa parte de su vida había acabado.

Cerró con llave su habitación al salir, como siempre hacía, pero una cerradura no evitaría que la misteriosa Abra entrara si quería hacerle una visita. Cuando regresara de su paseo, tal vez hubiera otro mensaje suyo en el pizarrón.

A lo mejor nos hacemos amigos.

Claro, y a lo mejor un conciliábulo de modelos de lencería de Victoria Secret desentrañaba el secreto de la fusión de hidrógeno.

Con una sonrisa burlona, Dan salió a la calle.

5

La Biblioteca Pública de Anniston celebraba su mercadillo anual de libros, y cuando Abra pidió ir, Lucy se alegró de dejar a un lado sus tareas de la tarde y caminar hasta Main Street con su hija. Dispuestas en el césped había varias mesas plegables con los diversos volúmenes donados, y mientras Lucy echaba un vistazo a los libros en rústica (1$ CADA UNO, 6 POR 5$, A ELEGIR), buscando alguno de Jodi Picoult que no hubiera leído, Abra revisaba el surtido en las mesas marcadas como LITERATURA JUVENIL. Aún le quedaba mucho para ser una adulta, incluso en su versión más joven, pero era una lectora voraz (y precoz) con una particular pasión por la fantasía y la ciencia ficción. Su camiseta favorita mostraba una enorme y complicada máquina encima de la declaración STEAMPUNK RULES.

Justo cuando Lucy llegaba a la conclusión de que tendría que conformarse con una novela antigua de Dean Koontz y otra ligeramente más reciente de Lisa Gardner, Abra se acercó corriendo. Sonreía.

—¡Mamá, mamá! ¡Se llama Dan!

—¿Quién se llama Dan, corazón?

—¡El padre de Tony! ¡Me ha dicho que pase un feliz día de verano!

Lucy miró a su alrededor, casi esperando encontrar a un extraño con un niño de la edad de Abra a la zaga. Había multitud de desconocidos —al fin y al cabo era verano—, pero ninguna pareja de ese tipo.

Abra vio lo que estaba haciendo su madre y soltó una risita.

—Pero no está aquí.

—Entonces ¿dónde está?

—No lo sé exactamente. Pero cerca.

—Ah... supongo que eso es bueno, cariño.

Lucy tuvo el tiempo justo para alborotarle el cabello antes de que Abra corriera a reanudar su caza de astronautas, viajeros en el tiempo y hechiceros. Se quedó mirándola, con sus propias selecciones colgando olvidadas en la mano. ¿Debía contárselo a David cuando llamara desde Boston o no? Decidió que no.

La insólita radio, eso era todo.

Mejor dejarlo pasar.

6

Dan decidió entrar un momento en el Java Express, comprar un par de cafés y llevarle uno a Billy Freeman en Teenytown. Aunque el tiempo que Dan pasó empleado por los servicios municipales de Frazier fue muy breve, los dos hombres habían conservado su amistad durante los últimos diez años. En parte porque tenían en común a Casey —el jefe de Billy, el padrino de Dan—, pero sobre todo por pura y llana simpatía. A Dan le gustaba la actitud antitonterías de Billy.

También le gustaba conducir el *Helen Rivington*, quizá por ese niño interior, otra vez; estaba seguro de que cualquier psiquiatra diría eso. Normalmente Billy estaba dispuesto a cederle los controles, y durante la estación estival a menudo lo hacía con alivio. Entre el Cuatro de Julio y el día del Trabajo, el *Riv* recorría el circuito de quince kilómetros de ida y vuelta hasta Cloud Gap diez veces al día, y Billy ya no era ningún jovencito.

Al cruzar el jardín hasta Cranmore Avenue, Dan divisó a Fred Carling sentado en un banco a la sombra en el paseo entre la Residencia Rivington propiamente dicha y Rivington Dos. El celador que en una ocasión dejó la marca de sus dedos en el pobre Charlie Hayes aún trabajaba en el turno de noche, y era tan holgazán y malhumorado como siempre, pero al menos había aprendido a evitar al Doctor Sueño. A Dan le parecía un buen acuerdo.

Carling, a punto de iniciar su turno, tenía una bolsa grasienta de McDonald's en el regazo y masticaba un Big Mac. Sus miradas se trabaron por un instante. Ninguno de los dos se saludó. Dan pensaba que Fred Carling era un oportunista inútil con una vena sádica y Carling pensaba que Dan era un entrometido santurrón, así que la cosa estaba equilibrada. Mientras no se interpusieran uno en el camino del otro, todo estaría bien y todo iría bien y toda suerte de cosas irían bien.

Dan tomó los cafés (el de Billy con cuatro terrones de azúcar) y a continuación cruzó hasta el parque, animadísimo bajo la luz dorada del atardecer. Los frisbees volaban alto. Madres y padres empujaban a niños de dos o tres años en los columpios o los atrapaban cuando despegaban de los toboganes. En el campo de softball había un partido en juego, chicos de la YMCA de Frazier contra un equipo de camiseta naranja con la leyenda DEPARTAMENTO DE DEPORTES DE ANNISTON. Divisó a Billy en la estación de tren, de pie sobre un taburete y abrillantando el cromado del *Riv*. Todo daba una buena impresión. Todo daba una impresión de hogar.

Si no lo es, pensó Dan, *es lo más parecido a un hogar que voy a conseguir jamás. Ya solo me falta una mujer llamada Sally, un niño llamado Pete y un perro llamado Rover.*

Se encaminó sin prisa hasta la versión en miniatura de Cranmore Avenue y luego bajo la sombra de la terminal de Teenytown.

—Eh, Billy, te traje un poco de ese azúcar con sabor a café que tanto te gusta.

Al oír su voz, la primera persona en ofrecer una palabra amistosa a Dan en el pueblo de Frazier se dio media vuelta.

—Vaya, si es el buen vecino. Justo estaba pensando que me vendría bien... oh, vete al diablo.

La bandeja de cartón resbaló de las manos de Dan. Él sintió la tibieza del café caliente al salpicar sus tenis, pero parecía remota, intrascendente.

Había moscas reptando por el rostro de Billy Freeman.

7

Billy se negó en redondo a ver a Casey Kingsley la mañana siguiente, no quería tomarse el día libre y, *desde luego*, no quería visitar a ningún médico. Insistía en que se sentía muy bien, como una rosa, de primera. Hasta se había librado del resfriado veraniego que normalmente le atacaba en junio o julio.

Dan, sin embargo, había pasado la noche anterior sin dormir apenas y no aceptaría un no por respuesta. Quizá lo habría hecho si estuviera convencido de que era demasiado tarde, pero no lo creía. Había visto las moscas antes y había aprendido a calibrar su significado. Un enjambre —suficiente para oscurecer las facciones de la persona bajo un velo de cuerpos repugnantes agitándose entre empujones—, y cualquier esperanza quedaba descartada. Alrededor de una docena significaba que *podría* hacerse algo. Con solo unas pocas, aún había tiempo. En el rostro de Billy únicamente había tres o cuatro.

Jamás había visto ni una sola mosca en el rostro de los pacientes terminales de la residencia.

Dan recordaba haber visitado a su madre nueve meses antes de su muerte, un día en que ella también afirmaba que se sentía perfectamente bien, como una rosa, de maravilla.

¿Qué estás mirando, Danny?, había preguntado Wendy Torrance. *¿Tengo una mancha?* Entonces se había golpeado cómicamente la punta de la nariz y había atravesado con sus dedos

centenares de moscas de muerte que la cubrían desde la barbilla hasta la línea de nacimiento del pelo, como un velo placentario.

8

Casey acostumbraba a actuar de mediador. Aficionado a la ironía, le gustaba decirle a la gente que por eso tenía ese enorme salario anual de seis cifras.

Escuchó primero a Dan. Después escuchó las protestas de Billy acerca de dejar su puesto en plena temporada alta, con gente haciendo cola a las ocho de la mañana para montar en el primer viaje del *Riv*. Además, ningún médico lo recibiría con tan poca antelación. También para ellos era temporada alta.

—¿Cuándo fue la última vez que te hiciste un chequeo? —preguntó Casey cuando a Billy se le acabó por fin la cuerda.

Dan y él estaban plantados delante de la mesa de Casey, quien se balanceaba hacia atrás en su silla de oficina, con la cabeza descansando en su lugar habitual, bajo el crucifijo de la pared, y con los dedos entrelazados sobre la barriga.

Billy se puso a la defensiva.

—Creo que en 2006. Pero entonces estaba bien, Case. El médico dijo que mi presión sanguínea era casi dos puntos más baja que la suya.

Casey desplazó la mirada a Dan. Sus ojos encerraban especulación y curiosidad, pero no incredulidad. Los miembros de AA mantenían los labios sellados durante sus diversas interacciones con el resto del mundo, pero dentro de los grupos la gente hablaba —y a veces chismeaba— con bastante libertad. Casey, por tanto, sabía que el talento de Dan Torrance para ayudar a que los pacientes terminales murieran fácilmente no era su *único* talento. Por lo que se rumoreaba, Dan T. tenía ciertas percepciones útiles de cuando en cuando. Ese tipo de percepciones que no pueden explicarse con exactitud.

—Tú conoces bien a Johnny Dalton, ¿verdad? —preguntó esta vez a Dan—. El pediatra.

—Sí. Lo veo casi todos los jueves por la noche, en North Conway.

—¿Tienes su número?

—Pues da la casualidad que sí. —Dan tenía toda una lista de contactos de AA en las últimas páginas de la libreta que Casey le había dado y que aún conservaba.

—Llámalo. Dile que es importante que este rufián vea a alguien enseguida. Supongo que no sabrás qué clase de médico necesita, ¿no? Está claro que a su edad no es un pediatra.

—Casey… —empezó a decir Billy.

—Calla —le ordenó Casey, y centró de nuevo su atención en Dan—. Creo que lo sabes, por Dios. ¿Son los pulmones? Con lo que fuma, parece lo más probable.

Dan decidió que ya había llegado demasiado lejos para retroceder. Suspiró y dijo:

—No, creo que es algo del estómago.

—Salvo por algún problema de digestión, mi estómago…

—He dicho que te *calles*. —Luego, de nuevo a Dan—: Un médico del estómago, entonces. Dile a Johnny D. que es importante. —Hizo una pausa—. ¿Te creerá?

Dan se alegró de oír esa pregunta. Había ayudado a varios miembros de AA durante su estancia en New Hampshire, y aunque les rogó a todos que no lo comentaran, sabía perfectamente bien que algunos habían hablado y que todavía seguían haciéndolo. Le complació enterarse de que John Dalton no se contaba entre ellos.

—Creo que sí.

—Muy bien. —Casey apuntó a Billy con el dedo—. Tienes el día libre, con paga. Baja médica.

—El *Riv*…

—Hay una docena de personas en este pueblo que pueden conducir el *Riv*. Haré algunas llamadas y luego yo mismo me encargaré de los dos primeros viajes.

—Pero tienes la cadera mal.

—Al diablo la cadera. Me sentará bien salir de este despacho.

—Pero Casey, me encuentro bi…

—No me importa que te encuentres bien para correr un maratón hasta el lago Winnipesaukee. Vas a ver al doctor y se acabó el tema.

Billy miró a Dan con resentimiento.

—¿Ves en qué lío me has metido? Ni siquiera me he bebido mi café de la mañana.

Las moscas habían desaparecido... pero seguían allí. Dan sabía que, concentrándose, podría verlas otra vez si eso era lo que quería... pero ¿quién en su sano juicio *querría*?

—Lo sé —dijo Dan—. No es justo, la vida es un asco. ¿Puedo usar tu teléfono, Casey?

—Adelante. —Casey se levantó—. Supongo que es hora de que me vaya a la estación y agujere unos cuantos billetes de tren. ¿Tienes una gorra de maquinista que me quede, Billy?

—No.

—La mía te quedará —dijo Dan.

9

Para una organización que no anunciaba su presencia, no vendía ningún artículo y se financiaba con billetes de dólar arrugados echados en canastas o en gorras de beisbol que pasaban de mano en mano, Alcohólicos Anónimos ejercía una influencia silenciosamente poderosa que se extendía más allá de las puertas de los distintos salones alquilados y los sótanos de iglesias donde desempeñaba su función. No era una red de amigos, pensaba Dan, sino una red de borrachos.

Telefoneó a John Dalton, que a su vez telefoneó a un especialista en medicina interna llamado Greg Fellerton. El médico no estaba en el programa, pero debía a Johnny D. un favor. Dan desconocía por qué, y le tenía sin cuidado. Lo único importante era que poco después Billy Freeman estaba en la camilla de exploración del consultorio de Fellerton en Lewiston. Dicho consultorio se hallaba a unos ciento diez kilómetros de Frazier, y Billy se pasó todo el trayecto echando pestes.

—Aparte de tus problemas de digestión, ¿estás seguro de que no has tenido otras molestias? —preguntó Dan cuando dejó el vehículo en la pequeña zona de estacionamiento frente al consultorio de Fellerton en Pine Street.

—Sí —dijo Billy. Luego, a regañadientes, añadió—: Han empeorado un poco últimamente, pero nada que me tenga despierto por la noche.

Mentiroso, pensó Dan, pero lo dejó pasar. Había conseguido lo más difícil, arrastrar al viejo hijo de puta terco hasta ahí.

Dan estaba sentado en la sala de espera, hojeando un ejemplar de la revista *OK!* que mostraba en portada al príncipe Guillermo y a su guapa pero flaca novia cuando oyó un vigoroso grito de dolor al fondo del pasillo. Diez minutos después, Fellerton salió y se sentó junto a Dan. Miró la portada de *OK!* y dijo:

—Ese tipo es el heredero al trono británico, pero aun así para cuando cumpla los cuarenta estará calvo como una bola de billar.

—Puede que tenga razón.

—Claro que sí. En los asuntos humanos, el único rey es la genética. Voy a enviar a su amigo al Central Maine General a que le hagan una tomografía. Estoy bastante seguro de lo que mostrará. Si tengo razón, haré los preparativos para que un cirujano vascular opere al señor Freeman mañana a primera hora.

—¿Cuál es el problema?

Billy se acercaba por el pasillo abrochándose el cinturón. Su rostro bronceado estaba ahora cetrino y empapado de sudor.

—Dice que tengo un bulto en la aorta. Como una burbuja en un neumático, solo que los neumáticos no gritan cuando los pinchas.

—Un aneurisma —explicó Fellerton—. O existe la posibilidad de que sea un tumor, pero no lo creo. En cualquier caso, el tiempo es primordial. El maldito tiene el tamaño de una pelota de ping-pong. Menos mal que lo ha traído a la consulta. Si hubiera reventado sin un hospital cerca...

Fellerton meneó la cabeza.

10

La tomografía confirmó el aneurisma diagnosticado por Fellerton y hacia las seis de aquella tarde Billy estaba en una cama de hospital, donde se le veía considerablemente disminuido. Dan se sentó a su lado.

—Mataría por un cigarro —dijo Billy con melancolía.

—Ahí no puedo ayudarte.

Billy suspiró.

—Bueno, ya va siendo hora de que lo deje. ¿No te echarán de menos en la Residencia Rivington?

—Tengo el día libre.

—Pues vaya forma más divertida de pasarlo. Te diré algo, si no me matan mañana por la mañana con sus cuchillos y sus tenedores, supongo que te deberé la vida. No sé cómo lo supiste, pero si alguna vez hay algo que pueda hacer por ti, sea lo que sea, solo tienes que pedirlo.

Dan se acordó de cuando descendió de un autobús interestatal diez años atrás y entró en un remolino de nieve fina como el encaje de un vestido de novia. Se acordó de su deleite al divisar la locomotora roja que tiraba del *Helen Rivington*. Y se acordó de que ese hombre le había preguntado si le gustaba el tren en vez de espetarle que se apartara de la puta máquina, que no tenía derecho a tocarla. Tan solo un detallito amable, pero aquello había abierto la puerta a todo cuanto poseía en ese momento.

—Billy-boy, soy yo quien tiene una deuda contigo, y mayor de la que jamás podré pagar.

11

Había notado un hecho extraño durante sus años de sobriedad. Cuando las cosas no marchaban demasiado bien en su vida —le vino a la cabeza una mañana en 2008 cuando descubrió que alguien le había destrozado el vidrio trasero de su coche con una piedra— raramente pensaba en beber. Cuando todo iba a las mil maravillas, sin embargo, la vieja sed y sequedad de boca hallaban la manera de retornar a él. Esa noche, tras despedirse de Billy, de camino a casa desde Lewiston con todo en perfecto orden, divisó un bar de carretera llamado The Cowboy Boot y sintió un impulso casi irresistible de entrar. De pedir una jarra de cerveza y conseguir monedas suficientes para tener funcionando la rockola durante al menos una hora. De sentarse a escuchar a Jennings, y a Jackson, y a Haggard, sin hablar con nadie, sin causar problemas, tan solo emborrachándose. Sintiendo desprenderse el peso de la sobriedad, que a veces era como llevar zapatos de plomo. Con las últimas monedas, pondría «Whiskey Bent and Hell Bound» seis veces seguidas.

Pasó por delante del bar, entró en el gigantesco estacionamiento de Walmart que había más allá y abrió su teléfono. Dejó que sus dedos se cernieran sobre el número de Casey, y entonces recordó su difícil conversación en la cafetería. Era posible que Casey quisiera retomar la discusión, especialmente el tema de lo que fuera que Dan ocultaba. Estaba condenado al fracaso antes de empezar.

Sintiéndose como un hombre que vive una experiencia extracorpórea, regresó al bar de carretera y se detuvo al final del estacionamiento de tierra. Le transmitía buenas vibraciones, pero también se sentía como un hombre que acabara de empuñar un arma cargada y se la hubiera puesto en la sien. La ventanilla de su lado estaba abierta y oyó que una banda tocaba en directo una vieja canción de Derailers: «Lover's Lie». No sonaban demasiado mal, y con unas cuantas copas encima sonarían de muerte. Habría mujeres allí dentro que querrían bailar. Mujeres con rizos, mujeres con perlas, mujeres con falda, mujeres con camisa de cowboy. Siempre las había. Se preguntó qué clase de whisky guardarían bajo la barra, y Dios, Dios, santo Dios, qué sed tenía. Abrió la puerta del coche, plantó un pie en el suelo y permaneció así, con la cabeza gacha.

Diez años. Diez años *buenos* que podría tirar a la basura en los próximos diez minutos. Sería bastante fácil. *Como hacer miel para una abeja.*

Todos tenemos un fondo. Algún día tendrás que hablarle a alguien del tuyo. Si no lo haces, en algún momento más adelante te encontrarás en un bar con una copa en la mano.

Y podré echarte la culpa a ti, Casey, pensó fríamente. *Podré alegar que me metiste la idea en la cabeza cuando estuvimos tomando café en el Sunspot.*

Había una flecha roja intermitente sobre la puerta, y un letrero donde se leía: JARRAS 2$ HASTA LAS 21, LUEGO MILLER LITE.

Dan cerró la puerta del coche, volvió a abrir su teléfono y llamó a John Dalton.

—¿Cómo está tu amigo? —preguntó el médico.

—Arropadito en la cama y listo para entrar en el quirófano mañana a las siete de la mañana. John, tengo ganas de beber.

—*¡Oh, nooo!* —exclamó John con temblorosa voz de falsete—. *¡Alcohol nooo!*

Y así, sin más, la necesidad pasó. Dan se rio.

—Muy bien, lo necesitaba. Pero si vuelves a imitar a Michael Jackson, te juro que beberé.

—Deberías oírme cantar «Billie Jean». Soy un monstruo del karaoke. ¿Puedo preguntarte algo?

—Claro. —A través del parabrisas, Dan observó a los clientes del Cowboy Boot ir y venir, probablemente no hablaban de Miguel Ángel.

—Lo que sea que tienes, ¿la bebida... no sé... lo acalla?

—Lo ahoga. Le pone una almohada en la cara y le cuesta respirar.

—¿Y ahora?

—Como Supermán, utilizo mis poderes para fomentar la verdad, la justicia y el estilo de vida americano.

—Es decir, que no quieres hablar de ello.

—No —dijo Dan—. No quiero. Pero ya ha mejorado. Más de lo que jamás imaginé. Cuando era adolescente... —Su voz se apagó lentamente. Cuando era un adolescente, cada día había sido una lucha por la cordura. Las voces en su cabeza eran malas; las imágenes eran con frecuencia peores. Había prometido, a su madre y a sí mismo, que jamás bebería como su padre, pero cuando finalmente empezó, en el primer año de bachillerato, supuso un alivio tan inmenso que al principio deseó haber comenzado antes. Las crudas matutinas eran mil veces mejores que las pesadillas que duraban toda la noche. En cierto modo, todo ello conducía a una pregunta: ¿hasta qué punto *era* hijo de su padre? ¿En cuántos aspectos había salido a él?

—Cuando eras adolescente, ¿qué? —preguntó John.

—Nada. No importa. Escucha, será mejor que siga el viaje. Estoy sentado en el estacionamiento de un bar.

—¿De veras? —John parecía interesado—. ¿En qué bar?

—Un sitio llamado Cowboy Boot. Hay jarras a dos dólares hasta las nueve.

—Dan.

—¿Sí, John?

—Conozco ese garito de los viejos tiempos. Si vas a tirar tu vida por el escusado, no empieces ahí. Las mujeres son guarras con los dientes podridos y el baño de caballeros huele como unos calzoncillos llenos de moho. El Boot es estrictamente para cuando uno toca fondo.

Allí estaba esa palabra otra vez.

—Todos tenemos un fondo —dijo Dan—. ¿No es cierto?

—Lárgate de ahí, Dan. —El tono de John era mortalmente serio—. En este mismo segundo. No me des largas. Y sigue conmigo al teléfono hasta que dejes de ver por el retrovisor esa bota grande de neón que hay en el tejado.

Dan arrancó el coche, salió del estacionamiento y se incorporó a la Ruta 11.

—Se va —dijo—. Se va... yyyy... ¡se fue! —Sintió un alivio inexpresable, acompañado, también, de un amargo remordimiento: ¿cuántas jarras de dos dólares podría haberse empinado antes de las nueve?

—No irás a parar a comprar cerveza o una botella de vino antes de llegar a Frazier, ¿verdad?

—No, estoy bien.

—Entonces te veo el jueves por la noche. Ven temprano, prepararé yo el café. Folger's, de mi selección especial.

—Allí estaré —prometió Dan.

12

Cuando regresó a su cuarto en el torreón y encendió la luz, vio que había un nuevo mensaje en el pizarrón.

¡He pasado un día divertidísimo!
Tu amiga,
ABRA

—Estupendo, cariño —dijo Dan—. Me alegro.

Zzzzz. El interfón. Se acercó y apretó el botón de HABLAR.

—Eh, hola, Doctor Sueño —dijo Loretta Ames—. Me pareció ver que entrabas. Supongo que técnicamente todavía es tu día libre, pero ¿querrías hacer una visita a domicilio?

—¿A quién? ¿El señor Cameron o el señor Murray?

—Cameron. Azzie ha estado con él desde después de la cena.

Ben Cameron residía en Rivington Uno. Segunda planta. Un contador jubilado de ochenta y tres años con insuficiencia cardiaca congestiva. Un tipo la mar de simpático. Buen jugador de Scrabble y un fastidio absoluto en el parkasé, siempre formando barreras que volvían locos a sus rivales.

—Voy ahora mismo —dijo Dan.

De camino a la puerta, se detuvo para echar un vistazo al pizarrón por encima del hombro.

—Buenas noches, cariño.

No tuvo noticias de Abra Stone hasta dos años después.

Durante ese mismo periodo algo permaneció dormido en el torrente sanguíneo del Nudo Verdadero. Un regalito de despedida de Bradley Trevor, también conocido como el niño del beisbol.

SEGUNDA PARTE

DEMONIOS VACÍOS

CAPÍTULO SIETE

«¿ME HAS VISTO?»

1

Una mañana de agosto de 2013, Concetta Reynolds se despertó temprano en su departamento de Boston. Como siempre, lo primero que notó fue que no había ningún perro acurrucado en el rincón, junto al tocador. Hacía ya muchos años que Betty se había ido, pero Chetta aún la añoraba. Se puso la bata y se dirigió a la cocina, donde pensaba prepararse su café matutino. Era un trayecto que había hecho miles de veces antes, y no tenía razones para creer que este sería diferente. Desde luego, jamás le pasó por la cabeza la idea de que se revelaría como el primer eslabón de una cadena de sucesos malignos. No se tropezó, le diría más tarde ese mismo día a su nieta Lucy, ni chocó con nada. Tan solo oyó un insignificante chasquido hacia la mitad de su cuerpo, en el lado derecho, y entonces se vio en el suelo con un dolor ardiente, agónico, que le recorría la pierna arriba y abajo.

Yació allí durante alrededor de tres minutos mirando fijamente su pálido reflejo en el abrillantado parquet, deseando que el dolor menguara. Al mismo tiempo, se habló a sí misma. *Vieja estúpida, mira que no tener un compañero... David lleva cinco años diciéndote que eres demasiado vieja para vivir sola y ahora te lo estará recordando el resto de tu vida.*

Sin embargo, un compañero de departamento habría necesitado la habitación que tenía reservada para Lucy y Abra, y Chetta vivía por y para sus visitas. Sobre todo ahora, que ya no tenía a Betty y toda la poesía parecía haberla abandonado. Y, tuviera o no noventa y siete años, se las arreglaba bien y se encontraba estupendamente. Buenos genes por el lado femenino. ¿No había enterrado su propia madre a cuatro maridos y siete hijos y vivido hasta los ciento dos años?

No obstante, a decir verdad (aunque solo fuera para sí misma), este verano no se había sentido precisamente bien. Este verano las cosas habían sido... difíciles.

Cuando el dolor remitió por fin —un poco—, empezó a arrastrarse por el corto pasillo hacia la cocina, que ahora inundaba el amanecer. Descubrió que resultaba complicado apreciar la preciosa luz naciente desde el nivel del suelo. Cada vez que el dolor se volvía demasiado intenso, se detenía con la cabeza apoyada en un brazo huesudo, jadeando. Durante esos descansos reflexionó sobre las siete edades del hombre y cómo describían un perfecto (y perfectamente estúpido) círculo. Aquella había sido su forma de desplazarse tiempo atrás, en el cuarto año de la Primera Guerra Mundial, también conocida como —qué gracioso— «la guerra que acabaría con todas las guerras». En aquel entonces, siendo Concetta Abruzzi, gateaba por el patio delantero de la granja de sus padres en Davoli, absorta en su propósito de capturar a unas gallinas que la dejaban atrás con facilidad. Desde esos polvorientos inicios había continuado llevando una fructífera e interesante vida. Había publicado veinte libros de poesía, tomado té con Graham Greene, cenado con dos presidentes y, lo mejor de todo, había sido obsequiada con una preciosa bisnieta, inteligente y dotada de un extraño talento. ¿Y a qué habían conducido todas esas cosas maravillosas?

A gatear otra vez, eso era. De vuelta al principio. *Dio mi benedica.*

Llegó a la cocina y se deslizó como una anguila sobre un rectángulo de sol hasta la mesita en la que solía comer. Su teléfono estaba encima. Agarró una pata de la mesa y la sacudió hasta que el aparato se desplazó hacia el borde y cayó. Y, *meno male*, intacto. Tecleó el número al que uno debía llamar cuando sucedían estas cosas, y luego esperó mientras una voz enlatada resumía todo lo absurdo del siglo XXI informándole de que su conversación sería grabada.

Y por fin, alabada sea María santísima, una voz humana real.

—Emergencias, ¿cuál es el motivo de su llamada?

La mujer en el suelo que en otro tiempo gateaba persiguiendo a las gallinas en el sur de Italia habló con claridad y coherencia a pesar del dolor.

—Me llamo Concetta Reynolds, y vivo en el tercer piso de un edificio de departamentos en el 219 de Marlborough Street. Creo que me he roto la cadera. ¿Puede enviar una ambulancia?

—¿Hay alguien con usted, señorita Reynolds?

—No, por mis pecados. Está hablando con una vieja estúpida que insistía en que podía vivir sola. Y, por cierto, a estas alturas prefiero que me llamen «señora».

2

Lucy recibió el aviso de su abuela poco antes de que Concetta fuera llevada al quirófano en silla de ruedas.

—Me he roto la cadera, pero pueden arreglarla —informó a Lucy—. Creo que meten clavos y tal.

—Momo, ¿te has caído? —El primer pensamiento de Lucy fue para Abra, que aún estaría otra semana en el campamento de verano.

—Ah, sí, pero la fractura que *causó* la caída fue completamente espontánea. Por lo visto, es bastante común en personas de mi edad, y como hay muchas más personas de mi edad que antes, los médicos ven estas cosas con frecuencia. No hace falta que vengas enseguida, pero creo que es conveniente que lo hagas pronto. Parece que tendremos que hablar sobre ciertas disposiciones.

Lucy sintió una frialdad en la boca del estómago.

—¿Qué clase de disposiciones?

Ahora que se encontraba cargada de Valium o morfina o lo que fuese que le hubieran administrado, Concetta se sentía bastante serena.

—Parece que la cadera rota es el menor de mis problemas. —Se lo explicó. No requirió mucho tiempo. Terminó añadiendo—: No se lo cuentes a Abra, *cara*. Me ha enviado docenas de e-mails, hasta una *carta* de las de verdad, y da la impresión de que está disfrutando a lo grande del campamento. Ya habrá tiempo después para que se entere de que su querida Momo está camino del hoyo.

Si de verdad crees que tendré que contárselo..., pensó Lucy.

—No me hace falta ser médico para adivinar lo que piensas, *amore*, pero quizá esta vez las malas noticias no la alcancen.

—Quizá —dijo Lucy.

Apenas había colgado cuando sonó el teléfono.

—¿Mamá? ¿Mami? —Era Abra, y lloraba—. Quiero volver a casa. Momo tiene cáncer y quiero volver a casa.

3

Tras su prematuro regreso a casa desde el Campamento Tapawingo en Maine, Abra se hizo una idea de cómo sería el ir y venir entre padres divorciados. Ella y su madre pasaron las dos últimas semanas de agosto y la primera de septiembre en el departamento de Marlborough Street de Chetta. La anciana había superado la operación de cadera bastante bien y rechazó una estancia más larga en el hospital y cualquier clase de tratamiento que los médicos hubieran descubierto para el cáncer de páncreas.

—Ni pastillas ni quimioterapia. Noventa y siete años son suficientes. En cuanto a ti, Lucia, me niego a que pases los próximos seis meses trayéndome la comida y la medicación y el orinal. Tienes una familia, y yo puedo permitirme un cuidador las veinticuatro horas.

—No vas a pasar los últimos meses de tu vida entre extraños —dijo Lucy con su característico tono de «aquella que debe ser obedecida». Era la voz a la que tanto Abra como su padre sabían que no debían discutir. Ni siquiera Concetta se atrevía.

No hubo debate sobre la estancia de Abra; el 9 de septiembre era la fecha en que iniciaría el octavo curso en la Escuela Primaria de Anniston. David se había tomado un año sabático, que empleaba para escribir un libro donde comparaba los locos años veinte con los movidos años sesenta, y así —como muchas de las chicas con las que había ido al Campamento Tap— Abra iba y venía de un progenitor a otro. Entre semana estaba con su padre, mientras que los fines de semana se embarcaba hacia Boston para estar con su madre y con Momo. Pensaba que las cosas no podían empeorar... pero siempre pueden, y a menudo lo hacen.

4

Aunque ahora trabajaba en casa, David Stone no se molestaba en bajar hasta la carretera a buscar el correo. Afirmaba que el Servicio Postal de Estados Unidos era una burocracia que se autoperpetuaba y había cesado de tener relevancia con el cambio de siglo. De tanto en tanto aparecía algún paquete, a veces libros que encargaba para documentarse, más a menudo algún artículo que Lucy hubiera comprado por catálogo; por lo demás, afirmaba que todo era pura bazofia.

Cuando Lucy estaba en casa, ella se encargaba de recoger el correo del buzón junto a la verja y revisaba la correspondencia mientras se tomaba su café de media mañana. La mayoría *era* basura, sí, e iba directamente a lo que Dave llamaba el Archivo Redondo. Sin embargo, puesto que a principios de aquel septiembre Lucy no estaba, era Abra —ahora la mujer nominal de la casa— la que echaba un vistazo al buzón cuando bajaba del autobús de la escuela. También fregaba los platos, lavaba la ropa para ella y su padre dos veces por semana y, cuando se acordaba, conectaba el robot-aspirador Roomba. Realizaba estas tareas sin quejarse porque sabía que su madre estaba ayudando a Momo y que el libro de su padre era muy importante. Decía que su obra era POPULAR en vez de ACADÉMICA. Si tenía éxito, quizá pudiera dejar la enseñanza y dedicarse a escribir tiempo completo, al menos durante una temporada.

Cierto día, el 17 de septiembre, el buzón contenía propaganda de Walmart, una tarjeta que anunciaba la apertura de una nueva clínica dental en el pueblo (¡GARANTIZAMOS RÍOS DE SONRISAS!) y dos invitaciones en papel satinado de agentes inmobiliarios que vendían multipropiedades en la estación de esquí Mount Thunder.

Había también un periódico gratuito que se distribuía masivamente por correo llamado *The Anniston Shopper*. Traía artículos de agencias de noticias en las dos primeras páginas y varias crónicas locales en las centrales (con énfasis en los deportes de la región). Lo demás eran anuncios y cupones. De haber estado en casa, Lucy habría guardado algunos de estos últimos y a renglón seguido habría tirado el resto del *Shopper* al bote de reciclaje. Nunca hubiera caído en manos de su hija. Ese día, sin embargo, con Lucy en Boston, Abra vio el periódico.

Lo hojeó mientras subía ociosamente por el camino particular, y luego le dio la vuelta. En la última página, había cuarenta o cincuenta fotografías no mucho mayores que estampillas postales, la mayoría en color, unas pocas en blanco y negro, bajo el encabezamiento:

¿ME HAS VISTO?
Un servicio semanal de tu *Anniston Shopper*

Por un instante Abra pensó que se trataba de alguna especie de concurso, como una búsqueda del tesoro. Entonces se dio cuenta de que eran niños perdidos, y fue como si una mano le apresara el suave revestimiento del estómago y lo retorciera como un paño. En la cafetería, a la hora del almuerzo, había comprado un paquete de Oreos que reservó para el trayecto de vuelta en autobús. Ahora tuvo la sensación de que aquella garra atenazadora hacía una masa con las galletas y las empujaba hacia su garganta.

No lo mires si te inquieta, se dijo a sí misma. Era la voz severa y aleccionadora que a menudo empleaba cuando estaba alterada o confusa (una voz de Momo, aunque nunca se había dado cuenta de ello). *Tíralo en el cubo de la basura del garaje con el resto*. Pero le resultaba imposible no mirarlo.

Ahí estaba Cynthia Abelard, FDN 9 de junio de 2005. Tras pensarlo un instante, Abra concluyó que FDN significaba fecha de nacimiento. Así que Cynthia tendría ahora ocho años..., si seguía viva, claro. Llevaba perdida desde 2009. *¿Cómo puede perder alguien a una niña de cuatro años?*, se preguntó Abra. *Debía de tener unos padres de mierda*. Pero, claro, seguramente no se les había perdido a los padres. Seguramente un tipo raro había estado rondando por el vecindario y, cuando tuvo oportunidad, la había raptado.

Ahí estaba Merton Askew, FDN 4 de septiembre de 1998. Había desaparecido en 2010.

Ahí, hacia la mitad de la página, estaba una preciosa niñita hispana llamada Ángela Barbera, que desapareció de su casa en Kansas City a la edad de siete años y ya llevaba nueve años perdida. Abra se preguntó si sus padres de verdad pensaban que esa diminuta foto les ayudaría a recuperarla. Y si la encontraban, ¿aún la reconocerían? De hecho, ¿reconocería *ella* a sus *padres*?

Deshazte de esa cosa, aconsejó la voz de Momo. *Bastante tienes de que preocuparte para ponerte a mirar un montón de niños perdi...*

Sus ojos se posaron en una foto en la última fila, y Abra dejó escapar un débil sonido. Probablemente un gemido. Al principio ni siquiera supo por qué, aunque casi; era como cuando a veces sabía la palabra que quería usar en una redacción pero no conseguía expresarla, la maldita se quedaba ahí sentada en la punta de la lengua.

La imagen mostraba a un niño blanco con el pelo corto y una gran sonrisa de bobo. Sus mejillas parecían salpicadas de pecas. La foto era demasiado pequeña para asegurarlo, pero

(*son pecas sabes que sí*)

por un motivo u otro Abra estaba segura. Sí, eran pecas, y sus hermanos mayores se burlaban de él por sus pecas, y su madre le decía que se irían con el tiempo.

—Le dijo que las pecas traen buena suerte —musitó Abra.

Bradley Trevor, FDN 2 de marzo de 2000. Perdido desde 12 julio de 2011. Raza: caucásico. Lugar: Bankerton, Iowa. Edad actual: 13. Y al pie, debajo de todas las fotografías de niños en su mayor parte sonrientes: *Si cree haber visto a Bradley Trevor, contacte con el Centro Nacional para Niños Desaparecidos y Explotados.*

Salvo que nadie se pondría en contacto con ellos por Bradley, porque nadie vería a Bradley. Su edad actual tampoco era de trece años. Bradley Trevor se paró a los once. Se paró como un reloj estropeado que indica la misma hora las veinticuatro horas del día. A Abra le sorprendió preguntarse si las pecas se borraban bajo tierra.

—El niño del beisbol —musitó.

Había flores bordeando el camino de entrada. Abra se dobló, con las manos en las rodillas, y la mochila que llevaba a la espalda le pareció de repente demasiado pesada. Vomitó las Oreo y la porción sin digerir de su almuerzo escolar en los ásteres de su madre. Cuando estuvo segura de que no vomitaría una segunda vez, entró en el garaje y tiró el correo a la basura. *Todo* el correo.

Su padre tenía razón, era pura bazofia.

5

La puerta de la habitación que su padre usaba como estudio estaba abierta, y cuando Abra se acercó al fregadero de la cocina a tomar un vaso de agua para enjuagarse el sabor a chocolate amargo de la boca, oyó el ruido constante del teclado de su computadora. Menos mal. Cuando el ritmo disminuía o se detenía por completo, tendía a ponerse gruñón. Además, era más fácil que notara su presencia, y hoy no quería que la viera.

—Abba-Doo, ¿eres tú? —medio canturreó su padre.

En otras circunstancias le habría pedido que *por favor* dejara de usar ese nombre de bebé, pero no entonces.

—Sí, soy yo.

—¿Cómo te fue en la escuela?

El regular clic-clic-clic se había interrumpido.

Por favor, no vengas, rogó Abra. *No vengas, no quiero que me mires y me preguntes por qué estoy tan pálida o algo.*

—Bien. ¿Cómo va el libro?

—He tenido un día estupendo —dijo su padre—. Estoy escribiendo sobre el charleston y el black bottom. *Vo-doe-dee-oh-doe.* —Lo que quiera que *eso* significase. Lo importante era que el clic-clic-clic se reanudó. Menos mal.

—Genial —dijo, enguajando el vaso y poniéndolo en el escurridor—. Me voy arriba a hacer la tarea.

—Esa es mi chica. Piensa en Harvard, año 2018.

—Está bien, papá. —Y quizá lo hiciera. Cualquier cosa para sacarse de la cabeza Bankerton, Iowa, año 2011.

6

Salvo que no lo consiguió.

Porque...

Porque ¿qué? Porque ¿por qué? Porque... bueno...

Porque hay cosas que yo puedo hacer.

Chateó un rato con Jessica, pero luego su amiga salió a cenar con sus padres al Panda Garden del centro comercial de North Conway; así que Abra abrió el libro de ciencias sociales con intención de leer el capítulo cuatro, veinte páginas sumamente aburridas, con el título «Cómo funciona nuestro Gobierno». Sin embargo, el libro se le cayó y quedó abierto por el capítulo cinco: «Nuestras responsabilidades como ciudadano».

Ay, Dios, si había una palabra que no quería ver esa tarde era «responsabilidades». Entró en el baño a beber otro vaso de agua, porque aún persistía en su boca un regusto agrio y aceitoso, y se encontró mirándose sus propias pecas en el espejo. Contó exactamente tres, una en la mejilla izquierda y dos en la nariz. No estaba mal. La fortuna le había sonreído en ese aspecto. Tampoco tenía una marca de nacimiento, como Bethany Stevens, ni un ojo bizco, como Norman McGinely, ni tartamudeaba, como Ginny Whitlaw, ni tenía un nombre feo, como el pobre Pence Effersham. Abra no era muy común, por supuesto, pero era un nombre que estaba bien, a la gente le parecía interesante, no rarito como Pence, apodado entre los chicos (aunque las chicas siempre acababan enterándose de esas cosas) como Pence el Pene.

Y lo mejor: no me han cortado en pedacitos unos locos que no hacían caso cuando gritaba y les rogaba que parasen. No tuve que ver a algunos de esos chiflados lamiendo mi sangre de las palmas de sus manos antes de morir. Abba-Doo es una suertuda.

Solo que quizá no fuera tan suertuda, después de todo. Los suertudos no sabían cosas que no tenían derecho a saber.

Bajó la tapa del escusado, se sentó y lloró en silencio con las manos en la cara. Verse obligada a pensar de nuevo en Bradley Trevor y la forma en que murió ya era bastante malo, pero no se trataba únicamente de él. Estaban todos aquellos otros niños, eran tantas las fotos que se apretujaban en la última página del *Shopper* como una asamblea escolar en el infierno... Todas aquellas sonrisas desdentadas y todos aquellos ojos que sabían incluso menos del mundo que la propia Abra, y ¿qué sabía *ella*? Ni siquiera «Cómo funciona nuestro Gobierno».

¿Qué pensaban los padres de aquellos niños perdidos? ¿Cómo proseguían con sus vidas? ¿Pensaban en Cynthia o Merton o Ángela cuando se despertaban por la mañana y cuando se acostaban por la noche? ¿Mantenían sus habitaciones arregladas para ellos por si regresaban a casa, o donaban su ropa y sus juguetes a la beneficencia? Abra había oído que los padres de Lennie O'Meara hicieron eso después de que Lennie se cayera de un árbol y se golpeara en la cabeza con una piedra y muriera. Lennie O'Meara, que llegó hasta quinto curso y luego simplemente... se paró. Aunque, claro, los padres de Lennie sí *sabían* que su hijo estaba muerto, había una tumba adonde podían ir a poner flores, y quizá eso suponía una diferencia. Quizá no, pero a Abra le parecía que sí. Porque de otra manera estarías haciéndote preguntas prácticamente a todas horas, ¿no? Por ejemplo, cuando estabas desayunando y te preguntabas si

(*Cynthia Merton Ángela*)

tu hijo desaparecido estaría también desayunando en alguna parte, o volando un papalote, o recolectando naranjas con un grupo de inmigrantes, o lo que fuese. En el fondo de tu mente debías de estar casi totalmente seguro de que había muerto, es lo que les sucedía a la mayoría (solo tenías que ver el Action News de las seis para saberlo), pero nunca podías estar seguro.

No había nada que ella pudiera hacer respecto a la incertidumbre por los padres de Cynthia Abelard o Merton Askew, no tenía la menor idea de qué les había ocurrido, pero ese no era el caso de Bradley Trevor.

Casi se había olvidado de él, entonces ese estúpido *periódico*... esas estúpidas *fotos*... y las cosas que habían vuelto a ella, cosas que ni siquiera sabía que sabía, como si las imágenes hubieran despertado con un sobresalto de su subconsciente...

Y esas cosas que podía hacer. Cosas sobre las que nunca había hablado a sus padres porque se preocuparían, como suponía que se preocuparían si se enteraran de que un día se había enrollado con Bobby Flannagan después del colegio (solo un poco, sin besos en la boca ni nada asqueroso). Era un hecho que no *querrían* saber. Abra suponía (y no se equivocaba del todo, aunque no hubiera telepatía de por medio) que en la mente de sus padres ella se había quedado como congelada en el tiempo con ocho años y probablemente permanecería así al menos hasta que le salieran tetas, lo que por supuesto no había pasado todavía... es decir, no de forma notoria.

Hasta el momento no habían tenido LA CHARLA con ella. Julie Vandover decía que era casi siempre la madre la que se ocupaba de dar toda la información, pero la única que Abra había recibido recientemente trataba sobre lo importante que era que sacara la basura los jueves por la mañana antes de que llegara el autobús.

—No te pedimos que hagas muchas tareas —había dicho Lucy—, y este otoño es especialmente importante que todos echemos la mano.

Momo al menos se había aproximado a LA CHARLA. En primavera se llevó aparte a Abra y le preguntó:

—¿Sabes lo que los muchachos quieren de las muchachas una vez que los muchachos y las muchachas tienen más o menos tu edad?

—Sexo, supongo —respondió Abra… aunque el humilde y escurridizo Pence Effersham no parecía querer nada más que una de sus galletitas o que le prestara una moneda para las máquinas expendedoras o contarle cuántas veces había visto *Los Vengadores*.

Momo asintió con la cabeza.

—No puedes culpar a la naturaleza humana, es como es, pero no se lo des. Punto. Fin de la discusión. Podrás reconsiderarlo cuando cumplas los diecinueve, si quieres.

Había resultado un poco violento, pero al menos fue una conversación directa y clara. No había nada claro sobre la cosa en su cabeza. Aquella era *su* verdadera marca de nacimiento, invisible pero real. Sus padres ya no hablaban sobre las cosas de locos que habían ocurrido cuando era pequeña. Quizá pensaran que la causa de tales sucesos había desaparecido, o casi. Sí, supo que Momo estaba enferma, pero eso no se podía comparar a la demencial música de piano, o a hacer correr el agua en el baño, o a la fiesta de cumpleaños (que apenas recordaba) en que había colgado cucharas por todo el techo de la cocina. Tan solo aprendió a controlarlo. No completamente, pero sí en gran medida.

Y había cambiado. Ahora, pocas veces veía cosas antes de que ocurrieran. Tampoco movía objetos. Cuando tenía seis o siete años, podía concentrarse en los libros del colegio y levantarlos hasta el techo. Sin problema. Sencillo como un gato con un ovillo, como le gustaba decir a Momo. Ahora, aunque solo hubiera un libro, por mucho que se concentrara hasta que los sesos se le escurrían por las orejas, lo máximo que conseguía era empujarlo unos centímetros sobre la mesa. Y eso en un buen día. Otras veces ni siquiera era capaz de hacer aletear las hojas.

Sin embargo, había otras cosas que sí *podía* hacer, y en muchos casos superaban con creces las habilidades que tenía cuando era pequeña. Explorar la mente de la gente, por ejemplo. No funcionaba con todo el mundo —algunas personas estaban completamente cercadas, otras solo emitían destellos intermitentes—, pero muchas personas eran como ventanas con las cortinas descorridas. Podía asomarse siempre que se le antojara. Por lo general no quería mirar, pues lo que descubría era a veces triste y a menudo traumático. Descubrir que la señora Moran, su querida maestra de sexto curso, tenía UNA AVENTURA le había causado la mayor impresión hasta la fecha, y no en el buen sentido.

En la actualidad mantenía bajada la persiana de la parte *vidente* de su mente. Al principio le había costado, era como aprender a patinar hacia atrás o a escribir con la mano izquierda, pero lo consiguió. La práctica no era perfecta (al menos todavía), pero desde luego ayudaba. Aún miraba de vez en cuando, aunque siempre con vacilación, preparada para retroceder a la primera señal de algo raro o repugnante. Y *nunca* jamás espiaba la mente de sus padres ni de Momo. Habría estado mal. Probablemente estaba mal con cualquier persona, pero era como la propia Momo había dicho: no se puede culpar a la naturaleza humana, y no existía nada más humano que la curiosidad.

A veces podía obligar a la gente a hacer cosas. No a todo el mundo, ni siquiera a la *mitad* de la gente, pero había personas muy abiertas a las sugerencias. (Seguro que eran las mismas que pensaban que los productos que anunciaban en la televisión realmente eliminarían sus arrugas o harían que volviera a crecerles el pelo.) Abra sabía que ese talento podría crecer si lo ejercitaba como un músculo, pero no se atrevía. La asustaba.

Había otras cosas, además, para algunas de las cuales no encontraba nombre, pero en la que pensaba en ese momento sí tenía uno. Lo llamaba «visión a distancia». Al igual que los demás aspectos de su talento especial, iba y venía, pero si lo deseaba de verdad —y si tenía un objeto en el que fijarse— normalmente podía invocarlo.

Podría hacerlo ahora.

—Cállate, Abba-Doo —dijo en voz baja y forzada—. Cállate, Abba-Doo-Doo.

Abrió el libro de álgebra elemental por la página correspondiente a la tarea de ese día, señalada con una hoja en la que había escrito los nombres Boyd, Steve, Cam y Pete al menos veinte veces cada uno. Juntos formaban el grupo musical Round Here, su favorito. *Tan* guapos, sobre todo Cam. Su mejor amiga, Emma Deane, también opinaba lo mismo. Aquellos ojos azules, aquel descuidado revoltijo de pelo rubio.

A lo mejor yo podría ayudar. Sus padres se quedarían tristes, pero por lo menos lo sabrían.

—Cállate, Abba-Doo. Cállate, Abba-Doo-Doo, idiota.

Si $5x - 4 = 26$, ¿cuánto vale x?

—¡Sesenta tropecientos! —exclamó—. ¿A quién le importa?

Sus ojos cayeron sobre los nombres de los chicos monos de Round Here, escritos con la rechoncha cursiva que a ella y a Emma tanto les gustaba («La letra queda más romántica así», había afirmado su amiga), y de pronto le parecieron estúpidos e infantiles y todo estaba mal. *Lo cortaron en pedazos y lamieron su sangre y luego le hicieron algo todavía peor.* En un mundo donde podía ocurrir algo así, fantasear con los chicos de un grupo de música parecía peor que mal.

Abra cerró el libro de golpe, bajó las escaleras (en el estudio de su padre el clic-clic-clic no había disminuido) y salió al garaje. Recuperó el *Shopper* del cubo de la basura, lo subió a su cuarto y lo alisó encima de la mesa.

Tantos rostros, pero en ese momento solo le interesaba uno.

7

Su corazón latía fuerte, fuerte, fuerte. En otras ocasiones, cuando intentaba de manera consciente ver a distancia o leer los pensamientos, había sentido miedo, pero nunca como en ese momento. Ni comparación.

¿Qué vas a hacer si lo descubres?

Esa era una pregunta para más tarde, porque cabía la posibilidad de que no lo consiguiera. Una parte de su mente, furtiva y cobarde, esperaba que así fuera.

Abra posó los dedos índice y medio de la mano izquierda sobre la foto de Bradley Trevor, porque su mano izquierda era la que mejor veía. Le habría gustado tocarla con todos los dedos (y de haber sido un objeto, lo habría cogido), pero la imagen era demasiado pequeña. Una vez que sus dedos cubrieron la foto, ya no pudo verla. Excepto que sí podía. La veía muy bien.

Ojos azules, como los de Cam Riley, de Round Here. No se distinguían en la foto, pero tenían la misma tonalidad profunda. Lo *sabía.*

Diestro, como yo. Pero también zurdo, como yo. Era la mano izquierda la que sabía qué lanzamiento vendría a continuación, una bola rápida o curva...

Abra soltó un grito ahogado. El niño del beisbol había *sabido* cosas.

El niño del beisbol había sido en realidad igual que ella.

Sí, exacto. Por eso lo agarraron.

Cerró los ojos y vio su rostro. Bradley Trevor. Brad para los amigos. El niño del beisbol. A veces le daba la vuelta a la gorra porque era una superstición. Su padre era granjero. Su madre cocinaba pasteles y los vendía a un restaurante local, y también en el puesto de carretera de la familia. Cuando su hermano mayor se marchó a la universidad, Brad se quedó sus discos de AC/DC. A él y a su mejor amigo Al les gustaba especialmente la canción «Big Balls». Se sentaban en la cama de Brad y la cantaban juntos y reían y reían.

Iba andando a través del maíz y había un hombre esperándolo. Brad pensó que era de fiar, uno de los buenos, porque ese hom...

—Barry —susurró Abra en voz baja. Tras los párpados cerrados, sus ojos se movían rápidamente de un lado a otro como los de una persona dormida en las garras de un vívido sueño—. Se llamaba Barry el Chivo. Te engañó, Brad. ¿No?

Pero no solo Barry. Si se hubiera tratado solo del hombre, Brad podría haberlo sabido. Tuvo que ser la Gente de las Linternas trabajando junta, enviando el mismo pensamiento: que no pasaría nada por subir al camión, o el cámper, o lo que fuese, de Barry el Chivo, porque Barry era de fiar. Uno de los buenos. Un amigo.

Y se lo llevaron...

Abra descendió a mayor profundidad. No se preocupó de lo que Brad había visto porque solo había visto una alfombrilla gris. Estaba atado con cinta adhesiva y tumbado boca abajo en el suelo de lo que fuese que condujera Barry el Chivo. Aquello no suponía ningún problema, sin embargo. Ahora que estaba sintonizada, el campo de visión de Abra era más amplio que el del niño. Pudo ver...

Su guante. Un guante de beisbol Wilson. Y Barry el Chivo...

De pronto esa parte alzó el vuelo y escapó. Puede que en algún momento regresara a ella o puede que no.

Era de noche. Olía a estiércol. Había una fábrica. Una especie de

(*está en ruinas*)

fábrica. Una fila de vehículos avanzaba hacia allí, algunos pequeños, la mayoría grandes, un par de ellos enormes. Circulaban con los faros apagados por si alguien estuviera mirando, pero una luna de tres cuartos en el cielo proyectaba luz suficiente para ver. Bajaron por una accidentada carretera de chapopote llena de baches, pasaron por delante de una torre de agua, pasaron por delante de un cobertizo con el tejado roto, franquearon una verja oxidada que estaba abierta, pasaron por delante de un cartel. Todo iba tan tan rápido que no *pudo* leerlo. Después, la fábrica. Una fábrica en ruinas con chimeneas y ventanas en ruinas. Había otro cartel que sí *pudo* leer gracias a la luz de la luna: PROHIBIDO EL PASO POR ORDEN DE LA OFICINA DEL SHERIFF DEL CONDADO DE CANTON.

Se dirigían a la parte de atrás, y cuando llegaran iban a hacer daño a Brad, el niño del beisbol, y continuarían haciéndole daño hasta que muriera. Abra no quería presenciar esa parte, así que hizo retroceder todo. Era un poco difícil, como abrir un tarro que tuviera la tapa muy apretada, pero lo consiguió. Al regresar a donde quería, se detuvo.

A Barry el Chivo le gustaba ese guante porque le recordaba a cuando él era muy pequeño. Por eso se lo probó. Se lo probó y olió el aceite que Brad usaba para evitar que se pusiera rígido y golpeó con el puño en el bolsillo del guante varias ve...

Pero ahora las cosas rodaban hacia delante y Abra volvió a olvidarse del guante de beisbol de Brad.

La torre de agua. El cobertizo con el tejado roto. La verja oxidada. Y entonces el primer cartel. ¿Qué decía?

No. Demasiado rápido aún, incluso con la luz de la luna. Volvió a rebobinar (perlas de sudor asomaban ahora en su frente) y bajó el ritmo. La torre de agua. El cobertizo con el tejado roto. *Prepárate, aquí viene*. La verja oxidada. Y entonces el cartel. Esta vez logró leerlo, aunque no estuvo segura de entenderlo.

Abra agarró la hoja de cuaderno en la que había trazado con floritura los estúpidos nombres de aquel grupo pop y le dio la vuelta. Rápidamente, antes de que se olvidara, garabateó todo lo que había visto en aquel cartel: INDUSTRIAS ORGÁNICAS y PLANTA DE ETANOL 4 y FREEMAN, IOWA y CERRADO HASTA NUEVO AVISO.

Muy bien, ahora que sabía dónde lo habían matado y dónde —estaba segura— lo habían enterrado, con guante de beisbol y todo, ¿qué venía a continuación? Si llamaba a Niños Desaparecidos y Explotados, oirían la voz de una niña y no le harían caso..., excepto, quizá, para darle su número de teléfono a la policía, y probablemente la arrestarían por tratar de gastarles una broma pesada a unas personas tristes y desdichadas. Pensó luego en su madre, pero estando Momo enferma y preparándose para morir, quedaba descartada. Mamá ya tenía bastante de lo que preocuparse.

Abra se levantó, se acercó a la ventana y se quedó mirando la calle, y la tienda veinticuatro horas Lickety-Split de la esquina (que los chicos mayores llamaban la Lickety-Spliff por toda la marihuana que se fumaba detrás, donde estaban los contenedores de basura), y las Montañas Blancas que aguijoneaban el cielo azul claro de finales de verano. Había empezado a frotarse la boca, un tic de ansiedad que sus padres intentaban corregirle, pero no estaban allí. Así que ¡bú! A la porra.

Papá está abajo.

Tampoco quería contárselo, no porque tuviera que acabar su libro, sino porque no deseaba involucrarlo en algo así ni siquiera aunque le creyera. Abra no necesitaba leer su mente para saberlo.

Entonces, ¿quién?

Antes de que pudiera pensar en la respuesta lógica, el mundo bajo la ventana empezó a girar, como si estuviera montado en un disco gigante. Dejó escapar un quejido afónico y se aferró al marco de la ventana, frunciendo las cortinas en sus puños. Ya le había sucedido en otras ocasiones, siempre sin aviso, y eso le aterrorizaba, porque era como sufrir una convulsión. Ya no se encontraba en su propio cuerpo, no es que *viera* a distancia, sino que *estaba* a distancia. ¿Y si no podía regresar?

El plato giratorio frenó y al cabo se detuvo. En lugar de en su dormitorio se hallaba en un supermercado. Lo supo porque delante de ella vio el mostrador de la carnicería. Encima (este cartel era fácil de leer gracias a los brillantes fluorescentes) había una promesa: EN SAM'S, CADA CORTE ES UN CORTE **VAQUERO** DE PRIMERA. El mostrador de la carne siguió acercándose unos instantes, porque el plato giratorio la había desplazado hacia alguien que caminaba. Caminaba y *compraba*. ¿Barry el Chivo? No, él no, aunque Barry estaba cerca; Barry era el modo en que había *llegado* aquí, solo que una persona mucho más poderosa la había alejado de él. Abra atisbó un carro cargado de comida en la parte inferior de su visión. Entonces el avance se detuvo y experimentó esa sensación, esa

(*fisgona hurgando*)

disparatada impresión de tener a alguien DENTRO DE ELLA, y de repente Abra comprendió que por una vez no se encontraba sola en el plato giratorio. Ella miraba hacia un mostrador de carne al final de un pasillo de supermercado, y la otra persona observaba su ventana de Richland Court y las Montañas Blancas más allá.

El pánico explotó en su interior; era como si hubieran rociado un fuego con gasolina. Ni un solo sonido escapó de sus labios, que apretaba con tanta fuerza que su boca quedó reducida a una mera costura, pero dentro de su cabeza profirió un grito más alto de lo que jamás se habría creído capaz:

(*¡NO! ¡SAL DE MI CABEZA!*)

8

Cuando David notó que la casa retumbaba y vio que la lámpara del techo de su estudio oscilaba en el extremo de su cadena, su primer pensamiento fue

(*Abra*)

que su hija había sufrido uno de sus estallidos psíquicos, solo que hacía años que no se había producido ningún episodio telequinético de esos, y nunca nada similar. A medida que las cosas volvían a la normalidad, su segundo —y, en su opinión, mucho más razonable— pensamiento fue que acababa de experimentar su primer terremoto en New Hampshire. Sabía que ocurrían de vez en cuando, pero... ¡vaya!

Se levantó de la mesa (sin olvidarse de darle antes a GUARDar) y corrió por el pasillo.

—¡Abra! —llamó al pie de la escalera—. ¿Has notado eso?

La niña salió de su cuarto con aspecto pálido y un poco asustada.

—Sí, más o menos. Creo... creo que...

—¡Ha sido un terremoto! —anunció David, radiante—. ¡Tu primer terremoto! ¿No es genial?

—Sí —asintió Abra, cuya voz no sonaba muy entusiasmada—. Genial.

David miró por la ventana del salón y divisó a varias personas plantadas en sus porches y jardines. Su buen amigo Matt Renfrew se contaba entre ellos.

—Voy al otro lado de la calle a hablar con Matt, cariño. ¿Quieres venir?

—Mejor acabo la tarea de mate.

David echó a andar hacia la puerta delantera y luego volteó a mirarla.

—No estás asustada, ¿verdad? No tengas miedo. Ya ha pasado todo.

Abra pensó que ojalá fuese cierto.

9

Rose la Chistera estaba haciendo una compra doble, pues Abuelo Flick se sentía mal otra vez. Vio a varios miembros del Nudo en la carnicería de Sam's, y los saludó con una inclinación de cabeza. Se detuvo un instante en la sección de conservas para hablar con Barry el Chino, que llevaba en una mano la lista de su mujer. Barry expresó su preocupación por el estado de Flick.

—Se recuperará —aseguró Rose—. Ya conoces a Abuelo.

Barry sonrió enseñando los dientes.

—Es más duro que un mochuelo cocido.

Rose asintió con la cabeza y echó a rodar otra vez el carrito.

—Puedes estar seguro.

Tan solo una tarde de entre semana normal y corriente en el supermercado, y al despedirse de Barry en un primer momento confundió lo que le ocurría con algo mundano, quizá una baja concentración de glucosa. Era propensa a las bajadas de azúcar, razón por la que habitualmente llevaba un chocolate en la bolsa. Entonces se dio cuenta de que había alguien dentro de su cabeza. Alguien estaba *mirando*.

Rose no había ascendido a su posición de líder del Nudo Verdadero mostrando indecisión. Se detuvo en el acto, con el carrito apuntando hacia la carnicería (su próxima parada programada), e inmediatamente saltó al conducto que alguna persona entrometida y potencialmente peligrosa había establecido.

No se trataba de un miembro del Nudo, habría reconocido a cualquiera de ellos al momento, pero tampoco era un palurdo normal.

No, distaba mucho de ser normal.

El supermercado se esfumó y de repente se halló observando una cordillera. No eran las Rocallosas, las habría reconocido. Esas montañas eran más pequeñas. ¿Las Catskills? ¿Las Adirondacks? Podrían ser cualquiera de las dos, o alguna otra. En cuanto al observador… Rose creía que era un niño. Casi sin duda una chica, una chica con la que ya se había topado antes.

Tengo que ver cómo es para poder encontrarla cuando quiera. Tengo que obligarla a mirarse en un espe…

Pero entonces un pensamiento tan fuerte como un disparo de escopeta en una habitación cerrada

(*¡NO! ¡SAL DE MI CABEZA!*)

le barrió la mente y la mandó trastabillando contra los estantes de sopas y verduras en lata, que cayeron en cascada al suelo y rodaron en todas direcciones. Por un instante Rose pensó que ella iría detrás, desmayándose como la heroína inocente y confiada de una novela romántica. Entonces regresó. La chica había roto la conexión, y de una manera harto espectacular.

¿Le sangraba la nariz? Se pasó los dedos para comprobarlo. No. Bien.

Uno de los despachadores se acercó a la carrera.

—¿Está usted bien, señora?

—Sí, estoy bien. Me he mareado unos segundos, seguramente por el diente que me extrajeron ayer. Ya pasó. ¡Mira qué desastre! Lo siento. Menos mal que eran latas y no botellas.

—No hay problema, no hay ningún problema. ¿Quiere salir y sentarse en el banco de la parada de taxis?

—No será necesario —dijo Rose.

Y no lo era, pero las compras por hoy habían terminado. Cruzó dos pasillos con el carrito y lo abandonó allí.

10

Había bajado con su Tacoma (viejo pero fiable) desde el campamento en las montañas al oeste de Sidewinder, y una vez que estuvo en la cabina, sacó el teléfono de su bolsa y utilizó la marcación rápida. En el otro extremo sonó una única vez.

—¿Qué pasa, Rosita? —contestó Papá Cuervo.

—Tenemos un problema.

Por supuesto, se trataba además de una oportunidad. Una chica con suficiente vapor en la caldera para desencadenar semejante explosión —no solo para detectar a Rose, sino también para rechazarla— no era una simple vaporera sino el hallazgo del siglo. Se sintió como el capitán Ahab avistando por primera vez su gran ballena blanca.

—Cuéntame. —Ahora completamente en su papel de negociador.

—Hace más de dos años. El chico de Iowa. ¿Lo recuerdas?

—Claro.

—¿Recuerdas también que te comenté que tuvimos un observador?

—Sí. Desde la costa Este. Creías que era una niña.

—Era una niña, seguro. Me ha vuelto a encontrar. Estaba en Sam's, ocupándome de mis asuntos, y de pronto allí estaba ella.

—¿Por qué, después de todo este tiempo?

—Ni lo sé ni me importa. Pero debemos tenerla, Cuervo. *Debemos* tenerla.

—¿Sabe quién eres? ¿Sabe dónde *estamos*?

Rose lo había meditado mientras caminaba hacia la camioneta. La intrusa no la había visto, de eso estaba segura. La chica había estado en el interior mirando hacia fuera. ¿Y qué *había* visto? Un pasillo de supermercado. ¿Cuántos existían en Estados Unidos? Probablemente un millón.

—No lo creo, pero eso no es lo importante.

—¿Pues qué lo es?

—¿Te acuerdas de que te dije que ella tenía mucho vapor? ¿*Muchísimo*? Bueno, pues es todavía mayor. Cuando intenté invertir los papeles, me corrió de su cabeza como si fuera una bola de algodón. Jamás me ha pasado nada parecido. Habría jurado que era imposible.

—¿Es una Verdadera en potencia o es comida en potencia?

—No lo sé. —Pero mentía. Necesitaban vapor (vapor *almacenado*) mucho más que nuevos reclutas. Por otro lado, Rose no quería a nadie en el Nudo con tanto poder.

—De acuerdo, ¿cómo la encontramos? ¿Alguna idea?

Rose repasó lo que había visto a través de los ojos de la niña antes de ser pateada sin ceremonias de vuelta al supermercado Sam's de Sidewinder. No era mucho, pero había una tienda...

—Los niños la llaman Lickety-Spliff —dijo.

—¿Eh?

—Nada, no importa. Necesito reflexionar sobre el asunto. Pero vamos a tenerla, Cuervo. *Debemos* tenerla.

Se produjo una pausa. Cuando Cuervo volvió a hablar, su voz expresaba cautela.

—Por lo que comentas, podría haber suficiente para llenar una docena de cilindros. Siempre, claro, que de verdad no quieras convertirla.

Rose soltó una distraída carcajada ronca.

—Si estoy en lo cierto, no *tenemos* cilindros suficientes para guardar el vapor de esta cría. Si ella fuera una montaña, sería el Everest. —No hubo respuesta por parte de Cuervo. Rose no necesitó verlo ni hurgar en su mente para saber que estaba atónito—. Quizá no tengamos que hacer ni una cosa ni otra.

—No te sigo.

Claro que no. Pensar a largo plazo nunca había sido la especialidad de Cuervo.

—Quizá no tengamos que convertirla *ni* que matarla. Piensa en las vacas.

—Vacas.

—Puedes descuartizar una y tener bistecs y hamburguesas para un par de meses. Pero si la mantienes viva y la cuidas, te dará leche durante seis años. Tal vez ocho.

Silencio. Largo. Rose permitió que se prolongara. Cuando Cuervo replicó, se mostró más cauteloso que nunca.

—Jamás he oído nada parecido. O los matamos cuando se agota el vapor, o, si tienen algo que necesitamos y son lo bastante fuertes como para sobrevivir a la Conversión, los convertimos. Como cuando convertimos a Andi allá en los ochenta. Que me corrija Abuelo Flick, si crees que se acuerda de cuando Enrique VIII se dedicaba a matar a sus esposas, pero no creo que el Nudo haya intentado nunca retener a un vaporero. Si ella es tan fuerte como aseguras, podría ser peligrosa.

Dime algo que no sepa. Si hubieras sentido lo mismo que yo, me llamarías loca por pensarlo siquiera. Y puede que lo esté. Pero...

Sin embargo, estaba cansada de emplear tanto tiempo —el suyo y el de la familia entera— en el esfuerzo de buscar alimento. De vivir como gitanos del siglo X cuando deberían vivir como los reyes y las reinas de la creación. Como lo que eran.

—Habla con Abuelo, si se encuentra mejor. Y con Mary, lleva casi tanto tiempo con nosotros como Flick. Con Andi Colmillo de Serpiente. Es nueva pero tiene la cabeza bien puesta sobre los hombros. Con cualquiera que pienses que pueda aportar alguna idea valiosa.

—Cielos, Rosie. No sé...

—Yo tampoco, todavía no. Aún estoy recuperándome. Lo único que te pido ahora es que tantees el terreno. Después de todo, eres nuestro hombre de avanzada.

—De acuerdo...

—Ah, y asegúrate de hablar con el Nueces. Pregúntale qué fármacos podrían mantener dócil a un palurdo por largos periodos de tiempo.

—A mí no me parece que esa chica tenga mucho de palurda.

—Oh, sí. Es una buena vaca lechera gorda y palurda.

No es exactamente cierto. Una gran ballena blanca, eso es lo que es.

Rose finalizó la llamada sin esperar a ver si Papá Cuervo tenía algo más que añadir. Era la jefa y, por lo que a ella concernía, la discusión había acabado.

Es una ballena blanca y la quiero.

Pero Ahab no había querido a *su* ballena solo porque Moby Dick proporcionaría toneladas de grasa y un número casi infinito de barriles de aceite, y Rose no quería a la chica porque pudiera proporcionar —con el coctel adecuado de fármacos y un poderosísimo tranquilizante psíquico— un casi interminable suministro de vapor. Se trataba de una cuestión personal. ¿Convertirla? ¿Recibirla en el Nudo Verdadero? Jamás. La cría había expulsado a Rose la Chistera de su cabeza como si esta fuese un puritano pesado que se dedica a ir de puerta en puerta entregando panfletos sobre el fin del mundo. Nunca antes le habían dado semejante patada en el culo. Por muy poderosa que fuera, alguien tenía que darle una lección.

Y yo soy la mujer perfecta para ese trabajo.

Rose la Chistera arrancó su camioneta, salió del estacionamiento del supermercado y partió rumbo al Campamento Bluebell, un negocio familiar ubicado en un paraje realmente precioso, lo que no era de extrañar. Uno de los mejores complejos hoteleros del mundo se había erigido allí antes.

Aunque, por supuesto, el Overlook había ardido hasta los cimientos mucho tiempo atrás.

11

Los Renfrew, Matt y Cassie, que eran los fiesteros del vecindario, decidieron aprovechar la ocasión para organizar una parrillada por el terremoto. Invitaron a todos los residentes en Richland Court, y asistieron casi todos. Matt sacó una caja de refrescos, varias botellas de vino barato y un barril de cerveza de la Lickety-Split de calle arriba. Hubo mucha diversión, y David Stone disfrutó tremendamente. Por cuanto sabía, Abra también. Pasó el rato con sus amigas Julie y Emma, y se aseguró de que comiera una hamburguesa y un poco de ensalada. Lucy le había indicado que debía vigilar los hábitos alimenticios de su hija, porque estaba en la edad en que las chicas empiezan a ser muy conscientes de su peso y su apariencia, la edad propicia para que la anorexia o la bulimia mostraran sus rostros delgados y famélicos.

Lo que no advirtió (aunque puede que Lucy se hubiera dado cuenta de haber estado allí) fue que Abra no se unió al aparentemente ininterrumpido festival de risitas de sus amigas. Y, después de comerse una tarrina de helado (una de las *pequeñas*), pidió permiso a su padre para volver a casa y terminar la tarea.

—De acuerdo —dijo David—, pero antes dales las gracias al señor y a la señora Renfrew.

Abra lo hubiera hecho de todos modos sin la necesidad de que se lo recordaran, pero accedió sin mencionarlo.

—Muchas de nadas, Abby —dijo la señora Renfrew. Sus ojos brillaban casi con una luz preternatural merced a tres vasos de vino blanco—. ¿No es estupendo? Deberíamos tener terremotos más a menudo. Aunque estuve hablando con Vicky Fenton… ¿conoces a los Fenton, de Pond Street? Es una calle más allá, y dice que no notaron nada. ¿No es *rarísimo*?

—Pues sí —asintió Abra, pensando que en lo referente a rarezas la señora Renfrew no tenía la mínima idea.

12

Terminó la tarea, y estaba abajo viendo la tele cuando llamó su madre. Abra habló con ella un rato y luego le pasó el teléfono a su padre. Lucy dijo algo, y Abra supo qué había preguntado antes incluso de que David le lanzara una mirada y contestara:

—Sí, está bien, solo cansada por la tarea, creo. Les mandan muchas ahora. ¿Te ha contado que ha habido un terremoto?

—Me voy arriba, papá —anunció Abra, y David le dijo adiós con un distraído gesto con la mano.

Se sentó ante su mesa, encendió la computadora y volvió a apagarla. No tenía ganas de jugar al Fruit Ninja y, desde luego, no le apetecía chatear con nadie. Tenía que decidir qué hacer, porque tenía que hacer *algo*.

Metió los libros en la mochila, luego levantó la vista y vio que la mujer del supermercado la estaba mirando fijamente desde la ventana. Era imposible, porque la ventana quedaba en el segundo piso, pero allí estaba. Poseía una piel inmaculada de un blanco puro, pómulos altos, ojos oscuros separados y con un ligero sesgo en las comisuras. Abra pensó que quizá fuese la mujer más hermosa que había visto nunca. Y también, lo comprendió de pronto, y sin sombra de duda, que estaba loca. Una espesa melena negra enmarcaba su rostro perfecto, arrogante en cierto modo, y se derramaba sobre sus hombros. Inmóvil sobre la exuberancia de su cabello, a pesar de que estaba ladeado en un ángulo delirante, llevaba un desenfadado sombrero de copa de arañado terciopelo.

No está aquí de verdad, y tampoco está en mi cabeza. No sé cómo, pero puedo verla y no creo que ella sepa...

La demente que estaba en la ventana cada vez más oscura sonrió, y cuando sus labios se separaron, Abra advirtió que solo tenía un diente en la encía superior, un monstruoso colmillo descolorido. Comprendió que había sido lo último que Bradley Trevor vio en su vida, y gritó, gritó tan fuerte como pudo..., pero solo en su interior, porque tenía la garganta cerrada y las cuerdas vocales congeladas.

Abra cerró los ojos. Cuando volvió a abrirlos, la mujer sonriente de la cara blanca había desaparecido.

No está ahí, pero podría venir. Sabe que existo y podría venir.

En ese instante se dio cuenta de lo que debería haber sabido tan pronto como vio la fábrica abandonada. Solo había una persona a la que pudiera recurrir. Solo una que la ayudaría. Volvió a cerrar los ojos, esta vez no para esconderse de la horrible visión que la miraba desde la ventana, sino para implorar ayuda.

(*¡TONY, NECESITO A TU PADRE! ¡POR FAVOR, TONY, POR FAVOR!*)

Aún con los ojos cerrados —pero sintiendo ahora la calidez de las lágrimas en sus pestañas y mejillas— musitó:

—Ayúdame, Tony. Tengo miedo.

CAPÍTULO OCHO

LA TEORÍA DE LA RELATIVIDAD DE ABRA

1

El último viaje del día en el *Helen Rivington* se llamaba el Crucero del Ocaso y muchas tardes, cuando Dan no tenía turno en la residencia, tomaba los controles. Billy Freeman, que había hecho el viaje aproximadamente veinticinco mil veces durante sus años como empleado municipal, se mostraba encantado de cedérselos.

—¿Nunca te cansas? —preguntó a Dan.

—Atribúyelo a una infancia de privaciones.

En realidad, no era del todo cierto, aunque él y su madre se habían trasladado de un sitio a otro con frecuencia después de que se acabara el dinero de la indemnización, y ella había tenido numerosos trabajos, la mayoría mal pagados, pues carecía de un título universitario. Se las arregló para que siempre tuvieran un techo sobre sus cabezas y un plato de comida en la mesa, pero nunca hubo para mucho más.

En una ocasión —cuando él iba a la preparatoria, y ambos vivían en Bradenton, no muy lejos de Tampa— le preguntó por qué nunca salía con otros hombres. En aquel entonces él ya tenía edad suficiente para saber que seguía siendo una mujer atractiva. Wendy Torrance le dirigió una sonrisa torcida. «Con un hombre ya he tenido bastante, Danny. Además, ahora te tengo a ti», había respondido ella.

—¿Cuánto sabía ella sobre tu problema con la bebida? —le preguntó Casey K. durante uno de sus encuentros en el Sunspot—. Empezaste bastante joven, ¿verdad?

Dan había necesitado tomarse un momento para reflexionar sobre ello.

—Seguramente más de lo que yo sabía entonces, pero nunca hablamos de ello. Creo que ella tenía miedo de sacar el tema. Además, nunca me metí en líos con la ley... en aquella época, quiero decir... y me gradué en la preparatoria con honores. —Dirigió a Casey una sonrisa forzada por encima de la taza de café—. Y, por supuesto, nunca le pegué. Imagino que eso marcó la diferencia.

Nunca tuvo aquel tren de juguete, pero el principio básico por el que los miembros de Alcohólicos Anónimos regían su vida era «no bebas y las cosas mejorarán». Y sí, mejoraron. Ahora tenía el mayor tren chu-chú que un chico pudiera desear, y Billy tenía razón: nunca se aburría. Suponía que podría llegar a cansarse dentro de diez o veinte años, pero incluso entonces Dan pensaba que probablemente seguiría ofreciéndose a conducir la última vuelta del día, tan solo para pilotar el *Riv* a la puesta de sol hasta la curva en Cloud Gap. La vista allí era espectacular, y con el río Saco en calma (que era lo habitual cuando sus convulsiones primaverales disminuían), se podían observar todos los colores por duplicado, una vez por encima y otra por debajo. Todo guardaba silencio en el punto más lejano del recorrido del *Riv*; era como si Dios contuviera Su aliento.

Los viajes entre el día del Trabajo y la celebración del descubrimiento de América, cuando el *Riv* bajaba la cortina para el invierno, eran los mejores. Los turistas se habían ido y los pocos pasajeros eran de la zona, a muchos de los cuales Dan conocía por el nombre. Las noches entre semana, como ese día, menos de una docena de clientes compraban boleto, algo que para Dan no suponía ningún problema.

Estaba oscuro cuando el *Riv* se detuvo en el andén de la estación de Teenytown. Se apoyó en el costado del primer vagón, con la gorra (llevaba MAQUINISTA DAN bordado en rojo por encima de la visera) echada hacia atrás, y deseó al puñado de viajeros que pasaran una buena noche. Billy estaba sentado en un banco, la punta encendida de su cigarro iluminaba intermitentemente su rostro. Debía de estar próximo a los setenta, pero tenía buen aspecto, se había recuperado por completo de su intervención abdominal de dos años atrás y decía que no tenía planes de jubilarse.

—¿Y qué haría? —había preguntado en la única ocasión en que Dan había sacado el tema—. ¿Retirarme a esa granja de cadáveres en la que trabajas? ¿Esperar a que tu gato me haga una visita? Gracias, pero no.

Cuando los dos o tres últimos pasajeros se alejaron a paso lento, probablemente en busca de la cena, Billy aplastó el cigarro y fue hacia Dan.

—La meteré en el granero. A no ser que también quieras hacerlo tú.

—No, adelante. Llevas demasiado tiempo ahí sentado tocándote los huevos. ¿Cuándo vas a dejar el tabaco, Billy? Ya sabes que el médico te dijo que también tuvo algo que ver con tu pequeño problema en el estómago.

—Lo he reducido casi a nada —dijo Billy, pero bajando la mirada de forma reveladora.

Dan podría haber averiguado cuánto fumaba Billy —seguramente ni siquiera habría necesitado tocarlo para conseguir tal información—, pero no lo hizo. Un día del verano anterior había visto a un niño que llevaba una camiseta con una señal de tráfico octogonal impresa. En lugar de STOP, en la señal ponía TDI. Al preguntarle Danny qué significaba, el chico le había dirigido una sonrisa comprensiva que casi con toda seguridad reservaba estrictamente para caballeros de ideología cuarentona. «Tengo demasiada información», había respondido. Dan le dio las gracias, pensando: *La historia de mi vida, mi joven amigo.*

Todo el mundo tenía secretos. Eso él lo sabía desde su más tierna infancia. Las personas decentes se merecían mantener los suyos, y Billy Freeman era la viva encarnación de la decencia.

—¿Quieres ir a tomar un café, Danno? ¿Tienes tiempo? No tardaré ni diez minutos en meter a esta zorra en la cama.

Dan acarició con cariño el costado de la locomotora.

—Claro, pero controla tu boca. No es ninguna zorra, es...

Fue entonces cuando su cabeza explotó.

2

Cuando volvió en sí estaba despatarrado en el banco donde había estado fumando Billy, que ahora se encontraba sentado a su lado con cara de preocupación. Por Dios, parecía muerto de miedo. Tenía su teléfono en la mano, con el dedo cerniéndose sobre los botones.

—Guárdalo —dijo Dan. Las palabras brotaron con un polvoriento graznido. Se aclaró la garganta y probó de nuevo—. Estoy bien.

—¿Estás seguro? Cielo santo, creí que habías sufrido un derrame cerebral. En serio.

Es justo lo que parecía.

Por primera vez en años, Dan se acordó de Dick Hallorann, el *chef extraordinaire* del Hotel Overlook en los viejos tiempos. Dick había sabido casi de inmediato que el hijo de Jack Torrance compartía su mismo talento. Dan se preguntó ahora si Dick seguiría vivo. Era una probabilidad remota; por aquel entonces ya rayaba los sesenta.

—¿Quién es Tony? —preguntó Billy.

—¿Qué?

—Has estado diciendo: «Por favor, Tony, por favor». ¿Quién es Tony?

—Un tipo que conocía, en mis días de borracho. —Como improvisación no valía mucho, pero fue lo primero que le vino a la mente, aún aturdida—. Un buen amigo.

Billy miró el rectángulo iluminado de su teléfono durante unos segundos, luego cerró lentamente la tapa y se lo guardó en el bolsillo.

—¿Sabes? Eso no me lo trago. Creo que has tenido uno de tus flashes, como el día en que percibiste lo de mi… —Se dio una palmadita en el estómago.

—Bueno…

Billy alzó una mano.

—No digas más. Mientras estés bien, no hace falta. Y mientras no hayas visto nada malo sobre mí…, porque entonces querría saberlo. Imagino que eso no será así con todo el mundo, pero sí en mi caso.

—No tiene que ver contigo. —Dan se levantó y le complació descubrir que sus piernas le sostenían sin problema—. Pero habrá que dejar el café para otro día, si no te importa.

—Para nada. Lo que necesitas ahora es irte a casa y tumbarte. Todavía estás pálido. Fuera lo que fuese, te pegó fuerte. —Billy echó un vistazo al *Riv*—. Me alegro de que no te pasara cuando ibas ahí sentado a sesenta por hora.

—Dímelo a mí —coincidió Dan.

3

Cruzó Cranmore Avenue hasta la Residencia Rivington con la intención de seguir el consejo de Billy y tumbarse, pero en vez de girar en la verja que daba acceso al camino bordeado de flores de la gran mansión victoriana, decidió seguir andando un rato más. Empezaba a recuperar el aliento —a recuperarse *a sí mismo*— y el aire nocturno era agradable. Además, necesitaba meditar acerca de lo que acababa de suceder, y muy detenidamente.

Fuera lo que fuese, te pegó fuerte.

Eso le hizo pensar de nuevo en Dick Hallorann y en todas las cosas que nunca le había contado a Casey Kingsley. Ni le contaría. El perjuicio que le había causado a Deenie —y a su hijo, suponía, simplemente por no hacer nada— estaba alojado en lo más hondo de su ser, como una muela del juicio incrustada, y allí permanecería. Sin embargo, cuando tenía cinco años fue Danny Torrance el perjudicado —y también su madre, por supuesto—, y su padre no había sido el único culpable. Dick sí *había* hecho algo al respecto. De lo contrario, Dan y su madre habrían muerto en el Overlook. Todavía resultaba doloroso rememorar el pasado, aún brillante con los infantiles colores primarios del miedo y el horror. Habría preferido no tener que volver a pensar en ello jamás, pero ahora era preciso. Porque... bueno...

Porque todo lo que se va vuelve. Quizá sea la suerte o quizá el destino, pero de un modo u otro, ha vuelto. ¿Qué fue lo que dijo Dick el día en que me dio la caja de seguridad? Cuando el alumno esté preparado, aparecerá el maestro. No es que yo esté muy capacitado para enseñar nada a nadie, salvo tal vez que si no bebes, no te emborracharás.

Había llegado al final de la manzana; dio media vuelta y desanduvo sus pasos. Tenía la acera toda para él. Resultaba extraño e inquietante lo rápido que Frazier se vaciaba una vez que el verano tocaba a su fin, y eso lo condujo a pensar en cómo se había vaciado el Overlook. En lo rápido que los Torrance habían tenido el lugar entero para ellos.

Excepto por los fantasmas, por supuesto. *Ellos* nunca se marcharon.

4

Hallorann le había dicho a Danny que se dirigía a Denver, desde donde volaría al sur con destino a Florida. Le había preguntado a Danny si querría ayudarle a llevar sus maletas al estacionamiento del Overlook, y Danny había cargado con una hasta el coche de alquiler del cocinero. Era poca cosa, apenas mayor que un maletín, pero el niño había tenido que usar las dos manos para acarrearla. Cuando el equipaje estuvo a buen recaudo en la cajuela y ellos sentados dentro del coche, Hallorann había puesto nombre a la cosa en la cabeza de Danny, la cosa en la que sus padres solo creían a medias.

Tienes un don. Yo siempre lo he llamado «el resplandor», que es como lo llamaba también mi abuela. ¿Así que te sentías un poco solo pensando que eras el único?

Sí, se había sentido solo, y sí, había creído que era el único. Hallorann le había quitado esa idea de la cabeza. En los años transcurridos desde entonces, Dan se había topado con muchas personas que tenían, en palabras del cocinero, «una pizca de resplandor». Billy, por ejemplo.

Pero nunca nadie como la chica que había gritado esta noche dentro de su cabeza. Le había dado la impresión de que ese grito habría podido despedazarlo.

¿Había sido *él* tan fuerte? Calculaba que sí, o casi. El día que el Overlook cerraba la temporada, Hallorann le había pedido al preocupado muchachito sentado a su lado que... ¿Qué había dicho?

Había dicho que le echara un soplo.

Dan ya había llegado a la Residencia Rivington y estaba parado fuera de la verja. Habían caído las primeras hojas y una brisa nocturna las arremolinó en torno a sus pies.

Y cuando le pregunté en qué debía pensar, me dijo que en cualquier cosa, pero que pensara en ello con fuerza. *Y eso hice, aunque en el último segundo lo suavicé, al menos un poquito. Si no, creo que podría haberlo matado. Se echó hacia atrás... no,* salió *disparado de golpe hacia atrás, y se mordió el labio. Me acuerdo de la sangre. Dijo que yo era como una pistola. Y después me preguntó por Tony. Mi amigo invisible. Así que se lo conté.*

Tony había vuelto, por lo visto, pero ya no era el amigo de Dan. Ahora era el amigo de una chiquilla llamada Abra. Ella se encontraba en un apuro como lo había estado Dan, pero los hombres que buscaban niñas pequeñas atraían la atención y despertaban recelo. Llevaba una buena vida en Frazier, y sentía que se la merecía después de todos los años perdidos.

Pero...

Pero cuando él necesitó a Dick —en el Overlook, y luego más tarde, en Florida, cuando la señora Massey regresó—, Dick había acudido. En Alcohólicos Anónimos la gente llamaba a esta clase de situación una visita del Paso Doce. Porque cuando el alumno estuviera preparado, aparecería el maestro.

En varias ocasiones Dan había acompañado a Casey Kingsley y a algunos otros miembros del Programa en visitas del Paso Doce a hombres asfixiados por el alcohol o las drogas. A veces eran amigos o jefes de los afectados quienes solicitaban este servicio; más a menudo eran familiares que habían agotado cualquier otro recurso y estaban desesperados. Habían logrado unos cuantos éxitos a lo largo de los años, pero la mayoría de las intervenciones terminaban con un portazo o una invitación a que Casey y sus amigos se metieran sus tonterías santurronas y cuasirreligiosas por el culo. Hubo un individuo, un veterano de la espléndida aventura en Irak de George Bush, mentalmente confundido por las anfetaminas, que llegó a apuntarles con una pistola. Al regresar de la casucha de mala muerte en Chocorva donde el veterano había instalado su guarida con su aterrada esposa, Dan había dicho:

—*Esto* sí que ha sido una pérdida de tiempo.

—Lo sería si lo hiciéramos por ellos —replicó Casey—, pero no. Lo hacemos por nosotros. ¿Te gusta la vida que vives, Dannyboy? —No era la primera vez que le formulaba esa pregunta, y no sería la última.

—Sí. —Ninguna vacilación al respecto. De acuerdo, no era el presidente de General Motors ni rodaba escenas de desnudos con Kate Winslet, pero a juicio de Dan, lo tenía todo.

—¿Consideras que te lo has ganado?

—No —respondió Dan con una sonrisa—. La verdad es que no. Imposible.

—Entonces, ¿qué te devolvió a un sitio en el que te gusta levantarte por las mañanas? ¿La suerte o la gracia divina?

Había creído que Casey quería que respondiera que fue la gracia divina, pero durante los años de sobriedad había aprendido el a veces incómodo hábito de la sinceridad.

—No lo sé.

—Eso está bien, porque cuando estás entre la espada y la pared, no hay diferencia.

5

—Abra, Abra, Abra —dijo mientras recorría el camino hasta la Residencia Rivington—. ¿En qué te has metido, chica? ¿Y en qué me has metido a *mí*?

Estaba pensando en que tendría que intentar ponerse en contacto con ella utilizando el resplandor, el cual nunca era fiable del todo, pero cuando entró en su cuarto en el torreón vio que no sería necesario. Escrito nítidamente en su pizarrón encontró esto:

cadabra@nhmlx.com

Caviló sobre el alias durante unos segundos, y al cabo lo pilló y se echó a reír.

—Muy bueno, chica, muy bueno.

Encendió su computadora portátil. Un momento después estaba mirando un mensaje de e-mail por rellenar. Tecleó la dirección y luego se quedó observando el cursor parpadeante. ¿Qué edad tendría? Por lo que pudo deducir a partir de sus comunicaciones previas, estaría entre unos sabios doce años y unos algo ingenuos dieciséis. Seguramente se acercaría más a la primera opción. Y ahí estaba él, un hombre lo bastante viejo como para que aparecieran motas de sal en el rastrojo de su barba si se saltaba un afeitado. Ahí estaba él, preparándose para iniciar un chat con ella. *Cazar a un depredador*, ¿algún voluntario?

Quizá no sea nada. Pudiera ser; después de todo, no es más que una niña.

Sí, pero era una niña que estaba tremendamente asustada. Además, él sentía curiosidad, y desde hacía ya algún tiempo. Suponía que se trataba de la misma curiosidad que Hallorann había sentido por Danny.

Ahora mismo me vendría bien un poquito de gracia divina. Y un montón de suerte.

En el espacio de ASUNTO, Dan escribió: *Hola Abra*. Bajó el cursor, respiró hondo, y tecleó cuatro palabras: *Cuéntame qué te pasa.*

6

El sábado siguiente por la tarde, Dan estaba sentado en un banco al sol en el exterior del edificio de piedra cubierto de hiedra que albergaba la Biblioteca Pública de Anniston. Tenía un ejemplar del *Union Leader* abierto ante él, y aunque las palabras llenaban la página, no tenía la menor idea de lo que decían. Estaba demasiado nervioso.

A las dos, puntual como un reloj, una chica en tejanos llegó montada en una bicicleta y la dejó en el estacionamiento para bicis que había en el césped. Saludó a Dan con la mano y con una amplia sonrisa.

Ahí estaba. Abra. Abracadabra.

Era alta para su edad, sobre todo por sus largas piernas. Llevaba sus rizos rubios recogidos en una gruesa coleta de la cual amenazaban con escaparse en cualquier momento. El día era un poco fresco, y llevaba una chaqueta ligera con las palabras CICLONES DE ANNISTON serigrafiadas en la espalda. Agarró un par de libros que estaban atados con una cuerda al portaequipajes trasero de su bicicleta y luego corrió hacia él, aún con esa amplia sonrisa. Bonita pero no hermosa. Salvo por sus grandes ojos azules. *Eran* preciosos.

—¡Tío Dan! ¡Me alegro de verte! —Y le plantó un efusivo beso en la mejilla. Eso no estaba en el guion. Su confianza en la bondad de él resultaba aterradora.

—Yo también me alegro de verte, Abra. Siéntate.

Le había indicado que deberían tener cuidado, y Abra —hija de su cultura— lo entendió enseguida. Habían acordado que lo mejor sería encontrarse al aire libre, y existían pocos lugares en Anniston más abiertos que la explanada de césped frente a la biblioteca, que estaba situada cerca del centro del pequeño distrito comercial.

Ella lo miraba con franco interés, tal vez incluso ansia. Sintió algo similar a unos dedos diminutos tanteando suavemente en el interior de su cabeza.

(*¿dónde está Tony?*)

Dan se tocó la sien con un dedo.

Abra sonrió, y el gesto completó su belleza, transformándola en una chica que al cabo de cuatro o cinco años rompería corazones.

(*¡HOLA TONY!*)

Fue lo bastante fuerte como para crisparle el rostro, y volvió a pensar en cómo Dick Hallorann había reculado tras el volante de su coche de alquiler, sus ojos momentáneamente inexpresivos.

(*tenemos que hablar en voz alta*)

(*está bien sí*)

—Soy el primo de tu padre, ¿de acuerdo? No soy realmente un tío, pero tú me llamas así.

—Sí, de acuerdo, eres el tío Dan. No habrá problema mientras no se presente la mejor amiga de mi madre, que se llama Gretchen Silverlake. Creo que se sabe nuestro árbol genealógico entero, y tampoco es que sea muy grande.

Oh, lo que faltaba, pensó Dan. *La mejor amiga metomentodo.*

—No pasa nada —lo tranquilizó Abra—. Su hijo mayor está en el equipo de futbol, y ella nunca se pierde un partido de los Ciclones. Casi *todo el mundo* va al partido, así que deja de preocuparte de que alguien piense que eres…

Terminó la frase con una imagen mental, una viñeta, en realidad. Floreció en un instante, tosca pero nítida. Un hombre corpulento con gabardina acosaba a una niñita en un callejón oscuro. Las rodillas de la pequeña chocaban la una contra la otra y, justo antes de que la escena se fundiera, Dan vio un globo de cómic sobre su cabeza: *¡Aj! ¡Un bicho raro!*

—La verdad, no tiene gracia.

Creó su propia imagen y se la envió en respuesta: Dan Torrance, con un traje de preso, escoltado por dos policías grandes como armarios. Nunca había intentado nada así, y no le salió tan bien como a Abra, pero se alegró de descubrir que podía hacerlo. Entonces, casi antes de comprender qué sucedía, ella se apropió de la imagen y la hizo suya. Dan desenfundaba una pistola del cinto, apuntaba a uno de los policías y apretaba el gatillo. Un pañuelo con la palabra ¡BANG! surgió del cañón del arma.

Dan se quedó mirándola boquiabierto.

Abra se tapó la boca con las manos en puño y soltó una risita tonta.

—Lo siento, no he podido resistirme. Podríamos tirarnos toda la tarde haciendo esto, ¿no lo crees? Sería divertido.

Supuso que también supondría un alivio. La chica llevaba años en posesión de una magnífica pelota, pero no tenía a nadie con quien jugar a lanzársela. Y, por supuesto, lo mismo le ocurría a él. Por primera vez desde su infancia —desde Hallorann—, estaba enviando además de recibiendo.

—Sí, tienes razón, pero ahora no es el momento. Tenemos que repasar otra vez todo el asunto. El e-mail que me enviaste solo tocaba los puntos más destacados.

—¿Por dónde empiezo?

—¿Qué tal por tu apellido? Ya que soy tu tío honorario, seguramente debería saberlo.

Eso la hizo reír. Dan procuró mantenerse serio y le resultó imposible. Que Dios le ayudara, ya empezaba a encariñarse.

—Soy Abra Rafaella Stone —dijo. De pronto la risa desapareció—. Solo espero que la mujer del sombrero nunca llegue a enterarse.

7

Permanecieron sentados en el banco en el exterior de la biblioteca cuarenta y cinco minutos, con el sol otoñal calentando sus rostros. Por primera vez en su vida, Abra sintió un placer incondicional, incluso alegría, por el talento que siempre la había desconcertado y a veces aterrorizado. Gracias a ese hombre, hasta tenía un nombre para ello: el resplandor. Era un buen nombre, un nombre reconfortante, porque siempre lo había considerado algo oscuro.

Tenían mucho de que hablar, montones de notas que comparar, y apenas acababan de comenzar cuando una robusta mujer cincuentona con una falda de tweed se acercó a saludar. Miró a

Dan con cierta curiosidad, pero no una curiosidad *adversa* ni negativa.

—Hola, señora Gerard. Este es mi tío Dan. Tuve a la señora Gerard en clase de lengua el año pasado.

—Un placer conocerla, señora. Dan Torrance.

La señora Gerard le estrechó la mano que le ofrecía con un único apretón firme. Abra sintió que Dan —el *tío* Dan— se relajaba. Eso estaba bien.

—¿Vive por la zona, señor Torrance?

—Carretera abajo, en Frazier. Trabajo en el centro de cuidados paliativos de allí. En la Residencia Rivington.

—Ah, es un buen trabajo el que hace. Abra, ¿has leído ya *El reparador*, la novela de Malamud que recomendé?

Abra parecía abatida.

—Lo tengo en mi Nook..., me dieron una tarjeta de regalo por mi cumpleaños..., pero todavía no lo he empezado. Parece difícil.

—Estás preparada para las cosas difíciles —dijo la señora Gerard—. Más que preparada. El bachillerato llegará antes de lo que piensas, y luego la universidad. Te sugiero que empieces hoy mismo. Encantada de haberlo conocido, señor Torrance. Tiene usted una sobrina muy inteligente. Pero, Abra, la inteligencia implica responsabilidad. —Le dio un golpecito en la sien para enfatizar este punto y seguidamente subió los escalones de la biblioteca y entró.

La chica se volvió hacia Dan.

—No ha sido tan malo, ¿verdad que no?

—Por ahora todo va bien —asintió Dan—. Claro que si habla con tus padres...

—No hablará. Mamá está en Boston, cuidando de Momo. Tiene cáncer.

—Lo siento mucho. ¿Momo es tu

(*abuela*)

(*bisabuela*)

—Además —prosiguió Abra—, no estamos mintiendo del todo con lo de que eres mi tío. El año pasado, en ciencias, el señor Stanley nos contó que todos los seres humanos comparten el mismo esquema genético. Dijo que las cosas que nos hacen diferentes son muy pequeñitas. ¿Sabías que compartimos algo así como el noventa y nueve por ciento de nuestra composición genética con los *perros*?

—No —reconoció Dan—, pero eso explica por qué me ha gustado siempre la comida para perros.

La niña se echó a reír.

—Así que *podrías* ser de verdad mi tío o mi primo o lo que sea. Eso es lo que quiero decir.

—Esa es la teoría de la relatividad de Abra, ¿no?

—Supongo. ¿Necesitamos el mismo color de ojos o de pelo para ser familia? Nosotros dos tenemos algo en común que casi nadie más tiene. Eso nos convierte en una clase especial de parientes. ¿Crees que es un gen, como el de los ojos azules o el pelo rojo? Y, por cierto, ¿sabías que Escocia tiene el mayor porcentaje de pelirrojos?

—No, no lo sabía —dijo Dan—. Eres toda una fuente de información.

Su sonrisa se desdibujó ligeramente.

—¿Lo dices con desdén?

—En absoluto. Supongo que el resplandor podría ser un gen, pero en realidad no lo creo. Diría que es incuantificable.

—¿Eso significa que no se puede calcular? ¿Como Dios y el cielo y todo eso?

—Sí.

Dan se dio cuenta de que estaba pensando en Charlie Hayes y en todos aquellos antes y después de él a quienes había visto abandonar este mundo en su personaje de Doctor Sueño. Algunas personas llamaban «partida» al momento de la muerte. A Dan le gustaba, porque parecía casi perfecto. Cuando veías partir a hombres y mujeres ante tus ojos —abandonando Teenytown, el pueblecito en miniatura que la gente llamaba realidad, hacia Cloud Gap, el hueco en las nubes de una vida de ultratumba— cambiaba tu manera de pensar. Para aquellos al borde la muerte, era el mundo el que partía. En esos momentos de tránsito, Dan se había sentido siempre en presencia de cierta enormidad apenas vislumbrada. Se dormían, despertaban, iban a *alguna parte*. Continuaban. Había tenido motivos para creerlo, incluso de niño.

—¿En qué estás pensando? —preguntó Abra—. Lo veo, pero no lo entiendo. Y quiero entenderlo.

—No sé cómo explicarlo —dijo él.

—En parte era sobre la gente fantasma, ¿no? Los vi una vez, en el trenecito de Frazier. Fue un sueño, pero creo que fue real.

Dan abrió mucho los ojos.

—¿En serio?

—Sí. No creo que quisieran hacerme daño, solo me miraban, pero daban un poco de miedo. Me parece que eran personas que montaron en el tren antiguamente. ¿Tú has visto gente fantasma? Sí, ¿verdad?

—Sí, pero fue hace mucho tiempo. —Y algunas de las personas eran mucho más que fantasmas. Los fantasmas no dejaban residuos en los asientos del escusado y en las cortinas de la regadera—. Abra, ¿cuánto conocen tus padres de tu resplandor?

—Papá cree que ha desaparecido todo menos algunas cosillas, como cuando llamé desde el campamento porque supe que Momo estaba enferma, y se alegra. Mamá sabe que sigue ahí, porque a veces me pide que la ayude a buscar algo que ha perdido…, el último mes fueron las llaves del coche, que había dejado en la mesa de trabajo que papá tiene en el garaje…, pero no sabe *cuánto* queda. Ya no hablan de ello. —Hizo una pausa—. Momo lo sabe. A ella no le asusta como a papá y a mamá, pero me dijo que tuviera cuidado. Porque si la gente se entera… —Adoptó una expresión cómica, puso los ojos en blanco y sacó la lengua por la comisura de la boca—. ¡Aj! ¡Un bicho raro! ¿Entiendes?

(*sí*)

Abra sonrió agradecida.

—Sí, claro que entiendes.

—¿Nadie más?

—Bueno… Momo dijo que debía hablar con el doctor John, porque él ya sabía algunas cosas. Él… hummm… vio algo que hice con las cucharas cuando era pequeña. Las colgué del techo.

—Ese médico no será por casualidad John Dalton, ¿verdad?

—¿Lo conoces? —El rostro de Abra se iluminó.

—Pues resulta que sí. Una vez *le* encontré algo. Una cosa que había perdido.

(*¡un reloj!*)

(*exacto*)

—No se lo cuento todo —prosiguió Abra. Parecía inquieta—. Por supuesto, no le he dicho lo del niño del beisbol, y *nunca* jamás le hablaré de la mujer del sombrero. Porque se lo contaría a mis padres, y ellos ya tienen bastantes cosas en la cabeza. Además, ¿qué podrían hacer?

—Archivemos eso de momento. ¿Quién es el niño del beisbol?

—Bradley Trevor. Brad. A veces le daba la vuelta a la gorra porque pensaba que traía suerte. Sabes a qué me refiero, ¿no?

Dan asintió con la cabeza.

—Está muerto. Lo mataron *ellos*. Pero antes le hicieron daño. Le hicieron muchísimo *daño*.

Su labio inferior empezó a temblar, y de pronto parecía que estaba más cerca de los nueve años que de los trece.

(*no llores, Abra, no podemos llamar la atención*)

(*lo sé, lo sé*)

Agachó la cabeza, respiró hondo varias veces, y alzó la vista. Le brillaban excesivamente los ojos, pero su boca había cesado de temblar.

—Estoy bien —aseguró—. De veras. Me alegro de no estar sola con esto dentro de mi cabeza.

8

Dan escuchó con atención mientras ella describía lo que recordaba de su encuentro inicial con Bradley Trevor dos años atrás. No era mucho. La imagen más nítida que retenía era la de numerosos haces de linterna entrecruzados que lo iluminaban mientras yacía en el suelo. Y sus gritos. Recordaba los gritos.

—Tenían que alumbrarlo porque estaban haciendo una especie de operación —dijo Abra—. Bueno, así es como lo llaman, pero lo que de verdad estaban haciendo era torturarlo.

Le habló de cuando volvió a ver a Bradley en la contraportada del *Anniston Shopper*, con todos los demás niños desaparecidos. De cómo había tocado su foto para ver si podía averiguar algo sobre él.

—¿Tú puedes hacer eso? —preguntó ella—. ¿Tocar cosas y recibir imágenes en la cabeza? ¿Descubrir cosas?

—A veces. No siempre. Cuando era niño, lo hacía con más facilidad y fallaba menos.

—¿Crees que se me irá cuando crezca? No me importaría. —Hizo una pausa, reflexionando—. Aunque creo que me molestaría un poco. Es difícil de explicar.

—Sé lo que quieres decir. Es nuestra cosa, ¿verdad? Lo que podemos hacer.

Abra sonrió.

—¿Estás completamente segura de que sabes dónde mataron a ese chico?

—Sí, y lo enterraron allí. Hasta enterraron su guante de beisbol.

Abra le entregó un trozo de papel. Era una copia, no el original. Le habría dado vergüenza que alguien viera que había escrito los nombres de los chicos de Round Here no solo una vez sino un montón de veces. Hasta la *forma* en que estaban escritos parecía ahora un completo error, con aquellas letras gordas que supuestamente expresaban no amor sino *amour*.

—No te martirices —dijo Dan con aire ausente, estudiando lo que ella había escrito en la hoja—. Yo estaba obsesionado con Stevie Nicks cuando tenía tu edad. Y con Ann Wilson, de Heart. Seguramente no te sonará, para ti es antigua, pero solía soñar despierto con que la invitaba a uno de los bailes de los viernes por la noche en la Escuela Secundaria de Glenwood. ¿Qué te parece como ejemplo de estupidez?

Ella lo miraba boquiabierta.

—Es estúpido pero normal. Lo más normal del mundo, así que date un respiro. Y no te he espiado, Abra. Estaba ahí. Es como si me hubiera saltado a la cara.

—Ay, Dios. —Las mejillas de Abra se tiñeron de rojo vivo—. Va a costar un poco acostumbrarse, ¿verdad?

—Nos va a costar a los dos, chiquilla.

Devolvió la mirada a la hoja de papel.

PROHIBIDO EL PASO POR ORDEN DE
LA
OFICINA DEL SHERIFF DEL CONDADO
DE
CANTON

INDUSTRIAS ORGÁNICAS
PLANTA DE ETANOL 4
FREEMAN, IOWA

CERRADO HASTA NUEVO AVISO

—Esto lo obtuviste... ¿cómo? ¿Mirándolo una y otra vez? ¿Cómo si rebobinaras una película?

—El letrero de PROHIBIDO EL PASO fue fácil, pero para lo de Industrias Orgánicas y la planta de etanol, sí, tuve que rebobinar varias veces. ¿Tú puedes hacer eso?

—Nunca lo he probado. Puede que una vez, pero probablemente no más.

—Encontré Freeman, Iowa, en internet —dijo ella—. Y cuando abrí el Google Earth vi la fábrica. Estos sitios están de verdad ahí.

Los pensamientos de Dan retornaron a John Dalton. Otros miembros del Programa habían hablado de su peculiar capacidad para encontrar cosas; John, nunca. No era de extrañar, en realidad. Los médicos hacían un voto de confidencialidad similar al de Alcohólicos Anónimos, ¿verdad? Lo cual, en el caso de John, resultaba en una especie de doble cobertura.

—¿Podrías llamar tú a los padres de Trevor? —estaba diciendo Abra—. ¿O a la oficina del sheriff de Canton? A mí no me creerían, pero creerán a un adulto.

—Supongo que sí. —Aunque, claro, un hombre que supiera dónde estaba enterrado el cuerpo automáticamente pasaría a encabezar la lista de sospechosos, así que, si lo hacía, debería tener mucho, muchísimo cuidado con la *manera* de abordarlo.

Abra, en menudo lío me estás metiendo.

—Lo siento —susurró la niña.

Dan le cubrió una mano con la suya y le dio un suave apretón.

—No, no tienes por qué. Se supone que no *deberías* haberlo oído.

—¡Ay, Dios! —exclamó ella, enderezándose—. Por ahí viene Yvonne Stroud. Va en mi salón.

Dan retiró la mano a toda prisa. Vio a una chica rolliza, morena, de aproximadamente la edad de Abra, acercándose por la acera. Cargaba una mochila a la espalda y llevaba una libreta de argollas apretada contra el pecho. Le brillaban los ojos, inquisitivos.

—Querrá saberlo todo sobre ti —advirtió Abra—. Y quiero decir *todo*. Y es de las que *hablan*.

Oh, oh.

Dan miró a la chica que se aproximaba.

(*no somos interesantes*)

—Ayúdame, Abra —pidió, y sintió que se sumaba a él. Una vez que estuvieron unidos, el pensamiento ganó instantáneamente en fuerza y profundidad.

(*NO SOMOS PARA NADA INTERESANTES*)

—Muy bien —dijo Abra—. Un poquito más. Hazlo conmigo. Como cantando.

(*APENAS NOS VES NO SOMOS INTERESANTES Y ADEMÁS TIENES MEJORES COSAS QUE HACER*)

Yvonne Stroud apretó el paso por la acera, agitó una mano en un vago gesto de saludo pero no aflojó el ritmo. Subió a la carrera los escalones de la biblioteca y desapareció dentro.

—Vaya, si esto no ha sido espectacular, yo soy el tío de un mono —se asombró Dan.

Ella lo miró con seriedad.

—Según la teoría de la relatividad de Abra, podrías serlo de verdad.

Envió la imagen de unos pantalones en un tendedero.

(*vaqueros*)

Después, los dos reían.

9

Dan la obligó a repasar el asunto del plato giratorio tres veces, quería estar seguro de que lo entendía bien.

—¿Eso tampoco lo has hecho nunca? —preguntó Abra—. ¿Lo de ver a distancia?

—¿Proyección astral? No. ¿Te ha ocurrido muchas veces?

—Solo una o dos. —Lo consideró—. Puede que tres. Una vez me metí dentro de una chica que estaba nadando en el río. Estaba mirándola desde el fondo del jardín de atrás de casa. Tendría yo nueve o diez años, y no sé por qué pasó, porque ella no tenía ningún problema ni nada por el estilo, lo único que hacía era nadar con sus amigos. Esa fue la que más duró, por lo menos tres minutos. ¿Lo llamas proyección astral? ¿Como del espacio exterior?

—Es un término antiguo, de las sesiones de espiritismo de hace cien años, y tal vez no sea muy idóneo. Significa solo que es una experiencia extracorporal. —Suponiendo que algo así pudiera etiquetarse—. Pero... quiero estar seguro de que lo he entendido... ¿la chica del río no se metió dentro de ti?

Abra negó rotundamente con la cabeza e hizo volar su coleta.

—Ni siquiera se enteró de que yo estaba allí. La única vez que funcionó en los dos sentidos fue con esa mujer. La del sombrero. Solo que *entonces* no vi el sombrero porque yo estaba dentro de ella.

Dan usó un dedo para describir un círculo.

—Tú te metiste en ella, ella se metió en ti.

—Sí. —Abra se estremeció—. Fue ella la que cortó a Bradley Trevor hasta que murió. Cuando sonríe tiene un solo diente muy largo, arriba.

Algo relacionado con el sombrero tocó una fibra sensible que le indujo a pensar en Deenie, la mujer de Wilmington. ¿Era porque Deenie llevaba sombrero? No, no llevaba, al menos que él recordara; se había puesto borracho hasta las trancas. Probablemente no significara nada; a veces el cerebro establecía asociaciones fantasma, eso era todo, en especial cuando se hallaba bajo presión, y lo cierto (por poco que le gustara admitirlo) era que Deenie nunca se alejaba de sus pensamientos. Algo tan insignificante como unas sandalias con suela de corcho en el escaparate de una tienda podía traerla de nuevo a su memoria.

—¿Quién es Deenie? —preguntó Abra. Entonces pestañeó rápidamente y se apartó un poco, como si Dan de repente hubiera aleteado una mano delante de sus ojos—. Ups. No debería entrar ahí, supongo. Lo siento.

—No pasa nada, da igual —dijo él—. Volvamos a tu mujer del sombrero. Cuando la viste después, en tu ventana, ¿no fue lo mismo?

—No. Ni siquiera estoy segura de que fuese un resplandor. Creo que era un *recuerdo*, de cuando la vi haciendo daño al chico.

—Entonces ella tampoco te vio. No te ha visto *nunca*.

Si la mujer era tan peligrosa como Abra creía, esa era una cuestión importante.

—No, estoy segura de que no. Pero lo desea. —Lo miró, tenía los ojos muy abiertos y la boca de nuevo temblorosa—. Cuando pasó lo del plato giratorio, pensó en un *espejo*. Quería que me mirara en uno. Quería usar mis ojos para verme.

—¿*Qué* vio a través de tus ojos? ¿Podría localizarte así?

Abra lo consideró detenidamente. Al cabo respondió:

—Estaba asomada a la ventana en ese momento. Lo único que se ve desde ahí es la calle. Y las montañas, claro, pero hay cantidad de montañas en Estados Unidos, ¿no es cierto?

—Cierto.

¿Podría la mujer del sombrero identificar las montañas que había visto a través de los ojos de Abra con una fotografía si realizaba una búsqueda exhaustiva en internet? Como tantos otros aspectos en ese negocio, no había manera de estar seguro.

—¿Por qué lo mataron, Dan? ¿Por qué mataron al niño del beisbol?

Él creía saberlo, y se lo habría ocultado de haber podido, pero incluso ese breve encuentro bastaba para decirle que nunca tendría esa clase de relación con Abra Rafaella Stone. Los alcohólicos en recuperación se esmeraban por lograr «total sinceridad en todos nuestros asuntos», pero rara vez lo conseguían; Abra y él no podían evitarla.

(*alimento*)

La chica lo miró fijamente, horrorizada.

—¿Se comen su *resplandor*?

(*creo que sí*)

(*¿son VAMPIROS?*)

Y luego, en voz alta:

—¿Como en *Crepúsculo*?

—Distintos —dijo Dan—. Y por el amor de Dios, Abra, no hago más que especular.

La puerta de la biblioteca se abrió. Dan miró alrededor, temiendo que fuese la excesivamente curiosa Yvonne Stroud, pero era una pareja que solo tenía ojos el uno para el otro. Se volvió hacia Abra.

—Tenemos que dejarlo aquí por hoy.

—Lo sé. —Abra levantó una mano, se frotó los labios, se dio cuenta de lo que hacía, y la posó de nuevo en el regazo—. Pero es que tengo tantas preguntas y quiero saber tantas cosas... ¡Nos llevaría *horas*!

—Horas que no tenemos. ¿Estás segura de que era un Sam's?

—¿Qué?

—¿Estaba en un supermercado Sam's?

—Ah, sí.

—Conozco la cadena. Incluso he comprado en alguno, pero no por aquí.

Ella sonrió burlona.

—Normal, tío Dan, aquí no hay ninguno. Están todos en el oeste. También lo busqué en Google. —Su sonrisa se esfumó—. Hay cientos de ellos, desde Nebraska hasta California.

—Necesito pensar sobre esto un poco más, y tú también. Puedes ponerte en contacto conmigo por e-mail si es importante, pero sería mejor que nos limitáramos a... —Se dio un golpecito en la frente—. Zip-zip. ¿Entiendes?

—Sí —asintió ella, y sonrió—. Lo único bueno de esto es tener un amigo que sabe cómo hacer zip-zip. Y que sabe lo que es.

—¿Podrás usar el pizarrón?

—Claro. Es facilísimo.

—Ten siempre presente una cosa, una por encima de todas las demás. Es probable que esa mujer no sepa cómo localizarte, pero sabe que estás en algún lugar.

Abra permaneció callada. Dan tanteó en busca de sus pensamientos, pero ella los protegía.

—¿Puedes instalar una alarma antirrobo en tu cabeza, para que si ella está en algún sitio cercano, ya sea mentalmente o en persona, lo sepas?

—Crees que va a venir a buscarme, ¿verdad?

—Es posible que lo intente. Por dos razones. La primera, porque sabes que ella existe.

—Y sus amigos —susurró Abra—. Tiene cantidad de amigos.

(*con linternas*)

—¿Cuál es la otra razón? —Y antes de que él pudiera contestar—: Porque sería un buen alimento. Igual que lo fue el niño del beisbol. ¿No es cierto?

No tenía sentido negarlo; para Abra, la frente de Dan era una ventana.

—¿*Podrás* instalar una alarma? ¿Una alarma de proximidad? Es...

—Ya sé lo que significa «proximidad». No sé si podré, pero lo intentaré.

Supo lo que ella diría a continuación antes de que lo dijera y sin lectura de mente de por medio. Al fin y al cabo era solo una niña. Esta vez cuando Abra le tomó la mano, no la retiró.

—Promete que no dejarás que me atrape, Dan. *Prométemelo*.

Lo hizo, porque era una niña y necesitaba consuelo. Sin embargo, solo existía una manera de mantener tal promesa, y era eliminar la amenaza.

Lo volvió a pensar: *Abra, en menudo lío me estás metiendo.*

Y ella lo repitió, pero esta vez no en voz alta:

(*lo siento*)

—No es culpa tuya, chiquilla. No

(*lo pediste*)

así como tampoco lo pedí yo. Ve adentro con tus libros. Yo tengo que volver a Frazier. Me toca turno de noche.

—Está bien. Pero somos amigos, ¿verdad?

—Totalmente.

—Me alegro.

—Y te apuesto lo que quieras a que *El reparador* te va a gustar mucho. No creo que tengas problemas para entenderlo, seguro que tú ya reparaste unas cuantas cosas en tus tiempos, ¿me equivoco?

Unos bonitos hoyuelos hundieron las comisuras de su boca.

—Dímelo tú.

—Oh, créeme —dijo Dan.

La miró mientras subía los escalones, pero entonces Abra se detuvo y dio media vuelta.

—No sé quién es la mujer del sombrero, pero conozco a uno de sus amigos. Se llama Barry el Chivo, o algo parecido. Me apuesto a que donde esté ella, Barry el Chivo estará cerca. Y a él podría localizarlo si tuviera el guante de beisbol del niño. —Lo miró, una mirada fija y penetrante de aquellos hermosos ojos azules—. Sabría dónde está porque *Barry el Chivo lo llevó puesto un rato.*

10

A medio camino de Frazier, cavilando sobre la mujer del sombrero de Abra, Dan recordó algo que sacudió su cuerpo de arriba abajo. Estuvo a punto de traspasar la doble línea amarilla de un volantazo, y un camión que se aproximaba por la carretera 16 con rumbo al oeste le pegó un bocinazo de forma airada.

Había sucedido hacía doce años, cuando Frazier aún era nuevo para él y su sobriedad era sumamente frágil e inestable. Iba caminando hacia la casa de la señora Robertson, donde justo aquel día acababa de conseguir una habitación. Se avecinaba una tormenta, así que Billy Freeman lo había mandado a casa con un par de botas. *No parecen gran cosa, pero por lo menos hacen juego.* Al doblar la esquina de Morehead con Eliot Street, había visto...

Más adelante había un área de servicio. Dan aparcó en ella y caminó hacia el sonido de agua corriente. Se trataba del río Saco, por supuesto, que discurría a través de dos docenas de pueblecitos entre North Conway y Crawford Notch, enlazados como cuentas de un collar.

Vi un sombrero llevado por el viento en la cuneta. Una chistera maltrecha, como la que podría usar un mago. O un actor en una comedia musical antigua. Solo que, en realidad, no estaba allí, porque cuando cerré los ojos y conté hasta cinco, desapareció.

—Muy bien, fue un resplandor —le dijo a la corriente de agua—. Pero eso no lo convierte necesariamente en el sombrero que vio Abra.

Salvo que no lo creía, porque más tarde aquella noche había soñado con Deenie. Estaba muerta, con el rostro colgándole del cráneo como trozos de masa de pan de una varilla; muerta y envuelta en la manta que Dan había robado del carrito de supermercado de un vagabundo. *Mantente alejado de la mujer del sombrero, Osito.* Eso le había aconsejado. Y algo más... ¿qué?

Es la Reina Arpía del Castillo del Infierno.

—Es imposible que te acuerdes —comentó a la corriente de agua—. Nadie recuerda un sueño doce años más tarde.

Pero él sí. Y en ese momento recordó el resto de la advertencia que la mujer muerta de Wilmington le había dado.

Si te enfrentas a ella, te comerá vivo.

11

Entró en su cuarto en el torreón poco después de las seis portando una bandeja de comida de la cafetería. Miró primero el pizarrón, y sonrió por lo que vio escrito allí:

Gracias por creerme.

Como si tuviera elección, cariño.

Borró el mensaje de Abra y luego se sentó a la mesa con su cena. Tras salir del área de servicio, sus pensamientos habían retornado a Dick Hallorann. Suponía que era algo normal; cuando alguien te pedía que le enseñaras, acudías a tu propio maestro para que te explicara cómo hacerlo. Dan había roto el contacto con Dick durante los años de borrachera (sobre todo por vergüenza), pero pensó que seguramente podría descubrir qué le había ocurrido al viejo compadre. Tal vez hasta pudiera ponerse en contacto con él, si Dick seguía vivo. Y oye, cantidad de personas vivían hasta los noventa y tantos si se cuidaban. La bisabuela de Abra, por ejemplo, ahí estaba.

Necesito respuestas, Dick, y eres la única persona que conozco que podría tener algunas. Conque hazme un favor, amigo, y sigue vivo.

Encendió la computadora y abrió el Firefox. Sabía que Dick había pasado los inviernos como cocinero en una serie de complejos hoteleros en Florida, pero no recordaba los nombres, ni siquiera en qué costa estaban. Probablemente en ambas; Naples un año, Palm Beach el siguiente, Sarasota o Cayo Hueso el año después. Siempre había trabajo para un hombre que sabía complacer paladares, en particular los paladares ricos, y Dick había sabido complacerlos como nadie en el sector. A Dan se le ocurrió que su mayor ventaja podría ser la inusual ortografía del apellido de Dick: no Halloran, sino Hallorann. Tecleó **Richard Hallorann** y **Florida** en el cuadro de búsqueda y luego presionó ENTER. Obtuvo miles de resultados, pero estuvo casi seguro de que el que buscaba era el tercero desde arriba y dejó escapar un débil suspiro de decepción. Hizo click en el enlace y apareció un artículo del *Herald* de Miami. Incuestionable. Cuando además del nombre se mencionaba la edad en el titular, uno sabía exactamente lo que estaba viendo.

Richard «Dick» Hallorann, destacado chef de South Beach, 81 años.

Incluía una foto. Era pequeña, pero Dan habría reconocido en cualquier parte su rostro alegre y cómplice, astuto. ¿Habría muerto solo? Dan lo dudaba. Había sido un hombre demasiado sociable... y demasiado aficionado a las mujeres. Seguro que estuvo bien acompañado en su lecho de muerte, pero las dos personas a las que había salvado aquel invierno en Colorado no estuvieron presentes. Wendy Torrance tenía una excusa válida: había fallecido antes que él. Su hijo, sin embargo...

¿Estaba él en algún garito, atiborrado de whisky y poniendo canciones de country camionero en la rockola, cuando Dick partió? ¿Quizá pasó esa noche en una celda por alterar el orden público?

La causa de la muerte había sido un infarto. Desplazó la página hacia arriba y comprobó la fecha: 19 de enero de 1999. El hombre que había salvado la vida a Dan y a su madre llevaba muerto casi quince años. No recibiría ayuda por ese lado.

Oyó a su espalda el leve chirrido de la tiza sobre el pizarrón. Se quedó sentado y sin moverse, con la comida enfriándose y la computadora portátil abierta frente a él. Luego, lentamente, se giró.

La tiza seguía en la repisa, pero en el pizarrón estaba apareciendo un dibujo. Era tosco aunque identificable. Era un guante de beisbol. Cuando estuvo acabado, la tiza —invisible, pero emitiendo aún aquel chirrido— trazó un signo de interrogación en el bolsillo del guante.

—Tengo que pensarlo —dijo Dan, pero antes de que tuviera ocasión de hacerlo, el interfón zumbó llamando al Doctor Sueño.

CAPÍTULO NUEVE

LAS VOCES DE NUESTROS AMIGOS MUERTOS

1

Con ciento dos años, Eleanor Ouellette era, en el otoño de 2013, la huésped más vieja de la Residencia Rivington, lo bastante para que su apellido nunca se hubiera americanizado. No respondía a «*Willet*», sino a una pronunciación francesa mucho más elegante: «Uhlét». Dan a veces la llamaba señorita Ooh La Lá, lo cual siempre le arrancaba una sonrisa. Ron Stimson, uno de los cuatro médicos que hacían las rondas diarias regulares en el centro, le dijo en una ocasión que Eleanor era la prueba de que uno se aferra a la vida.

—Su función hepática es nula, tiene los pulmones hechos polvo porque ha fumado durante ochenta años, padece cáncer de colon, que avanza a paso de tortuga pero es sumamente maligno, y las paredes de su corazón son tan finas como los bigotes de un gato. Y, sin embargo, resiste.

Si Azreel tenía razón (y por la experiencia de Dan, nunca se equivocaba), el usufructo de vida de Eleanor estaba a punto de expirar, pero la anciana no daba la menor impresión de hallarse en el umbral de la muerte. Al entrar, Dan la encontró sentada en la cama acariciando al gato. Lucía un elegante permanente —la peluquera la había visitado el día anterior— y su camisón rosa estaba tan inmaculado como siempre; la mitad superior proporcionaba una pizca de color a sus mejillas exangües, y la mitad inferior se desplegaba en torno a los palillos que tenía por piernas como un vestido de gala.

Dan se llevó las manos a ambos lados de la cara, separando y moviendo con rapidez los dedos.

—*Ooh-la-la! Une belle femme! Je suis amoreux!*

La anciana puso los ojos en blanco, luego ladeó la cabeza y sonrió.

—Maurice Chevalier no serás, pero me gustas, *cher*. Eres alegre, lo cual es importante, eres pícaro, lo cual es aún más importante, y tienes un bonito culo, lo cual es *importantísimo*. El trasero de un hombre es el pistón que mueve el mundo, y el tuyo es estupendo. En mis buenos tiempos te lo hubiera estrujado bien y luego te habría comido vivo. Preferiblemente junto a la piscina de Le Meridien en Montecarlo, con un público de admiradores que aplaudieran mis esfuerzos a mi alrededor.

Su voz, ronca pero cadenciosa, conseguía que esa imagen resultara más encantadora que vulgar. Para Dan, la voz estertórea de Eleanor, áspera por los cigarros, era la de una cabaretera que había visto y hecho de todo antes de que el ejército alemán marchara a paso de ganso por los Campos Elíseos en la primavera de 1940. Arrastrada, quizá, pero en absoluto erosionada. Y aunque era cierto que la anciana parecía la muerte de Dios personificada a pesar del tenue color reflejado en su rostro por un camisón elegido con astucia, no había cambiado nada desde 2009, el año en que se trasladó a la habitación 15 de Rivington Uno. Tan solo la presencia de Azzie indicaba que esa noche era distinta.

—Estoy seguro de que habría sido maravilloso —dijo él.

—¿Te ves con mujeres, *cher*?

—No, en la actualidad no. —Con una excepción, y ella era demasiado joven para el *amour*.

—Una lástima. Porque más adelante *esto*... —Levantó un esquelético dedo índice y luego lo dobló—... se convertirá en *esto*. Ya lo verás.

Dan sonrió y se sentó en la cama. Como se había sentado en tantas otras.

—Eleanor, ¿qué tal se encuentra?

—No muy mal. —Observó cómo Azzie bajaba de un salto y se escurría por la puerta, había terminado su trabajo por esa noche—. He tenido muchas visitas. Han puesto nervioso a tu gato, pero ha aguantado hasta que llegaste.

—No es mi gato, Eleanor. Pertenece a la casa.

—No —replicó ella, como si el tema ya no le interesara demasiado—, es tuyo.

Dan dudaba de que Eleanor hubiera recibido alguna visita (sin contar a Azreel, claro). Ni esa noche, ni en la última semana o el último mes, ni en el último año. Se hallaba sola en el mundo. Incluso el dinosaurio de contador que había cuidado de sus asuntos económicos durante tantos años y venía a verla una vez cada trimestre, moviéndose pesadamente y portando un maletín grande como la cajuela de un Saab, ya había pasado a mejor vida. La señorita Ooh La Lá afirmaba tener familiares en Montreal, «pero no me queda suficiente dinero para que les valga la pena visitarme, *cher*».

—¿Quién ha venido? —preguntó Dan, imaginando que tal vez se refiriera a Gina Weems o a Andrea Bottstein, las dos enfermeras que hacían ese día el turno de tres a once en Rivington Uno. O quizá Poul Larson (un lento pero decente celador en quien Dan pensaba como el anti Fred Carling) había entrado a charlar un rato.

—Como ya he dicho, muchos. Ahora mismo están pasando. Un desfile interminable. Sonríen, se inclinan, un niño menea la lengua como la cola de un perro. Algunos hablan. ¿Conoces al poeta George Seferis?

—No, señora, no lo conozco.

¿*Había* otros allí? Tenía razones para creer que era posible, pero no captaba ninguna sensación de ellos. Aunque tampoco era que la captara siempre.

—El señor Seferis pregunta: «¿Son estas las voces de nuestros amigos muertos, o tan solo el gramófono?». Los niños son los más tristes. Había un chico aquí que se cayó dentro de un pozo.

—¿De verdad?

—Sí, y una mujer que se suicidó con el resorte de un somier.

No percibía el menor indicio de una presencia. ¿Podía su encuentro con Abra Stone haberlo debilitado? Era posible, pero en cualquier caso el resplandor iba y venía en mareas que él nunca había sido capaz de poner en un gráfico. No obstante, intuía que no se trataba de eso. Intuía que Eleanor había caído en la demencia. O tal vez se estuviera quedando con él. No era imposible. Eleanor Ooh La Lá era muy bromista. Alguien (¿Oscar Wilde?) tenía fama de haber vacilado en su lecho de muerte: *O se va ese papel pintado, o me voy yo.*

—Debes esperar —dijo Eleanor. Ya no había humor en su voz—. Las luces anunciarán una llegada. Puede que haya otras perturbaciones. La puerta se abrirá. Entonces vendrá *tu* visitante.

Dan miró sin demasiado convencimiento la puerta que daba al pasillo, que ya estaba abierta. Siempre la dejaba así para que Azzie pudiera marcharse si lo deseaba. Normalmente lo hacía una vez que Dan se presentaba para hacerse cargo de la situación.

—Eleanor, ¿no quiere un jugo?

—Me tomaría uno si me quedara tiem... —empezó a decir, y de pronto la vida abandonó su rostro como el agua escapa de una vasija agujereada. Sus ojos se clavaron en un punto por encima de la cabeza de Dan y su boca quedó abierta. Se le desinflaron las mejillas y el mentón casi se hundió en su escuálido pecho. El arco superior de su dentadura se desprendió, se deslizó sobre el labio inferior y quedó suspendida en una inquietante mueca al aire libre.

Carajo, sí que ha sido rápido.

Con cuidado, pasó un dedo por debajo de la prótesis y la destrabó. El labio inferior se estiró y luego retrocedió de golpe con un ligero chasquido. Dan puso la dentadura en la mesilla de noche, hizo ademán de levantarse pero volvió a sentarse. Aguardó a la neblina roja que la enfermera de Tampa había llamado «la boqueada»... como si fuera una inhalación en vez de un hálito. No llegó.

Debes esperar.

Muy bien, podía esperar, al menos durante un rato. Trató de alcanzar la mente de Abra y no encontró nada. Quizá eso fuera bueno. Acaso estuviera ya haciendo lo posible por proteger sus pensamientos. O quizá la propia capacidad de Dan —su *sensibi-*

lidad— había partido. De ser así, no importaba. Regresaría. Siempre había regresado, en cualquier circunstancia.

Se preguntó (como se había preguntado otras veces antes) por qué nunca veía moscas en los rostros de los huéspedes de la Residencia Rivington. Quizá porque no era necesario. Al fin y al cabo contaba con Azzie. ¿Veía el gato algo con aquellos sabios ojos verdes? Quizá no moscas pero... ¿*algo*? Así debía de ser.

¿Son estas las voces de nuestros amigos muertos, o tan solo el gramófono?

¡Reinaba tanto silencio esa noche en la planta y aún era tan temprano...! No se oía ruido de conversaciones en la sala común al final del pasillo. Ningún aparato de televisión o radio emitía. No oía el crujido de los tenis de Poul ni a Gina y Andrea hablando en voz baja en la sala de enfermeras. No sonaba ningún teléfono. Y en cuanto a su reloj...

Levantó la mano. No era de extrañar que no oyera su débil tictac. Se había parado.

El tubo fluorescente del techo se apagó y solo quedó encendida la lámpara de mesa de Eleanor. El fluorescente volvió a encenderse, y la lámpara parpadeó hasta apagarse. Se encendió de nuevo. Entonces, ambas se extinguieron de forma simultánea. Encendidas... apagadas... encendidas.

—¿Hay alguien aquí?

La jarra sobre la mesilla de noche tintineó, luego se acalló. La dentadura que Dan había retirado emitió un chasquido inquietante. Una extraña onda recorrió la sábana de la cama de Eleanor, como si algo debajo de ella se hubiera puesto, asustado, en repentino movimiento. Un soplo de aire cálido plantó un rápido beso en la mejilla de Dan, luego se esfumó.

—¿Quién es?

El corazón continuaba latiéndole a un ritmo regular, pero lo sentía en el cuello y las muñecas. Notaba el pelo de la nuca espeso y erizado. De repente supo lo que Eleanor había presenciado en sus últimos momentos: un desfile de

(*gente fantasma*)

muertos, entrando en la habitación a través de una pared y desapareciendo por la opuesta. ¿Desapareciendo? No, partiendo. Dan no conocía a Seferis, pero sí a Auden: *La Parca se lleva al que nada en oro, al tremendamente gracioso y a aquellos bien dotados*. Ella los había visto a todos y se encontraban aquí a...

Pero no. Dan sabía que no. Los fantasmas que había visto Eleanor se habían ido y ella se había unido a su desfile. A Dan se le había dicho que esperara, y estaba esperando.

La puerta que daba al pasillo giró despacio sobre sus goznes, hasta cerrarse. La puerta del baño se abrió.

De la boca muerta de Eleanor Ouellette surgió una única palabra.

—Danny.

2

Al entrar en el municipio de Sidewinder, pasas una señal que dice ¡BIENVENIDO A LA CIMA DE AMÉRICA! No lo es, pero se acerca. A treinta kilómetros del lugar donde la ladera oriental se convierte en la occidental, un camino de tierra sale de la carretera principal y serpentea hacia el norte. En el arco de madera quemada que se alza sobre esta vía secundaria y poco transitada dice ¡BIENVENIDO AL Campamento BLUEBELL! ¡QUÉDESE UNA TEMPORADA, SOCIO!

Suena a la buena y vieja hospitalidad del Oeste, pero los lugareños saben que muy a menudo el paso está cortado, y en esas ocasiones un letrero menos amistoso cuelga de la verja: CERRADO HASTA NUEVO AVISO. Cómo hacen negocio es un misterio para la gente de Sidewinder, a la que le gustaría ver el Bluebell abierto todos los días en que las carreteras del interior no estén cerradas a causa de la nieve. Echan de menos el comercio que el Overlook solía atraer, y esperaban que el campamento lo compensaría al menos en parte (aunque saben que la Gente Campista no maneja el mismo dinero que la Gente Hotelera solía insuflar a la economía local). No había sido el caso. El consenso general es que ese campamento es un paraíso fiscal de alguna gran corporación, una empresa creada para perder dinero.

Es un paraíso, de acuerdo, pero la empresa a que da cobijo es el Nudo Verdadero, y cuando se asientan allí, los únicos vehículos en la gran zona de estacionamiento son los suyos, con el EarthCruiser de Rose la Chistera erigiéndose el más alto entre ellos.

Aquella noche de septiembre, nueve miembros del Nudo estaban reunidos en el edificio de techo alto, deliciosamente rústico, conocido como Pabellón Overlook. Cuando el campamento abría al público, el Pabellón hacía las veces de restaurante y servía dos comidas al día: desayuno y cena. De la cocina se encargaban Eddie el Corto y Mo la Grande (nombres de palurdo, Ed y Maureen Higgins). Ninguno estaba a la altura de los estándares culinarios de Dick Hallorann —¡pocos lo estaban!—, pero es difícil hacerlo mal con las cosas que le gusta comer a la Gente del campo: pastel de carne, macarrones con queso, pastel de carne, hot cakes bañados en jarabe Log Cabin, pastel de carne, estofado de pollo, pastel de carne, revoltillo de atún, y pastel de carne con salsa de champiñones. Después de la cena se recogían las mesas para jugar al bingo o a las cartas. Los fines de semana había baile. Tales festejos se celebraban únicamente cuando el campamento estaba abierto. Esa noche —mientras tres husos horarios al este Dan Torrance esperaba a su visitante sentado en la cama de una mujer muerta—, en el Pabellón Overlook se estaban negociando asuntos de muy distinta índole.

Jimmy el Números presidía una mesa que se había instalado en el centro del abrillantado suelo de arce. Su PowerBook estaba abierto y el escritorio mostraba una fotografía de su pueblo natal, que daba la casualidad de estar en lo más profundo de los Cárpatos. (A Jimmy le gustaba bromear con que su abuelo en una ocasión había invitado a un joven procurador de Londres llamado Jonathan Harker.)

Apiñados a su alrededor, mirando la pantalla, estaban Rose, Papá Cuervo, Barry el Chino, Andi Colmillo de Serpiente, Charlie el Fichas, Annie la Mandiles, Doug el Diésel y Abuelo

Flick. Ninguno de ellos quería situarse cerca de este último, que olía como si hubiera sufrido un accidente menor en los pantalones y hubiera olvidado lavarse luego (un hecho que en esos días sucedía cada vez con mayor frecuencia), pero se trataba de una cuestión importante y no tenían más remedio que soportarlo.

Jimmy el Números era un tipo corriente con entradas y rostro agradable, si bien vagamente simiesco. Aparentaba unos cincuenta años, la tercera parte de su edad real.

—Busqué en Google «Lickety-Spliff» y no encontré nada útil, cosa que ya esperaba. En caso de que les interese, «*lickety-spliff*» es jerga de los adolescentes y significa hacer algo muy despacio en vez de muy rápido…

—No nos interesa —le cortó Doug el Diésel—. Y por cierto, Abuelo, apestas un poquito. No te ofendas, pero ¿cuándo fue la última vez que te limpiaste el culo?

Abuelo Flick le enseñó los dientes, desgastados y amarillos pero todos suyos.

—Me lo limpió tu mujer esta mañana, Deez. Con la cara, da la casualidad. Un poco asqueroso, pero parece que a ella le gustan esas…

—Cierren el pico, los dos —intervino Rose. Su voz, sin inflexiones, no era amenazadora, pero Doug y Abuelo retrocedieron encogidos ante ella con la expresión propia de un colegial escarmentado—. Continúa, Jimmy. Pero no te desvíes del tema. Quiero tener un plan concreto, y pronto.

—Los demás se van a mostrar reacios por muy concreto que sea el plan —apuntó Cuervo—. Dirán que ha sido un buen año de vapor: lo de aquel cine, el incendio de la iglesia en Little Rock y el atentado terrorista en Austin. Sin olvidar Juárez. Tenía mis dudas en cuanto a lo de ir al sur de la frontera, pero estuvo bien.

Mejor que bien, en realidad. Juárez había llegado a ser conocida como la capital mundial del crimen, nombre que se había ganado por los más de dos mil quinientos homicidios que se cometían ahí al año, muchos precedidos de tortura. La atmósfera dominante había sido extremadamente rica. No era vapor puro, y eso hacía que se sintieran algo mal del estómago, pero cumplía su función.

—Todos esos putos frijoles me daban diarrea —dijo Charlie el Fichas—, pero he de admitir que la cosecha fue excelente.

—Ha *sido* un buen año, sí —coincidió Rose—, pero no podemos convertir los viajes a México en una costumbre; llamamos demasiado la atención. Allí abajo somos *americanos* ricos. Aquí nos fundimos con el paisaje. ¿Y no estás cansado de vivir de año en año? ¿De estar siempre de acá para allá y contando cilindros? Esto es diferente. Esto es la veta madre.

Ninguno de ellos replicó. Ella era su líder y al final harían lo que se les ordenara, pero no entendían la cuestión. No había problema. Cuando se encontraran con la niña lo entenderían. Y cuando la tuvieran encerrada y produciendo vapor prácticamente cada vez que quisieran, se arrodillarían gustosos y besarían los pies de Rose. Quizá ella hasta los animaría.

—Sigue, Jimmy, pero ve al grano.

—Estoy segurísimo de que captaste una versión en jerga adolescente de Lickety-Split. Es una cadena de supermercados de Nueva Inglaterra. Hay setenta y tres en total, desde Providence hasta Presque Isle. Cualquier niño de primaria con un iPad habría tardado dos minutos en averiguarlo. Imprimí las ubicaciones y usé Whirl360 para conseguir imágenes. Encontré seis que tienen vistas de montañas. Dos en Vermont, dos en New Hampshire, y dos en Maine.

Cogió el maletín de su computadora portátil de debajo de la silla, hurgó en el bolsillo lateral, sacó una carpeta y se la entregó a Rose.

—Estas no son fotos de las tiendas, son fotos de las montañas que pueden verse desde los vecindarios donde están las tiendas. Una vez más, cortesía de Whirl360, que es muchísimo mejor que Google Earth, y que Dios bendiga su corazoncito fisgón. Echa un vistazo a ver si te suenan. O si hay alguna que se pueda descartar definitivamente.

Rose abrió la carpeta y examinó detenidamente las fotografías. Las dos que mostraban las Green Mountains de Vermont las desechó al instante. Una de las localizaciones de Maine tampoco era correcta: mostraba una única montaña, y ella había visto una cordillera. Se demoró en las otras tres. Finalmente se las devolvió a Jimmy el Números.

—Una de estas.

El contador miró el reverso de las fotos.

—Fryeburg, Maine..., Madison, New Hampshire..., Anniston, New Hampshire. ¿Tienes algún presentimiento de cuál de las tres es?

Rose volvió a examinarlas, y al cabo se quedó con las fotos de las Montañas Blancas vistas desde Fryeburg y Anniston.

—Creo que es una de estas, pero tengo que asegurarme.

—¿Cómo vas a hacerlo? —preguntó Cuervo.

—La visitaré.

—Si lo que has dicho es cierto, podría ser peligroso.

—Lo haré cuando esté dormida. Las jovencitas duermen profundamente. Nunca sabrá que estuve allí.

—¿Estás segura de que es necesario? Los tres lugares están bastante cerca unos de otros. Podríamos comprobarlos todos.

—¡Sí! —exclamó Rose—. Patrullaremos las calles y preguntaremos a la gente: «Estamos buscando a una niña del barrio, pero parece que no podemos leer su paradero como hacemos normalmente, así que échenos una manita. ¿Ha notado si alguna chica de secundaria de por aquí tiene poderes precognitivos o telepáticos?».

Papá Cuervo lanzó un suspiro, hundió sus grandes manos en los bolsillos y se limitó a mirarla.

—Lo siento —se disculpó Rose—. Estoy un poco nerviosa, ¿está bien? Quiero hacerlo y terminar con esto. Y no te preocupes por mí. Sé cuidar de mí misma.

3

Dan permaneció sentado mirando a la difunta Eleanor Ouellette. Miraba los ojos abiertos, que empezaban a ponerse ya vidriosos. Miraba las minúsculas manos con las palmas vueltas hacia arriba. Miraba sobre todo la boca abierta. En su interior habitaba el silencio atemporal de la muerte.

—¿Quién eres? —preguntó, pensando: *Como si no lo supiera.* ¿No había deseado respuestas?

—*Cómo has crecido.*

Los labios no se movieron, y las palabras parecían carecer de emoción. Quizá la muerte hubiera robado a su viejo amigo sus sentimientos humanos, y qué pena más amarga sería. O quizá se tratara de otra persona, haciéndose pasar por Dick. U otra *cosa.*

—Si eres Dick, demuéstralo. Dime algo que solo él y yo supiéramos.

Silencio. Pero la presencia continuaba allí. La sentía. Entonces:

—*Me preguntaste por qué querría la señora Brant los pantalones del hombre que le entregó su coche.*

Al principio Dan no tuvo la menor idea de a qué se refería la voz. Entonces lo comprendió. El recuerdo se encontraba en los estantes superiores donde guardaba todos los malos recuerdos del Overlook. Y sus cajas de seguridad, por supuesto. La señora Brant había dejado el hotel el día en que Danny y sus padres llegaron, y él había captado un pensamiento al azar de la mujer cuando el mozo del Overlook le entregaba su vehículo: *Me gustaría meterme en sus pantalones.*

—*No eras más que un chiquillo con una radio enorme dentro de la cabeza. Me sentí muy apenado por ti. Y asustado. Y tenía razones para asustarme, ¿no es cierto?*

En estas palabras se percibía un vago eco de la amabilidad y el humor de su viejo amigo. Era Dick, de acuerdo. Dan miró mudo de asombro a la mujer muerta. Las luces de la habitación parpadearon de nuevo. La jarra del agua volvió a tintinear brevemente.

—*No puedo quedarme mucho tiempo, hijo. Estar aquí duele.*

—Dick, hay una niña…

—*Abra.* —Casi un suspiro—. *Es como tú. Todo vuelve.*

—Cree que hay una mujer que va a buscarla. Lleva un sombrero, una chistera anticuada. A veces solo tiene un único diente muy largo arriba. Cuando tiene hambre. Bueno, eso me dijo.

—*Haz tu pregunta, hijo. No puedo quedarme. Para mí, ahora este mundo es un sueño de un sueño.*

—Hay otros. Los amigos de la mujer de la chistera. Abra los vio con linternas. ¿Quiénes son?

Silencio otra vez. Pero Dick aún estaba ahí. Cambiado pero seguía ahí. Dan lo sentía en sus terminaciones nerviosas, como una especie de electricidad deslizándose sobre las superficies húmedas de sus ojos.

—*Son los demonios vacíos. Están enfermos y no lo saben.*

—No lo entiendo.

—*No. Y eso es bueno. Si te los hubieras encontrado alguna vez..., si alguna vez te hubieran siquiera olido..., llevarías mucho tiempo muerto, usado y tirado como un cartón vacío. Es lo que le pasó al que Abra llama «el niño del beisbol». Y a muchos otros. Los niños que resplandecen son sus presas, pero ya lo habías adivinado, ¿verdad? Los demonios vacíos carcomen la tierra como un cáncer la piel. Hubo un tiempo en que montaban en camello por el desierto; hubo un tiempo en que conducían carromatos en Europa del Este. Comen gritos y beben dolor. Sufriste tus horrores en el Overlook, Danny, pero al menos te libraste de esta gente. Ahora que la extraña tiene su mente fija en la chica, no pararán hasta que la atrapen. Podrían matarla. Podrían convertirla. O podrían conservarla y usarla hasta que se consuma, y eso sería lo peor de todo.*

—No lo entiendo.

—*Drénala. Hazla vacía como ellos.* —De la boca muerta brotó un otoñal suspiro.

—Dick, ¿qué cojones se supone que he de hacer?

—*Dale a la chica lo que ha pedido.*

—¿Dónde están ellos, esos demonios vacíos?

—*En tu infancia, de donde proviene todo demonio. No se me permite decir más.*

—¿Cómo los detengo?

—*La única forma es matándolos. Oblígales a tragarse su propio veneno. Hazlo y desaparecerán.*

—La mujer del sombrero, la extraña, ¿cómo se llama? ¿Lo sabes?

Desde el pasillo llegó el ruido de un trapeador escurriéndose en un cubo, y Poul Larson empezó a silbar. El aire de la habitación cambió. Algo que se había mantenido en delicado equilibrio comenzaba a desnivelarse.

—*Acude a tus amigos, aquellos que conocen lo que eres. Me parece que has crecido bien, hijo, pero aún tienes una deuda.* —Hubo una pausa, y luego la voz que pertenecía a Dick Hallorann, pero que al mismo tiempo no era la suya, habló una última vez, en un tono categórico—: *Sáldala.*

La neblina roja se elevó de los ojos, la nariz y la boca de Eleanor. Se cernió sobre su cuerpo tal vez durante cinco segundos, luego se disipó. Las luces permanecieron estables. También el agua de la jarra. Dick se había ido. Dan estaba solo con un cadáver.

Demonios vacíos.

Si alguna vez había oído un término más terrible, no lo recordaba. Sin embargo, tenía sentido... para aquel que había visto el Overlook como lo que realmente era. Aquel lugar había estado lleno de demonios, pero al menos eran demonios *muertos*. No creía que ese fuera el caso de la mujer de la chistera y sus amigos.

Aún tienes una deuda. Sáldala.

Sí. Había abandonado a su suerte al niño del pañal caído y la camiseta de los Braves. No lo repetiría con la chica.

4

Dan esperó en la sala de enfermeras al coche fúnebre de Geordie & Sons, y acompañó a la camilla cubierta hasta la puerta de atrás de Rivington Uno. Después regresó a su habitación y se sentó a observar Cranmore Avenue, ahora completamente desierta. Soplaba una brisa nocturna que despojaba a los robles de las hojas que de forma prematura habían empezado ya a cambiar de color y las hacía volar danzando y haciendo piruetas por la calle. En el otro extremo del parque público, Teenytown estaba igualmente desierto bajo un par de luces de seguridad naranja de alta intensidad.

Acude a tus amigos. Aquellos que conocen lo que eres.

Billy Freeman lo sabía, casi desde el principio, porque poseía un poco de lo que tenía Dan. Y si Dan tenía una deuda, suponía que Billy también, porque el resplandor de Dan, más intenso y brillante, le había salvado la vida.

Aunque no se lo plantearía así.

Tampoco sería necesario.

Luego estaba John Dalton, que había perdido un reloj y que resultó ser el pediatra de Abra. ¿Qué había dicho Dick a través de la boca muerta de Eleanor Ooh La Lá? *Todo vuelve.*

En cuanto a lo que Abra había pedido, era incluso más fácil. Conseguirlo, sin embargo..., podría ser un poco complicado.

5

Cuando Abra se levantó el domingo por la mañana, tenía un correo electrónico de dtor36@nhmlx.com.

> **Abra: He contactado con un amigo usando el talento que compartimos y estoy convencido de que corres peligro. Me gustaría hablar de tu situación con un amigo que tenemos en común: John Dalton. No lo haré a menos que me des permiso. Creo que John y yo podríamos recuperar el objeto que dibujaste en mi pizarrón.**
>
> **¿Has instalado la alarma antirrobo? Puede que ciertas personas te estén buscando, y es muy importante que no te encuentren. Debes tener cuidado. Mis mejores deseos y PONTE A SALVO. Borra este e-mail.**
>
> **Tío D.**

La convenció más el e-mail en sí mismo que su contenido, porque sabía que a Dan no le gustaba comunicarse por esa vía; tenía miedo de que sus padres curiosearan en su correo y creyeran que estaba intercambiando mensajes con «Chester el Pederasta».

¡Si sus padres supieran de qué clase de pederastas debía ella preocuparse *realmente*!

Estaba aterrada, pero también —ahora que brillaba el sol y ninguna demente hermosa con chistera la escudriñaba desde la ventana— muy emocionada. Era como estar en una de esas novelas de amor y terror sobrenatural, esas que la señora Robinson, la bibliotecaria de la escuela, calificaba desdeñosamente de «porno preadolescente». En aquellos libros las chicas coqueteaban con hombres lobo, vampiros —incluso zombis—, pero casi nunca se *convertían* en esas cosas.

Además, se alegraba de que un adulto la defendiera, y no había ningún mal en que fuera guapo, de esa manera un tanto desaliñada que le recordaba un poco a Jax, de *Hijos de la anarquía*, una serie que ella veía en secreto en la computadora de Em.

Envió el e-mail de Tío Dan no solo a la papelera, sino a la papelera *permanente*, que su amiga Emma llamaba «el archivo de novios nuclear». (*Como si tuvieras alguno, Em*, pensó Abra, sarcástica.) Después apagó el portátil y cerró la tapa. No le mandó un e-mail de respuesta. No hacía falta. Solo tenía que cerrar los ojos.

Zip-zip.

Mensaje enviado. Abra se fue a la ducha.

6

Cuando Dan regresó con su café matutino, había un nuevo comunicado en el pizarrón.

Puedes contárselo al doctor John pero A MIS PADRES NO.

No. A sus padres no. Al menos, todavía no. Sin embargo, no le cabía duda de que se percatarían de que *algo* pasaba, y probablemente más pronto que tarde. Cruzaría ese puente (o lo quemaría) cuando llegara al río. Por el momento tenía muchas otras cosas que hacer, empezando por una llamada.

Le contestó un niño que, cuando Dan preguntó por Rebecca, dejó caer el teléfono con un golpe seco y se oyó un grito distante que se alejaba: «*¡Abuela! ¡Es para ti!*». Unos segundos más tarde, Rebecca Clausen tomó la llamada.

—Hola, Becka, soy Dan Torrance.

—Si es por la señora Ouellette, esta mañana he recibido un e-mail de...

—No es eso. Necesito unos días libres.

—¿El Doctor Sueño quiere unos días libres? No me lo puedo creer. ¡Si la pasada primavera prácticamente tuve que echarte a patadas para que te tomaras unas vacaciones! Y aun así te pasabas una o dos veces al día. ¿Es por un asunto familiar?

Dan, que tenía en mente la teoría de la relatividad de Abra, respondió que sí.

CAPÍTULO DIEZ

ADORNOS DE CRISTAL

1

El padre de Abra estaba ante la encimera de la cocina, en bata y revolviendo huevos en un cuenco, cuando sonó el teléfono. En el piso de arriba se oía el agua de la regadera. Si Abra respetaba su habitual *modus operandi* de las mañanas de domingo, el regaderazo continuaría hasta que se agotara el agua caliente.

Miró el visor de llamada entrante. El prefijo era un 617, pero el número que le seguía no correspondía al único que conocía en Boston, el que hacía sonar el teléfono fijo en el departamento de su abuela política.

—¿Diga?

—Oh, David, menos mal que te encuentro. —Era Lucy, y parecía completamente agotada.

—¿Dónde estás? ¿Por qué no llamas desde tu celular?

—En el General de Massachusetts, en una cabina. Aquí no te dejan usar teléfonos celulares, hay carteles por todas partes.

—¿Momo está bien? ¿Y tú?

—Yo sí. En cuanto a Momo, se encuentra estable... ahora... pero durante un rato ha estado muy mal. —Tragó saliva—. Todavía lo está. —Ahí fue cuando Lucy se vino abajo. No solo sollozaba, lloraba a lágrima viva.

David esperó. Se alegraba de que Abra estuviera en la regadera, y confiaba en que el agua caliente durara un buen rato. Aquello tenía mala pinta.

Al cabo Lucy consiguió recuperar el habla.

—Esta vez se ha roto el brazo.

—Ah. De acuerdo. ¿Eso es todo?

—No, ¡no es *todo*! —gritó casi con aquella voz de «por qué los hombres son tan estúpidos» que él detestaba, la voz que formaba parte de su herencia italiana, se decía para sí, sin siquiera considerar la posibilidad de que en ocasiones se comportara verdaderamente *como* un estúpido.

David tomó aire y procuró tranquilizarse.

—Cuéntame, cariño.

Se lo contó, aunque rompió en sollozos otras dos veces y David tuvo que esperar a que se calmara. Su mujer estaba hecha polvo, pero eso constituía solo una parte del problema. Sobre todo, comprendió, estaba empezando a aceptar en su fuero interno lo que su cabeza ya sabía desde hacía semanas: su momo iba a morir de verdad. Quizá no sin sufrir.

Concetta, que ahora dormía con un sueño ligero y discontinuo, se había despertado después de medianoche con necesidad de ir al escusado. En vez de llamar a su nieta para que le acercara el orinal, intentó levantarse e ir al baño por sí misma. Había conseguido sacar las piernas fuera de la cama y sentarse cuando de pronto le sobrevino un mareo, cayó al suelo y aterrizó sobre el brazo izquierdo. No se lo rompió, se lo hizo añicos. Lucy, rendida tras semanas de cuidados nocturnos para los que nunca había recibido ninguna formación, despertó al oír los gritos de su abuela.

—No es que pidiera ayuda —dijo Lucy—, y tampoco es que gritara. Soltaba *alaridos*, como un zorro que tiene una pata destrozada en uno de esos espantosos cepos.

—Cariño, ha debido de ser horrible.

De pie en un rincón de la primera planta donde había máquinas expendedoras y *—mirabile dictu—* unos pocos teléfonos operativos, con el cuerpo dolorido y cubierto de un sudor seco (percibía su propio olor, y no era Light Blue de Dolce & Gabbana), y la cabeza aporreada por la primera migraña que sufría en cuatro años, Lucia Stone supo que nunca podría explicarle lo horrible que había sido en realidad. ¡Había sido una revelación horrenda! Una pensaba que entendía los hechos básicos —mujer envejece, mujer se vuelve achacosa, mujer muere— y entonces descubría que era mucho más complejo. Lo descubría cuando encontraba a la mujer que había escrito algunos de los mejores poemas de su generación yaciendo en un charco de su propia orina, aullando a su nieta que le aliviara el dolor, que hiciera que *parara*, oh *madre de Cristo*, que hiciera que *parara*; cuando veía el antebrazo, previamente liso, retorcido como un trapo de cocina, y oía a la poetisa llamarlo cabrón y luego desear morir para que cesara el dolor.

¿Cómo contarle a su marido que aún estaba medio dormida y petrificada por el miedo a que cualquier cosa que hiciera fuese la equivocada? ¿Cómo contarle que la arañó en la cara cuando intentó moverla y aulló como un perro atropellado en la calle? ¿Cómo explicarle lo que era dejar a su amada abuela tirada en el suelo mientras marcaba el número de emergencias y sentarse luego a su lado a esperar a la ambulancia, obligándola a beber Oxycodona disuelta en agua con una pajita? ¿Cómo explicarle que la ambulancia no llegaba y no llegaba y le vino a la cabeza la canción de Gordon Lightfoot «The Wreck of the *Edmund Fitzgerald*», esa que preguntaba si alguien sabe adónde se va el amor de Dios cuando las olas convierten los minutos en horas? Las olas que se abatían sobre Momo eran olas de dolor, y ella se hundía, y las olas no le daban tregua.

Cuando se puso a gritar de nuevo, Lucy le pasó los brazos por debajo del cuerpo y la subió a la cama con un torpe movimiento en dos tiempos que sabía que sentiría en sus hombros y lumbares durante días, si no semanas; haciendo oídos sordos a los gritos de Momo de *suéltame, me estás matando*. Lucy se sentó después contra la pared, jadeando, con hebras de cabello pegadas a las mejillas, mientras Momo lloraba y se acunaba el brazo espantosamente deformado y le preguntaba por qué le dolía tanto y por qué tenía que ocurrirle eso a ella.

Al cabo había llegado la ambulancia, y un hombre —Lucy no conocía su nombre pero lo bendijo en sus incoherentes oraciones— le había puesto a Momo una inyección que la anestesió. ¿Cómo contarle a su marido que deseó que el medicamento la matara?

—Sí, fue espantoso —se limitó a decir—. Me alegro de que Abra no quisiera venir este fin de semana.

—Sí quería, pero le han dejado mucha tarea y ayer dijo que tenía que ir a la biblioteca. Debía de ser muy importante, porque ya sabes cómo me da la lata para asistir a los partidos de futbol. —Hablaba demasiado, como un tonto. Pero ¿qué otra cosa podía hacer?—. Lucy, siento muchísimo que hayas tenido que pasar por esto tú sola.

—Es que... si la hubieras oído gritar... Entonces tal vez lo entendieras. No quiero volver a oír a nadie gritar así jamás. Ella siempre ha sabido mantener tan bien la calma..., serena cuando los demás perdían la cabeza...

—Lo sé...

—Para luego quedar reducida a lo de esta noche. Las únicas palabras que parecía recordar eran *cabrón* y *mierda* y *coño* y *joder* y *puta* y...

—No le des más vueltas, cariño.

En el piso de arriba, el golpeteo de la ducha había cesado. Abra solo tardaría unos minutos en secarse y ponerse la ropa de los domingos; enseguida bajaría las escaleras, con la camiseta por fuera y los cordones de los tenis sueltos.

Pero Lucy parecía dispuesta a seguir dándole vueltas.

—Recuerdo un poema que escribió una vez. No soy capaz de recitarlo, pero empezaba más o menos así: «Dios es un entendido en objetos frágiles, y decora Su nublado paisaje con adornos del más fino cristal». Solía pensar que era una idea bastante convencional para un poema de Concetta Reynolds, casi cursi.

Y ahí estaba su Abba-Doo —la Abba-Doo de *ambos*— con la piel enrojecida por la ducha.

—¿Va todo bien, papá?

David levantó una mano: *Espera un minuto*.

—Ahora sé lo que significa realmente, y jamás seré capaz de volver a leer ese poema.

—Abby acaba de llegar, cariño —anunció él con una voz de falsa alegría.

—Bien. Tendré que hablar con ella. No te preocupes, no voy a lloriquear más, pero no podemos protegerla de esto.

—¿Y de la peor parte? —preguntó David con tiento.

Abra se hallaba de pie junto a la mesa, su cabello mojado recogido en un par de coletas como si fuera una niña de diez años. Estaba seria.

—Puede —convino Lucy—, pero yo ya no puedo seguir con esto, Davey. Ni siquiera con ayuda durante el día. Creí que podría, pero no puedo. Hay una residencia en Frazier, a pocos kilómetros de casa. La enfermera de admisiones me habló de ella. Creo que los hospitales deben tener una lista de sitios recomendados para este tipo de situaciones. Bueno, el lugar en cuestión se llama Residencia Rivington. Hablé con ellos antes de telefonearte a ti, y hoy les ha quedado una habitación libre. Supongo que anoche Dios tiró otro de Sus adornos de la repisa de la chimenea.

—¿Chetta está despierta? ¿Lo has hablado con…?

—Volvió en sí hace un par de horas, pero estaba confusa. Tenía el pasado y el presente revueltos como en una especie de ensalada.

Y yo mientras dormía como un bendito, pensó David sintiéndose culpable. *Soñando con mi libro, sin duda.*

—Cuando se despeje… suponiendo que lo haga… le diré, con tanta delicadeza como pueda, que la decisión no depende de ella. Es hora de ingresarla en un asilo.

—De acuerdo.

Cuando Lucy decidía algo, cuando lo decidía de verdad, lo mejor era apartarse y dejar que siguiera adelante.

—Papá, ¿está bien mamá? ¿Y Momo?

Abra sabía que su madre se encontraba bien y su bisabuela no. La mayor parte de lo que Lucy había contado a su marido le llegó mientras aún estaba en la ducha; se había quedado allí parada, con lágrimas y champú deslizándose por sus mejillas. Sin embargo, cada vez se le daba mejor lo de poner cara de contenta hasta que alguien le dijera en voz alta que era hora de poner cara triste. Se preguntaba si su nuevo amigo Dan habría aprendido de niño ese truco de las caras. Apostaba a que sí.

—Chia, creo que Abby quiere hablar contigo.

Lucy soltó un suspiro y dijo:

—Pásamela.

David le tendió el teléfono a su hija.

2

A las dos de la tarde de aquel domingo, Rose la Chistera colgó un cartel de NO MOLESTAR A MENOS QUE SEA ABSOLUTAMENTE NECESARIO en la puerta de su cámper extragrande. Había programado cuidadosamente las próximas horas. No ingeriría comida y únicamente bebería agua. En vez de su café de media mañana se había tomado un emético. Cuando llegara el momento de ir tras la mente de la chica, estaría tan limpia como un vaso vacío.

Sin funciones corporales que la distrajeran, Rose conseguiría averiguar cuanto necesitaba: el nombre de la chica, su localización exacta, cuánto sabía y —muy importante— si había hablado con alguien y con quién. Rose permanecería tumbada en su cama doble del EarthCruiser desde las cuatro de la tarde hasta las diez de la noche, mirando al techo y meditando. Cuando su mente estuviera tan limpia como su cuerpo, tomaría vapor de uno de los cilindros del compartimento oculto —bastaría con una bocanada— y una vez más haría girar el mundo hasta que estuviera dentro de la niña y la niña estuviera dentro de ella. A la una de la mañana hora del este, su presa dormiría profundamente y Rose podría hurgar en su mente a voluntad. Quizá hasta fuera posible implantar una sugestión: *Llegarán algunos hombres. Te ayudarán. Ve con ellos.*

Sin embargo, como aquel poeta granjero de la vieja escuela, Bobbie Burns, señaló doscientos años atrás, los planes mejor trazados de ratones y hombres a menudo se truncan, y apenas había comenzado a recitar las frases iniciales de su mantra de relajación cuando oyó que aporreaban su puerta.

—¡Lárgate! —gritó—. ¿No sabes leer?

—Rose, el Nueces está aquí conmigo —anunció Cuervo—. Creo que tiene lo que pediste, pero necesita autorización, y la hora se nos echa encima.

Permaneció tumbada un momento, luego soltó un resoplido furioso y se levantó; echó mano a una camiseta de Sidewinder (¡BÉSAME EN EL TECHO DEL MUNDO!) y se la puso; le llegaba hasta los muslos. Abrió la puerta.

—Más vale que sea importante.

—Podemos volver más tarde —dijo el Nueces. Era un hombrecillo calvo y con estropajos de cabello gris ahuecándose sobre las puntas de sus orejas. Sostenía una hoja de papel en una mano.

—No, pero date prisa.

Se sentaron a la mesa de la cocina-sala de estar. Rose arrancó el papel de las manos del Nueces y lo miró por encima. Se trataba de una especie de diagrama complicado con fórmulas químicas y lleno de hexágonos. No significaba nada para ella.

—¿Qué es?

—Un potente sedante —explicó el Nueces—. Es nuevo, y es limpio. Jimmy consiguió la hoja de especificaciones de uno de nuestros activos en la NSA. La anestesiará sin riesgo de que sufra una sobredosis.

—Sí, podría ser lo que necesitamos, de acuerdo. —Rose era consciente de que sonaba poco entusiasta—. Pero ¿no podías haber esperado hasta mañana?

—Lo siento, lo siento —se disculpó dócilmente el Nueces.

—Yo no —replicó Cuervo—. Si quieres moverte rápido y atrapar a esa chica limpiamente, no solo tendré que ocuparme de conseguir este fármaco, también tendré que organizarlo para que nos lo envíen a uno de nuestros puntos de recogida.

El Nudo poseía cientos de buzones repartidos por todo Estados Unidos, la mayoría en Mail Boxes Etc. y diversas oficinas de UPS. Utilizarlos implicaba hacer planes con días de antelación, porque siempre viajaban en sus cámpers. Los miembros del Nudo evitaban el transporte público tanto como evitaban cortarse el pescuezo. Viajar en avión privado era posible pero incómodo y desagradable; sufrían un mal de altura extremo. El Nueces creía que tenía que ver con su sistema nervioso, que difería radicalmente del de los palurdos. La preocupación de Rose venía motivada por cierto sistema nervioso financiado con el dinero de los contribuyentes. *Muy* nervioso. El Departamento de Seguridad Nacional llevaba monitorizando muy de cerca incluso los vuelos privados desde el 11-S, y la primera regla de supervivencia del Nudo Verdadero era no llamar nunca la atención.

Gracias a la red de autopistas interestatales, los cámpers siempre habían servido a sus propósitos, y servirían también esta vez. Un reducido grupo de asalto, con varios conductores alternándose al volante cada seis horas, podría llegar al norte de Nueva Inglaterra desde Sidewinder en menos de treinta horas.

—De acuerdo —aceptó ella, convencida—. ¿Qué tenemos a lo largo de la I-90 en Nueva York o Massachusetts?

Cuervo ni titubeó ni dijo que tendría que buscar la información.

—EZ Mail Services, en Sturbridge, Massachusetts.

Rose golpeó con los dedos el borde de la hoja con el incomprensible diagrama químico que el Nueces tenía en la mano.

—Haz que envíen este compuesto allí. Usa al menos tres intermediarios, de modo que podamos quedar cubiertos si algo sale mal. Que se pasee de un lado a otro.

—¿Tenemos tanto tiempo? —preguntó Cuervo.

—No veo por qué no —dijo Rose, un comentario que regresaría para atormentarla—. Mándalo al sur, de ahí al Medio Oeste, y luego a Nueva Inglaterra. Que llegue a Sturbridge el jueves. Envíalo por correo urgente, *nada* de FedEx ni UPS.

—Puedo hacerlo —dijo Cuervo. Sin vacilación.

Rose centró su atención en el médico del Nudo.

—Más te vale tener razón, Nueces. Si en vez de dormirla, *sufre* una sobredosis, procuraré que seas el primer Verdadero que se condena al exilio desde Little Big Horn.

El Nueces palideció un poco. Bien. No tenía intención de exiliar a nadie, pero aún estaba molesta por la interrupción.

—Recibiremos el fármaco en Sturbridge, y el Nueces sabrá cómo usarlo —afirmó Cuervo—. No hay problema.

—¿No hay nada más simple? ¿Algo que podamos conseguir por aquí?

—Si quieres asegurarte de que no se nos vaya en plan Michael Jackson, no hay otra cosa —respondió el médico—. Esta sustancia es segura y actúa rápido. Si ella es tan poderosa como por lo visto crees, la rapidez va a ser impor…

—Muy bien, muy bien, entiendo. ¿Hemos acabado?

—Hay un asunto más —dijo el Nueces—. Supongo que podría esperar, pero…

La mujer miró por la ventana y, por todos los santos, ahí se acercaba Jimmy el Números, cruzando afanosamente el estacionamiento adyacente al Pabellón Overlook con otro papel. ¿Por qué había colgado en la perilla el cartel de NO MOLESTAR? ¿Por qué no uno que dijera VENGAN TODOS?

Rose reunió todo su mal humor, lo embutió en un saco, lo almacenó en el fondo de su mente y sonrió animosamente.

—¿Qué pasa?

—Abuelo Flick —dijo Cuervo—, ya no se aguanta su mierda.

—Hace veinte años que no es capaz de aguantársela —replicó Rose—. No querrá ponerse un pañal, y yo no puedo obligarlo. Nadie puede.

—Esto es distinto —dijo el Nueces—. Apenas puede salir de la cama. Baba y Susie Ojo Negro lo están cuidando lo mejor que pueden, pero su cámper apesta a la ira de Dios…

—Se pondrá bien. Le daremos vapor.

Sin embargo, la expresión del Nueces no le gustó. Tommy el Tráiler había muerto dos años antes, y por la forma en que el Nudo medía el tiempo, bien podría haber sucedido hacía dos semanas. ¿Y ahora Abuelo Flick?

—Su mente se está desmoronando —dijo Cuervo sin rodeos—. Y… —Miró al Nueces.

—Petty estaba cuidándolo esta mañana, y cree que lo vio en ciclo.

—*Cree* —recalcó Rose. Se negaba a darle crédito—. ¿Alguien más ha visto cómo sucedía? ¿Baba? ¿Susie?

—No.

Se encogió de hombros como si dijera «ahí lo tienes». Antes de poder continuar la discusión, Jimmy llamó a la puerta, y esta vez ella se alegró de la interrupción.

—¡Adelante!

Jimmy asomó la cabeza.

—¿Seguro que no molesto?

—¡Sí! Ya que estás, ¿por qué no te traes a las Rockettes y a la banda de música de UCLA? Demonios, solo intentaba iniciar una sesión de meditación después de haberme pasado unas agradables horas vomitando las tripas.

Cuervo le echó una indulgente mirada de reproche, y quizá se la mereciera —muy *probablemente* se la merecía, esas personas solo estaban haciendo el trabajo del Nudo que ella les había encomendado—, pero si su segundo alguna vez ocupaba la silla de capitán lo entendería. Nunca un momento para uno mismo a menos que los amenazaras con pena de muerte. Y, en numerosas ocasiones, ni siquiera así.

—Tengo algo que a lo mejor te gustaría ver —anunció Jimmy—. Y como Cuervo y el Nueces ya estaban aquí, me figuré…

—Sé lo que te figuraste. ¿Qué es?

—Estuve buscando en internet noticias sobre los dos pueblos que señalaste, Fryeburg y Anniston. Encontré esto en el *Union Leader*. Es del ejemplar del jueves pasado. Quizá no sea nada.

Rose tomó la hoja. El artículo principal trataba sobre el colegio de algún pueblo rural que había cancelado su programa de futbol debido a recortes presupuestarios. Debajo había una noticia más breve que Jimmy había rodeado con un círculo.

«TERREMOTO DE BOLSILLO» EN ANNISTON

¿Cuán pequeño puede ser un terremoto? Minúsculo, si se ha de creer a los vecinos de Richland Court, una corta calle de Anniston que termina en el río Saco. En la tarde del pasado martes, varios residentes de la mencionada calle informaron de un temblor de tierra que hizo vibrar las ventanas, sacudió los suelos y volcó la cristalería de los estantes. Dane Borland, un jubilado que vive al final de la calle, señaló una grieta que corría a lo ancho de su recién asfaltado camino particular. «Si quiere pruebas, aquí tiene una», dijo.

A pesar de que el Centro de Estudios Geológicos de Wrentham, Massachusetts, informa de que no se produjeron temblores en Nueva Inglaterra el pasado martes, Matt y Cassie Renfrew aprovecharon la ocasión para celebrar una «fiesta del terremoto» a la que asistieron la mayor parte de los vecinos.

Andrew Sittenfeld, del Centro de Estudios Geológicos, afirma que la sacudida que sintieron los habitantes de Richland Court pudo deberse a un pico en el caudal del sistema de alcantarillado o, posiblemente, a un avión militar que rompió la barrera del sonido. Cuando se le hicieron estas sugerencias al señor Renfrew, este se echó a reír alegremente. «Sabemos lo que sentimos», declaró. «Fue un terremoto. No hubo ningún inconveniente serio. Los daños fueron menores y, oiga, armamos una gran fiesta.»

(*Andrew Gould*)

Rose leyó el artículo dos veces, luego alzó la vista; le brillaban los ojos.

—Buen hallazgo, Jimmy.

Este sonrió abiertamente.

—Gracias. Bien, los dejo solos, muchachos.

—Llévate al Nueces contigo, tiene que ver a Abuelo. Cuervo, tú quédate un minuto.

Cuando se hubieron ido, él cerró la puerta.

—¿Crees que la chica originó ese temblor en New Hampshire?

—Sí, lo creo. Si no al cien por cien, por lo menos al ochenta por ciento. Y tener un sitio en el que centrar mi atención, y no solo un pueblo, sino una *calle*, me facilitará muchísimo la tarea de esta noche cuando vaya a buscarla.

—Si pudieras meterle en la cabeza el gusanillo para que se viniera con nosotros, tal vez ni siquiera necesitáramos dejarla fuera de combate.

Rose sonrió pensando otra vez que Cuervo no tenía la menor idea de lo especial que era esa chica. Más adelante pensaría: *Ni yo tampoco. Solo creía que sí.*

—No existen leyes contra la esperanza, supongo. Pero una vez que la tengamos, necesitaremos algo un poco más sofisticado que un sedante, aunque sea de alta tecnología. Necesitaremos una droga milagrosa que la mantenga sumisa hasta que decida que le conviene cooperar por su propio interés.

—¿Nos acompañarás cuando vayamos por ella?

Era algo que Rose había dado por hecho, pero ahora dudó; pensaba en Abuelo Flick.

—No estoy segura.

Cuervo no hizo preguntas —cosa que ella agradeció— y se dirigió a la puerta.

—Procuraré que no vuelvan a molestarte.

—Bien. Y asegúrate de que el Nueces le haga un examen completo a Abuelo, desde el culo hasta el paladar. Si de verdad *ha entrado* en ciclo, quiero saberlo mañana, cuando abandone mi reclusión. —Abrió el compartimento bajo el suelo y sacó un cilindro—. Y dale lo que quede en este.

—¿*Todo*? —preguntó él, sorprendido—. Rose, si está en ciclo, no tiene sentido.

—Dáselo. Hemos tenido un buen año; varios de ustedes me lo han recordado últimamente. Podemos permitirnos una pequeña extravagancia. Además, el Nudo Verdadero solo tiene un abuelo. Se acuerda de cuando los europeos rendían culto a los árboles y no a los departamentos en multipropiedad. No lo perderemos si podemos evitarlo. No somos salvajes.

—Los palurdos opinarían distinto.

—Por eso son palurdos. Y ahora, largo de aquí.

3

Después del día del Trabajo, Teenytown cerraba los domingos a las tres. Esa tarde, a las seis menos cuarto, tres gigantes se sentaron en bancos cerca del final de la mini Cranmore Avenue, empequeñeciendo la farmacia y el cine Music Box de Teenytown (donde, durante la temporada turística, podías espiar por la ventana y ver diminutos clips de películas proyectados en una pantalla diminuta). John Dalton había acudido a la reunión con una gorra de los Red Sox, que plantó en la cabeza de la pequeña estatua de Helen Rivington en la diminuta plaza del palacio de justicia.

—Seguro que era una fiel seguidora —comentó—. Aquí, en el norte, todo el mundo es de los Red Sox. Nadie siente una pizca de admiración por los Yankees, salvo los exiliados como yo. ¿Qué puedo hacer por ti, Dan? Me estoy perdiendo la cena con la familia. Mi esposa es una mujer comprensiva, pero su paciencia tiene un límite.

—¿Qué opinaría de que pasaras unos días conmigo en Iowa? —preguntó Dan—. A mi cuenta, se entiende. Tengo que hacer una visita del Paso Doce a un tío mío que se está matando a base de alcohol y cocaína. Mi familia me ruega que intervenga, y no puedo hacerlo solo.

Alcohólicos Anónimos no tenía reglas, sino muchas tradiciones (que eran, de hecho, reglas). Una de las más férreas establecía que uno nunca atendía por su cuenta una llamada de ayuda de un alcohólico activo, a menos que el enfermo en cuestión estuviera encerrado en un hospital, clínica de desintoxicación o el manicomio local. Si actuabas solo, había muchas probabilidades de que acabaras igualándole copa a copa y raya a raya. La adicción, le gustaba decir a Casey Kingsley, era el regalo que se regalaba una y otra vez.

Dan miró a Billy Freeman y sonrió.

—¿Tienes algo que decir? Adelante, siéntete libre.

—No creo que tengas un tío. Es más, dudo que te quede familia.

—¿Eso es todo? ¿Que lo dudas?

—Bueno... nunca hablas de ellos.

—Hay mucha gente que no habla de su familia. Pero tú *sabes* que no me queda ningún pariente, ¿verdad, Billy?

Este no dijo nada, pero parecía intranquilo.

—Danny, no puedo ir a Iowa —dijo John—. Estoy comprometido hasta el fin de semana.

Dan continuaba centrado en Billy. Metió la mano en el bolsillo, agarró algo y levantó el puño cerrado.

—¿Qué tengo aquí?

Billy parecía más inquieto que nunca. Echó una ojeada a John, no percibió ninguna ayuda por ese lado, y volvió a posar la mirada en Dan.

—John sabe lo que soy —dijo Dan—. Le ayudé una vez, y sabe que he ayudado a otros en el Programa. Estás entre amigos.

Billy lo meditó y al cabo aventuró:

—Podría tratarse de una moneda, pero creo que es una de tus medallas de Alcohólicos Anónimos, de esas que te dan cada vez que cumples un año sobrio.

—¿De qué año es esta?

Billy dudó, tenía la mirada fija en el puño de Dan.

—Déjame echarte una mano —se ofreció John—. Lleva sobrio desde la primavera de 2001, así que si esconde ahí una medalla, probablemente sea del Año Doce.

—Tiene sentido, pero no. —Billy estaba ahora muy concentrado, dos profundas arrugas verticales surcaban su frente justo encima de sus ojos—. Creo que podría ser... ¿siete?

Dan enseñó la palma. La medalla mostraba un gran VI.

—Mierda —dijo Billy—. Antes se me daba bien adivinar cosas.

—Te has acercado bastante —dijo Dan—. Y no se trata de adivinar, es un resplandor.

Billy sacó su paquete de tabaco, miró al médico sentado en el banco a su lado, y lo guardó de nuevo.

—Si tú lo dices.

—Deja que te cuente algo sobre ti, Billy. De chico eras un *fenómeno* adivinando cosas. Sabías cuándo tu madre estaba de buen humor y podías sacarle uno o dos dólares más. Sabías cuándo tu padre estaba enfadado, y lo evitabas.

—Sabía, desde luego, que había noches en que quejarme por tener que comer las sobras del puchero en verdad sería una mala idea —dijo Billy.

—¿Apostabas?

—A los caballos, en Salem. Gané un dineral. Pero entonces, a los veinticinco o así, perdí la maña para elegir a los ganadores. Un mes tuve que rogar que me concedieran una prórroga en el pago de la renta y eso me curó el vicio.

—Sí, el talento se debilita a medida que uno crece, pero todavía te queda un poco.

—El tuyo es más fuerte —dijo Billy. Ya sin vacilación.

—Esto es real, ¿no? —intervino John. No lo preguntaba; era una observación.

—La semana que viene solo tienes una cita que piensas que no puedes saltarte o rechazar —dijo Dan—. Es una niña con cáncer de estómago. Se llama Felicity...

—Frederika —corrigió John—. Frederika Bimmel. Está en el hospital de Merrimack Valley. Se supone que tengo una consulta con su oncólogo y sus padres.

—El sábado por la mañana.

—Sí. El sábado por la mañana. —John lo miraba pasmado—. Jesús. Santo Dios. Lo que tienes... no podía imaginar que hubiera *tantísimo*.

—Te traeré de vuelta de Iowa el jueves. O el viernes a más tardar.

A menos que nos arresten, pensó. *Entonces puede que tardemos un poco más*. Miró a Billy para ver si había captado ese pensamiento no demasiado alentador. No detectó ningún indicio de ello.

—¿De qué se trata?

—Otra paciente tuya. Abra Stone. Ella es como Billy y yo, John, aunque creo que ya lo sabes. Solo que es mucho, muchísimo más poderosa. Yo tengo bastante más que Billy, pero comparado con ella soy como una pitonisa en una feria del condado.

—Oh, Dios santo, las cucharas.

Dan necesitó un segundo, luego recordó.

—Las colgó del techo.

John lo miró con los ojos como platos.

—¿Me lo has leído en la mente?

—Es más mundano que eso. Lo siento. Me lo contó ella.

—¿Cuándo? *¿Cuándo?*

—Ya llegaremos a esa parte, pero todavía no. Primero vamos a probar una auténtica lectura de *mente*. —Dan tomó la mano de John; el contacto casi siempre ayudaba—. Sus padres fueron a verte cuando ella era poco más que un bebé. O puede que fuese una tía o su bisabuela. Estaban preocupados por ella desde antes incluso de que decorara la cocina con la cubertería, porque en su casa ocurrían toda clase de fenómenos psíquicos. Había algo acerca de un piano... Ayúdame, Billy.

Este asió la mano libre de John. Dan estrechó la de Billy y formaron un círculo conectado. Una diminuta sesión de espiritismo en Teenytown.

—Música de los Beatles —dijo Billy—. Al piano en vez de la guitarra. Era... no sé. Los volvió locos por algún tiempo.

El médico lo miró fijamente.

—Escucha —dijo Dan—, tienes permiso de Abra para hablar. Quiere que hables. John, confía en mí.

John Dalton reflexionó durante casi un minuto. Después se lo contó todo, con una única excepción.

Aquel suceso de *Los Simpson* emitiéndose por todos los canales de la televisión era, sencillamente, demasiado raro.

4

Al terminar, John formuló la pregunta obvia: ¿de qué conocía Dan a Abra Stone?

Dan sacó una maltrecha libreta del bolsillo de atrás. En la cubierta había una foto de olas estrellándose contra un cabo y el lema NADA GRANDE SE CREA DE REPENTE.

—¿Es la que solías llevar contigo? —preguntó John.

—Sí. Sabes que Casey K. es mi padrino, ¿no?

John puso los ojos en blanco.

—¿Cómo voy a olvidarlo si cada vez que abres la boca en una reunión empiezas con «Como dice mi padrino Casey K.»?

—John, a nadie le gustan los listillos.

—A mi mujer sí —replicó él—. Porque seré un listillo, pero también soy un *semental*.

Dan soltó un suspiro.

—Echa un vistazo a la libreta.

—Son reuniones. Desde 2001 —dijo John al tiempo que la hojeaba.

—Casey me dijo que tenía que asistir a noventa reuniones durante noventa días seguidos y llevar un registro. Mira la octava.

John la encontró. Iglesia Metodista de Frazier. Una reunión a la que él no asistía con frecuencia pero que conocía. Escrita debajo de la anotación, con una elaborada letra mayúscula, estaba la palabra ABRA.

John alzó la vista hacia Dan no del todo incrédulo.

—¿Se puso en contacto contigo cuando solo tenía *dos meses*?

—Ya ves que la siguiente reunión está apuntada justo debajo —señaló Dan—, así que no he podido añadir el nombre más tarde solo para impresionarte. A no ser que hubiera falsificado todo el cuaderno, claro, y hay mucha gente en el Programa que recordará haberme visto con él.

—Yo incluido —reconoció John.

—Sí, tú incluido. En aquellos días siempre llevaba mi libreta de reuniones en una mano y una taza de café en la otra. Eran mis amuletos de la suerte. Por entonces ni siquiera sabía quién era ella, y tampoco me importaba mucho. No era más que un contacto aleatorio. Como cuando un bebé en la cuna alarga la mano para agarrarte la nariz.

»Luego, dos o tres años más tarde, escribió una palabra en un pizarrón que tengo en mi cuarto a modo de agenda. Esa palabra era "hola". Después de eso, se comunicaba conmigo solo de vez en cuando. Como para cubrir todas las bases. Ni siquiera estoy seguro de que lo hiciera de forma consciente. Pero yo estaba allí. Cuando necesitó ayuda, ya me conocía, y estableció contacto conmigo.

—¿Qué clase de ayuda necesita? ¿En qué clase de problema se ha metido? —John se volvió hacia Billy—. ¿*Tú* lo sabías?

Este negó con la cabeza.

—Jamás he oído hablar de ella, y casi nunca voy a Anniston.

—¿Quién ha dicho que Abra vive en Anniston?

—*Él.* —Billy señaló con el pulgar a Dan—. ¿No?

—De acuerdo —dijo el médico, retornando a Dan—. Digamos que me has convencido. Explícanos todo el asunto.

Dan les habló acerca de la pesadilla de Abra sobre el niño del beisbol. Las figuras iluminándolo con linternas. La mujer del cuchillo, la misma que se había lamido las palmas de las manos llenas de sangre del muchacho. Les contó cómo, mucho más tarde, Abra se había topado con la foto del chico en el *Shopper*.

—Y eso fue posible... ¿por qué? ¿Porque el chico al que asesinaron también resplandecía?

—Estoy bastante seguro de que así fue como se produjo el contacto inicial. El chico debió de alcanzarla mientras estas personas se ensañaban con él... Abra no tiene duda de que lo estaban torturando... y eso creó un enlace.

—¿Un enlace que continuó hasta después de la muerte de este tal Brad Trevor?

—Creo que su último punto de contacto pudo ser un objeto que pertenecía al chico Trevor: su guante de beisbol. Y ella fue capaz de enlazar con sus asesinos porque uno de ellos se lo puso. Abra no sabe cómo lo hace, y yo tampoco. Lo único que sé seguro es que es inmensamente poderosa.

—Igual que tú.

—Esta es la cuestión —prosiguió Dan—. A estas personas..., si es que *son* personas..., las lidera la mujer que cometió el asesinato. El día que Abra se encontró con la foto de Brad Trevor en la página de niños desaparecidos se metió en la cabeza de esta mujer, y ella se metió en la de Abra. Por unos segundos cada una de ellas miró a través de los ojos de la otra. —Alzó las manos, las cerró, y giró los puños como alrededor de un eje—. Rotando. Abra piensa que es posible que vengan a buscarla, y yo también. Porque podría ser un peligro para ellos.

—Pero hay algo más, ¿no? —preguntó Billy.

Dan lo miró, a la espera de que continuara.

—La gente que tiene esto del resplandor *posee* algo, ¿verdad? Algo que esas personas quieren. Algo que solo pueden conseguir matando.

—Sí.

—¿Sabe esta mujer dónde está Abra? —preguntó John.

—Abra cree que no, pero hay que recordar que solo tiene trece años. Podría equivocarse.

—¿Y Abra sabe dónde está la mujer?

—Lo único que sabe es que cuando ocurrió ese contacto, esa visión mutua, la mujer estaba en un supermercado Sam's, lo que la sitúa en algún lugar del oeste, pero esta cadena tiene supermercados en al menos nueve estados.

—¿Incluido Iowa?

Dan negó con la cabeza.

—Entonces no veo cuál es el propósito de ir hasta allí.

—Conseguir el guante —explicó Dan—. Abra cree que si tuviera el guante, podría establecer un enlace con el hombre que se lo puso. Lo llama Barry el Chivo.

John permaneció un momento con la cabeza gacha, cavilando. Dan no le apremió.

—De acuerdo —dijo finalmente el médico—. Esto es una locura, pero lo acepto. Dado lo que conozco del historial de Abra y dado mi propio historial contigo, la verdad es que resulta difícil no hacerlo. Pero si esa mujer ignora el paradero de Abra, ¿no sería más prudente dejar las cosas tranquilas? ¿No remover las aguas y todo eso?

—Me parece que las aguas ya están revueltas —dijo Dan—. Estos

(*demonios vacíos*)

monstruos de feria la desean por la misma razón que deseaban a Trevor. Estoy seguro de que Billy está en lo cierto. Además, saben que es un peligro para ellos. Para expresarlo en términos de Alcohólicos Anónimos, ella tiene el poder de romper su anonimato. Y es posible que dispongan de recursos que nosotros solo podemos imaginar. ¿Querrías que un paciente tuyo viviera atemorizado, mes tras mes, y quizá año tras año, siempre con la angustia de que una especie de familia Manson paranormal apareciera y la secuestrara en la calle?

—Claro que no.

—Esos cabrones se *alimentan* de niños como ella. Niños como el que fui yo. Chiquillos que poseen el resplandor. —Fijó la mirada, sombría y seria, en el rostro de John Dalton—. Si es cierto, es preciso detenerlos.

—Si yo no voy a Iowa, ¿qué se supone que debo hacer? —preguntó Billy.

—Digamos que en la semana que tienes por delante te vas a familiarizar mucho con Anniston —respondió Dan—. De hecho, si Casey te da unos días libres, te alojarás en un motel de allí.

5

Rose finalmente entró en el estado meditativo que anhelaba. Lo que más le había costado era dejar a un lado su preocupación por Abuelo Flick, pero al final consiguió superar sus sentimientos. Elevarse *por encima* de ellos. Ahora navegaba dentro de sí misma repitiendo las antiguas frases —*sabbatha hanti* y *lodsam hanti* y *cahanna risone hanti*— una y otra vez sin mover apenas los labios. Era demasiado pronto para buscar a la chica problemática, pero ahora que la habían dejado tranquila y el mundo permanecía en calma, tanto en el interior como en el exterior, no tenía prisa. La meditación era un ejercicio estupendo. Rose vagó reuniendo sus herramientas y enfocando su concentración, trabajando lenta y meticulosamente.

Sabbatha hanti, lodsam hanti, cahanna risone hanti: palabras que ya eran antiguas cuando el Nudo Verdadero viajaba por Europa en carretas vendiendo turba y abalorios. Probablemente ya eran viejas cuando Babilonia era joven. La chica era poderosa, pero los Verdaderos eran *todo*poderosos, y Rose no preveía demasiados problemas. La chica estaría durmiendo, y Rose se movería con absoluto sigilo, recopilando información y plantando sugestiones como pequeños explosivos. No solo un gusanillo sino un nido entero de gusanos. Quizá la cría detectara algunos y los desactivara.

Pero no todos.

6

Esa noche, tras terminar los deberes, Abra habló por teléfono con su madre durante casi cuarenta y cinco minutos. La conversación tuvo dos niveles. En el nivel superior charlaron sobre el día de Abra, la semana escolar que tenía por delante y su disfraz para el próximo baile de Halloween; comentaron los planes en curso para trasladar a Momo al norte, al centro de cuidados paliativos de Frazier (que Abra aún denominaba mentalmente «el centro de aditivos»); Lucy la puso al corriente del estado de Momo, el cual, según sus palabras, «en realidad es bastante bueno, considerando las circunstancias».

En otro nivel, Abra escuchó la preocupación de Lucy por haber fallado de algún modo a su abuela, y la verdad sobre el estado de Momo: aterrada, confundida, atormentada por el dolor. Abra intentó enviar a su madre pensamientos tranquilizadores: *está bien, mamá* y *te queremos, mamá* y *lo hiciste lo mejor que pudiste tanto tiempo como fuiste capaz*. Quería creer que algunos de esos mensajes habían alcanzado su destino, pero en realidad no confiaba demasiado en ello. Poseía muchos talentos —algunos maravillosos y temibles al mismo tiempo—, pero modificar la temperatura emocional de otra persona nunca se había contado entre ellos.

¿Dan podría hacerlo? Intuía que era posible. Intuía que usaba esa parte de su resplandor para ayudar a la gente en el «centro de aditivos». Si de verdad podía hacer eso, quizá ayudara a Momo cuando la ingresaran allí. Sería estupendo.

Bajó las escaleras vestida con la piyama de franela rosa que Momo le había regalado las Navidades pasadas. Su padre estaba viendo a los Red Sox y bebiendo un vaso de cerveza. Le plantó un besote en la nariz (siempre se quejaba, pero ella sabía que le gustaba) y le dijo que se iba a la cama.

—*La deberes est complète, mademoiselle?*

—Sí, papá, pero en francés tareas se dice *devoirs*.

—Bueno es saberlo, bueno es saberlo. ¿Cómo estaba tu madre? Pregunto porque solo me dejaste noventa segundos con ella antes de que me arrancaras el teléfono de las manos.

—Lo lleva bien. —Abra sabía que eso era cierto, pero también sabía que era un «bien» relativo. Echó a andar hacia el pasillo, luego se dio la vuelta—. Ha dicho que Momo era como un adorno de cristal. —No lo había expresado en voz alta, pero lo pensaba—. Dice que todos lo somos.

Dave silenció la televisión.

—Bueno, supongo que es verdad, pero algunos de nosotros estamos hechos de un cristal sorprendentemente duro. Recuerda, tu bisabuela ha pasado muchísimos años en la estantería, sana y salva. Ahora ven aquí, Abba-Doo, y dale un abrazo a tu padre. No sé si tú lo necesitas, pero a mí me vendría bien uno.

7

Veinte minutos más tarde estaba metida en la cama, con la lamparita de noche del señor Pooh —una reliquia de su primera infancia— brillando en el tocador. Abra buscó a Dan y lo halló en una sala de actividades donde había rompecabezas, revistas, una mesa de ping-pong y una enorme televisión colgada en la pared. Estaba jugando a las cartas con un par de residentes del «centro de aditivos».

(*¿has hablado con el doctor John?*)

(*sí nos vamos a Iowa pasado mañana*)

El pensamiento vino acompañado de una breve imagen de un biplano antiguo. Dentro había dos hombres que llevaban anticuados cascos de piloto, bufandas y gafas protectoras. Eso la hizo sonreír.

(*si te traemos*)

Imagen de un guante de catcher. No era exactamente igual que el del niño del beisbol, pero Abra supo lo que intentaba decir Dan.

(*¿te asustarás?*)

(*no*)

Más le valía. Agarrar el guante del chico muerto sería espantoso, pero Abra tendría que hacerlo.

8

En la sala común de Rivington Uno, el señor Braddock observaba a Dan con esa expresión de monumental pero ligeramente perpleja irritación que solo los muy ancianos y aquellos que bordean la demencia senil pueden lograr con éxito.

—¿Vas a descartarte, Danny, o te vas a quedar mirando las musarañas hasta que los polos se derritan?

(*buenas noches Abra*)

(*buenas noches Dan y dale las buenas noches a Tony de mi parte*)

—¿Danny? —El señor Braddock golpeó en la mesa con sus hinchados nudillos—. Danny Torrance, adelante, Danny Torrance, ¿me recibes? Cambio.

(*no te olvides de poner la alarma*)

—Hola-hola, Danny —llamó Cora Willingham.

Dan los miró.

—¿Me he descartado ya, o todavía es mi turno?

El señor Braddock miró a Cora y puso los ojos en blanco; Cora le devolvió el gesto.

—Y mis hijas creen que *soy yo* el que está deschavetándose —dijo la anciana.

9

Abra había puesto la alarma en su iPad porque al día siguiente tenía clase y, además, le tocaba preparar el desayuno; planeaba hacer unos huevos revueltos con champiñones, pimientos y queso. Pero no era esa la alarma a la que se refería Dan. Cerró los ojos y se concentró, con el ceño fruncido. Una mano salió furtivamente de debajo de las sábanas y empezó a frotarle los labios. Lo que estaba haciendo era difícil y delicado, pero quizá mereciera la pena.

Las alarmas estaban muy bien y todo eso, pero si la mujer del sombrero venía a buscarla, una trampa podría ser incluso mejor.

Al cabo de unos cinco minutos, las arrugas en su frente se suavizaron y la mano se separó de su boca. Rodó sobre un costado y se tapó con el edredón hasta la barbilla. Se imaginaba a sí misma cabalgando a lomos de un corcel blanco, vestida de guerrera, cuando cayó dormida. El señor Pooh vigilaba desde su puesto sobre el tocador como había hecho desde que Abra tenía cuatro años, arrojando un opaco fulgor sobre su mejilla izquierda. Esta y su pelo eran las únicas partes de su cuerpo visibles.

En sus sueños galopaba por extensos campos bajo cuatro mil millones de estrellas.

10

Rose continuó sus meditaciones hasta la una y media de la madrugada de aquel lunes. Los demás Verdaderos (con excepción de Annie la Mandiles y Mo la Grande, que en ese momento cuidaban de Abuelo Flick) dormían profundamente cuando decidió que ya estaba preparada. En una mano sostenía una imagen, imprimida desde su ordenador, de Anniston, un pueblo no demasiado espectacular de New Hampshire. En la otra asía uno de los cilindros. Aunque solo contenía una levísima bocanada de vapor, no dudaba de que bastaría. Colocó los dedos sobre la válvula y se preparó para aflojarla.

Somos el Nudo Verdadero, nosotros perduramos: Sabbatha hanti.

Somos los elegidos: Lodsam hanti.

Somos los afortunados: Cahanna risone hanti.

—Toma esto y aprovéchalo bien, Rosita —musitó.

Giró la válvula y escapó un corto suspiro de niebla plateada. Inhaló, se desplomó de espaldas sobre la almohada y dejó caer el cilindro en la alfombra con un amortiguado golpe seco. Levantó la foto de la calle principal de Anniston a la altura de los ojos. Su brazo y su mano ya no estaban precisamente allí, por lo que la foto parecía flotar. No lejos de esa calle principal vivía una niña en una vía que quizá se llamaba Richland Court. Estaría dormida, pero en algún lugar de su mente se encontraba Rose la Chistera. Suponía que la niña no conocía su aspecto (de la misma manera que Rose desconocía el aspecto de la niña… al menos por el momento), pero conocía la *sensación* de Rose la Chistera. Además, sabía lo que Rose había estado mirando el día anterior en el supermercado. Ese era su marcador, su vía de entrada.

Rose contempló la imagen de Anniston con ojos fijos y ensoñadores, pero lo que en realidad buscaba era la carnicería de Sam's, donde CADA CORTE ES UN CORTE **VAQUERO** DE PRIMERA. Se buscaba a sí misma. Y, tras una búsqueda gratificantemente breve, lo consiguió. Al principio no era más que un rastro auditivo: el hilo musical de un supermercado. Después un carrito de la compra. Más allá, todo continuaba oscuro. No había problema; el resto llegaría. Rose siguió la música, ahora un eco distante.

Estaba oscuro, estaba oscuro, estaba oscuro, entonces un poco de luz y un poco más. Ahí estaba el pasillo del supermercado, que de pronto se convirtió en un corredor, y supo que casi había entrado. Los latidos de su corazón ganaron en intensidad.

Tendida en la cama, cerró los ojos para que si la chica se daba cuenta de lo que sucedía —improbable, pero no imposible— no viera nada. Rose dedicó unos segundos a revisar sus objetivos principales: nombre, localización exacta, grado de conocimiento, personas con quienes pudiera haber hablado.

(*gira, mundo*)

Hizo acopio de su fuerza y empujó. Esta vez la sensación de *rotación* no fue una sorpresa, sino algo que tenía previsto y sobre la cual ejercía un completo control. Aún permaneció un instante en aquel corredor —el conducto entre sus dos mentes— y de pronto se encontró en una amplia habitación donde una niña con coletas montaba en bicicleta y entonaba alegremente una absurda canción. Era el sueño de la niña y Rose lo estaba observando. Sin embargo, tenía mejores cosas que hacer. Las paredes de la habitación no eran paredes reales sino archivadores. Ahora que estaba dentro, podría abrirlos a voluntad. La niña soñaba en la cabeza de Rose, sin peligro, soñaba que tenía cinco años y montaba en su primera bicicleta. Excelente. *Sigue soñando, princesita.*

La chica pasó pedaleando por su lado, cantando *la-la-la* sin advertir nada. Su bici estaba equipada con ruedecitas de aprendizaje, pero estas aparecían y desaparecían. Rose dedujo que la princesa soñaba con el día en que por fin había aprendido a montar sin ellas. Siempre un día estupendo en la vida de cualquier niño.

Disfruta de tu bicicleta, querida, mientras yo lo averiguo todo sobre ti.

Moviéndose con confianza, Rose abrió uno de los cajones.

En el mismo instante en que introdujo la mano, una ensordecedora alarma comenzó a sonar y brillantes focos blancos fulguraron por toda la estancia derramando su luz y su calor sobre ella. Por primera vez en incontables años, Rose la Chistera, antaño Rose O'Hara, del condado de Antrim en Irlanda del Norte, fue sorprendida con la guardia baja. Antes de que pudiera sacar la mano del cajón, este se cerró de golpe. El dolor fue enorme. Gritó y jaló bruscamente hacia atrás, pero estaba apresada.

Su sombra saltó sobre la pared, pero no solo la suya. Volvió la cabeza y vio que la niña se le echaba encima. Salvo que ya no era una niña. Ahora era una mujer joven que llevaba una cota de cuero con un dragón en su floreciente pecho y el pelo recogido hacia atrás con una cinta azul. La bicicleta se había transformado en un corcel blanco. Los ojos del caballo, como los de la mujer guerrera, llameaban.

La mujer guerrera empuñaba una lanza.

(*Has vuelto Dan dijo que volverías y has vuelto*)

Y luego —increíble en un palurdo, incluso en uno cargado de mucho vapor— *placer*.

(*BIEN*)

La niña que ya no era una niña yacía a la espera. Le había tendido una trampa, tenía intención de matar a Rose... y en ese estado de vulnerabilidad mental era probable que lo consiguiera.

Armándose de cada fibra de su fuerza, Rose contraatacó, y no lo hizo con una lanza de historieta sino con un contundente ariete cargado con todos sus años y su voluntad.

(*¡ALÉJATE DE MÍ! ¡VUELVE ATRÁS CARAJO! ¡NO IMPORTA LO QUE IMAGINAS SER SOLO ERES UNA NIÑA!*)

La visión adulta que la chica tenía de sí misma —su avatar— continuó avanzando, pero se encogió de dolor cuando el pensamiento de Rose la golpeó, y la lanza impactó con violencia en la pared de archivadores a la izquierda de Rose en vez de en su costado, que era adonde había apuntado.

La niña (*solo es una niña*, seguía diciéndose Rose) hizo girar a su caballo, retrocediendo, y Rose volteó hacia el cajón que la tenía atrapada. Se agarró con la mano libre y tiró todo lo que pudo, haciendo caso omiso del dolor. Al principio el cajón resistió. Luego cedió un poco y consiguió sacar el pulpejo de la mano. Estaba arañado y sangraba.

Algo más ocurría. Se produjo una sensación de aleteo en su cabeza, como si un pájaro estuviera revoloteando allí. ¿Qué nueva mierda era esa?

Contando con que la maldita lanza se dirigiría hacia su espalda en cualquier momento, jaló con todas sus fuerzas. La mano se liberó y cerró los dedos en un puño justo a tiempo. Si hubiera esperado siquiera un instante, el cajón se los habría rebanado al cerrarse de golpe. Le palpitaban las uñas y supo que, cuando tuviera oportunidad de mirarlas, las tendría de color ciruela por la sangre coagulada.

Se giró. La chica no estaba. La habitación se hallaba vacía. Sin embargo, persistía la sensación de aleteo. En todo caso, se había intensificado. De repente, el dolor en la mano y la muñeca fue la última de las preocupaciones en la mente de Rose. Ella no era la única que había montado en el plato giratorio, y no importaba que sus ojos siguieran cerrados en el mundo real, donde yacía en su cama doble.

La puta mocosa se encontraba en otra habitación llena de archivadores.

Su habitación. Su cabeza.

De asaltante, Rose había pasado a asaltada.

(*FUERA FUERA FUERA FUERA*)

El aleteo no se detuvo; aceleró. Rose empujó a un lado su pánico, luchó en busca de lucidez y concentración, encontró un poco. Lo suficiente para poner el plato giratorio en movimiento otra vez, aun cuando se había vuelto extrañamente pesado.

(*gira, mundo*)

Al moverse, sintió que el enloquecedor aleteo en su cabeza primero disminuía y luego cesaba a medida que la niña rotaba de regreso a dondequiera que estuviera el lugar del que venía.

Salvo que te equivocas, y esto es demasiado serio para permitirte el lujo de mentirte a ti misma. Tú fuiste a ella. Y te metiste en una trampa. ¿Por qué? Porque a pesar de todo lo que sabías, la subestimaste.

Rose abrió los ojos, se sentó, y puso los pies sobre la alfombra. Uno de ellos chocó contra el cilindro vacío y lo apartó de una patada. La camiseta de Sidewinder que se había puesto antes de tumbarse estaba húmeda; apestaba a sudor. Era un olor asqueroso, carente de todo atractivo. Se miró con incredulidad la mano, llena de rasguños, magullada e hinchada. Las uñas estaban pasando del púrpura al negro, y supuso que perdería al menos un par de ellas.

—Pero yo *no* lo sabía —masculló—. No había manera de saberlo. —Odió el gemido que percibió en sus palabras. Hablaba con la voz de una vieja quejumbrosa—. Ninguna manera en absoluto.

Tenía que salir de ese condenado cámper. Por mucho que fuera el más grande y lujoso del mundo, en ese momento parecía del tamaño de un ataúd. Se abrió camino hasta la puerta, agarrándose para mantener el equilibrio. Echó un vistazo al reloj del tablero antes de salir: las dos menos diez. Todo había sucedido en apenas veinte minutos. Increíble.

¿Cuánto ha averiguado antes de que me librara de ella? ¿Cuánto sabe?

Imposible determinarlo, pero incluso un poco podría resultar peligroso. Había que encargarse de la mocosa, y enseguida.

Rose salió a la pálida luz de una luna temprana y respiró media docena de largas y relajantes bocanadas de aire fresco. Empezó a sentirse un poco mejor, un poco más ella misma, pero no podía desprenderse de aquella sensación de *aleteo*. La sensación de tener a alguien dentro de ella —una palurda, nada menos— curioseando sus asuntos privados. El dolor era malo, y aún más lo era la sorpresa de haber caído en una trampa de esa manera, pero lo peor de todo era la humillación y la sensación de violación. La habían *robado*.

Me las vas a pagar, princesita. Te has metido con la zorra equivocada.

Una figura avanzaba en su dirección. Rose se había sentado en el escalón superior de su cámper, pero ahora se levantó, tensa, preparada para cualquier cosa. Entonces la figura se acercó y distinguió a Cuervo. Iba en pantalón de piyama y pantuflas.

—Rose, creo que será mejor… —Se detuvo—. ¿Qué diablos te ha pasado en la mano?

—Olvídate de mi puta mano —espetó ella—. ¿Qué estás haciendo aquí a las dos de la mañana, especialmente cuando sabías que podía estar ocupada?

—Es Abuelo Flick —anunció Cuervo—. Annie la Mandiles dice que se está muriendo.

CAPÍTULO ONCE

THOME 25

1

Esa mañana, en vez de oler a aromatizante con fragancia de pino y a puros Alcazar, la Fleetwood de Abuelo Flick apestaba a mierda, enfermedad y muerte. Además, estaba abarrotada. Al menos media docena de miembros del Nudo Verdadero se hallaban presentes, algunos congregados alrededor de la cama del viejo, muchos más sentados o de pie en la salita, bebiendo café. El resto esperaba en el exterior. Todos mostraban expresiones de aturdimiento e inquietud. Los Verdaderos no estaban acostumbrados a la muerte.

—Fuera de aquí —ordenó Rose—. Cuervo, Nueces: ustedes quédense.

—Míralo —dijo Petty la China con voz temblorosa—. ¡Los sarpullidos! ¡Y se ha puesto cíclico, Rose! ¡Ay, qué espanto!

—Vete —dijo Rose. Habló con amabilidad y le dio a Petty un reconfortante apretón en el hombro cuando lo que deseaba era echarle su culo gordo a patadas por la puerta. Era una chismosa holgazana que no valía para nada excepto para calentar la cama de Barry, y probablemente no muy bien. Rose sospechaba que a Petty se le daba mejor gruñir y dar lata. Siempre y cuando no estuviera muerta de miedo, claro.

—Vamos, muchachos —dijo Cuervo—. Si *va* a morir, no hace falta que tenga público.

—Se recuperará —dijo Sam el Arpista—. Más duro que un mochuelo cocido, así es Abuelo Flick. —Sin embargo, rodeó con el brazo a Baba la Rusa, que parecía desolada, y estrechó su muslo contra el de él por un momento.

Empezaron a desfilar, algunos echando un último vistazo por encima del hombro antes de bajar los escalones y unirse al resto. Cuando solo quedaron los tres, Rose se acercó a la cama.

Abuelo Flick posó los ojos en ella, la miraba sin verla. Los labios, en una mueca tensa, dejaban a la vista las encías. Mechones de fino cabello blanco se habían desprendido sobre la almohada, lo que le daba el aspecto de un perro con moquillo. Los ojos se le veían enormes, húmedos y colmados de dolor. Yacía desnudo salvo por unos bóxers, y su escuálido cuerpo estaba salpicado de marcas rojas que parecían granos o picaduras de insectos.

Rose se volvió hacia el Nueces y preguntó:

—¿Qué demonios es eso?

—Manchas de Koplik —dijo el médico del Nudo—. O sea, al menos eso es lo que creo que son, aunque normalmente los puntos de Koplik salen dentro de la boca.

—Habla en cristiano.

El Nueces se pasó la mano por el cabello ralo.

—Creo que tiene el sarampión.

Rose boqueó atónita, y luego soltó una carcajada. No quería estar allí escuchando esa mierda; quería una aspirina para calmar el dolor de la mano, que palpitaba con cada latido del corazón. No cesaba de imaginar personajes de dibujos animados que se machacaban la mano con un mazo.

—¡A nosotros no nos dan las enfermedades de los palurdos!

—Bueno..., sí, nunca nos había dado ninguna.

Lo miró fijamente con furia en los ojos. Quería su sombrero, se sentía desnuda sin él, pero lo tenía en el EarthCruiser.

—Solo te digo lo que veo —dijo el Nueces—, y es sarampión rojo, también conocido como rubeola.

Una enfermedad de palurdos llamada rubeola. Lo que faltaba, joder.

—Eso es... ¡*una puta tontería*!

El médico se estremeció, ¿y por qué no? Su voz sonaba estridente incluso para ella misma, pero... oh, cielo santo, ¿*sarampión*? ¿El miembro más antiguo del Nudo Verdadero se moría por una enfermedad infantil que ya ni siquiera los niños contraían?

—Ese niño de Iowa que jugaba al beisbol tenía algunas manchas, pero jamás imaginé..., porque sí, es como tú dices. A nosotros no se nos pegan sus enfermedades.

—¡Pero si eso fue hace *años*!

—Lo sé. Lo único que se me ocurre es que estuviera en el vapor, en una especie de hibernación. Hay enfermedades que hacen eso, ¿sabes? Permanecen latentes, a veces durante años, y luego de pronto se manifiestan.

—¡Eso será con los palurdos! —Volvía una y otra vez sobre lo mismo.

El Nueces se limitó a menear la cabeza.

—Si Abuelo lo tiene, ¿por qué no nos hemos contagiado los demás? Esas enfermedades infantiles..., la varicela, el sarampión, las paperas..., corren como la pólvora entre los niños. No tiene sentido, mierda. —Entonces se volvió hacia Papá Cuervo y enseguida se contradijo a sí misma—: ¿En qué carajos estabas pensando para dejarlos entrar y que respiraran su aire?

Cuervo se encogió de hombros, sus ojos no se apartaron en ningún momento del viejo tembloroso que yacía en la cama. En su rostro, atractivo y estrecho, se reflejaba una expresión pensativa.

—Las cosas cambian —especuló el Nueces—. Que hace cincuenta o cien años fuéramos inmunes a las enfermedades de los palurdos no quiere decir que lo seamos ahora. Por lo que sabemos, podría ser parte de un proceso natural.

—¿Me estás diciendo que hay algo natural en *eso*? —espetó ella, apuntando con el dedo a Abuelo Flick.

—Un caso aislado no hace una epidemia —dijo el Nueces—, y *podría* tratarse de otra cosa. Pero si vuelve a pasar, tendremos que poner en cuarentena al que lo contraiga.

—¿Serviría de algo?

Permaneció dubitativo un buen rato.

—No lo sé. Quizá ya la hayamos adquirido todos. Quizá sea como un despertador programado para sonar a una hora determinada, o como un cartucho de dinamita con un temporizador. Según los últimos avances científicos, en cierto modo así es como envejecen los palurdos. El tiempo pasa y pasa, y ellos no cambian demasiado, pero de pronto algo se activa en sus genes. Empiezan a aparecer arrugas y de golpe necesitan bastón para andar.

Cuervo, que había estado observando a Abuelo, los interrumpió:

—Allá va. *Joder*.

La piel de Abuelo Flick se tornó lechosa. Luego translúcida. A medida que avanzaba hacia la total transparencia, Rose pudo ver su hígado, las bolsas marchitas y negruzcas de sus pulmones, el pulsante nudo rojo de su corazón. Vio sus venas y sus arterias como veía las carreteras y las autopistas en el GPS de su tablero. Vio los nervios ópticos que conectaban los ojos con el cerebro; parecían cuerdas espectrales.

Entonces regresó. Sus ojos se movieron, se posaron en los de Rose, no se apartaron de ellos. Alargó el brazo y le agarró la mano ilesa. El primer impulso de ella fue retirarla —si tenía lo que el Nueces decía que tenía, era contagioso—, pero qué diablos. Si el Nueces tenía razón, todos habían estado ya expuestos.

—Rose —susurró el viejo—. No me dejes.

—No te dejaré. —Se sentó a su lado en la cama, entrelazados los dedos de ambos—. ¿Cuervo?

—Sí, Rose.

—El paquete que has enviado a Sturbridge... ¿lo retendrán allí?

—Claro.

—Muy bien, nos ocuparemos de esto. Pero no podemos permitirnos el lujo de esperar demasiado. La niña es mucho más peligrosa de lo que yo pensaba. —Suspiró—. ¿Por qué los problemas nunca vienen solos?

—¿Ha sido ella la que te ha hecho eso en la mano?

Era una pregunta a la que no tenía ganas de contestar.

—No podré ir contigo, porque ahora ya me conoce. —*Y porque, además, si esto es lo que el Nueces piensa, los demás me necesitarán aquí para que haga de Madre Coraje*, pensó, aunque no lo expresó en voz alta—. De todas formas, tiene que ser nuestra. Es más importante que nunca.

—¿Porque...?

—Si ella ya ha pasado el sarampión, habrá desarrollado la inmunidad para no volver a contagiarse. En ese caso, su vapor nos será aún más útil.

—En estos tiempos se vacuna a los niños contra toda esa mierda —dijo Cuervo.

Rose asintió con la cabeza.

—Eso también podría valer.

Abuelo Flick empezó a ciclar una vez más. Resultaba duro de ver, pero Rose se obligó a mirar. Cuando ya no distinguió los órganos del viejo compadre a través de su frágil piel, miró a Cuervo y levantó la mano amoratada y llena de rasguños.

—Además... necesita que le den una lección.

2

El lunes, cuando Dan se despertó en su habitación del torreón, una vez más el cuadro de pacientes había sido borrado de el pizarrón y sustituido por un mensaje de Abra. Encima había una cara sonriente. Mostraba todos los dientes, lo cual le confería un aspecto lleno de alegría.

¡Vino! ¡Pero yo estaba preparada y la herí!
¡¡LE HICE DAÑO DE VERDAD!!
¡¡¡HURRA!!! Se lo merece.
Tengo que hablar contigo, por aquí no, ni por internet.
En el mismo sitio de la otra vez, a las 15 h.

Dan se tumbó de nuevo en la cama, se tapó los ojos y fue a buscarla. La localizó de camino al colegio con tres de sus amigas, lo que le pareció peligroso en sí mismo; tanto por Abra como por sus compañeras. Esperaba que Billy estuviera allí y en su puesto. Esperaba asimismo que actuara con discreción, no fuera a ser que algún miembro de la Patrulla Vecinal con exceso de celo lo etiquetara como personaje sospechoso.

(*podré ir John y yo nos marchamos mañana pero tiene que ser rápido y debemos tener cuidado*)

(*sí de acuerdo bien*)

3

Dan se encontraba una vez más sentado en un banco frente al edificio cubierto de hiedra de la Biblioteca Pública de Anniston cuando apareció Abra, vestida aún para ir al colegio con un suéter rojo y unos vistosos tenis del mismo color. Llevaba una mochila colgando de una sola correa. Le pareció que había crecido un par de centímetros desde la última vez que la había visto.

Abra agitó la mano.

—¡Hola, tío Dan!

—Hola, Abra. ¿Qué tal la escuela?

—¡Genial! ¡He sacado un sobresaliente en el trabajo de biología!

—Siéntate un rato y me lo cuentas.

Se acercó al banco, tan llena de gracia y energía que casi parecía danzar. Ojos brillantes, color intenso: una adolescente sana a la salida de clase con todos sus sistemas en verde. Todo en ella proclamaba «preparados, listos, ya». No había razón para que eso inquietara a Dan, pero así era. Algo bueno: en una anodina camioneta Ford estacionada a media manzana de distancia, un viejo sentado al volante daba sorbos a un vaso de café para llevar y leía una revista. Al menos parecía que leía.

(*¿Billy?*)

No hubo respuesta, pero el hombre levantó los ojos de la revista por un instante y eso bastó.

—Muy bien —dijo Dan en voz baja—. Quiero oír qué pasó exactamente.

La niña le explicó la trampa que había tendido y lo bien que había funcionado. Dan escuchó con asombro, admiración y... aquella creciente sensación de inquietud. La confianza que ella depositaba en sus habilidades le preocupaba. Era la confianza propia de los niños, pero las personas a las que se enfrentaban no eran niños.

—Solo te dije que pusieras una alarma —dijo él cuando Abra terminó.

—Pero esto fue mejor. No sé si hubiera podido atacarla sin fingir que era Daenerys, la de los libros de *Juego de tronos*, pero creo que sí. Porque ella mató al niño del beisbol y a muchos otros. Y porque además...

Por primera vez su sonrisa flaqueó un poco. Mientras relataba lo sucedido, Dan había vislumbrado cómo sería ella a los dieciocho años. Ahora vio cómo había sido a los nueve.

—Porque además ¿qué?

—No es humana, ninguno de ellos lo es. Puede que lo fueran antes, pero ya no. —Enderezó los hombros y se echó el pelo hacia atrás—. Pero yo soy más fuerte, y ella lo sabe.

(*creía que ella te había expulsado*)

Lo miró con el ceño fruncido, enfadada, y se frotó la boca; entonces sorprendió a la mano *in fraganti* y la devolvió a su regazo. Una vez allí, la otra mano apresó a la rebelde para mantenerla inmóvil. Había algo familiar en ese gesto, pero ¿por qué habría de ser distinto cuando ya la había visto hacerlo antes? De cualquier modo, en ese momento tenía asuntos más importantes de los que preocuparse.

(*la próxima vez estaré preparada si hay una próxima vez*)

Podría ser cierto. Sin embargo, si había una próxima vez, la mujer del sombrero también estaría preparada.

(*solo quiero que tengas cuidado*)

—Lo tendré. Descuida. —Por supuesto, era lo que todos los niños decían para apaciguar a los adultos en sus vidas, pero aun así consiguió que Dan se sintiera mejor. Un poco, en cualquier caso. Además, ahí estaba Billy en su Ford F-150 con la pintura roja descolorida.

Los ojos de Abra reanudaron su danza.

—Me enteré de cantidad de cosas. Por eso necesitaba verte.

—¿Qué cosas?

—No descubrí dónde está, no llegué tan lejos, pero encontré..., verás, cuando ella estaba dentro de mi cabeza, yo estaba dentro de la suya. Como intercambiadas, ¿entiendes? Su cabeza estaba llena de cajones, parecía la sala de consulta de la biblioteca más grande del mundo, aunque a lo mejor solo lo veía así por *ella*. Si la mujer hubiera estado mirando pantallas de computadora en mi cabeza, es posible que yo también hubiera visto lo mismo.

—¿Cuántos cajones abriste?

—Tres, puede que cuatro. Se llaman a sí mismos el Nudo Verdadero. Muchos de ellos son viejos, y sí que son como vampiros. Buscan a chicos como yo, y como tú, supongo, cuando eras niño. Solo que no beben sangre; inhalan la sustancia que escapa cuando esos chicos especiales mueren. —Torció el gesto en una mueca de aversión—. Cuanto más daño les hacen antes, más fuerte es esa sustancia. La llaman «vapor».

—Es rojo, ¿verdad? Rojo o rosa oscuro.

Estaba seguro de ello, pero Abra frunció el ceño y meneó la cabeza.

—No, blanco. Una nube blanca y brillante. No tiene nada de rojo. Y escucha: ¡pueden almacenarlo! Lo que no utilizan lo meten en unos botes parecidos a termos. Pero nunca tienen suficiente. Una vez vi un programa... sobre tiburones, me parece..., y decía que están siempre nadando porque nunca tienen suficiente comida. Creo que el Nudo Verdadero es igual. —Hizo una mueca—. Son malos, está claro.

Una sustancia blanca. No roja, sino blanca. Aun así, debía de ser lo que aquella enfermera había llamado «la boqueada», pero de una clase diferente. ¿Acaso porque provenía de jóvenes sanos y no de ancianos muriéndose de casi todas las enfermedades de las que era heredera la carne? ¿Acaso porque provenía de «chicos especiales», como los llamaba Abra? ¿Por ambos motivos?

Ella asintió con la cabeza.

—Por los dos, seguramente.

—De acuerdo. Pero lo que más importa es qué saben de ti. Sobre todo *ella*.

—Están un poco asustados por si he hablado con alguien, pero no demasiado.

—Porque solo eres una niña y nadie cree a los niños.

—Exacto. —Se apartó el flequillo de la frente de un soplido—. Momo me creería pero se está muriendo. La van a llevar a tu centro de aditivos, Dan. Paliativos, quiero decir. Si no estás en Iowa, la ayudarás, ¿no?

—Todo lo que pueda. Abra... ¿vendrán a buscarte?

—Tal vez, pero si vienen no será por lo que sé. Me quieren por lo que *soy*.

La alegría de la niña se había esfumado ahora que abordaba de frente el problema. Volvió a frotarse la boca y, cuando dejó caer la mano, tenía los labios separados en una sonrisa furiosa.

La chica tiene carácter, pensó Dan. Podía identificarse con ese rasgo; él mismo poseía un temperamento que lo había metido en líos en más de una ocasión.

—Pero *ella* no vendrá. Esa cabrona. Ahora sabe que la conozco, y la presentiré si se acerca, porque estamos enlazadas de algún modo. Aunque hay otros. Si vienen por mí, harán daño a cualquiera que se interponga en su camino.

Abra tomó las manos de Dan entre las suyas y apretó con fuerza. Aquel gesto lo perturbó, pero no la obligó a soltarlo. En ese preciso instante, la niña necesitaba el contacto de alguien en quien confiara.

—Tenemos que detenerlos para que no puedan hacer daño a papá, ni a mamá, ni a ninguna de mis amigas. Y para que no maten a más niños.

Por un momento Dan captó una imagen nítida de sus pensamientos no enviados, simplemente estaban ahí, en primer plano. Era un collage de fotos. Niños, docenas de niños, bajo el encabezado: ¿ME HAS VISTO? La chica se preguntaba cuántos de ellos habrían sido raptados por el Nudo Verdadero, asesinados por su último aliento psíquico —el obsceno manjar del que se alimentaba ese grupo— y abandonados en tumbas sin nombre.

—*¡Tienes que traerme ese guante de beisbol!* —clamó—. Si lo tengo en las manos podré localizar a Barry el Chivo. Lo sé. Y el resto estará con él. Si tú no puedes matarlos, por lo menos podrás denunciarlos a la policía. Tráeme ese guante, Dan, *¡por favor!*

—Si está donde tú dices, lo encontraremos. Pero, mientras, tienes que estar atenta, Abra.

—Sí, tendré cuidado, aunque no creo que vuelva a intentar colarse en mi cabeza. —La sonrisa de Abra resurgió. En ella, Dan advirtió a la mujer guerrera, decidida a no dar cuartel, que a veces fingía ser..., Daenerys, o quien fuese—. Si viene otra vez, lo lamentará.

Dan lo dejó correr. Llevaban juntos en ese banco tanto tiempo como se atrevía a estar. Más, en realidad.

—Yo he instalado mi propio sistema de seguridad en tu beneficio. Si miraras dentro de mí, imagino que descubrirías de qué se trata, pero no quiero que lo hagas. Si alguien más de ese Nudo trata de sondear en tu cabeza (no la mujer del sombrero, sino algún otro), no podrá enterarse de lo que no sabes.

—Ah, está bien.

Percibió el pensamiento de Abra de que si alguien más lo intentaba también lo lamentaría, lo cual acrecentó su inquietud.

—Solo una cosa... Si te ves en un apuro, grita «Billy» con todo tu poder. ¿Entendido?

(*sí como cuando tú llamaste a tu amigo Dick*)

Dan dio un respingo y Abra sonrió.

—No estaba espiando; yo solo...

—Ya veo. Bueno, dime una cosa antes de irte.

—¿Qué?

—¿De verdad has sacado un sobresaliente en tu trabajo de biología?

4

A las ocho menos cuarto de la noche de aquel lunes, Rose recibió una transmisión en su *walkie-talkie*. Era Cuervo.

—Será mejor que vengas —dijo—. Ya está pasando.

Los Verdaderos se congregaban alrededor del cámper de Abuelo en un círculo silencioso. Rose (que ahora llevaba el sombrero en su acostumbrado ángulo desafiando a la gravedad) se abrió paso a través de ellos, con una pausa para darle un abrazo a Andi, y subió los escalones. Llamó una sola vez a la puerta y entró. Encontró al Nueces de pie, acompañado de Annie la Mandiles y Mo la Grande, las dos enfermeras (muy a su pesar) de Abuelo. Cuervo, que estaba sentado a los pies de la cama, se levantó cuando entró Rose. Esa noche exteriorizaba su edad: las arrugas encorchetaban su boca y varias hebras de seda blanca asomaban en su cabello negro.

Necesitamos vapor, pensó Rose. *Tomaremos cuando esto haya acabado.*

Abuelo Flick ciclaba ya con rapidez: primero transparente, después sólido, luego otra vez transparente. Sin embargo, los periodos de transparencia cada vez se prolongaban más, y cada vez desaparecía una parte de él más grande. Rose vio que el viejo sabía qué estaba pasando. Tenía los ojos muy abiertos y aterrados; su cuerpo se retorcía de dolor por los cambios que atravesaba. Ella siempre se había permitido creer, en cierto nivel profundo de su mente, en la inmortalidad del Nudo Verdadero. Sí, cada cincuenta o cien años alguien moría —como ese holandés bobalicón, Hans el Pulpo, que se había electrocutado al derrumbarse una línea eléctrica durante una tormenta en Arkansas poco después del final de la Segunda Guerra Mundial; o Katie Remiendos, que se había ahogado; o Tommy el Tráiler—, pero eran excepciones. Por lo general, los que caían eran víctimas de sus propios descuidos. Así lo había creído siempre. Ahora veía que había sido tan tonta como los críos palurdos aferrados a su creencia en Papá Noel y el Conejito de Pascua.

El ciclo devolvió la solidez a Abuelo, que gemía y lloraba y temblaba.

—Haz que pare, Rosita, haz que pare. *Duele*...

Antes de que ella pudiera contestar —y, en realidad, ¿qué podría haberle dicho?— el viejo se desvaneció hasta que no quedó sino un bosquejo de huesos y sus ojos flotando en el aire, mirando fijos. Los ojos eran lo peor.

Rose trató de contactar mentalmente con él y reconfortarlo por esa vía, pero no había nada a lo que asirse. Donde siempre estuvo Abuelo Flick —a menudo gruñón, a veces encantador— ahora solo quedaba un rugiente vendaval de imágenes fragmentadas. Rose se apartó, conmocionada. Pensó de nuevo: *Esto no puede estar pasando.*

—A lo mejor deberíamos sacarlo de su miseria —dijo Mo la Grande. Clavaba las uñas en el antebrazo de Annie, pero esta no parecía notarlo—. Pegarle un tiro, o lo que sea. Algo tendrás en tu bolsa, ¿no, Nueces? Seguro que tienes algo.

—¿De qué serviría? —respondió él con voz ronca—. Quizá antes, pero ahora ya va demasiado rápido. Ningún fármaco le haría efecto porque ya no tiene sistema circulatorio. Si le pongo una inyección en el brazo, cinco segundos después se derramaría en la cama. Es mejor que nos quedemos al margen. No tardará mucho.

Así ocurrió. Rose contó cuatro ciclos completos más. Al quinto, desaparecieron hasta sus huesos. Los globos oculares persistieron un momento, primero fijos en ella y luego giraron para mirar a Papá Cuervo. Quedaron suspendidos sobre la almohada, que seguía hundida por el peso de su cabeza y manchada de tónico capilar Wildroot Cream Oil, del cual parecía tener un suministro inagotable. Rose creía recordar que G la Golosa le contó una vez que lo compraba en eBay. ¡eBay, la madre que lo parió!

Al cabo, muy despacio, los ojos también se desvanecieron; aunque, por supuesto, en realidad no desaparecerían. Rose sabía que más tarde los vería en sueños, al igual que el resto de los presentes en el lecho de muerte de Abuelo Flick. Si conseguían dormir.

Aguardaron, ninguno de ellos estaba del todo convencido de que el viejo no volvería a aparecerse ante ellos como el fantasma del padre de Hamlet o de Jacob Marley o de cualquier otro, pero solo quedaba la forma de la desaparecida cabeza, las manchas dejadas por su tónico capilar y los bóxers desinflados que había llevado puestos, manchados de orina y heces.

Mo rompió en desolados sollozos y enterró la cabeza en el generoso busto de Annie la Mandiles. Aquellos que esperaban fuera los oyeron, y una voz (Rose jamás sabría de quién) empezó a hablar. Se le unió otra, luego una tercera y una cuarta. Pronto estuvieron todos salmodiando bajo las estrellas, y Rose sintió un salvaje escalofrío que le recorrió zigzagueante la espalda. Extendió el brazo, encontró la mano de Cuervo y la apretó.

Annie se unió; Mo a continuación, ahogadas sus palabras. El Nueces. Luego Cuervo. Rose la Chistera respiró hondo y sumó su voz al resto.

Lodsam hanti, *somos los elegidos.*

Cahanna risone hanti, *somos los afortunados.*

Sabbatha hanti, sabbatha hanti, sabbatha hanti.

Somos el Nudo Verdadero, nosotros perduramos.

5

Más tarde, Cuervo se reunió con ella en el EarthCruiser.

—¿No irás al este, entonces?

—No. Te dejo al cargo.

—¿Qué hacemos ahora?

—Guardar luto, por supuesto. Por desgracia, solo podremos llorarlo dos días.

El periodo tradicional era de siete días: nada de sexo, nada de charla frívola, nada de vapor. Solo meditación. Le seguía un círculo de despedida donde uno por uno los miembros daban un paso al frente y compartían un recuerdo de Abuelo Jonas Flick y entregaban un objeto que hubieran recibido de él o que asociaran con él (Rose ya había elegido el suyo: un anillo con un diseño celta que le había regalado Abuelo cuando esa parte de América aún era territorio indio y a ella se la conocía como Rose la Irlandesa). Tras la muerte de un miembro de los Verdaderos no quedaba cuerpo, de modo que los objetos de remembranza debían servir a ese propósito. Posteriormente se envolvían en lino blanco y se enterraban.

—Entonces, mi grupo parte… ¿cuándo? ¿El miércoles por la noche o el jueves por la mañana?

—El miércoles por la noche. —Rose quería a la chica lo antes posible—. Conduzcan sin parar. ¿Y estás totalmente seguro de que guardarán el fármaco en el punto de recogida de Sturbridge?

—Sí. Quédate tranquila.

No me quedaré tranquila hasta que vea a esa bruja tirada en el cuarto de enfrente, drogada hasta las cejas, encadenada y llena de vapor sabroso y aspirable.

—¿A quién te llevas? Nombres.

—Yo, el Nueces, Jimmy el Números, si puedes prescindir de él…

—Puedo prescindir de él. ¿Quién más?

—Andi Colmillo de Serpiente. Si necesitamos poner a dormir a alguien, ella lo hará. Y el Chino, por descontado. Es el mejor localizador que tenemos ahora que no está Abuelo. Aparte de ti, claro.

—Llévatelo, por supuesto, pero no necesitarás a un localizador para encontrarla —dijo Rose—. Ese no será el problema. Y bastará con un solo vehículo. Usa la Winnebago de Steve el Vaporizado.

—Ya se lo había comentado.

Ella asintió, complacida.

—Una cosa más. Hay una tiendecita en Sidewinder llamada Distrito X.

Cuervo enarcó las cejas.

—¿El palacio del porno que tiene una muñeca inflable en el escaparate?

—Veo que la conoces. —El tono de Rose era seco—. Ahora préstame atención, Papá.

Cuervo escuchó.

6

Dan y John Dalton despegaron del aeropuerto Logan de Boston el martes por la mañana justo al salir el sol. Cambiaron de avión en Memphis y aterrizaron en Des Moines a las once y cuarto de un día más propio de mediados de julio que de finales de septiembre.

Dan pasó la primera parte del trayecto Boston-Memphis fingiendo dormir, para así no tener que lidiar con las dudas y remordimientos que sentía crecer como la mala hierba en la mente de John. En algún punto sobrevolando el estado de Nueva York le pudo el sueño y cesó de fingir. John durmió entre Memphis y Des Moines, y *eso* fue un alivio. Cuando ya estaban en Iowa, de camino hacia el pueblo de Freeman en un Ford Focus totalmente anodino de la agencia Hertz, Dan percibió que John había puesto el cierre a sus dudas. Por el momento, al menos; un sentimiento de curiosidad y tensa agitación las había reemplazado.

—Chicos a la caza del tesoro —comentó Dan.

Era el que se había echado la siesta más larga, así que iba al volante. El maíz, alto, más amarillo que verde, fluía a ambos lados.

John se sobresaltó un poco.

—¿Eh?

—¿No era eso en lo que estabas pensando? —dijo Dan con una sonrisa—. ¿Que éramos como chicos a la caza del tesoro?

—Daniel, das miedo, en serio.

—Lo supongo. Ya estoy acostumbrado. —Lo cual no era del todo cierto.

—¿Cuándo descubriste que podías leer la mente?

—No se trata solo de leer la mente. El resplandor es un talento excepcionalmente variable…, si *es* que es un talento. A veces, muchísimas veces, es más como una marca de nacimiento que te deja desfigurado. Estoy seguro de que Abra opinaría lo mismo. Y sobre cuándo lo descubrí... pues nunca. Lo he tenido desde siempre; digamos que venía con el equipamiento de serie.

—Y bebías para eclipsarlo.

Una marmota gorda cruzaba la Ruta 150 con audaz parsimonia. Dan viró bruscamente para esquivarla y el animal desapareció en el maizal, sin prisa. Era un bonito paraje; el cielo parecía extenderse miles de kilómetros y no había ni una sola montaña a la vista. New Hampshire estaba bien, y había llegado a considerarlo un hogar, pero Dan pensaba que siempre se sentiría más cómodo en las llanuras. Más a salvo.

—Vamos, Johnny, espero de ti algo mejor. ¿Por qué bebe cualquier alcohólico?

—¿Porque es alcohólico?

—Bingo. Más sencillo imposible. Elimina toda la psicología barata y te quedará la cruda verdad. Bebíamos porque somos borrachos.

John rio.

—Casey K. te ha aleccionado bien.

—Bueno, también hay un componente hereditario —dijo Dan—. Casey siempre desecha esa parte, pero ahí está. ¿Tu padre bebía?

—Mi padre y mi querida madre, los dos. Ellos solitos habrían podido mantener el Hoyo Diecinueve del club de campo. Recuerdo el día en que mi madre se quitó la ropa deportiva y saltó a la piscina con nosotros los niños. Los hombres aplaudieron. A mi padre le pareció graciosísimo. A mí, no tanto. Tenía nueve años y hasta que fui a la universidad fui el chico con la Mamá Stripper. ¿Y los tuyos?

—Mi madre podía beber o no beber a voluntad. A veces se refería a sí misma como Wendy Dos Cervezas. Mi padre, sin embargo..., una copa de vino o una lata de Bud y se ponía como una moto. —Dan echó un vistazo al cuentakilómetros y calculó que aún les faltaban sesenta y cinco kilómetros—. ¿Quieres oír una historia que nunca le he contado a nadie? Te aviso, es difícil de creer. Si piensas que el resplandor empieza y acaba con minucias como la telepatía, te quedas muy corto. —Hizo una pausa—. Hay otros mundos aparte de estos.

—¿Tú has..., eh, esto..., visto esos otros mundos?

Dan había perdido el hilo de los pensamientos de John, pero de repente se le veía un poco nervioso; como si pensara que el tipo sentado a su lado de pronto pudiera meterse la mano en la camisa y proclamarse a sí mismo la reencarnación de Napoleón Bonaparte.

—No, solo a algunas de las personas que viven allí. Abra las llama la gente fantasma. ¿Quieres oírla o no?

—No estoy seguro, pero quizá sea lo mejor.

Dan ignoraba cuánto creería ese pediatra de Nueva Inglaterra de la historia sobre el invierno que la familia Torrance había pasado en el Hotel Overlook, pero descubrió que no le importaba demasiado. Atreverse a contarla en ese vehículo anodino, bajo ese cielo brillante del Medio Oeste, ya sería suficiente. Había una sola persona que la habría creído de principio a fin, pero Abra era demasiado joven, y la historia demasiado aterradora. John Dalton tendría que servir. Sin embargo, ¿cómo empezar? Con Jack Torrance, supuso, un hombre profundamente infeliz que había fracasado como profesor, como escritor y como marido. ¿Cómo llamaban los jugadores de beisbol a tres eliminaciones por strikes consecutivas? ¿El Sombrero Dorado? El padre de Dan solo tuvo éxito en algo importante una vez: cuando finalmente llegó el momento —aquel hacia el cual el Overlook lo había estado empujando desde su primer día en el hotel—, se negó a matar a su hijo. De existir un digno epitafio para él, sería...

—¿Dan?

—Mi padre lo intentó. Es lo mejor que puedo decir a su favor. Los espíritus más malignos de su vida vinieron en botellas. Si hubiera probado con Alcohólicos Anónimos, las cosas podrían haber sido muy diferentes. Pero no lo hizo. No creo que mi madre supiese siquiera que existían, porque si no le habría sugerido que les diera una oportunidad. En esa época, cuando nos fuimos al Hotel Overlook, donde un amigo de mi padre le consiguió trabajo como vigilante de invierno, su foto bien podría aparecer en el diccionario al lado de «borracho seco».

—¿Ahí es donde estaban los fantasmas?

—Sí. Yo los veía. Mi padre no, pero los sentía. Quizá tuviera su propio resplandor. Es probable. Después de todo, muchas cosas son hereditarias, no solo la tendencia al alcoholismo. Bueno, pues esa gente fantasma actuó sobre él. Estaba convencido de que lo querían a él, pero no era más que otra mentira. Lo que querían era al niño pequeño con el gran resplandor, del mismo modo que este grupo del Nudo Verdadero quiere a Abra.

Calló al recordar lo que Dick, hablando a través de la boca muerta de Eleanor Ouellette, había respondido cuando Dan le preguntó dónde estaban los demonios vacíos.

En tu infancia, de donde proviene todo demonio.

—¿Dan? ¿Estás bien?

—Sí —afirmó él—. En cualquier caso, yo sabía que algo iba mal en ese maldito hotel desde antes incluso de cruzar la puerta. Lo sabía cuando los tres todavía vivíamos, bastante precariamente, en Boulder, en la Ladera Oriental. Pero mi padre necesitaba un empleo para poder acabar una obra en la que estaba trabajando…

7

Estaba explicándole a John cómo había explotado la caldera del Overlook, y cómo el viejo hotel había ardido hasta los cimientos en medio de una furiosa tormenta de nieve, cuando llegaron a Adair. Se trataba de un pueblecito de mala muerte, pero había un Holiday Inn Express, y Dan tomó nota de su ubicación.

—Ahí es donde nos registraremos dentro de un par de horas —le indicó a John—. No podemos ir a desenterrar el tesoro a plena luz del día, y además estoy muerto de sueño. No he dormido mucho últimamente.

—¿Todo eso te ocurrió de verdad? —preguntó John con voz apagada.

—Sí, de verdad. —Dan sonrió—. ¿Crees que podrás creer mi historia?

—Si encontramos el guante de beisbol donde ella dice, tendré que creer un montón de cosas. ¿Por qué me la has contado?

—Porque una parte de ti piensa que estamos locos por haber venido hasta aquí, a pesar de lo que sabes acerca de Abra. Y también porque mereces saber que existen ciertas… fuerzas. Yo me he topado con ellas antes; tú no. Lo único que tú has visto es a una niña pequeña que puede hacer variados trucos de salón psíquicos, como colgar cucharas del techo. Esto no es un juego de niños a la caza del tesoro, John. Si el Nudo Verdadero averigua en qué andamos metidos, nos clavarán en la diana junto a Abra Stone. Si decidieras abandonar, me santiguaría delante de ti y te diría «Ve con Dios».

—Y continuarías tú solo.

Dan hizo una mueca burlona.

—Bueno… está Billy.

—Billy tiene setenta y tres años, como poco.

—Él diría que eso es una ventaja. A Billy le gusta bromear con que lo bueno de hacerse viejo es que no tienes que preocuparte de morir joven.

—El límite municipal de Freeman —señaló John. Dirigió a Dan una sonrisa apenas esbozada—. Todavía no me creo del todo que esté haciendo esto. ¿Qué pensarás si esa fábrica de etanol ha desaparecido, si la han derribado, desde que Google Earth le sacó la foto, y han plantado maíz?

—Seguirá allí —aseguró Dan.

8

Y así fue: una serie de bloques de cemento gris hollín con tejados de metal corrugado llenos de herrumbre. Aún permanecía una chimenea en pie; otras dos habían caído y yacían en el suelo como serpientes despedazadas. Las ventanas estaban hechas añicos, y las paredes, cubiertas de pintadas de espray de las que se habrían burlado los grafiteros profesionales de cualquier gran ciudad. De la carretera principal salía una carretera de servicio sembrada de baches que terminaba en un estacionamiento donde habían germinado semillas de maíz errantes. La torre de agua que Abra había divisado se encontraba cerca, irguiéndose sobre el horizonte como una máquina de guerra marciana de H. G. Wells. En el costado se veía escrito: FREEMAN, IOWA. El cobertizo con el tejado roto también estaba ahí, preparado para rendir cuentas.

—¿Satisfecho? —preguntó Dan. Habían reducido la velocidad a paso de tortuga—. Fábrica, torre de agua, cobertizo, letrero de prohibido pasar: todo exactamente como Abra dijo que estaría.

John señaló hacia la verja oxidada al final de la carretera de servicio.

—¿Y si está cerrada con llave? No he trepado a una valla desde que iba al instituto.

—No lo estaba cuando los asesinos trajeron al chico, en caso contrario Abra lo habría mencionado.

—¿Estás seguro?

Un tractor se acercaba por el carril contrario. Dan aceleró y levantó una mano cuando se cruzaron. El tipo al volante —gorra de John Deere verde, gafas oscuras, pantalones de peto— le devolvió el gesto pero apenas les echó un vistazo. Una suerte.

—Te preguntaba si...

—Sé lo que me has preguntado —le interrumpió Dan—. Si está con llave, ya lo resolveremos. De algún modo. Ahora vayamos a registrarnos en aquel motel. Estoy reventado.

9

Mientras John pedía dos habitaciones contiguas en el Holiday Inn —que pagó en efectivo—, Dan salió a buscar la ferretería Tru-Value de Adair. Compró una pala, un rastrillo, dos azadas, un desplantador, dos pares de guantes y una bolsa de lona para guardar sus nuevas adquisiciones. Aunque la única herramienta que realmente necesitaba era la pala, le pareció más adecuado hacer una compra grande.

—¿Qué le trae a Adair, si puedo preguntar? —inquirió el cajero mientras marcaba el precio de los artículos.

—Estoy de paso. Mi hermana vive en Des Moines, y tiene un buen jardín con huerto. Seguramente ya tenga estas cosas, pero los regalos siempre mejoran su hospitalidad.

—Qué me va a contar, amigo. Y le agradecerá esta azada de mango corto. No hay herramienta más práctica, pero los jardineros principiantes casi nunca piensan en llevarse una. Aceptamos MasterCard, Visa...

—Creo que dejaré descansar a la tarjeta —dijo Dan al tiempo que sacaba su cartera—. Pero deme un recibo para el Tío Sam, por favor.

—Faltaría más. Y si me da su nombre y dirección, o la de su hermana, le enviaremos nuestro catálogo.

—¿Sabe qué? Hoy voy a pasar —dijo Dan, y depositó un pequeño abanico de billetes de veinte en el mostrador.

10

Esa noche, a las once en punto, Dan oyó un golpecito suave en la puerta de su habitación. La abrió y dejó entrar a John. El pediatra de Abra estaba pálido y con los nervios a flor de piel.

—¿Has dormido?

—Un poco —dijo Dan—. ¿Y tú?

—A ratos, pero casi nada. Dios, estoy como un flan. Si nos para la policía, ¿qué diremos?

—Que oímos que había un garito con música y hemos decidido ir a buscarlo.

—Lo único que hay en Freeman es maíz. Cinco mil millones de hectáreas.

—Pero eso *nosotros* no lo sabemos —apuntó Dan con delicadeza—. Solo estamos de paso. Además, ningún poli va a pararnos, John. Nadie se fijará siquiera en nosotros. Pero si quieres quedarte aquí...

—No he cruzado medio país para quedarme sentado en un motel viendo a Jay Leno. Déjame ir al baño. Ya fui al mío antes de salir de la habitación, pero necesito ir otra vez. *Joder*, qué nervios.

A Dan, conducir hasta Freeman se le antojaba un viaje larguísimo, pero una vez que dejaron detrás Adair no se encontraron con ningún vehículo. Los granjeros se acostaban temprano y no transitaban por las vías de transporte convencionales.

Cuando llegaron a la planta de etanol, Dan apagó los faros del coche de alquiler, enfiló la carretera de servicio y avanzó despacio hasta la verja cerrada. Los dos hombres salieron. John profirió una maldición cuando se encendió la luz interior del techo del Ford.

—Debería haberla desconectado antes de salir del motel. O romper el foco, si es que no tiene interruptor.

—Relájate —dijo Dan—. Aquí fuera no hay nadie más que nosotros.

Aun así, de camino a la verja el corazón le latía fuerte en el pecho. Si Abra tenía razón, allí habían asesinado y enterrado a un chico después de torturarlo miserablemente. Si existía algún lugar que debiera estar encantado…

John tanteó la verja y, como empujar no funcionó, probó jalando.

—Nada. ¿Y ahora qué? Treparemos, supongo. Estoy dispuesto a intentarlo, pero seguramente me romperé la puta…

—Espera.

Dan sacó una linterna de bolsillo de su chamarra y alumbró la verja, primero advirtió el candado roto, y luego las pesadas vueltas de alambre por encima y por debajo. Volvió al coche, y en esta ocasión fue él quien hizo una mueca cuando se encendió la luz de la cajuela. Bueno, a la mierda; era imposible pensar en todo. Sacó de un tirón la bolsa de lona nueva y cerró la cajuela de un golpe. Regresó.

—Toma —le dijo a John, tendiéndole un par de guantes—. Póntelos. —Dan se enfundó los suyos, retiró el alambre y colgó las dos piezas de uno de los rombos de la valla para una posterior referencia—. Está bien, vamos.

—Tengo que hacer pis otra vez.

—Vamos, hombre. Aguántate.

11

Dan condujo el Ford de Hertz despacio y con cuidado hasta el muelle de carga. El camino estaba sembrado de baches, algunos profundos, todos difíciles de ver con los faros apagados. Lo último que quería era meter el Focus en uno y que se rompiera un eje. Detrás de la planta, el suelo era una mezcla de tierra desnuda y asfalto desmenuzado. A unos quince metros de distancia se levantaba otra valla metálica y más allá se extendían interminables leguas de maíz. La zona de carga no era tan amplia como el estacionamiento, pero sí bastante grande.

—¿Dan? ¿Cómo sabremos dónde... ?

—Calla.

Dan agachó la cabeza hasta que la frente tocó el volante y cerró los ojos.

(*Abra*)

Nada. Estaba dormida, por supuesto. Allá en Anniston ya era miércoles de madrugada. John, entretanto, permanecía sentado a su lado mordiéndose los labios.

(*Abra*)

Un débil movimiento. Si bien pudo haber sido su imaginación, Dan esperaba que fuese algo más.

(*¡ABRA!*)

Unos ojos se abrieron dentro de su cabeza. Experimentó un instante de desorientación, una especie de visión doble, y de pronto Abra estuvo mirando con él. El muelle de carga y los restos semiderruidos de las chimeneas se volvieron de repente más claros, aunque solo las estrellas los iluminaban.

Su vista es mil veces mejor que la mía.

Dan bajó del coche; John también, pero Dan apenas se dio cuenta. Había cedido el control a la chica que ahora yacía despierta en su cama a mil ochocientos kilómetros de distancia. Se sentía como un detector de metales humano; salvo que no era metal lo que buscaba..., lo que *buscaban*.

(*ve hasta esa cosa de cemento*)

Dan caminó hasta el muelle de carga y se quedó de espaldas a él.

(*ahora ponte a andar de un lado para otro*)

Una pausa mientras Abra buscaba una manera de aclarar lo que quería.

(*como en* CSI)

Dan recorrió unos quince metros hacia la izquierda, luego giró a la derecha, avanzaba desde el muelle en diagonales opuestas. John había sacado la pala de la bolsa de lona y esperaba junto al coche de alquiler, observando.

(*aquí es donde se estacionaron los cámpers*)

Dan volvió a recortar hacia la izquierda, caminaba despacio, de vez en cuando apartaba con el pie un ladrillo suelto o un cascote de cemento.

(*estás cerca*)

Dan se detuvo. Percibía un olor desagradable; una vaharada gaseosa de putrefacción.

(*¿Abra? ¿lo has?*)

(*sí ay Dios Dan*)

(*calma cariño*)

(*te has pasado da media vuelta ve despacio*)

Dan giró sobre un talón, como un soldado ejecutando con descuido una voz de mando. Echó a andar de nuevo hacia el muelle de carga.

(*izquierda un poco a tu izquierda más despacio*)

Avanzó en esa dirección, deteniéndose a cada paso corto. Ahí estaba otra vez ese olor, un poco más intenso. De repente, el mundo nocturno preternaturalmente nítido empezó a desdibujarse conforme los ojos de Dan se llenaban de las lágrimas de Abra.

(*ahí el niño del beisbol estás justo encima de él*)

Dan respiró hondo y se secó las mejillas. Tiritaba; no porque tuviera frío, sino porque ella lo hacía: sentada en su cama, estrujando a su desgastado conejo de peluche y temblando como una hoja vieja en un árbol muerto.

(*vete de aquí Abra*)

(*Dan ¿estás?*)

(*sí estoy bien pero no hace falta que veas esto*)

De pronto aquella claridad de visión absoluta desapareció. Abra había roto la conexión, y eso era bueno.

—¿Dan? —llamó John, en un susurro—. ¿Estás bien?

—Sí. —Su voz aún rota por las lágrimas de Abra—. Trae esa pala.

12

Tardaron veinte minutos. Dan cavó durante los diez primeros y luego le pasó la pala a John, que fue quien acabó encontrando a Brad Trevor. Se dio la vuelta tapándose la boca y la nariz. Sus palabras salieron amortiguadas pero comprensibles.

—En efecto, hay un cuerpo. *¡Dios!*

—¿Hasta ahora no lo habías olido?

—¿Enterrado a esta profundidad y después de dos años? ¿Quieres decir que tú sí?

Dan no respondió, de modo que John se giró de nuevo hacia el agujero, aunque esta vez poco convencido. Permaneció unos segundos con la espalda doblada, como si se dispusiera a utilizar la pala, pero cuando Dan alumbró el interior de la pequeña excavación se enderezó y retrocedió.

—No puedo —dijo—. Creí que sí, pero no puedo, no con... con eso. Noto los brazos como de goma.

Dan le tendió la linterna. John iluminó el hoyo, enfocando el haz sobre el objeto que lo había alterado: un tenis manchado de tierra y sangre coagulada. Trabajando despacio —no quería perturbar los restos del niño del beisbol de Abra más de lo imprescindible—, Dan escarbó a los lados del cuerpo. Poco a poco afloró una silueta cubierta de tierra, que le recordó a las tallas de sarcófagos que había visto en el *National Geographic*.

El olor a descomposición era ahora muy fuerte.

Dan dio un paso atrás e hiperventiló, aspirando una última bocanada lo más profundo que pudo. A continuación se dejó caer al fondo de aquella tumba improvisada y poco profunda, donde los tenis de Brad Trevor ahora sobresalían formando una V. Anduvo de rodillas hasta donde pensó que debía de estar la cintura del muchacho y alargó la mano pidiendo la linterna. John se la entregó y apartó la vista. Se le oía sollozar.

Dan sujetó la delgada linterna entre los labios y empezó a apartar más tierra. Primero apareció una camiseta de chico, adherida a un torso hundido. Luego unas manos; los dedos, poco más que huesos envueltos en piel amarillenta, estrechaban algo. El pecho empezó a palpitarle pidiendo aire, pero Dan separó los dedos del chico Trevor con el mayor cuidado posible. Aun así, uno de ellos se quebró con un chasquido seco.

Lo habían enterrado con su guante de beisbol aferrado contra su pecho; el bolsillo, que con tanto cariño había lubricado, bullía de bichos que se retorcían.

El aire escapó de los pulmones de Dan en un *soplido* violento, y la bocanada que inhaló para reemplazarlo rebosaba de podredumbre. De pronto se lanzó fuera de la tumba por su derecha y así consiguió vomitar en la tierra extraída del agujero y no sobre los restos consumidos de Bradley Trevor, cuyo único crimen había sido nacer con un rasgo que una tribu de monstruos anhelaba. Y que se lo habían robado del mismo hálito de sus gritos agonizantes.

13

Volvieron a enterrar el cadáver, esta vez John se ocupó de la mayor parte del trabajo, y cubrieron el lugar con una improvisada losa hecha con trozos de asfalto resquebrajado. A ninguno de los dos le agradaba la idea de que los zorros o los perros salvajes se dieran un festín con la escasa carne que aún quedaba.

Una vez terminada la tarea, regresaron al coche y se sentaron sin pronunciar palabra. Al cabo John habló:

—¿Qué vamos a hacer, Danno? No podemos dejarlo aquí. Tendrá padres. Abuelos. Seguramente hermanos. Y todos ellos estarán todavía preguntándose qué ha sido de él.

—Tendrá que quedarse aquí un tiempo. El suficiente para que a nadie se le ocurra decir: «Caray, esa llamada anónima la han hecho justo después de que un forastero comprara una pala en la ferretería de Adair». Seguramente no pasaría, pero no podemos correr el riesgo.

—¿Cuánto tiempo es «un tiempo»?

—Quizá un mes.

John reflexionó unos instantes y luego suspiró.

—Puede que hasta dos. Les daremos a sus padres ese tiempo para que sigan pensando que a lo mejor se ha fugado. Les daremos ese tiempo antes de romperles el corazón. —Meneó la cabeza—. Si hubiera tenido que verle la cara, creo que no habría podido conciliar el sueño nunca más.

—Te sorprendería la cantidad de cosas con las que puede convivir una persona —dijo Dan.

Pensaba en la señora Massey, almacenada de forma segura en el fondo de su cabeza, acabados sus días de espectro.

Arrancó el coche, bajó la ventanilla y sacudió el guante de beisbol varias veces contra la portezuela para que cayera la tierra adherida. A continuación se lo puso, deslizó los dedos en los huecos que los dedos del niño habían ocupado en tantas tardes soleadas. Cerró los ojos. Al cabo de unos treinta segundos volvió a abrirlos.

—¿Algo?

—Usted es Barry. Usted es uno de los buenos.

—¿Qué significa eso?

—No lo sé, aunque no me cabe duda de que es el que Abra llama Barry el Chivo.

—¿Nada más?

—Abra obtendrá más.

—¿Estás seguro?

Dan recordó cómo se había aguzado su vista cuando Abra abrió los ojos dentro de su cabeza.

—Sí. Alumbra el bolsillo del guante un segundo, ¿quieres? Hay algo escrito.

John lo hizo, lo que dejó a la vista una cuidadosa caligrafía de niño: **THOME 25**.

—¿Qué significa eso? —preguntó John—. Pensaba que se llamaba Trevor.

—Jim Thome es un jugador de beisbol. Lleva el número 25. —Miró fijamente el bolsillo del guante y, a continuación, lo depositó con delicadeza en el asiento entre ellos—. Era el jugador de las ligas mayores favorito del muchacho. Le puso su nombre al guante. Voy a atrapar a esos cabrones. Juro por Dios Todopoderoso que voy a atraparlos y hacer que lo lamenten.

14

Rose la Chistera resplandecía —todos los Verdaderos lo hacían—, pero no del mismo modo que Dan o Billy. Ni ella ni Cuervo presintieron, mientras se despedían, que al niño que habían tomado años atrás en Iowa lo estaban desenterrando en esos momentos dos hombres que ya sabían demasiado. Rose podría haber captado las comunicaciones que volaban entre Dan y Abra si se hubiera sumergido en un estado de profunda meditación, pero, por supuesto, en ese caso la niña habría notado su presencia de inmediato. Además, la despedida en el EarthCruiser de Rose aquella noche fue especialmente íntima.

Tumbada en la cama, con los dedos entrelazados detrás de la cabeza, observaba a Cuervo vestirse.

—Has estado en esa tienda, Distrito X, ¿verdad?

—Yo personalmente no; tengo una reputación que proteger. Mandé a Jimmy el Números. —Sonrió con una mueca burlona mientras se abrochaba el cinturón—. Habría podido conseguir lo que necesitábamos en quince minutos, pero estuvo fuera dos horas. Me parece que Jimmy ha encontrado un nuevo hogar.

—Vaya, vaya, qué bonito. Espero que disfruten, chicos.

Procuraba mantener un tono desenfadado, pero después de dos días de luto por Abuelo Flick, culminados con el círculo de despedida, mantener una actitud desenfadada requería un gran esfuerzo.

—No ha conseguido nada que se pueda comparar contigo.

Ella arqueó las cejas.

—¿Es que ya has visto un avance, Henry?

—No necesitaba ninguno. —La observó mientras permanecía desnuda con el cabello desplegado en un oscuro abanico. Era alta incluso tumbada. A él siempre le habían gustado las mujeres altas—. Tú eres la película estrella en mi *home cinema* y siempre lo serás.

Exagerado —tan solo una pizca de la patentada rimbombancia de Cuervo—, pero igualmente la complació. Se levantó y se apretó contra él, hundiendo las manos en su pelo.

—Ten cuidado. Tráelos a todos de vuelta. Y tráela a *ella*.

—Lo haremos.

—Entonces será mejor que muevas el culo.

—Relájate. Estaremos en Sturbridge el viernes por la mañana cuando abra EZ Mail Services. Llegaremos a New Hampshire a mediodía. Para entonces, Barry ya la tendrá localizada.

—Siempre que *ella* no lo localice a *él*.

—Eso no me preocupa.

Bien, pensó Rose, *me preocuparé yo por los dos. Me preocuparé hasta que la vea con esposas en las muñecas y grilletes en los tobillos.*

—Lo bonito del asunto es que, si ella nos presiente y trata de levantar un muro de interferencia, Barry se encargará de ello —añadió Cuervo.

—Si se asusta demasiado, podría acudir a la policía.

Él le lanzó una sonrisa burlona.

—¿Tú crees? «Sí, pequeña», le dirían, «estamos seguros de que esas personas horribles vienen a buscarte, por eso tienes que decirnos si son del espacio exterior o zombis normales y corrientes. Así sabremos qué buscar».

—Menos bromas, no te lo tomes tan a la ligera. Entren y salgan limpiamente, así es como debe hacerse. Sin intrusos de por medio. Sin transeúntes inocentes. Maten a los padres si es necesario, maten a *cualquiera* que trate de interponerse, pero no armen escándalo.

Cuervo ejecutó un cómico saludo.

—Sí, mi capitán.

—Lárgate de aquí, pedazo de idiota. Pero antes dame otro beso. Y tal vez un poco de esa educada lengua, por si acaso.

Papá Cuervo le dio lo que pedía. Rose lo abrazó fuerte, y durante largo rato.

15

Dan y John permanecieron en silencio la mayor parte del camino de regreso al motel en Adair. La pala estaba en la cajuela; el guante de beisbol, en el asiento de atrás, envuelto en una toalla del Holiday Inn. Al cabo John dijo:

—Ahora tendremos que involucrar a los padres de Abra. A ella no le va a gustar, y Lucy y David no querrán creerlo, pero es preciso.

Dan lo miró, con el rostro imperturbable.

—¿Qué pasa, ahora lees la mente? —dijo.

John no, pero Abra sí, y su repentino grito en la cabeza de Dan hizo que este se alegrara de no ser él quien conducía. De haber estado al volante, casi seguro que habrían terminado en el maizal de algún granjero.

(*¡NOOOOO!*)

—Abra. —Habló en voz alta para que John pudiera oír al menos su mitad de la conversación—. Abra, escúchame.

(*¡NO, DAN! ¡CREEN QUE ESTOY BIEN! ¡CREEN QUE YA SOY CASI NORMAL!*)

—Cielo, si esa gente tuviera que matar a tus padres para llegar hasta ti, ¿crees que vacilarían? Después de lo que hemos encontrado allí, te aseguro que no.

No existía argumento que ella pudiera argüir en contra, y Abra no lo intentó..., pero de pronto la cabeza de Dan se llenó con su pesar y su miedo. Se le anegaron los ojos y las lágrimas se derramaron por sus mejillas.

Mierda.

Mierda, mierda, *mierda*.

16

Jueves por la mañana temprano.

La Winnebago de Steve el Vaporizado, con Andi Colmillo de Serpiente en ese momento al volante, circulaba hacia el este por la I-80 en Nebraska occidental a una velocidad perfectamente legal de ciento cinco kilómetros por hora. Las primeras vetas del amanecer apenas empezaban a despuntar en el horizonte. En Anniston era dos horas más tarde. Dave Stone estaba en bata preparando café cuando sonó el teléfono. Era Lucy, llamaba desde el departamento de Concetta en Marlborough Street. Parecía una mujer que casi había agotado sus recursos.

—Si nada cambia para peor..., aunque supongo que es la única forma en que *pueden* cambiar las cosas ahora..., a Momo la darán de alta en el hospital el lunes a primera hora. Anoche hablé con los dos médicos que llevan su caso.

—Cielo, ¿por qué no me llamaste?

—Estaba demasiado cansada. Y demasiado deprimida. Creí que me sentiría mejor después de una noche de sueño, pero no he dormido mucho. Cariño, hay tanto suyo en esta casa... No solo sus obras, su *vitalidad*...

Le tembló la voz. David esperó; llevaban juntos más de quince años, y sabía que, cuando Lucy estaba alterada, a veces era mejor esperar que hablar.

—No sé qué vamos a *hacer* con todo esto. Me canso solo de mirar los libros. Hay miles en las estanterías y apilados en su estudio, y el conserje dice que hay muchísimos más en la buhardilla.

—No tenemos que decidirlo ahora mismo.

—Dice que también hay un baúl donde dice «Alessandra». Ese era el nombre real de mi madre, ¿lo sabías?, aunque creo que siempre la llamaban Sandra o Sandy. No sabía que Momo tuviera sus cosas.

—Para alguien que no se mordía la lengua en sus poemas, Chetta podía ser una mujer muy discreta cuando quería.

Lucy pareció no oírlo; prosiguió con el mismo tono apagado, ligeramente quejumbroso, exhausto.

—Todo está arreglado, aunque tendré que cambiar el horario de la ambulancia si deciden darla de alta el domingo. Me dijeron que podría ser. Menos mal que tiene un buen seguro, de cuando enseñaba en Tufts, ya sabes. Nunca ganó un centavo con la poesía. ¿Quién en este jodido país pagaría ya dinero por *leerla*?

—Lucy…

—Le he conseguido una buena habitación en el edificio principal de la Residencia Rivington, una pequeña suite. Realicé la visita virtual. Tampoco es que la vaya a utilizar mucho. Hice amistad con la enfermera jefe de su planta aquí, y dice que Momo está casi al final de su…

—Chia, te quiero, cariño.

Ese apelativo, el que Concetta utilizaba con ella, finalmente la detuvo.

—Con toda mi alma no italiana.

—Lo sé, y gracias a Dios. Esto ha sido muy duro, pero ya casi ha terminado. Estaré en casa el lunes a más tardar.

—Estamos deseando verte.

—¿Cómo estás tú? ¿Y Abra?

—Estamos los dos bien. —David se permitiría seguir creyéndolo unos sesenta segundos más.

Oyó que Lucy bostezaba.

—Quizá vuelva a acostarme un par de horas. Creo que ahora podré dormir.

—Hazlo. Yo tengo que despertar a Abs para ir al colegio.

Se despidieron y, cuando Dave volteó tras colgar el teléfono de pared de la cocina, vio que Abra ya estaba levantada. Seguía en piyama. Tenía el pelo revuelto en todas direcciones; los ojos, rojos; la cara, pálida. Estrechaba a Brinquitos, su viejo conejito de peluche.

—¿Abba-Doo? Cariño, ¿te sientes mal?

Sí. No. No lo sé. Pero cuando oigas lo que voy a contarte, tú sí que te pondrás mal.

—Tengo que hablar contigo, papá. Y hoy no quiero ir al colegio, y mañana tampoco. A lo mejor no voy en una temporada. —Titubeó—. Tengo un problema.

Lo primero que le vino a la cabeza tras oír esa frase era tan horrible que lo rechazó de inmediato, pero no antes de que su hija lo captara.

Abra esbozó una lánguida sonrisa.

—No, no estoy embarazada. Supongo que esa es la buena noticia.

Se detuvo cuando caminaba hacia ella, en medio de la cocina, con la boca abierta.

—Tú… ¿me has…?

—Sí —confirmó ella—. Te he leído la mente. Aunque esta vez cualquiera habría adivinado lo que estabas pensando, papá; se te veía en la cara. Y se llama «resplandor», no «leer la mente». Todavía puedo hacer casi todas las cosas que tanto te asustaban cuando era pequeña. No todas, pero sí la mayoría.

Él habló muy despacio:

—Sé que a veces todavía tienes premoniciones. Los dos lo sabemos, tu madre y yo.

—Es mucho más que eso. Tengo un amigo. Se llama Dan. El doctor John y él han estado en Iowa…

—¿John Dalton?

—Sí…

—¿Quién es ese Dan? ¿Es un niño paciente del doctor John?

—No, es un adulto. —Tomó a su padre de la mano y lo guió hasta la mesa de la cocina. Allí se sentaron, Abra aún abrazando a Brinquitos—. Pero de pequeño era como yo.

—Abs, no entiendo nada.

—Hay personas malas, papá. —Sabía que no podía decirle que eran más que personas, *peores* que personas, hasta que Dan y John estuvieran ahí para ayudarla a explicarlo—. Puede que quieran hacerme daño.

—¿Por qué querría alguien hacerte daño? Lo que dices no tiene sentido. Y si todavía pudieras hacer todas esas cosas de antes, lo habríamos…

El cajón bajo los cazos colgados de la pared se abrió de golpe, luego se cerró y volvió a abrirse. Ya no podía levantar las cucharas, pero el cajón bastó para captar la atención de su padre.

—Cuando comprendí lo mucho que les preocupaba, lo mucho que los asustaba, se los oculté. Pero ya no puedo ocultarlo más. Dan dice que tengo que contarles.

Hundió el rostro en el pelaje raído de Brinquitos y se echó a llorar.

CAPÍTULO DOCE

LO LLAMAN VAPOR

1

John encendió su teléfono en cuanto él y Dan salieron del pasillo que comunicaba el avión con el aeropuerto Logan a última hora de la tarde del jueves. Acababa de ver que tenía más de una docena de llamadas perdidas cuando el celular, todavía en su mano, empezó a sonar. Miró la pantalla.

—¿Stone? —preguntó Dan.

—Tengo un montón de llamadas perdidas del mismo número, así que debe de ser él.

—No contestes. Llámale tú cuando vayamos por la autopista norte y dile que estaremos allí hacia las… —Dan miró el reloj, que no había ajustado y seguía marcando la hora del este—.Hacia las seis. Se lo contaremos todo cuando lleguemos.

De mala gana, John se guardó el teléfono en el bolsillo.

—Me he pasado el vuelo deseando que no me quiten la licencia de medicina por esto. Ahora solo deseo que la policía no nos detenga en cuanto nos estacionemos delante de la casa de Dave Stone.

Dan, que lo había consultado con Abra en varias ocasiones mientras cruzaban el país de vuelta, negó con la cabeza.

—Lo ha convencido para que espere, pero ahora mismo están pasando muchas cosas en esa familia, y el señor Stone es lo que se dice un americano confundido.

John le ofreció una sonrisa que destilaba desolación.

—No es el único.

2

Abra estaba sentada con su padre en los escalones de la entrada cuando Dan enfiló el camino particular de los Stone. Habían tardado menos de lo previsto; solo eran las cinco y media.

Abra se levantó antes de que Dave pudiera agarrarla y salió a la carrera con el cabello volando tras ella. Dan vio que se dirigía hacia él y le tendió a John el guante envuelto en la toalla. Abra se arrojó a sus brazos; temblaba de arriba abajo.

(lo has encontrado lo has encontrado y has encontrado el guante dámelo)

—Todavía no —dijo Dan, dejándola en el suelo—. Primero tenemos que resolver esto con tu padre.

—¿Resolver qué? —preguntó Dave. Asió a su hija por la muñeca y la apartó de Dan—. ¿Quiénes son esas personas malas de las que habla? ¿Y quién diablos es usted? —Desplazó la mirada a John, y en sus ojos no había nada amistoso—. Por todos los santos, ¿qué está pasando aquí?

—Este es Dan, papá. Él es como yo, ya te lo *dije*.

—¿Dónde está Lucy? —preguntó John—. ¿Está enterada de esto?

—No voy a decir nada hasta saber qué está ocurriendo.

—Sigue en Boston, con Momo —aclaró Abra—. Papá quería llamarla, pero lo convencí para que esperara hasta que llegaran. —Sus ojos permanecían fijos en el guante envuelto en la toalla.

—Dan Torrance —dijo Dave—. ¿Se llama así?

—Sí.

—¿Trabaja en la residencia de Frazier?

—Así es.

—¿Cuánto tiempo lleva usted viendo a mi hija? —Abría y apretaba los puños—. ¿La conoció por internet? No me extrañaría. —Desvió la mirada a John—. De no ser porque eres el pediatra de Abra desde el día en que nació, habría llamado a la policía hace seis horas, cuando no contestabas el teléfono.

—Estaba en un avión —dijo John—. No podía.

—Señor Stone —dijo Dan—, no conozco a su hija desde hace tanto tiempo como John, pero casi. La primera vez que supe de ella, no era más que un bebé. Y fue ella la que contactó conmigo.

Dave meneó la cabeza. Parecía perplejo, enfadado y poco inclinado a dar crédito a lo que Dan pudiera decirle.

—Entremos en la casa —sugirió John—. Creo que podremos explicarlo todo, o *casi* todo, y si es el caso, te alegrarás de que estemos aquí y de que hayamos ido a Iowa a hacer lo que hemos hecho.

—Eso espero, John, maldita sea, pero tengo mis dudas.

Entraron, Dave con el brazo alrededor de los hombros de Abra —en ese momento parecían más carcelero y prisionera que padre e hija—, John Dalton a continuación, Dan el último. Este miró hacia la oxidada camioneta roja estacionada al otro lado de la calle. Billy levantó los pulgares… y luego cruzó los dedos. Dan le devolvió el gesto y siguió a los otros por la puerta principal.

3

Cuando Dave tomaba asiento en su salón de Richland Court con su desconcertante hija y sus aún más desconcertantes invitados, la Winnebago que transportaba al grupo de asalto del Nudo circulaba al sudeste de Toledo. El Nueces iba al volante. Andi Steiner y Barry dormían; la primera como los muertos, el segundo revolviéndose de un lado a otro y farfullando. Cuervo estaba en la zona de la salita hojeando *The New Yorker*. Lo único que en realidad le gustaba eran los pasatiempos y los anuncios de artículos extraños como suéteres de pelo de yak, sombreros vietnamitas y puros habanos de imitación.

Jimmy el Números se dejó caer junto a él con su computadora portátil en la mano.

—He estado peinando la red, y he tenido que hackear un par de sitios, pero… ¿puedo enseñarte algo?

—¿Cómo puedes navegar por internet desde una autopista interestatal?

Jimmy le dirigió una sonrisa condescendiente.

—Conexión 4G, amigo. Estamos en la edad moderna.

—Si tú lo dices... —Cuervo dejó la revista a un lado—. ¿Qué tienes?

—Fotos de la Escuela Primaria de Anniston. —Jimmy dio dos golpecitos en la almohadilla táctil y apareció una imagen. No era la típica foto granulosa, sino un retrato escolar de alta resolución de una niña con un vestido rojo de mangas abombadas. Su pelo trenzado era castaño; su sonrisa, grande y confiada.

—Julianne Cross —dijo Jimmy. Volvió a tocar la almohadilla y apareció una pelirroja con una sonrisa pícara—. Emma Deane. —Otro toque y apareció una chica todavía más guapa: ojos azules, cabello rubio enmarcando su rostro y derramándose sobre los hombros; expresión seria, pero unos hoyuelos insinuaban una sonrisa—. Esta es Abra Stone.

—¿Abra?

—Sí, en estos tiempos les ponen cualquier nombre. ¿Te acuerdas cuando Jane y Mabel eran buenos nombres para los palurdos? Leí en algún sitio que Sly Stallone le puso a su hijo Sage Moonblood, ¿qué clase de jodido nombre es ese?

—Y tú crees que una de estas tres es la chica de Rose.

—Si tiene razón en lo de que es una adolescente joven, casi seguro que sí. Seguramente o Deane o Stone, que son las dos que viven en la calle donde se produjo el terremoto, pero no se puede descartar por completo a Cross; su casa está a la vuelta de la esquina.

Jimmy el Números giró el dedo sobre la almohadilla y las tres fotos se comprimieron en una fila. Escrito con florituras debajo de cada una, se leía: MIS RECUERDOS DEL COLEGIO.

Cuervo las estudió.

—¿Podría darse cuenta alguien de que has estado afanando fotos de niñas en Facebook o algo así? Porque eso haría saltar todo tipo de alarmas en Palurdolandia.

Jimmy puso cara de ofendido.

—Facebook, mis cojones. Han salido de los archivos de la Escuela Primaria de Anniston, transmitidos directamente desde su computadora a la mía. —Hizo un desagradable sonido con la lengua—. Y adivina qué, ni siquiera un fulano con acceso a un clúster de supercomputadoras de la NSA podría seguir mi rastro. ¿Quién es el mejor?

—Tú —dijo Cuervo—. Supongo.

—¿Tú cuál dirías que es?

—Si tuviera que elegir… —Cuervo tocó la foto de Abra—. Sus ojos tienen una mirada especial; una mirada *vaporosa*.

El contador caviló un instante, decidió que se le estaban ocurriendo unos pensamientos muy sucios y se carcajeó.

—¿Sirve?

—Sí. ¿Puedes imprimir estas fotos y asegurarte de que los demás tengan una copia? Sobre todo Barry, que es el Localizador en Jefe en esta misión.

—Lo haré ahora mismo. Llevo una Fujitsu ScanSnap, una pequeña gran máquina para viajar. Antes tenía la S1 100, pero la cambié después de leer en *Computer World*…

—Hazlo, ¿de acuerdo?

—Claro.

Cuervo tomó de nuevo la revista y fue hasta la viñeta de la última página, esa en la que había que rellenar el pie. La de esta semana mostraba a una anciana entrando en un bar con un oso encadenado. La mujer tenía la boca abierta, así que la leyenda debía de ser su diálogo. Cuervo lo meditó detenidamente y a continuación escribió: *Muy bien, bola de estúpidos, ¿quién me ha llamado hija de perra?*

No, probablemente no ganaría.

La Winnebago continuó avanzando a través de un anochecer cada vez más oscuro. En la cabina, el Nueces encendió los faros. En una de las literas, Barry el Chino se dio la vuelta y se rascó la muñeca mientras dormía. Allí había aparecido una mancha roja.

4

Los tres hombres permanecieron sentados en silencio mientras Abra subía a buscar algo de su cuarto. Dave pensó en sugerir un café —los otros dos parecían cansados y ambos necesitaban una rasurada—, pero decidió que no les ofrecería ni una galleta hasta que recibiera una explicación. Él y Lucy habían hablado de lo que harían cuando en un futuro no muy lejano Abra llegara un día a casa y anunciara que un chico la había invitado a salir, pero aquel par eran hombres, ¡hombres!, y por lo visto el desconocido llevaba citándose con su hija desde hacía algún tiempo. Bueno, a su manera… ¿y no era esa precisamente la cuestión? ¿De *qué* manera?

Antes de que cualquiera de ellos tuviera ocasión de arriesgarse a iniciar una conversación que estaba condenada a resultar violenta —y tal vez cáustica—, oyeron el trote amortiguado de los tenis de Abra en las escaleras. Esta entró en el salón con un ejemplar del *Anniston Shopper*.

—Mira la contraportada.

Dave dio la vuelta al periódico e hizo una mueca.

—¿Qué es esta mancha café?

—Posos de café secos. Tiré el periódico a la basura, pero no me lo quitaba de la cabeza, así que lo volví a tomar. No dejaba de pensar en *él*. —Señaló la foto de Bradley Trevor en la fila de abajo—. Ni en sus padres. Ni en sus hermanos y hermanas, si los tenía. —Se le llenaron los ojos de lágrimas—. Tenía pecas, papá, y no le gustaban nada, pero su madre decía que traían buena suerte.

—Es imposible que sepas eso —dijo Dave, en absoluto convencido.

—Lo sabe —dijo John—, y tú también. Confía en nosotros, Dave. Por favor. Es importante.

—Quiero saber qué relación tiene usted con mi hija —le exigió a Dan—. Explíquese.

Dan se lo contó todo una vez más. Garabatear el nombre de Abra en su libreta de reuniones de Alcohólicos Anónimos. El primer «hola» escrito con tiza. La claridad con la que había percibido la presencia de Abra la noche que murió Charlie Hayes.

—Le pregunté si era la niña que a veces escribía en mi pizarrón. No respondió con palabras, pero se oyó una música de piano, creo que era una canción de los Beatles.

Dave miró a John.

—¡Se lo has contado tú!

El médico negó con la cabeza, y Dan prosiguió.

—Hace dos años había en el pizarrón un mensaje de Abra que decía: «Están matando al niño del beisbol». No sabía qué significaba, y no estoy seguro de que Abra lo supiera. El asunto podría haber acabado ahí, pero entonces ella vio *eso*. —Señaló la contraportada del *Anniston Shopper* con todos aquellos retratos tamaño estampilla de correos.

Abra explicó el resto.

Una vez que hubo terminado, Dave dijo:

—Así que volaron a Iowa porque lo dijo una niña de trece años.

—Una niña de trece años muy especial —puntualizó John—. Con varios talentos muy especiales.

—Pensábamos que todo había acabado. —Dave le lanzó a su hija una mirada acusadora—. Menos por algunas premoniciones, pensábamos que con la edad lo había superado.

—Lo siento, papá. —La voz de Abra sonó apenas un poco más alta que un susurro.

—Quizá no *debería* sentirlo —dijo Dan, esperando que su tono no reflejara lo enojado que estaba—. Ocultó su habilidad porque sabía que usted y su mujer querían que esta desapareciera. La ocultó porque los quiere y deseaba ser una buena hija.

—Supongo que eso se lo ha dicho ella.

—Nunca hemos hablado de ello —dijo Dan—, pero yo tenía una madre a la que quería mucho y, por eso, yo hice lo mismo.

Abra le dirigió una mirada de gratitud total. Cuando volvió a bajar los ojos, le envió un pensamiento. Algo que le daba vergüenza expresar en voz alta.

—Tampoco quería que lo supieran sus amigas. Creía que dejaría de caerles bien y que le tendrían miedo. Probablemente no se equivocaba.

—No perdamos de vista el tema principal —intervino John—. Volamos a Iowa, sí. Encontramos la planta de etanol en el pueblo de Freeman, justo donde Abra dijo que estaría. Encontramos el cadáver del muchacho. Y su guante. Había grabado el nombre de su jugador de beisbol favorito en el bolsillo, pero lleva *su* nombre, Brad Trevor, escrito en la correa.

—Lo asesinaron. Es lo que estás diciendo. Lo asesinó un grupo de chiflados errantes.

—Viajan en cámpers y Winnebagos —dijo Abra en voz baja y como en trance. Miraba el guante de beisbol envuelto en la toalla. Le daba miedo y al mismo tiempo quería ponerle las manos encima. Estas emociones contradictorias le llegaron a Dan con tal claridad que le revolvieron el estómago—. Tienen nombres raros, como de piratas.

Casi lastimeramente, Dave preguntó:

—¿Estás *segura* de que el chico fue asesinado?

—La mujer del sombrero se limpió la sangre de las manos con la lengua —dijo Abra. Se había quedado sentada en los escalones. Ahora fue hasta su padre y hundió el rostro en su pecho—. Cuando quiere, le sale un diente especial. A todos ellos.

—Ese niño ¿de verdad era como tú?

—Sí. —La voz de Abra sonaba ahogada pero se le entendía—. Podía ver con la mano.

—¿Qué significa eso?

—Cuando le lanzaban determinadas bolas, podía batearlas porque su mano las veía antes. Y cuando su madre perdía algo, se tapaba los ojos y miraba a través de la mano para ver dónde estaba. Creo. No lo sé seguro, pero a veces yo también uso la mano así.

—¿Y por eso lo mataron?

—Estoy convencido —afirmó Dan.

—¿Por qué? ¿Por una especie de vitamina de percepción extrasensorial? ¿Es que nadie se da cuenta de lo ridículo que suena?

Nadie replicó.

—¿Y ellos saben que Abra los conoce?

—Lo saben. —La chica alzó la cabeza. Tenía las mejillas enrojecidas y mojadas de lágrimas—. No saben cómo me llamo ni dónde vivo, pero saben *de* mí.

—Entonces tenemos que ir a la policía —dijo Dave—. O puede que... supongo que mejor el FBI para un caso así. Es probable que al principio les cueste creerlo, pero si el cadáver está allí...

Dan lo interrumpió.

—No le diré que es una mala idea hasta que veamos qué puede hacer Abra con el guante de beisbol, pero es necesario que considere muy detenidamente las consecuencias. Para mí, para John, para usted y su mujer y, sobre todo, para Abra.

—No veo qué clase de problemas podría causarles a John y a usted...

John se removió impaciente en su butaca.

—Vamos, David. ¿Quién encontró el cadáver? ¿Quién lo desenterró y luego lo volvió a enterrar después de tomar una prueba que la policía científica sin duda consideraría vital? ¿Quién cruzó medio país para traerle esa prueba a una alumna de octavo curso para que la utilizara como una tabla de ouija?

Aunque no había tenido intención de hacerlo, Dan se le sumó. Estaban en el mismo bando, y en otras circunstancias se habría sentido mal, pero no en ese momento.

—Su familia ya tiene suficientes problemas, señor Stone. Su abuela política se muere, su mujer está triste y exhausta. Esto estallará en la prensa y en internet como una bomba: un clan errante de asesinos contra una niña presuntamente psíquica. Querrán que salga en televisión, usted se negará, y solo conseguirá alimentar su voracidad. Su calle se convertirá en un estudio al aire libre, Nancy Grace se mudará a la casa de al lado, y en una semana o dos toda la mafia mediática estará gritando «engaño» a pleno pulmón. ¿Se acuerda del padre del niño del globo? Bien podría ser usted. Entretanto, esos individuos a los que Abra llama la Gente de las Winnebago seguirán ahí fuera.

—¿Y quién se supone que protegerá a mi hija si vienen por ella? ¿Ustedes dos? ¿Un médico y un celador de una residencia de ancianos? ¿O solo es un conserje?

Y porque no sabes nada del encargado de parques de setenta y tres años que está vigilando calle abajo, pensó Dan, y no pudo menos que sonreír.

—Un poco las dos cosas. Mire, señor Stone...

—Viendo lo grandes amigos que son usted y mi hija, supongo que será mejor que me llame Dave.

—De acuerdo, Dave. Supongo que lo que haga a continuación depende de si está dispuesto a jugársela a que las fuerzas del orden crean a Abra, especialmente cuando les cuente que la Gente de las Winnebago son vampiros chupadores de vida.

—Dios —dijo Dave—. No puedo hablarle a Lucy de esto. Se le saltaría un fusible. *Todos* los fusibles.

—Eso parece responder a la cuestión de si llamar o no la policía —señaló John.

Hubo un momento de silencio. En alguna parte de la casa, un reloj marcaba los segundos. En alguna parte del vecindario, un perro ladraba.

—El terremoto —dijo Dave de repente—. Aquel temblor. ¿Fuiste tú, Abby?

—Estoy casi segura —susurró ella.

Dave la abrazó, luego se levantó y desenvolvió de la toalla el guante de beisbol. Lo sostuvo en alto, inspeccionándolo.

—Lo enterraron con él —dijo—. Lo secuestraron, lo torturaron, lo asesinaron, y luego lo enterraron con el guante de beisbol.

—Sí —asintió Dan.

Dave volteó hacia su hija.

—¿De veras quieres tocar esto, Abra?

Ella extendió las manos y dijo:

—No. Pero dámelo de todas formas.

5

David Stone dudó un instante y se lo entregó. Abra lo sujetó con las dos manos y miró dentro del bolsillo.

—Jim Thome —dijo, y aunque Dan habría estado dispuesto a apostarse sus ahorros (tras doce años de trabajo y sobriedad tenía algunos) a que Abra nunca antes había oído hablar de ese nombre, lo pronunció correctamente: *Toc-mei*—. Está en el club de los seiscientos.

—Correcto —dijo Dave—. Él...

—Silencio —le cortó Dan.

Los hombres la observaban. Abra se llevó el guante a la cara y olió el bolsillo. (Dan recordó los bichos y tuvo que reprimir una mueca.)

—No es Barry el Chivo, sino Barry el *Chino* —dijo ella—. Solo que no es de China. Lo llaman así porque tiene los ojos rasgados. Él es su... su... no sé... espera...

Sostuvo el guante contra el pecho, como si fuera un bebé. Empezó a respirar más rápido. Abrió la boca y gimió. Dave, alarmado, le puso una mano en el hombro. Abra se la sacudió.

—¡No, papá, *no*!

Cerró los ojos y abrazó el guante. Los hombres esperaron.

Al cabo abrió los ojos y anunció:

—Vienen por mí.

Dan se levantó, se arrodilló a su lado y puso una mano sobre las de ella.

(*¿cuántos son? ¿unos pocos o todos?*)

—Unos pocos. Barry está con ellos, por eso puedo ver. Hay otros tres, tal vez cuatro. Una es una mujer con una serpiente tatuada. Nos llaman palurdos. Para ellos somos palurdos.

(*¿está la mujer del sombrero?*)

(*no*)

—¿Cuándo llegarán aquí? —preguntó John—. ¿Lo sabes?

—Mañana. Primero tienen que parar a recoger... —Hizo una pausa. Sus ojos registraron la habitación sin verla. Una mano se deslizó por debajo de la de Dan y empezó a frotarse la boca; la otra estrujó el guante—. Tienen que... no lo sé... —Las lágrimas empezaron a brotar por las comisuras de sus ojos, no eran lágrimas de tristeza sino de esfuerzo—. ¿Es medicina? ¿Es...? Espera, espera, suéltame, Dan, tengo que..., tienes que soltarme...

Dan retiró la mano. Se produjo un chasquido enérgico y un latigazo azul de electricidad estática. El piano emitió una sucesión de notas discordantes. En una mesa auxiliar, junto a la puerta que daba al vestíbulo, una colección de figuras Hummel de cerámica temblaban y repiqueteaban. Abra se puso el guante. De golpe, abrió mucho los ojos.

—¡Uno es un cuervo! ¡Hay un médico y es una suerte para ellos porque Barry está enfermo! ¡Está enfermo!

Los contempló con la mirada perdida y luego rompió a reír. A Dan el sonido de su risa le erizó el vello de la nuca. Pensó que los dementes debían de reírse así cuando no tomaban su medicación a su debido tiempo. Tuvo que hacer esfuerzos para no arrancarle el guante de la mano.

—*¡Tiene sarampión! ¡Se lo contagió Abuelo Flick y pronto empezará a ciclar! ¡Fue ese puto niño! ¡Seguro que no lo vacunaron! ¡Tenemos que informar a Rose! ¡Tenemos que...!*

Dan ya había tenido bastante. Le quitó el guante de la mano y lo arrojó al otro extremo del salón. El piano dejó de sonar. Las figuras Hummel dieron un último traqueteo y se quedaron inmóviles, una de ellas en el borde de la mesa. Dave miraba boquiabierto a su hija. John se había puesto en pie, pero parecía incapaz de moverse.

Dan asió a Abra por los hombros y le dio una fuerte sacudida.

—Abra, reacciona.

La chica lo miró fijamente, con ojos delirantes, enormes.

(*vuelve Abra no pasa nada*)

Sus hombros, que habían estado casi levantados hasta las orejas, se relajaron gradualmente. Sus ojos volvían a verlo. Dejó escapar el aliento y cayó de espaldas en el brazo envolvente de su padre. El sudor oscurecía el cuello de su camiseta.

—¿Abby? —dijo Dave—. ¿Abba-Doo? ¿Estás bien?

—Sí, pero no me llames así. —Tomó aire y lo soltó en otro largo suspiro—. Dios, ha sido intenso. —Miró a su padre—. Yo no he dicho la palabra con P, papi, fue uno de ellos. Creo que fue el cuervo. Es el líder de los que vienen.

Dan se sentó en el sofá, junto a Abra.

—¿Seguro que estás bien?

—Sí, ahora sí. Pero no quiero volver a tocar ese guante nunca más. No son como nosotros. Parecen personas y creo que antes eran personas, pero ahora tienen pensamientos de reptil.

—Has dicho que Barry tiene sarampión. ¿Te acuerdas?

—Barry, sí, al que llaman el Chino. Me acuerdo de todo. Tengo mucha sed.

—Te traeré agua —se ofreció John.

—No, algo con azúcar. Por favor.

—Hay Coca-Cola en la nevera —dijo Dave. Le acarició el cabello, después la mejilla, luego la parte posterior del cuello, como para cerciorarse de que su hija seguía allí.

Aguardaron hasta que John regresó con una lata de Coca-Cola. Abra la tomó, bebió con avidez y luego eructó.

—Lo siento —se disculpó, y soltó una risita.

Dan nunca en toda su vida se había alegrado tanto de oír ese sonido.

—John, el sarampión es más grave en adultos, ¿verdad?

—No te quepa duda. Puede producir neumonía, e incluso ceguera, debido a las cicatrices en las córneas.

—¿Y la muerte?

—También, pero es raro.

—Para ellos es diferente —explicó Abra—, porque no creo que se pongan enfermos normalmente. Solo que Barry *lo está*. Van a parar a recoger un paquete, que debe de ser un medicamento para él, de los que se ponen con una inyección.

—¿Qué querías decir con lo de ciclar? —preguntó Dave.

—No lo sé.

—Si Barry está enfermo, ¿eso los detendrá? —preguntó John—. ¿Puede ser que den media vuelta y regresen a dondequiera que sea que estén.

—No lo creo. Es posible que ya se hayan contagiado de Barry, y lo saben. No tienen nada que perder y mucho que ganar, eso es lo que dice Cuervo. —Le dio un sorbo a su Coca-Cola agarrando la lata con ambas manos, y luego miró a los tres hombres uno por uno, a su padre al final—. Saben cuál es mi calle. Y puede que conozcan mi nombre, después de todo. Hasta podrían tener una foto, no estoy segura. La mente de Barry está toda revuelta. Pero creen… creen que si yo no puedo contagiarme sarampión…

—Entonces tu esencia podría curarlos —concluyó Dan—. O al menos inocular a los demás.

—No lo llaman «esencia» —dijo Abra—. Lo llaman «vapor».

De pronto, Dave dio una palmada, con brusquedad.

—Ya está. Voy a llamar a la policía. Haremos que arresten a esa gente.

—No puedes —dijo Abra con la voz desganada de una cincuentona deprimida. *Haz lo que quieras*, decía esa voz. *Solo te estoy avisando*.

Su padre había sacado el teléfono del bolsillo, pero en vez de abrirlo, lo retuvo en la mano.

—¿Por qué no?

—Tendrán una buena historia para explicar por qué viajan a New Hampshire e identificaciones válidas. Además, son ricos. Ricos *de verdad*, como los bancos y las petroleras y el Wal-Mart. Aunque se marchasen, volverían. Siempre vuelven por lo que quieren. Matan a la gente que se interpone en su camino y a la gente que intenta delatarlos, y si necesitan pagar para librarse de algún problema, lo hacen. —Dejó la Coca-Cola en la mesita de café y rodeó a su padre con los brazos—. Por favor, papá, no se lo cuentes a *nadie*. Preferiría irme con ellos a que les hicieran daño a mamá o a ti.

—Pero ahora mismo solo son cuatro o cinco —dijo Dan.

—Sí.

—¿Dónde están los demás? ¿Lo sabes?

—En un sitio que se llama Campamento Bluebird. O puede que Bluebell. Es suyo. Hay una ciudad cerca, ahí es donde está ese supermercado Sam's. La ciudad se llama Sidewinder. Rose está allí, y también el Nudo. Es como se llaman a sí mismos, el… ¿Dan? ¿Qué te pasa?

Dan no contestó. Era incapaz de hablar, al menos por el momento. Recordaba la voz de Dick Hallorann saliendo de la boca muerta de Eleanor Ouellette. Había preguntado a Dick dónde estaban los demonios vacíos, y ahora su respuesta cobraba sentido.

En tu infancia.

—¿Dan? —Ese era John, cuya voz sonaba muy distante—. Estás blanco como el papel.

Todo adquiría un extraño sentido. Había sabido desde el principio —incluso antes de verlo realmente— que el Hotel Overlook era un lugar maligno. Ahora había desaparecido, reducido a cenizas, pero ¿quién podía afirmar que el mal se había consumido con las llamas? Él no, desde luego. De niño había recibido visitas de espectros que habían escapado de allí.

Ese campamento que poseen... se encuentra donde estaba el hotel. Lo sé. Y tarde o temprano tendré que volver allí. Eso también lo sé. Probablemente temprano. Pero antes...

—Estoy bien —dijo.

—¿Quieres una Coca-Cola? —preguntó Abra—. El azúcar disuelve cantidad de problemas, en mi opinión.

—Más tarde. Se me ha ocurrido una idea. Es muy básica, pero tal vez entre los cuatro podamos convertirla en un plan.

6

Andi Colmillo de Serpiente aparcó en la zona para camiones de un área de descanso cerca de Westfield, Nueva York. El Nueces entró en la estación de servicio a comprar jugo para Barry, que ya tenía fiebre y una faringitis aguda. Mientras esperaban a que volviera, Cuervo hizo una llamada a Rose, que contestó al primer timbrazo. La puso al corriente tan rápido como pudo y aguardó.

—¿Qué es eso que oigo de fondo? —preguntó ella.

Cuervo suspiró y se frotó con la mano la barba de tres días.

—Es Jimmy el Números. Está llorando.

—Dile que se calle. Dile que en el beisbol no se llora.

Transmitió el mensaje, omitiendo el peculiar sentido del humor de Rose. Jimmy, que en ese momento enjugaba el rostro de Barry con un paño húmedo, se las arregló para ahogar sus fuertes e irritantes (Cuervo debía admitirlo) sollozos.

—Así está mejor —aprobó Rose.

—¿Qué quieres que hagamos?

—Dame un segundo, intento pensar.

La idea de que Rose tuviera que *intentar* pensar le pareció casi tan perturbadora como las manchas rojas que se propagaban por todo el cuerpo y el rostro de Barry; sin embargo, aguardó obediente, con el iPhone pegado a la oreja pero sin decir nada. Estaba sudando. ¿Fiebre o solo calor? Cuervo se examinó los brazos en busca de erupciones rojas y no advirtió ninguna. Todavía.

—¿Estás cumpliendo el horario? —preguntó Rose.

—Hasta ahora, sí. Incluso vamos un poco adelantados.

Se oyeron dos rápidos golpes en la puerta. Andi se asomó y a continuación la abrió.

—¿Cuervo? ¿Sigues ahí?

—Sí. Acaba de volver el Nueces con un poco de jugo para Barry. Tiene la garganta inflamada.

—Prueba esto —le dijo el Nueces a Barry, desenroscando el tapón—. Es jugo de manzana. Todavía está frío. Te aliviará el gaznate.

Barry se incorporó sobre los codos y bebió cuando el Nueces le arrimó la botellita de cristal a los labios. A Cuervo le resultaba muy duro mirar. Había visto a corderos lechales beber de biberones de la misma manera, débiles, incapaces de hacerlo por sí mismos.

—¿Puede hablar, Cuervo? Si puede, pásale el teléfono.

Cuervo apartó a Jimmy de un codazo y se sentó junto a Barry.

—Es Rose. Quiere hablar contigo.

Hizo ademán de arrimarle el teléfono a la oreja, pero el Chino se lo arrebató de las manos. El jugo o la aspirina que el Nueces le había obligado a tragar parecían haberle aportado algo de vitalidad.

—Rose —graznó—. Perdona por esto, querida. —Escuchó asintiendo con la cabeza—. Lo sé. Lo entiendo... —Escuchó un poco más—. No, todavía no, pero... sí, sí puedo. Lo haré. Sí. Yo también te quiero. Está aquí. —Le tendió el teléfono a Cuervo y a renglón seguido se desplomó sobre el montón de almohadas, agotada su inyección temporal de energía.

—Estoy aquí —dijo Cuervo.

—¿Ya ha entrado en ciclo?

Cuervo echó un vistazo a Barry.

—No.

—Gracias a Dios por los pequeños favores. Dice que aún es capaz de localizarla. Espero que tenga razón. Si no puede, tendrán que encontrarla ustedes. *Tenemos que atrapar a esa niña.*

Cuervo sabía que Rose tenía sus motivos para querer a la chica —quizá Julianne, quizá Emma, probablemente Abra—, y a él eso le bastaba, pero había mucho en juego. Quizá la ininterrumpida supervivencia del Nudo. En una conversación en susurros en la parte trasera de la Winnebago, el Nueces le había contado que la chica probablemente *nunca* había tenido sarampión, pero que su vapor aún podría servir para protegerlos, por las vacunas que sin duda le habrían puesto de bebé. No era una apuesta segura, pero sí muchísimo mejor que ninguna apuesta en absoluto.

—¿Cuervo? Háblame, cariño.

—La encontraremos. —Lanzó una mirada al experto informático del Nudo—. Jimmy ha reducido las candidatas a tres, todas en un radio de una manzana. Tenemos fotos.

—¡Eso es *excelente*! —Rose hizo una pausa y, cuando volvió a hablar, su voz era más baja, más cálida y, tal vez, ligeramente temblorosa. Cuervo detestaba la idea de que Rose tuviera miedo, pero eso le parecía. No temía por ella misma, sino por el Nudo Verdadero cuyo deber era proteger—. Sabes que jamás te enviaría con Barry enfermo si no creyera que es de vital importancia.

—Sí.

—Atrapa a esa puta cría, déjala inconsciente y tráemela. ¿De acuerdo?

—De acuerdo.

—Si los demás se enferman, si opinas que es necesario fletar un vuelo chárter para traerla...

—Lo haremos, sí.

Sin embargo, a Cuervo le horrorizaba la perspectiva. Quien no estuviera enfermo al subir al avión lo estaría al bajar: el sentido del equilibrio reventado, oirían una mierda durante un mes o más, temblores y parálisis, vómitos. Y, por supuesto, volar dejaba un rastro de documentos, nada bueno para pasajeros que escoltaban a una niña secuestrada y drogada. Aun así, cuando la necesidad aprieta, el diablo manda.

—Es hora de que vuelvan a la carretera —dijo Rose—. Cuida de mi Barry, hombretón. Y también del resto.

—¿Está todo bien por allí?

—Claro —respondió Rose, y colgó antes de que él pudiera hacerle más preguntas. No importaba. A veces no se necesitaba recurrir a la telepatía para advertir cuándo mentía una persona. Hasta los palurdos lo sabían.

Cuervo arrojó el teléfono encima de la mesa y se puso a dar palmadas vigorosamente.

—Está bien, pongámonos en marcha. Próxima parada, Sturbridge, Massachusetts. Nueces, tú quédate con Barry. Yo conduciré las seis horas siguientes, luego te tocará a ti, Jimmy.

—Quiero irme a casa —dijo Jimmy el Números con aire taciturno y, cuando estaba a punto de añadir algo más, una mano caliente le asió la muñeca.

—No tenemos opción —dijo Barry. La fiebre relucía en sus ojos, pero estos se veían cuerdos y conscientes. En ese momento, Cuervo se sintió muy orgulloso de él—. Ninguna opción en absoluto, Chico Informático, así que sé un hombre, Jimmy.

Cuervo se sentó al volante y giró la llave.

—Jimmy —dijo—. Siéntate conmigo un minuto. Quiero tener una pequeña charla.

Jimmy el Números ocupó el asiento del copiloto.

—Esas tres chicas, ¿qué edad tienen? ¿Lo sabes?

—Sí, eso y muchas otras cosas. Accedí a sus expedientes escolares cuando conseguí sus fotos. Lo hice todo a la vez. Deane y Cross tienen catorce años. La Stone es un año más pequeña. Se saltó un curso en primaria.

—Eso parece indicar vapor —observó Cuervo.

—Sí.

—Y todas viven en el mismo vecindario.

—Exacto.

—*Eso* parece indicar camaradería.

Jimmy aún tenía los ojos hinchados por las lágrimas, pero rio.

—Sí. Chicas, ya sabes. Seguro que las tres llevan el mismo labial y les chiflan los mismos grupos. ¿Adónde quieres llegar?

—A ningún sitio —respondió Cuervo—. Solo quería información. La información es poder, o eso dicen.

Dos minutos después, la Winnebago de Steve el Vaporizado se incorporaba de nuevo a la I-90. Cuando el velocímetro se quedó clavado a ciento cinco kilómetros por hora, Cuervo activó el control de crucero y la dejó correr.

7

Una vez que Dan expuso lo que tenía en mente, aguardó a que Dave Stone respondiera. Durante un rato largo se limitó a permanecer sentado junto a su hija con la cabeza gacha y las manos apretadas entre las rodillas.

—¿Papá? —intervino Abra—. Por favor, di algo.

Dave alzó la vista y dijo:

—¿Quién quiere una cerveza?

Los otros dos hombres intercambiaron una breve mirada de desconcierto y rechazaron la oferta.

—Pues yo sí. La verdad es que se me antoja una copa doble de Jack, pero estoy dispuesto a estipular, sin necesidad de ninguna aportación por su parte, caballeros, que beber whisky podría no ser una buena idea esta noche.

—Yo te la traigo, papá.

Abra entró dando brincos en la cocina. Oyeron el chasquido del tapón y el siseo del gas, sonidos que a Dan le trajeron recuerdos, muchos de ellos traicioneramente felices. Y, por supuesto, la sed.

La niña regresó con una lata de Coors y un vaso Pilsner.

—¿Puedo servirla?

—Date el gusto.

Dan y John observaron con silenciosa fascinación cómo Abra inclinaba el vaso y vertía la cerveza por el borde para minimizar la espuma, manejándose con la destreza de un buen barman. Le tendió el vaso a su padre y dejó la lata en un posavasos a su lado. Dave le dio un trago largo, suspiró, cerró los ojos y los volvió a abrir.

—¡Ah, qué buena! —dijo.

Seguro que sí, pensó Dan, y notó que Abra lo miraba. Su rostro, por lo general tan abierto, era inescrutable, y por el momento no pudo leer sus pensamientos.

—Lo que propone es una locura —dijo Dave—, pero posee sus atractivos. El principal es que me daría una oportunidad de ver a estas... criaturas... con mis propios ojos. Lo necesito porque, a pesar de todo lo que me han contado, me resulta imposible de creer. Incluso teniendo en cuenta el guante y el cuerpo que afirman haber encontrado.

Abra hizo ademán de hablar. Su padre la mandó callar alzando una mano.

—Creo que lo *creen* —prosiguió él—. Los tres. Y creo que es posible, solo posible, que algún grupo de individuos peligrosamente trastornados vaya detrás de mi hija. Tenga la certeza, señor Torrance, de que aceptaría su idea siempre y cuando no implicara llevar a Abra. No utilizaré a mi hija como cebo.

—No será necesario —dijo Dan.

Recordaba cómo la presencia de Abra en la zona de carga detrás de la planta de etanol lo había convertido en una especie de perro rastreador de cadáveres humanos, y cómo su visión se había aguzado cuando la niña abrió los ojos dentro de su cabeza. Había incluso derramado sus lágrimas, aunque ninguna prueba de ADN lo habría mostrado.

—¿Qué quiere decir?

—No hace falta que su hija esté con nosotros para que esté con nosotros. Ella es única en ese aspecto. Abra, ¿tienes alguna amiga a la que puedas visitar mañana después del colegio? Es probable que tengas que quedarte en su casa a pasar la noche.

—Claro, Emma Deane.

Dan advirtió por la chispa de emoción en los ojos de ella que ya había captado lo que tenía en mente.

—Mala idea —dijo Dave—. No la dejaré desprotegida.

—Abra ha estado protegida todo el tiempo que hemos estado en Iowa —dijo John.

Abra arqueó las cejas y abrió la boca. Dan se alegró de verlo, pues estaba seguro de que ella podría haber hurgado en su cerebro siempre que hubiera querido, pero le había hecho caso.

Dan sacó su teléfono y pulsó la marcación rápida.

—¿Billy? ¿Por qué no vienes y te unes a la fiesta?

Tres minutos después, Billy Freeman entraba en la casa de los Stone. Llevaba vaqueros, una camisa de franela roja con los faldones colgando casi hasta las rodillas y una gorra del ferrocarril de Teenytown que se quitó antes de estrechar la mano a Dave y a Abra.

—Lo ayudaste con su estómago —dijo Abra volviéndose hacia Dan—. Me acuerdo de eso.

—Así que resulta que sí has estado hurgando en mi cerebro —dijo Dan.

Ella se puso colorada.

—No adrede. Nunca. Es que a veces... pasa.

—Como si no lo supiera.

—Con todos mis respetos, señor Freeman —dijo Dave—, pero usted es un poco mayor para hacer de guardaespaldas, y es de mi hija de quien estamos hablando.

Billy se levantó los faldones de la camisa y reveló una pistola automática en una desgastada funda negra.

—Colt uno-nueve-uno-uno —dijo—. Totalmente automático, una reliquia de la Segunda Guerra Mundial. También es vieja, pero cumple su función.

—Abra, ¿crees que las balas pueden matar a esas cosas, o solo funcionan las enfermedades infantiles? —preguntó John.

Abra estaba mirando el arma.

—Oh, sí. Las balas funcionan —respondió ella—. No son gente fantasma, son tan reales como nosotros.

John miró a Dan y dijo:

—Supongo que no tendrás una pistola, ¿no?

Dan negó con la cabeza y miró a Billy.

—Tengo un rifle para ciervos que puedo prestarte.

—Eso… podría no ser suficiente —indicó Dan.

Billy reflexionó un momento.

—Muy bien, conozco a un tipo en Madison. Compra y vende material pesado, y algunos de gran calibre.

—Ay, Dios santo —se lamentó Dave—. Esto no hace más que empeorar.

Sin embargo, no añadió nada más.

—Billy, ¿podríamos reservar el tren para mañana, si quisiéramos hacer un picnic al atardecer en Cloud Gap? —preguntó Dan.

—Claro, la gente lo hace continuamente, sobre todo después del día del Trabajo, cuando bajan las tarifas.

Abra sonrió. Era un gesto que Dan ya había visto antes. Era su sonrisa furiosa. Se preguntó si el Nudo Verdadero se lo pensaría dos veces de saber que su objetivo contaba con una sonrisa semejante en su repertorio.

—Bien —dijo ella—. *Bien.*

—¿Abra? —Dave parecía perplejo y un poco asustado—. ¿Qué?

Abra lo ignoró. Fue a Dan a quien habló.

—Se lo merecen por lo que le hicieron al niño del beisbol.

Se pasó la mano ahuecada por la boca, como para borrar esa sonrisa, pero cuando retiró la mano, la sonrisa seguía allí, sus labios contraídos mostraban las puntas de sus dientes. Apretó la mano en un puño.

—Se lo merecen.

TERCERA PARTE

CUESTIONES DE VIDA O MUERTE

CAPÍTULO TRECE

CLOUD GAP

1

La oficina de EZ Mail Services se hallaba en un centro comercial, entre un Starbucks y una tienda de repuestos de O'Reilly. Cuervo entró poco después de las diez de la mañana, presentó la documentación que lo identificaba como Henry Rothman, firmó por un paquete del tamaño de una caja de zapatos y regresó con él bajo el brazo.

Pese al aire acondicionado de la Winnebago, el interior hedía a la enfermedad de Barry, pero se habían acostumbrado a ello y apenas lo notaban ya. El paquete llevaba remitente de una empresa de suministros de plomería ubicada en Flushing, Nueva York, la cual existía realmente pero no había intervenido en este envío en concreto. Cuervo, Serpiente y Jimmy el Números observaron cómo el Nueces cortaba la cinta con su navaja suiza y levantaba las tapas. El médico extrajo un revoltijo de plástico de embalar, seguido de un doble pliegue de espuma de algodón. Debajo, encajados en un envase de poliestireno, había un frasco sin etiquetar de un líquido color paja, ocho jeringas, ocho dardos y una raquítica pistola.

—Joder, hay suficiente para enviar a toda su clase a la Tierra Media —evaluó Jimmy.

—Rose le tiene un gran respeto a esta *chiquita* —dijo Cuervo. Sacó la pistola de tranquilizantes de su cuna de poliestireno, la examinó y la devolvió a su sitio—. Nosotros también.

—¡Cuervo! —La voz de Barry, espesa y ronca—. ¡Ven aquí!

Cuervo dejó el contenido de la caja al Nueces y acudió junto al hombre que sudaba en la cama. Barry estaba ahora cubierto de cientos de brillantes erupciones rojas, con los ojos hinchados, casi cerrados, el cabello apelmazado en su frente. Cuervo podía sentir la fiebre irradiando del Chino como de un horno, pero el tipo era muchísimo más fuerte de lo que había sido Abuelo Flick. Aún no había entrado en ciclo.

—¿Ustedes están bien? —preguntó Barry—. ¿No tienen fiebre, ni manchas?

—Estamos bien. No te preocupes por nosotros, necesitas descansar. Intenta dormir un poco.

—Ya dormiré cuando me muera, pero todavía sigo vivo. —Sus ojos veteados de rojo centellearon—. La estoy captando.

Cuervo le agarró la mano en un acto reflejo, se recordó que debería lavársela con agua caliente y mucho jabón, y se preguntó de *qué* serviría. Todos estaban respirando su aire, todos habían hecho turnos para ayudarle a ir al urinario. Todos habían puesto las manos en su cuerpo.

—¿Sabes cuál de las tres chicas es? ¿Sabes cómo se llama?

—No.

—¿Sabe que vamos por ella?

—No. Para de hacer preguntas y deja que te cuente lo que sí sé. Está pensando en Rose, así es como fijé el blanco, pero no está pensando en ella por su nombre. «La mujer del sombrero con el diente largo», así la llama. La muchacha... —Barry se inclinó hacia un lado y tosió en un pañuelo humedecido—. La muchacha le tiene miedo.

—Debería —dijo Cuervo con gravedad—. ¿Algo más?

—Sándwiches de jamón. Huevos rellenos.

Cuervo aguardó.

—No estoy seguro todavía, pero me parece que... planea un picnic. Con sus padres, tal vez. Van en un... ¿tren de juguete? —Barry frunció el ceño.

—¿Qué tren de juguete? ¿Dónde?

—No lo sé. Llévame más cerca de ella y me enteraré. Estoy seguro. —La mano de Barry se revolvió en la de Cuervo y, de pronto, apretó con fuerza casi suficiente para causar dolor—. Ella podría ayudarme, Papá. Si yo aguanto y ustedes pueden atraparla..., hacerle el daño suficiente para conseguir que espire un poco de vapor..., entonces, a lo mejor...

—A lo mejor —asintió Cuervo, pero al bajar la vista distinguió (solo por un segundo) los huesos dentro de los dedos atenazados de Barry.

2

Aquel viernes Abra estuvo excepcionalmente callada en clase. A ninguno de los profesores le pareció extraño, a pesar de que por lo general era alegre y algo parlanchina. Su padre había llamado esa mañana a la enfermera de la escuela para pedirle que dijera a los profesores de Abra que no fueran demasiado estrictos con ella; la niña quería ir al colegio, pero el día anterior habían recibido una mala noticia sobre el estado de salud de su bisabuela. «Todavía lo está procesando», dijo Dave.

La enfermera dijo que lo entendía y que transmitiría el mensaje.

Lo que Abra hacía en realidad aquel día era concentrarse en estar en dos sitios al mismo tiempo; era como darse palmadas en la cabeza con una mano y, simultáneamente, frotarse el estómago con la otra: difícil al principio, pero no demasiado complicado una vez que se agarraba el modo.

Una parte de ella debía permanecer en su cuerpo físico, contestar a las esporádicas preguntas de clase (veterana en el alzamiento de mano desde primer curso, ese día le parecía irritante que le preguntaran cuando no hacía más que estar sentada con las manos escrupulosamente entrelazadas sobre el pupitre), hablar con sus amigas a la hora del almuerzo y solicitar permiso al entrenador Rennie para ausentarse de la clase de gimnasia e ir a la biblioteca. «Me duele la panza», se excusó, lo cual, según el código femenino de noveno curso, significaba «Tengo la regla».

También estuvo callada después del colegio, en casa de Emma, pero eso no suponía mayor problema. Su amiga pertenecía a una familia lectora y en ese momento estaba leyendo *Los juegos del hambre* por tercera vez. El señor Deane, cuando llegó a casa del trabajo, intentó charlar con Abra, pero desistió y se sumergió en el último número de *The Economist* después de ver que Abra contestaba con monosílabos y la señora Deane le dirigía una mirada de advertencia.

Abra fue vagamente consciente de que Emma dejaba el libro a un lado y le preguntaba si quería salir al jardín un rato, pues la mayor parte de ella estaba con Dan: viendo a través de los ojos de este, sintiendo sus manos y pies en los controles de la pequeña locomotora del *Helen Rivington*, saboreando el sándwich de jamón y la limonada con que lo acompañaba. Cuando Dan hablaba con su padre, era Abra quien hablaba en realidad. ¿Y el doctor John? Iba al final del tren y, por lo tanto, no había doctor John. Tan solo ellos dos en la cabina, padre e hija totalmente unidos en la estela de las malas noticias sobre Momo. Juntos hasta el final.

De vez en cuando sus pensamientos retornaban a la mujer del sombrero, la que había torturado al niño del beisbol hasta su muerte y había lamido la sangre con su boca deforme y ávida. Abra no podía evitarlo, pero no estaba segura de que importara. Si la mente de Barry llegaba a tocar a Abra, el miedo que le producía Rose no le sorprendería, ¿no?

Tenía la sensación de que no habría podido engañar al localizador del Nudo Verdadero si este hubiera estado sano, pero Barry, que ignoraba que ella conocía el nombre de Rose, se encontraba gravemente enfermo. Ni siquiera se le había ocurrido cuestionarse por qué una niña que no podría conducir hasta 2015 manejaba el tren de Teenytown por los bosques al oeste de Frazier. De haberlo hecho, seguro que habría supuesto que el tren no necesitaba maquinista.

Porque piensa que es un juguete.

—¿... al Scrabble?

—¿Eh?

Miró a Emma distraídamente, al principio sin estar siquiera segura de dónde estaban. Luego reparó en que tenía un balón de baloncesto en las manos. De acuerdo, el jardín. Estaban jugando al CABALLO.

—Te preguntaba que si querías jugar al Scrabble conmigo y con mi madre, porque esto es un aburrimiento.

—Vas ganando, ¿no?

—¡Nooo, qué vaaa! Los tres partidos. ¿No estás aquí o qué?

—Lo siento, estoy preocupada por mi bisabuela. El Scrabble me parece buena idea.

De hecho, era una idea magnífica. Emma y su madre eran las jugadoras de Scrabble más lentas del universo conocido y habrían maldecido si alguien hubiera sugerido jugar con cronómetro, lo que concedería a Abra oportunidad de sobra para minimizar su presencia ahí. Barry estaba enfermo, pero no muerto, y si se daba cuenta de que Abra estaba ejecutando una especie de número de ventriloquia telepática, el resultado podría ser desastroso; Barry podría averiguar su paradero.

No queda mucho. Pronto se juntarán todos. Por favor, Dios, que salga bien.

Mientras Emma despejaba de cachivaches la mesa en la sala de juegos del sótano y la señora Deane colocaba el tablero, Abra se excusó para ir al baño. Necesitaba ir, pero antes hizo una rápida visita a la sala y se asomó furtivamente al ventanal. La camioneta de Billy estaba estacionada al otro lado de la calle. El hombre vio moverse las cortinas y la saludó alzando los pulgares. Abra le devolvió el gesto y luego la pequeña parte de ella que estaba ahí fue al baño mientras el resto viajaba sentada en la cabina del *Helen Rivington*.

Nos comeremos la merienda, recogeremos la basura, miraremos la puesta de sol y después regresaremos.

(*comer la merienda, recoger la basura, mirar la puesta de sol, y después*)

Una escena desagradable e inesperada irrumpió en sus pensamientos con fuerza suficiente para que echara la cabeza hacia atrás con violencia. Un hombre y dos mujeres, él con un águila en la espalda, ellas con tatuajes al final de la espalda. Abra podía ver los tatuajes porque los tres estaban desnudos practicando sexo junto a una alberca mientras sonaba una estúpida música disco. Las mujeres dejaban escapar cantidad de gemidos falsos. ¿Con qué narices se había topado?

El impacto de lo que aquellas personas estaban haciendo destruyó su delicado malabarismo y por un momento Abra se encontró en un solo lugar, en casa de Emma. Con cautela, volvió a mirar y vio que las personas junto a la alberca estaban borrosas. No eran reales. Eran casi como gente fantasma. ¿Y por qué? Porque el mismo Barry era casi una persona fantasma y no tenía interés en ver a gente teniendo relaciones sexuales junto...

Esas personas no están en una piscina, están en la tele.

¿Sabía Barry el Chino que ella lo estaba viendo mirar una película porno en la tele? ¿A él y a los otros? Abra no estaba segura, pero no lo creía. Aunque sí habían tenido en cuenta esa posibilidad. Oh, sí. Si ella apareciera por allí, intentarían escandalizarla para que se marchara, o para que se manifestara, o para ambas cosas.

—¿Abra? —llamó Emma—. ¡Estamos listas para jugar!

Ya estamos jugando, y es un juego mucho más importante que el Scrabble.

Debía recuperar el equilibrio, y rápido. Dejar al margen la película porno de la asquerosa música disco. Estaba en el trenecito. Estaba *conduciendo* el trenecito. Le encantaba. Se divertía.

Vamos a comer, vamos a recoger nuestra basura, vamos a mirar la puesta de sol y después nos vamos a regresar. Me da miedo la mujer del sombrero, pero no demasiado, porque no estoy en casa. Estoy yendo hacia Cloud Gap con mi padre.

—¡Abra! ¿Te has caído dentro de la taza?

—¡Ya voy! —respondió ella—. ¡Tengo que lavarme las manos!

Estoy con papá. Estoy con mi padre, y nada más.

Mirándose en el espejo, Abra musitó:

—Mantén esa idea.

3

Jimmy el Números iba al volante cuando entraron en el área de descanso de Bretton Woods que se hallaba cerca de Anniston, la ciudad donde vivía la problemática niña. Solo que ella no estaba allí. Según Barry, se encontraba en una ciudad llamada Frazier, un poco más hacia el sudeste. De picnic con su padre. Desapareciendo del mapa. Para lo que le iba a servir.

Serpiente insertó el primer video en el reproductor de DVD. Se titulaba *La aventura de Kenny en la piscina*.

—Si la niña está mirando, va a recibir educación —dijo, y pulsó el PLAY.

El Nueces estaba sentado junto a Barry y le daba de beber jugo..., cuando podía, claro: Barry había empezado a ciclar en serio. Tenía poco interés en el jugo y absolutamente ninguno en el posible *ménage à trois*. Tan solo miraba la pantalla porque esas eran sus órdenes. Cada vez que recuperaba su forma sólida gemía más alto.

—Cuervo —dijo—. Quédate conmigo, Papá.

Este estuvo a su lado en un instante, no sin antes apartar al Nueces de un codazo.

—Acércate —farfulló Barry, y, tras un incómodo momento, Cuervo hizo lo que le pedía.

Barry abrió la boca, pero el siguiente ciclo comenzó antes de que pudiera hablar. Su piel se tornó lechosa y se fue diluyendo hasta la transparencia. Cuervo pudo ver sus dientes apretados, las cuencas que albergaban sus ojos anegados de dolor y —lo peor de todo— las sombrías circunvoluciones de su cerebro. Esperó, sujetando una mano que ya no era tal, sino un sarmiento de huesos. En algún lugar, a gran distancia, esa machacante música disco sonaba y sonaba. Cuervo pensó: *Estarán drogados. Es imposible coger con esa música si no estás drogado.*

Lenta, muy lentamente, Barry el Chino volvió a ganar consistencia. Esta vez gritó al regresar y agarró la mano de Cuervo con fuerza. El sudor resaltaba en su frente, y también las manchas rojas, ahora tan brillantes que semejaban perlas de sangre.

Se humedeció los labios y dijo:

—Escúchame.

Cuervo escuchó.

4

Dan se esforzó al máximo por vaciar su mente a fin de que Abra pudiera llenarla. Había conducido el *Riv* hasta Cloud Gap las suficientes veces como para que fuera algo casi mecánico, y John viajaba en el furgón de cola con las armas (dos pistolas automáticas y el rifle para ciervos de Billy). Ojos que no ven, corazón que no siente. O casi. Uno no podía embeberse en sí mismo por completo ni siquiera estando dormido, aunque la presencia de Abra era lo bastante grande como para estar algo asustado. Dan pensó que si ella permanecía dentro de su cabeza el tiempo suficiente, y si continuaba retransmitiendo con la potencia actual, él pronto se encontraría yendo de compras en busca de unas sandalias último modelo y accesorios a juego. Por no mencionar las fantasías con los estupendos chicos del grupo Round Here.

Ayudaba que ella hubiera insistido —en el último minuto— en que se llevara a Brinquitos, su viejo conejito de peluche. «Me dará algo en lo que concentrarme», había dicho, sin ser conscientes ninguno de ellos de que un caballero no del todo humano, cuyo nombre de paleto era Barry Smith, lo habría entendido perfectamente; este había aprendido el truco gracias a Abuelo Flick y lo utilizaba a veces.

Ayudaba también que Dave Stone mantuviera un flujo constante de historias familiares, muchas de las cuales Abra nunca antes había oído. Y, aun así, Dan no estaba seguro de que estas artimañas hubieran funcionado si el individuo a cargo de encontrarla no hubiera estado enfermo.

—¿Pueden los demás hacer eso de la localización? —le había preguntado a Abra.

—La mujer del sombrero sí, aunque esté a medio país de distancia, pero ella se ha quedado al margen. —Aquella inquietante sonrisa curvó una vez más los labios de Abra y expuso las puntas de sus dientes. La hacía aparentar más edad de la que indicaban sus años—. Rose me tiene miedo.

La presencia de Abra en la cabeza de Dan no era constante. De vez en cuando la sentía marcharse, cuando ella tomaba el otro camino para procurar alcanzar —oh, sí, con mucho cuidado— al individuo que había sido tan estúpido como para enfundarse el guante de beisbol de Bradley Trevor. Dijo que habían parado en una ciudad llamada Starbridge (Dan estaba seguro de que se refería a Sturbridge) y que habían dejado la autopista allí para circular por carreteras secundarias hacia el bip luminoso de su conciencia. Más tarde se habían detenido a comer en un restaurante de carretera, sin prisa, alargando la última etapa de su viaje. Sabiendo adónde se dirigía ella, estaban dispuestos a permitirle que llegara a su destino, porque Cloud Gap se hallaba aislado. Creían que les estaba facilitando el trabajo, y eso era perfecto, pero se trataba de una tarea delicada, una especie de operación quirúrgica con un láser telepático.

Se había producido un momento incómodo cuando una escena porno llenó la mente de Dan —una especie de orgía junto a una piscina—, pero había desaparecido casi de inmediato. Suponía que había captado un atisbo del subconsciente de Abra, donde —si uno daba crédito al doctor Freud— acechaban toda clase de instintos primarios. Fue esta una suposición de la que llegaría a arrepentirse, aunque nunca a sentirse culpable; se había educado a sí mismo en no fisgar en los secretos más íntimos de la gente.

Dan manejaba los mandos del *Riv* con una mano. La otra descansaba sobre el raído conejo de peluche en su regazo. Bosques profundos, que en esos momentos empezaban a llamear con colores vivos, fluían a ambos lados. En el asiento que tenía a su derecha —el denominado asiento del revisor—, Dave parloteaba sin cesar, contándole a su hija historias familiares y sacando al menos un esqueleto del armario.

—Cuando tu madre me llamó ayer por la mañana, me dijo que hay un baúl guardado en el sótano de casa de Momo. Dice Alessandra. Sabes quién es, ¿no?

—La abuela Sandy —dijo Dan.

Jesús, hasta su voz sonaba más aguda. Más joven.

—Exacto. Pues hay una cosa que a lo mejor *no* sabes, y en tal caso, no te has enterado por mí, ¿eh?

—No, papá.

Dan sintió que sus labios se curvaban cuando a kilómetros de distancia Abra sonrió con la vista fija en su colección actual de fichas de Scrabble: S Q E L B R A.

—Tu abuela Sandy se licenció en la Universidad Estatal de Nueva York de Albany, y hacía sus prácticas como profesora en una escuela preparatoria, ¿sabes? En Vermont, o en Massachusetts, o en New Hampshire, he olvidado dónde. Hacia la mitad de sus ocho semanas, lo dejó sin más, pero se quedó allí una temporada; vivía de trabajos a tiempo parcial, de camarera o algo por el estilo, y seguro que iba a un montón de conciertos y fiestas. Era...

5

(*una chica de vida alegre*)

La expresión hizo pensar a Abra en los tres maníacos sexuales de la piscina, besuqueándose y sobándose al son de una anticuada música disco. Puaj. Algunas personas tenían una idea muy extraña de lo que era pasarla bien.

—¿Abra? —Era la señora Deane—. Te toca, cariño.

Si tuviera que aguantar aquello mucho tiempo, sufriría una crisis nerviosa. Habría sido mucho más fácil en casa, ella sola. Le había sugerido esa posibilidad a su padre, pero este no quiso ni oír hablar de ello. Ni siquiera con el señor Freeman vigilándola.

Utilizó una I del tablero para formar LIBRA.

—Gracias, Abba-Boba, ahí iba yo —dijo Emma.

Giró el tablero y empezó a estudiarlo con ojos pequeños y brillantes como perlas, con una concentración propia de un examen final que duraría como mínimo otros cinco minutos. Quizá incluso diez. Y entonces formaría algo bastante penoso, como BLOC o PAN.

Abra regresó al *Riv*. Lo que su padre estaba contando tenía cierto interés, aunque ella ya sabía más de lo que él pensaba.

(*¿Abby? ¿estás*)

6

—¿Abby? ¿Estás escuchando?

—Claro —aseguró Dan. *Tenía que tomarme un descansito para poner una palabra*—. Esto es interesante.

—Bueno, pues por aquella época Momo vivía en Manhattan, y cuando Alessandra fue a verla aquel mes de junio, estaba embarazada.

—¿Embarazada de mamá?

—Así es, Abba-Doo.

—Entonces, ¿mamá nació fuera del *matrimonio*?

Sorpresa total, y quizá una pizca exagerada. Dan, en su singular posición de participante y espía en la conversación, comprendió en ese momento algo que le parecía enternecedor y dulcemente cómico: Abra sabía de sobra que su madre era hija ilegítima. Lucy se lo había contado el año anterior. Lo que estaba haciendo Abra, por extraño que pareciera, era proteger la inocencia de su padre.

—Así es, cariño. Pero no es ningún crimen. A veces la gente… no sé… se confunde. Los árboles genealógicos pueden desarrollar extrañas ramas, pero no hay razón para que no lo sepas.

—La abuela Sandy murió un par de meses después de que naciera mamá, ¿no? En un accidente de coche.

—Así es. Momo estaba cuidando de Lucy esa tarde, y terminó criándola. Por eso están tan unidas, y por eso ha sido tan duro para tu madre ver a Momo envejecer y enfermar.

—¿Quién era el hombre que dejó embarazada a la abuela Sandy? ¿Lo dijo alguna vez?

—¿Sabes qué? —dijo Dave—. Es una pregunta interesante. Si Alessandra lo dijo, Momo se lo guardó para sí. —Señaló hacia delante, al camino que atravesaba los bosques—. ¡Mira, cariño, casi hemos llegado!

Pasaron junto a una señal que indicaba: CLOUD GAP ÁREA DE PICNIC 3 KM.

7

El grupo de Cuervo hizo una breve parada en Anniston para llenar el depósito de la Winnebago, al principio de Main Street, como a kilómetro y medio de Richland Court. Cuando abandonaban la ciudad —Serpiente al volante y una epopeya titulada *Chicas de hermandad reventadas* en el reproductor de DVD—, Barry pidió a Jimmy el Números que acudiera a su cama.

—Tienen que darse prisa —dijo Barry—. Ya casi han llegado. El sitio se llama Cloud Gap. ¿Se lo había dicho?

—Sí, nos lo dijiste. —Jimmy estuvo a punto de darle una palmadita en la mano, pero se lo pensó mejor.

—Dentro de nada estarán de picnic. Es cuando deben agarrarlos, mientras estén sentados y comiendo.

—Así lo haremos —prometió Jimmy—. Y a tiempo para sacarle el vapor que sea necesario para ayudarte. Rose no puede poner objeciones a eso.

—Sí, ella nunca lo haría —coincidió Barry—, pero ya es demasiado tarde para mí. Aunque tal vez no para ti.

—¿Eh?

—Mírate los brazos.

Jimmy lo hizo, y vio las primeras manchas floreciendo en la piel blanca y blanda bajo los codos. La muerte roja. Se le secó la boca ante su visión.

—Oh, por Dios, allá voy —gimió Barry, y de repente sus ropas se hundieron sobre un cuerpo que ya no estaba allí.

Jimmy lo vio tragar… y acto seguido su garganta había desaparecido.

—Muévete —dijo el Nueces—. Déjame con él.

—¿Sí? ¿Qué vas a hacer? Está frito.

Jimmy fue a la cabina y se dejó caer en el asiento del pasajero, que Cuervo había desocupado.

—Toma la Ruta 14-A que rodea Frazier —dijo—. Es más rápido que atravesar el centro. Enlaza con la carretera del río Saco…

Serpiente golpeó con suavidad el GPS.

—Lo tengo todo programado. ¿Crees que estoy ciega o solo que soy idiota?

Jimmy apenas la oyó. Todo cuanto sabía era que no podía morir. Era demasiado joven para morir, especialmente con todos esos increíbles desarrollos informáticos despuntando en el horizonte. Y la idea de entrar en ciclo, el dolor aplastante cada vez que regresara…

No. *No*. Categóricamente no. Imposible.

La luz vespertina caía oblicua a través del parabrisas de la Winnebago. Una hermosa luz de otoño, la estación favorita de Jimmy, y tenía intención de seguir vivo y viajando con el Nudo Verdadero cuando el otoño regresara al año próximo. Y al otro. Y al otro. Por suerte, estaba con el grupo adecuado para conseguirlo. Papá Cuervo era una persona con recursos, astuto y valiente. El Nudo ya había pasado antes por momentos difíciles, y nadie mejor que él para sacarlos de ese apuro.

—Estate atenta a la señal que indica el área de picnic de Cloud Gap. No te la saltes. Barry dice que ya casi han llegado.

—Jimmy, me estás dando dolor de cabeza —dijo Serpiente—. Ve a sentarte. Estaremos allí en una hora, puede que menos.

—Písale —dijo Jimmy el Números.

Andi Colmillo de Serpiente sonrió burlona y pisó el acelerador.

Acababan de doblar hacia la carretera del río Saco cuando Barry el Chino desapareció en el ciclo. Solo quedaron sus ropas, aún calientes por la fiebre que lo había cocido.

8

(*Barry está muerto*)

No había horror en este pensamiento cuando alcanzó a Dan. Ni siquiera una pizca de compasión. Solo satisfacción. Abra Stone parecía una chica americana normal y corriente, más guapa que algunas y más inteligente que la mayoría, pero bajo la superficie —y no a demasiada profundidad— se escondía una mujer vikinga con un alma fiera y sedienta de sangre. Dan pensó que era una pena que no tuviera hermanos: los habría protegido con su vida.

Redujo el *Riv* a la marcha más corta cuando el tren salió del espeso bosque y circuló a la vera de una valla derribada. Por debajo de ellos, el río Saco lanzaba destellos dorados en el sol poniente. Los bosques, inclinándose abruptamente hacia el agua a ambos lados, eran una hoguera de tonalidades naranja, rojo, amarillo y violeta. Por encima, hinchadas nubes a la deriva parecían casi al alcance de la mano.

Se detuvo junto al letrero que rezaba ESTACIÓN DE CLOUD GAP con un resoplido de los frenos neumáticos y apagó el motor. Por un instante no tuvo la menor idea de qué decir, pero Abra lo hizo por él, utilizando su boca.

—Gracias por dejarme conducir, papá. Anda, vamos a hacer nuestro «saqueo». —En el cuarto de juegos de los Deane, Abra acababa de formar esa palabra—. Nuestro picnic, quiero decir.

—No me puedo creer que, con todo lo que has comido en el tren, todavía tengas hambre —se mofó Dave.

—Pues sí, tengo hambre. ¿No te alegras de que no sea anoréxica?

—Sí —admitió Dave—. La verdad es que sí.

Con el rabillo del ojo, Dan vio a John Dalton cruzando el claro del merendero; cabeza baja, pies silenciosos en el denso manto de agujas de pino. Llevaba una pistola en una mano y el rifle de Billy Freeman en la otra. Tras echar un único vistazo atrás, desapareció entre los árboles que bordeaban un estacionamiento para vehículos motorizados. Durante el verano, el estacionamiento y las mesas de picnic habrían estado a tope. En esa tarde de un día entre semana a finales de septiembre, en Cloud Gap no había nadie salvo ellos.

Dave miró a Dan, que asintió con la cabeza. El padre de Abra —agnóstico por inclinación pero católico por asociación— hizo la señal de la cruz en el aire y se adentró en el bosque tras los pasos de John.

—Qué bien se está aquí, papá —dijo Dan. Su invisible pasajera estaba ahora hablando con Brinquitos, dado que el muñeco era el único que quedaba allí. Dan colocó sobre una de las mesas el conejito tuerto, despeluchado y lleno de bultos, y luego regresó al primer vagón de pasajeros por la canasta de mimbre—. No pasa nada —dijo al claro vacío—. Yo puedo con ella, papá.

9

En el cuarto de juegos de los Deane, Abra empujó hacia atrás la silla y se levantó.

—Necesito ir otra vez al baño, tengo el estómago revuelto. Y después, creo que será mejor que me vaya a casa.

Emma puso los ojos en blanco, pero la señora Deane era toda comprensión.

—Oh, cielo, ¿es lo que tú ya sabes?

—Sí, y es un rollo.

—¿Tienes lo que necesitas?

—En mi mochila. No pasa nada. Perdonen.

—Qué bonito —dijo Emma—, irse cuando estás ganando.

—*¡Em-ma!* —exclamó su madre.

—No importa, señora Deane. Ella me ganó al CABALLO.

Abra subió las escaleras apretándose el estómago con una mano de una forma que esperaba que no pareciera demasiado falsa. Volvió a mirar hacia la calle, vio la camioneta del señor Freeman, pero no se molestó en levantar los pulgares. Una vez en el baño, echó el pestillo de la puerta y se sentó en la tapa del escusado. Menudo alivio dejar de hacer malabarismos con tantas personalidades diferentes. Barry había muerto; Emma y su madre estaban abajo; ahora solo eran la Abra del baño y la Abra de Cloud Gap. Cerró los ojos.

(*Dan*)

(*estoy aquí*)

(*ya no tienes que seguir fingiendo que eres yo*)

Sintió su alivió y sonrió. Tío Dan se había esforzado, pero no estaba hecho para ser una chica.

Un golpe suave e indeciso en la puerta.

—Amiguita... —Emma—. ¿Estás bien? Lo siento si me he portado mal.

—Estoy bien, pero me voy a ir a casa, me tomaré un ibuprofeno y me acostaré.

—Creía que ibas a quedarte a pasar la noche.

—No importa.

—¿No estaba tu padre fuera?

—Atrancaré las puertas hasta que vuelva.

—Bueno... ¿quieres que te acompañe?

—No hace falta.

Quería estar sola para poder celebrarlo cuando Dan y su padre y el doctor John liquidaran a esas *cosas*. Lo harían. Ahora que Barry había muerto, los otros estaban ciegos. Nada podía salir mal.

10

No soplaba brisa alguna que agitara las quebradizas hojas de los árboles y, con el *Riv* parado, en el área de picnic de Cloud Gap reinaba el silencio. Solo se oía la apagada conversación del río más abajo, los graznidos de un cuervo y el ruido de un motor que se aproximaba. Ellos. Los que había enviado la mujer del sombrero. Rose. Dan levantó una de las tapas de la canasta de mimbre, metió la mano y agarró la Glock del 22 que Billy le había proporcionado, cuyo origen Dan no conocía ni le importaba. Lo único que le importaba era que podía disparar quince balas sin recargar, y si quince balas no eran suficientes, entonces iba a verse en un mundo de dolor. Le sobrevino un recuerdo fantasma de su padre, Jack Torrance exhibiendo su encantadora sonrisa torcida y diciendo: *Si eso no funciona, ya no sé qué decirte*. Dan miró el viejo peluche de Abra.

—¿Listo, Brinquitos? Eso espero. Espero que los dos lo estemos.

11

Billy Freeman, repantigado al volante de su camioneta, se incorporó de golpe cuando vio salir a Abra de la casa de los Deane. Su amiga —Emma— se quedó en la entrada. Las dos jóvenes se despidieron chocando las manos primero por encima de la cabeza y luego por debajo de la cintura. Abra echó a andar hacia su casa, al otro lado de la calle y cuatro puertas más abajo. *Eso* no formaba parte del plan y, cuando vio que ella lo miraba, levantó las dos manos en un gesto de «¿qué está pasando?».

La chica sonrió y le respondió alzando los pulgares. Abra pensaba que todo iba bien, y Billy recibió el mensaje alto y claro, pero verla sola lo puso nervioso aun cuando los monstruos se encontraban a treinta kilómetros al sur de allí. Ella era un torbellino, y quizá supiera lo que hacía, pero no tenía más que trece años.

Sin dejar de observarla mientras la chica subía por el camino particular de su casa, con la mochila en la espalda y hurgando en el bolsillo en busca de la llave, Billy se inclinó y apretó el botón de la guantera. Su Glock del 22 estaba dentro. Había alquilado las pistolas a un tipo que era miembro emérito de los Road Saints, sección de New Hampshire. En sus años de juventud, Billy había viajado con ellos a veces, pero nunca llegó a unirse al club de motociclistas. En conjunto se alegraba, pero entendía el atractivo. La camaradería. Suponía que así era como Dan y John se sentían respecto a la bebida.

Abra entró en casa y cerró la puerta. Billy no sacó ni la Glock ni su teléfono de la guantera —todavía no—, pero tampoco cerró el compartimento. No sabía si se debía a lo que Dan llamaba «el resplandor», pero tenía un mal presentimiento. Abra debería haberse quedado con su amiga.

Debería haberse ceñido al plan.

12

Viajan en cámpers y Winnebagos, había dicho Abra, y fue una Winnebago la que metió al estacionamiento donde terminaba la carretera de acceso a Cloud Gap. Dan permaneció sentado, observando, con la mano en la canasta de picnic. Ahora que había llegado la hora, se sentía bastante calmado. Giró la canasta de modo que un extremo mirara hacia el vehículo recién llegado y quitó el seguro de la Glock con el pulgar. Se abrió la puerta de la Winnebago y los aspirantes a secuestradores de Abra fueron saliendo uno tras otro.

Ella también había dicho que tenían nombres raros —nombres de pirata—, pero a Dan le parecían personas normales. Los hombres eran los típicos entrados en años que siempre veías viajando en casas rodantes y cámpers; la mujer era joven y guapa, con un estilo totalmente americano; Dan pensó en las porristas que conservaban su figura diez años después de la preparatoria y quizá después de haber dado a luz a un par de hijos. Podría ser la hija de uno de los hombres. Experimentó un instante de duda. Después de todo, estaban en un lugar turístico y era el comienzo de la estación en que la gente salía a fotografiar el follaje del otoño en Nueva Inglaterra; sería horrible si fueran inocentes…

De pronto advirtió la serpiente de cascabel mostrando sus colmillos en el brazo izquierdo de la mujer y la jeringa en su mano derecha. El hombre pegado a su lado tenía otra. Y el hombre que iba hasta adelante llevaba en el cinturón algo muy parecido a una pistola. Se detuvieron al rebasar los troncos de abedul que marcaban la entrada al merendero. El que encabezaba la fila disipó cualquier duda que Dan pudiera tener aún al desenfundar su arma. No parecía una pistola normal. Era demasiado delgada para que fuera una pistola normal.

—¿Dónde está la niña?

Con la mano que no estaba en la canasta de picnic, Dan señaló a Brinquitos, el conejo de peluche.

—Esto es lo más cerca de ella que van a llegar.

El hombre de la extraña pistola era bajo; un pico de viuda coronaba unas facciones suaves de contador. Un pliegue blando de su estómago bien alimentado colgaba sobre su cinturón. Llevaba unos pantalones caqui y una camiseta con la leyenda: DIOS NO DESCUENTA LAS HORAS DE PESCA DEL TIEMPO CONCEDIDO A UN HOMBRE.

—Tengo una pregunta para ti, cariñito —dijo la mujer.

Dan arqueó las cejas.

—Adelante.

—¿No estás cansado? ¿No tienes ganas de dormir?

Las tenía. De repente notó que los párpados le pesaban como el plomo. La mano que empuñaba la pistola empezó a relajarse. Dos segundos más y habría caído redondo y roncando con la cabeza apoyada en la superficie llena de iniciales grabadas de la mesa de picnic. Pero fue entonces cuando Abra chilló.

(*¿DÓNDE ESTÁ EL CUERVO? ¡NO VEO AL CUERVO!*)

13

Dan pegó una sacudida como cualquiera que estuviera a punto de quedarse dormido y lo sobresaltaran violentamente. La mano dentro de la canasta sufrió un espasmo, la Glock se disparó, y una nube de fragmentos de mimbre salió volando. La bala se perdió lejos, pero la gente de la Winnebago dio un brinco y la somnolencia abandonó la cabeza de Dan como la ilusión que era. La mujer con el tatuaje de la serpiente y el hombre del pelo blanco encrespado como palomitas de maíz retrocedieron encogidos, pero el de la extraña pistola cargó hacia delante chillando: «*¡Agárrenlo! ¡Agárrenlo!*».

—¡Agarren *esto*, cabrones secuestradores! —gritó Dave Stone.

Salió del bosque y empezó a rociar balas. La mayoría desviadas, pero una acertó al Nueces en el cuello y el médico del Nudo cayó sobre la alfombra de agujas de pino y la hipodérmica se desprendió de sus dedos.

14

Comandar a los Verdaderos tenía sus responsabilidades, pero también sus beneficios. El gigantesco EarthCruiser de Rose, importado desde Australia por un precio que te dejaba helado y cuyo volante había sido luego reubicado a la izquierda, era uno. Tener el baño de señoras del Campamento Bluebell para ella sola siempre que quisiera era otro. Tras meses en la carretera, no había nada como un largo baño caliente en una habitación de techo alto donde podías estirar los brazos o hasta ponerte a bailar si te lo pedía el cuerpo. Y donde no se agotara el agua caliente a los cuatro minutos.

A Rose le gustaba apagar las luces y bañarse en la oscuridad. De esa manera le resultaba más fácil concentrarse y pensaba mejor, y por esa razón se había dirigido a la regadera inmediatamente después de haber recibido aquella perturbadora llamada a la una de la tarde, hora de las Rocallosas. Aún creía que todo iba bien, pero las dudas habían empezado a aflorar como dientes de león en un césped antes impecable. Si la chica era aún más lista de lo que ellos pensaban… o si había reclutado ayuda…

No. Era imposible. La chica tenía vapor, desde luego —era la reina de todos los vaporeros—, pero no dejaba de ser una niña. Una niña *palurda*. En cualquier caso, lo único que Rose podía hacer por el momento era esperar acontecimientos.

Al cabo de quince refrescantes minutos salió de la regadera, se secó, se envolvió en una bata esponjosa y se encaminó de vuelta a su vehículo, con la ropa en la mano. Eddie el Corto y Mo la Grande estaban limpiando la zona de parrillas tras otra excelente comida. No era culpa de ellos que nadie tuviera muchas ganas de comer, con dos de los Verdaderos con esas condenadas manchas rojas. La saludaron. Rose estaba alzando la mano en respuesta cuando en su cabeza estalló un haz de cartuchos de dinamita. Cayó despatarrada, los pantalones y la blusa salieron volando de su mano. Se le abrió la deshilachada bata.

Rose apenas le concedió importancia. Algo le había ocurrido al grupo de asalto. Algo malo. Se puso a buscar su teléfono en el bolsillo de sus jeans arrugados en cuanto se le empezó a despejar la cabeza. Jamás en su vida había deseado con tanta fuerza (y con tanta amargura) que Papá Cuervo fuera capaz de comunicarse telepáticamente a larga distancia, pero —salvo unas pocas excepciones como ella misma— ese don parecía reservado a los palurdos vaporeros como la chica de New Hampshire.

Eddie y Mo corrían hacia ella. Detrás venían Paul el Largo, Sarey la Callada, Charlie el Fichas y Sam el Arpista. Rose presionó la marcación rápida del celular. A mil quinientos kilómetros de distancia, dio solo medio timbrazo.

—Hola, ha llamado a Henry Rothman. Ahora mismo no puedo atenderle, pero si deja su número y un breve mensaje...

El puto buzón de voz. Eso significaba que o bien tenía el teléfono apagado o bien no había cobertura. Rose apostaba por lo último. Desnuda y de rodillas en el suelo de tierra, con los talones clavándose en la parte posterior de sus largos muslos, se golpeó el centro de la frente con la mano que no sujetaba el teléfono.

Cuervo, ¿dónde estás? ¿Qué estás haciendo? ¿Qué ocurre?

15

El hombre de los pantalones caqui y la camiseta apuntó a Dan con su extraña pistola y disparó. Se produjo una exhalación de aire comprimido y de repente había un dardo sobresaliendo de la espalda de Brinquitos. Dan sacó la Glock de lo que quedaba de la canasta de picnic y apretó el gatillo. El Tipo de los Caquis recibió la bala en el pecho y cayó hacia atrás, gruñendo, mientras finas gotas de sangre brotaban de la espalda de su camiseta.

Solo quedaba Andi Steiner en pie. La mujer se giró, vio a Dave Stone paralizado, con cara aturdida, y cargó hacia él blandiendo la aguja hipodérmica como si fuera una daga. Su coleta oscilaba como un péndulo. Gritaba. Para Dan, todo parecía haberse ralentizado y le permitía ver con más claridad. Tuvo tiempo para fijarse en que la funda de plástico protectora seguía al final de la jeringa y tuvo tiempo para pensar: *¿Qué clase de payasos son estos tíos?* La respuesta era, por supuesto, que no eran ningunos payasos. Eran cazadores que no estaban nada acostumbrados a que sus presas ofrecieran resistencia. Aunque, claro, sus objetivos habituales eran niños, y niños confiados.

Dave se limitaba a contemplar fijamente a la arpía aullante que embestía contra él. Quizá el arma de Dave estuviera descargada; lo más probable era que con una sola ráfaga hubiera rebasado su límite. Dan levantó su pistola pero no disparó. El riesgo de no acertar a la mujer del tatuaje y alcanzar al padre de Abra era demasiado elevado.

Fue entonces cuando John salió corriendo del bosque, arrolló a Dave por la espalda y lo impulsó hacia la atacante, cuyos gritos (¿de furia? ¿de consternación?) eran transportados en una ráfaga de aire violentamente expulsado. Ambos cayeron al suelo. La aguja salió volando. Cuando la Mujer del Tatuaje se puso a escarbar a gatas buscándola, John le hundió la culata del rifle para ciervos de Billy en el cráneo. Fue un golpe brutal, cargado de adrenalina. La mandíbula se quebró con un chasquido. Sus facciones se retorcieron hacia la izquierda, con un ojo sobresaliendo de su órbita en una mirada atónita. Se desplomó y rodó sobre la espalda. La sangre se le escurría por las comisuras de la boca. Sus manos se abrían y se cerraban, se abrían y se cerraban.

John, impresionado, dejó caer el rifle y se volvió hacia Dan.

—¡No quería pegarle tan fuerte! ¡Jesús, estaba *asustado*!

—Mira al del pelo encrespado —le dijo Dan. Se puso en pie, sobre unas piernas que parecían demasiado largas y no del todo presentes—. Míralo, John.

John miró. El Nueces yacía en un charco de sangre, se agarraba con una mano el cuello destrozado. Los ciclos se sucedían con suma rapidez. Sus ropas se hundían y se hinchaban. La sangre que manaba a través de sus dedos desaparecía y reaparecía. Exactamente igual que los dedos. El hombre se había convertido en una demencial radiografía.

John dio un paso atrás, con las manos pegadas a la boca y la nariz. Dan aún experimentaba aquella sensación de lentitud y perfecta claridad. Tuvo tiempo de ver que la sangre de la Mujer del Tatuaje y un mechón de su cabello rubio en la culata del rifle Remington también aparecían y desaparecían. Pensó en el movimiento pendular de la coleta cuando

(*Dan ¿dónde está el Cuervo? ¿¿¿DÓNDE ESTÁ EL CUERVO???*)

corría hacia el padre de Abra. Esta les había dicho que Barry estaba ciclando. Dan comprendió ahora a qué se refería.

—El de la camisa de pesca también lo está haciendo —observó Dave Stone.

Le temblaba la voz solo ligeramente, y Dan creyó saber de dónde provenía la fortaleza de su hija. Pero no había tiempo para pensar en ello. Abra le estaba diciendo que no habían atrapado al grupo entero.

Echó a correr hacia la Winnebago. La puerta seguía abierta. Subió los escalones a toda prisa, cayó atropelladamente sobre el suelo alfombrado y de algún modo se las ingenió para golpearse la cabeza contra la pata central de la mesa de comedor con la fuerza suficiente para que una serie de motas brillantes cruzaran disparadas su campo de visión.

En las películas nunca es así, pensó, y se dio la vuelta, esperando que el que se había quedado en retaguardia le disparara o le pateara o le clavara una inyección. El que Abra llamaba Cuervo. Por lo visto, no eran completamente estúpidos y complacientes, después de todo.

O quizá sí. En la Winnebago no había nadie.

Parecía que no había nadie.

Dan se puso en pie y cruzó rápidamente la cocina. Pasó junto a una cama desplegada, arrugada como si alguien la hubiera ocupado recientemente. Una parte de su mente detectó el hecho de que el cámper olía a la ira de Dios a pesar del aire acondicionado que aún estaba encendido. Había un armario, la puerta corredera estaba abierta y dentro no vio nada más que ropa. Se agachó, buscaba pies. Nada. Continuó hasta la parte trasera de la Winnebago y se detuvo junto a la puerta del baño.

Pensó: *más mierdas de película*, y la abrió de un tirón al tiempo que se agachaba. El escusado de la Winnebago estaba vacío, y no le extrañaba. Si alguien hubiera intentado esconderse allí dentro, ya estaría muerto. El olor lo habría matado.

(*a lo mejor murió alguien aquí dentro a lo mejor ese Cuervo*)

Abra regresó de pronto, llena de pánico, transmitía con tanta potencia que desperdigó sus propios pensamientos.

(*no el que murió es Barry ¿DÓNDE ESTÁ EL CUERVO? ENCUENTRA AL CUERVO*)

Dan abandonó el vehículo. Los dos hombres que habían ido por Abra habían desaparecido; solo quedaba su ropa. La mujer —la que había intentado hacerlo dormir— seguía allí, pero no por mucho tiempo. Se había arrastrado hasta la mesa de picnic, donde estaba la canasta de mimbre destrozada, y ahora yacía tendida, apoyada en uno de los bancos, mirando de hito en hito a Dan, John y Dave con su recién torcido rostro. La sangre le manaba de la nariz y la boca y le dibujaba una perilla roja. La pechera de su blusa estaba empapada. Mientras Dan se aproximaba, la piel de su cara se disolvió y su ropa se hundió contra el armazón de su esqueleto. Sin hombros para mantenerlos en su sitio, los tirantes del sujetador se aflojaron en un bucle. De sus partes blandas solo quedaban los ojos, que observaban a Dan. Entonces de nuevo la piel se tejió a sí misma y las ropas se inflaron alrededor de su cuerpo. Los tirantes del sujetador caídos se hincaron en sus brazos, el izquierdo amordazando a la serpiente de cascabel para prevenir su mordisco. Una mano creció alrededor de los huesos de los dedos que sujetaban la mandíbula hecha añicos.

—Nos han jodido —dijo Andi Colmillo de Serpiente arrastrando las palabras—. Nos ha jodido un grupo de palurdos. No lo puedo creer.

Dan señaló a Dave.

—Ese palurdo de ahí es el padre de la niña que han venido a raptar. Por si acaso te lo estabas preguntando.

Serpiente se las arregló para esbozar una sonrisa apenada.

—¿Te crees que me importa una mierda? Para mí no es más que otro tipo que se menea el pito. Hasta el Papa de Roma tiene uno y los tiene sin cuidado dónde lo mete. Putos *hombres*. Tienen que ganar, ¿verdad? Siempre tienen que ga...

—¿Dónde está el otro? ¿Dónde está Cuervo?

Andi tosió. La sangre burbujeó en las comisuras de sus labios. Antaño estuvo perdida y la hallaron. La halló en un cine en tinieblas una diosa con un nubarrón de cabello oscuro. Ahora agonizaba, pero no habría cambiado nada. Los años transcurridos entre el presidente exactor y el presidente negro habían sido buenos; aquella noche mágica con Rose había sido aún mejor. Sonrió abiertamente al hombre alto y guapo. Dolía, pero de todas formas sonrió.

—Oh, él. Está en Reno. Cogiéndose a las bailarinas palurdas.

Empezó a desaparecer otra vez. Dan oyó a John Dalton susurrar:

—Oh, Dios mío, mira eso. Una hemorragia cerebral. Puedo verla de verdad.

Dan aguardó pacientemente para ver si la Mujer del Tatuaje regresaba. Finalmente lo hizo, con un gemido que escapó de entre sus dientes apretados y ensangrentados. Ese proceso cíclico parecía doler más que el golpe que lo había causado, pero Dan pensó que podría remediar eso. Le apartó de un tirón la mano de la mandíbula fracturada e introdujo los dedos en la boca de la mujer. Sintió cómo se desplazaba el cráneo entero; era como empujar la superficie de un jarrón agrietado que se mantenía unido por unas cuantas tiras de cinta adhesiva. Esta vez la Mujer del

Tatuaje hizo más que gemir. Aulló y lanzó unos débiles manotazos a Dan, que no prestó atención.

—*¿Dónde está Cuervo?*

—*¡En Anniston!* —gritó Serpiente—. *¡Se bajó en Anniston! ¡Por favor, no me hagas más daño, papá! Por favor, ¡haré lo que quieras!*

Dan recordó las palabras de Abra sobre lo que esos monstruos le habían hecho a Brad Trevor en Iowa, cómo lo habían torturado a él y a Dios sabía cuántos otros, y sintió un impulso casi irreprimible de arrancarle de cuajo la mitad de la cara a esa perra asesina. De golpearle la cabeza sangrante y fracturada con su propia mandíbula hasta que cráneo y hueso desaparecieran.

Entonces —de manera absurda, dadas las circunstancias— pensó en el niño de la camiseta de los Braves que alargaba la mano hacia la cocaína amontonada sobre la revista. *Suca*, había dicho. Esa mujer no tenía que ver nada con aquel niño, *nada*, pero decirse eso a sí mismo no sirvió de mucho. Su furia se esfumó de repente y se sintió enfermo, débil y vacío.

No me hagas más daño, papá.

Se levantó, se limpió la mano en la camisa, y caminó a ciegas hacia el *Riv*.

(*Abra estás ahí*)

(*sí*)

Ya no tan aterrorizada, y eso era bueno.

(*tienes que hacer que la madre de tu amiga llame a la policía y decirles que corres peligro el Cuervo está en Anniston*)

Meter a la policía en un asunto que, en el fondo, tenía tintes sobrenaturales era lo último que Dan deseaba, pero en ese momento no veía otra opción.

(*no estoy*)

Antes de que pudiera acabar, su pensamiento quedó velado por un poderoso chillido de rabia femenina.

(TÚ HIJA DE PUTA)

De repente la mujer del sombrero estaba en la cabeza de Dan, esta vez no como parte de un sueño sino ocupando el espacio tras sus ojos despiertos, una imagen en llamas: una criatura de terrible belleza que ahora estaba desnuda, con el cabello mojado sobre los hombros, formando rizos como si de Medusa se tratara. Entonces abrió desmesuradamente la boca y la belleza se esfumó. Solo había un agujero oscuro con un diente prominente y descolorido. Casi un colmillo.

(QUÉ HAS HECHO)

Dan se tambaleó y apoyó una mano en el primer vagón de pasajeros del *Riv* para mantenerse en pie. El mundo dentro de su cabeza giraba. La mujer del sombrero desapareció y de repente una multitud de caras preocupadas se congregó a su alrededor. Le preguntaban si estaba bien.

Recordó a Abra intentando explicar cómo había girado el mundo el día en que descubrió la foto de Brad Trevor en el *Anniston Shopper*; cómo de pronto se había encontrado mirando a través de los ojos de la mujer del sombrero y esta había mirado a través de los ojos de Abra. En ese momento lo entendió. Estaba sucediendo de nuevo, y esta vez el viajero era él.

Rose estaba en el suelo. Dan tenía una amplia visión del cielo vespertino. Las personas que la rodeaban pertenecían sin duda a su tribu de asesinos de niños. Eso era lo que Abra veía.

La cuestión era: ¿qué estaba viendo *Rose*?

16

Serpiente iba y venía en el ciclo. *Quemaba*. Miró al hombre que se arrodilló frente a ella.

—¿Hay algo que pueda hacer por ti? —preguntó John—. Soy médico.

A pesar del dolor, Serpiente se rio. Ese matasanos, uno de los que acababan de cargarse al verdadero médico del Nudo, le ofrecía ayuda. ¿Qué opinaría Hipócrates de ese tipo?

—Pégame un tiro, caraculo. Es lo único que se me ocurre.

El otro lerdo, el cabrón que había disparado al Nueces, se unió al que afirmaba ser médico.

—Te lo mereces —dijo Dave—. ¿Creían que iba a dejar que se llevaran a mi hija? ¿Que la torturaran y la mataran como hicieron con ese pobre muchacho de Iowa?

¿Lo sabían? ¿Cómo era posible? Pero ya no importaba, al menos a Andi.

—Su gente mata cerdos, vacas y ovejas. ¿Es diferente lo que hacemos nosotros?

—En mi humilde opinión, matar a seres humanos es muy diferente —replicó John—. Llámame tonto y sensiblero.

Serpiente tenía la boca llena de sangre y de alguna otra mierda grumosa. Dientes, tal vez. Tampoco importaba. Al final, quizá fuera más misericordioso que aquello por lo que había pasado Barry. Desde luego sería más rápido. Pero había que aclarar algo. Simplemente para que lo supieran.

—*Nosotros somos* los seres humanos. Su especie solo son… tontos.

Dave sonrió, pero sus ojos eran duros.

—Y sin embargo eres tú la que está tirada en el suelo, con la cabeza abierta y la camisa empapada de sangre. Espero que te achicharres en el infierno.

Serpiente sintió que se acercaba el siguiente ciclo. Con suerte sería el último, pero por el momento se aferró a su forma física.

—No entienden cómo era para mí. Antes. Ni cómo es para nosotros. Solo somos unos pocos, y estamos enfermos. Tenemos…

—Sé lo que tienen —la interrumpió Dave—. El puto sarampión. Espero que todo su miserable Nudo Verdadero se pudra de dentro afuera.

—Nosotros no elegimos ser lo que somos más de lo que lo eligieron ustedes. En nuestra posición, harían lo mismo.

John meneó la cabeza despacio.

—Nunca. *Jamás*.

Serpiente entró en ciclo. Sin embargo, consiguió pronunciar cuatro palabras más.

—*Putos hombres.* —Un jadeo final mientras les lanzaba una mirada fija desde un rostro que se desvanecía—. *Putos palurdos.*

Entonces desapareció.

17

Dan se dirigió hacia John y Dave, andaba despacio y con cuidado, apoyándose en las mesas de picnic para mantener el equilibrio. Había recogido el conejito de peluche de Abra sin siquiera darse cuenta. Se le estaba despejando la cabeza, pero eso era decididamente una moneda de dos caras.

—Tenemos que volver a Anniston, y rápido. No puedo sentir a Billy. Antes podía, pero ahora no está.

—¿Y Abra? —preguntó Dave—. ¿Qué pasa con Abra?

Dan no quería mirarlo. —El miedo se había apoderado del rostro de Dave—. Pero se obligó a hacerlo.

—Tampoco está. Ni la mujer del sombrero. Las dos han abandonado mi mente.

—¿Qué significa? —Dave agarró a Dan por la camisa con las dos manos—. ¿Eso *qué* significa?

—No lo sé.

Esa era la verdad, pero tenía miedo.

CAPÍTULO CATORCE

CUERVO

1

Quédate conmigo, Papá, había dicho Barry el Chino. *Acércate.*

Fue justo después de que Serpiente hubiera puesto el primer DVD porno. Cuervo se quedó con Barry, incluso le sostuvo la mano mientras el hombre agonizante luchaba por resistir al siguiente ciclo. Y cuando regresó…

Escúchame. La niña estaba mirando, sí. Solo que cuando empezó la peli porno…

Explicárselo a alguien que no podía hacer el truco de la localización era difícil, especialmente cuando quien hablaba estaba mortalmente enfermo, pero Cuervo captó lo esencial. Los que cogían junto a la piscina habían escandalizado a la chica, tal como Rose había esperado, pero habían conseguido algo más que obligarla a que dejara de espiar y que se retirara. Durante unos instantes, el sentido de localización de Barry pareció desdoblarse. La chica aún seguía en aquel tren diminuto con su padre, en dirección al parque donde planeaban disfrutar de su picnic, pero la impresión ante la película había producido una imagen fantasma que no tenía sentido. En ella, la chica estaba en un baño meando.

—A lo mejor estás viendo un recuerdo —sugirió Cuervo—. ¿Sería posible?

—Sí —dijo Barry—. Los palurdos piensan toda clase de pendejadas absurdas. Lo más probable es que no sea nada, pero por un minuto fue como si ella fuera una gemela, ¿entiendes?

Cuervo no lo entendía, no exactamente, pero asintió con la cabeza.

—Solo que si no es eso, podría estar tramando alguna especie de ardid. Déjame ver el mapa.

Jimmy el Números guardaba todos los mapas de New Hampshire en su computadora, y Cuervo lo levantó frente a Barry.

—Aquí es donde está —señaló Barry tocando la pantalla—. De camino a ese Cloud Gen con su padre.

—Gap —lo corrigió Cuervo—. Cloud Gap.

—Lo que carajos sea. —Barry desplazó el dedo hacia el nordeste—. Y de aquí es de donde venía la señal fantasma.

Cuervo tomó el portátil y miró a través de la gota de infectado sudor que Barry había dejado en la pantalla.

—¿Anniston? Ahí es donde vive, Bar. Probablemente haya trazas psíquicas de ella por todo el pueblo. Como piel muerta.

—Claro. Recuerdos. Ensoñaciones. Toda clase de insignificancias absurdas. Lo que yo decía.

—Y ya ha desaparecido.

—Sí, pero... —Barry asió la muñeca de Cuervo—. Si es tan fuerte como dice Rose, podría estar jugándonosla de verdad. Como una especie de truco de ventriloquia.

—¿Te has topado alguna vez con un vaporero capaz de hacer eso?

—No, pero siempre hay una primera vez para todo. Estoy casi seguro de que está con su padre, pero tú eres el que tiene que decidir si «casi seguro» basta para...

Ahí fue cuando Barry volvió a entrar en ciclo y cesó toda comunicación coherente. Cuervo se quedó con una difícil decisión. Era su misión, y tenía plena confianza en que podía encargarse de ella, pero se trataba del plan de Rose y, lo que era más importante, de la obsesión de Rose. Si la regaba, ardería Troya.

Cuervo echó un vistazo a su reloj. Las tres de la tarde allí, en New Hampshire; la una en Sidewinder. En el Campamento Bluebell estarían terminando de comer y Rose estaría disponible. Eso lo decidió. Hizo la llamada. Casi esperaba que ella se riera y le llamara abuelita, pero no fue así.

—Sabes que ya no podemos confiar en Barry al cien por cien —dijo ella—, pero confío en ti. ¿Qué te dice tu intuición?

Su intuición no inclinaba la balanza ni en un sentido ni en otro; por eso la había llamado. Así se lo dijo, y aguardó.

—Lo dejo en tus manos —dijo ella—. No la cagues.

Gracias por nada, querida Rosie, pensó… y luego esperó que ella no lo hubiera captado.

Se quedó sentado con el teléfono celular cerrado aún en su mano, balanceándose con el movimiento del vehículo, inhalando el olor de la enfermedad de Barry, preguntándose cuánto tardarían en aparecer las primeras manchas en sus propios brazos y piernas y pecho. Al cabo se inclinó hacia delante y puso una mano en el hombro de Jimmy.

—Cuando llegues a Anniston, para.

—¿Por qué?

—Porque me bajo.

2

Papá Cuervo los vio alejarse de la estación de servicio Gas 'n Go, al principio de Main Street de Anniston; resistió el impulso de enviarle a Serpiente un pensamiento de corta distancia (toda la percepción extrasensorial de la que era capaz) antes de que estuvieran fuera de su alcance: *Da la vuelta y ven a recogerme, esto es un error.*

Salvo que ¿y si no lo era?

Cuando se hubieron ido, echó una mirada breve y nostálgica a la triste hilera de coches de segunda mano en venta en el túnel de lavado adyacente a la gasolinera. Independientemente de lo que pasara en Anniston, iba a necesitar un transporte para salir de la ciudad. En la cartera tenía dinero más que suficiente para comprar algo que le llevara al punto de encuentro convenido en la I-87 cerca de Albany; el problema era el tiempo. Haría falta media hora como mínimo para cerrar la transacción, y eso podría ser demasiado. Hasta que estuviera seguro de que se trataba de una falsa alarma, tendría que improvisar y confiar en sus poderes de persuasión. Jamás le habían fallado.

Cuervo se tomó unos minutos para entrar en la gasolinera, donde compró una gorra de los Red Sox. Cuando al país de los Bosox fueres, vístete como vieres. Consideró la posibilidad de añadir unos lentes oscuros y decidió que no. Gracias a la televisión, un hombre atlético de mediana edad con lentes oscuros siempre parecía un asesino a sueldo para ciertos sectores de la población. Tendría que conformarse con la gorra.

Subió caminando por Main Street hasta la biblioteca donde una vez Abra y Dan habían celebrado un parlamento de guerra. No tuvo que ir más allá del vestíbulo para encontrar lo que buscaba. Allí, bajo el encabezamiento que rezaba EXPLORA NUESTRA CIUDAD, había un plano de Anniston con cada calle y cada camino señalados con detalle. Confirmó la localización de la calle de la chica.

—Qué gran partido anoche, ¿eh? —comentó un hombre. Cargaba con una brazada de libros.

Por un momento Cuervo no tuvo la menor idea de lo que hablaba, y entonces se acordó de su nueva gorra.

—Y que lo diga —convino, sin dejar de mirar el plano.

Esperó a que se marchara el hincha de los Sox y después abandonó el vestíbulo. La gorra estaba bien, pero no tenía ninguna intención de hablar de beisbol. Le parecía un deporte estúpido.

3

Richland Court era una calle corta de agradables casas coloniales de Nueva Inglaterra y de estilo Cape Cod que terminaba en una rotonda. Cuervo había conseguido un periódico gratuito llamado *The Anniston Shopper* en su camino desde la biblioteca y ahora se hallaba de pie en la esquina, apoyado en un roble cercano y fingiendo estudiarlo. El árbol lo protegía de las miradas, y quizá fuera una suerte, porque estacionada hacia la mitad de la calle había una camioneta roja con un tipo sentado al volante. El vehículo, una vieja gloria, contenía en la caja algunas herramientas de mano y lo que parecía un motocultor, así que cabía la posibilidad de que el tipo fuera un jardinero —era la típica calle donde los vecinos podrían permitírselo—, pero, en ese caso, ¿por qué estaba ahí sentado sin más?

¿Hacía de *niñero*, quizá?

El Cuervo de repente se alegró de haber tomado lo bastante en serio a Barry como para abandonar el barco. La cuestión era, ¿y ahora qué? Podía llamar a Rose y pedirle consejo, pero su última conversación no había reportado nada que no hubiera podido obtener con una Bola 8 Mágica.

Seguía allí plantado, medio oculto tras el viejo roble y meditando su próximo movimiento, cuando la providencia que favorecía al Nudo Verdadero sobre los palurdos intervino. Se abrió una puerta calle abajo y salieron dos chicas. Los ojos de Cuervo no eran ni un ápice menos agudos que los del pájaro homónimo, y las identificó de inmediato como dos de las tres niñas de las fotos de la computadora de Billy. La de la falda café era Emma Deane. La de los pantalones negros era Abra Stone.

Echó otro vistazo a la camioneta. El conductor, también una vieja gloria, había estado repantigado tras el volante. En ese momento se enderezó. Despierto y atento. Alerta. De modo que sí, los *había* estado burlando. Cuervo aún no sabía con certeza cuál de las dos era la vaporera, pero una cosa era segura: los hombres de la Winnebago habían emprendido una cacería inútil.

Cuervo sacó su teléfono, pero se limitó a sostenerlo en la mano mientras observaba a la chica de los pantalones negros, que bajaba por el camino particular hasta la calle. La chica de la falda se quedó mirándola un segundo y a continuación regresó adentro. La chica de los pantalones —Abra— cruzó Richland Court, y el hombre de la camioneta levantó las manos en un gesto de «qué está pasando». Ella le respondió alzando los pulgares: *No te preocupes, todo va bien.* Cuervo sintió que lo invadía una oleada de triunfo tan cálida como un lingotazo de whisky. Cuestión resuelta. Abra Stone era la vaporera. No cabía duda. La estaban vigilando, y el vigilante era un carcamal que tenía una camioneta perfectamente aceptable. Cuervo tenía plena confianza en que los llevaría, a él y a cierta joven pasajera, hasta Albany.

Usó la marcación rápida para contactar con Serpiente y no le sorprendió ni le intranquilizó el mensaje de LLAMADA FALLIDA. Cloud Gap era un paraje bonito, y por supuesto habían prohibido que instalaran allí antenas de telefonía que estropearan las fotos de los turistas. Pero no había problema. Si no era capaz de encargarse de un viejo y una niña, es que había llegado la hora de que entregase su placa. Permaneció un momento sopesando el teléfono y luego lo apagó. Durante los siguientes veinte minutos o así, no había nadie con quien quisiera hablar, y eso incluía a Rose.

Su misión, su responsabilidad.

Tenía cuatro de las jeringas cargadas, dos en el bolsillo izquierdo de su chamarra, dos en el derecho. Con su mejor sonrisa de Henry Rothman —la que lucía cuando reservaba un espacio para acampar o arrendaba moteles para el Nudo—, Cuervo salió de detrás del árbol y bajó por la calle con aire despreocupado. En la mano izquierda aún llevaba el ejemplar plegado del *Anniston Shopper*. Con la mano derecha, metida en el bolsillo de la chamarra, aflojaba el capuchón de plástico de una de las agujas.

4

—Disculpe, señor, me parece que estoy un poco perdido. Me pregunto si podría indicarme algunas direcciones.

Billy Freeman estaba intranquilo, con los nervios a flor de piel, embargado por un sentimiento que no era exactamente un presagio… y aun así esa voz alegre y esa radiante sonrisa de «puedes confiar en mí» le engatusaron. Solo por dos segundos, pero fue suficiente. En el momento de alargar la mano hacia la guantera abierta, notó un leve pinchazo en el cuello.

Me ha picado un bicho, pensó, y acto seguido se desplomó de lado con los ojos en blanco.

Cuervo abrió la puerta y empujó al conductor al otro lado. La cabeza del viejo chocó contra la ventanilla del pasajero. Cuervo le levantó las flácidas piernas por encima de la joroba del túnel de la transmisión, al tiempo que cerraba la guantera con el canto de la mano para obtener un poco más de espacio, luego se deslizó tras el volante y cerró la puerta. Respiró hondo y miró alrededor, preparado para cualquier eventualidad, pero no había nada para lo que prepararse. Richland Court dormitaba en el atardecer, y eso era estupendo.

La llave estaba puesta en el contacto. Cuervo arrancó el motor y de la radio surgió el rugido vaquero de Toby Keith: que Dios bendiga a Estados Unidos y que sirva la cerveza. En el momento en que alargaba la mano para apagarla, una terrible luz blanca empañó su visión. Cuervo tenía muy poca capacidad telepática, pero estaba firmemente unido a su tribu; en cierto sentido, sus miembros eran apéndices de un único organismo, y uno de ellos acababa de morir. Cloud Gap no había sido un mero engaño; había sido una puta emboscada.

Antes de que pudiera decidir cómo debía proceder a continuación, la luz blanca apareció otra vez, y, tras una pausa, una vez más.

¿Todos?

Dios bendito, *¿los tres?* No era posible... ¿o sí?

Respiró hondo una vez, luego otra. Se obligó a sí mismo a encarar el hecho de que sí, podía ser. Y en tal caso, sabía a quién culpar.

A la puta cría vaporera.

Miró hacia la casa de Abra. Todo tranquilo, gracias a Dios por los pequeños favores. Había previsto conducir hasta allí y meter la camioneta en su camino particular, pero de pronto le pareció una idea pésima, al menos por el momento. Salió, se inclinó dentro del vehículo y agarró al carcamal inconsciente por la camisa y el cinturón. Tiró de él hasta ponerlo al volante, se detuvo el tiempo suficiente para cachearlo. Ningún arma.

Lástima. No le habría importado tener una, al menos durante un rato.

Le abrochó el cinturón para evitar que se inclinara hacia delante y apretara el claxon. Después bajó por la calle hasta la casa de la chica, sin prisa. Si hubiera visto su cara en una de las ventanas —o al menos el mero temblor de una mera cortina— habría echado a correr, pero nada se movía.

Cabía la posibilidad de que aún pudiera llevar a cabo el trabajo, pero tal cuestión había pasado a ser secundaria debido a aquellos terribles relámpagos blancos. Lo que deseaba principalmente era poner las manos en esa zorra miserable que les había causado tantos problemas y zarandearla hasta que se desencajara.

5

Abra cruzó el vestíbulo como una sonámbula. Los Stone tenían una sala de estar en el sótano, pero la cocina era realmente donde pasaban tiempo juntos, su lugar de reunión, y se dirigió allí sin pensar en ello. Apoyó las manos extendidas en la mesa donde ella y sus padres habían disfrutado de miles de comidas, y miró fijamente la ventana situada encima del fregadero con ojos grandes y vacíos. Su yo no estaba allí. Su yo estaba en Cloud Gap, viendo a los malos salir en tropel de la Winnebago: Serpiente y el Nueces y Jimmy el Números. Conocía sus nombres por Barry. Pero fallaba algo. Faltaba uno.

(¿DÓNDE ESTÁ EL CUERVO? ¡NO VEO AL CUERVO!)

No hubo respuesta, porque Dan y su padre y el doctor John estaban ocupados. Derribaron a los malos uno tras otro: primero al Nueces —de quien se encargó su padre, bien hecho—, luego a Jimmy el Números, por último Serpiente. Sintió cada herida mortal como un golpe sordo en el fondo de su cabeza. Aquellos golpes, como una pesada maza cayendo repetidamente sobre tablones de roble, eran terribles en su finalidad pero no del todo desagradables. Porque…

Porque se lo merecen, matan niños, y nada los habría detenido. Solo...

(*Dan ¿dónde está el Cuervo? ¿¿¿DÓNDE ESTÁ EL CUERVO???*)

Ahora Dan la oyó. Menos mal. Vio la Winnebago. Dan creía que Cuervo estaba dentro, y quizá tuviera razón. Aun así...

Corrió al vestíbulo y atisbó por una de las ventanas junto a la puerta principal. La acera se encontraba desierta, pero la camioneta del señor Freeman seguía estacionada justo donde debía estar. No podía verle la cara por culpa del sol que se reflejaba en el parabrisas, pero veía que *estaba* detrás del volante, y eso significaba que todo iba bien.

Probablemente.

(*Abra estás ahí*)

Dan. Era genial oírlo. Ojalá estuviera con ella, pero tenerlo dentro de su cabeza era casi igual de bueno.

(*sí*)

Echó una última mirada a la acera vacía y a la camioneta del señor Freeman para quedarse tranquila, comprobó que había echado el pestillo de la puerta al entrar y se encaminó de nuevo hacia la cocina.

(*tienes que hacer que la madre de tu amiga llame a la policía y decirles que corres peligro el Cuervo está en Anniston*)

Se detuvo hacia la mitad del pasillo. Levantó la mano y empezó a frotarse la boca. Dan no sabía que se había marchado de la casa de los Deane. ¿Cómo iba a saberlo? Había estado muy ocupado.

(*no estoy*)

Antes de que ella pudiera terminar la fase, la voz mental de Rose la Chistera retumbó en su cabeza y borró todo pensamiento.

(TÚ HIJA DE PUTA QUÉ HAS HECHO)

El familiar pasillo entre la puerta principal y la cocina empezó a deslizarse hacia un lado. La última vez que había ocurrido ese giro se encontraba preparada. Esta vez no. Abra intentó frenarlo y no pudo. Su casa desapareció. Anniston desapareció. Yacía tendida en el suelo mirando al cielo. Abra comprendió que la pérdida de aquellos tres en Cloud Gap había literalmente noqueado a Rose, y tuvo un momento de feroz alegría. Buscó algo con que poder defenderse. No disponía de mucho tiempo.

6

El cuerpo de Rose yacía con los brazos y las piernas extendidos a medio camino entre las regaderas y el Pabellón Overlook, pero su mente se encontraba en New Hampshire, revoloteando en la cabeza de la chica. Esta vez no había ninguna amazona imaginaria armada con una lanza, oh, no. Esta vez solo estaban la vieja Rosie y una pichoncita sorprendida, y Rosie quería venganza. Mataría a la chica solo como último recurso, pues era demasiado valiosa, pero iba a darle a probar un bocado de lo que le esperaba. Un bocado de lo que los amigos de Rose ya habían sufrido. Existían multitud de lugares blandos y vulnerables en las mentes de los paletos, y ella los conocía todos muy...

(¡LÁRGATE PUTA DÉJAME EN PAZ O TE REVIENTO!)

Fue como si detrás de sus ojos hubiera explotado una granada de aturdimiento. Una sacudida estremeció a Rose y gritó. Mo la Grande, que se había agachado para tocarla, reculó sorprendida. Rose no se dio cuenta, ni siquiera la vio. Continuaba subestimando el poder de la chica. Intentó mantener su posición en la cabeza de la niña, pero la bruja la estaba expulsando realmente. Era increíble, exasperante, aterrador, pero ocurría de verdad. Peor, pudo sentir que sus manos físicas subían hasta su cara. Si Mo y Eddie el Corto no la hubieran frenado, la niña podría haber hecho que Rose se sacara los ojos.

Por el momento, al menos, tuvo que rendirse y abandonar. Pero antes vio algo a través de los ojos de la chica que la inundó de alivio. Era Papá Cuervo, y en una mano empuñaba una aguja.

7

Abra usó toda la fuerza psíquica que pudo reunir, más de la que había usado el día que rastreó a Brad Trevor, más de la que había usado jamás en su vida, y aun así apenas fue suficiente. Justo cuando empezaba a pensar que no sería capaz de echar de su cabeza a la mujer del sombrero, el mundo volvió a girar. Era ella quien lo *hacía* girar, pero pesaba demasiado, como empujar una enorme piedra de molino. El cielo y los rostros que la miraban desde arriba se alejaron como resbalando. Hubo un momento de oscuridad en el que ella se halló

(*entre*)

en ninguna parte, y entonces el vestíbulo de su casa reapareció de nuevo. Pero ya no estaba sola. Un hombre se hallaba en el umbral de la cocina.

No, un hombre no. Un Cuervo.

—Hola, Abra —dijo, sonriendo, y se abalanzó sobre ella.

Todavía recuperándose mentalmente de su encuentro con Rose, Abra no intentó apartarlo con la mente. Simplemente dio media vuelta y salió corriendo.

8

En los momentos de mayor tensión, Dan Torrance y Papá Cuervo eran muy parecidos, aunque ninguno de ellos lo sabría jamás. La misma claridad descendió sobre la visión de Cuervo, la misma sensación de que todo se desarrollaba a cámara lenta. Vio la pulsera de goma rosa en la muñeca izquierda de Abra y tuvo tiempo para pensar *sensibilización contra el cáncer de mama*. Vio que la mochila de la chica pivotaba hacia la izquierda a la vez que ella giraba hacia la derecha y supo que estaba llena de libros. Hasta tuvo tiempo para admirar su cabello, un haz brillante que volaba a su espalda.

La atrapó en la puerta en el momento en que intentaba girar el pestillo. Cuando le pasó el brazo por la garganta y la jaló hacia atrás, sintió sus primeros esfuerzos —confusos, débiles— para apartarlo con la mente.

La jeringa entera no, podría matarla, como mucho pesará cincuenta y uno o cincuenta y dos kilos.

Cuervo le inyectó el fármaco justo debajo de la clavícula mientras ella se retorcía y forcejeaba. Su preocupación por si perdía el control y le administraba la dosis completa resultó ser del todo innecesaria, pues la chica levantó el brazo izquierdo, lo golpeó en la mano derecha y la hipodérmica salió volando. Cayó en el suelo y rodó. Pero la providencia siempre favorece al Nudo sobre los palurdos, así había ocurrido siempre y así ocurrió entonces. Le había inyectado lo suficiente. Sintió que la presa que asía su mente primero resbalaba y luego caía. Las manos de ella hicieron lo mismo. Lo miraba fijamente, con ojos horrorizados y ausentes.

Cuervo le dio una palmadita en el hombro.

—Vamos a dar un paseo, Abra. Vas a conocer a una gente fascinante.

Increíblemente, Abra se las arregló para sonreír. Una sonrisa más bien aterradora para una chica tan joven que, si llevase el pelo bajo una gorra, podría haber pasado por un chico.

—Esos monstruos a los que llamas amigos están todos muertos. Estáaan…

La última palabra no fue más que un balbuceo pronunciado al tiempo que sus ojos se quedaban en blanco y se le aflojaban las rodillas. Cuervo sintió la tentación de dejarla caer —bien que se lo merecía—, pero refrenó el impulso y en vez de eso la tomó por debajo de los brazos. Después de todo, era una propiedad valiosa.

Propiedad *verdadera*.

9

Había entrado por la puerta de atrás, empujando el ineficaz pestillo con una única pasada descendente de la American Express Platino de Henry Rothman, pero no tenía intención de huir por ese camino. Allí no había más que una valla alta al final del jardín en pendiente y un río más allá. Además, su transporte estaba en la dirección opuesta. Cargó con Abra a través de la cocina y hasta el garaje vacío; sus padres estarían en el trabajo, quizá..., a menos que estuvieran en Cloud Gap, regodeándose con las muertes de Andi, Billy y el Nueces. Por el momento no le importaba una mierda ese asunto; quienquiera que hubiese ayudado a la chica podía esperar. Ya llegaría su hora.

Dejó el cuerpo flácido de Abra bajo una mesa que albergaba algunas herramientas del padre. A continuación apretó el botón que abría la puerta del garaje y salió, no sin antes asegurarse de calzarse la espléndida sonrisa de Henry Rothman. La clave de la supervivencia en el mundo de los palurdos era dar la impresión de que uno pertenecía a un lugar, siempre caminando con paso seguro, y en eso nadie era mejor que Cuervo. Se dirigió con brío a la camioneta y volvió a mover al carcamal, esta vez al centro del asiento continuo del vehículo. Al torcer hacia el camino particular de los Stone, la cabeza de Billy se acomodó en su hombro.

—Menudas confianzas te tomas, ¿eh, abuelo? —dijo Cuervo, y se echó a reír mientras conducía la camioneta roja al interior del garaje.

Sus amigos estaban muertos y la situación era muy peligrosa, pero había una enorme compensación: por primera vez en muchísimos años se sentía completamente vivo y consciente, el mundo estallaba en colores y zumbaba como un diapasón. La tenía, por Dios. A pesar de toda su insólita fuerza y todos sus asquerosos trucos, la tenía. Y ahora la llevaría hasta Rose. Una ofrenda de amor.

—Premio —dijo, y dio un golpe fuerte y exultante en el tablero.

Le quitó la mochila a Abra, la dejó bajo la mesa de trabajo y subió a la chica a la camioneta por el lado del copiloto. Abrochó el cinturón a sus dos pasajeros durmientes. Naturalmente, se le había ocurrido romperle el cuello al carcamal y dejar su cuerpo en el garaje, pero el viejo aún podía servirle. Si el fármaco no lo mataba, claro. Comprobó el pulso en el cuello grisáceo y allí estaba, lento pero fuerte. No cabía duda respecto a la chica; estaba inclinada contra la ventanilla del pasajero y su aliento empañaba el cristal. Excelente.

Cuervo se tomó un segundo para hacer inventario. Pistola no —el Nudo Verdadero jamás viajaba con armas de fuego—, pero aún conservaba dos agujas hipodérmicas llenas de la sustancia de buenas noches. No sabía hasta dónde le alcanzaría con dos, pero su prioridad era la chica. Tenía la idea bastante clara de que el periodo de utilidad del viejo podría ser extremadamente limitado. En fin. Los palurdos iban y venían.

Sacó el teléfono y esta vez marcó el número de Rose. Contestó justo cuando ya se había resignado a dejar un mensaje. Su voz era lenta, su pronunciación pastosa. Era un poco como hablar con un borracho.

—¿Rose? ¿Qué te pasa?

—La chica me ha fastidiado un poco más de lo que esperaba, pero estoy bien. Ya no la oigo. Dime que la has agarrado.

—Sí, la tengo, se está echando una buena siesta, pero tiene amigos y prefiero no encontrármelos. Me dirigiré al oeste inmediatamente, y no quiero perder el tiempo con mapas. Necesito carreteras secundarias que me lleven a través de Vermont hasta Nueva York.

—Pondré al Lamebotas en ello.

—Tienes que enviar a alguien al este para que se reúna conmigo, pero *ya mismo*, Rosie, y que traiga cualquier cosa que pueda mantener sumisa a la pequeña Miss Nitro, porque no me queda mucho material. Mira en el suministro del Nueces. Debe de tener *algo*...

—No me digas lo que tengo que hacer —lo cortó ella con brusquedad—. El Lamebotas lo coordinará todo. ¿Sabes lo suficiente para empezar?

—Sí. Rosie querida, ese merendero era una trampa. La cría nos la ha metido doblada. ¿Y si sus amigos llaman a la poli? Voy en una vieja F-150 con un par de zombis a mi lado, en la cabina. Bien podría llevar SECUESTRADOR tatuado en la frente.

Sonreía, sin embargo. Que lo partiera un rayo si no. Hubo una pausa en el otro extremo de la línea. Cuervo permaneció sentado al volante en el garaje de los Stone, a la espera.

Al cabo Rose dijo:

—Si ves luces azules detrás de ti o que te bloquean el paso, estrangula a la chica y absorbe tanto vapor como puedas mientras muera. Luego entrégate. Antes o después nos ocuparemos de ti, ya lo sabes.

Esta vez fue Cuervo quien hizo una pausa. Al final dijo:

—¿Estás segura de que es la mejor forma de proceder, querida?

—Lo estoy —respondió Rose con voz pétrea—. Ella es la responsable de las muertes de Jimmy, el Nueces y Serpiente. Los lloraremos a todos, pero es por Andi por la que me siento peor, porque yo misma la convertí y apenas pudo probar la vida. Y luego está Sarey...

Su voz se apagó con un suspiro. Cuervo no dijo nada. No había nada que decir, realmente. Andi Steiner había estado con muchas mujeres durante sus primeros años con los Verdaderos —nada sorprendente, el vapor siempre ponía particularmente cachondos a los nuevos—, pero ella y Sarah Carter habían sido pareja los últimos diez años, y fieles una a la otra. En ciertos aspectos, Andi parecía más la hija de Sarey la Callada que su amante.

—Sarey está desconsolada —dijo Rose—, y Susie Ojo Negro no se siente mucho mejor por lo del Nueces. Esa cría va a responder por llevarse a tres de los nuestros. De un modo u otro, su vida de palurdo está acabada. ¿Alguna pregunta más?

Cuervo no tenía ninguna.

10

Nadie prestó especial atención a Papá Cuervo y sus durmientes pasajeros mientras abandonaban Anniston por la vieja Autopista del Estado del Granito rumbo al oeste. Salvo ciertas notables excepciones (las ancianas con ojo de lince y los niños pequeños eran los peores), los Estados Unidos Palurdos eran increíblemente poco observadores incluso después de llevar doce años inmersos en la Edad Oscura del Terrorismo. *Si ves algo, di algo* era un eslogan de mil demonios, pero primero había que ver algo.

Para cuando atravesaron la frontera estatal de Vermont ya oscurecía, y los vehículos con los que se cruzaban solo veían los faros de Cuervo, que circulaba con las altas a propósito. El Lamebotas ya había llamado tres veces para darle la información de ruta. La mayoría eran vías alternativas, muchas de las cuales no figuraban en los mapas. El Lamebotas le comunicó que Doug el Diésel, Phil el Sucio y Annie la Mandiles estaban de camino. Viajaban en un Caprice de 2006 que tenía pinta de perro pero que contaba con cuatrocientos caballos bajo el cofre. La velocidad no sería un problema; llevaban credenciales del Departamento de Seguridad Nacional que superarían cualquier inspección, cortesía del difunto Jimmy el Números.

Los gemelos, Guisante y Vaina, estaban usando el sofisticado sistema de telecomunicaciones vía satélite del Nudo para monitorizar la cháchara policial en el nordeste, y hasta el momento no habían oído nada sobre un posible secuestro de una jovencita. Eran buenas noticias, pero no inesperadas. Sus amigos, lo bastante listos como para tender una emboscada, eran también lo bastante listos como para saber lo que podía ocurrirle a su pichoncito si lo hacían público.

Otra llamada de teléfono, aunque esta sonó ahogada. Sin apartar la vista de la carretera, Cuervo se inclinó sobre sus pasajeros durmientes, introdujo la mano en la guantera y encontró un teléfono. El del carcamal, sin duda. Lo sostuvo a la altura de los ojos. No había ningún nombre, así que no era ningún contacto de la agenda, pero el número tenía prefijo de New Hampshire. ¿Uno de los emboscadores que quería saber si Billy y la chica estaban bien? Muy probablemente. Cuervo consideró la posibilidad de contestar y decidió que no. Aunque más tarde echaría un vistazo por si habían dejado algún mensaje. La información era poder.

Cuando volvió a inclinarse para meter el móvil en la guantera, sus dedos rozaron una superficie metálica. Guardó el teléfono y sacó una pistola automática. Un bonito extra, y un hallazgo afortunado; si el carcamal se hubiera despertado antes de lo previsto, podría haberla agarrado sin que Cuervo hubiera tenido ocasión de leer sus intenciones. Deslizó la Glock bajo el asiento y cerró la guantera.

Las pistolas también eran poder.

11

Estaba todo oscuro. Circulaban por la carretera 108, en el corazón de las Green Mountains, cuando Abra empezó a agitarse. Cuervo, aún sintiéndose brillantemente vivo y consciente, no lo lamentó. Por un lado, le picaba la curiosidad. Por otro, el indicador de combustible de la camioneta estaba en reserva, y alguien iba a tener que llenar el tanque.

Pero no convenía correr riesgos.

Con la mano derecha sacó del bolsillo una de las dos hipodérmicas restantes y la mantuvo sobre el muslo. Esperó hasta que la chica abrió los ojos, aún tiernos y embotados. Entonces Cuervo dijo:

—Buenas noches, señorita. Soy Henry Rothman. ¿Me comprendes?

—Tú eres… —Abra se aclaró la garganta, se humedeció los labios, volvió a intentarlo—. Tú no eres Henry nada. Tú eres el Cuervo.

—Veo que me comprendes. Bien. Ahora mismo te sentirás confusa, me imagino, y así te vas a quedar, porque es como me gustas. Pero no habrá necesidad de volver a dejarte inconsciente siempre y cuando cuides tus modales. ¿Lo has entendido?

—¿Adónde vamos?

—A Hogwarts, a ver el Torneo Internacional de Quidditch. Te compraré un hot dog y algodón de azúcar mágicos. Contesta a mi pregunta. ¿Vas a cuidar tus modales?

—Sí.

—Tan inmediata afirmación es grata a mi oído, pero tendrás que perdonarme si no me fío del todo. Debo proporcionarte cierta información vital antes de que intentes algo estúpido que puedas lamentar. ¿Ves esta aguja?

—Sí. —Abra aún descansaba la cabeza en la ventanilla, pero bajó la vista. Se le cerraron los ojos y volvió a abrirlos muy despacio—. Tengo sed.

—Por el fármaco, sin duda. Aquí no tengo nada para beber, nos fuimos con un poquito de prisa...

—Creo que hay jugo en mi mochila. —Hablaba con voz ronca; queda y lentamente. Abría los ojos con mucho esfuerzo después de cada pestañeo.

—Lo siento, pero se quedó en el garaje. Podrás comprar algo para beber cuando lleguemos al siguiente pueblo, siempre que seas una Ricitos de Oro buena. Si te portas mal, te pasarás la noche tragándote tu propia saliva. ¿Está claro?

—Sí...

—Como note que toqueteas dentro de mi cabeza (sí, sé que puedes hacerlo), o si intentas llamar la atención cuando paremos, inyectaré a este anciano caballero. Con todo lo que ya le he administrado, lo dejará más muerto que Amy Winehouse. ¿Te queda claro también?

—Sí. —Abra volvió a lamerse los labios y luego se los frotó con la mano—. No le hagas daño.

—Eso depende de ti.

—¿Adónde me llevas?

—Ricitos de Oro, querida.

—¿Qué? —Abra pestañeó atontada.

—Cállate y disfruta del viaje.

—Hogwarts —dijo ella—. Algodón de... azúcar.

Esta vez, cuando se le cerraron los ojos, los párpados no volvieron a levantarse. Empezó a roncar levemente. Era un sonido relajado, casi agradable. Cuervo no creía que estuviera fingiendo, pero continuó sujetando la jeringa pegada a la pierna del carcamal para estar seguro. Como una vez dijo Gollum acerca de Frodo Bolsón, era astuta, mi tesoro. Era muy astuta.

12

Abra no se sumergió completamente; aún podía oír el motor de la camioneta, pero lo sentía muy lejano. Parecía sonar por encima de ella. Se acordó de cuando iba con sus padres al lago Winnipesaukee en aquellas calurosas tardes de verano, y de que si metías la cabeza bajo el agua oías el zumbido distante de las lanchas de motor. Sabía que la estaban secuestrando, y sabía que eso debería preocuparla, pero se sentía serena, contenta de flotar entre el sueño y la vigilia. Sin embargo, la sequedad en la boca y la garganta era horrible. Sentía la lengua como un trozo de alfombra polvorienta.

Tengo que hacer algo. Me lleva con la mujer del sombrero, tengo que hacer algo. Si no, me matarán como mataron al niño del beisbol. O algo todavía peor.

Sí, *haría* algo. Después de beber algo. Y después de dormir un poco más...

El ruido del motor había pasado de un zumbido a un distante ronroneo cuando la luz penetró a través de sus párpados cerrados. Entonces el ruido cesó por completo y Cuervo le clavó un dedo en la pierna. Débil al principio, más fuerte después. Lo bastante para que doliera.

—Despierta, Ricitos de Oro. Podrás volver a dormir más tarde.

Abrió los ojos con dificultad; hizo una mueca de dolor ante la deslumbrante luz. Estaban estacionados junto a unas bombas de gasolina. Había luces fluorescentes, y se protegió los ojos de su destello. Ahora le dolía la cabeza además de estar sedienta. Era como...

—¿Qué es tan gracioso, Ricitos de Oro?

—¿Eh?

—Estás sonriendo.

—Acabo de darme cuenta de lo que me pasa. Tengo cruda.

Cuervo lo meditó unos instantes y luego sonrió burlón.

—Supongo que sí, y ni siquiera disfrutaste tonteando. ¿Estás lo bastante despierta como para entenderme?

—Sí. —Al menos eso creía. Oh, pero el martilleo en su cabeza... Horrible.

—Toma esto.

Sostenía algo frente a su cara con el brazo izquierdo extendido. La mano derecha aún empuñaba la hipodérmica, con la aguja descansando cerca de la pierna del señor Freeman.

Abra entornó los ojos. Era una tarjeta de crédito. Levantó una mano que sentía demasiado pesada y la tomó. Se le empezaron a cerrar los ojos y Cuervo la abofeteó en la cara. Abrió los ojos de golpe, como platos y horrorizados. No le habían pegado en toda su vida, al menos ningún adulto. Claro que tampoco la habían secuestrado nunca.

—¡Ay! *¡Ay!*

—Sal de la camioneta. Sigue las instrucciones de la bomba (eres una niña lista, estoy seguro de que podrás hacerlo) y llena el tanque. Después vuelve a colocar la manguera en su sitio y sube. Si te portas como una Ricitos de Oro buena, acercaremos el coche hasta aquella máquina de Coca-Cola. —Señaló hacia la esquina más lejana de la tienda—. Podrás comprarte un refresco de medio litro. O agua, si lo prefieres; veo con estos ojitos que tienen Dasani. Pero si eres una Ricitos de Oro *mala*, mataré al viejo, luego entraré en la tienda y me cargaré al muchacho de la caja. No hay problema. Tu amigo tenía una pistola que ahora está en mi poder. Te llevaré conmigo y podrás ver cómo le vuelo la cabeza al chaval. Depende de ti, ¿de acuerdo? ¿Lo has entendido?

—Sí —respondió Abra, un poco más despierta ahora—. ¿Podré sacar una Coca-Cola *y* un agua?

La sonrisa de él esta vez fue eufórica, amplia y atractiva. A Abra, a pesar de su situación, a pesar del dolor de cabeza, incluso a pesar de la bofetada que le había propinado, le pareció encantadora. Supuso que mucha gente pensaría que tenía una sonrisa encantadora, especialmente las mujeres.

—Un poquito avariciosa, pero eso no siempre es un defecto. Veamos lo bien que cuidas tus modales.

Abra se desabrochó el cinturón (necesitó tres intentos, pero finalmente lo consiguió) y agarró la manilla. Antes de salir, dijo:

—Deja de llamarme Ricitos de Oro. Sabes cuál es mi nombre, y yo sé el tuyo.

Cerró la puerta de golpe y se dirigió a la isleta de los surtidores (tambaleándose un poco) antes de que él pudiera responder. La chica tenía agallas además de vapor. Casi la admiraba. Pero, dado lo que les había ocurrido a Serpiente, al Nueces y a Jimmy, no llegaría muy lejos.

13

Al principio Abra no podía leer las instrucciones porque las palabras no dejaban de desdoblarse y escurrirse. Entornó los ojos y se enfocaron. Cuervo la observaba. Ella notaba los ojos de él como diminutas pesas calientes en su nuca.

(*¿Dan?*)

Nada, y no le sorprendía. ¿Cómo esperaba contactar con Dan cuando apenas era capaz de utilizar esa estúpida bomba? Nunca en su vida se había sentido menos resplandeciente.

Por fin logró que la gasolina fluyera, aunque la primera vez que probó la tarjeta de crédito la insertó al revés y tuvo que volver a empezar desde el principio. El llenado del tanque se eternizaba, aunque había un manguito de goma sobre la boquilla que reducía el hedor de los vapores de combustible, y el aire nocturno le estaba despejando un poco la cabeza. Había millones de estrellas. Por lo general, su belleza y profusión le inspiraban respeto, pero al mirarlas esa noche solo se sintió asustada. Estaban muy lejos. No veían a Abra Stone.

Cuando el depósito estuvo lleno, leyó con los ojos entornados el nuevo mensaje que apareció en la pantalla de la bomba y se volvió hacia Cuervo.

—¿Quieres un recibo?

—Creo que sobreviviremos sin él, ¿no te parece?

Reapareció su deslumbrante sonrisa, esa que hacía feliz a la persona que la provocaba. Abra apostaba a que tenía cantidad de novias.

No. Solo tiene una. La mujer del sombrero es su novia. Rose. Si tuviera otra, Rose la mataría. Probablemente con uñas y dientes.

Regresó con paso tambaleante a la camioneta y subió.

—Lo has hecho bien —dijo Cuervo—. Has ganado el premio gordo: una Coca-Cola *y* un agua. Así que… ¿qué le dices a Papá?

—Gracias —dijo Abra con desgana—. Pero tú no eres mi padre.

—Aunque podría serlo. Puedo ser un padre muy bueno para las niñas que son buenas conmigo. Las que cuidan sus modales. —Acercó el vehículo a la máquina expendedora y le entregó un billete de cinco dólares—. Cómprame una Fanta si tienen. Si no, una Coca-Cola.

—¿Bebes refrescos como cualquier otra persona?

Puso una cómica cara de ofendido.

—Si nos pinchan, ¿acaso no sangramos? Si nos hacen cosquillas, ¿acaso no reímos?

—Shakespeare, ¿verdad? —Abra volvió a frotarse la boca—. *Romeo y Julieta.*

—*El mercader de Venecia*, borrica —dijo Cuervo… pero con una sonrisa—. Seguro que no conoces el resto.

Ella negó con la cabeza. Error. Le refrescó el punzante dolor de cabeza, que había empezado a calmarse.

—Si nos envenenan, ¿acaso no morimos? —Tocó la pierna del señor Freeman con la aguja—. Medítalo mientras sacas la bebida.

14

La observó atentamente mientras se afanaba en la máquina. Esa gasolinera se encontraba en las afueras boscosas de algún pueblo, y siempre existía la posibilidad de que decidiera mandar al diablo al carcamal y huir hacia los árboles. Pensó en la pistola, pero la dejó donde estaba. Perseguirla no supondría demasiado esfuerzo dado su estado aletargado. Sin embargo, la chica ni siquiera miró en esa dirección. Introdujo el billete de cinco en la máquina y sacó las bebidas, una tras otra, solo hizo una pausa para tomar un trago largo de agua. Regresó y le dio su Fanta, pero no entró. Señaló hacia la parte lateral del edificio.

—Tengo que hacer pis.

Cuervo se quedó perplejo. Era algo que no había previsto, aunque debería. La había drogado, y su cuerpo necesitaba purgarse de toxinas.

—¿No puedes aguantar un rato? —Estaba pensando en que unos kilómetros más adelante podría encontrar un apartadero y parar. Dejar que se fuera detrás de un arbusto. Mientras pudiera verle la coronilla, no habría problema.

Pero ella negó con la cabeza. Por supuesto.

Lo consideró detenidamente.

—Muy bien, escucha. Puedes usar el baño de mujeres si la puerta no está cerrada con llave. Si no, tendrás que hacer pis en la parte de atrás. De ningún modo te voy a permitir que entres a pedir la llave al chico del mostrador.

—Y si tengo que ir detrás, me vigilarás, supongo. Pervertido.

—Habrá un contenedor o algo tras el cual puedas agacharte. Me romperá el corazón no echar un vistazo a tu precioso traserito, pero intentaré sobrevivir. Ahora, sube a la camioneta.

—Pero has dicho...

—Monta o empezaré a llamarte otra vez Ricitos de Oro.

Subió al vehículo y Cuervo lo estacionó junto a las puertas de los baños, sin llegar a bloquearlas.

—Dame la mano.

—¿Por qué?

—Hazlo.

Muy a regañadientes, Abra extendió la mano. Él se la tomó. Cuando ella vio la aguja, trató de retirarla.

—No te preocupes, solo será una gota. No podemos permitir que tengas malas ideas, ¿verdad? Ni que las transmitas. Va a suceder de una manera u otra, así que ¿por qué montar una escena?

Abra dejó de resistirse. Era más fácil dejar que pasara. Notó un breve pinchazo en el dorso de la mano, luego Cuervo se la soltó.

—Venga, ve. Haz pipí y hazlo rápido. Como dice esa vieja canción, «la arena es como una carrera en un reloj de arena».

—No conozco esa canción.

—No me sorprende. Ni siquiera distingues *El mercader de Venecia* de *Romeo y Julieta*.

—Eres malvado.

—No tengo por qué serlo —dijo él.

Bajó y se quedó plantada junto a la camioneta, respirando hondo.

—¿Abra?

Lo miró.

—No se te ocurra encerrarte dentro. Ya sabes quién lo pagaría, ¿verdad? —Dio una palmada en la pierna de Billy Freeman.

Abra lo sabía.

La cabeza, que se le había empezado a despejar, volvía a nublarse. Tras aquella sonrisa encantadora se escondía un hombre horrible, una *cosa* horrible. Y lista. Pensaba en todo. Probó la puerta del baño y esta se abrió. Al menos no tendría que orinar entre las hierbas, y eso ya era algo. Entró, cerró la puerta y se ocupó de sus asuntos. Después, simplemente se quedó sentada en el escusado con la cabeza gacha, flotando. Recordó haber estado en el baño de la casa de Emma, cuando había creído tan estúpidamente que todo iba a salir bien. Parecía haber pasado una eternidad.

Tengo que hacer algo.

Pero estaba drogada, aturdida.

(*Dan*)

Envió el pensamiento con toda la fuerza que pudo reunir... que no era mucha. ¿Y cuánto tiempo le daría Cuervo? Sintió que la desesperación la inundaba, socavaba la poca voluntad de resistir que le quedaba. Lo único que quería hacer era abotonarse los pantalones, volver a subir a la camioneta y echarse a dormir. Y, no obstante, lo intentó una vez más.

(*¡Dan! ¡Dan, por favor!*)

Y esperó un milagro.

Lo que obtuvo en cambio fue un corto bocinazo de la camioneta. El mensaje era claro: *se acabó el tiempo*.

CAPÍTULO QUINCE

INTERCAMBIO

1

Recordarás lo que fue olvidado.

Tras la victoria pírrica en Cloud Gap, la frase perseguía a Dan como los compases de una música irritante y absurda que se te mete en la cabeza y no te suelta, la clase de melodía que te descubres tarareando incluso cuando vas al baño en mitad de la noche. Esta en concreto era bastante irritante, pero no completamente absurda. Por alguna razón la asociaba con Tony.

Recordarás lo que fue olvidado.

No tenían ninguna intención de utilizar la Winnebago del Nudo Verdadero para volver a sus coches, que estaban en la estación de Teenytown, en el parque público de Frazier. Aun si no hubieran temido que los vieran salir del vehículo o la posibilidad de dejar evidencias forenses en su interior, habrían rechazado la idea sin necesidad de someterla a votación. Aquel vehículo olía a algo más que a enfermedad y a muerte; olía a maldad. Y Dan tenía otro motivo; ignoraba si los miembros del Nudo Verdadero regresaban o no como gente fantasma, pero no deseaba averiguarlo.

Así que tiraron las ropas abandonadas y la parafernalia médica al río Saco, donde los objetos que no se hundieran flotarían corriente abajo hasta Maine, e hicieron el viaje de vuelta igual que el de ida, en el *Helen Rivington*.

David Stone se dejó caer en el asiento del revisor, vio que Dan aún sujetaba el conejito de peluche, y extendió la mano. Dan se lo pasó de buena gana y se fijó en lo que el padre de Abra tenía en la otra mano: su BlackBerry.

—¿Qué va a hacer con eso?

Dave miró los bosques que desfilaban a ambos lados de las estrechas vías y luego de nuevo a Dan.

—En cuanto lleguemos a una zona en la que haya cobertura, llamaré a casa de los Deane. Si no contestan, avisaré a la policía. Y si contestan, y Emma o su madre me dicen que Abra se ha ido, avisaré a la policía. Suponiendo que ellas no lo hayan hecho ya.

Su mirada era fría y calculadora, nada amistosa, pero al menos conservaba el miedo por su hija —su terror, más bien—, y Dan lo respetó por eso. Además, le facilitaría la tarea de razonar con él.

—Lo hago responsable de lo sucedido, señor Torrance. Fue su plan. Su descabellado plan.

De nada servía señalar que todos ellos habían secundado el descabellado plan. O que John y él mismo estaban casi tan angustiados por el continuado silencio de Abra como su padre. En el fondo, el hombre tenía razón.

Recordarás lo que fue olvidado.

¿Se trataba de otro recuerdo del Overlook? Dan creía que sí. Pero ¿por qué ahora? ¿Por qué aquí?

—Dave, casi *seguro* que se la han llevado. —Ese era John Dalton, que se había trasladado al vagón detrás de ellos. Los últimos rayos del sol poniente perforaban los árboles y bailaban en su rostro—. Si ese es el caso y se lo cuentas a la policía, ¿qué crees que le pasará a Abra?

Que Dios te bendiga, pensó Dan. *Si se lo hubiera dicho yo, dudo que me hubiera escuchado. Porque, en el fondo, yo soy el extraño que conspiraba con su hija. Nunca se creerá del todo que no fui yo quien la metió en este lío.*

—¿Qué otra cosa podemos hacer? —preguntó Dave, y entonces su frágil calma se quebró. Empezó a sollozar, y se llevó el conejito de peluche a la cara—. ¿Qué le voy a decir a mi mujer?

¿Que estaba disparando a unos tipos en Cloud Gap mientras el hombre del saco raptaba a nuestra hija?

—Lo primero es lo primero —dijo Dan. No creía que los eslóganes de AA del estilo *Déjalo ir y déjaselo a Dios* o *Tómatelo con calma* funcionaran en ese momento con el padre de Abra—. *Debería* llamar a los Deane en cuanto tenga cobertura, sí. Creo que contestarán, y que estarán bien.

—¿Y por qué lo cree?

—En mi última comunicación con Abra le dije que le pidiera a la madre de su amiga que llamara a la policía.

Dave pestañeó.

—¿En serio? ¿O lo dice ahora para cubrirse el culo?

—En serio. Abra empezó a responder. Dijo «no estoy», y entonces la perdí. Creo que iba a decirme que ya no estaba en casa de los Deane.

—¿Está viva? —Dave asió a Dan por el codo con una mano mortalmente fría—. ¿Mi hija sigue viva?

—No he tenido noticias suyas, pero estoy seguro de que sí.

—Claro, ¿qué va a decir? —murmuró Dave—. Se está cubriendo el culo, ¿verdad?

Dan reprimió una réplica. Si empezaban a pelearse, cualquier mínima posibilidad de recuperar a Abra se desvanecería.

—Tiene sentido —intervino John. Aunque seguía pálido y le temblaban ligeramente las manos, hablaba con la voz tranquila con la que se dirigía a sus pacientes—. Muerta, no le sirve al que queda. Al que se la ha llevado. Viva, es una rehén. Además, la quieren por... bueno...

—La quieren por su esencia —concluyó Dan—. Lo que ellos llaman «vapor».

—Y otra cosa —prosiguió John—. ¿Qué vas a contarle a la policía acerca de los hombres que hemos matado? ¿Que empezaron a entrar y salir de una especie de ciclo de invisibilidad hasta que desaparecieron totalmente? ¿Y que luego nos deshicimos de sus... sus pertenencias?

—No me puedo creer que dejara que me metieran en esto. —Dave no paraba de retorcer el conejito. Pronto el viejo juguete se rajaría por la mitad y todo su relleno se desparramaría. Dan no estaba seguro de si podría soportar verlo.

—Escúchame, Dave —dijo John—. Por el bien de tu hija, tienes que serenarte. Ella lleva metida en esto desde que vio la foto del chico en el *Shopper* y se puso a investigar. En cuanto la que Abra llama «la mujer del sombrero» supo de su existencia, decidió que tenía que venir a buscarla. No sé nada acerca de ese vapor, y sé muy poco sobre lo que Dan llama «el resplandor», pero sé que las personas a las que nos enfrentamos no dejan testigos. Y en lo que atañe al niño de Iowa, eso es lo que era tu hija.

—Llame a los Deane, pero no entre en detalles —dijo Dan.

—¿Detalles? *¿Detalles?* —Parecía un hombre intentando pronunciar una palabra en sueco.

—Diga que quiere preguntarle a Abra si hace falta que compre algo en la tienda, pan o leche o algo así. Si dicen que se ha ido a casa, diga que de acuerdo, que la llamará allí.

—¿Y después qué?

Dan no lo sabía. Lo único que sabía era que necesitaba pensar. Necesitaba pensar en lo que fue olvidado.

John *sí* lo sabía.

—Después intenta contactar con Billy Freeman.

Ya había oscurecido —el faro del *Riv* recortaba un cono de visibilidad sobre el espacio entre las vías— cuando Dave tuvo cobertura. Llamó a casa de los Deane, y aunque agarraba al ahora deformado Brinquitos con una poderosa garra y grandes perlas de sudor se deslizaban por su rostro, Dan pensó que lo había hecho de maravilla. ¿Podría hablar Abra por teléfono un minuto y decirle si necesitaban algo de la Stop & Shop? ¿Oh? ¿De veras? Pues la llamaría a casa. Escuchó unos instantes más, dijo que lo haría, y dio por finalizada la conversación. Miró a Dan, con ojos que eran meros orificios ribeteados de blanco en su rostro.

—La señora Deane me ha pedido que pregunte cómo se encuentra Abra. Por lo visto se fue a casa quejándose de calambres menstruales. —Bajó la cabeza—. Yo ni siquiera sabía que ya tenía la regla. Lucy nunca me lo ha dicho.

—Hay cosas que los padres no necesitan saber —dijo John—. Prueba ahora con Billy.

—No tengo su número. —Soltó una carcajada como un hachazo: *¡JA!*—. Menudo grupo formamos, joder.

Dan recitó el número de memoria. Más adelante, los árboles raleaban, y divisó el brillo de las farolas a lo largo de la avenida principal de Frazier.

Dave marcó el número y permaneció a la escucha. Siguió escuchando y por fin cortó la llamada.

—Buzón de voz.

Los tres hombres guardaron silencio mientras el *Riv* dejaba atrás los árboles y recorría los tres últimos kilómetros hacia Teenytown. Dan intentó otra vez contactar con Abra proyectando su voz mental con toda la energía que pudo reunir, pero no obtuvo nada en respuesta. El que ella llamaba «Cuervo» probablemente la había noqueado de algún modo. La mujer del tatuaje llevaba una jeringa. Era probable que Cuervo tuviera otra.

Recordarás lo que fue olvidado.

El origen de ese pensamiento se elevó desde el fondo mismo de su mente, donde guardaba las cajas de seguridad que contenían todos los recuerdos horribles del Hotel Overlook y los fantasmas que lo habían infestado.

—Era la caldera.

En el asiento del revisor, Dave se volvió a mirarle.

—¿Qué?

—Nada.

El sistema de calefacción del Overlook era prehistórico. La presión de vapor debía aligerarse a intervalos regulares o subiría y subiría hasta el punto en que la caldera explotaría y el hotel entero volaría por los aires. En su abrupto descenso a la demencia, Jack Torrance lo había olvidado, pero su joven hijo había sido advertido. Por Tony.

¿Era este otro aviso, o tan solo una disparatada ayuda nemotécnica que llegaba con la tensión y la culpa? Porque *se* sentía culpable. John tenía razón, Abra iba a ser un objetivo del Nudo Verdadero sin ninguna duda, pero los sentimientos eran invulnerables al pensamiento racional. Había sido su plan, el plan había salido mal, y él se encontraba en un aprieto.

Recordarás lo que fue olvidado.

¿Era la voz de su viejo amigo, tratando de decirle algo sobre su actual situación, o tan solo el gramófono?

2

Dave y John volvieron juntos a la casa de los Stone. Dan los siguió en su propio coche, contento de estar a solas con sus pensamientos. Aunque no es que le sirviera de mucho. Estaba casi seguro de que había algo ahí, algo *real*, pero no llegaba. Incluso probó a invocar a Tony, algo que no había intentado desde sus años de adolescente. Tampoco sirvió.

La camioneta de Billy ya no estaba estacionada en Richland Court. Para Dan, eso tenía sentido. El grupo de asalto del Nudo Verdadero había llegado en la Winnebago. Si dejaron a Cuervo en Anniston, iba a pie y necesitaba un vehículo.

El garaje estaba abierto. Dave se bajó del coche de John antes de que se detuviera por completo y corrió adentro gritando el nombre de Abra. Entonces, enfocado por los faros del Suburban de John como un actor en un escenario, levantó algo y profirió un sonido entre un gemido y un grito. En el momento en que Dan aparcaba junto al Suburban, distinguió lo que era: la mochila de Abra.

El impulso de beber se abatió entonces sobre Dan, más intenso incluso que la noche en que había llamado a John desde el estacionamiento de aquel bar, más intenso que en todos los años transcurridos desde que recogió una chapa blanca en su primera reunión. El impulso de simplemente dar marcha atrás por el camino particular, ignorando los gritos de los otros dos hombres, y de conducir de vuelta a Frazier. Allí había un bar llamado el Bull Moose. Había pasado muchas veces por delante, siempre con las reflexivas especulaciones del borracho rehabilitado: ¿cómo sería por dentro? ¿Qué cerveza de barril servirían? ¿Qué clase de música sonaría en la rockola? ¿Qué whisky estaría a la vista y de qué clase sería el que guardaban bajo la barra? ¿Habría mujeres guapas? ¿Y a qué sabría el primer trago? ¿Tendría el sabor del hogar? ¿El sabor de volver finalmente a casa? Podría responder al menos a algunas de estas preguntas antes de que Dave Stone avisara a la policía y se lo llevaran para interrogarlo sobre la desaparición de cierta niña pequeña.

Llegará un momento, le había dicho Casey en aquellos primeros días de nudillos blancos, *en que tus defensas mentales fallarán y lo único que se interponga entre la bebida y tú será tu Poder Superior.*

Dan no tenía problema con el asunto del Poder Superior, porque poseía una pizca de información privilegiada. Dios continuaba siendo una hipótesis sin demostrar, pero sabía que había realmente otro plano de existencia. Al igual que Abra, Dan había visto gente fantasma. Así que, claro, Dios era posible. Teniendo en cuenta sus atisbos del mundo más allá del mundo, Dan incluso lo consideraba probable..., aunque ¿qué clase de dios se limitaba a quedarse sentado mientras ocurrían mierdas así?

Como si fueras el primero que se hace esa pregunta, pensó.

Casey Kingsley le había dicho que se arrodillara dos veces al día, para pedir ayuda por la mañana y dar las gracias por la noche. *Son los primeros tres pasos: yo no puedo, Dios puede, lo dejaré en Sus manos. No pienses demasiado en ello.*

A los nuevos miembros que se mostraban reacios a seguir su consejo, Casey acostumbraba a brindarles una anécdota sobre el director de cine John Waters. En una de sus primeras películas, *Pink Flamingos*, la *drag queen* protagonista, Divine, se había comido un excremento de perro de un césped. Años más tarde, a Walters aún seguían preguntándole sobre aquel glorioso momento de la historia cinematográfica. Finalmente, estalló: «No era más que un *poquito* de caca de perro —le dijo a un periodista—, y la convirtió en una estrella».

Así que ponte de rodillas y pide ayuda aunque no te guste, concluía siempre Casey. *Después de todo, no es más que un* poquito *de caca.*

Dan no tenía demasiado espacio para arrodillarse detrás del volante de su coche, pero adoptó la posición automática por defecto de sus oraciones matutinas y nocturnas: ojos cerrados y la palma de la mano apretada contra los labios, como para impedir la entrada de la más mínima gota del seductor veneno que había marcado de cicatrices veinte años de su vida.

Dios, ayúdame a no be...

Llegó hasta ahí y se hizo la luz.

Era lo que Dave había dicho de camino a Cloud Gap. Era la sonrisa furiosa de Abra (Dan se preguntó si Cuervo habría visto ya esa sonrisa y, en caso afirmativo, qué conclusiones sacaría). Sobre todo, era el tacto de su propia piel comprimiendo los labios contra los dientes.

—Oh, Dios mío —musitó.

Bajó del coche y las piernas cedieron. Cayó de rodillas, pero se levantó y corrió hacia el garaje, donde los dos hombres permanecían de pie mirando la mochila abandonada de Abra.

Agarró a Dave Stone por el hombro.

—Llame a su esposa. Dígale que irá a verla.

—Querrá saber de qué se trata —dijo Dave. Era evidente por la boca temblorosa y los ojos caídos lo poco que deseaba mantener esa conversación—. Está viviendo en el departamento de Chetta. Le diré... Jesús, no sé qué voy a decirle.

Dan lo apretó con más fuerza, incrementando la presión hasta que Dave alzó la vista y sus ojos encontraron los suyos.

—Iremos todos a Boston, pero John y yo tenemos otros asuntos que atender allí.

—¿Qué otros asuntos? No lo entiendo.

Dan sí. No todo, pero sí mucho.

3

Se subieron al Suburban de John. Dave viajaba en el asiento delantero. Dan iba tendido atrás, con la cabeza apoyada en un reposabrazos y los pies en el suelo.

—Lucy no ha parado de preguntarme qué pasaba —comentó Dave—. Me ha dicho que la estaba asustando. Y claro que intuía que se trataba de Abra, porque tiene un poco de lo mismo que tiene Abra. Siempre lo he sabido. Le dije que Abby se quedaba a dormir en casa de Emma. ¿Saben cuántas veces le he mentido a mi mujer en los años que llevamos casados? Podría contarlas con los dedos de una mano, y tres de ellas serían acerca de cuánto perdí en las partidas de póker que organiza el director de mi departamento los jueves por la noche. Nada parecido a esto. Y en apenas tres horas voy a tener que comérmelo.

Por supuesto, Dan y John estaban enterados de lo que había dicho, y lo alterada que se había puesto Lucy ante la continuada insistencia de su marido en que el asunto era demasiado importante y complicado para explicarlo por teléfono. Los dos se encontraban en la cocina cuando hizo la llamada. Pero necesitaba hablar. *Compartir*, en términos de Alcohólicos Anónimos. John se ocupó de las respuestas necesarias, diciendo *ajá* y *lo sé* y *entiendo*.

En cierto momento, Dave se interrumpió y miró hacia el asiento de atrás.

—Por Dios santo, ¿está usted *durmiendo*?

—No —contestó Dan sin abrir los ojos—. Intento ponerme en contacto con su hija.

Eso puso fin al monólogo de Dave. Ahora únicamente se oía el zumbido de los neumáticos mientras el Suburban recorría la Ruta 16 en dirección sur a través de una docena de pueblos. El tráfico era fluido y, una vez que los dos carriles se convirtieron en cuatro, John mantuvo la aguja del velocímetro clavada a unos constantes ciento diez kilómetros por hora.

Dan no se molestó en llamar a Abra; no estaba seguro de que funcionara. En cambio, probó a abrir por completo su mente. A convertirse en un puesto de escucha. Nunca antes había intentado algo similar, y el resultado fue extraño e inquietante. Era como ponerse los auriculares más potentes del mundo. Le parecía oír un estacionario correteo quedo, y creyó que era el zumbido de pensamientos humanos. Permaneció preparado para oír su voz en algún lugar de aquella marea constante, sin esperarlo realmente, pero ¿qué otra cosa podía hacer?

Fue poco después de que pasaran la primera caseta de la autopista Spaulding, ahora a solo noventa y cinco kilómetros de Boston, cuando finalmente la captó.

(*Dan*)

Muy bajo. Apenas parecía estar allí. Al principio pensó que era su imaginación —el cumplimiento de un deseo—, pero de todas formas se orientó hacia aquella dirección, tratando de estrechar su concentración a un único haz de luz. Y volvió, un poco más fuerte esta vez. Era real. Era *ella*.

(*¡Dan, por favor!*)

Estaba sedada, no cabía duda, y él nunca había intentado nada ni remotamente parecido a lo que debía hacerse a continuación… pero Abra sí. Drogada o no, ella tendría que enseñarle la manera.

(*Abra empuja tienes que ayudarme*)

(*ayuda qué ayuda cómo*)

(*intercambio*)

(*???*)

(*ayúdame a girar el mundo*)

4

Dave, en el asiento del pasajero, estaba dejando en el posavasos las monedas para pagar en la siguiente caseta cuando Dan habló detrás de él. Salvo que evidentemente no era Dan.

—Dame un minuto, ¡tengo que cambiarme el tampón!

El Suburban dio un viraje brusco cuando John se enderezó en el asiento y pegó un volantazo.

—Pero ¿qué *carajo*…?

Dave se desabrochó el cinturón y se giró poniéndose de rodillas para escudriñar al hombre que yacía en el asiento de atrás. Dan tenía los ojos medio cerrados, pero los abrió cuando Dave pronunció el nombre de Abra.

—No, papá, ahora no, tengo que ayudar… tengo que intentar… —El cuerpo de Dan se retorció. Levantó una mano, se frotó la boca con un gesto que Dave había visto mil veces, y la dejó caer—. Dile que he dicho que no me llame así. Dile…

La cabeza de Dan se inclinó hacia un lado hasta que reposó en el hombro. Gimió. Sacudía las manos sin ton ni son.

—¿Qué está pasando? —gritó John—. ¿Qué hago?

—No lo sé —dijo Dave. Metió el brazo entre los asientos, le tomó una de las manos temblorosas, y la apretó con fuerza.

—Conduce —dijo Dan—. Tú conduce.

Entonces el cuerpo en el asiento trasero empezó a arquearse y a retorcerse. Abra rompió a gritar con la voz de Dan.

5

Dan halló el conducto entre ellos siguiendo la mansa corriente de los pensamientos de la chica. Vio la rueda de piedra porque ella la estaba visualizando, pero se encontraba demasiado débil y desorientada para hacerla girar. Abra estaba utilizando toda la fuerza mental que era capaz de reunir solo para mantener abierto su lado de la conexión. Para que Dan pudiera entrar en la mente de ella y Abra pudiera entrar en la de él. Sin embargo, en su mayor parte continuaba en el Suburban, sobre cuyo techo acolchado se reflejaban veloces las luces de los vehículos que circulaban en sentido contrario. Iluminado… oscuro… iluminado… oscuro.

La rueda era demasiado pesada.

De alguna parte llegó un repentino martilleo, y una voz.

—Abra, sal. Se acabó el tiempo. Tenemos que movernos.

Eso la asustó, y encontró una pizca de fuerza extra. La rueda empezó moverse y tiró de él hacia el interior del cordón umbilical que los conectaba. Era la sensación más extraña que Dan había experimentado en su vida, estimulante a pesar del horror de la situación.

En alguna parte, distante, oyó que Abra decía:

—Dame un minuto, ¡tengo que cambiarme el tampón!

El techo del Suburban de John se alejaba resbalando. *Girando*. De repente hubo oscuridad, la sensación de estar en un túnel, y le dio tiempo de pensar: *Si me pierdo aquí, jamás seré capaz de volver. Acabaré en algún hospital psiquiátrico, etiquetado como catatónico desahuciado.*

Pero entonces el mundo retornó poco a poco a su posición, salvo que en un lugar distinto. El Suburban había desaparecido. Dan se encontraba en un baño maloliente con sucias baldosas azules en el suelo y un cartel junto al lavabo donde se leía: SOLO AGUA FRÍA DISCULPEN LAS MOLESTIAS. Él estaba sentado en el escusado.

Antes de que pudiera siquiera pensar en levantarse, la puerta se abrió de golpe, con violencia suficiente para agrietar varias de las deslucidas baldosas, y un hombre entró. Aparentaba unos treinta y cinco años, tenía el pelo completamente negro y lo llevaba peinado hacia atrás, con la frente despejada, facciones angulosas pero atractivas en un estilo tosco. En una mano empuñaba una pistola.

—Cambiarte el tampón, seguro —dijo—. ¿Y dónde lo tienes, Ricitos de Oro, en el bolsillo del pantalón? Debe de ser eso, porque tu mochila está muy lejos de aquí.

(*dile que he dicho que no me llame así*)

—Te he dicho que no me llames así —repitió Dan.

Cuervo se detuvo, mirando a la chica sentada en el escusado, balanceándose ligeramente de lado a lado. Balanceándose por culpa de la droga. Sin duda. Pero ¿y la manera en que hablaba? ¿*Eso* era también debido a la droga?

—¿Qué le ha pasado a tu voz? No parece la tuya.

Dan intentó encoger los hombros de la chica y únicamente logró sacudir uno de ellos. Cuervo la asió por el brazo y Dan impulsó los pies de Abra. Le dolió, y dejó escapar un grito.

En alguna parte —a kilómetros de distancia— una voz apenas audible gritaba: *¿Qué está pasando? ¿Qué hago?*

—Conduce —le dijo a John mientras Cuervo lo sacaba por la puerta de un tirón—. Tú conduce.

—Oh, sí, voy a conducir —dijo Cuervo, y metió a pulso a Abra en la camioneta, junto al inconsciente Billy Freeman.

Entonces le agarró un mechón de pelo, se lo enrolló en el puño, y tiró. Dan gritó con la voz de Abra, a sabiendas de que no era *exactamente* la voz de ella. Casi, pero no del todo. Cuervo percibía la diferencia, pero ignoraba qué era. La mujer del sombrero lo habría sabido; fue esa mujer la que involuntariamente había enseñado a Abra el truco del intercambio mental.

—Pero antes de que nos pongamos en marcha, vamos a hacer un trato. No más mentiras, ese es el trato. Miente otra vez a Papá, y este carcamal que está roncando a mi lado será hombre muerto. Y no malgastaré droga. Pararé en algún camino rural y le meteré una bala en el estómago. Así tardará un rato. Llegarás a oírlo gritar. ¿Lo entiendes?

—Sí —murmuró Dan.

—Pequeña, no me jodas, porque no voy a repetírtelo dos veces.

Cuervo dio un portazo y se dirigió con paso rápido al lado del conductor. Dan cerró los ojos de Abra. Pensaba en las cucharas de la fiesta de cumpleaños. En abrir y cerrar cajones, eso también. Abra estaba demasiado débil físicamente para luchar con el hombre que ahora se ponía al volante y arrancaba el motor, pero una parte de ella era fuerte. Si pudiera encontrarla…, esa parte que había movido cucharas y abierto cajones y tocado música de la nada… esa parte que había escrito en el pizarrón desde kilómetros de distancia…, si pudiera encontrarla y hacerse con su control…

Igual que Abra había visualizado una lanza de mujer guerrera y un caballo, Dan ahora se imaginó un panel de interruptores en la pared de una sala de control. Unos accionaban las manos; otros, las piernas; otros, el encogimiento de hombros. Sin embargo, algunos eran más importantes. Debería ser capaz de activarlos; él poseía al menos algunos de esos mismos circuitos.

La camioneta se estaba moviendo, primero marcha atrás, luego virando. Un momento después volvían a la carretera.

—Muy bien —dijo Cuervo en tono grave—. Échate a dormir. ¿Qué carajos pensabas que podías hacer ahí atrás? ¿Meterte en el retrete y tirar de la cadena…?

Sus palabras se apagaron, porque ahí estaban los interruptores que Dan estaba buscando. Los interruptores especiales, los de la palanca roja. No sabía si estaban realmente ahí, y conectados de verdad a los poderes de Abra, o si lo único que hacía era jugar a una especie de solitario mental. Solo sabía que tenía que intentarlo.

Resplandece, pensó, y los activó todos.

6

La camioneta de Billy Freeman se hallaba a diez o doce kilómetros al oeste de la gasolinera, atravesando la oscuridad del Vermont rural por la 108 cuando Cuervo sintió por primera vez el dolor. Era como un aro de plata que le rodeaba el ojo izquierdo. Estaba frío, apretaba. Levantó la mano para tocarlo, pero antes de que pudiera hacerlo, el dolor se deslizó hacia la derecha, congelándole el puente de la nariz como si le hubieran inyectado novocaína. Entonces le rodeó también el otro ojo. Era como llevar binoculares de metal.

O esposas oculares.

Su oído izquierdo empezó a zumbar, y de repente se le entumeció la mejilla izquierda. Volvió la cabeza y vio que la niña estaba mirándolo. Tenía los ojos muy abiertos y no pestañeaba; no parecían en absoluto drogados. Para el caso, tampoco parecían sus ojos. Daban la impresión de ser más viejos. Más sabios. Y tan fríos como la sensación que ahora le invadía el rostro.

(*detén la camioneta*)

Cuervo había tapado y dejado a un lado la hipodérmica, pero seguía empuñando la pistola que había cogido de debajo del asiento cuando decidió que la chica ya llevaba demasiado tiempo en el baño. La levantó, con la intención de amenazar al carcamal y obligarla a parar de hacer lo que fuera que estuviese haciendo, pero de pronto sintió la mano como si la hubiera sumergido en agua helada. El arma ganó peso: dos kilos, cinco, lo que parecían diez. Diez como mínimo. Y mientras luchaba por levantarla, el pie derecho se levantó del acelerador de la F-150 y la mano izquierda giró el volante de modo que la camioneta se salió de la carretera y rodó por el blando arcén —con suavidad, frenando— con las ruedas del lado derecho escorando hacia la cuneta.

—¿Qué me estás haciendo?

—Lo que te mereces. *Papá*.

La camioneta chocó contra un abedul caído, lo partió en dos y se detuvo. La chica y el carcamal tenían puesto el cinturón, pero Cuervo se había olvidado de abrocharse el suyo. Salió disparado contra el volante e hizo sonar el claxon. Cuando bajó la vista, vio que la automática del carcamal giraba en su puño. Giraba muy lentamente hacia él. Eso no debería estar ocurriendo. Se *suponía* que la droga la detendría. Pero qué demonios, la droga ya la *había* detenido. Sin embargo, algo había cambiado en los baños de la gasolinera. Quienquiera que estuviese ahora detrás de aquellos ojos estaba completamente sobrio, joder.

Y era terriblemente fuerte.

¡Rose! ¡Rose, te necesito!

—No creo que pueda oírte —dijo la voz que no era la de Abra—. Tendrás tus talentos, hijo de puta, pero no creo que tengas mucho de telépata. Creo que cuando quieres hablar con tu novia, usas el teléfono.

Empleando toda su fuerza, Cuervo comenzó a girar la Glock de nuevo hacia la chica. Ahora parecía pesar veinte kilos. Los tendones de su cuello sobresalían como cables. Gotas de sudor le bañaban la frente. Una se le metió en un ojo, escocía, y Cuervo la apartó con un pestañeo.

—Le pegaré... un tiro... a tu amigo —dijo.

—No —dijo la persona dentro de Abra—. No te lo permitiré.

Pero Cuervo pudo ver que la chica tenía que hacer esfuerzos, y eso le dio esperanza. Puso todo su empeño en apuntar el cañón al abdomen de Rip Van Winkle, y casi lo había conseguido cuando la pistola se revolvió otra vez. Ahora podía oír a la bruja resollando. Qué demonios, él también resollaba. Sonaban como corredores de maratón aproximándose a la meta uno al lado del otro.

Un coche pasó, sin reducir la velocidad. Ninguno de ellos se fijó. Se miraban el uno al otro.

Cuervo bajó la mano izquierda para juntarla con la derecha en la pistola. Ahora giraba un poco más. La estaba venciendo, por Dios. ¡Pero sus ojos! ¡Cielo santo!

—¡Billy! —gritó Abra—. ¡Billy, ayuda!

Billy resopló. Abrió los ojos.

—¿Qué…?

Cuervo se distrajo un momento. La fuerza que ejercía flaqueó y de inmediato la pistola empezó a dirigirse hacia él. Tenía las manos frías, muy frías. Aquellos anillos de metal se le hundían en los ojos y amenazaban con convertirlos en gelatina.

La pistola se disparó por primera vez cuando estaba a medio camino entre ambos y abrió un agujero en el tablero, justo por encima de la radio. Billy se despertó con un espasmo, agitando los brazos como aspas de molino, como un hombre emergiendo de una pesadilla. Uno de ellos golpeó la sien de Abra; el otro, el pecho de Cuervo. La cabina de la camioneta se llenó de humo azul y olor a pólvora quemada.

—¿Qué ha sido eso? ¿Qué carajos ha…?

—*¡No, puta! ¡No!* —gruñó Cuervo.

Balanceó la pistola hacia Abra, y en ese momento sintió que el control de ella se aflojaba. Había sido el golpe en la cabeza. Cuervo vio consternación y terror en los ojos de la chica y se alegró ferozmente.

Tengo que matarla, no puedo darle otra oportunidad. Pero no con un tiro en la cabeza. En el estómago. Luego absorberé el vap…

Billy le incrustó el hombro en el costado. La pistola apuntó hacia arriba bruscamente y se disparó; esta vez abrió un agujero en el techo, justo sobre la cabeza de Abra. Antes de que Cuervo pudiera volver a bajarla, unas manos enormes se posaron sobre las suyas. Tuvo tiempo de darse cuenta de que su adversario solo había estado explotando una fracción de la fuerza de que disponía. El pánico había liberado una enorme, tal vez inescrutable, reserva. Esta vez, cuando la pistola giró hacia él, las muñecas de Cuervo se quebraron como un haz de ramitas. Por un momento vio un único ojo negro, clavado fijo en él, y tuvo tiempo para medio pensamiento:

(*Rose te qui*)

Se produjo un brillante fogonazo de luz blanca, y luego solo hubo oscuridad. Cuatro segundos más tarde, no quedaba nada de Papá Cuervo salvo su ropa.

7

Steve el Vaporizado, Baba la Rusa, Dick el Doblado y G la Golosa estaban jugando una desganada partida de canasta en la Bounder que Golosa y Phil el Sucio compartían cuando empezaron los alaridos. Los cuatro habían estado con los nervios a flor de piel —el Nudo al completo lo estaba— y de inmediato dejaron caer las cartas y corrieron hacia la puerta.

Todo el mundo salía de sus cámpers y casas rodantes para ver qué ocurría, pero se detuvieron al encontrar a Rose la Chistera plantada bajo la cegadora luz blanco amarillenta de los focos de seguridad que rodeaban el Pabellón Overlook. Tenía una mirada salvaje. Se tiraba del cabello como un profeta del Viejo Testamento en la agonía de una violenta visión.

—*¡Esa cabrona hija de puta ha matado a mi Cuervo!* —aulló—. *¡La mataré! ¡LA MATARÉ Y ME COMERÉ SU CORAZÓN!*

Al cabo se desplomó de rodillas, sollozando entre las manos.

El Nudo Verdadero permaneció inmóvil, aturdido. Nadie sabía qué decir o hacer. Por fin, Sarey la Callada se acercó a ella, pero Rose la apartó con un violento empujón. Sarey aterrizó de espaldas, se puso en pie y regresó sin vacilar. Esta vez Rose alzó la mirada y vio a su aspirante a paño de lágrimas, una mujer que esa increíble noche también había perdido a un ser amado. Abrazó a Sarey, la estrechó con tanta fuerza que los Verdaderos que observaban oyeron un crujir de huesos. Pero Sarey no se resistió, y tras unos instantes las dos mujeres se ayudaron mutuamente a levantarse. Rose posó la mirada en Sarey la Callada, luego en Mo la Grande, en Mary la Matona y en Charlie el Fichas. Era como si nunca hubiera visto a ninguno de ellos.

—Vamos, Rosie —dijo Mo—. Estás en estado de shock. Necesitas tumbar...

—*¡NO!*

Se separó de Sarey la Callada y se abofeteó ambas mejillas con dos tremendos manotazos que hicieron que se le cayera el sombrero. Se agachó a recogerlo, y cuando volvió a mirar a los Verdaderos congregados a su alrededor, cierta cordura había retornado a sus ojos. Pensaba en Doug el Diésel y en el equipo que había enviado al encuentro de Papá y la chica.

—Necesito contactar con Deez y decirles a él y a Phil y Annie que den media vuelta. Tenemos que estar juntos. Tenemos que tomar vapor. Mucho. En cuanto estemos cargados, *iremos a agarrar a esa hija de puta.*

Los demás se limitaron a mirarla con rostro preocupado e inseguro. La visión de esos ojos asustados y las estúpidas bocas abiertas la enfureció.

—¿Dudan de mí?

Sarey la Callada se había acercado de nuevo a ella. Rose la apartó de un empujón tan fuerte que Sarey estuvo a punto de volver a caer.

—Quien dude de mí, que dé un paso al frente.

—Nadie duda de ti, Rose —dijo Steve el Vaporizado—, pero a lo mejor deberíamos dejarla en paz. —Habló con cuidado, sin poder mirar a Rose a los ojos—. Si Cuervo ha caído realmente, ya son cinco muertos. Jamás habíamos perdido a cinco en un día. Jamás habíamos perdido ni siquiera a...

Rose avanzó un paso y Steve retrocedió de inmediato; encorvó los hombros como un chiquillo a la espera de un azote.

—¿Quieren huir de una pequeña vaporera? Después de todos estos años, ¿quieren dar media vuelta y huir de una *palurda*?

Nadie contestó, y menos aún Steve, pero Rose advirtió la verdad en sus ojos. Era lo que querían. Lo querían de verdad. Habían disfrutado de muchos años buenos. Años de vacas gordas. Años de caza fácil. Y ahora se habían topado con alguien que no solo tenía un vapor extraordinario, sino que, además, los conocía por lo que eran y por lo que hacían. En vez de vengar a Papá Cuervo —quien, junto a Rose, había estado a su lado en las buenas y en las malas épocas— pretendían meter el rabo entre las piernas y salir pitando. En ese momento deseó matarlos a todos. Ellos lo percibieron y retrocedieron arrastrando los pies, dándole espacio.

Todos menos Sarey la Callada, que miraba a Rose como hipnotizada. Rose la asió por sus hombros escuálidos.

—¡No, Rosie! —chilló Mo—. ¡No le hagas daño!

—¿Y tú qué, Sarey? Esa cría es responsable de matar a la mujer a la que amabas. ¿Quieres huir?

—Na —dijo Sarey. Alzó los ojos, que encontraron los de Rose. Incluso ahora, con todo el mundo mirándola, Sarey parecía poco más que una sombra.

—¿Quieres hacérselo pagar?

—Hin —respondió Sarey. Y luego—: *Engansa*.

Tenía una voz baja (casi inexistente) y un impedimento en el habla, pero todos ellos la oyeron, y todos ellos supieron lo que quería decir.

Rose paseó la mirada entre los demás.

—Para los que no quieran lo mismo que Sarey, los que solo quieran huir arrastrándose como gusanos...

Se volvió hacia Mo la Grande y agarró el brazo fofo de la mujer. Mo soltó un chillido de miedo y sorpresa. Intentó zafarse, pero Rose la retuvo en su sitio y le levantó el brazo para que los demás pudieran verlo. Estaba cubierto de manchas rojas.

—¿Pueden escapar de esto?

Los demás farfullaron y dieron un par de pasos atrás.

—Lo tenemos dentro —dijo Rose.

—¡La mayoría estamos bien! —exclamó Terri Pickford, la Dulce—. ¡*Yo estoy* bien! ¡No tengo ni una marca! —Extendió sus brazos de piel tersa para que los inspeccionaran.

Rose volvió los ojos llameantes y anegados en lágrimas hacia Terri.

—*Ahora*. Pero ¿por cuánto tiempo?

La Dulce no replicó, pero miró hacia otro lado.

Rose pasó un brazo en torno a los hombros de Sarey la Callada y estudió a los demás.

—El Nueces decía que la chica puede ser nuestra única posibilidad de librarnos de la enfermedad antes de que nos infecte a todos. ¿Alguien aquí sabe más? Si es así, hablen.

Nadie dijo nada.

—Vamos a esperar hasta que vuelvan Deez, Annie y Phil el Sucio, y después tomaremos vapor. La mayor cantidad de vapor que hayamos tomado nunca. Vamos a vaciar los cilindros.

Recibieron sus palabras con expresión de sorpresa y murmullos intranquilos. ¿Creían que estaba loca? Que lo creyeran. No era solo el sarampión lo que devoraba al Nudo Verdadero; era terror, y eso era mucho peor.

—Cuando estemos todos juntos, celebraremos un círculo. Vamos a fortalecernos. *Lodsam hanti*, somos los elegidos, ¿lo han olvidado? *Sabbatha hanti*, somos el Nudo Verdadero, nosotros perduramos. Díganlo conmigo. —Sus ojos pasaron sobre ellos como un rastrillo—. *Díganlo*.

Lo recitaron, juntando las manos, formando un círculo. *Somos el Nudo Verdadero, nosotros perduramos*. Una chispa de resolución retornó a sus ojos. Una chispa de fe. Al fin y al cabo, solo media docena de ellos tenían erupciones; todavía había tiempo.

Rose y Sarey la Callada avanzaron hacia el círculo. Terri y Baba se soltaron para hacerles sitio, pero Rose escoltó a Sarey hasta el centro. Bajo los focos de seguridad, los cuerpos de las dos mujeres proyectaban múltiples sombras, como los radios de una rueda.

—Cuando seamos fuertes, cuando volvamos a ser uno, la encontraremos y la atraparemos. Les digo esto como su líder. Y aunque su vapor no cure la enfermedad que nos devora, será el fin del podrido...

Fue entonces cuando la chica habló dentro de su cabeza. Rose no veía la sonrisa furiosa de Abra Stone, pero pudo sentirla.

(*no te molestes en venir a buscarme, Rose*)

8

En el asiento trasero del Suburban de John Dalton, Dan Torrance pronunció seis claras palabras con la voz de Abra.

—Iré yo a buscarte a ti.

9

—¿Billy? *¡Billy!*

Freeman miró a la chica cuya voz no sonaba *exactamente* como la de una chica. La imagen se desdobló, se enfocó, y volvió a duplicarse. Se pasó una mano por la cara. Sentía los párpados pesados y sus pensamientos parecían de algún modo adheridos entre sí. No lograba encontrarle sentido a la situación. Ya no era de día, y estaba claro que ya no estaban en la calle de Abra.

—¿Quién está disparando? ¿Y quién se me ha cagado en la boca? Por Dios.

—Billy, tienes que despertarte. Tienes que...

Tienes que conducir, era lo que Dan pretendía decir, pero Billy Freeman no estaba en condiciones de conducir a ninguna parte. No por un rato. Se le volvían a cerrar los ojos, con párpados descoordinados. Dan hundió un codo de Abra en el costado del viejo y recuperó su atención. Por el momento, al menos.

La luz de unos faros inundó la cabina de la camioneta al acercarse otro vehículo. Dan contuvo el aliento de Abra, pero el coche pasó de largo sin reducir la velocidad. Quizá fuera una mujer sola, quizá un vendedor con prisa por llegar a casa. Un mal samaritano, quienquiera que fuese, y lo malo en este caso era bueno para ellos, pero puede que no tuvieran suerte una tercera vez. La gente de campo tendía a ser amable. Por no decir entrometida.

—Sigue despierto —le dijo.

—¿Quién *eres* tú? —Billy procuraba enfocar a la chica, pero le resultaba imposible—. Porque desde luego no suenas como Abra.

—Es complicado. Por ahora, concéntrate en seguir despierto.

Dan se bajó y caminó hasta el lado del conductor de la camioneta, aunque tropezó varias veces. Las piernas de Abra, que tan largas le habían parecido el día en que la conoció, eran condenadamente cortas. Solo esperaba no tener tiempo suficiente para acostumbrarse a ellas.

La ropa de Cuervo estaba tirada sobre el asiento. Sus tenis de lona descansaban sobre la alfombrilla sucia, con los calcetines derramándose fuera de ellos. La sangre y los sesos que salpicaron su camisa y chamarra habían dejado de existir, perdidas en el ciclo, pero quedaban manchas húmedas. Dan lo juntó todo y, tras considerarlo un momento, añadió la pistola. No deseaba desprenderse de ella, pero si los paraban…

Cargó con el fardo hasta la parte delantera de la camioneta y lo enterró bajo un montón de hojas secas. Después agarró medio tronco del abedul caído contra el que había chocado la F-150 y lo arrastró hasta el sitio del enterramiento. Con los brazos de Abra fue un trabajo difícil, pero lo logró.

Descubrió que entrar en la cabina no resultaba tan fácil; tuvo que darse impulso agarrándose al volante. Y una vez que finalmente se sentó al volante, sus pies apenas alcanzaban los pedales. *Joder.*

Billy soltó un ronquido con la gracia de un elefante, y Dan le propinó otro codazo. El hombre abrió los ojos y miró en derredor.

—¿Dónde estamos? ¿Ese tipo me drogó? —Y luego—: Creo que mejor me vuelvo a dormir.

En algún momento durante la lucha a vida o muerte final por la pistola, la botella de Fanta sin abrir de Cuervo se había caído al suelo. Dan se agachó, la recogió, y entonces se detuvo con la mano de Abra en el tapón, recordando lo que ocurre con los refrescos carbonatados cuando se llevan un golpazo. Desde alguna parte, Abra le habló

(*vaya por Dios*)

y sonreía, pero no era la sonrisa furiosa. Dan lo interpretó como una buena señal.

10

No pueden dejar que me duerma, dijo la voz que surgía de la boca de Dan, de modo que John tomó la salida del centro comercial Fox Run y se estacionó en el espacio más alejado de Kohl's. Allí, Dave y él pasearon el cuerpo de Dan arriba y abajo, uno a cada lado. Era como un borracho al final de una noche agitada, y de vez en cuando hundía la cabeza en el pecho antes de volver a levantarla con brusquedad. Los dos hombres se turnaron para preguntarle qué había sucedido, qué estaba sucediendo, y *dónde* sucedía, pero Abra se limitaba a sacudir la cabeza de Dan.

—El Cuervo me puso una inyección en la mano antes de dejarme ir al baño. El resto está todo borroso. Ahora, chisss, que tengo que concentrarme.

En la tercera vuelta alrededor del Suburban de John, la boca de Dan esbozó una sonrisa y emitió una risita muy típica de Abra. Dave inquirió con la mirada a John por encima del cuerpo de su tambaleante y temblorosa carga. John se encogió de hombros y meneó la cabeza.

—Vaya por Dios —dijo Abra—. El refresco.

Dan inclinó la botella y le quitó el tapón. Una rociada de refresco de naranja a alta presión impactó de lleno en el rostro de Billy. El hombre tosió y resopló, totalmente despierto por el momento.

—¡Jesús, chiquilla! ¿Por qué has hecho eso?

—Ha funcionado, ¿no? —Dan le tendió la bebida aún burbujeante—. Bébete el resto. Lo siento pero, por mucho que quieras, no puedes volver a dormirte.

Mientras Billy se llevaba la botella a la boca y tragaba el refresco, Dan se agachó y encontró la palanca para ajustar el asiento. La jaló con una mano y el volante con la otra. El asiento se desplazó hacia delante con una sacudida, lo que provocó que Billy se derramara el Fanta por el mentón (y que profiriera una exclamación poco usada por los adultos delante de jovencitas de New Hampshire), pero ahora los pies de Abra ya alcanzaban los pedales. Por muy poco. Dan metió reversa y retrocedió despacio, torciendo al mismo tiempo hacia la carretera. Una vez que pisaron el pavimento, dejó escapar un suspiro de alivio. Quedarse atascados en una zanja junto a una autopista de Vermont poco transitada no habría ayudado demasiado a su empresa.

—¿Sabes lo que estás haciendo? —preguntó Billy.

—Sí. Llevo años haciéndolo..., aunque tuve un periodo de inactividad cuando el estado de Florida me retiró la licencia. En esa época yo vivía en otro estado, pero hay una cosita llamada reciprocidad. La cruz de los borrachos nómadas a lo largo y ancho de este gran país nuestro.

—Tú eres Dan.

—Culpable de los cargos —dijo, escudriñando la carretera por encima del volante. Le habría gustado tener un libro para sentarse encima, pero tendría que arreglárselas como mejor pudiera. Puso la primera y echó a rodar.

—¿Cómo te has metido dentro de ella?

—No preguntes.

Cuervo había comentado algo (o solo lo había pensado, Dan ignoraba cuál de las dos cosas) acerca de caminos de campistas, y tras recorrer unos seis kilómetros por la Ruta 108 llegaron a una pista forestal con un rústico letrero de madera clavado a un pino: EL FELIZ HOGAR DE BOB Y DOT. Si eso no era un camino de campista, nada lo era. Dan se internó en él, los brazos de Abra se alegraron de la dirección asistida, y puso las altas. Unos ochocientos metros más adelante, atravesaba el camino una pesada cadena de la que colgaba otro letrero, este menos rústico: PROHIBIDO EL PASO. La cadena era buena señal. Significaba que Bob y Dot no habían decidido hacer una escapadita el fin de semana a su hogar feliz, y una distancia de ochocientos metros desde la carretera bastaba para asegurarles cierta privacidad. Había otro extra: una acequia por la que fluía un hilillo de agua.

Apagó las luces y el motor, luego se volvió hacia Billy.

—¿Ves esa acequia? Ve a limpiarte el Fanta de la cara. Échate una buena cantidad de agua. Tienes que estar lo más despierto posible.

—Estoy despierto —replicó Billy.

—No lo bastante. Procura no mojarte la camisa. Y cuando acabes, péinate. Tienes que estar presentable.

—¿Dónde estamos?

—En Vermont.

—¿Dónde está el tipo que me secuestró?

—Muerto.

—¡Pues adiós y buen viaje! —exclamó Billy, pero tras considerarlo un momento, añadió—: ¿Y el cadáver? ¿Dónde está?

Excelente pregunta, pero no era una pregunta a la que Dan quisiera responder. Lo que quería era terminar cuanto antes. Aquello era agotador y confuso en miles de sentidos.

—No está. Es todo cuanto necesitas saber.

—Pero...

—Ahora no. Lávate la cara y date unos cuantos paseos por este camino. Mueve los brazos, respira hondo, y espabílate todo lo que puedas.

—Tengo un dolor de cabeza de *los mil demonios.*

A Dan no le sorprendió.

—Cuando vuelvas, la niña probablemente será una niña otra vez, lo que significa que te tocará conducir. Si te sientes lo bastante despierto para que sea factible, ve hasta el siguiente pueblo en el que haya un motel y regístrate. Viajas con tu nieta, ¿entendido?

—Sí —dijo Billy—. Mi nieta. Abby Freeman.

—En cuanto tengas una habitación, llámame al celular.

—Porque tú estarás donde... donde esté el resto de ti.

—Exacto.

—Esto está jodido, socio.

—Sí —convino Dan—. Lo cierto es que sí. Pero nuestro trabajo ahora es desjoderlo.

—Vale. ¿Cuál es el siguiente pueblo?

—Ni idea. No quiero que tengas un accidente, Billy. Si no te sientes lo suficientemente despejado para conducir treinta o cuarenta kilómetros y registrarte en un motel sin que el recepcionista llame a la poli, más vale que Abra y tú pasen la noche en la camioneta. No estarán cómodos, pero sí a salvo.

Billy abrió la puerta del lado del pasajero.

—Dame diez minutos y seré capaz de pasar por sobrio. Ya lo he hecho antes. —Le dedicó un guiño a la chica sentada al volante—. Trabajo para Casey Kingsley. Odia la bebida a muerte, ¿recuerdas?

Dan lo observó dirigirse a la zanja y arrodillarse allí, luego cerró los ojos de Abra.

En un estacionamiento del centro comercial Fox Run, Abra cerró los ojos de Dan.

(*Abra*)

(*estoy aquí*)

(*estás despierta*)

(*sí más o menos*)

(*tenemos que volver a girar la rueda puedes ayudarme*)

Esta vez, sí pudo.

12

—Suéltenme, muchachos —dijo Dan. Su voz volvía a ser la suya—. Estoy bien. Creo.

John y Dave lo soltaron, preparados para agarrarlo otra vez si se tambaleaba, pero no lo hizo. Lo que hizo fue palparse de arriba abajo: el pelo, la cara, el pecho, las piernas. Después asintió con la cabeza.

—Sí —dijo—. Estoy aquí. —Miró alrededor—. ¿Y dónde es aquí?

—Centro comercial Fox Run —dijo John—. A unos noventa kilómetros de Boston.

—De acuerdo, volvamos a la carretera.

—Abra —dijo Dave—. ¿Qué pasa con Abra?

—Abra está bien. De vuelta a su sitio.

—Su *sitio* está en casa —dijo Dave, y con algo más que un deje de resentimiento—. En su habitación. Chateando con sus amigas o escuchando a esos estúpidos de Round Here en su iPod.

Está en casa, pensó Dan. *Si el cuerpo de una persona es su hogar, ella está allí.*

—Está con Billy. Billy cuidará de ella.

—¿Y qué pasa con el que la ha raptado, ese tal Cuervo?

Dan se detuvo junto a la puerta trasera del Suburban de John.

—Ya no tiene que preocuparse de él. De la que tenemos que preocuparnos ahora es de Rose.

13

El motel Crown estaba realmente al otro lado de la frontera estatal, en Crownville, Nueva York. Era un lugar destartalado con un rótulo parpadeante en la entrada que decía HABIT CIO ES LIB ES y ¡TE EVIS ÓN POR CAB E! Solo se veían cuatro vehículos estacionados en las aproximadamente treinta plazas disponibles. El hombre de la recepción era una enorme bola de sebo, con una coleta que le caía hasta la mitad de la espalda. Pasó la Visa de Billy y le entregó las llaves de dos habitaciones sin apartar los ojos de la televisión, donde dos mujeres en un sofá de terciopelo rojo estaban enzarzadas en un extenuante besuqueo.

—¿Se comunican? —preguntó Billy. Y, mirando a las mujeres, añadió—: Las habitaciones, quiero decir.

—Sí, sí, todas están comunicadas, no tiene más que abrir la puerta.

—Gracias.

Condujo a lo largo de la hilera de habitaciones hasta la 23 y la 24, y estacionó la camioneta. Abra estaba acurrucada en el asiento con la cabeza recostada en un brazo, profundamente dormida. Billy abrió las habitaciones, encendió las luces y a continuación dejó abierta la puerta comunicante. Consideró que el alojamiento, a pesar de no ser gran cosa, no era del todo desesperado. Lo único que deseaba era acomodar a la niña y echarse a dormir. A ser posible unas diez horas. En raras ocasiones se sentía viejo, pero esa noche se sentía anciano.

Abra se despertó ligeramente cuando la depositó en la cama.

—¿Dónde estamos?

—En Crownville, Nueva York. Estamos a salvo. Yo me quedaré en la habitación de al lado.

—Quiero a mi padre. Y quiero a Dan.

—Pronto. —Esperaba no equivocarse.

La chica cerró los ojos; luego, despacio, volvió a abrirlos.

—He hablado con esa mujer. Con esa *zorra*.

—¿De veras? —Billy no tenía la menor idea de a qué se refería.

—Sabe lo que hemos hecho. Lo sintió. Y le hizo *daño*. —Una luz dura brilló un instante en los ojos de Abra. Billy pensó que era como ver un atisbo de sol al final de un día frío y nublado de febrero—. Me alegro.

—Duérmete, cariño.

Aquella fría luz invernal aún brillaba en su rostro cansado y pálido.

—Sabe que voy a ir a buscarla.

Billy pensó en apartarle el pelo de los ojos, pero ¿y si mordía? Probablemente era una tontería, pero... aquella luz en sus ojos... Su madre a veces tenía ese mismo aspecto, justo momentos antes de que perdiera los estribos y empezara a golpearlo a él o a alguno de sus hermanos cuando eran pequeños.

—Te sentirás mejor por la mañana. Me gustaría que pudiéramos volver esta noche (estoy seguro de que a tu padre también), pero no estoy en condiciones de conducir. He tenido suerte de llegar tan lejos sin salirme de la carretera.

—Ojalá pudiera hablar con papá y mamá.

Los padres de Billy, que nunca, ni en sus mejores momentos, habrían sido candidatos a Padres del Año, llevaban tiempo muertos y él solo deseaba dormir. A través de la puerta abierta, miró con ansia la cama en la otra habitación. Pronto, pero todavía no. Sacó su teléfono y abrió la tapa. Sonó dos veces y a continuación habló con Dan. Tras unos instantes, le pasó el teléfono a Abra.

—Tu padre. Sírvete.

Abra tomó el teléfono.

—¿Papá? *¿Papá?* —Las lágrimas empezaron a colmarle los ojos—. Sí, estoy... Detente, papá, estoy *bien*. Es que tengo tanto sueño que casi no... —Abrió mucho los ojos cuando un pensamiento la golpeó—. ¿Y *tú* estás bien?

Escuchó. A Billy se le cerraron los ojos y tuvo que hacer un esfuerzo para abrirlos. La chica lloraba ahora, y en cierto modo se alegraba. Las lágrimas habían sofocado aquella luz en su mirada.

Luego Abra le tendió el teléfono.

—Es Dan. Quiere hablar contigo otra vez.

Billy tomó el aparato y escuchó. Después dijo:

—Abra, Dan quiere saber si crees que puede haber más tipos de los malos. Si hay alguno lo bastante cerca para llegar aquí esta noche.

—No. Creo que Cuervo se iba a encontrar con otros, pero todavía están lejos. Y no podrán descubrir dónde estamos... —Su voz se ahogó en un enorme bostezo—... ahora que él ya no puede decírselo. Dile a Dan que estamos a salvo. Y dile que se asegure de que mi padre lo entiende.

Billy transmitió el mensaje. Cuando finalizó la llamada, Abra estaba acurrucada en la cama, con las rodillas contra el pecho, roncando suavemente. Billy la tapó con una manta del armario, a continuación fue hasta la puerta y echó la cadena. Lo consideró unos instantes y al cabo apuntaló la silla del escritorio bajo la perilla, por si las moscas. *Más vale prevenir que lamentar*, como solía decir su padre.

14

Rose abrió el compartimento bajo el suelo y sacó uno de los cilindros. Aún de rodillas entre los asientos delanteros del EarthCruiser, lo destapó y puso la boca sobre la tapa sibilante. La mandíbula, descoyuntada, cayó hasta su pecho, y la parte inferior de su cabeza se convirtió en un agujero negro del que despuntaba un único diente. Sus ojos, por lo general rasgados, sangraron y se oscurecieron. Su rostro se transformó en una lúgubre máscara mortuoria debajo de la cual el cráneo resaltaba con claridad.

Tomó vapor.

Al acabar, colocó el cilindro en su sitio y se sentó al volante de su cámper, con la mirada clavada al frente. *No te molestes en venir a buscarme, Rose; iré yo a buscarte a ti.* Era lo que le había dicho. Lo que había *osado* decirle a ella, Rose O'Hara, Rose la Chistera. De modo que no solo era fuerte; era fuerte y *vengativa*. Y estaba enfadada.

—Adelante, querida —dijo—. Y sigue enfadada. Cuanto más furiosa estés, más imprudente serás. Ven a ver a la tita Rose.

Se oyó un chasquido. Bajó la mirada y vio que había partido la mitad inferior del volante del EarthCruiser. El vapor transmitía fuerza. Le sangraban las manos. Rose tiró el trozo de plástico, se llevó las palmas a la cara y empezó a lamerlas.

CAPÍTULO DIECISÉIS

LO QUE FUE OLVIDADO

1

En cuanto Dan colgó el teléfono, Dave dijo:

—Recogeremos a Lucy e iremos a buscarla.

Dan negó con la cabeza.

—Ella dice que está bien, y yo le creo.

—Pero la han drogado —replicó John—. Su juicio podría no estar en plenas facultades ahora mismo.

—Estaba lo bastante despejada para ayudarme a que me encargara de ese al que ella llama «el Cuervo» —argumentó Dan—, y confío en su criterio. Dejemos que el sueño se encargue de eliminar aquello con lo que el cabrón los drogó. Tenemos otras cosas que hacer. Cosas importantes. Tendrá que confiar en mí. Estará con su hija muy pronto, David. Por el momento, escúcheme con atención. Vamos a dejarlo en casa de su abuela política. Y va a llevar a su mujer al hospital.

—No sé si me creerá cuando le cuente lo que ha pasado hoy. No sé lo convincente que podré ser cuando ni yo mismo me lo creo del todo.

—Dígale que la historia tendrá que esperar hasta que estemos todos juntos. Y eso incluye a la momo de Abra.

—Dudo que la dejen entrar a verla. —Dave echó un vistazo a su reloj—. Hace ya rato que terminaron las horas de visitas, y ella está muy enferma.

—El personal de planta no presta mucha atención a las normas de visita cuando los pacientes se hallan cerca del final —dijo Dan.

Dave miró a John, que se encogió de hombros.

—Trabaja en una residencia de ancianos. Creo que puedes confiar en lo que dice.

—Es posible que ni siquiera esté consciente —dijo Dave.

—Cada cosa a su tiempo.

—De todas formas, ¿qué tiene que ver Chetta en este asunto? ¡No sabe nada de todo esto!

Dan dijo:

—Estoy casi seguro de que ella sabe más de lo que usted piensa.

2

Dejaron a Dave en el edificio de Marlborough Street y observaron desde el bordillo mientras subía los escalones y tocaba uno de los timbres.

—Parece un chiquillo que sabe que le van a dar unos azotes en el trasero —comentó John—. Esto someterá su matrimonio a una tensión tremenda, independientemente de cómo se resuelva.

—No hay que buscar culpables de los desastres naturales.

—Intenta explicárselo a Lucy Stone. Ella pensará: «Dejaste sola a tu hija y la raptó un chiflado». En el fondo, lo pensará siempre.

—Abra podría hacer que cambiara de opinión. Y en cuanto a lo de hoy, hemos hecho lo que hemos podido, y hasta ahora no ha ido demasiado mal.

—Pero no ha acabado.

—Ni por asomo.

Dave estaba tocando otra vez el timbre y escudriñando el interior del portal cuando se abrió el ascensor y salió Lucy a la carrera. Tenía el rostro crispado y pálido. Dave empezó a hablar en cuanto se abrió la puerta. También ella. Lucy, asiéndolo por ambos brazos, lo metió dentro con un enérgico *tirón*.

—Oh, carajo —dijo John con voz queda—. Esto me recuerda a todas esas noches que llegaba borracho a casa a las tres de la mañana.

—Puede que la convenza, puede que no —dijo Dan—. Nosotros tenemos otros asuntos que atender.

3

Dan Torrance y John Dalton llegaron al Hospital General de Massachusetts poco después de las diez y media. Había poca actividad en la planta de cuidados intensivos. Un globo de helio desinflado con el mensaje MEJÓRATE PRONTO impreso con letras multicolor flotaba desganado a la deriva por el techo del pasillo proyectando sombras de medusa. Dan se dirigió a la sala de enfermeras, se identificó como celador de la residencia a la que estaba previsto que trasladaran a la señora Reynolds, enseñó su credencial de la Residencia Helen Rivington, y presentó a John Dalton como el médico de la familia (una exageración, pero no era del todo mentira).

—Tenemos que evaluar su estado antes del traslado —dijo Dan—, y dos miembros de la familia han solicitado estar presentes. Son la nieta de la señora Reynolds y su marido. Siento lo avanzado de la hora, pero es inevitable. Estarán aquí de un momento a otro.

—Conozco a los Stone —dijo la enfermera jefe—. Son unas personas encantadoras, y Lucy en particular ha sido muy atenta con su abuela. Concetta es especial. He estado leyendo sus poemas y son maravillosos. Pero si esperan que les diga algo, se van a llevar una decepción, caballeros. Ha entrado en coma.

Ya lo veremos, pensó Dan.

—Y... —La enfermera miró a John con recelo—. Bueno... no me corresponde a mí decirlo...

—Adelante —dijo John—. Jamás he conocido a una enfermera jefe que no estuviera al tanto de la situación.

Ella le dedicó una sonrisa y luego centró su atención en Dan.

—He oído cosas maravillosas de la Residencia Rivington, pero dudo mucho que Concetta acabe allí. Aunque resista hasta el lunes, no estoy segura de que tenga sentido trasladarla. Podría ser más bondadoso dejar que termine su viaje aquí. Si me estoy pasando de la raya, lo siento.

—No, tranquila —dijo Dan—, y lo tendremos en cuenta. John, ¿te importaría bajar al vestíbulo y acompañar a los Stone cuando lleguen? Yo puedo empezar sin ti.

—¿Estás seguro...?

—Sí —dijo Dan, sosteniéndole la mirada—. Lo estoy.

—Está en la habitación 9 —indicó la enfermera jefe—. Es la individual al final del pasillo. Si me necesita, pulse el timbre de llamada.

4

El nombre de Concetta figuraba en la puerta de la habitación 9, pero la casilla para las prescripciones médicas estaba vacía y el monitor de signos vitales no prometía nada bueno. Dan se adentró en una mezcla de aromas que conocía bien: ambientador, antiséptico y enfermedad mortal. El último era un olor punzante que resonaba en su cabeza como un violín que solo toca una nota. Las paredes estaban cubiertas de fotografías, en muchas de las cuales aparecía Abra a distintas edades. Una mostraba a una conglomeración boquiabierta de personitas observando a un mago sacar un conejo blanco del sombrero. Dan estaba seguro de que la habían tomado en la famosa fiesta de cumpleaños, el Día de las Cucharas.

Rodeada de estas imágenes, una mujer esquelética dormía con la boca abierta y un rosario de perlas enrollado en sus dedos. El cabello que le quedaba era tan fino que casi desaparecía contra la almohada. Su piel, en otro tiempo olivácea, tenía ahora un tono amarillento. El movimiento de su delgado pecho era casi imperceptible. Un simple vistazo bastó para que Dan comprendiera que la enfermera jefe tenía razón. Si Azzie estuviera ahí, se habría enroscado cerca de la mujer de esa habitación, a la espera de que llegara el Doctor Sueño y así poder reanudar su ronda nocturna por los pasillos vacíos salvo por las cosas que solo los gatos podían ver.

Dan se sentó en un lado de la cama; se fijó en que el único intravenoso que le estaban inyectando era un suero salino; solo había un medicamento que podría ayudarla ahora, y la farmacia del hospital no lo vendía. La cánula estaba torcida. La enderezó. Después le tomó la mano y escrutó su rostro dormido.

(*Concetta*)

Su respiración se tornó ligeramente dificultosa.

(*Concetta vuelve*)

Tras los párpados amoratados y finos, los ojos se movieron. Podría haber estado escuchando; podría haber estado soñando sus últimos sueños. De Italia, tal vez. Inclinándose sobre el pozo de la casa e izando un cubo de agua fresca. Inclinándose bajo el sol ardiente del verano.

(*Abra necesita que vuelvas y yo también*)

Era todo cuanto podía hacer, y no estuvo seguro de que fuera suficiente hasta que, lentamente, ella abrió los ojos. Al principio ausentes, pero poco a poco ganaron percepción. Dan ya lo había visto antes. El milagro de la conciencia que regresaba. No por primera vez se preguntó de dónde procedía y adónde iba cuando partía. La muerte no era menor milagro que la vida.

La mano que sujetaba se tensó. Los ojos permanecieron fijos en los de Dan, y Concetta sonrió. Era una sonrisa tímida, pero estaba ahí.

—*Oh mio caro! Sei tu? Sei tu? Come e possibile? Sei morto? Sono morta anch'io?... Siamo fantasmi?*

Dan no hablaba italiano, pero no le hacía falta. Oyó lo que decía con perfecta claridad dentro de su cabeza.

Oh, querido mío, ¿eres tú? ¿Eres tú? ¿Cómo es posible? ¿Estás muerto? ¿Estoy yo muerta?

Luego, tras una pausa:

¿Somos fantasmas?

Dan se inclinó hacia ella hasta que sus mejillas se rozaron.

Al oído, él le susurró algo.

Al punto, ella le respondió.

5

Su conversación fue breve pero esclarecedora. Concetta habló sobre todo en italiano. Al final levantó una mano —le supuso un gran esfuerzo, pero lo logró— y le acarició la mejilla rasposa. La mujer sonrió.

—¿Estás lista? —preguntó él.

—*Sì*. Lista.

—No hay nada que temer.

—*Sì*, lo sé. Me alegro tanto de que hayas venido... Dime otra vez tu nombre, *signor*.

—Daniel Torrance.

—*Sì*. Eres un regalo de Dios, Daniel Torrance. *Sei un dono di Dio*.

Dan esperaba que fuera verdad.

—¿Me lo darás?

—*Sì*, por supuesto. Lo que necesites *per* Abra.

—Y yo te lo daré a ti, Chetta. Beberemos juntos del pozo.

Ella cerró los ojos.

(*lo sé*)

—Te dormirás, y cuando despiertes...

(*todo será mejor*)

El poder era incluso más fuerte que la noche en que Charlie Hayes partió; podía sentirlo entre ellos mientras le cogía con delicadeza las manos entre las suyas y sentía las suaves cuentas de su rosario en las palmas. En alguna parte, las luces se apagaban, una tras otra. No pasaba nada. En Italia, una niña pequeña con un vestido marrón y sandalias extraía agua de la garganta fría de un pozo. Se parecía a Abra esa niñita. Un perro ladraba. *Il cane. Ginata. Il cane si rotolava sull'erba*. Ladrando y rodando por la hierba. ¡La graciosa Ginata!

Concetta a los dieciséis años y enamorada, o a los treinta y escribiendo un poema en la mesa de la cocina de un caluroso departamento de Queens mientras los niños gritaban abajo en la calle; a los sesenta años, de pie bajo la lluvia y alzando la vista a una cascada de cien mil líneas de plata pura. Era madre y bisabuela y había llegado la hora de su gran cambio, su gran viaje. Ginata rodaba por la hierba y las luces

(*deprisa por favor*)

se iban una tras otra. Una puerta se abría

(*deprisa por favor es la hora*)

y más allá percibieron el olor de la misteriosa, aromática, respiración de la noche. Por encima estaban todas las estrellas que jamás hayan existido.

Le dio un beso en su fría frente.

—Todo va bien, *cara*. Solo tienes que dormir. Dormir te hará bien.

Después, esperó al último aliento.

Y llegó.

6

Seguía sentado allí, sujetando las manos de la anciana entre las suyas, cuando la puerta se abrió de golpe y Lucy Stone entró como un torbellino. Su marido y el pediatra de su hija aparecieron detrás, pero no demasiado cerca; era como si temieran que los abrasara el miedo, la furia y la confusa indignación que la rodeaba con un aura chisporroteante tan intensa que era casi visible.

Asió a Dan por el hombro, y sus uñas se clavaron como garras en la carne bajo la camisa.

—Apártese de mi abuela. Usted no la conoce. No es asunto suyo lo que le pase, como tampoco lo es mi hij...

—Baje la voz —dijo Dan sin volverse—. Está en presencia de la muerte.

La ira que la mantenía en tensión la abandonó de repente, sus articulaciones se aflojaron. Se hundió en la cama junto a Dan y miró a la figura de cera que era ahora el rostro de su abuela.

Después miró al demacrado hombre de barba desaliñada que permanecía sentado sujetando las manos inertes, en las que seguía enrollado el rosario. Lagrimones cristalinos empezaron a rodar por las mejillas de Lucy de forma inadvertida.

—No he entendido la mitad de lo que han intentado decirme, solo que secuestraron a Abra y que ahora está bien (supuestamente), y que se encuentra en un motel con un hombre llamado Billy y que los dos están durmiendo.

—Todo eso es cierto —dijo Dan.

—Pues le agradeceré que se ahorre sus beatas declaraciones. Ya lloraré a mi momo después de que vea a Abra y pueda abrazarla. Pero ahora quiero saber... quiero... —Calló, desplazando la mirada de Dan a su abuela muerta y de vuelta a Dan. Su marido estaba de pie detrás de ella. John había cerrado la puerta de la habitación 9 y se apoyaba en ella—. ¿Se llama usted Torrance? ¿Daniel Torrance?

—Sí.

De nuevo aquella lenta mirada, del contorno inmóvil de su abuela al hombre que se había hallado presente cuando murió.

—¿Quién es usted, señor Torrance?

Dan soltó las manos de Chetta y tomó las de Lucy.

—Acompáñeme. No muy lejos, solo al otro lado de la habitación.

La mujer se levantó sin protestar, aún escrutando su rostro. La llevó hasta la puerta del baño, que estaba abierta. Encendió la luz y señaló el espejo encima del lavabo, donde quedaban enmarcados como en una fotografía. Vistos así, pocas dudas cabían. Ninguna, en realidad.

Dan anunció:

—Mi padre era también el suyo, Lucy. Soy su medio hermano.

7

Tras notificar a la enfermera jefe la defunción que se había producido en la planta, acudieron a la pequeña capilla confesional del hospital. Lucy conocía el camino; aunque no era demasiado creyente, había pasado un buen número de horas allí pensando y rememorando. Era un lugar reconfortante para hacer esas cosas, tan necesarias cuando un ser amado se acerca al final. A esa hora de la noche, la tenían para ellos solos.

—Lo primero es lo primero —dijo Dan—. Tengo que preguntarle si me cree. Podremos someternos a la prueba de ADN cuando haya tiempo, pero... ¿es realmente necesario?

Lucy meneó la cabeza, aturdida, sin apartar un instante los ojos de su rostro. Daba la impresión de querer memorizarlo.

—Dios bendito, si hasta me cuesta respirar.

—La primera vez que lo vi pensé que me resultaba conocido —dijo Dave dirigiéndose a Dan—. Ahora sé por qué. Lo habría adivinado antes, creo, si no hubiera sido por... ya sabe...

—Justo delante de tus narices —dijo John—. Dan, ¿lo sabe Abra?

—Seguro.

Dan sonrió, recordaba la teoría de la relatividad de Abra.

—¿Le leyó la mente? —preguntó Lucy—. ¿Usando su telepatía?

—No, porque ni *yo* mismo lo sabía. Ni siquiera alguien con tanto talento como Abra puede leer algo que no está ahí. Aunque, en el fondo, los dos lo sabíamos. Joder, si hasta lo dijimos en voz alta. Si alguien preguntaba qué hacíamos juntos, íbamos a decir que yo era su tío. Y lo soy. Debería haberme dado cuenta de forma natural antes.

—Esta es la coincidencia de las coincidencias —dijo Dave meneando la cabeza.

—No, nada de eso. Es todo lo opuesto a una coincidencia. Lucy, entiendo que esté confundida y enfadada. Le contaré todo lo que sé, pero me llevará un rato. Gracias a John, a su marido y a Abra (a ella sobre todo), disponemos de cierto tiempo.

—De camino —dijo Lucy—. Podrá contármelo de camino a recoger a Abra.

—Muy bien —asintió Dan—, de camino. Pero primero dormiremos tres horas.

Ella ya negaba con la cabeza antes de que concluyera la frase.

—No, ahora. Tengo que verla lo antes posible. ¿No lo entiende? Es mi hija, la han secuestrado, *¡y tengo que verla!*

—La han secuestrado, pero ahora ya se encuentra a salvo —dijo Dan.

—Eso dice usted, claro, pero no lo sabe.

—Lo dice *Abra* —replicó él—. Y ella *sí* lo sabe. Escuche, señora Stone… Lucy, en estos momentos ella está durmiendo, y necesita esas horas de sueño.

Y yo también. Me espera un largo viaje por delante, y me parece que va a ser duro. Muy duro.

Lucy lo miraba fijamente.

—¿Se encuentra bien?

—Estoy cansado.

—Todos lo estamos —dijo John—. Ha sido… un día estresante. —Profirió un corto ladrido a modo de carcajada y se tapó la boca con las dos manos, como un chiquillo que ha soltado una palabra fea.

—Ni siquiera puedo llamarla para oír su voz —dijo Lucy. Hablaba despacio, como si tratara de expresar un precepto difícil—. Porque están durmiendo los efectos del fármaco que ese hombre… el que usted dice que ella llama «el Cuervo»… le inyectó.

—Pronto —dijo Dave—. Pronto la verás.

Posó una mano sobre las de ella. Por un momento pareció que Lucy se la sacudiría de encima, pero en cambio le dio un apretón.

—Puedo empezar en el camino de vuelta al departamento de su abuela —dijo Dan. Se levantó, aunque le supuso un esfuerzo—.Vámonos.

8

Tuvo tiempo para contarle a Lucy cómo un hombre perdido se había montado en un autobús que salía de Massachusetts con destino al norte y cómo —en cuanto cruzó la frontera estatal de New Hamphsire— había tirado lo que resultó ser su última botella de alcohol a un cubo de basura con el mensaje SI YA NO LO NECESITA, DÉJELO AQUÍ estampado en el costado. Les contó que su amigo de la infancia, Tony, le había hablado por primera vez en diez años al llegar a Frazier. *Este es el sitio*, fueron sus palabras.

Desde ahí se remontó a una época en la que era Danny en vez de Dan (y a veces Doc, como en los dibujos animados de Bugs Bunny: *qué pasa, Doc*), y su amigo invisible Tony era una absoluta necesidad. El resplandor era solo una de las cargas que Tony le había ayudado a soportar, y no la mayor. La mayor era su padre alcohólico, un hombre atribulado y a la larga peligroso a quien Danny y su madre habían amado profundamente, tal vez tanto por sus defectos como a pesar de ellos.

—Tenía un genio terrible, y no hacía falta ser telépata para saber cuándo se dejaba dominar por él. Sobre todo porque solía estar borracho. Sé que iba bien borracho la noche que me sorprendió en su estudio desordenando sus papeles. Me rompió el brazo.

—¿Cuántos años tenías? —preguntó Dave. Iba en el asiento de atrás con su mujer.

—Cuatro, creo. Puede que menos. Cuando estaba en pie de guerra, tenía el hábito de frotarse la boca. —Danny hizo una demostración—. ¿Conocen a alguien que haga lo mismo cuando está alterada?

—Abra —dijo Lucy—. Pensaba que lo había heredado de mí. —Se llevó la mano derecha a la boca, entonces la capturó con la izquierda y la devolvió al regazo.

Dan había visto a Abra hacer exactamente lo mismo en el banco frente a la biblioteca pública de Anniston el día en que se habían conocido en persona por primera vez.

—Creía que también había heredado su carácter de mí. Yo puedo ser a veces... bastante temperamental.

—Me acordé de mi padre la primera vez que la vi frotarse la boca —dijo Dan—, pero tenía otras cosas en la cabeza. Así que me olvidé de ello.

Esto le llevó a pensar en Watson, el encargado de mantenimiento del Overlook, que le había enseñado a su padre la poco fiable caldera del hotel. *Tiene que vigilar la presión*, había dicho Watson. *Porque ya ve cómo sube*. Pero al final Jack Torrance lo había olvidado. Era la razón de que Dan siguiera vivo.

—¿Me está diciendo que descubrió esta relación familiar por un pequeño hábito? Es todo un salto deductivo, más que nada cuando somos usted y yo quienes nos parecemos, no usted y Abra; ella salió a su padre. —Lucy hizo una pausa, meditando—. Aunque, claro, comparten otro rasgo familiar; Dave dice que lo llaman «el resplandor». *Así es* como lo supo, ¿verdad?

Dan negó con la cabeza.

—El año que murió mi padre hice un amigo. Se llamaba Dick Hallorann, y era el cocinero del Hotel Overlook. También tenía el resplandor; me dijo que hay mucha gente que posee un poco. No se equivocaba. He conocido a mucha gente a lo largo de mi vida que resplandece en mayor o menor grado. Billy Freeman, por ejemplo. Por eso está con Abra ahora mismo.

John giró hacia la reducida zona de estacionamiento detrás de la casa de Concetta, pero por el momento ninguno de ellos se bajó del Suburban. A pesar de la preocupación por su hija, a Lucy le fascinaba esa lección de historia. Dan no necesitaba mirarla para saberlo.

—Si no ha sido por el resplandor, ¿cómo lo supo?

—Cuando íbamos a Cloud Gap en el *Riv*, Dave mencionó que usted había encontrado un baúl en la buhardilla del edificio de Concetta.

—Sí. De mi madre. No tenía ni idea de que Momo había guardado parte de sus cosas.

—Dave nos dijo a John y a mí que en aquellos días era una chica de vida alegre.

En realidad era con Abra con quien Dave había estado hablando, a través de la conexión telepática, pero Dan consideró que era mejor que su recién descubierta medio hermana no lo supiera, al menos de momento.

Lucy le lanzó a Dave la mirada de reproche reservada a los cónyuges que han cometido una indiscreción, pero guardó silencio.

—También dijo que cuando Alessandra dejó la Universidad Estatal de Nueva York de Albany, ella estaba haciendo prácticas en una escuela preparatoria de Vermont o Massachusetts. Mi padre enseñaba inglés en Vermont (hasta que perdió su trabajo por agredir a un alumno, claro). En un colegio llamado Academia Stovington. Y, según mi madre, en aquellos días él era un *juerguista*. En cuanto supe que Abra y Billy estaban a salvo, hice algunos cálculos en mi cabeza. Parecían coincidir, pero presentía que si alguien lo sabía con seguridad sería la madre de Alessandra Anderson.

—¿Y *lo* sabía? —preguntó Lucy. Estaba inclinada hacia delante, con las manos en la consola entre los asientos delanteros.

—No todo, y no pasamos mucho tiempo juntos, pero sabía lo suficiente. No se acordaba del nombre del colegio en el que dio clases su madre, Lucy, pero sabía que estaba en Vermont. Y que había tenido una corta aventura con su supervisor. Que era, dijo, un escritor publicado. —Dan hizo una pausa—. Mi padre era escritor, y solo le habían publicado algunos cuentos, pero algunos en revistas muy reputadas, como la *Atlantic Monthly*. Concetta nunca le preguntó el nombre de él, y Alessandra nunca lo dijo por voluntad propia, pero si su expediente académico está en ese baúl, estoy casi seguro de que descubrirá que su supervisor era John Edward Torrance. —Bostezó y echó un vistazo a su reloj—. Ya no puedo más. Vayamos arriba. Dormiremos todos tres horas y luego partiremos hacia el estado de Nueva York. Las carreteras estarán desiertas, y deberíamos poder llegar pronto.

—¿Me jura que está a salvo? —preguntó Lucy.

Dan hizo un gesto afirmativo.

—De acuerdo, esperaré. Pero solo tres horas. En cuanto a lo de dormir… —Lucy rio, pero el sonido carecía de humor.

9

Cuando entraron en el departamento de Concetta, Lucy se dirigió directamente al microondas de la cocina, puso la alarma y se la enseñó a Dan. Este asintió con la cabeza y volvió a bostezar.

—A las tres y media nos habremos ido.

Ella lo miró muy seria.

—Me gustaría irme sin usted, ¿sabe? En este mismo momento.

Dan esbozó una sonrisa.

—Creo que antes le convendría oír el resto de la historia.

Lucy asintió a la fuerza.

—Eso y el hecho de que mi hija necesita dormir los efectos de lo que sea que tenga en su organismo es lo único que me retiene aquí. Y ahora acuéstese antes de que se caiga.

Dan y John ocuparon la habitación de invitados, donde el papel pintado y los muebles indicaban que había estado principalmente reservada para una niñita especial, aunque Chetta debía de haber tenido otros invitados de vez en cuando, porque había dos camas individuales.

Tumbados en la oscuridad, John comentó:

—No es una coincidencia que ese hotel en el que viviste de niño esté también en Colorado, ¿verdad?

—No.

—¿Y este Nudo Verdadero se encuentra en la misma ciudad?

—Así es.

—¿Y el hotel estaba encantado?

La gente fantasma, pensó Dan.

—Sí.

Entonces John dijo algo que sorprendió a Dan y que temporalmente le quitó las ganas de dormir. Dave estaba en lo cierto: las cosas más fáciles de pasar por alto eran las que tenías delante de las narices.

—Tiene sentido, supongo... una vez que aceptas la idea de que existen seres sobrenaturales entre nosotros y que se alimentan de nosotros. Un lugar maligno atrae a criaturas malignas. Allí se deben de sentir como en casa. ¿Tú crees que este Nudo tiene otros sitos similares, en otras partes del país? Otros... no sé... ¿puntos fríos?

—Estoy seguro. —Dan se puso un brazo sobre los ojos. Le dolía todo el cuerpo y le martilleaba la cabeza—. Johnny, me encantaría hacer una piyamada contigo, pero necesito dormir.

—Está bien, pero... —John se incorporó sobre un codo—. En igualdad de condiciones, habrías ido directamente desde el hospital, como Lucy quería. Porque te preocupas por Abra casi tanto como ellos. Crees que está a salvo, pero podrías equivocarte.

—No me equivoco —aseguró, esperando que fuese cierto.

No le quedaba otro remedio, porque el hecho era que no podía ir, ahora no. Si hubiera sido solo hasta Nueva York, quizá. Pero no era el caso, y necesitaba dormir. Su cuerpo entero se lo demandaba a gritos.

—¿Qué te ocurre, Dan? Porque tienes una pinta horrible.

—Nada. Solo estoy cansado.

Entonces desapareció, primero en la oscuridad y luego en una confusa pesadilla en la que corría por interminables pasillos mientras una Forma lo perseguía agitando un mazo de pared a pared, destrozando el empapelado, arrancando bocanadas de polvo de yeso.

¡Sal aquí, mierdecilla!, vociferaba la Forma. *¡Sal aquí, cachorro maldito, a tomar tu medicina!*

Entonces Abra apareció a su lado. Estaban sentados en el banco delante de la biblioteca pública de Anniston, al sol de finales de verano. Le cogía la mano.

No pasa nada, tío Dan. Todo va bien. Antes de morir, tu padre acabó con esa Forma. No tienes que...

La puerta de la biblioteca se abrió de golpe y una mujer salió a la luz del sol. Nubes enormes de cabello oscuro se inflaban alrededor de su cabeza, pero así y todo su sombrero de copa, ladeado de manera desenfadada, se mantenía en su sitio. Como por arte de magia.

—Anda, mira —dijo—. Si es Dan Torrance, el hombre que le robó el dinero a una mujer que dormía la mona y que dejó que a su hijo lo mataran de una paliza.

Sonrió a Abra, desnudando un único diente. Parecía tan largo y afilado como una bayoneta.

—¿Qué te hará a ti, cielito? ¿Qué te hará a *ti*?

10

Lucy, puntual como un reloj, lo sacó del sueño a las tres y media, pero negó con la cabeza cuando Dan hizo ademán de despertar a John.

—Déjele que duerma un poco más. Mi marido aún está roncando en el sofá. —Esbozó una franca sonrisa—. Me recuerda a la escena del huerto de Getsemaní, ¿sabe? Cuando Jesús reprocha a Pedro diciendo: «¿No has podido aguantar ni una hora de vigilia conmigo?». O algo parecido. Pero yo no tengo nada que reprocharle a David, supongo; él también lo vio. Venga. He preparado unos huevos revueltos. Creo que le sentarán bien, está más delgado que un riel. —Hizo una pausa y añadió—: Hermano.

Dan no estaba lo que se dice hambriento, pero la siguió a la cocina.

—¿Qué es lo que también vio?

—Yo estaba repasando los papeles de Momo (cualquier cosa para mantener las manos ocupadas y pasar el tiempo) cuando oí un golpetazo en la cocina.

Le tomó de la mano y le guió hasta la encimera, entre el horno y el refrigerador. Allí había una hilera de anticuados tarros de boticario, y el que contenía el azúcar se había volcado. En el azúcar derramada había un mensaje escrito.

Estoy bien
Me vuelvo a dormir
Los quiero
☺

A pesar de cómo se sentía, Dan pensó en su pizarrón y no pudo menos que sonreír. Era tan típico de Abra...

—Debió de despertarse lo suficiente para hacerlo —dijo Lucy.

—No lo creo —dijo Dan.

Lucy lo miró desde los fogones, donde estaba sirviendo los huevos revueltos.

—La despertó *usted*. Ella oyó su preocupación.

—¿De verdad lo cree?

—Sí.

—Siéntese. —Hizo una pausa—. Siéntate, *Dan*. Supongo que será mejor que me acostumbre a llamarte así. Siéntate y come.

Dan no tenía hambre, pero necesitaba combustible. Hizo lo que le pedía.

11

Lucy se sentó frente a él con un vaso de jugo de la última garrafa que Concetta Reynolds recibiría de Dean & DeLuca.

—Hombre maduro con problemas con el alcohol, mujer joven encandilada. Esa es la composición que yo me hago.

—Igual que yo.

Dan engulló los huevos a ritmo constante, metódicamente, sin saborearlos.

—¿Café, señor… Dan?

—Por favor.

Fue hacia la cafetera, más allá del azúcar derramada.

—Está casado, pero su trabajo le lleva a asistir a muchas fiestas de la facultad donde hay un montón de jovencitas guapas, sin olvidar una buena cantidad de libido floreciente cuando avanza la noche y la música sube de volumen.

—Parece acertado —dijo Dan—. Puede que mi madre lo acompañara al principio a esas fiestas, pero luego había un niño del que cuidar en casa y no había dinero para niñeras. —Lucy le pasó una taza de café. Dan le dio un sorbo antes de que ella pudiera preguntarle con qué lo tomaba—. Gracias. En cualquier caso, tuvieron un amorío. Probablemente en algún motel de los alrededores. Estoy seguro de que no fue en la parte de atrás del coche, teníamos un vocho. Ni siquiera un par de acróbatas podrían hacerlo allí.

—Un acostón inconsciente —dijo John entrando en la habitación. Tenía el pelo en punta en la parte de atrás de la cabeza—. Así es como lo llaman los veteranos. ¿Quedan más huevos?

—De sobra —dijo Lucy—. Abra dejó un mensaje en la encimera.

—¿En serio? —John se acercó a mirarlo—. ¿Fue ella?

—Sí. Reconocería su letra en cualquier parte.

—Joder, esto podría dejar a Verizon sin negocio.

Lucy no sonrió.

—Siéntate y come, John. Tienes diez minutos, y luego iré a despertar al Bello Durmiente del sofá. —Ella se sentó—. Continúa, Dan.

—No sé si ella pensaba que mi padre dejaría a mi madre por ella o no, y dudo que encuentres la respuesta en el baúl. A no ser que llevara un diario. Lo único que sé, basándome en lo que dijo Dave y en lo que Concetta me contó después, es que estuvo con él una temporada. Quizá esperanzada, quizá solo de fiesta, quizá las dos cosas. Pero para cuando descubrió que estaba embarazada, debía de haberse rendido. Por lo que sé, es posible que para entonces ya estuviéramos en Colorado.

—¿Crees que tu madre se enteró?

—Lo ignoro, pero debió de haberse preguntado si le era fiel, especialmente las noches que volvía a casa tarde y como una cuba. Estoy seguro de que sabía que los borrachos no limitan su mal comportamiento a apostar a los caballos o a meter billetes de cinco en los escotes de las camareras en el Twist & Shout.

Lucy le puso una mano en el brazo.

—¿Te encuentras bien? Pareces exhausto.

—Estoy bien. Pero tú no eres la única que trata de procesar todo esto.

—Ella murió en un accidente de tráfico —dijo Lucy. Se había apartado de Dan y miraba fijamente el tablón de anuncios del refrigerador. En el centro había una fotografía de Concetta y Abra, la niña con unos cuatro años, caminando de la mano por un campo de margaritas—. Iba con un hombre que era mucho mayor. Y estaba borracho. Conducían muy rápido. Momo no quería contármelo, pero cuando cumplí los dieciocho me entró la curiosidad y la mareé hasta que me dio al menos algunos detalles. Cuando le pregunté si mi madre también iba borracha, Chetta contestó que no lo sabía. Dijo que la policía no suele hacerles pruebas sin motivo a los pasajeros que mueren en accidentes mortales, únicamente al conductor. —Suspiró—. No importa. Dejemos las historias familiares para otro día. Cuéntame lo que le ha pasado a mi hija.

Así lo hizo. En cierto momento, Dan volteó y vio a Dave Stone de pie en la puerta, metiéndose la camisa por dentro de los pantalones y observándolo.

12

Dan empezó contando cómo Abra se había puesto en contacto con él usando primero a Tony como una especie de intermediario. Luego, cómo Abra había entrado en contacto con el Nudo Verdadero: una visión de pesadilla con el que ella llamaba «el niño del beisbol».

—Me acuerdo de esa pesadilla —dijo Lucy—. Me despertó con sus gritos. Ya había ocurrido antes, pero era la primera vez en dos o tres años.

Dave frunció el ceño.

—Yo no recuerdo nada de eso.

—Estabas en Boston, en una conferencia. —Se volvió hacia Dan—. A ver si lo entiendo. Estas personas no son personas, son... ¿qué? ¿Una especie de vampiros?

—En cierto modo, supongo. No duermen en ataúdes durante el día ni se convierten en murciélagos con la luz de la luna, y dudo que los crucifijos y los ajos los molesten, pero son parásitos, y definitivamente no son humanos.

—Los seres humanos no desaparecen al morir —dijo John con voz monótona.

—¿De verdad viste cómo pasaba?

—Sí. Los tres lo vimos.

—En cualquier caso —prosiguió Dan—, el Nudo Verdadero no está interesado en los niños normales y corrientes, solo en aquellos que tienen el resplandor.

—Como Abra —dijo Lucy.

—Sí. Los torturan antes de matarlos, para purificar el vapor, dice Abra. No dejo de imaginarme a una banda de mafiosos destilando alcohol de contrabando.

—Quieren... inhalarla —dijo Lucy, todavía tratando de asimilarlo—. Porque mi hija tiene el resplandor.

—No solo el resplandor, sino un resplandor *enorme*. Yo soy una linterna. Ella es un faro. Y los *conoce*. Sabe lo que son.

—Hay más —intervino John—. Lo que les hicimos a esos hombres en Cloud Gap..., en lo que a Rose concierne, recae sobre Abra, al margen de quién los mató realmente.

—¿Qué esperaba? —preguntó Lucy, indignada—. ¿No entienden el concepto de defensa propia? *¿Supervivencia?*

—Lo que Rose entiende —dijo Dan— es que hay una niña que la ha desafiado.

—¿Desafiado...?

—Abra se puso en contacto con ella telepáticamente. Le dijo a Rose que iba a ir a buscarla.

—¿Que *qué*?

—Ese genio suyo —dijo Dave con tranquilidad—. Le he dicho mil veces que la metería en problemas.

—Ella no va a ir a ninguna parte *cerca* de esa mujer o de sus amigos asesinos de niños —dijo Lucy.

Dan pensó: *Sí... y no*. Tomó la mano de Lucy. Ella empezó a apartarla, pero no lo hizo.

—Lo que tienes que entender es en realidad muy simple —dijo él—. *Ellos nunca se detendrán*.

—Pero...

—Nada de peros, Lucy. En otras circunstancias, Rose podría haber decidido retirarse (es un loba vieja y astuta), pero hay otro factor.

—¿Cuál?

—Están enfermos —respondió John—. Abra dice que es el sarampión. Puede que se lo contagiara el chico Trevor. No sé si llamarlo justicia divina o simplemente ironía.

—*¿El sarampión?*

—Sé que no parece muy grave, pero, créeme, lo es. ¿Sabías que en la antigüedad el sarampión podía transmitirse a una comunidad entera de niños? Si eso es lo que le está ocurriendo a este Nudo Verdadero, podría aniquilarlos a todos.

—¡Perfecto! —exclamó Lucy. Dan conocía bien la sonrisa furiosa que apareció en su rostro.

—No si creen que el supervapor de Abra los curará —señaló Dave—. Es lo que debes comprender, cariño. No se trata tan solo de una refriega. Para esa zorra es una guerra por la supervivencia. —Hizo un esfuerzo y luego soltó el resto. Porque había que decirlo—. Si Rose tiene la oportunidad, se comerá a nuestra hija viva.

13

—¿Dónde están? —preguntó Lucy—. Ese Nudo Verdadero, ¿dónde está?

—En Colorado —dijo Dan—. En un sitio llamado Campamento Bluebell, en la ciudad de Sidewinder.

Que el campamento se ubicara en el lugar exacto donde una vez casi había muerto a manos de su padre era algo que no deseaba contar, porque conduciría a más preguntas y más proclamaciones de coincidencia. Lo único de lo que Dan estaba seguro era de que las coincidencias no existían.

—Esa ciudad tendrá un departamento de policía —dijo Lucy—. Los llamaremos y los meteremos en esto.

—¿Y qué les decimos? —El tono de John era amable, en absoluto beligerante.

—Bueno... que...

—Si consiguieras que la policía fuera hasta el campamento —dijo Dan—, solo encontrarían a un grupo de personas de mediana a tercera edad. Gente de los cámpers inofensiva, el tipo de gente que siempre quiere enseñarte las fotos de sus nietos. Tendrán todos sus papeles en regla, desde la documentación del perro hasta las escrituras del terreno. La policía no hallaría armas de fuego aunque lograran obtener una orden de registro (que no conseguirían, no hay causa probable) porque el Nudo Verdadero no las necesita. Sus armas están aquí arriba. —Dan se tocó la frente—. Serías la chiflada de New Hampshire, Abra sería tu hija chiflada que se fugó de casa, y nosotros seríamos tus amigos chiflados.

Lucy se presionó las sienes con las palmas de las manos.

—No me puedo creer que esté pasando esto.

—Si buscaras sus antecedentes, creo que descubrirías que el Nudo Verdadero (o cualquiera que sea el nombre de la compañía que hayan constituido) ha sido muy generoso con esta ciudad de Colorado en particular. Uno no caga en su nido, lo reviste de plumas. Así, cuando llegue una época mala, tendrás muchos amigos.

—Esos cabrones llevan mucho tiempo en circulación —dijo John—. ¿Verdad? Porque lo principal que sacan del vapor es longevidad.

—Estoy casi seguro de que sí —convino Dan—. Y, como buenos americanos, estoy convencido de que han estado ocupados haciendo dinero todo el tiempo. Suficiente para engrasar ruedas mucho más grandes que las que giran en Sidewinder. Ruedas estatales. Ruedas federales.

—Y esa Rose... nunca se detendrá.

—No. —Dan pensaba en la visión precognitiva que había tenido de ella. El sombrero ladeado. El abismo de su boca abierta. El único diente—. Su corazón anhela a tu hija.

—Una mujer que se mantiene viva matando a niños no *tiene* corazón —dijo Dave.

—Oh, sí que lo tiene —dijo Dan—. Pero es negro.

Lucy se levantó.

—Se acabó la plática. Quiero ir a buscarla *ahora*. Que todo el mundo vaya al baño, porque en cuanto salgamos, no pararemos hasta llegar a ese motel.

—¿Concetta tiene computadora? —preguntó Dan—. Necesito echar un vistazo rápido a una cosa antes de irnos.

Lucy suspiró.

—Está en su estudio, y creo que podrás adivinar su contraseña. Pero si tardas más de cinco minutos, nos iremos sin ti.

14

Rose yacía despierta en la cama, tiesa como un palo, temblando de vapor y furia.

A las dos y cuarto oyó el ruido de un motor. Steve el Vaporizado y Baba la Rusa. A las cuatro menos veinte, oyó arrancar a otro. Esta vez eran los Gemelos, Guisante y Vaina. Terri Pickford, la Dulce, iba con ellos; sin duda miraba nerviosa por el vidrio trasero en busca de alguna señal de Rose. Mo la Grande había podido acompañarlos (se lo había *rogado*), pero al final ellos la rechazaron porque Mo tenía la enfermedad.

Rose podría haberlos detenido, pero ¿por qué molestarse? Que descubrieran cómo era la vida en Estados Unidos por sí mismos, sin Nudo Verdadero que les protegiera cuando acamparan o les cubriera las espaldas mientras estuvieran en la carretera.

Sobre todo cuando le diga al Lamebotas que liquide sus tarjetas de crédito y vacíe sus cuentas corrientes, pensó.

El Lamebotas no era Jimmy el Números, pero podría encargarse, y le bastaría con apretar un botón. Y estaría allí para hacerlo. El Lamebotas no abandonaría. Ninguno de los buenos abandonaría… o *casi* ninguno. Phil el Sucio, Annie la Mandiles y Doug el Diésel ya no estaban de camino. Habían celebrado una votación y decidido dirigirse al sur. Deez los había convencido de que ya no podían confiar en Rose y, aparte, ya era hora de cortar el Nudo.

Pues buena suerte, guapo, pensó, apretando y aflojando los puños.

Deshacer el Nudo era una idea *terrible*, pero mermar el rebaño era buena idea. Que los débiles huyeran y los enfermos murieran. Cuando la bruja también estuviera muerta y todos hubieran tragado su vapor (Rose ya no abrigaba ilusiones de mantenerla prisionera), los veinticinco que quedaran serían más fuertes que nunca. Lloraba a Cuervo, y sabía que no tenía a nadie que pudiera ocupar su lugar, pero Charlie el Lamebotas lo haría lo mejor posible. Igual que Sam el Arpista... Dick el Doblado... Fannie la Gorda y Paul el Largo... G la Golosa, ninguna lumbrera, pero leal y obediente.

Además, sin los otros, el vapor que aún tenían almacenado duraría más y los haría más fuertes. Necesitarían ser fuertes.

Ven a mí, zorrita, pequeña bruja, pensó Rose. *Ya veremos lo fuerte que eres cuando seamos dos docenas contra ti. Ya veremos si te gusta cuando seas tú sola contra el Nudo. Nos comeremos tu vapor y lameremos tu sangre. Pero antes, nos beberemos tus gritos.*

Rose oteaba la oscuridad mientras oía las voces moribundas de los fugitivos, los infieles.

Alguien llamó a la puerta suave y tímidamente. Rose permaneció en silencio unos instantes, meditando, y a continuación, balanceando las piernas, salió de la cama.

—Adelante.

Estaba desnuda, pero no intentó taparse cuando entró con sigilo Sarey la Callada, su figura oculta bajo el camisón de franela, su flequillo color ratón cubriéndole las cejas y casi metiéndosele en los ojos. Como siempre, apenas parecía estar allí aun cuando lo estaba.

—Estoy tiste, Lose.

—Lo sé. Yo también lo estoy.

No era cierto —estaba furiosa—, pero sonaba bien.

—Eso de meno a Landi.

Andi, sí; nombre de palurda Andrea Steiner, cuyo padre le había jodido su humanidad mucho antes de que el Nudo Verdadero la encontrara. Rose recordaba el día en que la habían observado en aquel cine, y cómo, más tarde, ella había luchado por superar la Conversión con agallas y fuerza de voluntad. Andi Colmillo de Serpiente no habría abandonado. Serpiente habría caminado a través del fuego si Rose hubiera dicho que el Nudo Verdadero así lo requería.

Extendió los brazos. Sarey corrió hacia ella y apoyó la cabeza en el pecho de Rose.

—Inella me quiego mogui.

—No, cariño, yo creo que no. —Rose llevó a la muchacha hasta la cama y la abrazó fuerte. No era más que un montón de huesos sujeto por escasa carne—. Dime lo que quieres de verdad.

Bajo el flequillo enmarañado, dos ojos relucían, salvajes.

—*Engansa.*

Rose le besó una mejilla, después la otra, luego los finos labios secos. Se retiró unos centímetros y dijo:

—Sí. Y la tendrás. Abre la boca, Sarey.

Sarey, obediente, así lo hizo. Sus labios volvieron a juntarse. Rose la Chistera, aún llena de vapor, insufló aire en la garganta de Sarey la Callada.

15

Memorandos, fragmentos de poemas y correspondencia que nunca sería respondida empapelaban las paredes del estudio de Concetta. Dan tecleó las cuatro letras de la contraseña, inició Firefox y buscó Campamento Bluebell en Google. Tenía una página web que no destacaba por la información que proporcionaba, seguramente porque a los dueños no les interesaba demasiado atraer visitas; el sitio era básicamente una fachada. Sin embargo, había fotos de la propiedad, y Dan las estudió con la fascinación que la gente reserva para los viejos álbumes de familia recién descubiertos.

Hacía ya tiempo que el Overlook había desaparecido, pero reconoció el terreno. Una vez, justo antes de la primera de las tormentas que los dejaron aislados durante el invierno, sus padres y él se habían quedado en el amplio porche del hotel (que parecía aún más ancho después de guardar las mecedoras y los muebles de mimbre) mirando la larga y suave pendiente de césped. Al fondo, donde los ciervos y los antílopes a menudo salían a jugar, se levantaba ahora un largo edificio rústico llamado Pabellón Overlook. Allí, decía el pie de foto, los visitantes podían comer, jugar al bingo y bailar con música en vivo los viernes y sábados por la noche. Los domingos se celebraban servicios eclesiásticos oficiados por distintos hombres y mujeres del clero procedentes de Sidewinder.

Hasta que llegó la nieve, mi padre cortaba el césped y podaba los setos ornamentales que había allí. Decía que en sus tiempos podaba los arbustos de muchas señoras. Yo no entendía el chiste, pero a mamá la hacía reír.

—Un chiste, sí —masculló en voz baja.

Vio centelleantes hileras de puntos de enganche para cámpers, instalaciones de lujo que suministraban gas además de electricidad. Había edificios con regaderas para hombres y mujeres lo bastante grandes como para cubrir las necesidades de las megaestaciones de servicio para camiones como Little America o Pedro's South of the Border. Contaba también con un parque de juegos para los más pequeños. (Dan se preguntó si los chiquillos que jugaban ahí verían o sentirían algo inquietante, como le había pasado a Danny «Doc» Torrance en el parque de juegos del Overlook.) Había un campo de softball, una zona para jugar al tejo, un par de pistas de tenis y hasta una pista de petanca.

Pero no de roque, eso no. Ya no.

Hacia la mitad de la pendiente —donde una vez se habían congregado los arbustos con formas de animales— había una fila de antenas parabólicas blancas. En la cima de la colina, donde había estado el hotel propiamente dicho, había una plataforma de madera con un largo tramo de escaleras que subía hasta ella. Este sitio, del que ahora era dueño el estado de Colorado (que también lo administraba), venía identificado como el Techo del Mundo. Los visitantes del Campamento Bluebell eran bienvenidos a utilizarlo, o a hacer excursiones por las rutas de senderismo más allá, sin coste adicional. *Las rutas de senderismo están recomendadas solo para los excursionistas más experimen-*

tados, rezaba el pie, *pero el Techo del Mundo es para todo el mundo. ¡Las vistas son espectaculares!*

Dan estaba seguro de ello. Desde luego, habían sido espectaculares desde el comedor y el salón de baile del Overlook... al menos hasta que la nieve, acumulándose sin cesar, bloqueó las ventanas. Hacia el oeste los picos más altos de las Montañas Rocallosas serraban el cielo como arpones. Hacia el este uno alcanzaba a ver Boulder. Incluso Denver y Arvada en los raros días en que no había demasiada contaminación.

El estado se había hecho con ese trozo de tierra en particular, y a Dan no le sorprendía. ¿Quién habría querido construir ahí? La tierra estaba emponzoñada, y dudaba que uno tuviera que ser telepático para sentirlo. Sin embargo, el Nudo Verdadero se había acercado tanto como había podido, y Dan tenía la idea de que sus nómadas huéspedes —los normales— raramente volvían una segunda vez o recomendaban el Bluebell a sus amigos. *Un lugar maligno atrae a criaturas malignas*, había dicho John. En ese caso, lo opuesto también sería cierto: repele a las buenas.

—¿Dan? —llamó Dave—. El autobús se marcha.

—¡Necesito un minuto!

Cerró los ojos y apoyó la base de la mano en la frente.

(*Abra*)

Su voz la despertó de inmediato.

CAPÍTULO DIECISIETE

LA PEQUEÑA ZORRA

1

Aún estaba oscuro fuera del motel Crown, faltaba una hora o más para el amanecer, cuando se abrió la puerta de la habitación 24 y salió una chica. Se había formado una niebla espesa, y el mundo apenas estaba allí. La chica llevaba pantalones negros y camisa blanca; se había hecho dos coletas, y el rostro que enmarcaban parecía muy joven. Respiraba hondo, el frescor y la humedad suspendida en el aire hacían maravillas con su persistente dolor de cabeza, pero no con su corazón afligido. Momo había muerto.

Sin embargo, si tío Dan tenía razón, no estaba realmente muerta; tan solo en otra parte. Tal vez fuese una persona fantasma; tal vez no. En cualquier caso, no podía pararse a pensar en eso. Más tarde, quizá, meditaría sobre esas cuestiones.

Dan le había preguntado si Billy dormía. Sí, había contestado, todavía estaba dormido. A través de la puerta comunicante veía los pies y las piernas del señor Freeman bajo la ropa de cama y oía sus continuados ronquidos. Sonaba como una lancha al ralentí.

Dan le había preguntado si Rose o alguno de los otros había intentado tocarle la mente. No. Lo habría sabido. Sus trampas estaban armadas, y Rose debía de suponerlo; no era estúpida.

Le había preguntado si la habitación tenía teléfono. Sí, había un teléfono. Tío Dan le explicó lo que quería que hiciera. Era muy simple. Lo que más miedo le daba era lo que tenía que decirle a aquella extraña mujer de Colorado. Y aun así lo deseaba. Una parte de ella lo había deseado desde el mismo momento en que oyó los gritos agonizantes del niño del beisbol.

(*¿entiendes la palabra que tienes que repetir?*)

Sí, claro.

(*porque tienes que pincharla sabes lo que*)

(*sí sé lo que significa*)

Provocarla. Enfurecerla.

Abra permaneció inmóvil, inspirando la niebla. La carretera por la que habían llegado no era más que un arañazo, los árboles al otro lado habían desaparecido por completo. También la recepción del motel. A veces ella misma deseaba *ser* así, toda blanca por dentro. Pero solo a veces. En el fondo de su corazón, nunca había lamentado lo que era.

Cuando se sintió preparada —tan preparada como podía llegar a estarlo—, Abra volvió a su habitación y cerró la puerta comunicante para no molestar al señor Freeman si tenía que hablar en voz alta. Estudió las instrucciones del teléfono, pulsó el 9 para conseguir conexión con el exterior, a continuación llamó al servicio de información y pidió el número del Pabellón Overlook del Campamento Bluebell, en Sidewinder, Colorado. *Podría darte el número principal*, había dicho Dan, *pero te saltaría la contestadora*.

En el lugar donde los huéspedes comían y jugaban, el teléfono sonó durante mucho tiempo. Dan dijo que probablemente pasaría eso, y que debería esperar hasta que se cortara la conexión. Después de todo, allí eran dos horas menos.

Al cabo contestó una voz malhumorada.

—¿Hola? Si busca la oficina, ha llamado al número equivo...

—No busco la oficina —dijo Abra. Esperaba que el rápido latir de su corazón no se percibiera en su voz—. Busco a Rose. Rose la Chistera.

Una pausa. Luego:

—¿Quién es?

—Abra Stone. Ya conoces mi nombre, ¿no? Soy la chica a la que está buscando. Dile que volveré a llamar dentro de cinco minutos. Si está ahí, hablaremos. Si no, dile que se puede ir al carajo. No volveré a llamar.

Abra colgó, luego bajó la cabeza, apoyó la cara ardiente en las palmas de las manos y respiró hondo.

2

Rose bebía café sentada al volante de su EarthCruiser, con los pies encima del compartimento secreto que contenía los cilindros de vapor, cuando llamaron a la puerta. Que llamaran tan temprano solo podía significar más problemas.

—Sí —dijo—. Adelante.

Era Paul el Largo; llevaba una bata sobre una infantil piyama con coches de carreras.

—El teléfono de pago del Pabellón empezó a sonar. Al principio lo dejé, pensando que se habrían equivocado de número, y además estaba haciendo café en la cocina. Pero seguía sonando, así que contesté. Era esa chica. Quería hablar contigo. Ha dicho que volvería a llamar dentro de cinco minutos.

Sarey la Callada se incorporó en la cama, pestañeando entre el flequillo, con las mantas arrebujadas alrededor de los hombros como un chal.

—Vete —le ordenó Rose.

Sarey obedeció sin pronunciar palabra. Rose se quedó mirando a través del amplio parabrisas del EarthCruiser mientras Sarey regresaba descalza, caminando con dificultad, a la Bounder que había compartido con Serpiente.

Esa chica.

En vez de huir y esconderse, esa bruja se dedicaba a hacer llamadas de teléfono. Para que luego hablaran de nervios de acero. ¿Idea suya? Resultaba un poco difícil de creer, ¿no?

—¿Qué hacías levantado y trajinando en la cocina tan temprano?

—No podía dormir.

Se volvió hacia él, un tipo alto y anciano al que le raleaba el cabello y que llevaba unos bifocales asentados en la punta de la nariz. Un palurdo podría cruzarse con él en la calle todos los días durante un año sin verlo, pero no carecía de ciertas habilidades. Paul no poseía el talento para hacer dormir de Serpiente, ni el talento para localizar del difunto Abuelo Flick, pero era un buen persuasor. Si por casualidad sugería a un palurdo que le diera una bofetada en la cara a su mujer —o a un desconocido, para el caso—, esa cara recibiría una bofetada, y enérgica. Todos los miembros del Nudo poseían sus habilidades; así era como prosperaban.

—Enséñame los brazos, Paulie.

El hombre suspiró y se arremangó la bata y la piyama hasta el codo, lleno de arrugas. Las manchas rojas estaban ahí.

—¿Cuándo te salieron?

—Vi las primeras ayer por la tarde.

—¿Fiebre?

—Sí, un poco.

Rose lo miró fijamente a los ojos, sinceros y confiados, y sintió ganas de abrazarlo. Varios habían huido, pero Paul el Largo seguía allí. Igual que la mayoría de los otros. Sin duda quedaban suficientes para encargarse de la niña-bruja si de verdad era tan estúpida como para dar la cara. Y cabía esa posibilidad. ¿Qué niña de trece años *no era* estúpida?

—Te curarás —le aseguró.

El hombre lanzó otro suspiro.

—Eso espero. En caso contrario, ha sido un viaje estupendo.

—No digas eso. Todo el que se quede se curará. Lo prometo, y yo cumplo mis promesas. Ahora, vamos a ver qué tiene que decir en su defensa nuestra amiga de New Hampshire.

3

Menos de un minuto después de que Rose se acomodara en una silla junto al bombo del bingo de plástico (con su taza de café enfriándose al lado), el teléfono de pago del Pabellón tronó con un timbrazo muy del siglo XX que hizo que pegara un salto. Dejó que sonara dos veces, luego descolgó el auricular y habló con su voz más modulada.

—Hola, querida. Podrías haberme contactado mentalmente, lo sabes, ¿no? Te habrías ahorrado el costo de la llamada.

De haberlo intentado, esa zorra habría sido muy poco prudente. Abra Stone no era la única capaz de tender trampas.

—Voy a buscarte —dijo la muchacha.

La voz era tan joven... ¡tan fresca! Rose pensó en todo el vapor útil que manaría con esa frescura y sintió que la gula le aguijoneaba como una sed insatisfecha.

—Eso dijiste. ¿Estás segura de que de verdad quieres hacerlo, querida?

—Si lo hago, ¿me esperarás ahí? ¿O solo dejarás a tus ratas amaestradas?

Rose sintió una sacudida de furia. No ayudaba, aunque, por otra parte, jamás había sido una persona muy de mañanas.

—¿Por qué querría irme, querida? —Mantenía la voz calmada y pretendidamente indulgente; la voz de una madre (o así lo imaginaba; ella nunca lo había sido) hablándole a un bebé con un berrinche.

—Porque eres una cobarde.

—Tengo curiosidad por saber en qué basas esa afirmación —dijo Rose. Su tono era el mismo (indulgente, algo divertido), pero la mano aferraba con rigidez el teléfono y lo oprimía con más fuerza contra la oreja—. No has llegado a conocerme.

—Claro que sí. Dentro de mi cabeza, y te obligué a huir con la cola entre las patas. Y matas niños. Solo los cobardes matan niños.

No necesitas justificarte ante una niña, se dijo. *Y menos ante un palurda.*

Sin embargo, se oyó a sí misma decir:

—Tú no sabes nada de nosotros. Ni lo que somos, ni lo que tenemos que hacer para sobrevivir.

—Una tribu de cobardes, eso es lo que son —dijo la pequeña zorra—. Creen que tienen tanto talento y que son tan fuertes…, pero lo único que hacen bien es comer y vivir vidas largas. Son como hienas. Matan a los débiles y luego salen corriendo. Cobardes.

El desprecio en su voz era como ácido para los oídos de Rose.

—¡Eso no es cierto!

—Y tú eres la cobarde jefe. No te atreviste a venir a buscarme, ¿verdad? No, tú no. En tu lugar, mandaste a esos otros.

—¿Vamos a mantener una conversación razonable o…?

—¿Qué tiene de razonable matar niños para poder robarles la sustancia de sus mentes? ¿Qué tiene eso de razonable, maldita cobarde? Enviaste a tus amigos a hacer tu trabajo, te escondiste detrás de ellos, y supongo que fue lo más inteligente, porque ahora están todos muertos.

—¡Tú no sabes nada, estúpida hija de perra!

Rose se puso en pie de un salto. Golpeó la mesa con los muslos, y el café se derramó y se escurrió bajo el bombo del bingo. Paul el Largo se asomó por la puerta de la cocina, le vio la cara y se retiró.

—¿Quién es la cobarde? ¿Quién es la verdadera cobarde? ¡Es muy fácil hablar por teléfono, pero jamás te atreverías a decirme esas cosas a la cara!

—¿Cuántos necesitarás tener contigo cuando yo vaya? —la hostigó Abra—. ¿Cuántos, gallina de mierda?

Rose no dijo nada. Debía recuperar el control de sí misma, lo sabía, pero que una niña palurda le soltara una sarta de insultos de patio de colegio… Y sabía demasiado. *Demasiado*.

—¿Te atreverías acaso a enfrentarte a mí tú sola? —preguntó la zorra.

—Ponme a prueba —espetó Rose.

Hubo una pausa al otro lado de la línea, y cuando la zorra habló a continuación, su voz sonó reflexiva.

—¿Una contra una? No, no te atreverías. Una cobarde como tú jamás se atrevería. Ni siquiera contra una niña. Eres una tramposa y una embustera. A veces pareces guapa, pero he visto tu verdadera cara. No eres más que una puta cagona.

—Tú... tú... —Pero Rose no pudo decir más. Su rabia era tan intensa que parecía como si la estrangulara. Una parte era por el impacto de verse a ella misma, Rose la Chistera, desnudada por una niña cuya idea del transporte era una bicicleta y cuya mayor preocupación antes de esas últimas semanas habría sido probablemente cuándo le saldrían tetas más grandes que unas picaduras de mosquito.

—Pero a lo mejor te doy una oportunidad —dijo esa zorra. Su confianza y despreocupada temeridad eran increíbles—. Por supuesto, si aceptas el reto, acabaré contigo. No me molestaré con los demás, ya se están muriendo. —Soltó una risa auténtica—. Tienen atragantado al niño del beisbol, bien por él.

—Si vienes, te mataré —dijo Rose. Una mano encontró su garganta, se cerró en torno a ella y empezó a apretar rítmicamente. Más tarde aparecerían moretones—. Si huyes, te encontraré. Y cuando lo haga, gritarás durante horas antes de morir.

—No huiré —aseguró la chica—. Y ya veremos quién grita.

—¿Cuántos *tendrás* cubriéndote las espaldas, *querida*?

—Iré sola.

—No te creo.

—Léeme la mente —dijo la chica—. ¿O eso también te da miedo?

Rose no dijo nada.

—Seguro que sí. Te acuerdas de lo que pasó la última vez que lo intentaste. Te di a probar de tu propia medicina y no te gustó, ¿verdad? Hiena. Asesina de niños. *Cobarde*.

—Deja... de llamarme... eso.

—Hay un sitio arriba de la colina donde estás. Un mirador. Se llama el Techo del Mundo. Lo encontré en internet. Ve allí el lunes a las cinco de la tarde. Ve sola. Si no, si el resto de tu manada de hienas no se queda dentro de esa sala de reuniones mientras resolvemos nuestro asunto, lo sabré. Y me iré.

—Te encontraría —repitió Rose.

—¿Tú crees? —Estaba realmente *mofándose* de ella.

Rose cerró los ojos y vio a la chica. La vio retorciéndose en el suelo, con la boca llena de avispones y astillas calientes sobresaliendo de los ojos.

A mí nadie me habla así. Jamás.

—Supongo que sí, que *podrías* encontrarme. Pero para cuando lo hicieras, ¿cuántos de tus apestosos del Nudo Verdadero te quedarían para cubrirte? ¿Una docena? ¿Diez? ¿O solo tres o cuatro?

Esa idea ya se le había ocurrido a Rose. Que una chica a la que ni siquiera había visto cara a cara llegara a la misma conclusión era, en muchos sentidos, lo más irritante.

—El Cuervo conocía a Shakespeare —dijo la zorra—. Lo citó no mucho antes de que me lo cargara. Yo también sé algo, porque en el colegio dimos una lección sobre Shakespeare. Solo leímos una obra, *Romeo y Julieta*, pero la señora Franklin nos enseñó un listado con las frases más famosas de sus otras obras. Cosas como «Ser o no ser» y «Para mí, eso era griego». ¿Sabías que eran de Shakespeare? Yo no. ¿No opinas que es interesante?

Rose no dijo nada.

—No estás pensando para nada en Shakespeare —prosiguió la zorra—. Estás pensando en lo mucho que te gustaría matarme. No me hace falta leerte la mente para saberlo.

—Si yo fuera tú, saldría corriendo —dijo Rose con aire pensativo—. Tan rápido y tan lejos como te lo permitieran tus piernecitas. No te serviría de nada, pero vivirías un poco más.

La zorra no se dejaba doblegar.

—Había otra cita. No me acuerdo exactamente, pero era algo así como «salir disparado con su propio petardo». La señora Franklin dijo que un petardo era como una bomba en un palo, para volar las puertas de las fortalezas. Creo que algo parecido le está pasando a tu tribu de cobardes. Sorbieron el vapor equivocado y se quedaron pegados a un petardo, y ahora la bomba está explotando. —Hizo una pausa—. ¿Sigues ahí, Rose? ¿O has salido corriendo?

—Ven a mí, querida —dijo Rose. Había recobrado la calma—. Si quieres encontrarte conmigo en el mirador, allí estaré. Disfrutaremos juntas del paisaje, ¿te parece? Y veremos quién es la más fuerte.

Colgó antes de que la zorra pudiera responder. Había perdido el temple que había jurado mantener, pero al menos había dicho la última palabra.

O quizá no, porque la que la zorra no había cesado de repetir seguía resonando en su cabeza como un disco rayado.

Cobarde. Cobarde. Cobarde.

4

Abra colgó el auricular y se quedó mirándolo; incluso acarició su superficie plástica, ahora caliente por el tacto de su mano y mojada de sudor. De pronto, antes de darse cuenta de que iba a suceder, rompió a llorar, con sollozos altos y estridentes. La invadieron con la fuerza de una tormenta, atenazándole el estómago y haciendo temblar todo su cuerpo. Corrió al baño, aún llorando, se arrodilló delante del escusado y vomitó.

Cuando salió, encontró al señor Freeman de pie en la puerta comunicante, con los faldones de la camisa colgando y su cabello gris formando alocadas ondas.

—¿Te pasa algo? ¿Estás enferma por la droga que te dio?

—No es eso.

El hombre se acercó a la ventana y escudriñó la niebla que presionaba contra el cristal.

—¿Son *ellos*? ¿Vienen por nosotros?

Sintiéndose incapaz de hablar, Abra se limitó a sacudir la cabeza, y lo hizo con tanta vehemencia que sus coletas volaron. Era *ella* la que pensaba ir por *ellos*, y eso la aterraba.

Y no solo por lo que pudiera ocurrirle a ella.

5

Rose se quedó sentada, inmóvil, intentó relajarse respirando profundamente. Cuando volvió a recuperar el control de sí misma, llamó a Paul el Largo. Al cabo de unos instantes, el hombre asomó cautelosamente la cabeza por la puerta batiente que daba a la cocina. La expresión de su rostro llevó la sombra de una sonrisa a los labios de ella.

—Es seguro, puedes pasar. No voy a morderte.

Entró en la sala y vio el café derramado.

—Limpiaré eso.

—Déjalo. ¿Quién es el mejor localizador que nos queda?

—Tú, Rose. —Sin vacilación.

Rose no tenía intención de aproximarse mentalmente a la zorra, ni siquiera con una maniobra de tocar tierra y volver a despegar.

—Aparte de mí.

—Bueno…, muerto Abuelo Flick… y muerto Barry… —Lo pensó unos segundos—. Susie tiene una pizca de localizadora, y también G la Golosa. Pero creo que Charlie el Fichas tiene un poco más.

—¿Está él enfermo?

—Ayer estaba bien.

—Envíamelo. Yo limpiaré el café mientras espero. Porque (y esto es importante, Paulie) la persona que ensucia es la que debe limpiar.

Después de que él se marchara, Rose se quedó un rato sentada donde estaba, con los dedos de las manos bajo el mentón. Había recuperado la claridad de pensamiento, y con ella la capacidad de planificar. Por lo visto, ese día al final no tomarían vapor. Eso podría esperar hasta la mañana del lunes.

Al cabo entró en la cocina por un rollo de papel absorbente. Y limpió lo que había ensuciado.

6

—¡Dan! —Esta vez era John—. ¡Tenemos que irnos!

—Ya voy —respondió él—. Quiero echarme un poco de agua fría en la cara.

Recorrió el pasillo escuchando a Abra, asintiendo ligeramente con la cabeza como si ella estuviera presente.

(*el señor Freeman quiere saber por qué estaba llorando y por qué vomité qué tengo que decirle*)

(*por ahora que cuando lleguemos quiero tomar prestada la camioneta*)

(*porque vamos a seguir hacia el oeste*)

(*...bueno...*)

Era complicado, pero la chica lo entendió. La comprensión no residía en las palabras y su presencia no era necesaria.

En el baño vio junto al lavabo un estante con varios cepillos de dientes envueltos. El más pequeño —sin envolver— tenía la palabra ABRA impresa en el mango con letras arcoíris. En una pared colgaba una placa donde se leía UNA VIDA SIN AMOR ES COMO UN ÁRBOL SIN FRUTOS. Lo miró por unos segundos, preguntándose si el programa de Alcohólicos Anónimos contaría con algún dicho parecido. Lo único que se le ocurría era: *Si hoy no puedes amar a nadie, procura al menos no hacer daño a nadie*. Ni punto de comparación.

Hizo correr el agua fría y se salpicó la cara varias veces, con vigor. Luego cerró la llave, tomó una toalla y alzó la cabeza. Esta vez Lucy no la acompañaba en el retrato; solo estaba Dan Torrance, hijo de Jack y Wendy, quien siempre se había creído hijo único.

Tenía el rostro cubierto de moscas.

CUARTA PARTE

EL TECHO DEL MUNDO

CAPÍTULO DIECIOCHO

YENDO AL OESTE

1

Lo que mejor recordaba Dan de aquel sábado no fue el trayecto de Boston al motel Crown, porque las cuatro personas que viajaban en la camioneta de John Dalton hablaron muy poco. El silencio no era incómodo u hostil, sino por agotamiento: el mutismo de quienes tienen asuntos importantes en los que pensar y pocas cosas que decir. Lo que mejor recordaba fue lo que ocurrió cuando llegaron a su destino.

Dan sabía que Abra los estaba esperando porque se había mantenido en contacto con ella durante la mayor parte del viaje, hablando de una forma con la que se sentían cómodos: en parte mediante palabras y en parte mediante imágenes. Cuando enfilaron hacia el motel, la encontraron sentada en la defensa trasera de la vieja camioneta de Billy. La joven los vio y se puso en pie de un salto, saludando con la mano. En ese momento la capa de nubes, cada vez menos espesa, se resquebrajó y un rayo de sol la enfocó como con un reflector. Era como si Dios le chocara los cinco.

Lucy soltó un grito que no llegó a ser un chillido. Como no llevaba abrochado el cinturón, abrió la portezuela antes de que John pudiera detener por completo el Suburban. Cinco segundos después tenía a su hija entre sus brazos y la besaba en la coronilla, lo máximo que podía hacer, pues Abra aplastaba la cara contra su pecho. Ahora el sol las iluminaba a ambas.

Reunión de madre e hija, pensó Dan. La sonrisa que le arrancó resultó extraña en su rostro. Había pasado mucho tiempo desde la última vez.

2

Lucy y David querían llevarse a Abra de vuelta a New Hampshire. Para Dan no había ningún problema, pero ahora que estaban juntos los seis necesitaban hablar. En la recepción, el hombre gordo de la coleta estaba otra vez de guardia, esa mañana veía un combate de lucha libre en vez de porno. Les realquiló con mucho gusto la habitación por veinticuatro horas; le daba igual si pasaban la noche o no. Billy se acercó al pueblo de Crownville propiamente dicho a buscar un par de pizzas y luego se instalaron en la habitación. Dan y Abra se turnaron para hablar, poniendo a los otros al corriente de todo lo que había sucedido y todo lo que iba a suceder. Si las cosas se desarrollaban como esperaban, claro.

—No —sentenció Lucy enseguida—. Es demasiado peligroso. Para los dos.

John le brindó una sonrisa sombría.

—Lo más peligroso sería ignorar a esas... esas *cosas*. Rose dice que si Abra no va a ella, ella vendrá a Abra.

—Está... como obsesionada con ella —dijo Billy, y tomó una rebanada de pepperoni y champiñones—. Ocurre a menudo con los chiflados. Solo hay que ver *Dr. Phil* para saberlo.

Lucy clavó en su hija una mirada de reproche.

—La provocaste. Hacer eso fue una temeridad, pero cuando ella tenga oportunidad de calmarse...

Aunque nadie la interrumpió, se quedó callada. Quizá, pensó Dan, se había dado cuenta de lo inverosímil que sonaba aquello expresado en voz alta.

—No se detendrán nunca, mamá —dijo Abra—. *Ella* no se detendrá.

—Abra estará a salvo —aseguró Dan—. Hay una rueda. No se me ocurre otra manera de explicarlo. Si las cosas se ponen feas, si se tuercen, Abra la usará para escapar. Para retirarse. Me lo ha prometido.

—Es verdad —corroboró Abra—. Lo he prometido.

Dan la miró muy serio.

—Y mantendrás tu promesa, ¿no es cierto?

—Sí —dijo Abra. Habló con bastante firmeza, aunque con una renuencia evidente—. Lo haré.

—Y, además, no podemos olvidarnos de todos esos niños —añadió John—. Nunca sabremos a cuántos se ha llevado ese Nudo Verdadero a lo largo de los años. Puede que a cientos.

Dan calculaba que, si vivían tanto como Abra creía, el número sería posiblemente de varios miles.

—Ni a cuántos se *llevarán* en el futuro, aunque dejen en paz a Abra.

—Eso suponiendo que el sarampión no los mate a todos —observó Dave, esperanzado. Se volvió hacia John—. Dijiste que podría pasar.

—A mí me quieren porque piensan que puedo *curar* el sarampión —dijo Abra—. *Qué pendejos...*

—Cuida tu lengua, jovencita —la reprendió Lucy, pero lo dijo en tono ausente. Tomó la última rebanada de pizza, la miró y la dejó otra vez en la caja—. No me importan los otros niños. Me importa Abra. Ya sé que suena horrible, pero es la verdad.

—No pensarías eso si hubieras visto todas aquellas fotos del *Shopper* —dijo Abra—. No puedo sacármelos de la cabeza. A veces sueño con ellos.

—Si esa chiflada tuviera medio cerebro, sabría que Abra no irá sola —dijo Dave—. ¿Qué va a hacer? ¿Volar hasta Denver y luego alquilar un coche? ¿Con trece años? —Y, echando una mirada medio cómica a su hija, concluyó—: *Qué pendeja...*

—Rose sabe que Abra tiene amigos por lo ocurrido en Cloud Gap —dijo Dan—. Lo que no sabe es que al menos uno de ellos tiene el resplandor. —Miró a Abra buscando confirmación. Ella asintió con la cabeza—. Escucha, Lucy. Dave. Juntos, creo que Abra y yo podemos poner fin a esta... —Buscó la palabra adecuada y solo encontró una que encajara— plaga. Cualquiera de nosotros por sí solo… —Meneó la cabeza.

—Además —añadió Abra—, en realidad tú y papá no pueden detenerme. Aunque me encerraran en mi cuarto, no podrían bloquearme la mente.

Lucy la fulminó con la Mirada de la Muerte, aquella que las madres reservan especialmente para las hijas díscolas. Con Abra siempre había funcionado, incluso cuando se ponía hecha una fiera, pero esta vez no dio resultado. La niña miró a su madre con serenidad. Y con una tristeza que a Lucy le heló el corazón.

Dave asió la mano de su mujer.

—Creo que debe hacerse.

Se hizo el silencio en la habitación. Fue Abra quien lo rompió.

—Si nadie va a comerse esa rebanada, me la como yo. Estoy *hambrienta*.

3

Lo repasaron varias veces, y en un par de puntos se alzaron las voces, pero en esencia todo había quedado dicho. Salvo una cosa, por lo visto. Cuando abandonaron la habitación, Billy se negó a subir al Suburban de John.

—Yo también voy —le anunció a Dan.

—Billy, te agradezco el gesto, pero no es buena idea.

—Mi camioneta, mis reglas. Además, ¿de verdad piensas que podrías llegar a las montañas de Colorado el lunes por la tarde tú solo? No me hagas reír. Pareces una mierda pinchada en un palo.

—No eres el primero que me lo dice últimamente —repuso Dan—, pero nadie lo había expresado con tanta elegancia.

—Yo puedo ayudarte. —Billy no sonreía—. Soy viejo pero no estoy muerto.

—Llévatelo —dijo Abra—. Tiene razón.

Dan la miró con atención.

(*¿sabes algo Abra?*)

La respuesta no se hizo esperar.

(*es un presentimiento*)

A Dan le bastaba. Extendió los brazos y Abra le dio un fuerte abrazo, presionando la mejilla contra su pecho. Dan podría haberla abrazado así durante mucho rato, pero la soltó y dio un paso atrás.

(*avísame cuando estés cerca tío Dan e iré*)

(*solo toques pequeños recuerda*)

En vez de un pensamiento en palabras, ella envió una imagen: un detector de humo pitando como cuando necesitaban un cambio de pilas. Se acordaba perfectamente.

Mientras se dirigía hacia el coche, Abra le dijo a su padre:

—En el camino de vuelta tenemos que parar a comprar una tarjeta. Julie Cross se rompió la muñeca ayer en el entrenamiento de futbol.

—¿Cómo lo sabes? —preguntó él, mirándola con el ceño fruncido.

—Lo sé —contestó ella.

David le jaló con suavidad una de las coletas.

—Todo este tiempo podías hacerlo, ¿verdad? No entiendo por qué no nos lo contaste, Abba-Doo.

Dan, que había crecido con el resplandor, podría haber respondido a esa pregunta.

Algunos padres necesitaban que los protegieran.

4

De modo que se marcharon. La camioneta de John se dirigió al este y la de Billy al oeste, con su dueño al volante.

—¿Seguro que estás bien para conducir, Billy?

—¿Después de todo lo que dormí anoche? Cielo, podría conducir hasta California.

—¿Sabes adónde vamos?

—Compré un mapa de carreteras en el pueblo mientras esperaba la pizza.

—Así que entonces ya habías tomado la decisión. Y sabías lo que estábamos planeando Abra y yo.

—Bueno... más o menos.

—Cuando necesites que te releve, dame una voz —dijo Dan, y enseguida se quedó dormido, con la cabeza apoyada en la ventanilla del pasajero.

Descendió por un pozo cada vez más profundo de imágenes desagradables. Primero arbustos con forma de animales del Overlook, los que se movían cuando no mirabas. Luego la señora Massey de la habitación 217, que ahora llevaba un sombrero de copa ladeado. Aún descendiendo, revivió la batalla de Cloud Gap. Salvo que esta vez, cuando irrumpió en la Winnebago, encontró a Abra en el suelo, degollada, y a Rose sobre ella con una navaja de afeitar goteando sangre. Rose vio a Dan, y la mitad inferior de su rostro se desprendió formando una obscena sonrisa en la que relucía un largo diente solitario. *Le advertí que terminaría de esta forma, pero no quiso escuchar*, dijo. *Las niñas así raramente escuchan.*

Por debajo, solo había oscuridad.

Cuando despertó, lo hizo a un crepúsculo por cuyo centro discurría una línea blanca discontinua. Estaban en una interestatal.

—¿Cuánto he dormido?

Billy echó un vistazo a su reloj.

—Un buen rato. ¿Te sientes mejor?

—Sí. —Era cierto y a la vez no lo era. Sentía la cabeza despejada, pero tenía un dolor de estómago de mil demonios. Considerando lo que había visto aquella mañana en el espejo, no le sorprendía—. ¿Dónde estamos?

—A doscientos cuarenta kilómetros al este de Cincinnati, más o menos. He parado dos veces a cargar gasolina y ni te has inmutado. Además, roncas.

Dan se enderezó.

—¿Estamos en *Ohio*? ¡Dios! ¿Qué hora es?

Billy echó otro vistazo a su reloj.

—Las seis y cuarto. No ha sido ninguna proeza; poco tráfico y nada de lluvia. Creo que llevamos un ángel viajando con nosotros.

—Bueno, vamos a buscar un motel. Tú necesitas dormir y yo tengo que hacer pis urgentemente.

—No me extraña.

Billy se desvió de la autopista en la siguiente salida con las señales de gasolina, comida y cama. Paró delante de un Wendy's y compró unas hamburguesas mientras Dan iba al baño de caballeros. De vuelta en la camioneta, Dan dio un bocado a su hamburguesa doble, volvió a meterla en la bolsa y, con cautela, le dio un sorbito a un batido de café. Su estómago pareció recibirlo de buen grado.

Billy parecía pasmado.

—Pero hombre, ¿a ti qué te pasa? ¡Tienes que comer!

—Creo que no fue buena idea desayunar pizza. —Y como Billy seguía mirándolo, añadió—: El batido está bien. Es cuanto necesito. Los ojos en la carretera, Billy. No podremos ayudar a Abra si nos tienen que remendar en una sala de urgencias.

Cinco minutos más tarde, Billy estacionó la camioneta bajo la marquesina de un Fairfield Inn con un parpadeante letrero encima de la puerta que anunciaba HABITACIONES DISPONIBLES. Apagó el motor pero no se bajó.

—Puesto que estoy arriesgando la vida contigo, jefe, quiero saber qué te preocupa.

Dan estuvo a punto de indicar que correr ese riesgo había sido idea de Billy, no suya, pero no era justo. Se lo explicó. Billy escuchó en un silencio atónito.

—Por los brincos de Cristo —masculló cuando Dan terminó.

—O lo pasé por alto —dijo Dan—, o en ninguna parte de la Biblia se menciona que Jesús fuera por ahí pegando brincos. Aunque supongo que de niño sí; la mayoría lo hacen. ¿Quieres ir a registrarnos, o lo hago yo?

Billy continuó sentado donde estaba.

—¿Lo sabe Abra?

Dan negó con la cabeza.

—Pero podría enterarse.

—Podría, pero no lo hará. Sabe que curiosear está mal, sobre todo cuando se trata de alguien que te importa. Sería como espiar a sus padres cuando hacen el amor.

—¿Sabes eso desde que eras pequeño?

—Sí. A veces ves un poco, no se puede evitar, pero enseguida te das media vuelta y te apartas.

—¿Tú vas a estar bien, Danny?

—Un rato. —Pensó en las moscas perezosas en sus labios y mejillas y frente—. El suficiente.

—¿Y después?

—Ya me preocuparé después por el después. Día a día. Vamos a pedir una habitación. Mañana tenemos que ponernos en marcha temprano.

—¿Has tenido noticias de Abra?

Dan sonrió.

—Abra está bien.

Al menos por ahora.

5

Pero en realidad Abra no estaba bien.

Sentada delante de su mesa, con un ejemplar a medio leer de *El hombre de Kiev* en la mano, trataba de no mirar hacia la ventana de su dormitorio, no fuera a ser que viera a cierta persona observándola. Sabía que algo malo le pasaba a Dan, y sabía que no quería que ella se enterara de qué se trataba, pero igualmente sentía la tentación de mirar, a pesar de todos los años que llevaba educándose para evitar los APA: asuntos privados de los adultos. Dos cosas la contenían. La primera era el convencimiento de que, le gustara o no, en ese momento no podía hacer nada para ayudarlo. La otra (más importante) era saber que él podría percibirla dentro de su cabeza. En ese caso, se sentiría decepcionado.

De todas formas, seguro que lo tiene bloqueado, pensó. *Puede hacerlo, es bastante fuerte.*

Aunque no tan fuerte como ella... o, si se expresaba en términos del resplandor, tan brillante. Ella podría abrir sus cajas de seguridad y echar un vistazo a las cosas que hubiera dentro, pero intuía que eso podría suponer un peligro para los dos. No había una razón en particular para pensarlo, tan solo era un presentimiento —como el de que era buena idea que el señor Freeman acompañara a Dan—, pero confiaba en él. Además, quizá se tratara de algo que pudiera ayudarles. Era una esperanza a la que aferrarse. *La verdadera esperanza es fugaz y vuela con alas de golondrina*; esa era otra cita de Shakespeare.

No mires esa ventana. No te atrevas.

No. Rotundamente no. Nunca. Pero miró, y allí estaba Rose, sonriendo debajo de su sombrero ladeado. El nubarrón de cabello y la piel pálida de porcelana y los enloquecedores ojos oscuros y los voluptuosos labios rojos, todo enmascarando aquel único diente prominente. Aquel *colmillo.*

Vas a morir gritando, zorra.

Abra cerró los ojos y pensó con fuerza

(*no estás ahí no estás ahí no estás ahí*)

y volvió a abrirlos. La cara sonriente de la ventana había desaparecido. Pero no del todo. En algún lugar de las montañas —en el techo del mundo— Rose estaba pensando en ella. Y a la espera.

6

El motel servía un desayuno tipo bufet. Dado que su compañero de viaje lo vigilaba, Dan hizo el esfuerzo de tomarse unos cereales y un yogur. Billy pareció quedarse tranquilo. Mientras él se ocupaba de pagar la factura en recepción, Dan se dirigió con paso despreocupado al baño de caballeros del vestíbulo. Una vez dentro, giró el pestillo, se arrodilló y vomitó todo lo que había comido. Los cereales y el yogur sin digerir flotaron en una espuma roja.

—¿Estás bien? —preguntó Billy cuando Dan se reunió con él en el mostrador.

—Sí —dijo Dan—. Vamos, en marcha.

7

Según el mapa de carreteras de Billy, unos mil novecientos kilómetros separaban Denver de Cincinnati. Sidewinder quedaba aproximadamente a ciento veinte kilómetros al oeste, por carreteras llenas de cambios de rasante y curvas pronunciadas y bordeadas de abruptos barrancos. Dan intentó conducir un rato ese domingo por la tarde, pero se cansó enseguida y le cedió otra vez el volante a Billy. Se quedó dormido y, cuando despertó, ya se ponía el sol. Estaban en Iowa..., hogar del difunto Brad Trevor.

(*¿Abra?*)

Había temido que la distancia dificultara, o incluso imposibilitara, la comunicación mental; sin embargo, la muchacha respondió enseguida, y con la misma intensidad de siempre; si hubiera sido una emisora de radio, habría transmitido a cien mil watts. Estaba en su habitación tecleando en su computadora alguna que otra tarea escolar. A Dan le divirtió y al mismo tiempo le entristeció ver que tenía a Brinquitos, su conejito de peluche, en el regazo. La tensión de lo que tenían entre manos provocaba en ella una regresión a una Abra más joven, al menos desde una perspectiva emocional.

Con la línea entre ellos completamente abierta, ella captó sus pensamientos.

(*no te preocupes por mí estoy bien*)

(*mejor porque tienes que hacer una llamada*)

(*sí de acuerdo y tú ¿estás bien?*)

(*perfectamente*)

Abra sabía más, pero no preguntó, y así era como él lo deseaba.

(*tienes el*)

Ella creó una imagen.

(*todavía no es domingo las tiendas no abren*)

Otra imagen, una que le arrancó una sonrisa. Un Walmart... salvo que el letrero en la fachada lo anunciaba como SUPERMERCADO DE ABRA.

(*no nos venderían lo que necesitamos encontraremos uno que sí*)

(*vale… supongo*)

(*¿sabes qué decirle?*)

(*sí*)

(*intentará arrastrarte a una conversación larga intentará fisgar no se lo permitas*)

(*no lo haré*)

(*dame un toque después para que no me preocupe*)

Aunque se iba a preocupar, por supuesto, y mucho.

(*descuida te quiero tío Dan*)

(*yo también a ti*)

Dan formó un beso. Abra le respondió con otro: grandes labios rojos de dibujos animados. Casi pudo sentirlo en sus mejillas. Entonces se fue.

Billy lo miraba fijamente.

—Estabas hablando con ella, ¿no?

—Sí, señor. Los ojos en la carretera, Billy.

—Que sí, está bien. Te pareces a mi exmujer.

Billy puso la direccional, cambió al carril rápido y adelantó a una enorme casa rodante Fleetwood Pace Arrow que avanzaba torpe y pesadamente. Dan se quedó mirándola, preguntándose quién viajaría dentro y si estarían espiando por las ventanillas tintadas.

—Quiero hacer otros ciento cincuenta kilómetros o así antes de detenernos para pasar la noche —indicó Billy—. Según mis cálculos para mañana, debería sobrarnos una hora para hacer tu tarea y llegar a las tierras altas a tiempo para la cita que tú y Abra han fijado para la confrontación. Pero nos convendría echarnos a la carretera antes del amanecer.

—Bien. ¿Entiendes cómo irá esto?

—Entiendo cómo se *supone* que tiene que ir. —Billy lo miró—. Ya puedes rezar para que no utilicen binoculares. ¿Crees que es posible que salgamos vivos? Dime la verdad. Si la respuesta es no, cuando paremos para cenar me voy a pedir el bistec más grande que hayas visto en tu vida. Ya perseguirán los de la MasterCard a mis parientes para que paguen el último extracto de la tarjeta, pero adivina qué. No tengo parientes. A no ser que cuentes a mi ex, claro, aunque esa, si me estuviera quemando, ni siquiera me mearía encima para apagar el fuego.

—Volveremos —dijo Dan, pero su voz sonaba exangüe. Se sentía demasiado enfermo para intentar disimularlo.

—¿Sí? Bueno, a lo mejor me pido ese bistec igual. ¿Y tú qué?

—Creo que podré con una sopita. Siempre que sea clara. —La idea de comer cualquier cosa demasiado espesa como para no poder leer un periódico a través (crema de tomate, crema de champiñones) hizo que se le encogiera el estómago.

—De acuerdo. ¿Por qué no descansas los ojos un rato?

Dan sabía que no podría dormir profundamente por muy cansado y enfermo que se sintiera —imposible mientras Abra trataba con la cosa ancestral que parecía una mujer—, pero echó una cabezada, un sueño ligero pero lo bastante fértil como para que crecieran pesadillas, primero del Overlook (la versión de ese día presentaba al ascensor que se ponía a funcionar por sí solo en mitad de la noche), luego de su sobrina. Esta vez habían estrangulado a Abra con un trozo de cable. Miraba a Dan con ojos desorbitados y acusadores. Resultaba demasiado fácil leer lo que había en ellos. *Dijiste que me ayudarías. Dijiste que me salvarías. ¿Dónde estabas?*

8

Abra demoró la tarea que debía llevar a cabo hasta que se dio cuenta de que su madre pronto empezaría a darle lata con que se acostara. No iría al colegio por la mañana, pero aun así sería un día movido. Y, quizá, una noche muy larga.

Postergar las cosas solo las empeora, cara mia.

Ese era el evangelio según Momo. Abra miró hacia la ventana deseando poder ver a su bisabuela allí en vez de a Rose. Sería estupendo.

—Momo, tengo mucho miedo —musitó, pero tras dos inspiraciones largas para calmar sus nervios, tomó su iPhone y marcó el número del Pabellón Overlook del Campamento Bluebell.

Contestó un hombre y, cuando Abra anunció que quería hablar con Rose, le preguntó quién era.

—Sabes quién soy —dijo ella. Y, con lo que esperaba que fuera una irritante curiosidad, preguntó—: ¿Has enfermado ya, señor?

El hombre en el otro extremo de la línea (era el Lamebotas) no contestó a eso, pero Abra oyó que murmuraba algo a alguien. Un momento después, Rose se puso al teléfono, recobrada y afianzada la compostura.

—Hola, querida. ¿Dónde estás?

—De camino —dijo Abra.

—¿En serio? Qué bien, querida. ¿Y si marco asterisco-sesenta-y-nueve no descubriré que esta llamada proviene de un número con prefijo de New Hampshire?

—Claro que sí —contestó Abra—. Estoy usando mi celular. Espabila, que estamos en el siglo XXI, zorra.

—¿Qué quieres? —La voz en el otro extremo era ahora cortante.

—Asegurarme de que conoces las reglas —dijo Abra—. Estaré allí mañana a las cinco. Llegaré en una camioneta roja.

—¿Y quién conduce?

—Mi tío Billy —dijo Abra.

—¿Era uno de los de la emboscada?

—Es el que estaba conmigo y el Cuervo. Deja de hacer preguntas. Cállate y escucha.

—Qué grosera —se lamentó Rose con tristeza.

—Se estacionará al final del estacionamiento, junto a la señal que dice LOS NIÑOS COMEN GRATIS CUANDO GANAN LOS EQUIPOS DE COLORADO.

—Veo que has visitado nuestra web. Qué ricura. ¿O fue tal vez tu tío? Es muy valiente al ofrecerse como chofer. ¿Es hermano de tu padre o de tu madre? Las familias palurdas son mi hobby. Me gusta trazar árboles genealógicos.

Intentará fisgar, le había dicho Dan, y cuánta razón tenía.

—¿Qué parte de «cállate y escucha» no entiendes? ¿Quieres seguir adelante con esto o no?

Ninguna respuesta, solo un silencio de espera. Un *escalofriante* silencio de espera.

—Desde el estacionamiento podremos verlo todo: el campamento, el Pabellón y el Techo del Mundo en lo alto de la colina. Más vale que mi tío y yo te veamos allí arriba, y más vale que no veamos a la gente de tu Nudo Verdadero por *ninguna parte*. Los demás se quedarán dentro de esa especie de refugio mientras nosotras nos ocupamos de nuestro asunto. En la sala principal, ¿entendido? Tío Billy no sabrá si están donde deben, pero yo sí. Si capto a uno solo en cualquier otro sitio, nos largaremos.

—¿Tu tío esperará en la camioneta?

—No. *Yo* me quedaré en la camioneta hasta que estemos seguros. Después él se marchará y yo iré a reunirme contigo. No quiero que se acerque a ti.

—De acuerdo, querida. Será como tú dices.

No, no será así. Mientes.

Pero Abra también mentía, lo que las dejaba más o menos empatadas.

—Tengo una pregunta realmente importante, querida —dijo Rose en tono amable.

Abra estuvo a punto de morder el anzuelo, pero entonces recordó el consejo de su tío. Su tío *de verdad*. Una pregunta, claro. Que conduciría a otra… y a otra… y a otra.

—Así se te atragante —dijo, y colgó.

Empezaban a temblarle las manos. Y luego las piernas y los brazos y los hombros.

—¿Abra? —Mamá. Llamando desde el pie de las escaleras. *Lo percibe. Solo un poco, pero lo percibe. ¿Es cosa de madres o es cosa del resplandor?*—. Cariño, ¿estás bien?

—¡Sí, mamá! ¡Me estoy preparando para irme a la cama!

—Diez minutos y subiremos a darte un beso de buenas noches. Ponte la piyama.

—Descuida.

Si supieran con quién acabo de hablar…, pensó Abra. Pero no lo sabían. Solo creían saber lo que estaba ocurriendo. Ella estaba ahí en su dormitorio, cada puerta y ventana de la casa tenía echado el cerrojo, y creían que con eso estaría a salvo. Incluso su padre, que había visto al Nudo Verdadero en acción.

Pero Dan sabía. Cerró los ojos y alargó su mente hacia él.

9

Dan y Billy se encontraban bajo otra marquesina de motel. Seguían sin señales de Abra. Mal asunto.

—Vamos, jefe —dijo Billy—. Vamos adentro y…

Entonces apareció. Gracias a Dios.

—Calla un segundo —le pidió Dan, y escuchó.

Dos minutos más tarde se volvió hacia Billy, que consideró que la sonrisa reflejada en su rostro finalmente conseguía que se pareciera de nuevo al verdadero Dan Torrance.

—¿Era ella?

—Sí.

—¿Cómo le ha ido?

—Abra dice que bien. Vamos por buen camino.

—¿No ha preguntado sobre mí?

—Solo que a qué rama de la familia pertenecías. Escucha, Billy, lo del tío ha sido un pequeño error. Eres demasiado viejo para *pasar* como hermano de Lucy o David. Cuando paremos mañana a hacer nuestro mandado, tendrás que comprarte unos lentes oscuros. De los grandes. Y encasquetarte tu gorra hasta las orejas, para que no se te vea el pelo.

—Ya puestos, a lo mejor debería echarme también un poco de Just For Men.

—Un respeto, vejestorio.

El comentario le arrancó a Billy una sonrisa burlona.

—Vamos a registrarnos y a buscar algo de comer. Tienes mejor aspecto. Como para poder comer algo de verdad.

—Sopa —dijo Dan—. No tiene sentido tentar a mi suerte.

—Sopa. Muy bien.

Se la comió toda. Despacio. Y —recordándose que todo habría acabado de una forma u otra en menos de veinticuatro horas— logró retenerla. Cenaron en la habitación de Billy y, cuando finalmente terminó, Dan se tumbó en la alfombra. Le alivió un poco el dolor de estómago.

—¿Qué haces? —preguntó Billy—. ¿Alguna especie de mierda de yoga?

—Exacto. Lo aprendí viendo los dibujos del Oso Yogui. Repíteme el plan.

—Lo tengo claro, jefe, no te preocupes. Ya empiezas a parecerte a Casey Kingsley.

—Un pensamiento aterrador. Anda, repítemelo.

—Abra empezará a mandar señales a la altura de Denver. Si tienen a alguien que pueda escuchar, sabrán que está en camino. Y que se encuentra cerca. Nosotros llegaremos a Sidewinder temprano (digamos que a las cuatro en lugar de las cinco) y pasaremos por delante del campamento. No verán la camioneta. A no ser que hayan apostado un centinela en la carretera, claro.

—No creo que lo hagan. —Dan se acordó de otro aforismo de Alcohólicos Anónimos: *No tenemos poder sobre la gente, los lugares y las cosas*. Como la mayoría de las perlas de los borrachines, contenía un setenta por ciento de verdad y un treinta por ciento de majadería—. En cualquier caso, no podemos controlarlo todo. Continúa.

—Hay un merendero carretera arriba, a kilómetro y medio. Tú fuiste allí un par de veces con tu madre, antes de que la nieve los dejara aislados durante el invierno. —Billy hizo una pausa—. ¿Tú y ella solos? ¿Tu padre no fue nunca?

—Estaba escribiendo, trabajaba en una obra. Continúa.

Billy siguió desgranando el plan. Dan escuchó con atención y al final asintió.

—Muy bien, lo has entendido.

—¿No te lo había dicho? Ahora, ¿puedo hacerte una pregunta?

—Claro.

—Mañana por la tarde, ¿serás capaz de andar más de un kilómetro?

—Seré capaz.

Más me vale.

10

Gracias a que partieron de madrugada —a las cuatro de la mañana, mucho antes del alba—, Dan Torrance y Billy Freeman empezaron a divisar una nube extendiéndose por el horizonte poco después de las nueve. Una hora más tarde, cuando la nube gris azulada se disgregaba ya en una cadena montañosa, se detuvieron en el pueblo de Martenville, Colorado. Allí, en la corta (y prácticamente desierta) calle principal, Dan vio algo todavía mejor que lo que esperaba: una tienda de ropa infantil llamada Kid's Stuff. Media manzana más abajo había una gran farmacia flanqueada por una casa de empeños y un videoclub con el aviso LIQUIDACIÓN POR CIERRE PRECIOS DE SALDO en la ventana. Envió a Billy a Martenville Drugs & Sundries para que se comprara unos lentes oscuros y traspasó la puerta de Kid's Stuff.

Una sensación de tristeza y esperanza perdida impregnaba la atmósfera del local. Dan era el único cliente. He ahí la buena idea de alguien yéndose al traste, probablemente por culpa de los centros comerciales de Sterling o Fort Morgan. ¿Por qué comprar en el pueblo cuando podías conducir unos kilómetros y conseguir pantalones y vestidos para el regreso a la escuela más baratos? ¿Y qué más daba si estaban fabricados en México o Costa Rica? Una mujer de aspecto cansado, con un peinado de aspecto cansado, salió de detrás del mostrador y dedicó a Dan una sonrisa de aspecto cansado. Le preguntó si le podía ayudar. Dan respondió que sí, y cuando le explicó lo que deseaba, los ojos de la mujer se abrieron como platos.

—Ya sé que es poco corriente —dijo Dan—, pero ayúdeme un poquito. Pagaré en efectivo.

Consiguió lo que buscaba. En los pequeños comercios sin esperanza de los pueblos junto a las autopistas, la palabra «efectivo» tenía mucho peso.

11

Mientras se aproximaban a Denver, Dan se puso en contacto con Abra. Cerró los ojos y visualizó la rueda que ambos conocían. En la ciudad de Anniston, ella hizo lo mismo. Esta vez resultó más fácil. Al abrir los ojos de nuevo, Dan se encontró contemplando, a través de la pendiente del jardín trasero de los Stone, el río Saco, que centelleaba al sol de la tarde. Por su parte, Abra se descubrió ante el paisaje de las Rocallosas.

—¡Uau, tío Billy! Son preciosas, ¿verdad?

Billy dirigió una mirada al hombre sentado a su lado. Dan tenía las piernas cruzadas de una forma totalmente impropia de él y hacía rebotar un pie. Las mejillas habían recobrado su color, y en sus ojos se percibía un brillo claro que no habían tenido en todo su viaje al oeste.

—Ya lo creo, cielo —dijo.

Dan sonrió y cerró los ojos. Cuando volvió a abrirlos, la salud que Abra había llevado a su rostro ya se marchitaba.

Como una rosa sin agua, pensó Billy.

—¿Algo?

—Ping —dijo Dan. Esbozó una sonrisa, pero esta era cansada—. Como un detector de humo que necesita un cambio de pilas.

—¿Crees que lo han oído?

—Eso espero —dijo Dan.

12

Rose se paseaba de un lado a otro cerca de su EarthCruiser cuando Charlie el Fichas llegó corriendo. El Nudo había tomado vapor esa mañana, habían gastado todos menos uno de los cilindros que tenían en reserva y, añadido a lo que Rose ya había inhalado ella sola en los últimos dos días, estaba demasiado sobreexcitada para pensar siquiera en sentarse.

—¿Qué? —preguntó—. Dame una buena noticia.

—La he captado, ¿qué te parece eso? —Sobreexcitado él mismo, Charlie agarró a Rose por los brazos y se puso a dar vueltas con ella, haciendo ondear su pelo—. ¡La he *captado*! Solo unos segundos, ¡pero era ella!

—¿Has visto a su tío?

—No, miraba las montañas a través del parabrisas. Dijo que eran preciosas...

—Lo son —convino Rose. Una sonrisa se extendió por sus labios—. ¿No estás de acuerdo, Charlie?

—... y él le dio la razón. ¡Vienen, Rosie! ¡Sí que vienen!

—¿Se enteró de que estabas allí?

Charlie la soltó frunciendo el ceño.

—No lo sé seguro... Abuelo Flick probablemente lo habría...

—Dime qué crees tú.

—Casi seguro que no.

—Con eso me basta. Vete a algún lugar tranquilo. A algún lugar donde puedas concentrarte sin que te molesten. Siéntate y escucha. Si vuelves (*cuando vuelvas*) a captarla, infórmame. No quiero perderle el rastro si puedo evitarlo. Si necesitas más vapor, pídelo. He guardado un poco.

—No, no, estoy bien. Escucharé. Escucharé con *atención*.

Charlie el Fichas soltó una carcajada salvaje y se marchó corriendo. Rose no creía que tuviera idea de adónde iba, y no le importaba. Siempre y cuando permaneciera a la escucha.

13

Dan y Billy alcanzaron el pie de las Flatiron a mediodía. Mientras observaba las Rocallosas cada vez más cercanas, Dan pensó en todos los años de vagabundeo en que las había evitado. Eso, a su vez, le llevó a recordar algún poema, uno que hablaba sobre cómo podías pasarte años huyendo pero al final siempre acababas enfrentándote a ti mismo en una habitación de hotel, con un foco pelón colgando sobre tu cabeza y un revólver en la mesa.

Como disponían de tiempo, dejaron la autovía y entraron en Boulder. Billy tenía hambre; Dan no..., aunque le picaba la curiosidad. El viejo estacionó la camioneta en el estacionamiento de una tienda de bocadillos, y cuando preguntó si le compraba algo, Dan se limitó a menear la cabeza.

—¿Seguro? Te queda mucho por delante.

—Comeré cuando esto termine.

—Bueno...

Billy entró en el Subway por un sándwich de pollo al estilo Buffalo, y Dan aprovechó para contactar con Abra. La rueda giró.

Ping.

A su regreso, Dan señaló con la cabeza el emparedado extragrande, aún envuelto.

—Espera un par de minutos. Ya que estamos en Boulder, hay algo que quiero comprobar.

Cinco minutos más tarde se encontraban en Arapahoe Street. A dos manzanas del sórdido distrito de bares, le indicó a Billy que se detuviera junto al bordillo.

—Adelante, cómete ese pollo. No tardaré mucho.

Dan se bajó de la camioneta y se quedó parado en la cuarteada acera mirando un deprimente edificio de tres plantas en una de cuyas ventanas un cartel anunciaba: DEPARTAMENTOS IDEALES PARA ESTUDIANTES. El césped presentaba claros. Las hierbas crecían entre las grietas de la acera. Había dudado que ese sitio siguiera en pie, había creído que Arapahoe Street sería ahora una calle de departamentos habitada por holgazanes adinerados que beberían café de Starbucks, comprobarían sus páginas de Facebook media docena de veces al día y tuitearían como cabrones. Pero allí estaba, y con exactamente el mismo aspecto —hasta donde veía— que había tenido antaño.

Billy se plantó a su lado, con el sándwich en una mano.

—Todavía nos quedan ciento veinte kilómetros por delante, Danno. Será mejor que movamos el culo.

—Está bien —convino Dan.

Sin embargo, continuó contemplando el edificio con la pintura verde descascarada. Antaño había vivido allí un niño pequeño; cierto día se sentó en el mismo trozo de bordillo donde Billy Freeman mordisqueaba ahora un sándwich de pollo. Un niño pequeño esperando a que su padre volviera de la entrevista de trabajo en el Hotel Overlook. Tenía un avión de madera de balsa, ese niño pequeño, pero el ala estaba rota. Aunque no pasaba nada. Cuando su padre llegara a casa, la arreglaría con cinta aislante y pegamento. Después a lo mejor lo hacían volar juntos. Su padre era un hombre que daba miedo, pero cuánto lo quería aquel niño pequeño.

—Viví aquí con mis padres antes de mudarnos al Overlook. No es gran cosa, ¿verdad?

Billy se encogió de hombros.

—Los he visto peores.

Dan también, en sus años de vagabundeo. El departamento de Deenie en Wilmington, por ejemplo.

Señaló hacia la izquierda.

—Calle abajo había una zona de bares. Uno de ellos se llamaba Broken Drum. Parece que el plan de saneamiento de la ciudad se ha saltado este barrio, así que es posible que siga allí. Cuando mi padre y yo pasábamos por delante, él siempre se paraba a mirar por la ventana, y yo podía sentir la sed que crecía en su interior. Una sed tan inmensa que llegaba a *transmitírmela*. He estado bebiendo durante muchos años para saciarla, pero en realidad nunca desaparece. Mi padre lo sabía, ya entonces.

—Pero lo querías, supongo.

—Sí. —Continuaba mirando aquel edificio de departamentos cochambroso y con aire de abandono. No era gran cosa, pero Dan no podía evitar preguntarse cuán diferentes podrían haber sido sus vidas si se hubieran quedado allí. Si el Overlook no los hubiera cazado en su trampa—. Era bueno y era malo, y yo quería a las dos caras de él. Que Dios me ayude, creo que todavía lo quiero.

—Como casi todos los niños —dijo Billy—. Quieres a tus viejos y que sea lo que Dios quiera. ¿Qué otra cosa vas a hacer? Venga, Dan. Si tenemos que terminar con esto, debemos irnos.

Media hora más tarde, Boulder quedaba a sus espaldas y se adentraban en las Rocallosas.

CAPÍTULO DIECINUEVE

LA GENTE FANTASMA

1

Aunque el ocaso se aproximaba —en New Hampshire, al menos—, Abra seguía en los escalones de la puerta de atrás, mirando río abajo. Brinquitos estaba sentado cerca, en la tapa del compostador. Lucy y David salieron y se sentaron uno a cada lado de Abra. John Dalton los observaba desde la cocina con una taza de café frío en la mano. Su maletín negro descansaba en la encimera, pero no contenía nada que pudiera utilizar esa noche. Nada.

—Deberías entrar y cenar un poco —sugirió Lucy sabiendo que Abra no querría (no podría, probablemente) hasta que aquello terminara.

Sin embargo, uno se aferra a lo que conoce. Y como todo parecía normal, y como el peligro se encontraba a más de mil kilómetros de distancia, para Lucy era más sencillo que para su hija. Aunque Abra había lucido antes un cutis limpio y suave —tan inmaculado como cuando era una niña pequeña—, ahora le crecían nidos de acné en torno a las aletas de la nariz y un feo racimo de granos en la barbilla. Simples hormonas alborotadas, heraldos de la verdadera adolescencia: eso le habría gustado creer a Lucy, porque eso era normal. Pero la tensión también causaba acné. Y luego estaba la palidez de la piel de su hija y los círculos oscuros bajo los ojos. Parecía casi tan enferma como Dan la última vez que Lucy lo vio, cuando subió con dolorosa lentitud en la camioneta del señor Freeman.

—Ahora no puedo comer, mamá. No hay tiempo. Además, tampoco lo retendría.

—¿Cuánto falta, Abby? —preguntó David.

Ella no los miró. Tenía los ojos fijos en el río, pero Lucy sabía que en realidad tampoco lo miraba. Se encontraba muy lejos, en un lugar donde ninguno de ellos podría ayudarla.

—No mucho. Deberían darme un beso cada uno y luego irse adentro.

—Pero... —empezó a decir Lucy, y entonces vio que David le decía que no con la cabeza. Breve, pero firme.

Lucy suspiró, tomó una de las manos de Abra (qué fría estaba), y le plantó un beso en la mejilla izquierda. David le dio otro en la derecha.

—Recuerda lo que dijo Dan. Si las cosas van mal... —dijo Lucy.

—Deberían entrar ya. Cuando empiece, tomaré a Brinquitos y me lo pondré en el regazo. Cuando vean eso, no me interrumpan. Por *nada* del mundo. Podrían hacer que mataran al tío Dan, y quizá también a Billy. Tal vez me caiga, como si me desmayara, pero no será un desmayo, así que ni me muevan ni dejen que me mueva el doctor John. Déjenme tranquila hasta que todo haya acabado. Creo que Dan conoce un sitio donde podremos estar juntos.

—No entiendo cómo va a poder funcionar esto —dijo David—. Esa mujer, Rose, se dará cuenta de que no hay ninguna niña...

—Tienen que entrar *¡ya!* —espetó Abra.

Hicieron lo que les pedía. Lucy miró a John con aire suplicante; él solo pudo encogerse de hombros y sacudir la cabeza. Los tres permanecieron junto a la ventana de la cocina, abrazados, observando a la niña sentada en los escalones con los brazos cruzados sobre las rodillas. No había peligro a la vista; todo estaba en calma. Sin embargo, cuando Lucy vio que Abra —su niña— echaba mano a Brinquitos y se colocaba el viejo peluche en su regazo, dejó escapar un gemido. John le dio un apretón en el hombro. David ciñó el brazo alrededor de su cintura y ella le estrujó la mano con pánico.

Por favor, que mi niña esté bien. Si tiene que pasar algo... algo malo... que le pase al medio hermano que nunca he conocido. No a ella.

—Todo saldrá bien —dijo Dave.

Ella asintió con la cabeza.

—Claro que sí. Claro que sí.

Observaron a la jovencita en los escalones. Lucy comprendió que si en ese momento llamaba a su hija, ella no respondería. Abra se había ido.

2

Billy y Dan alcanzaron el desvío hacia la base de operaciones del Nudo Verdadero en Colorado a las cuatro menos veinte, hora de las montañas, lo que les situaba cómodamente por delante del horario previsto. Había un arco estilo rancho sobre el camino pavimentado con las palabras ¡BIENVENIDO AL Campamento BLUEBELL! ¡QUÉDESE UNA TEMPORADA, SOCIO! talladas en la madera. El cartel junto al camino era mucho menos amistoso: **CERRADO HASTA NUEVO AVISO**.

Billy pasó sin aminorar la marcha, pero sus ojos se mantenían ocupados.

—No veo a nadie. Ni siquiera en los jardines, aunque supongo que podrían haber escondido a alguien en aquella cabaña de recepción. Por Dios, Danny, tienes una pinta horrible.

—Por suerte para mí, el concurso de Míster América no es hasta finales de año —dijo Dan—. A kilómetro y medio, quizá un poco menos, hay una señal que dice «Lugar pintoresco y zona de picnic».

—¿Y si han apostado a alguien ahí?

—No lo han hecho.

—¿Cómo puedes estar seguro?

—Porque ni Abra ni su tío Billy tienen idea de que existe, ya que nunca han estado aquí. Y el Nudo no sabe nada de mí.

—Ya puedes confiar en que sea así.

—Abra dice que todo el mundo está donde se supone. Ha estado vigilando. Ahora calla un minuto, Billy. Necesito pensar.

Era en Hallorann en quien quería pensar. Durante varios años tras su angustioso invierno en el Overlook, Danny Torrance y Dick Hallorann habían hablado mucho. A veces cara a cara, más a menudo telepáticamente. Danny quería a su madre, pero había cosas que ella no entendía, no podía entenderlas. Las cajas de seguridad, por ejemplo. Esas en las que encerraba las cosas peligrosas que el resplandor atraía. No es que el truco funcionara siempre. En varias ocasiones había intentado crear una caja para la bebida, pero sus esfuerzos terminaron en abyectos fracasos (tal vez porque él había *deseado* que fueran un fracaso). Sin embargo, la señora Massey... y Horace Derwent...

Ahora había una tercera caja en su almacén, pero no era tan buena como las que había creado de niño. ¿Acaso porque ya no era tan fuerte? ¿Porque lo que contenía era distinto a los espíritus vengadores que habían cometido la imprudencia de ir en su busca? ¿Las dos cosas? Lo ignoraba. Lo único que sabía era que tenía una fuga. Cuando la abriera, lo que contenía podría matarlo. Pero...

—¿Qué quieres decir? —preguntó Billy.

—¿Eh? —Dan miró alrededor. Una mano le oprimía el estómago. Le dolía mucho.

—Has dicho: «No hay elección». ¿Qué querías decir?

—No importa. —Habían alcanzado el merendero, y Billy giraba hacia allí. Más adelante se abría un claro con varias mesas y parrillas. A Dan le recordó a Cloud Gap pero sin el río—. Solo que... si las cosas se ponen feas, súbete a la camioneta y sal pitando.

—¿Crees que serviría de algo?

Dan no respondió. Le ardían las entrañas. Quemaban.

3

Poco antes de las cuatro de la tarde de aquel lunes de finales de septiembre, Rose ascendió al Techo del Mundo con Sarey la Callada.

Rose iba vestida con unos jeans ajustados que acentuaban sus largas y torneadas piernas. Aunque la tarde era fresca, Sarey la Callada llevaba solo un sencillo vestido de anodino color azul claro que aleteaba en torno a sus robustas piernas enfundadas en unas medias de compresión. Rose se detuvo a mirar una placa atornillada a un poste de granito a los pies de las tres docenas de escalones que conducían a la plataforma de observación. Informaba de que en ese emplazamiento se erigía en otro tiempo el histórico Hotel Overlook, que ardió hasta los cimientos treinta y cinco años atrás.

—Aquí hay unas sensaciones muy fuertes, Sarey.

Sarey asintió con la cabeza.

—Sabes que hay manantiales calientes de donde sale vapor directamente del suelo, ¿verdad?

—Hin.

—Este sitio es así. —Rose se agachó y olfateó la hierba y las flores silvestres. Bajo su aroma subyacía el olor férreo de la sangre antigua—. Emociones fuertes: odio, miedo, prejuicio, lujuria. El eco de asesinatos. No es comida (demasiado vieja), pero igualmente es refrescante. Un bouquet embriagador.

Sarey no dijo nada, pero observó a Rose atentamente.

—Y *esta* cosa. —Rose agitó una mano en dirección a la empinada escalera de madera que subía hasta la plataforma—. Parece una horca, ¿no crees? Solo le falta una trampilla.

No hubo respuesta por parte de Sarey. En voz alta, al menos. Su pensamiento

(*no hay soga*)

llegó con suficiente claridad.

—Cierto, mi amor, pero igualmente una de nosotras va a terminar colgada aquí. O yo o esa zorra que ha metido la nariz en nuestros asuntos. ¿Ves aquello?

Rose apuntó hacia un cobertizo de color verde a unos seis metros de distancia. Sarey asintió con la cabeza.

Rose abrió una riñonera que llevaba en el cinturón; hurgó en su interior, sacó una llave y se la entregó a la otra mujer. Sarey caminó hasta el cobertizo, acompañada del quejido de la hierba al rozar sus gruesas medias de color carne. La llave encajaba en el candado de la puerta. Cuando tiró para abrirla, la luz del sol vespertino iluminó un recinto no mucho mayor que un retrete. Había una podadora y un cubo de plástico que contenía una hoz y un rastrillo. En la pared del fondo se apoyaban una pala y un pico. No había nada más, y nada tras lo que ocultarse.

—Entra —dijo Rose—. Veamos lo que puedes hacer.

Y con todo ese vapor que tienes dentro, deberías ser capaz de asombrarme.

Al igual que los demás miembros del Nudo Verdadero, Sarey la Callada tenía su pequeño talento.

Dio un paso dentro del pequeño cobertizo, olfateó el aire y farfulló:

—Porvo.

—No te preocupes por el polvo. Vamos a verte en acción. O mejor dicho, vamos a *no* verte.

Pues tal era el talento de Sarey. No era capaz de conseguir la invisibilidad (ninguno de ellos), pero podía crear una especie de *penumbra* que casaba muy bien con su rostro y figura anodinos. Se volvió hacia Rose y luego bajó la mirada al suelo. Se movió —no mucho, solo medio paso— y su sombra se fundió con la proyectada por el manillar de la podadora. Se quedó perfectamente inmóvil y, de pronto, el cobertizo se hallaba vacío.

Rose cerró los ojos y apretó los párpados, a continuación los abrió de golpe, y allí estaba Sarey, de pie junto a la podadora con las manos dobladas recatadamente en la cintura, como una chica tímida esperando que algún muchacho en la fiesta la saque a bailar. Rose desvió la vista hacia las montañas y, cuando volvió a mirar, el cobertizo estaba vacío: un diminuto almacén con nada tras lo que ocultarse. Bajo la intensa luz del sol no había ni una sola sombra. Salvo la proyectada por el manillar, claro. Solo que...

—Mete el codo —dijo Rose—. Se ve un poco.

Sarey la Callada obedeció y por un momento desapareció verdaderamente, al menos hasta que Rose se concentró y Sarey se hizo otra vez visible. Aunque, por supuesto, Rose sabía que estaba allí. Cuando llegara la hora —y ya no faltaba mucho— esa zorra no lo sabría.

—¡Bravo, Sarey! —exclamó calurosamente (o tan calurosamente como le fue posible)—. Tal vez no te necesite. Pero si te necesito, usa la hoz. Y piensa en Andi cuando lo hagas. ¿De acuerdo?

Ante la mención del nombre de Andi, los labios de Sarey se curvaron en un mohín de desdicha. Contempló pensativa la hoz dentro del cubo de plástico y asintió.

Rose se acercó a la puerta y tomó el candado.

—Ahora voy a encerrarte. La zorra leerá a los que están en el Pabellón, pero no te leerá a ti. Estoy segura. Porque tú eres la silenciosa, ¿verdad?

Sarey volvió a asentir. Ella era la silenciosa, siempre lo había sido.

(*qué pasa con el*)

Rose sonrió.

—¿El candado? No te preocupes por eso. Tú solo preocúpate de permanecer inmóvil. Inmóvil y callada. ¿Me entiendes?

—Hin.

—¿Y entiendes lo de la hoz? —Rose no le habría confiado un arma de fuego a Sarey ni aunque el Nudo hubiera tenido alguna.

—Hos. Hin.

—Si consigo dominarla (y tan llena de vapor como estoy ahora, no debería ser un problema), te quedarás donde estás hasta que te deje salir. Pero si me oyes gritar…, veamos…, si me oyes gritar *no me obligues a castigarte*, eso significará que necesito ayuda. Me aseguraré de que te dé la espalda. Sabes qué ocurrirá entonces, ¿verdad?

(*subiré las escaleras y*)

Pero Rose meneaba la cabeza.

—No, Sarey. No hará falta. Ella no llegará a subir hasta esa plataforma.

Odiaría perder el vapor incluso más de lo que odiaría perder la oportunidad de matar a la zorra ella misma… después de hacerla sufrir, y durante largo rato. Sin embargo, no debía abandonar toda prudencia. La chica *era* muy fuerte.

—¿A qué tienes que estar atenta, Sarey?

—No me brigues a castigarte.

—¿Y en qué estarás pensando?

Los ojos, medio ocultos tras los enmarañados rizos, centellearon.

—Engansa.

—Exacto. Venganza por Andi, asesinada por los amigos de esa zorra. Pero no a menos que te necesite, porque quiero encargarme de esto yo misma. —Rose apretó las manos y se clavó las uñas en unas profundas medias lunas encostradas de sangre que ya tenía en las palmas—. Pero si te necesito, *ven*. No vaciles ni te pares por nada. No te pares hasta que le hundas la hoja de esa hoz en la nunca y vea la punta salir por su puta garganta.

Los ojos de Sarey brillaban.

—Hin.

—Bien. —Rose la besó, luego cerró la puerta y puso el candado. Se metió la llave en la riñonera y se apoyó en la puerta—. Escúchame, corazón. Si todo va bien, tomarás el primer vapor. Te lo prometo. Y será el mejor que hayas probado nunca.

Rose regresó a la plataforma de observación, tomó aire, con inspiraciones largas para tranquilizarse, y comenzó a subir los escalones.

4

Dan estaba de pie con las manos apoyadas en una de las mesas de picnic, la cabeza gacha, los ojos cerrados.

—Este plan es una locura —dijo Billy—. Debería quedarme contigo.

—No puedes. Tienes cosas más importantes que hacer.

—¿Y si te desmayas a mitad de camino? Y aunque no te desmayes, ¿cómo vas a enfrentarte al grupo entero? Por el aspecto que tienes ahora, ni siquiera aguantarías dos asaltos con un niño de cinco años.

—Creo que muy pronto me sentiré mucho mejor. Y más fuerte. Vete, Billy. ¿Recuerdas dónde debes estacionarte?

—Al final del estacionamiento, junto al letrero que dice que los niños comen gratis cuando los equipos de Colorado ganan.

—Exacto. —Dan alzó la cabeza y se fijó en los lentes oscuros de tamaño extragrande que Billy llevaba puestos—. Encasquétate bien la gorra. Hasta las orejas. Que parezcas más joven.

—Puede que tenga un truco que me haga parecer todavía más joven. Si todavía puedo hacerlo, claro.

Dan apenas lo oyó.

—Necesito una cosa más.

Se enderezó y abrió los brazos. Billy lo abrazó, deseaba hacerlo con fuerza —ferozmente— pero no se atrevía.

—Abra me aconsejó bien. Nunca habría llegado hasta aquí sin ti. Ahora ve a ocuparte de tus asuntos.

—Y tú ocúpate de los tuyos —dijo Billy—. Cuento contigo para que lleves el *Riv* hasta Cloud Gap en Acción de Gracias.

—Me gustaría —dijo Dan—. El mejor tren a escala que un niño jamás tuvo.

Billy lo observó mientras se alejaba, caminando despacio con las manos en el estómago, hacia la señal al otro lado del claro. Tenía dos flechas de madera. Una apuntaba al oeste, hacia el Mirador Pawnee. La otra apuntaba al este, montaña abajo. En esta decía: AL Campamento BLUEBELL.

Dan echó a andar en esa dirección. Durante un rato Billy pudo verlo a través de las brillantes hojas amarillas de los álamos, caminando lenta y dolorosamente, con la cabeza gacha vigilando su paso. Entonces desapareció.

—Cuida de mi muchacho —rogó Billy.

No estaba seguro de si hablaba con Dios o con Abra, y suponía que no importaba; esa tarde ambos probablemente estarían demasiado ocupados para molestarse por los de su condición.

Regresó a la camioneta y de la caja del vehículo sacó a una niña con ojos azules de porcelana y tiesos rizos rubios. No pesaba mucho; probablemente estaría hueca por dentro.

—¿Cómo va eso, Abra? Espero que no hayas dado demasiados tumbos.

Llevaba puesta una camiseta de los Rockies de Colorado y pantalones cortos azules. Iba descalza, y ¿por qué no? Esa niña —en realidad un maniquí adquirido en una moribunda tienda de ropa infantil en Martenville— jamás había caminado un solo paso. Sin embargo, tenía rodillas flexibles, y Billy pudo acomodarla en el asiento del pasajero sin problema. Le abrochó el cinturón de seguridad y, antes de cerrar la portezuela, probó el cuello. También se doblaba, aunque solo un poco. Se alejó unos metros para examinar el efecto. No estaba mal. Parecía estar mirando algo en su regazo. O quizá implorando fuerza para la batalla que se avecinaba. No estaba nada mal.

A no ser que usaran binoculares, claro, en cuyo caso todo se jodería.

Subió a la camioneta y esperó; dio tiempo a Dan. Y confió en que no se hubiera desmayado en algún punto de la senda que conducía al Campamento Bluebell.

A las cinco menos cuarto, Billy arrancó la camioneta y recorrió de vuelta el camino por el que habían venido.

5

Dan mantuvo un ritmo constante a pesar del calor creciente en su vientre. Sentía como si tuviera dentro una rata en llamas, una rata que no dejaba de mordisquearle mientras ardía. Si el sendero hubiera sido ascendente en lugar de cuesta abajo, jamás lo habría conseguido.

A las cinco menos diez dobló una curva y se detuvo. A no mucha distancia, los álamos daban paso a una extensión de césped verde y bien cuidado que descendía hasta un par de pistas de tenis. Más allá divisó la zona de estacionamiento para cámpers y un largo edificio de troncos: el Pabellón Overlook. Más allá, el terreno volvía a elevarse. Donde en otro tiempo se erigía el Overlook, una alta plataforma se erguía como un puente grúa contra el cielo brillante. El Techo del Mundo. Al contemplarlo, el mismo pensamiento que se le había ocurrido a Rose la Chistera

(*una horca*)

le pasó por la cabeza. De pie junto a la barandilla, mirando cara al sur hacia el estacionamiento para visitantes, se recortaba una única silueta. Una figura de mujer. Llevaba una chistera ladeada.

(*Abra ¿estás ahí?*)

(*estoy aquí, Dan*)

Sonaba calmada. Y calmada era como él la quería.

(*¿están oyéndote?*)

Tras la pregunta sintió un vago cosquilleo: su sonrisa. Su sonrisa furiosa.

(*si no me oyen es que están sordos*)

Le bastaba.

(*tienes que venir a mí ahora pero recuerda que si te digo que te vayas TE VAS*)

Abra no respondió. Antes de que tuviera ocasión de repetírselo, ella estaba allí.

6

Los Stone y John Dalton observaron impotentes cómo Abra resbalaba de costado hasta quedar tendida con la cabeza en las tablas del porche y las piernas abiertas extendidas sobre los peldaños inferiores. Brinquitos se cayó de la mano relajada que lo sostenía. No parecía dormida, ni siquiera desmayada. Era la fea postura de la inconsciencia profunda o la muerte.

Lucy se lanzó hacia delante. Dave y John la frenaron, pero ella intentó zafarse.

—¡Suéltenme! ¡Tengo que ayudarla!

—No puedes —dijo John—. Ahora solo Dan puede ayudarla. Tienen que ayudarse el uno al otro.

Ella lo miró con ojos salvajes.

—¿Respira? ¿Lo notas?

—Respira —afirmó Dave, pero él mismo percibió la inseguridad en su voz.

7

Cuando Abra se le unió, el dolor se alivió por primera vez desde Boston. A Dan eso no le reconfortó mucho, pues ahora Abra también sufría. Lo notaba en el rostro de la niña, pero advirtió al mismo tiempo el asombro en sus ojos mientras echaba un vistazo a la habitación en la que se encontraba. Había una litera, paredes revestidas de pino nudoso y una alfombra con un diseño bordado de cactus y salvias del oeste. Tanto la alfombra como la cama inferior estaban sembradas de juguetes baratos. Sobre un pequeño escritorio en el rincón se desperdigaban varios libros y un rompecabezas de piezas grandes. En el rincón opuesto vibraba y siseaba un radiador.

Abra se acercó al escritorio y tomó uno de los libros. En la portada, un perrillo perseguía a una niñita montada en un triciclo. Se titulaba *Reading Fun with Dick and Jane*.

Dan se aproximó con una sonrisa perpleja.

—La niña de la portada es Sally. Dick y Jane son sus hermanos. Y el perro se llama Jip. Durante una temporada fueron mis mejores amigos. Mis únicos amigos, supongo. Salvo por Tony, claro.

Abra dejó el libro y volteó hacia él.

—¿Qué lugar *es* este, Dan?

—Un recuerdo. Antes había un hotel aquí, y este era mi cuarto. Ahora es un sitio en el que podemos estar juntos. ¿Sabes la rueda que gira cuando te metes dentro de alguien?

—Ajá...

—Este es el centro. El eje.

—Ojalá pudiéramos quedarnos aquí. Parece... seguro. Menos por *eso*. —Abra señaló hacia una puerta con grandes paneles de cristal—. No me ofrece la misma sensación que el resto. —Le dirigió una mirada casi acusadora—. No estaba aquí, ¿verdad? Cuando eras niño.

—No. Mi cuarto no tenía ventanas, y la única puerta era la que daba al resto del departamento del guardia. Lo he modificado. Era preciso. ¿Sabes por qué?

Abra le estudió el rostro con ojos serios.

—Porque eso era entonces y esto es ahora. Porque el pasado se ha ido, pero define el presente.

Dan sonrió.

—Ni yo mismo podría haberlo expresado mejor.

—No hacía falta. Lo estabas pensando.

Dan la guió hasta aquella puerta acristalada que nunca existió. Al otro lado se veía el césped, las pistas de tenis, el Pabellón Overlook y el Techo del Mundo.

—La veo —musitó Abra—. Está allí arriba, y no mira en esta dirección, ¿verdad?

—Más vale que no —dijo Dan—. ¿Te duele mucho, cielo?

—Sí —dijo ella—, pero no me importa. Porque...

No tuvo que acabar la frase. Él lo sabía, y ella sonrió. Esa unión era lo que compartían y, a pesar del dolor que la acompañaba —dolor de todas las clases— era buena. Era muy buena.

—¿Dan?

—Sí, cielo.

—Ahí fuera hay gente fantasma. No los veo, pero los siento. ¿Y tú?

—Sí. —Los había sentido durante años. Porque el pasado define el presente. Pasó un brazo en torno a los hombros de la chica y un brazo de ella le rodeó la cintura.

—¿Qué hacemos ahora?

—Esperar a Billy. Confío en que llegue a tiempo. Y luego todo será muy rápido.

—¿Tío Dan?

—Dime, Abra.

—¿Qué tienes dentro de ti? No es un fantasma. Es como... —Dan sintió que ella se estremecía—. Es como un *monstruo*.

No respondió.

Abra se puso tensa y se apartó unos pasos.

—¡Mira! ¡Por allí!

Una vieja camioneta Ford estaba entrando en el estacionamiento para visitantes.

8

Rose, con las manos apoyadas en la barandilla que rodeaba la plataforma del mirador, observaba el estacionamiento en el que acababa de pararse la camioneta. El vapor había aguzado su vista, pero aun así deseó haber cogido unos binoculares. Sin duda habría algunos en el cuarto de suministros, para los huéspedes que quisieran ir a avistar aves, así que ¿por qué no se había equipado con unos?

Porque tenías muchas otras cosas en la cabeza. La enfermedad... las ratas abandonando el barco... perder a Cuervo a manos de esa zorra...

Sí a todo —sí, sí, sí—, pero aun así debería haberlo pensado. Por un momento se preguntó qué más habría olvidado, pero apartó la idea. Seguía al frente, cargada de vapor y en plena forma. Todo se desarrollaba según lo planeado. Pronto la chica subiría hasta ahí, porque estaba henchida de orgullo y de la estúpida confianza adolescente en sus propias habilidades.

Pero yo estoy en una posición elevada, querida, y eso en todos los sentidos. Si no puedo encargarme de ti yo sola, usaré al resto de los Verdaderos. Están todos juntos en la sala principal porque pensaste que eso era una buena idea. Pero he aquí algo que no consideraste. Cuando estamos juntos estamos enlazados, somos un Nudo Verdadero, y eso nos convierte en una batería gigante. Un poder que usaré si lo necesito.

Si todo lo demás fracasaba, quedaba Sarey la Callada. Ahora mismo ya empuñaría la hoz. Quizá no fuese un genio, pero era despiadada, asesina y —una vez que entendía el cometido— totalmente obediente. Además, tenía sus propias razones para querer ver a la zorra muerta, tendida en el suelo a los pies de la plataforma del mirador.

(*Charlie*)

Recibió la respuesta del Fichas de inmediato, y aunque por lo general Charlie era un emisor débil, ahora —estimulado por la fuerza de los demás en la sala principal del Pabellón— el mensaje llegó alto y claro y casi loco de excitación.

(*la estoy captando firme y fuerte todos nosotros debe de estar muy cerca debes de percibirla*)

Rose la sentía, aunque seguía haciendo lo posible por mantener su mente cerrada a cal y canto para impedirle el paso a la zorra y no fastidiarla.

(*eso da igual tú diles a los otros que se preparen por si necesito ayuda*)

Muchas voces respondieron, saltaban una por encima de otra. Estaban preparados. Incluso aquellos que estaban enfermos se hallaban preparados para ayudar en lo que pudieran. Los amó por eso.

Rose contempló a la chica rubia de la camioneta. Bajaba la mirada. ¿Estaba leyendo algo? ¿Armándose de valor? ¿Rezando al Dios de los Palurdos, quizá? No importaba.

Ven a mí, zorra. Ven con tía Rose.

Pero no fue la chica la que se bajó del vehículo, sino el tío. Justo como la zorra había dicho que haría. A inspeccionar. Rodeó el capó de la camioneta, moviéndose despacio, mirando a todas partes. Se inclinó por la ventanilla del pasajero, le dijo algo a la chica y a continuación se separó un poco del vehículo. Miró hacia el Pabellón, luego se giró hacia la plataforma que se erguía contra el cielo… y saludó con la mano. Ese insolente malnacido la estaba saludando de verdad.

Rose no le devolvió el gesto. Fruncía el ceño. Un tío. ¿Por qué habrían enviado los padres a un tío en vez de traer a su pequeña zorra ellos mismos? Ya puestos, ¿por qué le habían permitido venir?

Los convenció de que era la única salida. Les dijo que si ella no venía a mí, yo iría a ella. Esa es la razón, y tiene sentido.

Sí, tenía sentido, pero aun así la invadió una creciente inquietud. Había permitido que la zorra estableciera las reglas del juego. Hasta ese punto, al menos, había manipulado a Rose, que lo había permitido porque ella jugaba en casa y porque había tomado precauciones, pero principalmente porque estaba enfadada. Muy enfadada.

Observó con atención al hombre del estacionamiento. Se paseaba otra vez de lado a lado, mirando aquí y allá, cerciorándose de que ella estaba sola. Perfectamente razonable, era lo que Rose habría hecho, pero aún tenía la lacerante intuición de que lo que hacía realmente era ganar tiempo, aunque el motivo se le escapaba.

Rose miró con más atención todavía, ahora centrándose en los andares del hombre. Decidió que no era tan joven como había creído en un principio. Caminaba, de hecho, como un hombre que distaba mucho de ser joven. Como si padeciera algo más que un poco de artritis. ¿Y por qué estaba tan rígida la chica?

Rose sintió la primera pulsación de verdadera alarma.

Algo iba mal.

9

—Está mirando al señor Freeman —dijo Abra—. Deberíamos ir.

Dan abrió las puertas acristaladas, pero vaciló. Notó algo en la voz de ella.

—¿Cuál es el problema, Abra?

—No lo sé. Puede que nada, pero no me gusta. Lo está mirando muy atenta. Tenemos que ir ahora mismo.

—Primero necesito hacer una cosa. Procura estar preparada, y no te asustes.

Dan cerró los ojos y fue al almacén en el fondo de su mente. Unas cajas de seguridad reales habrían estado cubiertas de polvo después de tantos años, pero las dos que había guardado allí de niño ofrecían el aspecto reluciente de siempre. ¿Y por qué no? Estaban hechas de pura imaginación. La tercera —la nueva—

tenía una neblina a su alrededor, y Dan pensó: *No me extraña que esté enfermo.*

No importaba. Esa debía quedarse ahí por el momento. Abrió la más antigua de las dos, preparado para cualquier cosa, y encontró… nada. O casi. En la caja de seguridad donde había recluido a la señora Massey durante treinta y dos años, había un montón de ceniza gris oscura. Sin embargo, en la otra…

Comprendió lo estúpido que había sido decirle que no se asustara.

Abra chilló.

10

En la entrada trasera de la casa de Anniston, Abra empezó a sacudirse. Sus piernas sufrieron espasmos; sus pies tamborilearon sobre los escalones; una mano —dando coletazos como un pez arrastrado a la orilla y abandonado allí para morir— mandó volando a Brinquitos, el maltratado y deteriorado peluche.

—*¿Qué le está pasando?* —gritó Lucy.

Se abalanzó hacia la puerta. David se quedó clavado en el sitio —petrificado ante la visión de su hija convulsa—, pero John pasó el brazo derecho alrededor de la cintura de Lucy y el izquierdo por encima del pecho. Ella se revolvió.

—¡Suéltame! ¡Tengo que ir con ella!

—¡No! —gritó John—. *¡No, Lucy, no puedes!*

Se habría liberado, pero ahora David también la sujetaba.

Se calmó. Miró primero a John.

—Si muere ahí fuera, te veré ir a la cárcel por ello. —A continuación, su mirada (de ojos planos y hostiles) se posó en su marido—. Y a ti jamás te lo perdonaré.

—Se está calmando —dijo John.

En el porche, los temblores de Abra se moderaron y seguidamente cesaron. Sin embargo, tenía las mejillas húmedas, y bajo los párpados cerrados asomaban las lágrimas. A la luz moribunda del día, colgaban de sus pestañas como gemas.

11

En el dormitorio de la infancia de Danny Torrance —un cuarto ahora hecho solo de recuerdos— Abra se aferró a Dan y hundió el rostro contra su pecho. Cuando habló, su voz sonó amortiguada.

—El monstruo, ¿se ha ido?

—Sí —dijo Dan.

—¿Lo juras por tu madre?

—Sí.

La chica alzó la cabeza y lo miró para asegurarse de que decía la verdad, luego se atrevió a inspeccionar el cuarto.

—Esa *sonrisa*... —Se estremeció.

—Sí —dijo Dan—. Creo... que se alegra de estar en casa. Abra, ¿estás bien? Porque tenemos que hacer esto ya. Se acaba el tiempo.

—Estoy bien. Pero ¿y si... esa cosa... vuelve?

Dan pensó en la caja de seguridad. Estaba abierta, pero podría volver a cerrarse con bastante facilidad. Especialmente con la ayuda de Abra.

—No creo que él... que *eso*... quiera tener nada que ver con nosotros, cielo. Vámonos. Y recuerda: si te digo que vuelvas a New Hampshire, *te vas*.

Una vez más ella no respondió, y no quedaba tiempo para discutir. El tiempo se había acabado. Atravesó las puertas acristaladas, que daban al final del sendero. Abra caminaba a su lado, pero perdía la solidez que había manifestado en el cuarto de la memoria y empezaba a parpadear.

Aquí fuera ella misma es casi una persona fantasma, pensó Dan. Evidenciaba lo mucho que ella se había puesto en peligro. No le gustaba pensar en lo frágil que sería la sujeción a su propio cuerpo.

Moviéndose rápidamente —pero sin correr; eso atraería la atención de Rose, y aún les quedaban por cubrir al menos setenta metros antes de que la parte de atrás del Pabellón Overlook impidiera que los vieran desde la plataforma del mirador—, Dan y su compañera fantasma cruzaron el césped y tomaron el camino de losas que discurría entre las pistas de tenis.

Alcanzaron la parte de atrás de la cocina y por fin la mole del Pabellón los ocultó de la plataforma. Ahí estaba el estacionario rumor de un extractor de humos y el hedor a carne podrida de los cubos de basura. Tanteó la puerta de atrás y comprobó que no tenía el pestillo echado, pero se detuvo un momento antes de abrirla.

(*¿están todos?*)

(*sí todos menos Rose… ella… date prisa Dan tienes que darte prisa porque*)

Abra, parpadeando como una niña en una antigua película en blanco y negro, lo miró con los ojos desorbitados por la consternación.

—Sabe que algo va mal.

12

Rose dirigió su atención a la pequeña zorra, aún en el asiento del pasajero de la camioneta, con la cabeza inclinada, completamente inmóvil. Abra no miraba a su tío —si es que *era* su tío— ni hacía ademán de bajarse. El medidor de alarma en la cabeza de Rose pasó del Amarillo Peligro a Alerta Roja.

—¡Eh, oye! —La voz llegó flotando hasta ella en el aire enrarecido—. ¡Eh, tú, mala pécora! ¡Mira esto!

Rose volvió bruscamente la mirada hacia el hombre del estacionamiento y observó, casi atónita, cómo levantaba las manos sobre la cabeza y daba una voltereta lateral, amplia y vacilante. Pensó que se caería de sentón, pero lo único que cayó en el cemento fue su gorra, lo que dejó al descubierto el fino cabello blanco de un hombre que superaba los setenta. Quizá incluso los ochenta.

Rose volvió a mirar a la chica en la camioneta, que continuaba perfectamente inmóvil con la cabeza doblada. No mostraba ningún interés en absoluto por las payasadas de su tío. De repente algo hizo clic y Rose comprendió lo que debería haber advertido de inmediato, de no ser por lo extravagante del truco: era un maniquí.

¡Pero ella está aquí! Charlie el Fichas la siente, todos ellos en el Pabellón la sienten, están todos juntos y saben…

Todos juntos en el Pabellón. Todos juntos en un único lugar. ¿Y había sido idea de Rose? No. La idea había surgido de…

Rose se lanzó hacia las escaleras.

13

Los miembros restantes del Nudo Verdadero se congregaban alrededor de las dos ventanas que miraban al estacionamiento, observando a Billy Freeman ejecutar una voltereta por primera vez en más de cuarenta años (y la última vez que la había hecho estaba borracho). Petty la China hasta llegó a reírse.

—Por todos los santos, ¿qué…?

Como estaban de espaldas, no se percataron de que Dan entraba en la sala desde la cocina, ni tampoco vieron a la chica que parpadeaba a su lado, apareciendo y desapareciendo. Dan tuvo tiempo de reparar en dos fardos de ropa en el suelo y de comprender que el sarampión de Bradley Trevor continuaba actuando con ahínco. Entonces regresó a su yo interior, se hundió en las profundidades, y encontró la tercera caja de seguridad, la que tenía fugas. Levantó la tapa de golpe.

(*Dan qué estás haciendo*)

Se inclinó hacia delante con las manos en los muslos, el estómago ardiendo como metal caliente, y exhaló el último hálito de la poetisa, que ella le había entregado libremente con un beso agonizante. De su boca brotó un largo penacho de niebla rosa que se oscureció, tornándose roja, al entrar en contacto con el aire. Al principio no pudo concentrarse en nada sino en el bendito alivio que sintió en el abdomen a medida que los restos ponzoñosos de Concetta Reynolds abandonaban su cuerpo.

—*¡Momo!* —chilló Abra.

14

En la plataforma, los ojos de Rose se dilataron. La zorra estaba en el Pabellón.

Y la acompañaba alguien.

Se sumergió en esta nueva mente sin pensarlo. Buscando. Ignorando los marcadores que delataban un gran vapor, solo tratando de detenerlo antes de que pudiera llevar a cabo lo que fuera que pretendiese. Ignorando la terrible posibilidad de que ya fuese demasiado tarde.

15

Los miembros del Nudo Verdadero se giraron en la dirección del grito de Abra. Alguien —que resultó ser Paul el Largo— dijo:

—¿Qué carajos es *eso*?

La niebla roja adquirió la forma de una mujer. Por un momento —sin duda no más— Dan se encontró mirando los ojos turbulentos de Concetta y vio que eran jóvenes. Aún débil y concentrado en ese fantasma, no percibió a la intrusa en su mente.

—*¡Momo!* —volvió a gritar Abra, que extendía los brazos.

La mujer de la nube podría haberla mirado. Podría incluso haberle sonreído. Entonces la forma de Concetta Reynolds se desvaneció y la niebla rodó hasta los miembros apiñados del Nudo Verdadero, muchos de ellos ahora estrechándose unos a otros con temor y perplejidad. A Dan, la sustancia roja le parecía sangre diluyéndose en agua.

—Es vapor —les dijo—. Vivían de él, cabrones; ahora inhálenlo y mueran de él.

Había sabido desde la misma concepción del plan que si no sucedía deprisa jamás viviría para ver si surtía efecto, pero nunca imaginó que ocurriría tan rápido como lo hizo. Era probable que el sarampión que ya los había debilitado influyera, porque algunos duraron un poco más que otros. Aun así, acabó en cuestión de segundos.

Aullaron dentro de su cabeza como lobos agonizantes. Los alaridos horrorizaron a Dan, pero no se podía decir lo mismo de su compañera.

—*¡Bien!* —bramó Abra. Sacudía los puños en dirección a ellos—. *¿Les gusta? ¿Les gusta mi momo? ¿Está rica? ¡Tomen cuanto quieran! ¡TÓMENLO TODO!*

Entraron en ciclo. A través de la niebla roja, Dan vio a dos de ellos abrazados, con las cabezas juntas, frente contra frente, y a pesar de todo lo que habían hecho —de todo lo que eran— la visión lo conmovió. Advirtió las palabras «Te quiero» en los labios de Eddie el Corto; advirtió que Mo la Grande empezaba a responder, y entonces desaparecieron y sus ropas cayeron flotando al suelo. Así de rápido sucedió.

Se volvió hacia Abra, con la intención de decirle que tenían que acabar con aquello de una vez, pero en ese momento Rose la Chistera empezó a chillar, y durante unos instantes —hasta que Abra fue capaz de bloquearla— aquellos gritos de ira y dolor enloquecido velaron todo lo demás, incluso el bendito alivio de encontrarse libre de dolor. Y, esperaba con fervor, libre de cáncer. Esto último no lo sabría con certeza hasta que pudiera verse la cara en un espejo.

16

Rose se encontraba en el peldaño superior de la escalera que descendía de la plataforma cuando la niebla asesina engulló al Nudo Verdadero, los restos de la momo de Abra ejecutando su rápido y letal trabajo.

Una blanca cortina de agonía cayó sobre ella. Los alaridos le perforaron la cabeza como metralla. Los gritos del moribundo Nudo Verdadero hacían que aquellos del grupo de asalto a Cloud Gap en New Hampshire y de Cuervo en Nueva York parecieran insignificantes en comparación. Rose retrocedió tambaleándose como si la hubieran golpeado con un garrote. Chocó contra la barandilla, rebotó y se desplomó sobre las tablas. En algún lugar en la distancia, una mujer —una anciana, por el sonido tembloroso de su voz— clamaba *no, no, no, no, no*.

Soy yo. Tengo que ser yo, porque soy la única que queda.

No era la chica quien había caído en la trampa del exceso de confianza, sino la misma Rose. Pensó en algo

(*volados con su propio petardo*)

que la zorra había dicho. Hervía de rabia y consternación. Sus viejos amigos y compañeros de viaje de tantos años estaban muertos. Envenenados. Excepto por los cobardes que habían huido, Rose la Chistera era la última del Nudo Verdadero.

Pero no, eso no era cierto. Quedaba Sarey.

Tendida en la plataforma y temblando bajo el cielo vespertino, Rose alargó su mente hacia ella.

(*¿estás?*)

El pensamiento que recibió estaba cargado de confusión y terror.

(*sí pero Rose ¿están? ¿es posible?*)

(*olvídate de ellos recuerda Sarey ¿te acuerdas?*)

(*«no me obligues a castigarte»*)

(*bien Sarey bien*)

Si la zorra no huía... si cometía el error de intentar terminar el trabajo, aquella masacre...

Sí, cometería ese error. Rose estaba segura, y había visto lo suficiente en la mente del compañero de esa bruja para saber dos cosas: cómo habían llevado a cabo esa carnicería, y cómo podría utilizarse contra ellos su misma conexión.

La ira era poderosa.

Al igual que los recuerdos de la infancia.

Se puso dificultosamente en pie, se ajustó el sombrero en su habitual ángulo desenfadado sin siquiera pensarlo y caminó hasta la barandilla. El viejo de la camioneta la miraba fijamente, pero ella le prestó escasa atención. Ya había cumplido su traicionera misión. Se ocuparía de él más tarde, ahora solo tenía ojos para el Pabellón Overlook. La chica se encontraba allí, pero también muy lejos. Su presencia corpórea en el campamento del Nudo era poco más que un fantasma. El que sí estaba presente

—una persona real, un palurdo— era un hombre al que no había visto antes. Un vaporero. La voz del hombre sonó clara y fría dentro de su mente.

(*hola Rose*)

Cerca de allí había un lugar donde la chica cesaría de parpadear. Donde adoptaría forma física. Donde la podría matar. Que Sarey se ocupara del vaporero, pero no hasta que este se hubiera ocupado de la zorra.

(*hola Danny hola muchachito*)

Cargada de vapor, se proyectó hacia él y lo estampó contra el eje de la rueda, apenas oyendo el grito de perplejidad y terror de Abra cuando le tocó a ella ir detrás.

Y una vez que Dan estuvo donde Rose lo quería, por un momento demasiado sorprendido para mantener la guardia levantada, vertió toda su furia sobre él. La vertió como un chorro de vapor.

CAPÍTULO VEINTE

EL EJE DE LA RUEDA, EL TECHO DEL MUNDO

1

Dan Torrance abrió los ojos. La luz del sol los perforó, se introdujo en su dolorida cabeza y amenazó con prenderle fuego a su cerebro. Era la cruda que terminaría con todas las crudas. Oía a su lado un fuerte ronquido: un sonido desagradable e irritante que solo podía provenir de una muchacha borracha durmiéndola en el extremo equivocado del arcoíris. Dan giró la cabeza en su dirección y vio a la mujer despatarrada de espaldas. Vagamente familiar. Un halo de cabello oscuro se desplegaba como una cascada en torno a ella. Llevaba una camiseta extragrande de los Braves de Atlanta.

No es real. No estoy aquí. Estoy en Colorado. Estoy en el Techo del Mundo, y tengo que ponerle fin.

La mujer se dio la vuelta, abrió los ojos y los clavó en él.

—Dios, mi cabeza —dijo—. Consígueme un poco de coca, papi. Está en la salita.

Dan la miró pasmado y cada vez más furioso. La furia parecía surgir de ninguna parte, pero ¿no había sido siempre así? Era su propia esencia, una adivinanza envuelta en un enigma.

—¿Coca? ¿Quién ha comprado coca?

La mujer sonrió, revelando una boca que solo contenía un único diente amarillento. Y entonces supo quién era.

—La compraste *tú*, papi. Anda, ve a buscarla. En cuanto se me despeje la cabeza, me voy a revolcar contigo de lo lindo.

De algún modo había regresado a ese sórdido departamento de Wilmington, desnudo, junto a Rose la Chistera.

—¿Qué has hecho? ¿Cómo he llegado aquí?

Ella echó la cabeza atrás y soltó una carcajada.

—¿No te gusta este sitio? Debería; lo he sacado de tu propia cabeza. Y ahora vamos, obedece, cabrón. Ve por la puta coca.

—¿Dónde está Abra? ¿Qué le has hecho a Abra?

—La he matado —respondió Rose con indiferencia—. Estaba tan preocupada por ti que bajó la guardia y la abrí en canal desde la garganta hasta el vientre. No fui capaz de inhalar tanto vapor como hubiera deseado, pero conseguí bastan...

El mundo se tiñó de rojo. Dan ciñó las manos al cuello de la mujer y empezó a estrangularla. Un único pensamiento latía en su mente: *zorra de mierda, ahora te tomarás tu medicina, zorra de mierda, ahora te tomarás tu medicina, zorra de mierda, ahora te la tomarás hasta la última gota.*

2

El vaporero era poderoso, pero no tenía nada comparado con el jugo de la chica. Estaba de pie con las piernas separadas, la cabeza gacha, los hombros hundidos y los puños levantados: la postura de todo hombre que alguna vez ha perdido el juicio cegado por una furia asesina. La ira hacía fáciles a los hombres.

Resultaba imposible seguir el hilo de sus pensamientos, porque se habían tornado rojos. Eso estaba bien, eso era correcto, Rose tenía a la joven justo donde quería. En su estado de horrorizada consternación, había sido bastante fácil moverla al eje de la rueda. Sin embargo, no permanecería horrorizada ni consternada mucho tiempo; la Pequeña Zorra se había convertido en la Niña Estrangulada. Pronto sería la Niña Muerta, volada con su propio petardo.

(*tío Dan no no para no es ella*)

Soy yo, pensó Rose, empujando con más fuerza todavía. El diente le brotó de la boca y ensartó el labio inferior. La sangre se derramó por la barbilla y sobre su blusa. No la notó más de lo que notaba la brisa montañosa que soplaba a través de su mata de cabello oscuro. *Soy yo. Tú eras mi papi, mi papi del bar, te dejé vacía la cartera por un montón de coca mala, y ahora es la mañana después y yo necesito mi medicina. Es lo que quisiste hacer cuando te despertaste al lado de esa puta borracha en Wilmington, lo que querrías haber hecho si tuvieras pelotas, darme mi medicina a mí y de paso a ese mocoso inútil de hijo. Tu padre sabía cómo tratar a las mujeres estúpidas y desobedientes, igual que su padre antes que él. A veces una mujer lo único que necesita es tomarse su medicina. Necesita…*

Se oía el rugido de un motor que se aproximaba. Tenía tan poca importancia como el dolor de su labio y el sabor de la sangre en la boca. La chica se asfixiaba, se sacudía. Entonces, un pensamiento tan fuerte como un trueno le explotó en el cerebro, un rugido herido:

(*¡MI PADRE NO SABÍA NADA!*)

Rose aún intentaba vaciar su mente de aquel grito cuando la camioneta de Billy Freeman chocó contra la base del mirador y la tiró al suelo. Su sombrero salió volando.

3

No era el departamento de Wilmington. Era su dormitorio, destruido largo tiempo atrás, del Hotel Overlook: el eje de la rueda. No era Deenie, la mujer junto a la que había despertado en aquel departamento, y no era Rose.

Era Abra. Le rodeaba el cuello con las manos y los ojos se le salían de las órbitas.

Por un momento empezó a transformarse de nuevo, al tiempo que Rose intentaba colarse dentro de él, alimentándolo con su furia y aumentando la propia de Dan. Entonces sucedió algo, y ella desapareció. Pero volvería.

Abra tosía y lo miraba fijamente. Dan habría esperado verla en estado de shock, pero para una chica que casi había muerto estrangulada, parecía extrañamente serena.

(*bueno… ya sabíamos que no sería fácil*)

—¡No soy mi padre! —le gritó Dan—. *¡Yo no soy mi padre!*

—Seguramente es una suerte —dijo Abra, y le ofreció una sonrisa auténtica—. Tienes un genio terrible, tío Dan. Supongo que *somos* parientes de verdad.

—Casi te mato —dijo Dan—. Ya basta. Es hora de que te vayas. Vuelve a New Hampshire ahora mismo.

Ella negó con la cabeza.

—Tendré que ir (un rato, no mucho), pero ahora mismo me necesitas.

—Abra, es una orden.

Ella se cruzó de brazos y permaneció erguida en la alfombra de los cactus.

—¡Oh, Dios! —Dan se pasó las manos por el pelo—. Eres un mal bicho.

Abra alargó el brazo, le tomó la mano.

—Terminaremos esto juntos. Vamos, salgamos de este cuarto. Después de todo, creo que no me gusta estar aquí.

Sus dedos se entrelazaron, y el cuarto donde Dan había vivido una temporada cuando niño se disolvió.

4

Dan tuvo tiempo para registrar el hecho de que el cofre de la camioneta de Billy se plegaba alrededor de uno de los gruesos postes que sostenían la torre de observación del Techo del Mundo, con el radiador reventado y humeando. Vio la versión maniquí de Abra colgando por la ventanilla del pasajero, con un brazo de plástico levantado con aire desenfadado detrás de ella. Vio al mismo Billy tratando de abrir la puerta abollada del lado del conductor. Le corría la sangre por un lado de la cara.

Algo le agarró la cabeza. Unas manos poderosas se la retorcían, intentaban partirle el cuello. Y entonces aparecieron las manos de Abra apartando las de Rose. La joven miró hacia arriba.

—Tendrás que hacerlo mejor, zorra cobarde.

Rose estaba en la barandilla, mirando hacia abajo y recolocándose su feo sombrero en el ángulo correcto.

—¿Has disfrutado de las manos de tu tío en la garganta? ¿Qué sientes ahora por él?

—Fuiste tú, no él.

Rose sonrió burlona, su boca ensangrentada como un bostezo.

—Nada de eso, querida. Usé lo que él tenía dentro. Deberías saberlo, tú eres igual que él.

Intenta distraernos, pensó Dan. *Pero ¿de qué? ¿De eso?*

Era una pequeña construcción de color verde, quizá un retrete exterior, quizá un almacén.

(*¿puedes?*)

No necesitó concluir el pensamiento. Abra se volvió hacia el cobertizo y clavó la mirada en él. El candado chirrió, se partió y cayó en la hierba. La puerta se abrió. El cobertizo se hallaba vacío excepto por varias herramientas y una vieja podadora. Dan creía haber percibido algo allí dentro, pero sus nervios crispados debían de haberle jugado una mala pasada. Cuando volvió a levantar la mirada, Rose ya no estaba a la vista. Se había retirado de la barandilla.

Billy finalmente consiguió abrir la puerta de la camioneta. Salió tambaleándose, pero logró mantener el equilibrio.

—¿Danny? ¿Estás bien? —Y a continuación—: ¿Esa es Abra? Jesús, si casi ni se la ve.

—Escucha, Billy. ¿Puedes andar hasta el Pabellón?

—Creo que sí. ¿Qué pasa con la gente de dentro?

—Están muertos. Creo que sería muy buena idea que te fueras *ya*.

Billy no discutió. Echó a caminar pendiente abajo, bamboleándose como un borracho. Dan apuntó hacia las escaleras que ascendían a la plataforma del mirador y enarcó las cejas, inquisitivo. Abra negó con la cabeza

(*es lo que ella quiere*)

y condujo a Dan alrededor del Techo del Mundo, de modo que pudieron ver la copa de la chistera de Rose. Ese movimiento dejaba el cobertizo de herramientas a sus espaldas, pero Dan no pensó en ello ahora que lo había visto vacío.

(*Dan tengo que volver solo un minuto tengo que refrescarme*)

Una imagen en su mente: un prado lleno de girasoles, todos abriéndose a la vez. Abra necesitaba cuidar de su ser físico, y eso era bueno. Eso estaba bien.

(*ve*)

(*volveré lo antes*)

(*vete Abra estaré bien*)

Y, con suerte, todo habría terminado para cuando regresara.

5

En Anniston, John Dalton y los Stone vieron que Abra respiraba profundamente y abría los ojos.

—¡Abra! —llamó Lucy—. ¿Ya ha acabado?

—Pronto.

—¿Qué tienes en el cuello? ¿Son moretones?

—¡Mamá, quédate ahí! Tengo que volver. Dan me necesita.

Trató de alcanzar a Brinquitos, pero antes de que pudiera agarrar al viejo conejito de peluche, sus ojos se cerraron y su cuerpo se quedó rígido.

6

Atisbando con cautela por encima de la barandilla, Rose vio desaparecer a Abra. Esa pequeña bruja solo podía permanecer allí un tiempo, luego debía volver por un poco de descanso y relajación. Su presencia en el Campamento Bluebell no difería mucho de su presencia aquel día en el supermercado, salvo que esta manifestación era mucho más poderosa. ¿Y por qué? Porque el hombre la estaba ayudando. La estaba *potenciando*. Si estuviera muerto cuando la chica regresara…

Bajando la vista hacia él, Rose gritó:

—Yo que tú me marcharía mientras aún tuviera oportunidad, Danny. No me obligues a castigarte.

7

Sarey la Callada estaba tan concentrada en lo que ocurría en el Techo del Mundo —escuchando no solo con las orejas, sino también con cada punto de su cociente intelectual reconocidamente limitado— que al principio no se percató de que ya no se encontraba sola en el cobertizo. Fue el olor lo que finalmente la alertó: algo pútrido. Distinto a la basura. No se atrevió a volver la cabeza, porque la puerta seguía abierta y el hombre de fuera podría detectarla. Permaneció inmóvil, con la hoz en una mano.

Sarey oyó que Rose advertía al hombre que se marchara mientras tuviera oportunidad, y fue entonces cuando la puerta del cobertizo empezó a cerrarse, giraba sola sobre los goznes.

—¡No me obligues a castigarte! —gritó Rose.

Ese era su señal para salir disparada y segar la garganta de esa fastidiosa y entrometida cría, pero como la chica se había ido, el hombre tendría que valer. Sin embargo, antes de que pudiera moverse, una mano fría y resbaladiza se deslizó sobre la muñeca que empuñaba la hoz. Se deslizó sobre ella y la apresó con fuerza.

Volteó —con la puerta cerrada ya no había razón para no voltear— y lo que vio bajo la luz tenue que se filtraba a través de las grietas de las tablas provocó que un alarido brotara desbocado de la garganta normalmente muda de Sarah Carter. En algún momento durante su estado de concentración, un cadáver se había introducido en el cobertizo. Su rostro, sonriente y depredador, era verde blancuzco como un aguacate podrido. Los ojos casi parecían colgar de las cuencas. Su traje estaba salpicado de moho..., pero el confeti multicolor espolvoreado sobre sus hombros era reciente.

—Magnífica fiesta, ¿no? —comentó la aparición, y al sonreír se le rajaron los labios.

Sarey volvió a gritar y le clavó la hoz en la sien izquierda. La hoja curva se hundió en el cráneo y quedó colgando, pero no fluyó sangre.

—Dame un beso, querida —dijo Horace Derwent. De entre sus labios surgió el vestigio de una lengua blanca y serpenteante—. Ha pasado mucho tiempo desde la última vez que estuve con una mujer.

Y mientras sus labios ajados, resplandecientes de putrefacción, se posaban en los de Sarey, las manos del cadáver se cerraron en torno a la garganta de ella.

8

Rose vio que la puerta del cobertizo se cerraba, oyó el alarido y comprendió que se encontraba verdaderamente sola. Pronto, era probable que en cuestión de segundos, regresaría la chica y serían dos contra una. No podía permitirlo.

Miró al hombre y reunió toda su fuerza amplificada por el vapor.

(*estrangúlate hazlo ya AHORA*)

Las manos de él se dirigieron a su garganta, pero demasiado despacio. La estaba combatiendo, y con un grado de éxito exasperante. Había esperado que la zorra presentara batalla, pero aquel palurdo de ahí abajo era un adulto. Rose debería ser capaz de dispersar cualquier vapor que quedara en él como si fuera niebla.

Aun así, lo estaba venciendo.

Sus manos subieron hasta el pecho... los hombros... finalmente a la garganta. Allí vacilaron y pudo oírlo jadear por el esfuerzo. Ella empujó, y las manos apretaron, cerrándole la tráquea.

(*eso es cabrón entrometido aprieta aprieta... y APRIE*)

Algo la golpeó. No un puño, sino más bien una ráfaga de aire comprimido a alta presión. Miró en derredor y no advirtió nada sino un brillo trémulo, presente por un instante y luego había desaparecido. Menos de tres segundos, pero suficiente para quebrar su concentración, y cuando volvió a la barandilla, la chica ya había regresado.

Esta vez no fue una ráfaga de aire; fueron manos que parecían al mismo tiempo grandes y pequeñas. Las sentía en la parte baja de la espalda. Empujaban. La zorra y su amigo, trabajando juntos, justo lo que Rose había querido evitar. Un gusano de terror empezó a desenrollarse en su estómago. Intentó retroceder, alejarse de la barandilla, y no pudo. Ni con toda su fuerza lograba apenas mantener la posición, y sin la ayuda del Nudo no se creía capaz de resistir mucho tiempo. De mucho tiempo nada.

De no ser por esa ráfaga de aire... no fue él y ella no estaba aquí...

Una de las manos abandonó su espalda y le quitó el sombrero de un manotazo. Rose aulló ante semejante humillación —nadie tocaba su sombrero, *¡nadie!*— y por un momento reunió el poder suficiente para apartarse tambaleante de la barandilla hacia el centro de la plataforma. Entonces aquellas manos regresaron a la parte baja de la espalda y empezaron a empujarla de nuevo hacia delante.

Bajó la vista hacia ellos. El hombre tenía los ojos cerrados, se concentraba con tal intensidad que los tendones se le marcaban en el cuello y el sudor se deslizaba por sus mejillas como si fueran lágrimas. Los ojos de la chica, sin embargo, eran grandes e inmisericordes. Alzaba la mirada hacia Rose, fijamente. Y sonreía.

Rose empujó hacia atrás con todas sus fuerzas, pero bien podría haber estado empujando contra un muro de piedra. Un muro que la movía implacable hacia delante, hasta que su estómago se comprimió contra la barandilla. La oyó crujir.

Pensó, tan solo un segundo, en intentar negociar. Decirle a la chica que podrían trabajar juntas, formar un nuevo Nudo. Que en vez de morir en 2070 o 2080, Abra Stone podría vivir mil años. *Dos* mil. Pero ¿de qué serviría?

¿Había existido jamás una adolescente que no se sintiera inmortal?

De modo que, en vez de negociar, o suplicar, les lanzó un grito desafiante.

—*¡Que te jodan! ¡Que los jodan a los dos!*

La terrible sonrisa de la chica se ensanchó.

—Oh, no —dijo—. *Tú eres* la que está jodida.

Esta vez no hubo crujido; se oyó un estallido, como el disparo de un rifle, y entonces Rose la Sin Chistera cayó.

9

Chocó de cabeza contra el suelo y entró en ciclo de inmediato. El cuello se le hizo añicos y la cabeza se ladeó (*como su sombrero*, pensó Dan) en un ángulo que era casi de indiferencia. Dan tomó a Abra de la mano —carne que iba y venía en el ciclo que ella efectuaba entre su porche trasero y el Techo del Mundo— y observaron juntos la escena.

—¿Te duele? —preguntó Abra a la mujer agonizante—. Espero que sí. Espero que te duela mucho.

Los labios de Rose se retiraron formando una mueca desdeñosa. Sus dientes humanos habían desaparecido; todo cuanto quedaba era aquel único colmillo amarillento. Por encima, sus ojos incorpóreos flotaban como piedras azules vivientes. Y entonces desapareció.

Abra se volvió hacia Dan. Aún sonreía, pero ya no había rastro de furia ni maldad.

(*tuve miedo por ti tuve miedo de que pudiera*)

(*casi lo consiguió pero había alguien*)

Señaló hacia donde los trozos rotos de la barandilla recortaban el cielo. Abra miró en esa dirección y a continuación volvió la mirada hacia su tío, perpleja. Dan solo pudo mover la cabeza de lado a lado.

Entonces señaló ella, pero no hacia arriba sino hacia abajo.

(*había un mago que tenía un sombrero como ese se llamaba Mysterio*)

(*y tú colgaste las cucharas del techo*)

Ella asintió pero no alzó la cabeza. Continuaba mirando el sombrero.

(*tienes que deshacerte de él*)

(*cómo*)

(*quémalo el señor Freeman dice que ha dejado de fumar pero todavía fuma lo olí en el coche tendrá cerillos*)

—Tienes que hacerlo —dijo ella—. ¿Lo quemarás? ¿Me lo prometes?

—Sí.

(*te quiero tío Dan*)

(*yo también te quiero*)

Lo abrazó. Dan la rodeó con sus brazos y la estrechó. Y mientras lo hacía, el cuerpo de Abra se convirtió en lluvia. Luego en niebla. Y se desvaneció.

10

En el porche trasero de una casa de Anniston, New Hampshire, en un ocaso que pronto se hundiría en la noche, una niña se enderezó, se puso de pie y se tambaleó, al borde del desmayo. No corrió riesgo de caerse; sus padres acudieron a su lado de inmediato. Juntos la llevaron a la cocina.

—Estoy bien —dijo Abra—. Ya pueden soltarme.

Lo hicieron, con cuidado. David Stone permaneció cerca, preparado para sujetarla al menor indicio de que se le doblaran las rodillas, pero Abra mantuvo el equilibrio.

—¿Y Dan? —preguntó John.

—Está bien. El señor Freeman estrelló su camioneta (no tuvo más remedio) y se hizo un corte en… —Le puso la mano en un lado de la cara—. Pero creo que no es nada.

—¿Y ellos? ¿El Nudo Verdadero?

Abra se acercó una mano a la boca y sopló en la palma.

—Muertos. —A continuación, preguntó—: ¿Qué hay para cenar? Tengo hambre.

11

En el caso de Dan, «bien» quizá fuera una declaración ligeramente exagerada. Caminó hasta la camioneta, donde se sentó en la puerta abierta del lado del conductor a recobrar el aliento. Y las ideas.

Estábamos de vacaciones, resolvió. *Yo quería visitar los sitios que solía frecuentar en Boulder. Luego subimos aquí arriba para contemplar el paisaje desde el Techo del Mundo, pero el campamento estaba desierto. Yo me sentía con ganas de aventura y le aposté a Billy a que podría subir recto la colina con la camioneta hasta el mirador. Iba demasiado rápido y perdí el control. Choqué contra uno de los postes de apoyo. Lo siento de veras. Fue una travesura estúpida.*

Le caería una multa del carajo, pero había un lado positivo: superaría con creces la prueba del alcoholímetro.

Dan registró la guantera y encontró una lata de gasolina para mechero. No vio ningún Zippo —estaría en el bolsillo del pantalón de Billy—, pero había dos cajetillas de cerillos empezadas. Se acercó a donde estaba el sombrero, boca arriba, y lo roció con el fluido hasta empaparlo. Después se agachó, raspó una cerilla y la arrojó al interior de la copa. La chistera no duró mucho, pero de todas formas Dan se situó de espaldas al viento hasta que no quedaron sino cenizas.

El olor era nauseabundo.

Cuando alzó la mirada, vio que Billy avanzaba fatigosamente hacia él; se limpiaba la sangre de la cara con la manga.

Mientras pisoteaban las cenizas, asegurándose de que no quedara ningún rescoldo que pudiera desencadenar un incendio forestal, Dan le expuso la historia que contarían a la policía estatal de Colorado cuando llegaran.

—Tendré que pagar la reparación de ese armatoste, y seguro que costará un dineral. Menos mal que tengo algunos ahorros.

Billy soltó un bufido.

—¿Y quién va a reclamar por los daños? Lo único que queda de esos fulanos del Nudo Verdadero es su ropa. Lo he comprobado.

—Por desgracia —dijo Dan—, el Techo del Mundo es propiedad del gran estado de Colorado.

—Mierda —rezongó Billy—. Poco justo me parece, teniendo en cuenta que le has hecho un favor a Colorado y al resto del mundo. ¿Dónde está Abra?

—De vuelta en casa.

—Bien. ¿Y se ha acabado? ¿Se ha acabado de verdad?

Dan asintió con la cabeza.

Billy contemplaba las cenizas de la chistera de Rose.

—Se ha quemado rápido con ganas. Casi como un efecto especial de una película.

—Imagino que era muy viejo. —*Y lleno de magia*, pensó, pero no añadió: *De la negra*.

Dan fue hasta la camioneta y se sentó al volante para poder examinarse la cara en el espejo retrovisor.

—¿Ves algo que no debería estar ahí? —preguntó Billy—. Es lo que solía decir mi madre cuando me descubría mirando las musarañas en el espejo.

—Nada —dijo Dan. Una sonrisa empezó a despuntar en su rostro. Cansada pero genuina—. Nada en absoluto.

—Pues llamemos a la policía para contarles lo de nuestro accidente —dijo Billy—. Normalmente no me gusta tratar con los polis, pero ahora mismo no me importaría tener algo de compañía. Este sitio me pone los pelos como escarpias. —Dirigió a Dan una mirada perspicaz—. Está lleno de fantasmas, ¿no? Por eso lo eligieron.

Sí, esa era la razón, no cabía duda. Sin embargo, no hacía falta ser Ebenezer Scrooge para saber que existía gente fantasma buena además de la mala. Mientras bajaban hacia el Pabellón Overlook, Dan se detuvo a echar un vistazo al Techo del Mundo. No le sorprendió del todo divisar a un hombre de pie en la plataforma junto a la barandilla rota. La aparición levantó una mano, a través de la cual era visible la cumbre de la montaña Pawnee, y le mandó un beso volador que Dan recordaba de su infancia. Lo recordaba muy bien. Había sido su ritual especial al final del día.

Hora de acostarse, Doc. Que duermas bien. Sueña con dragones y cuéntamelo por la mañana.

Dan supo que iba a llorar, pero no entonces. No era el momento. Se acercó la mano a la boca y le devolvió el beso.

Se quedó mirando unos instantes a lo que persistía de su padre. Después se encaminó hacia el estacionamiento con Billy. Cuando llegaron, volvió a mirar atrás.

El Techo del Mundo se hallaba vacío.

HASTA QUE TE DUERMAS

TEMER son las siglas de Todo Es Manejable, Encara la Recuperación.

Dicho de Alcohólicos Anónimos

ANIVERSARIO

1

Las reuniones de Alcohólicos Anónimos de los sábados a mediodía en Frazier eran de las más antiguas de New Hampshire, se remontaban a 1946 y las había instaurado Bob D. el Gordo, quien conoció en persona al fundador del Programa, Bill Wilson. Bob el Gordo descansaba en su tumba desde hacía años, víctima de un cáncer de pulmón —al principio la mayoría de los alcohólicos en recuperación fumaban como carreteros y a los novatos se les decía de forma habitual que mantuvieran la boca cerrada y los ceniceros vacíos—, pero a pesar de ello la asistencia no había disminuido. Ese día los asistentes abarrotaban la sala, porque cuando terminara la sesión se servirían pizzas y pastel. Era lo acostumbrado en la mayoría de las reuniones de aniversario, y en esa ocasión uno de ellos celebraba quince años de sobriedad. En los primeros años era conocido como Dan o Dan T., pero se corrió la voz de su trabajo en el asilo de la localidad (no por nada la revista de AA recibía el nombre de *The Grapevine*: la vid, pero también radio pasillo), y ahora todos se referían a él como Doc. Puesto que sus padres lo habían llamado así, Dan encontraba irónico el apodo…, pero en el buen sentido. La vida era una rueda, su único objetivo era girar, y siempre retornaba al punto de donde había partido.

Un médico de verdad, de nombre John, presidía el acto a petición de Dan, y la reunión siguió su curso habitual. Hubo risas cuando Randy M. contó que le había vomitado encima al agente que lo arrestó la última vez que condujo bajo los efectos del alcohol, y siguieron más cuando dijo que se había enterado un año más tarde de que el propio agente estaba en el Programa. Maggie M. lloró cuando explicó («compartió», en la jerga de AA) que le habían vuelto a denegar la custodia compartida de sus dos hijos. Se expresaron los clichés habituales —tiempo al tiempo, funciona si lo haces funcionar, no abandones hasta que ocurra el milagro— y finalmente Maggie se calmó, aunque continuaba sorbiéndose la nariz. Retumbaba el grito habitual de *¡El Poder Superior dice que lo apagues!* cuando sonó el teléfono celular de alguien. Una muchacha de manos temblorosas derramó una taza de café; una reunión en la que no se tirara como mínimo una taza de aguachirle era más que rara.

A la una menos diez, John D. pasó la canasta («Somos económicamente independientes, nos mantenemos con nuestras propias contribuciones»), y preguntó si alguien quería hacer algún anuncio. Trevor K., que abrió la sesión, se levantó y solicitó —como siempre— ayuda para limpiar la cocina y retirar las sillas. Yolanda V. hizo el Club de las Fichas, entregando dos blancas (veinticuatro horas) y una púrpura (cinco meses, a la que comúnmente se referían como la Ficha de Barney). Como siempre, terminó diciendo: «Si hoy no han bebido ni un solo trago, dense un aplauso a ustedes mismos y a su Poder Superior».

Así lo hicieron.

Cuando el aplauso se apagó, John anunció:

—Hoy celebramos un aniversario de quince años. Casey K. y Dan T., ¿quieren acercarse?

La concurrencia aplaudió mientras Dan avanzaba, despacio, para seguir el paso de Casey, que ahora andaba con bastón. John entregó a Casey el medallón con el XV grabado en una cara, y el anciano lo levantó para que los asistentes pudieran verlo.

—Nunca creí que este tipo lo consiguiera —dijo—, porque desde el principio era un AA, con lo cual quiero decir que era un asno con actitud.

Obedientes, rieron el chiste, un clásico. Dan sonrió, pero el corazón le latía con fuerza. Su única fijación en ese preciso momento era superar sin desmayarse lo que vendría a continuación. La última vez que se había sentido tan asustado se encontraba mirando a Rose la Chistera en la plataforma del Techo del Mundo y trataba de evitar estrangularse a sí mismo con sus propias manos.

Date prisa, Casey. Por favor. Antes de que pierda el valor o vomite el desayuno.

Era posible que Casey tuviera el resplandor... o tal vez percibió algo en los ojos de Dan. En cualquier caso, fue directo al grano.

—Pero desafió todas mis expectativas y se recuperó. De cada siete alcohólicos que entran por nuestras puertas, seis vuelven a salir y se emborrachan. El séptimo es el milagro por el que vivimos, y uno de esos milagros está aquí mismo, grande como la vida misma y dos veces más feo. Aquí tienes, Doc, te lo has ganado.

Le entregó a Dan el medallón. Por un instante pensó que se le resbalaría de los dedos fríos y caería al suelo. Casey cerró la mano alrededor del objeto antes de que eso pudiera ocurrir y luego envolvió a Dan en un sólido abrazo. Al oído le susurró:

—Otro año, hijo de perra. Enhorabuena.

Casey recorrió renqueante el pasillo hasta el fondo de la sala, donde se sentó por derecho de antigüedad con los demás veteranos. Dan se quedó solo frente a todos, apretaba su medallón de los quince años tan fuerte que se le marcaban los ligamentos en la muñeca. Los asistentes lo miraban fijamente, a la espera de lo que se suponía que la sobriedad prolongada debía transmitir: experiencia, fuerza y voluntad.

—Hace un par de años... —comenzó, y tuvo que aclararse la garganta—. Hace un par de años, mientras tomábamos café, ese caballero cojo que justo ahora está sentándose me preguntó si había completado el quinto paso: «Admitir ante Dios, ante nosotros mismos y ante otro ser humano la naturaleza exacta de nuestros errores». Le respondí que lo había hecho en gran parte. A la gente que no tiene nuestro particular problema seguramente le habría bastado con eso... y esa es una de las razones de que les llamemos Gente Terrenal.

Se rieron. Dan respiró hondo y se dijo a sí mismo que si pudo plantar cara a Rose y su Nudo Verdadero, también podría enfrentarse a eso. Salvo que existía una diferencia. Aquí no era Dan el Héroe; aquí era Dan la Escoria. Había vivido el tiempo suficiente para saber que todo el mundo guardaba algo de escoria en su interior, pero eso no servía de mucha ayuda a la hora de sacar la basura.

—Me dijo que pensaba que había un error que yo no conseguía dejar atrás del todo porque me daba vergüenza hablar de él. Me aconsejó que me desprendiera de él. Me recordó algo que oímos casi en cada reunión: solo estamos tan enfermos como nuestros secretos. Y me advirtió que si yo no contaba el mío, en algún momento del futuro me sorprendería a mí mismo con una copa en la mano. ¿Fue eso en esencia, Casey?

En el fondo de la sala Casey asintió con la cabeza, las manos descansando sobre la empuñadura del bastón.

Dan sintió la picazón detrás de los ojos que significaba que las lágrimas se encontraban de camino y pensó: *Dios, ayúdame a superar este trance sin berrear. Por favor.*

—No lo revelé. Me he estado diciendo durante años que era lo único que jamás contaría a nadie. Pero creo que él tenía razón, y si empiezo a beber otra vez, me moriré. No quiero hacerlo. Hoy en día tengo mucho por lo que vivir. Así que...

Las lágrimas hicieron acto de presencia, las malditas lágrimas, pero había llegado demasiado lejos para retroceder. Se las enjugó con la mano libre, la que no apretaba en un puño el medallón.

—¿Saben lo que se dice en las Promesas? ¿Eso de aprender a no arrepentirnos del pasado y a no desear cerrarle la puerta? Perdónenme por decirlo, pero creo que esa es una majadería en un programa lleno de verdades. Me arrepiento muchísimo, pero es hora de abrir la puerta, por poco que quiera.

Aguardaron. Incluso las dos mujeres que habían estado repartiendo rebanadas de pizza en platos de cartón estaban ahora en la puerta de la cocina y lo observaban.

—No mucho antes de dejar de beber, desperté junto a una mujer que me había ligado en un bar. Estábamos en su departamento, que era un cuchitril, porque ella no tenía casi nada. Me sentía identificado, porque *yo* mismo no tenía casi nada, y los dos estábamos probablemente en Ciudad Ruina por la misma razón. Todos ustedes conocen la razón. —Se encogió de hombros—. Si eres uno de nosotros, la botella se lleva tus mierdas, nada más. Primero un poco, después mucho, al final todo.

»Esa mujer se llamaba Deenie. No recuerdo mucho más acerca de ella, pero de eso me acuerdo. Me vestí y me marché, pero antes le robé el dinero. Y resultó que, después de todo, ella tenía al menos una cosa que yo no, porque mientras rebuscaba en su cartera eché un vistazo alrededor y allí estaba su hijo. Un niño pequeño que todavía usaba pañales. Esta mujer y yo habíamos comprado algo de cocaína la noche anterior, y la cocaína seguía encima de la mesa. El niño la vio y alargó la mano. Creía que era azúcar.

Dan volvió a enjugarse los ojos.

—La quité de allí y la puse donde no pudiera alcanzarla. Hasta ahí llegué. No bastaba, pero hasta ahí hice. Luego me metí el dinero en el bolsillo y me largué. Haría cualquier cosa para devolverlo, pero no puedo.

Las mujeres de la puerta habían vuelto a entrar en la cocina. Varias personas miraban sus relojes. Un estómago se quejaba. Observando a las nueve docenas de alcohólicos allí reunidos, Dan comprendió algo asombroso: lo que había hecho no les repugnaba. Ni siquiera les sorprendía. Habían oído historias peores. Algunos lo habían *hecho* peor.

—Pues ya está —dijo—. Eso es todo. Mi gran secreto. Gracias por escuchar.

Antes del aplauso, uno de los veteranos de la fila del fondo hizo a gritos la pregunta tradicional:

—¿Cómo lo consigues, Doc?

Dan sonrió y dio la respuesta tradicional:

—Día a día.

2

Tras el padrenuestro y la pizza y el pastel de chocolate con un enorme número XV, Dan ayudó a Casey a volver a su Tundra. Había empezado a caer aguanieve.

—Primavera en New Hampshire —comentó Casey agriamente—. ¿Verdad que es maravillosa?

—Gotea la lluvia y ensucia el lodo —recitó Dan con voz declamatoria—, ¡y el viento cómo golpea! Patina el autobús y nos enloda, maldición, canten: maldita sea.*

Casey lo miró fijamente.

—¿Te lo acabas de inventar?

—Qué va. Es de Ezra Pound. ¿Cuándo dejarás de andar como un pato y te operarás esa cadera?

Casey sonrió burlón.

—El mes que viene. He decidido que si tú puedes contar tu mayor secreto, yo puedo ponerme una prótesis de cadera. —Hizo una pausa—. Tampoco es que tu secreto fuera la hostia de grande, Danno.

—Eso he descubierto. Pensaba que huirían de mí despavoridos. En cambio, se han quedado a comer pizza y a hablar del tiempo.

—Se habrían quedado a comer pizza y pastel aunque les hubieras contado que mataste a una abuela ciega. Lo gratis es gratis. —Abrió la puerta del conductor—. Cárgame, Danno.

Dan lo cargó.

Casey se retorció pesadamente, acomodándose, luego arrancó el motor y puso los limpiaparabrisas a trabajar en el aguanieve.

—Todo es más pequeño cuando está fuera —dijo—. Espero que se lo transmitas a tus ahijados.

—Sí, Oh Gran Sabio.

* *Raineth drop and staineth slop and how the wind doth ram! Skiddeth bus and sloppest us, damn you, sing goddam.*

Casey le dedicó una mirada triste.

—Vete al carajo, corazón.

—En realidad —repuso Danny—, creo que volveré adentro y ayudaré a retirar las sillas.

Y eso fue lo que hizo.

HASTA QUE TE DUERMAS

1

Ese año no hubo globos ni mago en la fiesta de cumpleaños de Abra Stone. Cumplía quince.

En cambio *hubo* un vecindario zarandeado por la música rock que tronaba por los altavoces exteriores que Dave Stone —con la oportuna ayuda de Billy Freeman— había instalado. Los adultos tomaron pastel, helado y café en la cocina de los Stone. Los jóvenes se adueñaron del salón de la planta baja y del jardín de atrás y, a juzgar por el ruido, lo pasaron bomba. Empezaron a marcharse hacia las cinco de la tarde, pero Emma Deane, la amiga íntima de Abra, se quedó a cenar. Abra, radiante con una falda roja y una blusa campesina de hombros caídos, desbordaba jovialidad. Recibió la pulsera de dijes que Dan le regaló con una exclamación de sorpresa, lo abrazó y le dio un beso en la mejilla. Olía a perfume. *Eso* era una novedad.

Cuando Abra salió para acompañar a Emma a su casa, las dos charlando alegremente mientras iban andando por la acera, Lucy se inclinó hacia Dan. Fruncía los labios, arrugas nuevas le rodeaban los ojos y el cabello mostraba las primeras hebras grises. Abra parecía haber dejado atrás al Nudo Verdadero; Dan pensó que Lucy nunca lo haría.

—¿Hablarás con ella del asunto de los platos?

—Iré afuera a ver la puesta de sol sobre el río. Podrías enviármela a charlar conmigo un poco cuando vuelva de casa de los Deane.

Lucy se mostró aliviada, y a Dan le pareció que David también. Para ellos, su hija siempre sería un misterio. ¿Serviría de algo decirles que Abra siempre lo sería para él? Probablemente no.

—Buena suerte, jefe —le deseó Billy.

Mientras estaba en el porche trasero, donde tiempo atrás Abra había yacido en un estado que no era de inconsciencia, John Dalton se le acercó.

—Me ofrecería a darte apoyo moral, pero creo que tienes que hacer esto solo.

—¿Has intentado hablar con ella?

—Sí, a petición de Lucy.

—¿Sin suerte?

John se encogió de hombros.

—No atiende razones.

—Yo era igual —admitió Dan—. A su edad.

—Pero tú nunca rompiste un plato de la vitrina antigua de tu madre, ¿verdad?

—Mi madre nunca tuvo una vitrina —dijo Dan.

Caminó hasta el fondo del jardín en pendiente de los Stone y contempló el río Saco, que se había convertido, por cortesía del sol poniente, en una serpiente escarlata. Pronto las montañas devorarían los últimos rayos de sol y el río se teñiría de gris. Donde en otro tiempo se levantaba una valla de tela metálica para impedir las posibles exploraciones peligrosas de los niños pequeños, se extendía ahora una hilera de arbustos decorativos. David había desmontado la valla el octubre anterior, alegando que Abra y sus amigos ya no necesitaban su protección; todos sabían nadar como peces.

Pero, claro, existían otros peligros.

2

El agua había ido adquiriendo un exiguo matiz rosado —cenizas de rosas— cuando Abra se reunió con él. A Dan no le hizo falta mirar atrás para saber que ella estaba allí ni para saber que se había puesto un suéter para cubrirse los hombros desnudos; en las noches de primavera en el centro de New Hampshire el aire se enfriaba rápido, incluso después de que la última amenaza de nieve hubiera pasado.

(*me encanta mi pulsera Dan*)

Ya casi siempre prescindía del «tío».

(*me alegro*)

—Quieren que hables conmigo de los platos —dijo ella. Las palabras expresadas en voz alta no poseían nada de la calidez que se había manifestado en sus pensamientos, y los pensamientos se habían esfumado. Tras el bonito y sincero agradecimiento, le había cerrado el acceso a su yo interior. Ahora se le daba bien, y mejoraba día a día—. ¿A poco no?

—¿Y *tú* quieres hablar de ello?

—Le dije que lo sentía. Le dije que no fue adrede. Pero me parece que no me cree.

(*yo sí*)

—Porque tú *sabes*. Ellos no.

Dan no dijo nada y se limitó a transmitir un único pensamiento:

(*?*)

—¡Nunca me creen! —estalló—. ¡Es injusto! ¡Yo no sabía que iba a haber alcohol en la estúpida fiesta de Jennifer, y no bebí nada! ¡Y aun así me ha castigado *dos putas semanas*!

(*? ? ?*)

Silencio. El río se había vuelto ahora casi totalmente gris. Dan arriesgó una mirada y vio que ella estaba mirándose los tenis, rojos, a juego con su falda. Las mejillas en ese momento también hacían juego con su ropa.

—Está bien —dijo Abra al cabo, y aunque seguía sin mirarlo, las comisuras de los labios se le curvaron hacia arriba en una sonrisita reticente—. No puedo engañarte, ¿no? Tomé un traguito, solo para ver a qué sabía. Para ver dónde está la gracia. Supongo que me lo olió en el aliento cuando llegué a casa. Y adivina qué. No es nada del otro mundo. Sabía *asqueroso*.

Dan no respondió. Si le contara que a él también le había parecido asqueroso su primer sorbo, que también había creído que no era nada del otro mundo, que no era un preciado secreto, ella lo habría tachado de tontería de adulto miedoso. No podías dar lecciones de moralidad a los niños sobre el crecimiento. Ni enseñarles a crecer.

—No quería romper los platos —declaró con un hililllo de voz—. Fue un accidente, ya se lo dije. Estaba muy *cabreada*.

—Es tu naturaleza.

Recordaba a Abra observando a Rose la Chistera mientras esta ciclaba. *¿Te duele?*, había preguntado a la cosa agonizante que se parecía a una mujer (menos por aquel único diente terrible). *Espero que sí. Espero que te duela mucho.*

—¿Vas a echarme un sermón? —Y añadió con desdén—: Sé que eso es lo que *ella* quiere.

—Se me han agotado los sermones, pero podría contarte una historia que mi madre me contó. Es sobre tu bisabuelo, por el lado de Jack Torrance. ¿Quieres oírla?

Abra se encogió de hombros. *Termina de una vez*, expresaba ese gesto.

—Don Torrance no era celador como yo, pero casi. Era enfermero. En los últimos años de su vida caminaba con bastón, porque tuvo un accidente de coche que le fastidió una pierna. Y una noche, mientras cenaban, usó ese bastón contra su mujer. Sin ningún motivo; se puso a apalearla sin más. Le rompió la nariz y le abrió una brecha en el cuero cabelludo. La tiró de la silla, él se levantó y entonces *sí* que empezó a trabajársela. Según lo que mi padre le contó a mi madre, la habría matado a golpes si Brett y Mike (que eran *mis* tíos) no lo hubieran apartado. Cuando llegó el médico, tu bisabuelo estaba de rodillas, con su propio botiquín, haciendo cuanto podía. Dijo que se había caído por las escaleras. La bisabuela (la momo que nunca conociste, Abra) corroboró su historia. Y también los chicos.

—*¿Por qué?* —preguntó Abra con un hilo de voz.

—Porque estaban asustados. Más tarde (mucho después de que muriera Don), tu abuelo me rompió el brazo. Luego, en el

Overlook (que estaba donde está hoy el Techo del Mundo), tu abuelo golpeó a mi madre hasta casi matarla. Usó un mazo en vez de un bastón, pero básicamente el método es el mismo.

—Ya lo entiendo.

—Años más tarde, en un bar de St. Petersburg...

—¡Basta! ¡Te he dicho que *ya* lo he entendido! —Temblaba.

—... dejé a un hombre inconsciente con un taco de billar porque se rio de mí cuando fallé al darle a la bola. Después de eso, el hijo de Jack y el nieto de Don se pasó treinta días con un peto naranja recogiendo basura en la Carretera 41.

Abra se volvió de espaldas y rompió a llorar.

—Gracias, tío Dan. Gracias por estropear...

Una imagen invadió la cabeza de Dan y por un momento veló el río: un pastel de cumpleaños carbonizado y humeante. En otras circunstancias, la imagen habría sido graciosa. No en esta.

La asió con delicadeza por los hombros y la obligó a volverse hacia él.

—No hay nada que entender. No quiero llegar a nada. No es más que una historia familiar. En palabras del inmortal Elvis Presley, «*it's your baby, you rock it*».

—No lo entiendo.

—Puede que algún día escribas poesía, como Concetta. O que empujes a alguna otra persona desde un lugar alto con tu mente.

—Nunca lo haría... pero *Rose* se lo merecía. —Abra alzó su rostro mojado hacia él.

—Nada que objetar.

—Entonces, ¿por qué sueño con ello? ¿Por qué pienso que ojalá pudiera deshacerlo? Ella *nos* habría matado, así que ¿por qué desearía poder deshacerlo?

—¿Es el acto de matar lo que desearías poder deshacer, o el placer de matar?

Abra bajó la cabeza. Dan quiso acunarla en sus brazos, pero no lo hizo.

—Ni sermones ni moralejas. Tan solo es la llamada de la sangre. Los impulsos estúpidos de la gente despierta. Y has llegado a una etapa de tu vida en la que estás completamente despierta. Te resulta difícil, lo sé. A todo el mundo le resulta difícil, pero la mayoría de los adolescentes no tienen tus habilidades. Tus armas.

—¿Qué hago? ¿Qué puedo hacer? A veces me pongo tan furiosa..., no solo con *ella*, sino también con los profesores..., con los chicos del instituto que se creen los mejores..., los que se ríen si no se te dan bien los deportes o si no te vistes con la ropa apropiada...

Dan se acordó del consejo que en cierta ocasión le había dado Casey Kingsley.

—Ve al vertedero.

—¿Eh?

Lo miró con ojos desorbitados, y él le envió una imagen: Abra usando sus extraordinarias facultades —que aún no habían alcanzado su plenitud, por increíble que pareciera— para volcar neveras desechadas, hacer explotar televisiones fundidas, tirar lavadoras. Una bandada de gaviotas asustadas alzando el vuelo.

Ya no lo miraba con ojos desorbitados, se reía.

—¿Servirá?

—Mejor el vertedero que los platos de tu madre.

Abra ladeó la cabeza y lo miró con ojos alegres. Volvían a ser amigos, y eso estaba bien.

—Pero esos platos eran feísimos.

—¿Lo intentarás?

—Sí. —Y por su expresión, se hallaba impaciente.

—Una cosa más.

Abra adoptó una expresión seria, expectante.

—No tienes que ser el tapete de nadie.

—Eso es bueno, ¿verdad?

—Sí, pero recuerda lo peligrosa que puede ser tu ira. Mantenla...

El teléfono celular de Dan empezó a sonar.

—Deberías contestar.

Dan arqueó las cejas.

—¿Sabes quién es?

—No, pero creo que es importante.

Sacó el teléfono del bolsillo y leyó la pantalla: RESIDENCIA RIVINGTON.

—¿Sí?

—Danny, soy Claudette Albertson. ¿Podrías venir?

Hizo un inventario mental de los nombres de los huéspedes que figuraban en su pizarrón.

—¿Es Amanda Ricker? ¿O Jeff Kellogg?

Resultó que no era ninguno de ellos.

—Si puedes, más vale que vengas ahora mismo —dijo Claudette—. Mientras siga consciente. —Titubeó—. Ha preguntado por ti.

—Voy.

Aunque si es tan grave como dices, probablemente ya se habrá ido cuando llegue.

Dan cortó la comunicación.

—Tengo que irme, cielo.

—Aunque no sea tu amigo. Aunque ni siquiera te caiga bien —dijo Abra con aire pensativo.

—Aun así.

—¿Cómo se llama? No lo capto.

(*Fred Carling*)

Envió ese pensamiento y a continuación la envolvió con sus brazos, fuerte, fuerte, fuerte. Abra hizo lo mismo.

—Lo intentaré —prometió ella—. Voy a esforzarme de verdad.

—Sé que lo harás —dijo él—. Sé que lo harás. Escucha, Abra, te quiero mucho.

—Me alegro —dijo ella.

3

Cuando llegó, cuarenta y cinco minutos después, Claudette estaba en la sala de enfermeras. Dan formuló la pregunta que había hecho docenas de veces antes.

—¿Sigue con nosotros?

Como si hablara de pasajeros de un autobús.

—Apenas.

—¿Consciente?

La enfermera agitó la mano.

—Va y viene.

—¿Y Azzie?

—Estuvo dentro un rato, pero cuando entró el doctor Emerson salió pitando. Emerson ya se fue, está examinando a Roberta Jackson. Azzie volvió en cuanto se marchó.

—¿No lo trasladarán al hospital?

—Todavía no, imposible. Se ha producido una colisión de cuatro vehículos en la Ruta 119 en Castle Rock, al otro lado de la frontera. Hay muchos heridos. Están de camino cuatro ambulancias y un helicóptero de LifeFlight. Llevarlos al hospital puede ser la diferencia entre la vida y la muerte para algunos. En cuanto a Fred... —Se encogió de hombros.

—¿Qué ha pasado?

—Ya conoces a nuestro Fred, un yonqui de la comida basura; el McDonald's es su segundo hogar. A veces mira al cruzar Cranmore Avenue, a veces no. Da por hecho que la gente parará por él. —Arrugó la nariz y sacó la lengua, como una chiquilla que acaba de comer algo malo. Coles de Bruselas, quizá—. Esa *actitud* suya.

Dan conocía la rutina de Fred, y también la actitud.

—Iba a buscar su hamburguesa con queso de la noche —prosiguió Claudette—. Los polis han metido en la cárcel a la mujer que lo atropelló; la chica estaba tan borracha que apenas se tenía en pie, eso es lo que he oído. Trajeron aquí a Fred. Su cara es como unos huevos revueltos, tiene el tórax y la pelvis aplastados, y una pierna casi amputada. Si Emerson no hubiera estado haciendo sus rondas, Fred habría muerto enseguida. Le dimos prioridad, detuvimos la hemorragia, pero aunque hubiera estado en condiciones óptimas... y, definitivamente, el querido Freddy no lo estaba... —Se encogió de hombros—. Emerson dice que enviarán una ambulancia cuando limpien el desastre de

Castle Rock, pero para entonces ya habrá muerto. Emerson no lo tiene tan claro, pero yo creo a Azreel. Si vas a ir, será mejor que lo hagas ya. Sé que no le tienes afecto...

Dan pensó en las marcas de dedos que el celador había dejado en el brazo del pobre Charlie Hayes. *Una lástima*, era lo que había respondido Carling cuando Dan le contó que el anciano había muerto. Fred, repantigado, balanceándose en su silla favorita, comiendo caramelos de menta. *Pero bueno, para eso vienen aquí, ¿no?*

Y ahora Fred ocupaba la misma habitación en la que Charlie había muerto. La vida era una rueda, y siempre volvía.

4

Aunque la puerta de la Suite Shepard estaba medio abierta, Dan llamó de todas formas, como señal de cortesía. Desde el pasillo oía el ronco resuello y el gorgoteo de la respiración de Fred Carling, aunque no parecía molestar a Azzie, que estaba enroscado a los pies de la cama. Carling yacía sobre una sábana impermeable, desnudo salvo por unos bóxers manchados de sangre y una hectárea de vendas, la mayoría de las cuales rezumaban sangre. Tenía el rostro desfigurado, el cuerpo retorcido en al menos tres direcciones distintas.

—¿Fred? Soy Dan Torrance. ¿Puedes oírme?

Abrió el único ojo que le quedaba. Su respiración se agitó y emitió un sonido áspero que podría haber sido un «sí».

Dan entró en el baño, humedeció una toalla con agua caliente, la escurrió. Era algo que había hecho muchas veces antes. Cuando regresó junto al lecho de Carling, Azzie se puso en pie, se estiró arqueando el lomo, con esa elegancia propia de los gatos, y saltó al suelo. Un momento después se había ido a reanudar su ronda nocturna. Cojeaba un poco; era un gato muy viejo.

Dan se sentó en un lado de la cama y frotó la toalla con suavidad sobre la parte de la cara de Fred Carling que seguía relativamente intacta.

—¿Duele mucho?

Otra vez aquel estertor. La mano izquierda de Carling era un revoltijo de dedos rotos, de modo que Dan le tomó la mano derecha.

—No hace falta que hables, tú solo dímelo.

(*ya no tanto*)

Dan asintió con la cabeza.

—Bien. Eso está bien.

(*pero tengo miedo*)

—No hay nada de qué asustarse.

Vio a Fred a la edad de seis años nadando en el río Saco con su hermano, agarrándose constantemente el bañador por detrás para evitar que se le cayera porque le quedaba demasiado grande; era heredado, como casi todas sus posesiones. Lo vio a los quince, besando a una chica en el autocine de Bridgton y oliendo su perfume mientras le tocaba los senos y deseaba que esa noche no acabara nunca. Lo vio a los veinticinco montando con los Road Saints camino de Hampton Beach a horcajadas en una Harley FXB modelo Sturgis, tan chulo, está puesto hasta arriba de anfetaminas y vino tinto y el día es como un martillo, todo el mundo mira cuando los Saints pasan a toda velocidad en un cámper largo y rutilante con un ruido de los mil demonios; la vida explota como fuegos artificiales. Y ve el departamento donde vive Carling —vivía— con su perrillo, que se llama Brownie. El animal es poquita cosa, un perro callejero, pero es listo. A veces salta al regazo del celador y miran juntos la tele. Brownie turba la mente de Fred porque estará esperando a que llegue a casa y lo saque a dar un paseo y luego le rellene el cuenco con Gravy Train.

—No te preocupes por Brownie —dijo Dan—. Conozco a una chica que lo cuidará encantada. Es mi sobrina, y hoy es su cumpleaños.

Carling alzó la vista hacia él con su único ojo funcional. El estertor de su respiración era ahora muy fuerte; sonaba como un motor lleno de arena

(*¿puedes ayudarme? por favor Doc ¿puedes ayudarme?*)

Sí. Podía ayudar. Era su sacramento, para lo que estaba hecho. Todo estaba silencioso en la Residencia Rivington, muy silencioso. En alguna parte, cerca, se abrió una puerta. Habían llegado a la frontera. Fred Carling lo miró preguntando *qué*. Preguntando *cómo*. Pero era muy simple.

—Solo necesitas dormir.

(*no me dejes*)

—No te dejaré —prometió—. Estoy aquí. Me quedaré aquí hasta que te duermas.

Estrechó la mano de Carling entre las suyas. Y sonrió.

—Hasta que te duermas —dijo.

1 de mayo de 2011 - 17 de julio de 2012

NOTA DEL AUTOR

Mi primer libro con la editorial Scribner fue *Un saco de huesos*, que se publicó en 1998. Deseoso de agradar a mis nuevos socios, salí de gira para presentar la novela. En una de las sesiones de autógrafos, un tipo me preguntó: «Oiga, ¿alguna idea de qué pasó con el chico de *El resplandor*?».

Esa era una pregunta que yo mismo me había hecho a menudo, junto con otra: «¿Qué le habría ocurrido al atribulado padre de Danny si hubiera acudido a Alcohólicos Anónimos en vez de intentar arreglárselas con lo que la gente de AA llama "la sobriedad de los nudillos blancos"?».

Como había sucedido con *La cúpula* y con *22/11/63*, esa idea nunca llegó a abandonarme. De vez en cuando —mientras me daba un regaderazo, veía la tele o conducía por la autopista— me sorprendía calculando la edad de Danny Torrance y preguntándome dónde estaría. Y no me olvidaba de su madre, otro ser humano bueno en esencia arrastrado por la estela de destrucción de Jack Torrance. Wendy y Danny eran, en la jerga actual, codependientes, personas unidas por los lazos de amor y la responsabilidad hacia un miembro de la familia con alguna adicción. En algún momento del año 2009, uno de mis amigos alcohólicos en recuperación me contó un chistecillo que decía más o menos así: «Cuando un codependiente se ahoga, la vida de otra persona pasa ante sus ojos». Me pareció demasiado cierto para ser gracioso, y creo que fue en ese momento cuando *Doctor Sueño* se hizo inevitable. Tenía que saber.

¿Abordé el libro con temor? No te quepa duda. *El resplandor* es una de esas novelas que la gente siempre menciona (junto con *Salem's Lot*, *Cementerio de animales* y *Eso*) cuando habla de cuál de mis libros les hizo cagarse de miedo. Además, claro, está la película de Stanley Kubrick, que muchos parecen recordar —por razones que nunca he llegado a comprender del todo— como una de las más terroríficas que hayan visto jamás. (Si has visto la película pero no has leído la novela, deberías tener en cuenta que *Doctor Sueño* es la continuación de la novela que narra, en mi opinión, la Verdadera Historia de la familia Torrance.)

Me gusta pensar que sigo siendo bastante bueno en lo que hago, pero nada puede equipararse al recuerdo de un buen susto, y quiero decir *nada*, especialmente si quien se lo ha llevado es una persona joven e impresionable. Ha habido al menos una secuela brillante de *Psicosis* de Alfred Hitchcock (*Psicosis IV*, de Mick Garris, con Anthony Perkins repitiendo el papel de Norman Bates), pero los que hayan visto esa —o cualquiera de las otras— se limitarán a sacudir la cabeza y a decir: *No, no, no es tan buena*. Se acuerdan de la primera vez que sufrieron por Janet Leigh, y ningún *remake* ni secuela podrá igualar el momento en que se descorre la cortina y el cuchillo empieza a hacer su trabajo.

Y la gente cambia. El hombre que ha escrito *Doctor Sueño* es muy distinto del bienintencionado alcohólico que escribió *El resplandor*, pero ambos conservan su interés por lo mismo: contar una historia espeluznante. Disfruté al reencontrarme con Danny Torrance y seguir sus aventuras. Espero que tú también. Si ese es el caso, Lector Constante, vamos bien.

Antes de dejarte, permíteme que exprese mi agradecimiento a las personas que lo merecen, ¿de acuerdo?

Nan Graham corrigió el libro. *Rigurosamente*. Gracias, Nan.

Chuck Verrill, mi agente, vendió el libro. Eso es importante, pero también contestó a todas mis llamadas de teléfono y me dio jarabe balsámico. Esas cosas son indispensables.

Russ Dorr hizo el trabajo de investigación, pero de los errores cúlpame a mí por haberlo entendido mal. Es un excelente auxiliar médico y un monstruo nórdico de inspiración y jovialidad.

Chris Lotts me facilitó las expresiones en italiano cuando las necesité. Eh, Chris.

Rocky Wood fue a quien recurrí para todo lo relacionado con *El resplandor*, y me proporcionó nombres y fechas que yo había olvidado o que directamente tenía equivocados. También me proporcionó toneladas de información sobre cada cámper y vehículo recreativo bajo el sol (el más chulo era el EarthCruiser de Rose). La Roca conoce mi obra mejor que yo. Búscalo en internet. Verás que es muy activo.

Mi hijo Owen leyó el libro y sugirió valiosas modificaciones. La principal fue su insistencia en que viéramos a Dan tocar lo que los alcohólicos recuperados llaman «el fondo».

Mi mujer también leyó *Doctor Sueño* y ayudó a mejorarlo. Te quiero, Tabitha.

Y gracias también a ustedes, muchachos y muchachas, que leen mis historias. Que tengan largos días y placenteras noches.

Permíteme que cierre con unas palabras de advertencia: cuando circules por las autopistas y carreteras de Estados Unidos, ten cuidado con las Winnebago y las Bounder.

Nunca sabes quién puede viajar dentro. O *qué*.

Bangor, Maine

TAMBIÉN DE
STEPHEN KING

CEMENTERIO DE ANIMALES

Cuando el Dr. Louis Creed deja Chicago y se traslada con su familia a la idílica ciudad de Ludlow, en Maine, todo en la vida parece sonreírles. Pero en ese paisaje idílico un peligro oculto acecha a la comunidad. Louis estaba seguro: el gato había muerto atropellado, y por eso lo había enterrado. Aun así, incomprensiblemente, el gato había vuelto a casa. Church estaba allí otra vez, como él temía y al mismo tiempo deseaba, porque su hijita Ellie le había pedido que cuidara de él. Louis lo había enterrado más allá del cementerio de animales. Sin embargo, Church había regresado, y sus ojos eran más crueles y perversos que antes. Aunque volvía a estar allí y Ellie no lo lamentaría, el Dr. Louis Creed sí lo haría. Porque más allá del cementerio de animales, se esconde una verdad escalofriante más aterradora que la muerte misma y horriblemente más poderosa. Como Louis está a punto de descubrir por sí mismo, a veces es mejor estar muerto...

Ficción

CARRIE

Sus compañeros se burlan de ella, pero Carrie tiene un don: puede mover cosas con su mente. Este es su poder y su gran problema. Aunque un acto de bondad, tan espontáneo como las burlas maliciosas de sus compañeros, le ofrece a Carrie la oportunidad de ser normal, una crueldad inesperada transforma su don en un arma de horror y destrucción. Con un pulso mágico que mantiene la tensión a lo largo de todo el libro, Stephen King narra la atormentada adolescencia de Carrie, y nos envuelve en una atmósfera sobrecogedora hasta llegar a un terrible momento de venganza que nadie olvidará.

Ficción

IT (ESO)

Bienvenido a Derry, Maine. Es una ciudad pequeña, un lugar tan conmovedoramente familiar como tu propia ciudad natal. Solo que en Derry ocurren cosas muy extrañas. Eran siete adolescentes cuando conocieron el horror por primera vez. Ahora son hombres y mujeres adultos que han salido al mundo en búsqueda de éxito y felicidad. Pero la promesa que hicieran veintiocho años atrás los reúne en el mismo lugar donde enfrentaron, de adolescentes, a una criatura malvada que cazaba a los niños de la ciudad. Ahora hay niños asesinados nuevamente, y sus memorias reprimidas de aquel verano aterrador regresan mientras se preparan para enfrentar, una vez más, al monstruo escondido en las alcantarillas de Derry.

Ficción

TAMBIÉN DISPONIBLES

11/22/63

La cúpula

VINTAGE ESPAÑOL
Disponibles en su librería favorita
www.vintageespanol.com